리베카

LIBRA 돈 드릴로 장편소설 정회성 옮김

리브라

JFK 암살범에 관한 기록

창비

리브라

초판 1쇄 발행/2009년 7월 30일

지은이/돈 드릴로
옮긴이/정회성
펴낸이/고세현
책임편집/황혜숙
펴낸곳/(주)창비
등록/1986년 8월 5일 제85호
주소/413-756 경기도 파주시 교하읍 문발리 513-11
전화/031-955-3333
팩시밀리/영업 031-955-3399 · 편집 031-955-3400
홈페이지/www.changbi.com
전자우편/literat@changbi.com
인쇄/한교원색

한국어판 ⓒ (주)창비 2009
ISBN 978-89-364-7168-2   03840

차례

제1부

행복은 자기 스스로에게서 비롯하는 게 아니야.
아담한 집이라든지 누구한테서 받거나
얻는 것으로 만들어지는 것도 아니지.
행복은 투쟁 속에 뛰어드는 데 있는 것으로,
거기에는 개인의 사적인 세계와
보편적인 세계의 경계 따위는 존재하지 않아.

— 리 하비 오즈월드가 형에게 보낸 편지에서

브롱크스에서

그가 지하철을 타고 320킬로미터의 노선을 따라 도시 끝까지 가본 것은 그해의 일이었다. 그는 첫번째 칸 맨앞에서 유리창에 손바닥을 대고 서 있는 게 좋았다. 전동차는 어둠을 뚫고 쏜살같이 달렸다. 플랫폼마다 무심한 표정의 사람들이 멍하니 서 있었다. 마치 수년 동안 그래온 사람들 같았다. 그는 빠르게 스쳐지나가는 사람들을 바라보면서 '저들은 실제로 어떤 사람들일까?' 하고 생각했다. 전동차의 속도가 빨라지면서 그의 심장도 빠르게 뛰었다. 전동차가 너무 빠르다 싶을 때는 이러다 통제불능의 상황에 빠지는 건 아닌가 하는 생각도 들었다. 그의 인내심을 시험하기라도 하듯 소음이 무척 심했다. 얼마나 시끄러운지 고통스러울 지경이었다. 전동차가 또 한차례 급커브를 돌았다. 그런 구간에서는 쇳소리가 요란했다. 어릴 때 입에 넣던 장난감의 쇠맛이 느껴질 정도였다.

옆 선로에서 손전등을 들고 일하는 인부들이 보였다. 바닥을 기어다니는 쥐들도 보였다. 한 가지 볼거리를 지나치는 데는 십분의 일초도 채 걸리지 않았다. 이어지는 지하철역, 끽끽거리는 브레이크 소리, 피난민처럼 몰려드는 사람들. 그들은 이리저리 흔들리며 문 쪽의 고무 모서리에 부딪혔다가 안으로 조금씩 밀려들어와서는 갑자기 꼼짝하지 못하고 습관적인 무의식 상태에 빠져서 주위 사람들의 머리 사이로 멍하니 밖을 내다보았다.

그는 그런 사람들과 무관했다. 그는 단지 지하철을 타고 있을 뿐이었다. 149번가는 뿌에르또리꼬인들, 125번가는 흑인들. 전동차가 칼날처럼 날카로운 쇳소리를 내면서 커브를 돌아 멈춘 42번가 역. 그곳은 서류가방, 쇼핑백, 책가방, 시각장애인, 소매치기, 취객 등으로 혼잡하기 이를 데 없었다. 지상의 저 유명한 도시보다 지하철 내부에 흥미를 끄는 것들이 더 많다는 사실이 그는 특별히 이상하지 않았다. 거리 아래의 터널에서 그가 좀더 순수한 형태로 찾아낼 수 없는 중요한 것이 지상의 넘치는 오후 햇볕 속에는 하나도 없었다.

어머니와 아들은 지하방에서 텔레비전을 보았다. 어머니는 색깔 있는 필터를 사서 흑백 모토롤라 텔레비전 화면에 부착했다. 화면을 삼등분하여 윗부분은 파란색, 중간부분은 분홍색, 나머지 아랫부분은 파도무늬의 초록색이었다. 아들은 어머니에게 학교를 또 땡땡이치고 지하철을 타고는 브루클린에 가서 한쪽 소매가 없는 코트를 입은 남자를 보았다고 말했다. 땡땡이친다. 여기서는 그렇게들 말했다. 마거리트는 어쩌다 한번쯤 땡땡이치는 건 괜찮다고 생각했다. 아이들은 걸핏하면 그를 괴롭혔다. 그는 학교생활에 어려움을 겪고 있었다. 아비 없는 아이라는 사실이 그의 내부에서 소용돌이를 일으켰다. 존 에드워드의 아내에게 주머니칼을 휘둘렀을 때도 그랬다. 마거리트는 며느리가 그렇게 비난받을 만한 짓을 했다고는 생각지 않았다. 며느리는 본래 속이 넓은 사람이 아니었다. 리가 며느리네 아파트의 나무바닥을 깎아낸 탓에 벌어진 말다툼일 뿐이었다. 그들은 거기에서 다시 한가족이 되려고 시도했다. 그래서 그런 일이 벌어진 것이다. 리와 마거리트는 찬밥 취급을 당했다. 결국 모자는 주방과 침실이 따로 없는데다 텔레비전 화면에 파란색 얼굴들이 떠들어대는 브롱크스의 지하방으로 이사했다.

둘은 날씨가 추워지면 쇠파이프를 두드려 관리인에게 알렸다. 그들에게는 난방을 해달라고 요구할 권리가 있었다.

마거리트는 앉아서 아들의 불평을 들었다. 그녀는 아들이 원할 때마다 고기요리를 해줄 수는 없었지만 점심값에 인색하지는 않았고 만화책을 사거나 지하철을 탈 돈도 주었다. 지금까지 살아오면서 그녀는 이런저런 불평을 참아내야만 했다. 존을 임신했을 때, 에드워드는 아이를 부양하기 싫어서 일찌감치 그녀를 떠났다. 그리고 리를 임신했을 때, 로버트는 어느 무더운 여름날 뉴올리언즈의 앨버 가(街)에서 횡사했다. 이는 곧 그녀가 먹고살기 위해 일자리를 구해야 한다는 뜻이었다. 그뒤 에크달을 만났는데 그나마 제일 나았고, 그녀의 유일한 희망이기도 했다. 나이 지긋한 엔지니어인 그는 한 달에 거의 천 달러나 벌었다. 그러나 에크달은 교묘하게 간통을 저질렀다. 마거리트는 한 아이에게 거짓 전보를 전하도록 시켜 방문을 열게 함으로써 그가 속옷 바람의 여자와 함께 있는 현장을 잡았다. 결국 둘은 이혼했는데, 에크달은 마거리트를 속이고 위자료를 제대로 주지 않았다. 그뒤 그녀의 삶은 더 싼 곳을 찾아 이리저리 옮겨다니는 쓸쓸한 몰락의 과정일 뿐이었다.

리는 시내에서 『데일리뉴스』에 실린 사진을 보았다. 그리스인들이 성스러운 십자가를 찾아 부두에서 뛰어내리는 사진이었다. 그리스 사제들은 수염을 기르고 있었다.

"이런 동네에서 어떻게 살아야 할지 나도 잘 모르겠어."

"나는 온종일 서서 일한다." 마거리트가 말했다.

"나 때문에 엄마가 고생한단 소리네."

"그렇게 말한 적 없다."

"나도 내가 직접 저녁 챙겨먹는 거 싫어."

"나는 일하잖아. 일한단 말이야. 돈을 벌고 있잖니?"

"그래봤자 겨우 입에 풀칠하는 정도인데 뭐."

"내가 앉아서 빈둥거리는 게 아니잖아."

리는 목요일 밤마다 「밀수 전담반」이나 「수사망」 같은 범죄 프로그램을 보았다. 격자창 너머 가로등 불빛을 받으며 비스듬히 내리는 눈, 북부의 추위와 습기. 밖에서 돌아온 마거리트는 또 이사를 해야 한다고 말했다. 그녀는 백몇번가에서 방 세 개짜리 아파트를 찾아냈다. 브롱크스 동물원 옆에 있는 아파트였다. 동물에 관심있는 리에게 좋을 것 같왔다.

'엉뚱하게 오해된 천성'이라고 텔레비전에서 말했다.

새로 이사한 집은 기분나쁜 풍경이 펼쳐진 거리에 있었다. 방이 연달아 붙어 있는 5층짜리 붉은 벽돌 아파트였다. 리 또래의 저능아가 다리를 절름거리고 돌아다니며 이딸리아 시장에서 훔친 산 게를 가지고 저보다 어린아이들을 겁주었다. 아이들끼리 돌팔매질하며 싸우는 것도 일상적으로 볼 수 있는 광경이었다. 직업훈련소에서 직접 만든 총을 가지고 다니는 아이들도 어렵지 않게 볼 수 있었다. 어느날 밤, 리는 창문 너머로 잡화점의 고양이를 삼베자루에 넣고는 가로등 기둥에 휘둘러대는 두 소년을 보았다.

그는 거리의 활동 리듬을 피해 움직이려고 애썼다. 열두시부터 한시, 세시부터 다섯시까지는 밖에 나가지 않기. 샛길을 알아두고 가급적 밤시간에 돌아다니기…… 리는 지하철을 타곤 했다. 그리고 동물원에서 시간을 보냈다. 그곳 산책로 주변에는 노인들이 회색 돌에 조심스럽게 손수건을 펼치고 앉아 있었다.

리의 어머니는 키가 작고 호리호리했다. 머리카락은 어느새 희끗희끗해져 있었다. 그녀는 농담으로 스스로를 아담한 여자라고 했는데 사실이 그랬다. 모자는 마주 보고 음식을 먹었다. 리는 식탁에 앉아 책을 보면서 체스 두는 법을 익혔다. 글을 읽는다는 게 그에게 얼마나 어려운 일인지 아무도 몰랐다. 리의 어머니는 도자기로 만든 작은 입상과 중고 장식품 들을 샀다. 그리고 그녀의 삶에 대해 이야기했다. 리는 어머니의 발소리와 자물쇠에 열쇠 꽂히는 소리를 들었다.

"여기 통지문이 또 있구나. 청문회를 열겠다고 협박하는군. 지금까지 네가 통지문을 숨긴 거니? 무단결석한 것을 놓고 청문회를 열겠단다. 이게 최후통첩이래. 이사온 뒤로 넌 학교에 아예 오지를 않았다는구나. 단 하루도 안 왔대. 그나저나 왜 내가 우편을 통해서 이런 걸 알아야 하는지 모르겠구나. 한방 먹었군. 내 인생에 충격이라고." 마거리트가 말했다.

"왜 학교에 가야 해? 학교는 날 원하지 않고 나도 학교에 가기 싫은데. 아무튼 잘될 거야." 리가 말했다.

"학교에서는 뭔가 법적인 조치를 취할 거야. 학교는 집하고는 달라. 우리를 법정에 세울 거다."

"법정에 혼자 갈 수 있어. 엄마는 보통때처럼 그냥 출근해."

"너도 알다시피 나는 이날 이때껏 자식들을 돌보느라 모든 걸 포기했다. 이건 나한테 지독한 오점이야. 나 역시 한부모 가정에서 자랐다는 걸 잊지 마라. 그런 환경이 얼마나 지긋지긋한지 겪어보지 않은 사람은 몰라. 나는 공장에서 하루종일 일하고 집에 돌아와서는 살림까지 도맡아했다."

또 시작이다. 그녀는 곧 리의 존재를 망각할 것이다. 그리고 아이에게 책을 읽어주듯 목소리를 높여 족히 두 시간은 떠들어댈 게 틀림없다. 리는 묵묵히 앉아 텔레비전의 듀몬트 테스트패턴(텔레비전의 영상을 조절할 수 있도록 정규방송 전에 내보내는 화상—옮긴이)을 지켜보았다.

"나는 여기 미국을 좋아한다. 하지만 통제불능의 발작을 일으킨다는 이유로 에크달이 나를 고소했을 때처럼 순순히 법정에 불려가고 싶지는 않아. 그 사람들은 우리에게 공식적으로 경고했다는 점을 강조할 거야. 나는 그 작자들한테 이렇게 말할 거다. 비록 정규교육은 받지 못했지만 특별히 남에게 뒤지지도 않거니와 집안살림도 잘 꾸려가고 있다고. 우리는 군인 가족이라고. 이게 내 변호야."

동물원은 아파트에서 세 블록 떨어져 있었다. 야생조류가 사는 연못가에는 얼음의 흔적이 남아 있었다. 리는 웃옷 주머니에 손을 깊숙이 찔러넣은 채 사자우리 쪽으로 걸어갔다. 거기에는 아무도 없었다. 따뜻한 기운과 함께 강렬한 냄새가 훅 끼쳤다. 날고기와 짐승의 털, 김나는 오줌냄새가 뒤섞인 커다란 육식동물의 체취가 느껴졌다.

육중한 문이 열리는 소리와 함께 시끄러운 목소리가 들렸다. 리는 무슨 일이 일어날지 예감했다. P.S. 44(뉴욕에 있는 공립중학교—옮긴이)에 다니는 두 아이가 보였다. 한 아이는 짧은 코트를 입고 타닥타닥 소리가 나는 신발을 신은, 땅딸막한 스캘조였다. 또 한 아이는 스캘조보다 키가 더 작고 콧물을 질질 흘리는 익살꾼이었는데, 리는 니키 블랙이라는 별명 말고는 그애에 대해 아는 것이 없었다. 두 아이는 동물을 괴롭히고, 하루를 마무리하듯 말썽을 피우러 온 것이었다. 리는 그들이 자기를 알아보고 즐거워하는 걸 눈치챘다. 순간 리의 목 근육이 파르르 떨렸다.

스캘조의 목소리는 천장이 높은 우리 안에 울려퍼졌다.

"학교에서 날마다 네 이름을 불러. 근데 이름이 리가 뭐냐? 계집애 이름이라면 몰라도 그게 뭐야?"

"걔 이름은 텍스야(텍사스인의 약칭, 리 오즈월드는 네살 때부터 중학교 입학 전까지 텍사스 주 댈러스에 살았음—옮긴이)." 니키 블랙이 말했다.

"얘는 카우보이야." 스캘조가 말했다.

"카우보이들이 뭐 하는 줄 알지, 그치? 얘한테 말해봐, 텍스." 니키 블랙이 말했다.

"소하고 그거 하잖아." 스캘조가 말했다.

리는 희미한 미소를 띤 채 북쪽 문으로 나왔다. 그러고는 계단을 내려와 요란한 장식물이 달린 육식조류의 우리 주변을 걸었다. 싸우게 되어도 상관없었다. 아니, 얼마든지 상대해주겠다고 생각했다. 언젠가 리는 자신의 개에게 돌을 던진 아이와 싸워 이긴 적이 있다. 리는 그 아이를 실컷 두들겨 패서 코피까지 터뜨렸다. 코빙턴의 버몬트 가에서 개를 기를 때의 일이었다. 어쨌든 이런 약올리기는 리에게 고문이었다.

녀석들은 리를 골리다 이내 흥미를 잃고 변덕스럽게 다시 원점으로 돌아와 콕콕 찌르고 상처가 되는 말을 내뱉으며 비아냥거렸다.

스캘조는 벤치 주변에 모여 담배를 피우는 더 나이든 소년소녀들 쪽으로 다가갔다. 와이어 휠이 달린 두 가지 색조의 로킷 올즈(미국에서 가장 오래된 자동차회사 올즈모빌에서

1940년대에 생산한 스포츠카—옮긴이)에 대해 누군가 말하는 소리가 들려왔다.

서열이 가장 높은 대머리독수리가 횃대에 앉아 있었다. 머리와 목에 털이 없었다. 돌을 물고 타조알을 깨뜨린다는 대머리독수리 옆에 니키 블랙이 서 있었다. 아이들은 그를 '니키' 또는 '블랙'이라고 부르는 법 없이 언제나 '니키 블랙'이라고 불렀다.

"땡땡이치는 건 별일 아니야. 좋다 이거야. 그런데 너는 한달에 한번도 안 나오는 것 같아."

니키 블랙의 이 말은 칭찬처럼 들렸다.

"텍스, 너 당구 치냐? 하루종일 집에서 뭐 해? 당구 치는 거 맞지? 어서 대답해봐."

니키 블랙이 리의 사타구니를 한방 치는 시늉을 하고는 뒤로 물러섰다.

"그런데 넌 왜 북부에 와서 살게 됐냐? 우리 형은 죠지아에 있는 포트 베닝(미육군 보병학교—옮긴이)에 배치됐어. 형이 그러는데 남부 애들은 손에 돌멩이를 쥐고 있지 않으면 왼쪽과 오른쪽도 구별하지 못한다면서? 그게 정말이야?"

그는 재빨리 코로 숨을 쉬고 머리를 흔들면서 스파링하는 시늉을 했다.

"우리 형은 연안경비대에 들어갔어. 그래서 여기 사는 거야. 형은 엘리스 섬에 배치됐어. 항만 경비라던데……" 리가 말했다.

"우리 형은 지금 한국에 있어." 니키 블랙이 말했다.

"형이 또 있는데 해병대야. 그 형은 어쩌면 한국에 가게 될지도 몰라. 그래서 걱정이야." 리가 말했다.

"한국사람들은 걱정할 것 없어. 문제는 그 빌어먹을 중국놈들이야." 니키 블랙이 말했다.

그 목소리에는 일종의 경외감과 함께 서글픔이 배어 있었다. 그는 찢어진 케즈(캔버스천에 녹인 고무를 입혀 만든 운동화—옮긴이)를 신은데다 리의 윈드브레이커(바람막이 웃옷—옮긴이)만큼이나 부실한 야전재킷을 입고 있었다. 콧물을 훌쩍거리는 발육부진의 꼬맹이. 얼굴의 왼쪽 절반은 늘 찡그리고 있었다.

"난 트럭에서 떨어진 고구마를 주울 수 있는 데를 알아. 우리는 벨몬트 근처의 공터에서 고구마를 구워먹지. 남부에도 고구마가 있냐? 난 책장을 후루룩 넘기면 사람이 움직이면서 꼭 섹스하는 것처럼 보이는 책들을 파는 데도 알아. 그쯤은 알아야지. 열여섯살이 되면 곧바로 학교와는 이별이야. 말하자면 사회로 눈을 돌리는 거지."

니키 블랙은 혀끝에 묻은 담배 찌꺼기를 뱉어냈다.

"공사판 일자리를 얻는 거야. 우선 롤칼라 셔츠 열 장은 사야겠지. 돈을 모으면 금세 차를 한대 갖게 돼 있어. 차는 한달에 한번쯤은 반짝반짝 빛나게 닦아줘야 해. 차가 있으면 여자애들도 따르게 마련이야. 그렇게 되면 부러울 게 뭐 있겠어?"

스캘조는 어깨를 흔들면서 어슬렁거렸다. 그의 신발 앞창이 아스팔트에 가볍게 긁히는 소리가 났다.

"그런데 텍스 넌 왜 나하고는 말 안하냐?" 스캘조가 말했다.

"그 느러터진 남부 말투 좀 들려주지그래." 니키 블랙이 말했다.

"됐어."

"리치한테 한번 말해봐. 그앤 친절하게 말을 받아주니까."

"어쨌든 텍스, 남부 말투로 말 좀 해봐. 듣고 싶단 말이야."

리는 미소를 지으며 공원 벤치에 구부리고 앉아 불어오는 바람을 맞으며 담뱃불을 붙이고 있는 아이들 곁을 지나갔다. 립스틱을 요란하게 바른 열다섯살 먹은 계집애들과, 징 장식에 권총 주머니와 굵은 실로 박음질한 바지 차림의 사내애들이었다. 리는 중앙의 공터로 걸어가서 집에서 가장 가까운 출입문으로 향하는 길로 들어섰다.

스캘조와 니키 블랙이 10미터쯤 뒤에서 따라왔다.

"어이, 호모."

"이 자식, 클로레츠 검을 빨아먹고 있네."

"입냄새가 싹 가셔서 키스할 때 상쾌해요."

"원 앤드 어 투(춤출 때 스텝을 밟으며 내는 소리―옮긴이)."

"그만해."

"원 투 차 차 차."

"얘는 거시기가 뭔지도 모른대요."

"사회로 눈을 돌리라는 얘기야."

"왜 나한텐 말을 안할까?"

"우리가 어떻게 했으면 좋겠냐?"

"담배 한대 피워봐라."

"엄청 순한 거야."

"그만해."

"우리한테 말 좀 해봐라."

"우리가 싸우쟀냐 어쩌쟀냐?"

"뭐라고 말 좀 해보라니까."

"어서 말해, 텍스."

"그만하라니까."

출입문에서 럼버 재킷(나무꾼의 작업복을 본뜬 상의—옮긴이)에 넥타이를 맨 사내가 리에게 이름을 물었다. 리는 북부의 양키와는 말하지 않는다고 대꾸했다. 사내는 용무를 마칠 때까지 거기 서 있으라는 뜻으로 길 한쪽을 가리켰다. 그러고는 다른 두 소년에게 걸어가 리를 가리키며 말을 건넸다. 니키 블랙은 아무 말도 하지 않았다. 스캘조는 어깨를 으쓱했다. 사내는 자신이 학생생활 지도원이라고 했다. 스캘조는 바짓가랑이를 끌어올리면서 사내의 눈을 똑바로 쳐다보았다. '이봐요, 선생. 그래서 뭐가 어쨌다는 거요?'라고 따지는 것 같았다. 니키 블랙은 주머니에 손을 찔러넣고는 삐드렁니를 드러낸 채 추운 날에 그렇듯이 몸을 약간 흔들어댔다.

사내는 거리로 나와 리를 녹색과 흰색이 칠해진 순찰차로 데려갔다. 리는 강렬한 인상을 받았다. 운전석에는 경찰관이 앉아 있었다. 그는 담배를 끼운 손을 오므려 무릎 사이에 내려놓고 한손으로 운전을 했다.

마거리트는 텔레비전의 조정화면을 들여다보면서 밤늦게까지 깨어 있었다.

리는 순수하게 동물을 좋아했어요. 그러니 동물원은 그애에겐 축복이었죠. 그런데 그 사람들은 정신과 의사들이 하루종일 쉬지 않고 리를 귀찮게 괴롭히는 시내 중심가의 건물로 보냈어요. '청소년의 집'이라는 곳이죠. 거기엔 뿌에르또리꼬인들이 바글바글해요. 리는 그들이 와자지껄 떠드는 지저분한 곳에서 샤워를 해야만 해요. 그애 형 존 에드워드가 나서서 의사한테 얘기하도록 리를 설득하려 했지만, 리는 존의 처한테 주머니칼을 꺼내든 뒤로는 존과 말하려 하지 않아요. 어쨌든 당국은 리를 감호소에 수용했어요. 그쪽 사람들이 그애한테 한 말은 손톱을 물어뜯는 버릇이 있느냐, 종교단체 같은 데 가입한 적이 있느냐, 학교 수업중에 난동을 피우지 않았느냐는 식의 질문이었죠. 그런데 판사님, 그애는 욕 한마디도 할 줄 몰라요. 그 동네는 뉴욕풍의 남자애들이 넘치는 데예요. 그애들은 제 아들이 리바이스를 입은 걸 별나다고 하죠. 그런데 많은 남자애들이 리바이스를 입어요. 리바이스를 입는 게 뭐가 이상하죠? 이상할 게 없는데도 그애들은 리한테 네가 빌리 더 키드(미국 서부의 전설적인 무법자이자 총잡이―옮긴이)인 줄 아느냐면서 시비를 걸어요. 리는 자기 형들하고 모노폴리 게임을 하고, 포트워스

8번가에서 에크달이랑 살 때는 성적도 괜찮았답니다. 판사님, 이건 적응문제예요. 그건 나무토막이나 깎는 단순한 주머니칼이었고, 그애가 정말 형수를 찌른 것도 아니었어요. 지금은 형제간에 통 말을 안하죠. 리는 동물의 생활이랑 동물이 굴이나 구멍 속에서 먹고 자는 습성을 조사하던 아이예요. 그 뭐죠, 동물이 사는 곳을 우리라고 하나요? 아무튼 그애는 조숙한 아이예요, 판사님. 리는 어릴 때부터 역사랑 지도를 좋아했어요. 그애는 정규교육을 제대로 받지도 않았는데 아주 묘한 것을 많이 알고 있답니다. 리는 열한살이 될 때까지 방이 없어서 제 침대에서 저랑 같이 잤어요. 그애 형들이 보육원이나 사관학교나 해병대나 연안경비대 같은 데 있을 때, 저희 둘은 아주 초라한 방에서만 살았어요. 보통 남자애들은 아버지가 달이라도 따다줄 거라고 믿죠. 하지만 그 사람은 가엾게도 잔디에 엎어진 채 죽어버렸어요. 어른이 된 뒤 제 인생에서 유일하게 행복하던 시절은 그때 끝나버렸죠. 그뒤로는 저 마거리트와 리 단둘뿐이었어요. 저희는 어머니와 아들이에요. 그애를 방치한 적이 없어요. 그애가 무단결석을 했다고 하는데, 그건 그 사람들이 그냥 입버릇처럼 하는 소리예요. 그들은 리가 집에서 온종일 텔레비전만 본다고 말해요. 정신감정을 받아보라는 얘기도 했어요. 신교도의 빅브라더스라는 단체의 도움을 받으라고 했죠. 하지만 리한테는 큰형들이 있어요. 대체 뭣 때문에 형이 더 있어야 하죠? 구세군 얘기도 나왔어요. 그들은 제가 아들에게 주는 막대사탕 포장지까지 뜯어보고 제 핸드백에 들어 있는 것까지 모조리 꺼내봐요. 이런 취급을 당하는 건 모욕입니다. 그애의 옷차림이 평범하지 않은 건 절대 제 잘못이 아니에요. 도대체 뭣 때문에 야단들이죠? 텍사스에선 땡땡이치는 아이를 범죄자 취급도 하지 않거니와 조사를 한답시고 아이를 함부로 시설에 가두지도 않아요. 그런데 여기에서는 리를 소송거리로 만들었어요. 감호소 쪽 사람들은 제가 자기들에게 매달려 집으로 가게 해달라고 애걸하기를 바라요. 저희는 그 사람들이 생각하는 것처럼 천박한 부랑자가 아닙니다. 저는 이래봬도 기독교인이에요. 자식에게 무관심한 엄마라면 어디에 내놔도 손색없는 가정을 꾸려나갈 수가 있겠어요? 기꺼이 증거를 보여드릴 수도 있는데, 집 안어느 한구석 반짝반짝 빛나지 않는 곳이 없고 무엇 하나 흐트러진 것 없이 잘 정돈돼 있답니다. 저는 먹고살려고 애쓰는 걸 두려워하지도 않아요. 콩요리와 옥수수빵을 만들고, 집에 음식이 떨어지지 않게 하는 건 수치스러운 일이 아니죠. 구두쇠짓을 한 사람은 벤브룩의 그랜버리 거리에서 간통을 저지른 에크달이에요. 그런데 발끈해서 난폭행위를 했다는 이유로 고소당한 사람은 저였단 말이죠. 판사님, 저는 제 이름을 되찾았습니다. 마거리트 클래버리 오즈월드, 이게 제 이름이에요. 저희 모자는 철로변의 윌링 가로 이사를 왔죠.

리는 인물화 테스트를 통해 상상력이 빈약하다는 평가를 받았다. 담당 심리학자는 그가 명석한 아이들의 표준지능에서 상위권에 속한다고 판정했다.

청소년 상담사는 이렇게 보고했다.

"질문 결과 리는 자신과 다른 사람들 사이에 교류를 막는 장막이 있는 듯 느끼나, 그 상태로 있기를 원하는 것으로 나타났음."

학교 선생님은 리가 실내에서 종이비행기들을 날렸다고 보고했다.

리는 학기중에 7학년(중학교 1학년―옮긴이)에 복학했다. 어스름한 여름날 저녁, 브롱크스 남쪽 공원 벤치 근처에 한 무리의 소녀들이 서성대고 있었다. 유대인 소녀들, 꽉 끼는 치마를 입은 이딸리아 소녀들, 발찌를 한 소녀들이었다. 소녀들이 웅얼대는 소리에는 남자아이들의 이름, 노래가사, 리가 잘 알아들을 수 없는 짧은 욕설 들이 섞여 있었다. 리가 그 옆을 지나가자 소녀들이 말을 걸어왔다. 리는 특유의 조용한 미소를 지었다.

집으로 가는 버스는 해변 쪽에서 왔다. 버스 안에는 숨쉴 때마다 맥주냄새를 풀풀 풍기는 여자가 앉아 있었다. 리는 눈이 아팠다. 물과 햇빛 속에서 보낸 낮의 피로 탓인지 소금 기 같은 짠 기운이 눈을 찌르는 것 같았다.

마거리트가 말했다. "네 이모한테 너를 맡기려고 했지만 쉽지 않았다. 그 집엔 이모 애들만 해도 너무 많았어. 또 대부분의 집들이 그렇듯 싸움도 종종 했고. 그래서 네가 두살 때, 그러니까 폴린 가에 살 때 로치 부인을 고용한 거야. 그런데 하루는 집에 돌아와보니까 그 여자가 네 등에 채찍질을 하고 다리에 매질을 하고 있더구나. 그런 일이 있고서 우리는 셔우드 포리스트 드라이브로 이사왔지."

바깥의 열기가 벽과 창문, 타르 지붕을 통해 방으로 스며들었다. 남자들은 일요일마다 흰 종이봉지에 페이스트리를 들고 다녔다. 한 이딸리아 사내가 과자점에서 다섯 발의 총을 맞고 죽었다. 뇌수가 만화책이 꽂힌 선반 옆 벽에 튀었다. 아이들이 그 회색 얼룩을 보려고 떼지어 몰려왔다. 그 시각 사내의 어머니는 맨해튼에서 양말을 팔고 있었다.

쉰살쯤 돼 보이는 여자가 고가철도로 이어진 계단 앞에서 리에게 광고지를 건넸다. 안경을 끼고 검은 옷을 입은 지극히 평범한 여자였다. 광고지에는 '로젠버그 부부를 살립시다(로젠버그 부부는 소련에 핵기밀을 제공한 죄로 검거되어 1953년에 처형당함―옮긴이)'라는 글이 씌어 있었다. 리는 돈을 내야 하는가 싶어서 광고지를 돌려주려고 했다. 하지만 그새 어디로 갔는지 여자는 보이지 않았다. 리는 야구경기를 중계하는 라디오 아나운서의 나른한 목소리를 들으며 집으로 걸어갔다. 관중석이 많이 비었네요. 사람들이 경기장에 나와 남은 경기를 끝까지 지켜보았으면 좋겠는데 말입니다. 그날은 일요일에다 어머니날이었다. 리는 광고지를 잘 접어 주머니에 넣었다.

이 세상 안에는 또다른 세상이 있다.

리는 지하철을 타고 맨해튼 북쪽 끝인 인우드로 올라가기도 하고, 브롱크스 남쪽에 있는 쉽스헤드 만까지 내려가

기도 했다. 지하철에는 누런 불빛에 흔들리는 심각한 표정의 남자들이 있었다. 중국인, 거지, 신과 대화하는 남자가 보이는가 하면, 상처입은 표정에 헝클어진 머리를 하고 밤낮 차 안에 죽치고 있거나 보따리를 껴안은 채 의자에 앉아 조는 남자도 보였다. 리는 회전식 개찰구를 뛰어넘은 적이 있었다. 묵직한 사슬을 꽉 붙잡고 객차 사이의 연결부에 탄 적도 있었다. 그때 바퀴의 마찰이 잇속까지 느껴질 정도였다. 가끔씩 전동차는 무서운 속도로 달렸다. 그때마다 리는 벼랑 끝에 서 있는 것 같았다. 그는 그 느낌이 좋았다. 기관사가 미쳤을지도 몰라. 그런 생각을 하면 가슴이 묘하게 뛰면서 기분이 좋아졌다. 전동차가 통제불능의 속도로 달릴 때마다 바퀴에서 푸르스름한 불꽃이 비처럼 쏟아지고 귀를 후벼파듯 쉭쉭 소리가 났다. 전동차는 얼굴 전시장이라도 되는 것처럼 각양각색의 사람들로 꽉 차 있었다. 그들은 서로 밀치고 들어와서는 사기 손잡이에 매달렸다. 리는 지하철을 타는 게 좋아서 탔을 뿐이었다. 시끄러운 소음에는 힘과 인간의 에너지가 배어 있었다. 어둠은 힘이 있었다. 리는 첫번째 칸 맨앞에서 유리창에 손바닥을 대고 서 있었다. 앞에 보이는 철로는 그 자체가 힘의 한 형태였다. 그것은 일종의 비밀이고 힘이었다. 전조등 불빛이 비밀스러운 것들을 드러내 보였다. 소음은 리의 마음속에 깃든 분노를 한껏 고조시켰다.

리는 그의 짧은 삶에서 두번 다시 비명으로까지 치닫는 이 내면의 힘을 느낄 수 없을 것이다. 뉴욕의 땅밑을 지나는 터널 안에서 느끼는 이 영혼의 은밀한 에너지는 세상 그 어디에서도 느낄 수 없으리라.

4월 17일

  니컬러스 브랜치는 책이 꽉 들어찬 방에 앉아 있다. 온갖 서류를 모아놓은 방, 이론과 몽상의 방. 브랜치가 이 일을 시작한 지 올해로 15년째다. 브랜치는 이따금씩 자신이 육체가 없는 존재가 되어가는 것은 아닌가 생각한다. 그는 자기가 늙어가고 있다는 것을 안다. 그는 눈앞의 사실에 집중하지 못한 채 어느 특정한 날 오후에 관련된 페이지나 행, 혹은 지극히 세부적인 사항으로 몇번이고 돌아와야 할 때가 있다. 브랜치는 이런 오후를 들락날락하면서 배회한다. 타는 듯 밝은 하늘은 한정된 자료에 색을 입히고 깊이를 더해준다. 그는 이따금씩 한손을 오므려 떨어뜨린 채 구부정한 자세로 융단 위의 의자에 앉아 잠들기도 한다. 점점 낡아가는 방, 방화시설이 되어 있는 방, 여기저기 종이가 어지럽게 흩어져 있는 방이다.

  하지만 브랜치는 어디에 무엇이 있는지 알고 있다. 벽에 쌓아올린 서류더미 속에서 원하는 것을 민첩하게 끄집어낸다. 방은 온통 서류더미다. 법률 관련 서류철과 카세트테이프가 어지럽게 널려 있다. 세 벽에 세워진 높은 책장마다 책이 가득하다. 책상, 탁자, 방바닥도 책으로 덮여 있다. 커다란 파일 캐비닛에 든 서류는 오래된데다 꽁꽁 묶여 있어서 저절로 불이 날 것 같다. 열기와 빛. 그 방에는 자료의 소재를 파악하는 데 도움이 될 만한 장치가 없다. 브랜치는 손과 눈과 기억을 동원해 색깔과 모양, 그리고 어떤 물체를 그 내용과 연결해주는 암시적인 형상을 이용한다. 그는 불현듯 잠에서 깨어나 그곳이 어디인지 어리둥절해한다.

브랜치는 가끔 그 모든 것들의 무게와 서류를 상대하는 일이 두려워져 주위를 둘러본다. 그는 수백명의 삶과 관련된 자료에 에워싸여 있다. 결과는 아직 보이지 않는다. 보고서든 사본이든 그가 필요한 것은 무엇이든지, 심지어 구하기 무척 어려운 것까지도 그저 요구만 하면 된다. 기록담당관은 반응이 빠르다. 모호한데다 오류투성이고 정치적인 편견과 조직적인 환상이 난무하는 조사 분야에서 상대방이 원하는 기록을 정확하게 찾아 전해주는 일에 강한 집념을 보인다. 단지 상대방이 원하는 문서나, 공개된 자료에서 막연한 주석을 찾아주는 데서 그치지 않는다. 부장은 랭글리의 중앙정보국, 즉 CIA 본부 종합청사 밖에서는 누구도 본 적이 없는 희귀한 자료와 내부조사 결과를 담은 자료, 정보국 내 보안부에서 나온 기밀서류 등을 브랜치에게 보내준다. 브랜치는 현재의 기록담당관과는 만난 적이 없다. 앞으로 만나게 될 거라고 기대하지도 않는다. 둘은 전화로 연락한다. 대화는 지극히 간단하지만 둘 다 문서와 관련된 일을 하는만큼 서로 공손하게 말한다.

팔걸이 부분이 글러브 가죽으로 덮인 안락의자에 앉아 있는 니컬러스 브랜치. 그는 CIA의 수석 정보분석관 출신으로, 케네디 대통령 암살에 관련된 비사(秘史)의 집필을 의뢰받았다. 열과 빛의 6.9초간(케네디 암살 때 총격을 가한 시간—옮긴이). 회의를 소집해 이 흐릿한 사진을 분석해봅시다. 매초를 낱낱이 파헤치고, 복잡한 일초 일초의 구성요소를 분류하는 데 우리의 생을 바칩시다. 우리는 옥으로 만든 우상처럼 반짝이는 가설을 토대로 다면적이면서도 우아한 추정의 체계를 흥미진진하게 세울 겁니다. 총알의 탄도를 거슬러올라가 그늘 속에 사는 인생들은 물론, 꿈속에서 신음하는 실존인물들까지 추적할 겁니다. 엘름 가(케네디 암살 현장—옮긴이). 왜 자신이 피범벅이 된 잔디에 앉아 있는지 몰라 어리둥절해하는 여자. 10번가(케네디 암살 직후 오즈월드가 순찰차의 경찰관 한 명을 사살한 현장—옮긴이). 피흘리는 경찰관이 탄 순찰차 보닛에 신발을 놓고 간 여성 목격자. 브랜치는 성스러움에 가까운 기이한 느낌을 받았다. 이 일에는 현실의 중심에서 벗어난 성스러운 요소가 많다. 다시금 당시 상황을 돌이켜보자.

브랜치는 추적조사의 편의를 위해 CIA 측이 제공한 컴퓨터에 날짜를 입력한다. 1963년 4월 17일. 배경, 인맥, 주소와 함께 몇몇 이름이 금세 모니터에 나타난다. 타는 듯 밝은 하늘. 그 지방 특유의 떡갈나무에 에워싸인 멋진 고택들이 죽 늘어서 있는, 녹음 짙은 거리.

미국식 주방. 이 집의 아침식사를 하는 구석진 공간에는 월터 에버렛 주니어──그냥 윈이라고 불렀다──라는 사내가 주위에서 나는 아침의 소음, 익숙한 것들이 내는 소리에 둘러싸인 채 생각에 잠겨 앉아 있었다. 모든 행복한 가정에서 흔히 들을 수 있는 소음의 모자이크였다. 토스터에서 빵이 튀어오르는 소리, 친근하고 조급한 음색의 라디오 소리, 귀에 울리는 낙천적인 웅성거림. 신문배달 소년이 접은 자리가 아직도 선명하게 남아 있는 『레코드크로니클』이 그의 팔꿈치 옆에 놓여 있었다. 주방기구들이 가지런히 늘어선 양지쪽에 그림자처럼 어른거리는 형상, 끊임없이 움직이는 것들, 공중에 떠오르는 반짝이는 빛, 알아야 할 세상의 여러 가지 것들. 윈은 스푼으로 커피를 젓다 잠시 생각에 잠겼다. 그러고는 다시 젓다가 스푼을 들어올리고 넓게 비치는 햇빛 속에서 동작을 멈추었다. 겉모습만 보면 그를 조용하고 우유부단한 남자라 말해도 크게 틀리지 않을 터였다.

그는 비밀에 대해 생각하고 있었다. 왜 비밀이 필요할까? 비밀에는 대체 어떤 의미가 담겨 있을까? 그의 아내가 설탕을 집으려고 손을 뻗었다.

그는 아침식사 때에 중요한 생각을 했다. 구(舊) 본관 건물에 있는 사무실에서 점심을 먹을 때도 생각했다. 저녁때는 현관에 앉아 생각했다. 비밀이 있는 사람들은 서로 끌린다. 그것이 자연의 법칙이다. 서로 끌리는 건 결코 비밀을 공유하고 싶어서가 아니다. 그저 같은 심정의 친구, 같은 괴로움을 겪는 동지가 필요하기 때문이다. 서로의 삶에서 얻는 휴식, 직업이나 의무 혹은 자신의 존재에 밀착된 일로 인한 비밀유지와는 상관없는 사람들과 함께 사는 무시무시한 현실로부터의 휴식이 필요하기 때문이다.

메어리 프랜씨스는 토스트에 버터를 바르는 남편의 모습을 바라보고 있었다. 윈은 왼손으로 빵 가장자리를 잡고 버터나이프를 규칙적으로 반복해서 움직였다. 버터를 골고루 바르려는 걸까? 아니면 뭔가 다른 깊은 뜻이 있는 걸까? 끊임없이 버터를 발라대고, 별것도 아닌 일에 몰두하는 남편. 그럴 이유도 필요도 없는데 쓸데없는 강박관념에 사로잡힌 채 일상적인 일을 행하는 남편의 모습을 볼 때마다 메어리 프랜씨스는 슬펐다.

그녀는 합리적으로 걱정할 줄 알았다. 남편이 안전하고 평범한 것으로, 아침식탁으로, 열흘째 계속되는 맑은 날 속으로 돌아오도록 하기 위해 자신의 목소리를 이용할 줄도 알았다.

"보기 흐뭇한 광경 중 하나가 아닌가요? 그런데 난 이곳으로 이사오기 전까지는 전혀 몰랐다니까요. 교회에서 나오는 사람들 말이에요. 계단 근처에 모여 얘기하는 모습 정말 보기 좋지 않아요?"

"당신은 여기에서 범죄자와 마주치기라도 하는 건 아닌가 생각했나보군."

"난 그저 여기가 좋다는 뜻이에요. 당신이 그렇게 생각하나보군요."

"거들먹거리며 술집으로 몰려가는 남자들이야. 소몰이를 하고 나서 목이 마르니까 한잔하려는 거지."

"난 어디에나 있는 교회 풍경을 말한 거예요. 전에는 눈여겨보지 않았던 풍경이죠."

"난 모텔에서 나오는 사람들을 보는 게 좋던데."

"난 진심으로 말하는 거예요. 예배가 끝난 뒤 천천히 밖으로 나와서 교회의 뜰이나 계단에 삼삼오오 모여 있는 사람들한테는 매력적인 뭔가가 있어요. 아주 멋진 풍경이죠."

"성인이 되어서 내가 일요일을 싫어하게 된 이유가 바로 그 때문이었어. 뻣뻣하게 풀먹인 옷을 입은 구닥다리들뿐이었지. 그런 사람들을 보면 기분까지 칙칙해졌어."

"구닥다리가 나쁜가요? 난 구닥다리 중년인 게 좋아요."

"당신이 그렇다는 소리가 아니야."

그는 식탁 위로 손을 뻗어 아내의 팔을 잡았다. 스스로 말을 잘못했거나 아내의 말을 무시했다고 생각할 때마다 그는 그렇게 했다. 내 말에는 신경쓰지 마. 내 손의 감촉을 믿어.

"기분좋아요." 그녀가 말했다.

우리는 자신의 아픔을 위로받기 위해 서로를 끌어당긴다. 곡선으로 구부러진 현관과 능소화덩굴이 감긴 떡갈나무 기둥이 있는, 20세기로 접어들 무렵에 지어진 고풍스러운 집의 아침식탁 앞에 앉아 그는 이런 생각을 하고 있었다. 그에게는 생각할 여유가 있었다. 달콤한 젤리향에 취하고 무늬가 새겨진 흰 비누냄새를 맡으며 노인이 되어갈 시간도 있었다. 첩보기관에서는 쉰한살에 은퇴하는 건 드문 일이 아니다. 위원회가 승인한 연금정책이 있고, 그 분야의 종사자들이 겪는 버겁고 위험한 생활에 대한 보고서도 있었다. 가정문제라든가 업무가 자꾸 바뀌는 문제도 배제할 수 없었다. 그러나 윈 에버렛의 퇴직은 온전히 그의 자발적인 의사에 의한 것이 아니었다. 플로리다 주 코럴 게이블즈에서의 일도 있었다. 거짓말탐지기도 몇차례 거쳤다. 게다가 세 단계의 전문가들에게서 '동기성 피로'라는 용어를 들었다. 둘은 CIA 전속 정신과 의사였고, 한 명은 윈이 무시무시하며 지극히 현실적이라고 느끼는 외부세계의 사람으로, 기밀유지 심사에 합격한 관계자였다.

당국은 그런 사람을 준(準)퇴직자라고 불렀다. 립써비스인 셈이다. 당국의 후원으로 그는 이곳에서 교직에 앉아 하급 직원훈련생으로 유망한 학생을 모집하기 위해 고용되었다. 이곳이 여자대학이라는 점을 고려하면 이는 노골적인 조롱이었다. 윈 자신도 여전히 당국에서 자신을 지켜보기라도 하는 것처럼 씁쓸하고 자학적인 기분으로 그런 사실을 절절이 느낄 수 있었다.

우리는 결국 이러면서 끝나는 거야. 스스로를 감시하면서 살다가 죽는 거지. 자신에게서 스스로를 분리하느냐 못하느냐가 관건이야. 이것이 윈이 아침식탁에서 한 생각이었다.

윈은 마침내 토스트를 먹고 싶은 마음이 생겼다. 그는 살짝 구운 토스트를 반으로 접었다. 메어리 프랜씨스는 남편의 육체에서 확신에 찬 힘을 보았다. 늘씬한 체격, 온화한 얼굴, 맑은 눈, 우울함이 배어 있는 얼룩덜룩한 넓은 이마. 이 남자에게는 불같은 신념이, 확고한 목적의식이 있다. 원이 회의나 기획부대 또는 실전부대나 비밀훈련기지에서 밀려난 지금, 메어리 프랜씨스는 그 어느 때보다도 확실하게 그 점을 간파하고 있었다. 그의 열의에 아낌없이 정보를 제공해주던 사람들이나 사건들과도 접촉할 수 없고, 실질적인 임무도 없어진 그는 이제 그 스스로 원칙과 열의가 되어가고 있었다. 메어리 프랜씨스는 남편이 오랜 세월 고통 속에서 쌓인 자신들의 원한을 신성한 것으로 빛나게 하려는 사람들처럼 될까 두려웠다. 라디오에서는 기온이 20도를 크게 웃돈다고 말했다. 텍사스에서만큼은 신이 건재하다.

여섯살 된 쑤전이 허기진 채로 들어왔다. 쑤전은 아버지의 팔에 머리를 기대고 두 발을 꼰 채 시무룩한 표정으로 서 있었다. 늘 그렇듯 주의를 끌려는 것이다. 쑤전은 어머니를 닮아 금발이었다. 머리카락은 숱이 많고 뻣뻣했다. 얼굴은 메어리 프랜씨스보다 하얗지만, 바람에 거칠어진 흔적 같은 것은 없었다. 부부는 아이를 원했다가 그 희망을 버렸다. 그렇기 때문에 쑤전은 그들의 경솔함을 외경스러움으로 바꿔준 위대한 정신의 힘, 이기적이지 않은 무언가의 상징이었다. 원은 쑤전을 품에 끌어당겨 딸이 과장된 몸짓으로 쓰러지도록 해주었다. 그는 먹다 남긴 토스트를 쑤전에게 건네고 딸이 씹는 동안 회색 눈을 황홀하게 뜨고는 입맛 다시는 소리를 냈다. 메어리 프랜씨스는 KDNT 라디오 방송국의 「라이프 라인」을 듣고 있었다. 자녀들이 읽고 보고 듣는 것에 대해 부모들이 경계를 게을리하지 않고 주의를 기울여야 할 필요가 있다는 코멘트였다.

"위험은 어디에나 도사리고 있습니다."

준엄한 목소리가 말했다.

윈은 담배를 찾으려고 웃옷 주머니를 더듬었다. 쑤전이 통학버스 소리에 서둘러 달려나갔다. 침묵이 흘렀다. 그날의 첫번째 피로가 가볍게 덮쳐왔다. 비엘라(면·모 혼방의 능직물―옮긴이) 가운을 입은 메어리 프랜씨스가 식탁을 치우기 시작했다. 작은 종처럼 조심스러운 일련의 맑고 가벼운 소리가 주위에 울려퍼졌다.

구 본관 지하실에 있는 윈 에버렛의 임시사무실에 경련하듯 깜박이는 희미한 형광등 불빛 아래 두 남자가 앉아 있었다. 윈은 속옷 바람으로 담배를 피웠다. 그는 자신이 품고 있는 강한 기대에 놀라고 약간 당황했다. 그는 무턱대고 말하고 싶었다. 그래서 마주 앉은 옛 동료의 근황을 물으며 이야기를 나누었다.

복도에서는 목수들이 작업을 하고 있었다. 머리를 짧게 깎은 그들은 난방용 증기관 아래에서 질질 끄는 듯한 남부 말투로 서로 소리를 질러댔다.

하늘색 옥스퍼드 셔츠에 검은 정장 차림, 큰 키에 떡 벌어진 어깨를 가진 로렌스 파멘터는 의자에 앉아 몸을 앞으로 기울이고 있었다. 금발이지만 귀 언저리의 머리카락이 희끗희끗한 그는 말이 없을 때조차 활기차 보였다. 게다가 그는 술과 함께 농담이라도 건네면서 부드럽게 일해나가자는 타입이었다. 윈이 보기에 파멘터는 자신만만한데다 인맥이 탄탄하고 늘 위풍당당한 위인이었다. 그는 1954년 과떼말라에서의 눈부신 성공(좌익의 아르벤스 정권을 무너뜨린 작전을 가리킴—옮긴이)을 배후에서 도운 인물이며, 고급 와인 수집가이자 피그즈 만 침공작전(1961년 4월 17일 1,500여명의 반 까스뜨로 꾸바 망명객이 꾸바의 남서부 해안인 피그즈 만을 침공했다가 실패한 사건. 미국 정부의 재정지원을 받아 공격이 이루어져 이미 심각한 상태였던 미국과 꾸바의 적대관계가 더욱 악화된 것은 물론, 세계적인 냉전 상태를 더욱 긴장시켰다—옮긴이) 때의 전우였다.

"이런, 세상에! 그들이 자네를 이런 데다 묻어버렸군."

"텍사스 여자대학. 이 이름을 잘 곱씹어봐."

"뭘 가르치나?"

"역사와 경제학. DDP(작전 담당 부서—옮긴이) 소속의 누군가가 나한테 재능있는 학생을 추천해달라더군. 특히 외국에서 유학온 여학생이 좋대. 혹시 여기에 미래의 수상(首相)이 있으면, 아무도 건드리지 않았을 때 손에 넣겠다는 거지."

"점입가경이군."

"처음에 그들은 나를 정신과 의사한테 넘겼어. 그런 다음 추방해버렸지. 세상에 이런 나라가 어딨나?"

둘은 함께 웃었다.

"나는 대학 이름을 늘 되뇌지. 그 일이 마음에 걸리지 않도록 하는 거야. 나 스스로 대학의 아우라에 머물게 하는 거지."

"텍사스 여자대학이라……"

파멘터가 경건한 말투로 속삭였다.

윈은 앉은 채 고개를 끄덕였다. 그와 래리 파멘터는 여섯 명의 군사분석관과 정보공작원으로 구성된 SE 전종(專從)이라는 그룹에 소속되어 있었다. 그 그룹은 까스뜨로 정권의 꾸바 문제에 대처하기 위해 조직된 4단계의 위원회 중 하나였다. 1단계는 수석 연구위원회로, 대통령고문, 장성급 군인, 특별보좌관, 각부 차관, 각 정보기관의 국장을 포함한 열네 명의 고위관리로 구성되어 있었다. 이들은 한 시간 반 동안 회의를 했다. 그뒤 열한 명이 퇴출되었고, 여섯 명이 영입되었다. 아홉 명의 그룹은 SE 확대(擴大)라고 불렸는데, 이들은 두 시간 동안 회합했다. 그뒤 일곱 명이 떠났고, 에버렛과 파멘터를 포함해 네 명이 들어갔다. 이것이 SE 전종으로, 이는 세부적인 비밀작전을 고안하고 SE 확대의 구성원에게 그에 대한 계획을 알릴 것인가를 결정하는 그룹이었다. 그들은 수석 연구위원회가 3단계에서 행해지는 일을 알고 싶어 하는지 궁금했다. 그런데 그렇지 않음이 밝혀졌다. 3단계 회의가 끝나자 다섯 명이 방을 나갔고, 준군사공작 담당관 세 명이 들어와 4인 지도부를 구성했다. 윈 에버렛만이 유일하게 3단계와 4단계, 양쪽에 남아 있었다.

"사실은 이나마도 다행이지. 적어도 자네는 아직 조직에 있잖아." 파멘터가 말했다.

"나는 완전히, 영원히 빠져나오고 싶어."

"그러고 나서는 뭘 할 건데?"

"내 회사를 차리지. 컨썰턴트 같은 거 말이야."

"어느 분야? 비밀침공 분야?"

"하긴 그 점이 문제지. 나는 조금도 쓸모없는 폐품 같은 존재니까. 또다른 문제는 나한테 사업가 소질이 거의 없다는 거야. 겨우 가르칠 줄만 알지. CIA는 낙원 추방 이전의 내 영혼을 찍은 엑스선 사진을 파일에 넣어뒀어. 그자들은 결국 그것을 보고 나를 이곳으로 보낸 거야."

"자네를 추방하지는 않았어. 그게 중요한 거야. 상부에서는 자네가 생각하는 것보다 자네를 더 잘 알고 있어."

"아무튼 나는 영원히 발을 빼고 싶어. 이곳에 있는 한 나는 계속 당국을 위해 일하는 꼴이 돼. 이 모든 게 황당한 짓거리일지라도 말이야."

"상부에서는 자네를 복귀시킬 거야, 윈."

"나는 과연 복귀하고 싶은 걸까? 솔직히 이 문제에 대한 나의 이중적인 감정이 싫어. 한편으로는 그들을 경멸하면서 또 한편으로는 그들이 나를 아껴주고 이해해주기를 갈망하지."

아는 것은 위험이고, 모르는 것은 귀한 자산이었다. 대다수의 경우 DCI, 즉 중앙정보국장은 중요한 사항을 모르게끔 되어 있었다. 아는 것이 적을수록 더 단호하게 직무를 수행할 수 있기 때문이다. 만일 국장이 4인 지도부에서 무엇을 하고 있는지, 아니 무슨 이야기를 하고 그들의 잠꼬대가 무엇을 뜻하는지 안다면, 사문회나 청문회에서 혹은 대통령집무실에서 대통령과 잡담을 나눌 때 진실을 말하지 못했을

것이다. 합동참모본부 사람들도 모르게끔 되어 있었다. 작
전중에 일어난 참사는 그들의 귀에 들어가서는 안되었다.
세부적인 사항은 오염물질이나 다름없었다. 각 부처의 장관
들도 알아서는 안되었다. 그들은 아예 모르든가 알아도 늦
게 아는 것이 신상에 편했다. 차관들은 일의 사태나 동향에
관심이 있었다. 그들은 잘못 알고 있기를 기대했다. 그것이
그들의 목표였다. 법무장관도 불쾌한 세부사항까지는 모르
게 되어 있었다. 그저 결과만 손에 넣으면 되었다. 위원회의
각 단계는 상위단계를 보호하기 위한 것이었다. 말하는 데
복잡한 요소들이 많았다. 모호한 발언에서 진의를 파악하기
위해서는 특별한 경험과 통찰력이 필요했다. 거리를 두기도
하고, 무표정으로 일관하기도 했다. 수수께끼 같은 현란한
말들이 관리들 사이를 부유하면서 숙고되고, 해명되고, 무
시되었다. 이렇게밖에 될 수 없었다는 것을 윈은 스스로 인
정했다. 그와 같은 단계에 있는 사람들은 파충류의 알처럼
두렵게 떨리는 비밀들을 만들어냈다. 그들은 까스뜨로의 씨
가에 독을 넣을 계획을 꾸미고 있었다. 초소형 폭발물을 장
치한 씨가를 고안중이었다. 독이 든 펜도 제작했다. 그들은
아바나로 암살자를 보내기 위해 범죄조직, 독극물 전문가,
저격수, 파괴공작원 들과 일을 꾸미고 있었다. 또 원숭이에
게 보툴리누스균 독을 실험하고 있었다. 까스뜨로는 꼬리가
긴 영장류처럼 위경련, 구토, 기침발작을 일으켜 끔찍하게
죽을 것이다. 원숭이가 끊임없이 기침을 해대는 것을 본 적
이 있는가? 생각만 해도 소름끼친다. 그들은 까스뜨로의 스

쿠버다이빙복 안에 균의 포자를 넣으려고 했다. 까스뜨로가 수영할 때 폭발할 조개도 연구중이었다.

위원회 위원들은 대략적인 내용만 상부에 보고할 터였다. 물론 그들의 방어본능의 최종대상은 대통령이었다. 까스뜨로가 사체안치대 위에서 차갑게 얼어 있기를 JFK가 바란다는 것을 그들 모두 알고 있었다. 그러나 그들이 수행하는 임무가 대통령의 떳떳하지 못한 염원을 이루는 길이라는 사실을 당사자에게 알려서는 안되었다. 백악관은 무지의 정점이어야 했다. 마치 결백한 지도자가 고대의 진리를 부흥시키고, 다른 사람들은 혼란스러운 현실세계에서 그런 지도자를 이상적으로 숭배하는 식과도 같았다.

하지만 꾸바 침공계획에는 한층 더 어두운 그림자와 기이하고도 엄숙한 침묵이 드리워져 있었다. 물론 대통령은 그 계획을 알고 있었다. 대략적인 윤곽을 파악하고 예상되는 결과까지 알고 있었다. 그러나 조직은 여전히 고립된 섬처럼 움직였다. 대통령에게는 되도록 부드러운 분위기를 보여라. 책임을 지지 않도록 대통령을 보호하라. 윈이 생각하기에, 비밀은 곧 독자적인 회로망을 구축했다. 조직은 조심스럽고 비정상적인 망 안에서, 모호한 표현이나 수수께끼 같은 말, 여러 단계의 망상 속에서 굳어질 터였다. 적어도 상륙작전이 개시될 때까지는.

피그즈 만 사건 이후 모든 것이 달라졌다. 윈은 1961년 봄 내내 마이애미, 워싱턴, 과떼말라씨티를 여행했다. 그는 침공작전의 여러 부분을 매듭짓고 지국장을 비롯하여 군사고문들과 술을 마신 뒤 망명한 꾸바인 지도자들에게 무엇이 잘못되었는지 설명하려고 했다. 그것은 사태에 대한 해명이자 실패를 초래한 정부의 미봉책을 그 자신이 보상하려는 노력 같았다. 그리고 실패 이후 처음 며칠간은 윈 자신의 위험을 무릅쓰고 연장된 것처럼 보였다. 더 엉성하게 조직된 새 위원회가 들어섰지만 그전의 위원회와 다를 게 없었고, 회의실에 앉은 상당수가 예전 인물이라는 것을 의아해하는 사람은 아무도 없었다. 피델 까스뜨로의 죽음이 또 한차례 화제에 올랐다. 그러나 SE 전종과 4인 지도부는 가담하지 않았다. 두 그룹은 해체되었고, 그 구성원들은 실패한 음모자나 공작원이 아니라 망명 꾸바인들의 주장에 개인적으로 깊이 연루되어 침략군에 가담한 미국인으로 낙인찍혔다. 그들 같은 철저한 신봉자는 추방되어야 마땅했다. 망명한 꾸바 지도자들과 접촉하고, 돌격부대의 편성과 훈련에 발벗고 나선 그들은 정책변경에 과민반응을 보이는데다 빛에 민감하고 무슨 일을 저지를지 예측 불가능한 자들이었다. 물론 이같은 사실은 거론되지 않았다. 두 그룹은 간단하게 사라졌고, 그 구성원들에게는 꾸바와 무관한 일이 주어졌다. 까스뜨로 치하의 꾸바는 이제 그들에게 에메랄드빛 바다 위의 달빛이나 다름없어졌다.

그런데 흥미롭게도 그들 중 몇몇은 계속 만나고 있었다.

"우리를 찾아낼까?"

"벌써 여기에 와 있을 것 같군." 윈이 말했다.

"내가 탈 비행기는 5시 25분에 이륙하는데."

"우릴 찾아낼 거야."

그들은 군 청사 광장에 있는 슈레이더스 약국의 스낵코너에 앉아 있었다. 윈은 커피를 젓고, 잠시 생각에 잠겼다가 다시 저었다. 래리는 덴턴 군 청사를 더 자세히 보기 위해 앉은 자리에서 고개를 내밀었다. 청사는 견고해 보이는 석회석 건물로 작은 탑, 박공벽, 대리석 원주, 뾰족한 돔, 지붕 난간과 제2제정양식(19세기 후반에 공공건물을 중심으로 유행한 건축양식—옮긴이)의 별관까지 갖추고 있었다.

"시끌벅적한 광장에 저렇게 요란한 구식건물이 서 있는 걸 보면, 스스로 좀더 중요한 존재라는 식의 낙관적인 희망이 가슴 가득해지는 기분이야. 저걸 봐. 아주 당당하잖아. 세기가 바뀌는 시점에 누군가가 이 남서부의 작은 마을에 와서 저런 건물을 보고 있다고 상상해봐. 안정감과 함께 시민으로서의 자부심을 느낄 거야. 저건 낙천주의적인 건축이라고 할 수 있어. 미래도 과거만큼이나 이치에 맞게 돌아가기를 기대하는 거지."

윈은 아무 말도 하지 않았다.

"나는 미국의 과거를 말하는 거야. 단순하고 소박하게 생각하는 한에서의 과거. 그건 내가 인정하는 일종의 순수지." 래리가 말했다.

표면적으로 드러난 화제는 꾸바였다. 그들은 망명 꾸바인 비행사들에게 니까라과로 가는 경로를 설명하기 위해 파멘터가 묵고 있는 코럴 게이블즈의 아파트에서 여러 번 만났다. 그들은 망명 꾸바인 공동체와 접촉하면서, 까스뜨로 정부 내에 정보망을 두는 문제에 관해 이야기했다. 그들은 쿠바를 포기할 수 없는 다섯 사내였다. 비합법 모임이기도 했다. 이 점이 그들의 모임을 설명하는 특징이기도 했다. 그들이 벌인 일들은 내부를 지향했다. 이제 중요한 비밀은 오직 하나, 바로 그 그룹 자체였다.

"잠깐이면 돼." 원이 말했다.

그들은 차양 아래를 지나 길고 어두운 철물점으로 들어갔다. 개척시대에 사용하던 도구들과 구식저울들이 진열되어 있었다. 허리높이까지 펼쳐진 서글픈 폐허에 선 관광객처럼 사라져가는 수치스러운 아름다움을 보며 원은 이따금 이곳에 들러 가게 안의 통로를 걸어다녔다. 그는 이건 단지 고물일 뿐이라고 스스로에게 말했다. 원은 페인트 긁개를 샀다. 이윽고 광장에 세워둔 래리의 차로 돌아온 두 사람은 화려한 스포츠셔츠 차림에 어깨가 넓은 사내가 조수석에 앉아 있는 것을 발견했다. T. J. 매키였다. 원의 눈에는 카우보이처럼 보였지만, 그는 4인 지도부에서 가장 숙련된 요원이었고, 망명자들에게 공격무기 사용법을 가르치고 상륙작전의 초기단계를 감독한 노련한 영관장교였다.

파멘터는 그가 좋아하는 노래를 흥얼거리면서 운전석에 앉았다. 원은 뒷좌석 중간에 앉아 방향을 알려주었다. 매키가 와서 오늘 모임에는 목적이 생겼다. 티제이는 누가 직장을 잡았고 해고되었으며 누가 아기를 낳았는지 따위의 소식을 전하러 온 것이 아니었다. 그는 쿠바인들이 두말없이 뒤따를 인물 중 하나였다. 코럴 게이블즈에서의 비밀회의가 보안국에 발각되었을 때 유일하게 징계문서에 서명하기를 거부한 사람이기도 했다. 만약 그 다섯 명의 음모자를 그린 기록화가 있다면, 긴장된 얼굴에 상체를 옆으로 비튼 음흉한 남자들이, 짧은 머리에 카키색 정장을 입고 자연스러운 자세의 보안요원들과 마주 보고 있는 모습일 것이다. 제목은 아마도 '불경스러운 자들의 동굴에 비추는 빛'이리라. 파멘터와 다른 두 명은 개인 파일에 포함된 징계문서에 서명했다. 윈은 문서에 서명하고 특별면담이나 거짓말탐지기 검사에도 동의했다. 검사를 자발적으로 받는다는 내용의 서류에도 서명했다. 그는 검사에 관해 누구에게도 말하지 않겠다는 비밀유지 동의서에 서명했다. 윈이 거짓말탐지기 검사를 통과하지 못하자, 보안요원들은 랭글리의 새 정보국 본부 4층, 파란 문이 있는 윈의 작은 사무실을 폐쇄했다. 사무실에서 그들은 일상적이고 모호한 물건들 사이에서 전화 메모와 서류 들을 찾아냈다. CIA의 새로운 반꾸바 작전들을 은폐하기 위해 마이애미에 세운 제니스 기술회사에 윈 에버렛이 자기편 사람들을 끌어들였다는 증거처럼 보였다. 이건 좀 심했다. 우선 그는 해산 명령을 무시한 집단을 이끌었다. 또한 정보국 자체의 광범위하고 여러 층위로 나뉜 반까스뜨로 활동사업 중에서 비공식적인 작전을 운영했다. 두번째 거짓말탐지기 검사 때 윈은 세 가지 질문을 받았다. 그런 다음 손바닥에 전극을 붙이고 팔 위쪽에 완장 같은 띠를 두르고서 가슴을 가로질러 고무튜브를 붙이고는 흐느끼며 기계 앞에 앉았다. 거짓말을 하지 않기 위해서는 무진 애를 써야만 했다.

그들은 차를 타고 덴턴 남쪽의 짙푸른 전원을 달렸다. 메스키트(콩과의 관목―옮긴이)와 노간주나무가 자라고 있는 목초지로, 갑작스러운 삭막한 풍경, 불타는 듯한 섬광, 마디지고 땅딸막한 나무 한 그루. 하늘은 끝없이 높았다.

매키는 오른팔을 창밖으로 내놓고 차가 움직이는 대로 흔들리게 내버려두었다. 지나치는 세세한 풍경에는 아무 흥미도 보이지 않았다. 그들은 콘크리트 벽돌 위에 세워진 침례교회를 지나쳤다. 매키는 다른 두 사람의 말에 동의나 흥미의 표시로 고개를 살짝 갸우뚱하거나 턱을 올리거나 했다.

파멘터가 말했다. "이 오래된 묘지엔 짐마차를 타고 온 사람들이 있을 거야. 순회목사, 인디언전사 같은 사람들 말이지. 여기는 멋진 곳이야, 원. 아무러면 어때. 여기에 자리를 잡고, 자네 딸을 키우고, 연주회랑 연극 강의에도 등록하고, 그러는 게 어떨까. 학교에 확실히 그런 프로그램이 있을 거야. 정말이야. 진심에서 하는 말이라고."

백미러 속의 눈들.

정신과 의사들은 불친절하지 않았다. 그러나 그들은 원이 자신의 좋지 않은 상태와 질병을 의식하게 만들었다. 그들은 질병을 달고 다녔다. 건강이 좋지 않았다. 얼굴에는 말끔하게 면도되지 않은 부분이 있었다. 원은 그들에게 차마 말할 수가 없었다. 그들은 좋은 사람들이었지만 불완전했다. 혹은 너무 완전했는지도 몰랐다. 그는 그 미세한 수염들을 또렷하게 볼 수 있었다. 동기성 피로. 정보국은 그런 문제에 관대했다. 정보국은 이해해주었다. 사실 윈은 제니스 기술회사에 요원을 두지 않았다. 그의 옛날 팀은 이미 그곳에서 새로운 직원들과 일하면서 키즈(미국 플로리다 주 남부의 제도. 꾸바와 가까움—옮긴이)에 있는 비밀기지에서 해상공격을 준비하고 있었다. 그러나 그 빈약하고 불완전하며 우발적인 증거는 윈과 같은 상황에 처한 사람이 확고하게 부정하기에는 원칙적으로 너무 광범위한 것이었다. 그들은 그의 메모를 해독하고, 타자기 리본을 읽었다. 그들에게 윈은 자기가 꾸바를 사랑하며, 그 언어와 문학을 알고 있다고 말할 수 있었을까? 그들은 윈이 불태운 가방의 내용물을 갖고 있었다. 그의 계획에는 다른 아무것도 없고 그저 끈질긴 저항자들과 바보들에 대한 메모뿐이라는 것을 윈이 어떻게 이해시킬 수 있었겠는가?

윈은 재킷을 벗어 위에서부터 아래로 세로로 접은 다음 자기 옆자리에 놓았다. 그러고는 담배를 찾으려고 주머니를 더듬었다.

그들은 농장에서 시장으로 가는 길을 달려 히커리 샛강에 놓인 올드 앨턴 브리지를 건넜다. 윈은 우회전하라고 했다. 그들은 떡갈나무와 히커리나무가 빽빽이 들어차 지붕처럼 덮이고 붉은 먼지가 쌓인 도로를 400미터쯤 달려갔다. 한편에는 숲, 다른 편에는 목초지. 래리는 도로 가로대 옆에 천천히 차를 세웠다. 윈은 뒷좌석 가운데에서 앞으로 몸을 기울여 담배에 불을 붙였다. 앞쪽의 두 남자는 왼 쪽으로 살짝 고개를 돌린 채 앉아 있었지만 절대 뒤돌아보지는 않았다.

"내 딸이 나한테 비밀을 말해줄 때면…… 그애 손이 아주 바빠져. 그애는 내 팔을 붙들고, 내 셔츠칼라를 잡고는 나를 가까이 끌어당기지. 나를 자기 삶 속으로 끌어들이는 거야. 그애는 비밀이란 것이 얼마나 심오한지 알아. 그애는 잠자기 전에 나한테 이야기해주는 걸 좋아하지. 비밀은 꿈만큼이나 숭고한 거야. 움직임을 멈추게 하고, 세상을 정지시켜 그 안에 있는 우리 자신을 볼 수 있게 된다는 식이지. 자네들은 그래서 여기에 온 거야. 나는 그저 장소와 시간을 제공했을 뿐이야. 자네들은 이유를 묻지 않고 이곳에 왔어. 그런 일들이 있은 후에 월터 에버렛 주니어와 엮이는 게 경력에 끼칠 위험은 생각지 않고 말이야. 자네들이 이곳에 온 이유는 비밀에는 활력을 주는 뭔가가 있기 때문이야. 내 딸은 비밀이 많아. 솔직히 말해서 나는 그애가 그러지 않았으면 좋겠어. 비밀은 그애에게 상처를 주고, 고립시키고, 자의식을 갖게 하니까. 만일 그애가 비밀들을 폭로해버리면 그애는 자기가 누군지 알 수 있을까?" 원이 말했다.

두 사람은 기다렸다.

"고위급들이 기본적인 가설을 검토하지 않아서 침공이 실패한 거야. 그들은 강력한 행동을 해야 한다는 생각에 사로잡혔지. 다른 사람의 의견을 받아들이고 싶어했어. 그게 안전하니까. 계획은 불분명했고 아무도 책임지려고는 하지 않았어. 몇몇은 처음부터 이 일이 실패하리라는 것을 알고 있었지. 하지만 그대로 두었어. 자진해서 손이 닿지 않는 곳으로 물러났어. 일이 끝나기만 바랐던 거야. 무장 망명자들을 모조리 플로리다에서 몰아내고 빌어먹을 꾸바로 돌려보내라는 압력이 있었지. 내 생각에, 우리가 그들을 해변에 떨어뜨려놓은 다음 그들이 어떻게 될지 생각해본 사람은 아무도 없었던 것 같아. 우린 그 지경이었던 거야. 우리는 비행장이나 배에 있거나, 망명 지도자들과 함께 가건물에 감금되기도 했어. 그들은 전투에서 형제와 아들을 잃었고 오파-로카의 가건물에서 그들을 감시한 건 무장한 미군이었지. 내가 그들에게 무슨 말을 할 수 있었겠나? 난 내가 역병과 죽음을 알리는 전령이 된 느낌이었어. 그리고 그 길고 느린 몰락. 난 그 실패를 성스러운 것으로, 영원불멸한 것으로 만들고 싶었지. 성공할 수 없었다면, 실패를 최대한 이용하기라도 하자는 거야. 일을 계속하려고 했을 때 우린 이런 상황이었던 거지. 쓸데없는 짓일 뿐이었어."

그들은 기다렸다. 그들은 참을성있고 신중한 사람들이었다.

"그 일은 다시 시작되어야 해. 키즈에서 정보국이 하고 있는 작전은 순전히 성가신 짓이야. 충격을 줄 만한 사건이 필요해. JFK는 까스뜨로와의 입장 차이를 그대로 인정하는 쪽으로 가고 있어. 한편으로 그는 혁명을 라틴아메리카 전체에 퍼질 수 있는 질병이라고 생각해. 다른 한편으로는 게릴라 공격을 비난하면서 그들을 모아 미군에 집어넣으려고 하지. 그러면 누군가가 그들을 계속 지켜볼 수 있으니까. 우리가 두번째 공격, 제한이나 조건 없이 확실한 시도를 하고 싶다면 당장 뭔가를 해야 해. 우리는 꾸바 문제를 그런 식의 안이한 책동에서 벗어나도록 놓아야만 해. 망명자 사회와 온 나라를 흥분과 충격에 빠뜨릴 사건이 필요한 거야. 꾸바 정보국이 마이애미에 사람들을 두고 있는 거 알아. 우리는 그들이 우리 정부의 핵심을 건드린 것처럼 보이게 할 사건을 만들 거야. 지금은 큰 모험을 해야 할 때야. 내 말은, 미봉책은 그만 집어치우고, 발뺌하거나 미루지도 않아야 한다는 거야."

소형트럭이 달려왔다. 먼지가 들어오지 못하게 그들은 차창을 올렸다. 트럭 운전사는 한 손을 핸들에서 떼지 않은 채 반쯤 손을 흔들어 보였다. 그들은 먼지가 가라앉기를 기다렸다가 차창을 내렸다. 윈은 잠시 멈췄다가 다시 말을 꺼냈다.

"그게 뭔지도 모르면서 우리가 평생 기다리는 것들이 있지. 갑자기 그 일이 일어나고 그 순간 우리는 자신이 누구이고 어떻게 해야 하는지 깨닫는 거야. 내가 늘 바라던 일이야. 자네들도 그게 옳다는 걸 느끼리라고 믿어. 우리는 위험을 무릅써야 해. 충격적인 것이 필요하다고. 자네들도 이것을 나만큼이나 열심히 기다려온 거야. 나는 그걸 믿어. 그렇지 않다면 여기로 자네들을 부르지도 않았을 거야. 우리는 대통령 암살을 기도하는 거야. 그 사건으로 가는 모든 단계와 모든 사건을 계획하는 중이고. 팀을 모으고, 희미한 흔적들을 남기자고. 증거는 모호하지. 하지만 그것은 꾸바 정보국장을 가리키고 있지. 이 계획의 특징은 그 증거들보다 더 불확실하고 흥미로운 제2의 단서들이 있다는 거야. 이 단서들은 미정보국의 까스뜨로 암살시도를 가리키는 거지. 나는 미국의 도발과 꾸바의 응답 두 가지 모두를 포괄하는 계획을 구상하고 있어. 모든 일은 서류로 처리할 거야. 여권, 운전면허증, 주소록 같은 것들. 우리의 저격수 팀은 사라져버리지만 경찰은 단서를 발견하지. 우편주문서, 주소변경 기록, 사진들. 우리는 평범한 잡동사니들을 가지고 어떤 사람 혹은 어떤 사람들에 대해 각본을 쓰는 거야. 총성이 울리고, 나라 전체가 충격을 받아 동요하지. 단서가 되는 서류들은 베네수엘라와 멕시코에서 사라진 요원들에게로 연결되는 거야. 꾸바를 되찾으려면 이렇게 해야 한다고 나는 확신해. 이 계획에는 여러 단계가 있고 변수도 있겠지. 이제 겨우 궁리를 시작했지만 이 계획은 이미, 본질적으로 옳은 일이야. 나는 이게 정당하다고 느껴. 난 과학자들이 말하는 우아한 해결책이라는 게 뭔지 알아. 이 계획은 내 깊은 내면의 뭔가에게 말하고 있고, 강력한 논리를 가지고 있어. 나는 이게 몇 주 동안, 마치 그 의미가 서서히 분명해지는 꿈처럼 펼쳐지는 것을 느꼈어. 이것이 바로 우리가 항상 도달하기 원하던 상태야. 살아 있는 통찰이고 살아 있는 비밀이야. 우리는 이걸 확장하고 조심스럽게 보호해야 해. 지붕 위나 철로 주변에 저격수를 배치하는 그 순간까지."

침묵이 흘렀다. 파멘터가 냉담하게 말했다.

"우리는 까스뜨로를 치지 못했어. 그러니까 케네디를 치자. 나는 숨겨진 동기가 그것 같은데."

"하지만 우리는 케네디를 맞히지 않아. 빗나가게 할 거야." 윈이 말했다.

매키는 루이지애나 경계에서 160킬로미터쯤 떨어진 에쏘 역의 공중전화에 25쎈트를 집어넣었다. 가이 배니스터라는 남자에게 연락하려는 것이다. 가이는 뉴올리언즈에서 탐정 사무소를 하고 있는 전직 FBI 요원이었다. 배니스터는 그 지역의 반까스뜨로 운동세력에게 공급되는 CIA 자금의 전달 루트였다. 매키는 배니스터가 망명자 부대에 무기와 폭발물을 실어다주던 피그즈 만 공격이 있기 전에 그를 알았다. 이제 다시 접촉해야 할 때다.

저쪽의 목소리는 배니스터도 비서도 아니었다. 매키는 잠시 누구의 목소리인지 생각해보았다. 데이비드 페리. 앞잡이이자 정신적 조언자. 매키는 수화기를 내려놓고 바람 부는 광장을 가로질러 그의 차를 향해 걸어갔다.

왼쪽 귀로 수화기 놓는 소리가 들려오자 데이비드 페리는 얼굴을 찌푸렸다. 그는 얼굴을 찡그리는 버릇이 있었다. 거울 앞에 서서 자기가 직접 만든 눈썹과 모헤어(앙고라염소의 털 또는 그것으로 짠 모직물—옮긴이) 가발을 붙일 때면 언제나 찡그렸다. 페리는 희귀하고 끔찍한 불치의 증상으로 고통받고 있었다. 그의 몸에는 털이 한 오라기도 없었다. 그는 땅속에서 뽑아낸, 알뿌리줄기 혹은 미식가들이 극찬하는 버섯류처럼 보였다. 그러나 그는 포기한 채 풀이 죽어 테이스티 셰이크나 마시고 빈둥대면서 어두운 방에 앉아 있지 않았다. 그는 몇몇 분야에 적극적인 관심을 보였다. 암 치료가 그중 하나였다. 그는 거의 평생에 걸쳐 암 치료에 관심을 보였다. 암에 대해 연구했고 그 주제로 몇편의 논문도 썼다. 그는 최면술에도 흥미가 있었고 사람들에게 최면을 걸 수도 있었다. 비행기 조종은 그가 지속적으로 몰두하는 관심사였다. 페리는 병으로 대머리가 되고, 미성년 성희롱 사건으로 회사측을 당황하게 하기 전까지 이스턴 항공의 수석 조종사였다. 그는 공산주의의 위협에도 흥미가 있었다. 꾸바도 관심대상 중 하나였다.

수화기를 내려놓은 다음, 페리는 가이 배니스터의 사무실 뒤편 작은 방의 거울 앞에서 얼굴을 찡그리며 반원형 눈썹을 바로잡고 있었다. 제프 패리시에 있는 쇼핑쎈터에 가는 길이었다. 핵폭발 대비용 방공호 모형을 전시해놓은 곳을 둘러보기 위해서였다. 크기를 확인해보고, 어떤 종류의 물품이 있는지, 그리고 어떻게 그것을 저장하는지도 보고 싶었다. 그는 이미 고무침대 시트와 코널래드(무전 차단이나 주파수 변경으로 적기의 침입을 막는 방공전파 관제방식─옮긴이)가 깨끗하게 수신되는 배터리 라디오도 가지고 있었다. 그는 땅속 깊이 고립되어 있으며, 몇달 동안 생존 가능한 음식과 물을 저장할 수도 있어 효율적인 피난처로 전환할 수 있는 남서쪽의 군수품 연료창고도 알고 있었다. 핵폭탄에 대한 생각은 가슴 뛰는 면이 있었다. 구멍 속에서 혼자 산다는 건 얼마나 만족스러울까 하고 그는 생각했다. 그가 돌연변이를 닮아서가 아니라 지표면이 온통 불지옥일 때 여생을 보내야 하기 때문이다. 그는 불행한 삶에 대한 보상을 받은 셈이다.

*

로렌스 파멘터는 렌터카 회사에서 빌린 도지 다트를 몰고 러브필드로 향했다. 당분간은 에버렛의 계획에 대해 생각하고 싶지 않았다. 그는 라디오를 들었다. 전도사는 사적인 기도와 건전한 기도에 대해 말했다. 당신 자신을 위해 기도하고, 세상을 위해 기도하십시오. 윈은 영리한 친구다. 헌신적이고, 이상에 충실하고, 영리하다. 아주 영리해. 하지만 그는 일종의 신경쇠약에 걸려 있다. 흔히 있는 일이다. 지금 그는 좋아 보이고, 민첩하며, 모든 걸 잘 통제하고 있는 것 같다. 하지만 하나의 아이디어가 그 전모와 움직임을 드러내려면 시간이 필요하다. 래리는 일을 질질 끌고 싶지는 않았다. 그는 꾸바를 되찾고 싶었고 빠를수록 좋았다. 그는 그곳에 이권이 있었다. 권리와 자격이 있었고 한 임대회사와 은밀하게 재정적으로 관계되어 있었다. 그 회사는 석유채취 시설이 조성될 대지 계약건을 진행하고 있었다. 이것은 용감한 반란자들이 산에서 나오기 전의 일이었다.

에버렛의 계획에 대해서는 워싱턴으로 돌아가는 비행기 안에서 생각할 참이었다. 비프이터 마티니를 조금씩 마시고 소금에 절인 땅콩을 먹으면서 래리 자신과 세상을 위해 기도할 것이다. 술자리의 오래된 노래 중 한 구절이 떠올랐다. 언제 일이더라? 1944년 카이로의, 전략정보국(2차대전 때 미국의 정보기관, OSS―옮긴이)의 사기 진작을 위한 작전 때였다.

래리는 이른바 신사적인 스파이라는 그로턴-예일-OSS 조직망의 일원이었는데, 그중 상당수가 지금은 정보국의 요직에 있다. 그는 유서깊은 가문 출신도, 두각을 나타내는 편도 아니었지만 여전히 그 일원이었으며 지도자의 뜻을 따를 준비가 되어 있었다. 그들의 계보는 순수했다. 그들은 비밀서약과 입문식을 행하는 훈련생 단체의 자연스러운 연장으로, 젊은이들에게서 흔히 볼 수 있는 활발함과 거만함을 지닌 집단이었다. 래리는 큰 소리로 노래했다.

"오, 우리는 유쾌한 위장자. 상대가 죽을 때까지 속이고 뒤쫓는다네."

그는 첫번째 공항표지판이 나타날 때까지 다음 구절을 기억해내려고 애썼다.

라디오에서는 아나운서가, 일주일 전 논란을 일으킨 우익인사 에드윈 A. 워커 장군의 살해 기도 이후 장군의 집과 주변을 감시하고 있다고 보도했다. 그 사건의 새로운 단서는 드러나지 않았다.

어두워지면 정적이 깔린다. 시간은 물러가고, 집들은 그림자에 잠기고, 거리는 사적인 공간이 되어, 모두 신비로워진다. 우리가 이웃에 대해 알고 있는 모든 것이 깊은 평정에 빠져들어 침묵한다. 재스민향을 풍기며 우리를 속여 신뢰하게 만드는 친밀한 모습으로 바뀐다.

윈은 거실에서 책장을 넘기고 있었다. 아내의 말에 따르면, 그는 책을 읽는 게 아니라 책장을 넘기고 있었다. 더이상

넘길 책장이 없을 때까지. 윈은 그 두 사람이, 그들을 특별히 피그즈 만 사건 2주년 기념일인 4월 17일에 여기로 불렀다는 것을 눈치챘는지 궁금했다. 잠들 때까지 할 생각이다. 그는 또 책장을 넘겼다.

위층에서 메어리 프랜씨스는 침대에 누워 있었다. 댈러스 북쪽 6킬로미터, 떡갈나무와 피칸나무가 있는 조용한 거리에서, 그녀는 닳아빠진 양탄자를 걱정하고, 아침식사와 점심식사에 대해 생각했고 넓고, 근사하고, 효율적이고, 성에가 끼지 않는 냉동고와 색깔 맞춘 기구들로 꾸민 새로 고친 주방에 대해 바보같이 너무 으쓱해하지 않으려고 애쓰고 있었다.

뉴올리언즈에서

같은 반인 로버트 스프롤이 길 건너편에서 그를 지켜보고 있었다. 그는 미해병대의 놋쇠 버클이 달린 녹색 직물 벨트로 책을 묶어서 어깨에 메고 있었다. 그의 셔츠 솔기가 뜯겨 있었다. 입가에는 핏자국이 묻어 있고, 볼에는 푸른 멍이 있었다. 그는 자동차들 사이로 건너와 로버트를 지나쳐 걸어갔다. 로버트는 급히 옆으로 따라와서 리를 계속 바라보며 무슨 말이든 시키려 했다.

그들은 그 지구 끝에 있는 노스 램파트로 함께 걸어갔다. 금속판 구조물과 주차장 사이에는 철제 발코니가 달린 집들이 아직도 몇채 있었다.

"무슨 일이었는지 말 안할 거야?"

"몰라. 무슨 일이 있었는데?"

"입에서 피가 나잖아."

"그애들이 그런 거 아니야."

"도전적인데. 대단하십니다, 리."

"걷기나 해."

"그애들이 때린 거잖아. 네 얼굴을 피투성이로 만들어놓은 것 같은데."

"그애들은 내 말투가 우습대."

"말투가 웃겨서 때렸다고? 네 말투 어디가 이상한데?"

"내가 양키처럼 말한대."

그는 싱긋 웃는 것처럼 보였다. 리는 말이 안되는 상황이라고 생각할 때 싱긋 웃는 것 같았다. 그게 악의적인 경련이나 다른 무엇이 아니라, 웃음이라면. 리의 표정은 뭐라고 딱잘라 말하기 어려웠다.

"우리집에 가자. 우리집에 소독약만 열한 가지가 있어."
로버트가 말했다.

열다섯살의 로버트 스프롤은 대학교 2학년생의 축소판 같았다. 치노바지(카키색의 튼튼한 면직바지—옮긴이), 단추 달린 칼라를 푼 셔츠 차림의 멋쟁이 백인 청년이다. 다른 아이들에게 흠씬 두들겨맞은 리를 거리에서 맞닥뜨린 것은 이번이 두번째였다. 리가 버스에서 흑인들과 뒷좌석에 앉았던 일 이후, 몇몇 아이들이 여객선 터미널 근처에서 리를 두들겨팼다. 몰라서 그랬는지 원칙 때문이었는지 리는 아무 말도 하지 않았다. 그가 진실을 쥐고 있고 다른 사람들은 모르는 한, 이것은 마치 리가 잊힌 성자이고 다른 사람들이 리 자신을 바보라고 여기도록 가만두는 것과도 같았다. 혹은 정확히 그 반대일 수도 있었다.

사실 리의 말투에 꽥꽥대는 북부식 흔적이 있는 것을 로버트도 느꼈다. 리가 자라온 착잡한 과거사를 안다면 누구도 비난할 수는 없겠지만.

리는 열심히 도서관에 다녔다. 처음에는 워런 이스턴 고등학교 건너편 거리의 분관을 이용했다. 그것은 2층짜리 건물로 아래층은 시각장애인실이고 일반인실은 위층에 있었다. 그는 바닥에 다리를 포개고 앉아 몇시간 동안이나 제목들을 훑어보았다. 그는 교과서보다 더 수준높은 책들을 원했고, 그 책들이 다른 아이들과 거리를 만들고 주변세계와 단절되게 해주기를 원했다. 그들에게는 나름의 시민윤리와 가정경제학이 있었다. 그는 역사적 시야를 지닌 주제와 사상들을 원했다. 그리고 그 사상들이 그의 삶, 참된 삶, 그의 내면에 있는 혼란스러운 시간에 와닿기를 바랐다. 그는 소책자들을 읽었고 『라이프』에 실린 사진들을 보았다. 모자를 쓰고 닳아빠진 재킷을 입은 남자들. 머리에 스카프를 두른 뚱뚱한 몸집의 여자들. 또다른 세계, 지표면의 육분의 일을 차지하는 비밀, 러시아인들.

분관은 규모가 작았다. 리는 광장에 있는 본관을 이용하기 시작했다. 그곳에는 코린트식 원주와 아치 모양의 높은 창문들이 있었고, 입구에 들어서면 오른쪽 책상에 사서 네 명이 줄지어 앉아 있었다. 그는 반원형 열람실에 앉아 있었다. 계층과 태도, 책 읽는 방식이 각기 다른 온갖 종류의 사람들이 이곳에 있었다. 책장에 얼굴을 파묻고 반쯤 잠들어 있는 노인들은 바깥세상에서 이곳으로 도망쳐온 사람들이었다. 열람실을 가로질러가는 노인들, 주머니에 빵부스러기를 넣은 사람들, 어색한 말투의 외국인들.

그는 목록에서 야릇한 흥분으로 그를 멈추게 만드는 이름들을 발견했다. 그가 몇년 동안 들어온 속삭임과도 같은, 역사적이고 혁명적인 인물들의 이름이었다. 그는 그들이 쓴 책과 그들에 관해 씌어진 책을 찾아냈다. 가장자리가 닳았고 오랜 세월 탓에 책등의 제목은 지워져 있었다. 세 권짜리 『자본론』은 책등이 뒤틀리고 종이가 바랬다. 밑줄이 쳐져 있고, 강박적인 독자의 기묘한 주석이 적혀 있었다. 수학공식들과, 자본과 노동에 관한 광범위한 이론들이 보였다. 『공산당 선언』도 찾아냈다. 독일어판과 영어판이 있었다. 맑스와 엥겔스, 노동자들, 계급투쟁, 임금노동의 착취. 전기들과 두꺼운 역사책도 있었다. 뜨로쯔끼가 망명중에 리가 어머니와 함께 살았던 곳에서 가까운 브롱크스의 노동계층 거주지역에 산 적이 있다는 것도 알게 되었다.

브롱크스의 뜨로쯔끼. 그러나 뜨로쯔끼는 그의 진짜 이름이 아니다. 레닌도 본명이 아니다. 스딸린의 본명은 주가슈빌리이다. 역사적 이름들, 필명들, 전쟁의 명칭들, 당의 이름들, 혁명적인 이름들. 오랫동안 고립되어 산 사람들이 있었다. 그들은 긴 겨울 동안 망명시절이나 옥중생활을 겨우 버티어나갔다. 그 방에서 역사를 느끼고, 역사가 벽을 뚫고 밀어닥쳐 그들을 데려갈 순간을 기다렸다. 역사는 이들의 원동력이었으며 방 안에 존재하는 실체였다. 그들은 그것을 느꼈고 기다렸다.

그 책들은 투쟁의 대상이었다. 리는 자신이 읽은 것의 근본적인 의미를 알아내기 위해 싸워야 했다. 그러므로 그 책들은 투쟁의 산물이기도 했다. 그것들은 쓰기 위한 투쟁이었고, 살기 위한 투쟁이었다. 그 책들이 대개 난해하고 만만치 않은 이론덩어리인 것도 리에게는 타당해 보였다. 책이 어려울수록, 다른 사람들과 그 사이에 놓인 간극은 더 견고하게 굳어질 것이다.

그는 자기가 충분히 이해할 수 있다는 것을 알았다. 자본가가 무엇인지, 대중이 무엇인지도 알 수 있었다. 그들은 바로 그의 주위에, 언제나 존재하고 있었다.

마거리트는 바닥이 두꺼운 팬에 밀가루반죽을 구웠다. 둘은 서로 먹는 모습을 지켜보았다. 그녀는 항상 손이 바쁘고, 빛나는 눈에 검은테 안경을 쓴 모습으로 바로 거기에 있었다. 그는 그녀의 얼굴에 나타난 피로와 나이의 흔적을 볼 수 있었고, 그녀의 머리카락이 빠진 것을 알았다. 그는 연민과 경멸 사이의 어떤 감정을 느꼈다. 그들은 옆방에서 텔레비전을 보았다. 벽에는 작은 버드나무 바구니가 걸려 있었다. 그녀 머리통이 드러나 보였다.

"릴리언은 내가 너를 아주 완전히 버려놓았다고 하더라. 내가 네 건 줄 안다고 하더라고."

"난 엄마 아들이야. 그러니까 내가 원하는 걸 해줘야지."

"이런 말 하면 안되겠지만 솔직히 네 형들은 나한테 짐이었어. 인간적으로 그애들은 감당하기 벅찰 만큼 손이 많이 갔단다. 이런 데서 사람의 천성이 나오는 거야. 지금까지 당한 그 모든 고난을 생각하면. 네 아버지는 잔디를 깎다가 팔에 통증을 느꼈어. 통증을 느꼈을 때 이미 그 일이 벌어졌지."

"형들은 엄마한테서 떨어져 있으려고 군대에 간 거야."

"손자새끼 한번 안아보지 못하는 걸 생각하면…… 우린 월요일마다 팥밥을 먹었단다(당시 루이지애나의 관습—옮긴이). 나는 너를 유모차에 태워 고드쇼의 가게에 데려갔지."

그가 기억하는 한, 그들은 늘 비좁고 답답한 곳에서 함께 살았다. 그것이 오즈월드의 근원적인 기억이었다. 그는 어머니가 움직이는 공기의 냄새, 문 뒤에 걸린 어머니의 옷냄새, 후끈한 코르셋의 냄새, 변기의 물냄새를 맡을 수 있었다. 그는 그녀의 고약한 냄새를 맡으며 화장실에 들어갔다. 그는 그녀가 잠꼬대하는 소리와 이를 가는 소름끼치는 소리를 들었다. 그는 그녀가 무슨 말을 할지, 어떤 몸짓을 할지 미리 알았다.

"난 더 나은 삶을 살 권리가 있어."

"그건 나도 마찬가지야. 그럴 사람은 나라고. 내겐 그럴 권리가 있어." 그가 말했다.

그는 그녀가 벽에 반달 모양의 선반을 거는 것을 도왔다. 그는 공산주의자들의 세포조직을 찾아 가입할 것이었다. 이 도시에는 수백 종류의 외국인과 사상과 세력 들이 있었다. 수호성자의 교시를 찾아헤매며 신문에 광고를 내는 사람들이 있었다. 영어를 열 마디도 못하는, 베레모를 쓴 사람들도 있었다. 부두에서 리는 온두라스에서 온 40킬로그램의 바나나 줄기를 하역하는 억압받는 노동자들을 보았다. 그는 세 포조직을 찾아 그 자신을 증명할 임무를 받을 것이었다.

"릴리언은 끝도 없이 감사를 바란다. '고맙다, 괜찮다' 하는 말에 죽고 살아."

"이모는 우리가 거리에서 떠돌다가 굴러들어왔다고 생각해."

"우리가 신세를 지고 있다고 생각하는 거야. 어릴 때, 난 인기가 많았어. 사실 그대로를 말하는 거야." 마거리트가 말했다.

둘은 프렌치 가에 있는 마거리트의 언니 릴리언의 집에서 산 적이 있었다. 그들은 쎄인트메어리 가의 아파트로 옮겼다가 결국 같은 건물의 더 싼 방으로 옮겼다. 그러고는 이 지구로 이사했다.

리는 조용하고 학구적인 소년인데 여느 아이들처럼 밥을 달라고 조르곤 했다.

"우리 친정은 가난했지만 불행하지는 않았어. 우리는 월요일이면 팥밥을 먹었지. 우리를 몇주 묵게 해주고서, 릴리언이 뒤에서 뭐라고 했는지 난 알아. 놀랍지도 않지만 그 집 식구들은 이것저것 떠들어대고 이야기를 만들어내지. 무슨 꿍꿍이인지 속내를 말하지 않아. 그들은 내가 너무 갑자기 흥분한다더라. 나는 말하자면 잘 어울리지 못하는 것뿐이야. 그들은 자기들 잘못일 수도 있다고는 절대 말 안하지. 정말 말도 안되는 건 그쪽인데. 릴리언 말로는, 내가 작은 말꼬투리를 잡아서 다른 뜻으로 알아듣고는 그것 때문에 꽁해

가지고 길에서 서로 마주 보고 '어머, 잘 지냈어. 어째? 우리 집에 한번 와'라고 말할 때까지 벼르고 있다는 거야."

"이모는 자기가 나한테 자전거 대여료를 주기 때문에 그러는 거야."

둘은 커낼 가로 통하는 뒷골목의 3층짜리 건물에 살았다. 사람들은 몸을 비키며 지나갔고 가게 유리창들이 강렬하게 번쩍였다. 그 건물에는 아치형 입구와 장식적인 문장(紋章)들이 있었다. 마거리트가 그 집에서 가장 마음에 들어하는 것이었다. 어떤 면에서 그것은 서글픈 구경거리였다. 리는 침실을 차지했고, 그녀는 거실의 쏘파를 썼다.

쎄인트루이스 제1공동묘지에서 리는 양말 바람으로 납골당(뉴올리언즈는 습지대이기 때문에 땅에 매장하지 않는다―옮긴이)에 기대어 코를 골고 있는 흑인 노인을 보았다. 깨진 호박색 유릿조각에 햇빛이 반사되고 있었다.

모자는 서로 먹는 모습을 지켜보았다. 리는 식탁에서 체스 연습을 했다. 마거리트는 뉴올리언즈에서 행복한 어린시절을 보낸 20세기초 무렵의 집이며 마당이며 가구에 대해 이야기했다. 리는 그런 것들이 중요하다는 걸 알고 있었다. 그는 어머니가 기억하는 이미지들의 힘이나 이야기의 가치를 부정하지 않았다. 가족, 돈, 과거 따위는 중요한 것들이지만 그의 실제 삶과 내면에서 맴돌고 있는 자아에 와닿지는 않았다. 그는 어머니의 목소리가 허공으로 사라지도록 내버려두었다.

리는 멕시코인인 듯한 거친 인상의 남자가 술집 밖에 있던 여자와 갑자기 부딪쳐 친구들을 웃기는 장면을 본다.

그는 세상에 대해 자신만의 한권짜리 백과사전을 갖고 있었다. 릴리언 이모는 리가 다른 소년들이 해양소설 읽듯이 열심히 그걸 읽는다고 말했다. 운동에너지. 그랜드 쿨리 댐. 그는 공산당 세포조직에 들어갈 것이다. 그들은 밤늦도록 이론을 이야기할 것이다. 그들은 영리함과 은밀함을 요하는 야간임무를 그에게 줄 것이다. 그는 검은 옷을 입고 빗속에 지붕들을 넘어다닐 것이다.

킬디어(물떼새—옮긴이)가 새라는 것을 아는 사람이 과연 몇이나 될까?

리는 친형 로버트에게서 편지를 받았다. 로버트는 아직 해병대에 있었다. 리는 공책 한장을 뜯어 곧바로 답장을 썼다. 주로 로버트의 질문에 답하는 내용이었다. 리는 형을 좋아했지만 형이 자신에 대해 모른다고 확신했다. 그것은 가족의 오랜 수수께끼였다. 너는 나를 몰라. 로버트는 아버지의 이름인 로버트 E. 리 오즈월드에서 따온 이름이었다. 리의 이름도 그렇게 지어졌다. 그들의 아버지는 레이크뷰 하류 부근에서 횟가루로 변해가고 있었다.

"나는 너랑 둘이서 고드쇼의 가게에 깃발을 보러 갔었다. 그때는 전쟁중이었고 우리는 폴린 가에 살았는데 고드쇼의 가게 앞에 일곱 줄이 쳐진 깃발이 걸렸지. 내가 에크달과 결혼한 직후에 찍은 사진에서 입고 있는 연회색 정장이 그 집에서 산 거란다. 일곱 줄이 그려진 미국 국기. 네가 장난감 총을 로치 부인한테 던지는 바람에 소동이 일어난 때였지."

리는 시각장애인 열람실에 있는 사람들 중 한명에 대한 소설을 쓰고 싶었다. 그것이 그들의 세계를 상상해볼 수 있는 유일한 방법이었다.

마거리트의 눈은 파란색이었고 속눈썹은 검은색이었다. 그녀는 12년쯤 전에 그녀가 관리하던 속옷가게 근처에서 판매원과 계산원으로 일하고 있었다. 그녀는 커넬 가에 있던 그 가게에서 해고되었다. 확실한 이유는 알 수 없었다. 마거리트는 눈치빠르고 직감력도 있었으며, 심술과 세상에 대한 원한의 쑥덕거림도 들을 수 있었다. 그 일은 뉴욕의 러너 상점에서 그녀가 데오도란트(땀냄새 제거용 탈취제—옮긴이)를 쓰지 않아 해고당했을 때보다 나쁘지는 않았다. 사실 그녀는 매일 바르는 데오도란트를 쓰고 있었다. 그게 텔레비전에서 떠든 대로 효과가 없다면, 왜 그녀가 사회 부적격자 취급을 받아야 하는가? 뉴욕은 새롭고 이상한 냄새들에 익숙한 도시인데 말이다.

그는 식탁에서 숙제를 했는데, 저능아들에게나 걸맞은 문제들이었다. 그녀는 등교시간에 맞춰 그를 깨우느라고 문간에 서서 집요하게 한손의 손가락을 다른 손바닥에 부딪쳐댔다. 때때로 거리에서 예기치 않게 다가오는 그녀를 보면 그의 내면의 무언가가 살해충동을 느꼈다. 그는 그녀가 계단을 올라오는 소리, 열쇠를 꽂는 소리를 들었다. 주방에서 부르는 목소리, 변기 물을 내리는 소리. 그는 그 억양과 말이 멈추는 순간을 알았고, 그녀가 입을 열기도 전에 할말을 낱낱이 알고 있었다. 그녀는 문간에서 손뼉을 쳤다. 일어나,

기상이다.

"노동력에 투자된 자본가치의 순환자본으로서의 정의는 부차적이며, 생산과정에서 그 특수한 차이가 사라지는 것은 명백하다"라는 글을 읽었다.

그는 무언가 그럴듯한 말을 해보려는 마음에 로버트 스프롤의 누이와 정치 이야기를 하려고 했다. 그들은 스프롤네 집 문간에서 체스를 두었다. 로버트는 옆에서 공군의 역사에 대해 기말보고서를 쓰고 있었다.

그녀는 리보다 한 살 위로, 살결이 부드럽고 금발에 입이 무거운 인상이었다. 그는 그녀가 지나치게 예쁘게 보이지 않으려고 애쓰고 있다고 느꼈다. 단정하고 냉담한 겉모습 뒤로 숨는 여자들이 있는 법이다.

"아이젠하워는 너무 쉽게 손을 떼버렸어. 내가 예를 들어 보일 수도 있어." 리가 말했다.

"그럴 수 없을 것 같지만, 한번 해봐."

"로젠버그 부부를 죽인 건 아이젠하워와 닉슨이야. 확실해. 그들한테 책임이 있어."

"그건 네 상상일 뿐이야."

"천만에."

"내가 잘못 안 게 아니라면 재판이 있었어." 그녀가 말했다.

"아이크(아이젠하워의 애칭―옮긴이)는 세상이 다 아는 바보야. 그는 형 집행을 멈출 수 있었어."

"영화처럼 말이지?"

"너 로젠버그가 누군지 알기나 해?"

"난 재판이 있었다고 했을 뿐이야."

"하지만 숨겨진 부분들이 있어. 알려지지 않은 것들이 있다고."

그녀는 굳은 표정으로 그를 바라보았다. 그녀는 딱 알맞은 키였다. 너무 크지도 않았다. 리는 그녀의 조심스러운 분위기를 좋아했다. 수줍기까지 한 듯, 이기고 지는 것에 연연하지 않으면서 체스 말을 옮기는 그녀의 태도를 그는 좋아했다. 그녀의 이런 모습에 그는 기운이 넘치고 분별을 잃었으며 손톱이 더러운 체스 천재가 된 듯한 기분이었다. 집 안에는 어머니인가 아버지인가가 돌아다니고 있었다.

"뉴욕에 살 때 난 로젠버그 부부에 대해서 모두 읽었어." 리가 말했다. "그들은 누명을 쓰고 전기의자에서 죽은 거야. 모든 공산주의자를 반역자로 보이게 할 의도였어. 아이크는 조치를 취할 수 있었던 거라고."

"그는 뭔가를 해냈어. 골프를 쳤지." 로버트가 말했다.

"이스트랜드 상원의원이 뉴올리언즈에 온대. 왜 오는지 알아?"

"널 찾아오는 거야. 민간항공초계단(1948년에 창설한 미공군의 지원단체. 단원의 반 이상이 십대 청소년이었다―옮긴이)에 가입한 소년이 어떻게 생겼는지 알고 싶은 거지." 로버트가 말했다.

"그는 숨어 있는 빨갱이들을 찾고 있는 거야." 리가 말했다.

"그는 그 용모 단정한 소년이 어떻게 생겼나 궁금해하고 있대."

"공산주의의 핵심은 노동자들이 체제를 위해 이윤을 생산하지 않는다는 거야."

"그는 네 귀여운 미소를 보고 마음이 흔들린 거라고. 민간항공초계단의 십대 공산주의자 말이야."

리는 이런 조롱을 얼마간 즐기고 있었다. 그는 어떤 반응을 기대하며 로버트의 누이를 바라보았지만 그녀의 눈은 체스판에 가 있었다. 가정교육을 잘 받았군. 그는 그녀를 도서관에서 보았다. 그녀는 학교 응원단에 있었고 한쪽 끝에 있어서 그다지 눈에 띄지 않는 소녀였다.

"그들이 스파이였으면 어때? 그건 그들이 공산주의가 가장 좋은 체제라고 믿었기 때문일 뿐이야. 공산주의는 착취하지 않는 체제이고, 그걸 믿는 사람은 전기의자에 앉게 된다고."

리는 어머니 또는 아버지가 열린 문 바로 옆에 있는 것을 알아차렸다. 그 사람은 벽 반대쪽에 서서 듣고 있었다.

"뜨로쯔끼를 러시아어로 쓰면 완전히 달라져. 게다가 아무도 모르는 사실이 있어. 스딸린의 본명은 주가슈빌리야. 스딸린은 철의 사나이란 뜻이고." 그는 로버트 스프롤의 누이에게 말했다.

"쇠의 사나이." 로버트가 말했다.

"철이나 쇠나 그게 그거지."

"잘났다, 바보야."

"핵심은 그들이 러시아에 대해서 우리한테 거짓말하고 있다는 거야. 러시아는 그들이 말하는 것과는 달라. 뉴욕에서는 공산주의자들이 숨어다니지 않아. 거리를 활보한다고."

"헨리, 빨리. 살충제." 로버트가 말했다.

"첫째, 사람들은 자신을 착취하는 체제를 위해 이윤을 생산하게 돼."

"움직이기 전에 죽여버려."

"그러고는 그들은 사람들에게 뭔가를 팔려고 하는 거야. 모든 게 사람들에게 사도록 강요하기 위한 거지. 그들이 파는 걸 살 수 없다면 넌 그 체제 안에서 무가치한 존재라고."

"그런 존재는 여기에도 거기에도 없어." 그녀가 말했다.

"그럼 대체 어디에 있는데?" 그가 그녀에게 물었다.

문간에 나타난 것은 아버지였다. 격자무늬 담요를 접어 한쪽 팔에 덮은 그는 할말을 찾고 있는 것처럼 보였다. 그는 숙제와 심부름에 대해 말했고 가족의 일에 대해서 애매하게 중얼거렸다. 로버트의 누이는 눈에 띄게 안도했다. 느낄 수도, 측정할 수도 있을 정도였다. 그녀는 아버지 곁을 지나 어둠침침한 집 안으로 조용히 사라져버렸다.

아버지는 리와 함께 앞문까지 걸어가서는 될 수 있는 한 활짝 문을 열었다. 그들은 서로 아무 말도 하지 않았다. 리는 뉴스 영화의 장면처럼 가랑비 속에 떼지어 모인 수백명의 여행객들과 행사 참가자들 곁을 지나 그 지구를 통과해 집으로 걸어갔다.

*

　그는 방에 맑스주의 책을 가져다놓았다. 그리고 재대출을 위해 도서관에 그 책들을 가져갔다가 다시 빌려서는, 집으로 가져왔다. 그는 궁금해하는 반 아이들에게 그저 그들의 멍청한 얼굴이 구겨지는 것을 보기 위해 책제목을 보여주었다. 그러나 어머니에게는 보여주지 않았다. 그 책들은 사적인 것으로, 그가 발견해내고 숨겨놓은 것, 그가 어떤 존재인가에 대한 비밀을 담은 행운의 물건과도 같았다. 그 책들 자체가 비밀이었다. 금지되고 어려운 책. 그것들은 방을 바꾸어놓았고 의미로 가득 채웠다. 그의 단조로운 환경과 남루한 옷들을 변명해주고 변형시켰다. 그는 그 자신을 광대하고 결정적인 무언가의 일부라고 생각했다. 그는 소용돌이치는 역사의 산물이었다. 그와 그의 어머니는 마치 과학법칙에 의한 것처럼 그들의 인간적 가치를 날마다 좀먹는 돈과 소유의 체제, 일종의 과정에 갇혀 있었다. 그 책들은 그를 무언가의 일부로 만들어주었다. 무엇인가가 그의 존재를 이 방, 이 특정한 몸으로 이끌었고 다른 것이 뒤따를 것이었다. 작은 방 안의 사람들. 읽고 쓰는 사람들, 비밀과 열띤 사상을 지니고 투쟁하는 사람들. 뜨로쯔끼의 본명은 브론슈따인이다. 그에게도 비밀이름이 필요해질 것이다. 그는 부두 근처의 낡은 건물에 있는 세포조직에 들어갈 것이다. 그들은 밤늦게까지 이론에 대해 이야기할 것이다. 그러나 물론 활동도 할 것이다. 사람들을 조직하고 선동하는 것이다. 그는 검은 옷을 입고 비 내리는 도시를 돌아다닐 것이다. 문제는 오직 세포조직을 찾아내는 것뿐이다. 이곳에 있다는 데에는 의심의 여지가 없다. 이스트랜드 상원의원이 텔레비전에서 확실히 그렇게 말했다. 니올리언쯔(극우주의 이스트랜드가 뉴올리언즈를 비하하는 말―옮긴이) 지하에 숨어 있는 빨갱이들.

한편 그는 입대하게 될 날에 대비해 형의 해병대 교범을 읽었다.

그가 학교를 그만두기 전, 유난히 그를 항상 양키라고 부르던 두 명의 아이가 있었다. 그들은 교실까지 그를 따라다녔고 식당에서도 그렇게 부르고 다녔다. 그는 미소를 지었고 싸울 준비도 되어 있었지만 그들은 절대 다가오는 법이 없었다.

주문란에 적혀 있는 이름에 그는 들떴다. 리스본, 마닐라, 홍콩. 그러나 금세 일상으로 돌아왔고 그는 배와 화물, 목적지들은 그와 아무 상관 없다는 것을 깨달았다. 그는 이리 뛰고 저리 뛰었다. 그는 다른 운송회사와 해운노선, 그리고 미국세관에 서류를 전하고 다녔다. 높은 화강암 원주가 있는 회색의 커다란 관세사무소는 돈의 신전처럼 보였다. 그는 활기차고 명랑해 보여야 했다. 사람들은 그의 밝은 면을 신뢰하는 것 같았다. 사무실에서 덜 중요한 인물일수록 더 행복한 미소를 지어야 하는 법이다. 이따금 그는 몇시간씩 영화를 보러 사라졌다. 혹은 3층 한구석의 사용하지 않는 사무실에 앉아 해병대 교범을 열심히 읽곤 했다.

그는 살인 요령을 외웠다. 밀집 대형 훈련규칙과, 리본과 배지의 사용법을 공부했다. 그리고 로버트 스프롤에게 몰래 전화를 걸어 총검 전투에 관한 오싹한 이야기를 해주었다. 돌기, 베기, 개머리판으로 내리치기. 교범에서 따온 이야기는 끝이 없었다. 그것은 그를 위해 씌어진 책 같았다. 그는 규칙들을 숙독하고 그 엄격함과 정확성, 외경스럽고 기묘하며, 까다롭고 완전한 세부사항들에서 깊은 인상을 받았다.

로버트 스프롤은 상태가 좋지 않은 22구경 볼트액션 총(수동식 노리쇠가 있는 총—옮긴이)을 판다는 이야기를 들었다고 했다. 그들은 1월의 추위에 떨면서 리의 점심시간을 틈타 목도리가게와 가구할인점 사이의 상업지구에 있는 싸구려 호텔로 갔다. 복도는 화장실로 통하는 통로처럼 보였다. 정식 임대라는 표지판이 내걸린, 방이 딸린 가게 2층에 객실이 있었다. 로버트는 총을 파는 사람의 방 번호는 알았지만 그의 이름은 몰랐다. 아마 민간항공초계단의 조종사 겸 강사인 데이비드 페리와 아는 사람이리라. 페리는 로버트와 리가 지난여름에 참가했던 반의 담당이었다. 리는 딱 유니폼을 얻을 만큼의 횟수인 세 번밖에 가지 않았다.

페리 기장이 직접 문을 열자 소년들은 놀랐다. 삼십대 후반의, 슬퍼 보이면서도 친절한 표정의 그는 목욕가운에, 마름모 색무늬가 있는 무릎양말 차림으로 문간에 서 있었다.

그는 리를 유심히 바라보면서 그들에게 방으로 들어오라고 손짓했다. 차양이 내려져 있었다. 여기저기 옷가지가 널려 있고, 흰 종이상자에서 흘러나온 중국음식과 계산서와 동전이 바닥에 흩어져 있었다. 그 방은 무감각한 상태로, 그곳만의 시간에 놓여 있었다.

"제군, 멋지구먼. 손님이 올 거라는 말을 들었지. 내가 알기로 알프레도가 자기 총을 판다는 것 같아. 그는 자기가 그 총으로 사람을 죽였다고 우기지. 어떤 백인 백만장자를 죽였다는 거야. 모든 라틴인들은 상상 속에서 백인을 죽인단 말이지. 여기는 임시숙소라는 걸 이해해줘. 지금 기장님은 임무 사이에 쉬는 중이라네."

페리는 흩어진 옷가지 한가운데 있는 안락의자에 앉았다. 로버트는 재빨리 리를 바라보았다. 목 졸린 것처럼 찡그린 얼굴.

"자, 어디 보자. 로버트는 레이크프런트의 이스턴 항공 격납고에서 있은 내 수업에 왔었지. 백년 전 일 같군. 그런데 저 단정한 머리에 수줍음 많은 친구는 누구지?" 페리가 말했다.

"저도 몇번 갔었어요. 도중에 그만뒀지만요." 리가 말했다.

"그래, 거기 있었어. 그런 것 같았지. 확실히 왔었어. 유니폼 입은 모습을 봤어. 유니폼을 입으면 모든 게 달라지지. 난 내 훈련생들을 알아. 절대 잊어버리지 않지. 데니스 럼지를 아나? 데니스는 훈련생이야. 학교가 끝나면 이곳으로 오지. 워런 반 잰트, 그 뚱뚱한 아이 알아? 워런의 아버지는 악성 폐암이지."

"권총은요?" 로버트가 말했다.

"여기 어딘가에 있어. 말린 22구경 볼트액션. 자동장전되는 거고 공이가 부서진 거라 아주 싸게 줄 수 있어. 고치기 쉬워. 용접공한테 가져가면 돼. 탕탕탕."

"부서졌다는 얘기는 못 들었는데요." 로버트가 말했다.

"그런 말을 했을 리가 없지."

"그럼 모르겠는데요."

"나도 모르겠는데."

"권총이 쏠 수 없는 상태라면."

"용접만 하면 된다니까. 탕탕."

"하지만 고쳐야 한다면 성가시잖아요."

"그럴 만한 재미가 있을걸. 총에 대해서 좀 아나? 총도 내 관심 분야 중 하나지."

로버트는 여기서 나가자는 눈짓을 했다. 한구석에서 뭔가가 움직였다. 리는 그쪽으로 몇발짝을 내디뎠다. 그는 자기가 얼굴에 일종의 묘하게 꾸민 표정, 이유없어 보이는 미소를 띠고 있음을 알았다. 경대 위의 철장 안에서 흰 생쥐들이 바쁘게 돌아다니고 있었다.

그는 페리를 향해 말했다. "생쥐네요."

"생명이라는 게 신기하지 않아?"

"어디에 쓰는 거예요?"

"연구하려고. 전쟁이 끝난 지 11년이 지났지. 새 시대, 희망의 시대라지만 암치료에 대해서는 천년 전이나 다를 바가 없단 말이야. 나는 평생 질병들을 연구해왔어. 심지어 어릴 때도 그랬지. 나는 암이라는 단어를 들어보기도 전에 그게 어떤 것인지 알고 있었어. 이름이 뭐지?"

"리예요."

"시간 좀 내지, 리."

로버트 스프롤은 문을 향해 조금씩 다가갔다.

"페리 기장님, 저기요."

"뭐?"

"가봐야겠어요. 총 이야기는 다음에 다시 와서 할게요."

"나는 우연의 패턴에 대해서 연구해왔어. 우연이라는 것은 발견되기를 기다리는 과학이야. 원인과 결과의 범위 밖에서 어떻게 패턴이 나타나는지 봐. 나는 볼드윈-윌리스 학교에서 그게 지정학이라는 이름을 얻기도 전에 연구를 시작했지." 페리가 리에게 말했다.

"리, 안 갈 거야?"

리는 가고 싶으면서도 바보같이 그저 싱글대면서 로버트를 바라보고 서 있는 자신을 발견했다. 로버트는 리에게 바보 같은 표정을 지어 보이고는 살금살금 빠져나갔다. 아마 리는 갑작스럽게 가버리는 것이 예의에 어긋난다고 생각한 것 같았다. 그러나 이런 경우에는 로버트가 머물러 있어야 했다. 그는 우등생이고, 가정교육을 잘 받았으며, 진달래와 떡갈나무, 야자나무 사이로 현관이 난 집에 살고 있었으니까.

"네 얘기를 해봐." 페리가 말했다. "우선 이 쓰레기들은 무시해버려. 이건 알폰소인가 알프레도인가, 하여간 그자 물건이야. 어디든지 그가 단 일분이라도 있었던 곳은 범죄 현장 같은 냄새가 난다니까. 썰퍼 항에서 출발하는 예인선에서 일한대. 너처럼 영리한 눈을 가진 소년에게는 재미없는 일이지. 네 눈에 대해서 이야기해주겠어?"

페리는 안락의자 깊숙이 몸을 기댔다. 흐릿한 조명 아래의 그 각도에서 바라보면 그는 겁에 질려 크게 눈을 뜨고 있는 팔순 노인 같았다. 그는 멀리 외따로이 있는 것처럼 보였다. 리는 로버트가 너무 빨리 가버렸다고 생각했고, 여기 남아 있는 자신이 그보다 한발 앞선 사람이 된 듯싶었다. 이 일은 놓치기에는 너무 아까웠다. 그는 여기 있는 동안의 일들을 경험하고, 동시에 살짝 비켜서서 로버트에게 모든 것을 이야기해주고 있었다. 리는 자신의 환영을 보고 있었다. 그는 이 순간이 펼쳐지고 있는 바로 지금도 대담한 묘사로 로버트 스프롤에게 이야기해주는 자신을 보고 있었다. 그 모습은 실제보다 좀더 거창했고, 만화영화에서처럼 미친 듯이 팔을 흔들고 있었다. 그는 살짝 우월감을 느꼈다. 자기는 끝까지 남아 있는 것이다. 안전이 최고라는 생각으로, 완벽한 가족과 줄무늬 담요가 있는 집으로 일찍 돌아가버리는 것보다 더 고지식하고 소심한 짓이 있을까? 위험한 건 아무것도 없다고 밝혀졌는데 말이다.

"시간을 투자하면 근사한 일들을 할 수 있어. 나는 네 나이에 라틴어를 배웠지. 집 안에서 죽은 언어를 공부한 거야. 바깥세상에 나가면 눈에 띌까 두려웠거든. 나는 나라는 존재로 태어난 것에 대가를 치른 거야."

그는 내가 이곳에 있는 걸 잊고 있다.

"클리블랜드에서," 그는 그것이 마치 사라져버린 문명인 양 말했다. "아버지는 경찰이었어. 나는 끊임없이 경찰, 수사관, 피비즈(FBI) 생각에 시달리고 있어. 그들은 전염병처럼 달라붙지. 한번 명단에 오르면 그들은 절대 그냥 내버려두지 않아. 마치 암처럼 달라붙어서 떨어지지 않는다고. 영원히."

이 사람은 자기 자신에게조차 이상한 인간이다.

"총은 어떻게 하지요? 제가 살지도 모르겠어요. 얼마나 주면 된대요?" 리가 말했다.

"25달러. 하지만 15달러만 내. 너니까 15달러에 주는 거야. 내 훈련생이니까. 나는 내 훈련생들을 돌봐준다고. 너는 유니폼이 있고 그러면 사정이 확 달라지지. 나를 봐. 내가 기장 유니폼을 걸치면 이 흐리멍덩한 모습은 싹 사라진다고. 나는 이스턴 항공의 기장이 되지. 기장답게 말하고. 난 불안해하는 승객들한테 용기를 불어넣어주고 그 빌어먹을 비행기를 날게 한다 이 말이야."

그는 자기가 이상하다는 것을 알지만 어쩔 줄 모른다.

"제가 총을 산다면 집에 어떻게 가져가지요?"

"집에 가져가는 것은 쉽지. 담요에 싸서 가져가. 저기 있는 담요를 가져가. 호텔에서는 신경쓰지 않을 거야."

모든 것과 더불어 중요한 것은 그가 실제로 총을 손에 넣었다는 사실이다. 총을 가지고 나타난다. 그는 훔친 담요에

총을 싸서 뉴올리언즈 시내에서 운반했다고 말할 수 있게
되는 것이다. 페리는 휘파람소리를 내면서 철장 속의 쥐를
들여다보았다. 이 모든 것이 로버트 스프롤에게 들려줄 리
의 이야기에 문제없이 자리잡았다. 현재 속의 미래, 사건의
핵심에 있는 짧은 만화 같은 장면이다.

"문제는 병이 너를 죽이기 전에 네가 병을 고칠 수 있느
냐는 거야. 내가 암이라는 단어를 알기 전부터 그랬던 것처
럼, 일단 병을 고치려고 의식적으로 결심했다면 너는 병을
잡기 위해서 위험을 감수하기로 한 거야. 알겠어? 네가 개인
적인 신경을 다 쏟아넣기로 한 것이 있다면, 그게 바로 너를
죽이는 거야. 네가 시인이라면 시가 너를 죽이는 식이지. 사
람들은 알든 모르든 그런 식으로 죽음을 선택해."

"그 총을 얻어서 싸가지고 갈 수 있을 것 같으면 다시 사
러 올지도 몰라요." 리가 말했다.

"곧 사육제가 시작될 거야. 고기여, 안녕(가톨릭에서 사육
제 직후의 사순절에는 고기를 먹지 않는다—옮긴이)." 데이비드 페
리가 말했다.

리는 밥을 달라고 졸라댑니다. 마구 떼를 쓰지요. 나는 아
래층의 더틀 에번즈와 잠시 이야기를 나누다가 엄마를 부르
는 그애 목소리를 듣고는 곧장 뛰어올라와서 밥을 차려줍니
다. 물론 다른 집 아이들도 그애처럼 밥 타령을 하겠지만 말
이에요.

그가 무엇을 알고 있는지 아무도 몰랐다. 시간의 소용돌이, 그의 내부의 진정한 삶. 이것이 그가 영향력과 통제력을 행사할 수 있는 유일한 대상이었다. 그는 어머니가 밀가루 반죽을 갈색이 되도록 굽고, 바닥이 두꺼운 팬에서 하얘진 손을 들어올리는 것을 보았다. 그는 증기선 회사들에 메씨지를 전하며 뛰어다녔다. 거의 잠에 빠진 채로 누워서 영웅 오즈월드의 강력한 세계와 어둠속에 불을 뿜는 총들의 꿈을 꾸고 있었다. 통제에 대한 환상, 완벽한 분노, 완벽한 욕망, 밤의 환영, 비에 젖은 거리, 영화 포스터처럼 검은 코트를 입은 남자들의 긴 그림자. 어둠은 힘을 지니고 있었다. 텅 빈 거리에 비가 내렸다. 언제나 그 남자들이 나타났고 그들의 긴 그림자가 뒤에 드리워졌다. 그러면 리의 손에서 클립을 갈아끼운 말린총이 아랫배를 향해 불을 뿜었고 그들은 죽어 갔다.

이 세상 속에는 또다른 세상이 있다. 스딸린의 당 이름은 코바였다. 그는 비밀이름을 만들고, 부두 근처 건물에서 세포조직을 찾아낼 것이다. 그는 자동차 번호판과 색깔, 종류를 외웠다. 경찰이 찍은 혁명가들의 사진이 실린 책을 빌려왔다. 경찰 사진, 뜨로쯔끼, 19세. 경찰 사진, 레닌, 얼굴의 정면과 측면. 리처드 칼슨이 연기한 허브 필브릭(FBI의 방첩활동요원. 미국 공산당에 가입하여 FBI와 내통함으로써 공산당을 분쇄하는 데 공을 세웠다―옮긴이), 일반 시민, 공산당원, FBI 비밀요원. 그녀는 한쪽 손바닥에 손가락을 부딪쳐댔다. 어서 일어나.

그는 한 남자가 오토바이에 거꾸로 앉아 담배를 피우며 허공을 바라보는 모습을 보았다. 한쪽 팔에 새긴 문신이 손등으로 이어져 있었다.

체크무늬 치마를 입은 소녀에 대한 공상. 그녀는 침대에 등을 대고 누워 있고 발은 바닥에 닿아 있다. 갈색과 흰색이 들어간 쌔들 슈즈(구두끈이 있는 등 부분을 색이 다른 가죽으로 씌운 신발─옮긴이), 하얀 양말, 하얀 블라우스, 무릎 위로 10센티미터 올라간 체크무늬 치마, 침묵의 꿈, 완전한 욕망, 완전한 통제. 그녀의 창백한 다리는 조금 벌어져 있고 팔은 옆에 놓여 있으며 눈은 감겨 있다. 그는 그 장면이 왔다가 가도록 한다. 이것이 그가 그녀에 대해 알고 있는 것이다. 비에 젖은 거리에서 침대에 꼼짝 않고 누워 있는 그녀를 밤새 홀로 바라보는 것. 이것이 그녀를 통제하는 방식이다. 그녀는 딱 알맞은 키에 입술은 얇고 수줍음을 타며 멍청했다. 그는 그녀를 지켜보지만 그곳에 없다.

대부분의 영화에서 총상을 입은 사람은 꽤 오랜 시간이 걸려 숨을 거둔다.

그녀의 손이 하얘졌다. 그녀는 원하는 만큼 진하고 어두운 색이 될 때까지 기름에 반죽을 익혔다. 육즙, 양파, 양념을 더했다. 그들은 식탁에서 먹었다. 그녀가 음식을 씹는 소리. 거리의 소음. 그녀는 그들의 운명을 마음속으로 재어보면서 늘 그곳에서 그를 바라보고 있었다. 그는 그 자신의 것과 그녀가 그를 위해 지켜주는 것, 이렇게 두 가지 존재를 지니고 있었다. 그는 22구경 총을 고칠 수가 없었다. 그것을 자동차수리공에게 가져갔으나 수리공은 5주 동안 그것을 들여다보지도 않았다. 그 때문에 그들은 말다툼을 했다. 리는 자신의 권리를 주장하는 것이 두렵지 않았다. 결국 리는 로버트 오즈월드에게 10달러를 받고 총을 팔았다. 해병대에 있던 로버트는 알아주든 알아주지 않든 어린 동생 리를 위해서는 무슨 일이든 할 준비가 되어 있었다.

*

마거리트는 쏘파에 앉아 텔레비전을 보고 있었다.

우리가 1948년형 도지를 타고 먼길을 여행해서 뉴욕까지 온 것이 그애를 힘들게 했어요. 존 에드워드가 그의 처와 아기를 데리고 자리잡은 곳도 거기였지요. 하지만 우리 가족은 한번도 함께 지낸 적이 없어요. 이런 처지에 놓인 여자들은 역사를 무시하기도 하죠. 그래도 리는 나, 그리고 에크달과 함께 여행한 적도 있고 열한살 때는 우리 언니를 만나러 포트워스에서 뉴올리언즈까지 845킬로미터나 되는 거리를 혼자 기차를 타고 간 적도 있답니다. 그런데 그런 애가 건전한 미국인으로 생활하고 있느냐고요? 판사님, 저는 이렇게 대답하겠습니다. 우리 주변에는 건전하고 잘나가는 시민들이 많지만, 프렌치 지구에는 부랑자나 비슷한 부류의 사람들이 있어요. 거기에는 수상쩍은 술집이 즐비한데다 마치당구장 위에 사는 것처럼 정신없는 곳도 있고, 이상한 가게나 도박장도 있죠. 당연히 창녀들도 우글거리고요. 엄마 입장에서 말씀드리면, 그 아이는 보르가드에서의 마지막 학기에는 9일밖에 빠지지 않았어요. 그때 저는 커넬 가 팔백몇번지의 크리거 상점에서 일하고 있었지요. 그애의 장래희망은 미해병대에 들어가는 겁니다. 지원하려고 가짜 원서를 썼지만 통하지 않았죠. 우리는 그것 때문에 말다툼도 했답니다. 문제는 열일곱살이 되느냐지요. 그애는 이미 학교를 그만두었고, 다시는 가지 않겠다고 하지만요. 남들한테 맞을 때도 빙긋거리고, 텔레비전 뉴스를 챙겨본답니다. 엄마인 저를 생각해서 우편물 배달이랑 사무실 심부름을 했어요. 그리고 첫 봉급으로 저한테 35달러짜리 코트를 사줬죠. 또 생활비랑 방값으로 이 엄마에게 돈을 주고, 장식그릇에다 걸어놓을 곳까지 딸린 새장이랑 앵무새도 사줬답니다. 장식그릇에는 담쟁이가 있었는데 새장이랑 앵무새에다 앵무새 먹이까지 갖춰진 거예요. 판사님, 이건 적응의 문제일 뿐이에요. 그 아이는 항상 노력할 겁니다. 남편 없이 아들들을 키우는 게 얼마나 힘든 일인지 말로는 다 못합니다. 에크달이 차 안에서 청혼했을 때, 저는 프린쎄스 속옷가게를 관리하면서 속된 말로 꽃방석에 앉아 있었지요. 저는 그를 1년 동안 기다리게 했어요. 그이는 하바드 출신이죠. 저는 언제나 부조리에 맞서 안락한 가정을 꾸리려고 애써온 것 같아요. 저는 종종 제 외모나 산뜻한 살림 솜씨를 칭찬받았어요. 이제는 다시 텍사스로 가서 그애 형인 로버트와 살까 해요. 포트워스에서 다시 한가족이 되어, 리가 형과 함께 있을 수 있도록 말이에요. 자주 옮겨다니는 사람들을 뭐라고 부르는지 듣고 싶지 않습니다. 요즘 시대에는 사람들이 많이 옮겨다니잖아요. 저는 바솔로뮤 가에 살 때, 거실에서 바늘과 실을 팔던 세 아이의 엄마란 말입니다. 그 집은 뒷마당이 딸린 목조가옥이었고 리는 요람 속의 아기였답니다. 저는 인기 많은 아이였어요. 판사님, 저는 다른 다섯 형제자매와 함께 행복해지고 애국자가 되라고 아버지에게 배우며 자랐어요. 저는 제 아이도 그렇게 키우려고 최선을 다해왔습니다. 남들이 뭐라고 하건간에요. 그들은 늘 그러겠지만요. 리는 올리언즈 가 올드 프렌치 병원에서 제가 자기를 집으로 데려왔을 때부터 누가 자기의 버팀목이 되어왔는지 알고 있답니다. 저는 아이의 악몽 속에 어렴풋이 나타나는 그림자 같은 엄마가 아니에요.

땅딸막하고 머리를 짧게 깎은 죠지 고벨이 싱글거리면서 나타났다. 그는 오른손을 이마 가운데 올리면서 익살맞은 형제의 촌스러운 태도로 인사했다.

리는 자기 방에서 한 단어씩 집게손가락으로 짚어가면서 잉여가치의 자본 전환에 대한 책을 읽고 있었다.

4월 26일

주머니에 든 것들. 윈 에버렛은 전체적인 그림을, 이를테면 한 사람의 삶을 구상하고 있었다. 그는 한쪽 귀퉁이가 접힌 평범한 종이와 지갑에 든 것들에서 한명의 총잡이를 만들어낼 것이었다. 파멘터는 기록계에서 빈 서식들을 가져올 방법을 궁리할 것이다. 매키는 에버렛이 구상중인 인물의 실제 모델을 찾아낼 것이다. 그들은 자신들이 꾸며낸 가상의 상황을 세상으로 확장하는 데 이용할 이름, 얼굴, 몸을 원했다. 에버렛은 그 모델이 보통보다는 조금 더 눈에 띄는 인물이어야 한다고 믿었다. 그 인물은 조사대상이 될 만하고, 추적과 체포가 가능한 자여야 할 것이다. 서너 명의 저격수가 그들의 소속에 대해 불충분한 흔적을 남기고 완전히 사라질 것이다. 그들은 이 임무를 위해 꾸바에서 특별히 훈련된 자들로서 스페인어를 쓰는 멕시코인이나 빠나마인이어야 할 것이다. 그다음에 다른 인물, 조금 더 분명한 이미지가 나타나는 것이다. 아마도 저격수들이 떠난 자리에 남겨질 그 인물은 탈출구를 찾다가 첩보부나 FBI, 혹은 지역경찰에게 쫓기고, 발견되어 죽을 것이다. 어떻게 되든지, 계획상 필요한 대로 될 것이다. 이런 유의 인간은 명사수에다 익명에 가깝고, 과거에 대해 알려진 바도 거의 없을 것이다. 어두운 곳에서 나타났다가 사라지고, 어떤 폭력적인 행동 때문에 체포되었다가 풀려나 다시 떠돌아다니고, 나타났다가 사라지는 인물. 매키는 에버렛에게 이런 자를 찾아줄 것이다. 지문, 필적 견본, 사진이 필요했다. 매키는 다른 저격수들도 찾아줄 것이다. 대통령을 쏘는 게 아니다. 총알은 그를 비껴갈 것이다. 우리는 총알이 극적으로 빗나가는 장면을 원하는 것이다.

윈은 현관에 홀로 앉아 있었다. 버들가지를 엮어 만든 탁자 위에는 레모네이드 한잔이 있었다. 창가용 화분과 통들, 점토화분에 담긴 화초들이 계단에 놓여 있었다. 벽돌이 깔린 보도는 잔디로 경계지어져 있었다. 그는 메어리 프랜씨스를 기다렸다.

모든 도시 중에서 일을 벌이기에 최적의 장소는 마이애미였다. 수백명의 망명자들이 무슨무슨 운동, 무슨무슨 위원회, 무슨무슨 연합을 만들며 음모를 꾸미고 언쟁을 하면서, 또다른 기회를 기다리면서 살고 있었다. 윈은 그 지역에 어떤 이야기들이 휩쓸고 갈지 상상해보았다. 그곳에는 프렌테 지도부의 사무실이 있고 모든 망명자들이 자주 드나드는 라 모던 호텔이 있었다. 마이애미에는 어떤 반향, 어떤 불꽃이 있었다. 그곳은 아물지 않은 상처가 있고, 폭발할 듯한 정치와 감정 들이 있는 도시였다. 바로 그런 인화성, 꾸바의 열기와 빛 때문에 그는 반까스뜨로 지도자들에게는 이 일을 비밀에 부치기로 마음먹었던 것이다.

케네디는 넉 달 전 상륙작전의 생존자들에게서 여단의 깃발을 받기 위해 마이애미에 갔다. 그들은 몸값을 지불하고 꾸바 감옥에서 막 풀려나왔다. 감정을 청산하는 데 꼭 필요한 일이었다. 실패는 이제 공개적으로 인정되었고, 풋볼 경기장에 모인 사천명의 사람들 앞에서 추도되었다. 통제되었던 모든 자료가 재변환된 전파를 타고 텔레비전으로 내보내졌다. 에버렛은 앉아서 그것을 지켜보았다. 그는 대통령이 마이애미에 갔다는 데에 존경심을 품었다. 그는 대통령 영부인이 부대원들에게 스페인어로 말을 걸 때 놀랐고 감동받았다. 그러나 그 의식(儀式)이 자유로운 아바나에 대한 강한 애착이라는 명분을 되살려내는 것은 아니었다. 그는 그것을 순전히 공식적인 통보이자, 행정부의 모든 행보를 보여주는 어렴풋한 표현이라 생각했다.

차가 멈추었고 그는 계단을 내려가 메어리 프랜씨스가 식료품을 안으로 옮기는 것을 거들었다. 그는 무거운 꾸러미들을 들었다. 비를 머금은 바람이 동쪽에서 불어와 갑자기 대기를 덮쳤다. 그는 조용한 거리에서 일상적인 일을 하며, 사람들의 눈을 신경쓰지 않는 남자였다.

그는 식품저장실에 서 있었고 그녀는 물건을 건네주었다. 전구의 불이 나가서 그는 희미한 빛 속에서 선반에 물건들을 올려놓았다. 희미한 곰팡내, 작은 방의 서늘한 기운, 단지와 깡통에 붙은 친근한 상표 들로 인해 자신이 늙고 지친 아이가 된 느낌이었다. 가장 단순하고도 심오한 시간들을 재생하도록 허락받은 아이 같았다. 그 시간들이 심장에 남긴 상처는 특별한 고통의 결과가 아니라 체계적이며, 상실로 견디기 힘든 시간 그 자체의 흔적이었다. 그는 전구를 갈아야 한다는 것을 기억하려 애썼다. 천둥소리를 듣고 어린 시절 시골에서 겪은 뇌우를 떠올렸다. 형들보다 영리해 보이지 않으려고 애쓰던 그 소년은 명암이 바뀌고, 풍경이 심각하고 엄숙해지는 것을 보았다. 모든 것에 공포가 닥쳐왔다. 두려움은 대기에서 나와 사물과 아이 들에게 재빨리 스며들었다. 어두운 비구름이 다가왔다. 그는 식품저장실에 서서 오십까지 세곤 했다. 그때쯤엔 천둥이 멈출 테니까.

"쑤전을 데리러 가야 해요."

"내가 갈게."

"수업 없어요?"

"취소됐어."

"페니즈(체인 마트―옮긴이)에 들러 몇가지를 사와야겠어요."

"페니즈는 습관적으로 들러야 하나보군."

"아니, 꼭 필요한 것들이 있어요. 오래 걸리지 않아요."

"페니즈는 우리 모두의 쉼터지."

"전구는 뒤쪽 계단에 쌓여 있어요."

"그녀는 귀신같이 당신 마음을 알아주고 챙겨준다는 거지."

"금방 올 거예요."

그녀가 말했다. JFK가 마이애미에 돌아올 계획이 있는지 파멘터가 미리 알려줄 것이다. 조만간 대통령은 수행원, 경호원, 악수할 사람들과 시끄러운 팬 무리를 이끌고 그 도시, 위험한 거리로 나설 것이다. 에버렛은 마이애미에서 일을 치르기 위해 1년이라도 기다릴 용의가 있었다. 메씨지는 그곳에서 가장 분명하게 드러날 것이다. 집 안의 총을 갖고 군중 속에서 걸어나온 어떤 미치광이가 헛된 소동을 피우는 게 아니라, 장거리에서 고도로 넓은 시야를 확보하여 이루어지는 일인 것이다.

그는 문간까지 메어리 프랜씨스를 따라갔다.

그는 뒤이은 조사 결과들이 CIA의 계획들을 밝혀내지 않는다면 성공이라고 여기지 않을 것이다. 그 계획들은 피델 까스뜨로를 암살하려는 것이고 원 자신의 음모도 몇가지 포함되어 있었다. 결말을 위해 그가 남겨둔 작지만 기습적인 상황이었다. 또한 그가 박식한 대중에게 바치는 개인적인 선물이기도 했다. 위원회실과 구석진 사무실에서 무슨 일이 일어나고 있는지 보여줘라. 그 잡동사니들, 그 총잡이의 외모, 빗나간 추적과 뒷골목들로 조사자들에게 케네디가 까스뜨로의 죽음을 원했다는 것을 알려야 한다. 그리하여 실제로 계획이 세워지고 윗선에서 승인되고 실행에 옮겨졌기 때문에 피델과 수석 보좌관들은 보복을 결정했음을 알려야 한다. 이것이 원 에버렛이 세운 계획의 주된 의미이고 도덕적 교훈이었다.

옥시덴털 레스토랑의 한 식탁에 앉은 두 남자는 확실히 신체적으로 비슷한 점이 있었다. 두 사람 모두 180센티미터가 넘는 키에 값비싼 옷을 입었고 운동선수처럼 몸이 탄탄했다. 그들은 케네디 가문의 무대인 이곳, 일종의 남성다움, 자신감과 희망, 최대의 도전을 과감히 받아들이는 기품으로 스스로를 평가하는 이 수도에서 눈에 띄게 편안해 보였다.

두 사람 중 다섯 살쯤 더 젊어 보이는 로렌스 파멘터는 교양있는 동부인의 살짝 우는 소리 같은 말투였다. 즉 빈정거리듯 자기애를 표현하기 위하여 음절들을 끌어가면서 말하는 것이다.

다른 한쪽의 죠지 드 모렌실트는 현재 댈러스에 살고 있고 그의 영어에는 외국인의 억양이 들어 있었다. 그는 유럽인으로 보이는 것이 싫지 않았다. 그는 그런 사람이었다. 매력적이고 영리한 인간이었으며, 러시아어, 영어, 프랑스어, 스페인어, 아마 토고어인지 무엇인지, 아무튼 토고에서 쓰는 언어로까지 유창하게 대화할 수 있었다.(파멘터는 그가 1958년에 우표수집가인 척하고 그곳에 갔던 사실을 알고 있었다.) 래리는 그를 좋아했다. 그는 몇년간 죠지를 알고 지냈으며, 몇차례의 외국여행 후에 그가 정보국에 정보를 주었다는 것도 알고 있었다. 그들의 사업상 이익관계가 한두번 부딪친 적이 있음에도, 죠지가 정확히 무슨 일을 하는지 그는 알지 못했다.

"5월에 아이티에 가." 모렌실트가 말했다.

"왜 가는지 물어봐도 될까?"

"물론이지. 아이티 사람들을 위해 석유를 찾으러 가는 거야. 그들이 나한테 사이잘삼(용설란과의 식물—옮긴이) 농장 허가를 준대."

"그들은 사이잘삼을 찾아내는 데 도움이 필요한가?"

"그건 땅위로 뻗어나오는 게 확실할걸."

그들은 웃음을 참았다.

"재미있는 곳에 가는군, 죠지."

그들은 같은 일을 기억해내고는 웃었다. 파멘터가 과떼말라 남서부 CIA 비행기지 근처에 있는 마을의 치과를 찾아갔던 일이다. 그곳에서 꾸바 비행기 조종사들과 미국 요원들은 피그즈 만 상륙작전에 대비한 훈련을 했다. 초라한 대기실에서 악어무늬 셔츠와 마드라스 반바지 차림으로 앉아 있던 죠지 드 모렌실트는 예지 제르기우스 폰 모렌실트라고도 불렸다. 그의 말에 따르면 그는 중앙아메리카 지역을 도보로 여행하는 중이었다.

"모든 게 끔찍하게 끝났어." 죠지가 말했다. "그게 정말 끝났다고 할 수 있다면 말이지."

"끝난 게 맞는 것 같은데."

"현 정부는 아직도 까스뜨로를 괴롭히고 있어. 어처구니 없고 불필요한 짓이야. 좀더 심하게 말하면 정부 전체가 조그만 공산주의 꾸바가 불타고 남은 덩어리 주변을 맴돌고 있는 셈이야. 얼마쯤은 농담이야, 래리. 그리고 자네가 꾸바 문제에 대해서 어느 쪽인지 알고 하는 소리야. 물론 이건 자네 일이고 난 그걸 존중해."

"내 일이었지. 지금은 단지 지원활동만 하지만 말이야."

"정부가 꾸바에 대해 더이상 아무 계획이 없다고 난 믿고 싶어."

"믿어, 죠지. 미사일 사태는 우리가 꾸바를 침공하지 않는다는 걸 이해시키고서 해결됐어. 케네디는 까스뜨로를 없앨 기회를 잡았지만 그자의 일을 보장해주는 걸로 끝냈지. 이제 그 건에 대해서는 다들 흥미없어해. 그 일을 파고드는 건 전혀 무가치하다고. 정부는 열을 올리면서 전적으로 쏟아붓다가 완전히 무관심하고 냉담한 태도로 돌아섰지. 기록적으로 짧은 시간 안에 말이야."

"그게 미국의 병이야." 죠지는 따뜻한 미소를 지으면서 말했다.

드 모렌실트는 정유기술자라는 직업을 가지고 있었으나 그 일에 많은 시간을 쏟는 것 같지는 않았다. 래리는 그가 네번째 아내와 산다는 것을 알고 있었다. 그의 부인들은 부유한 가문 출신이었다. 그러나 그의 결혼이 2차대전 당시 나치와 그의 명백한 관계를 설명해주지는 못했다. 폴란드와 프랑스 정보국의 확실한 관련, 멕시코로부터의 추방, 텍사스대학 시절 눈에 띄던 친공산주의적 성향, 베네수엘라에서의 소련과의 접촉, 그의 공식적인 이력 사이의 모순점들, 서아프리카와 중앙아메리카, 유고슬라비아와 꾸바 여행에 대해서도 마찬가지였다.

죠지는 전략적 요지에 위치한 근해시설을 둘러보는 데 시간을 오래 투자하는 경향이 있었다.

그러나 그는 재키 케네디인지 그 부모인지, 혹은 그 집안의 누군가를 알고 있었고, 뉴욕에 머물 때에는 래킷클럽(파크 가에 있는 회원제 테니스클럽―옮긴이)에서 시간을 보냈다. 그는 공식적으로 남작이라고 불릴 자격이 있었다. 끊임없이 다른 과거에서 벗어나는 것이 죠지의 매력 중 하나였다.

"워싱턴은 언제 떠나나?"

"내일 뉴욕에 가고, 다시 댈러스로 돌아가지."

"난 댈러스는 워커의 영역이라고 생각했어." 래리가 말했다. "장군한테 총을 겨눈 사람은 누구야?"

"그 워커라는 인간은 완전히 파시스트 퇴물이야. 인종주의랑 반까스뜨로 성전(聖戰) 같은 것 때문에 아주 위험한 자라고. 이게 내가 꾸바를 언급하는 이유야. 꾸바는 미국 강박증 중에서도 가장 나쁜 종류를 건드린단 말이야. 워커 장군은 우익정치를 설파하려고 군대도 전역하고, 미시씨피에서 인종차별운동을 주도하고 있지. 댈러스에 자리를 잡고 존 버치 협회(1958년 설립된 미국의 극우 반공단체―옮긴이)나 꾸바에 대해 떠들어대는 헛소리가 매일 신문에 실리는 걸 보면 정신병원에 들어가야 맞을 인간이지. 가증스러운 인간이야, 래리. 워커의 충동 때문에 미시씨피에서 두 명이 죽었어. 간단하고 단순하게 말하면 그는 작은 히틀러란 말이야."

"그자를 자네 손으로 직접 쏴버리고 싶어하는 것같이 들리는구먼."

"그렇다고 해도 상관없어. 정말이야. 사실 난 누가 그를 죽이려고 했는지 알 것도 같아."

웨이터가 숟가락을 떨어뜨린 손님에게 달려갔다.

"댈러스에 내가 아는 소년이 하나 있어." 죠지가 말했다. "나는 그를 소년이라고 불러. 아마 스물두세살일 거야. 쉰살이 넘으니까 누구든지 소년 아니면 소녀로 보이지 뭐야. 소년들이 소녀같이 보이지 않는 한 말이야. 그 반대도 마찬가지고."

"왜 그는 워커한테 관심이 있지?"

"간단해. 정치관이지. 1959년에 해병대 출신인 그가 뭘 했는지 알아? 소련으로 망명했어. 그들은 민스끄에 있는 공장으로 그를 보냈지. 물론 환멸을 느꼈고, 그래서 돌아왔어. 자연히 정보국의 관심을 끌었어. 국내 정보부가 그 아이와 이야기를 해보라고 나한테 부탁했어."

"우호적으로 캐보자는 거군."

"맞았어. 난 아버지처럼 접근하기로 한 거지. 그가 보고, 듣고, 냄새 맡고, 맛본 걸 알아내는 거야. 얼마 가지 않아 우리는 서로 좋아하게 되었어. 사실 나는 워커 장군에 대한 내 감정이 리한테 영향을 주어서 그가 총을 쏘게 만든 건 아닌가 싶어."

"하지만 확실한 건 아니잖아."

"확실한 건 아니지."

"자기가 했다고 그 친구가 말한 건 아니겠지."

"그는 아무 말도 안했어. 하지만 암시란 게 있고, 어떤 기미랄까 분위기라는 게 있잖아, 안 그래? 게다가 그는 나한테 흥미로운 사진을 보내주었어. 솔직히 말하면 그가 실패해서 유감이야."

그들은 다시 점심을 먹기 시작했다. 주위의 목소리와 소음 들이 흥미로운 소식들의 물결과 문명화된 외침소리를 담고 다시 또렷하게 들려왔다. 죠지는 목이 긴 유리잔을 흔들면서 와인에 대해 아주 그럴듯한 이야기를 했다. 한 매력적인 여자가 분노로 열을 올리면서 서둘러 식탁으로 갔다. 그녀의 모습은 교통체증과 개인적인 극적 사건을 거쳐 한창 고요한 섬에 도착한 상황을 말해주고 있었다. 최고급 레스토랑에서 점심식사를 하는 것이야말로 서구문명의 정점이라고 생각하던 시절이 래리에게 있었다.

"자네가 정치관이라고 했는데," 그가 말했다. "이 젊은 친구는 좌익에 얼마나 가까운 거야?"

"정치관이란 점도 있고 감정도 있으며 심리상태도 있지. 나는 그를 꽤 잘 알지만 내가 그를 딱 잘라 이렇다고 규정할 수 있다면 그것은 진실이 아닐 거야. 그는 아마 순수한 맑스주의자, 그 가운데에서도 가장 순수한 신봉자일 거야. 어쩌면 실생활이 무대인 배우인지도 모르고. 네가 절대적으로 확실히 아는 것은 그가 끔찍하게, 지긋지긋할 정도로 가난하다는 거야. 뭐라고 표현하는 게 좋을까?"

"지랄맞게 가난하다."

"바로 그거야. 그는 굉장히 사랑스러운 여자와 결혼했어. 정말이야, 래리. 상처입은 러시아 미인하고 말이야. 순수하고 연약한 여자야. 그녀는 아름다운 진짜 러시아어로 말하지. 소련화되지 않았단 말이야, 알겠나? 그녀의 삼촌은

MVD(소련 내무성—옮긴이) 소속의 대령이래."

래리는 웃지 않을 수 없었다. 모든 것이 신기할 만큼 재미있었다. 내용도 아주 풍성했다. 모든 사람이 스파이거나 허수아비, 혹은 인재거나 쌍둥이, 여행가이드, 국외자나 망명자, 아니면 그중 한 가지와 관련되어 있었다. 우리 모두는 어마어마하고 장단이 잘 맞는 우연의 일치, 일련의 굉장한 소문과 의심, 비밀스러운 소망에 연결되어 있었다. 죠지도 웃고 있었다. 멋지게 울리는 목관악기처럼. 그들은 서로 바라보고 웃어댔다. 그들은 삶의 풍부함과 인간사의 터무니없고도 섬뜩한 속성, 좋은 음식과 술, 최고급 써비스, 망쳐버린 경력, 엄청난 어리석음과 후회를 음미하며 웃었다. 래리는 잘 먹어서 배가 부르고 은근히 취한 느낌이 들었다. 모든 게 좋아 보였다. 온두라스 대사가 인사를 건넸다. 페멕스(멕시코의 석유회사—옮긴이)의 누군가가 멈춰서서는 추잡한 농담을 했다. 근사한 점심이었다. 훌륭하고 풍성했으며 멋지고 완벽했다.

파멘터는 랭글리로 돌아가는 정보국 셔틀버스를 탔다. 그리고는 보안국에 죠지 드 모렌실트에 대해 급히 조회해볼 것을 요청하는 메모를 썼다.

그의 이론의 공간 어딘가에, 어느 공책이나 파일에 니컬러스 브랜치는 사망자 명단을 가지고 있다. 리 하비 오즈월드와 잭 루비에 관련된 목격자, 제보자, 조사자 들로, 편리하게도 그리고 암시적으로, 죽은 사람들의 이름이 적힌 문서였다. 1979년 하원 특별위원회는 11월 22일(1963년 케네디 대통령이 암살된 날—옮긴이)에 일어난 일련의 사건에 어떤 식으로든 관련된 사람들의 사망률에는 통계적으로 이상한 점이 없다는 결론을 내렸다. 브랜치는 이것을 보험 통계와 같은 사실로 받아들이고 있다. 그는 역사를 쓰는 것이지, 사람들이 공포에 굴복하는 행태를 연구하는 것이 아니다. 암시적인 요소는 무한히 많다. 브랜치는 이것을 시인한다. 죽은 방식에는 각기 어떤 의미가 있다. 뒤통수에 총을 맞음. 목을 베임. 경찰서에서 총에 맞음. 모텔에서 총에 맞음. 결혼한 지 한 달 뒤 남편에게 총에 맞음. 감방에서 투우사 바지 차림으로 목을 매닮. 카라떼의 일격으로 살해당함. 그것은 토요일 밤의 네온불빛 같은 서사시이다. 그리고 브랜치는 그것이 전부라고 믿고 싶다. 우리가 아는 사실들은 지금 그대로 충분한 불가사의, 충분한 음모, 우연, 미결 사건, 답이 나오지 않는 사건, 다양한 해석 들을 담고 있다. 방대하고 교묘한 계획, 몇가지 방향으로 들어맞게끔 뻗어나가는 서사를 만들어낼 필요는 없다고 그는 생각한다.

그러나 그 일들은 그냥 잊히지 않는다. 대부분 이름없는 사망자들이다. 스트립댄서들, 택시운전사들, 담배를 파는 여자들, 양복깃에 비듬이 떨어져 있는 초라한 변호사들. 그러나 해가 가면서 폭력은 다른 사람들에게까지 손을 뻗었다. 각각의 새로운 불행을 접하면서 브랜치는 사건을 강력하고 지속적으로 조명함으로써 어떤 패턴과 연결고리가 있는지 다시금 보게 되었다. 즉 하나의 사건은 이자가 그 사람을 알고 있었으며, 이 죽음은 저 죽음과 흥미롭게도 병치를 이루고 있음을 드러내는 것이다.

다국적자로, 충성심의 분산 혹은 빗나간 충성심이라는 점에서 연구대상이 될 만한 죠지 드 모렌실트는 오즈월드의 친구로 1977년 3월에 사망했다. 그는 입에 20구경의 총을 맞은 채 팜비치에서 발견되었다. 자살로 판명되었다.

1주일 후 마이애미 해변에서 경찰은 꾸바 전 대통령이자 백만장자인 총포 밀수업자 까를로스 쁘리오 쏘까라스의 시신을 발견했다. 한 제보자에 따르면 그는 잭 루비와 관련된 인물이다. 시신은 의자에 앉아 있었고 그 옆에 총이 놓여 있었다. 자살로 판명되었다.

전문 비행기 조종사, 아마추어 암 연구가이자 반까스뜨로 투사인 데이비드 윌리엄 페리는 1967년 2월 뉴올리언즈에 있는 그의 아파트에서 시신으로 발견되었다. 닷새 전 언론은 그가 대통령 암살사건과 관련있다고 보도했다. 검시관은 자연사라고 했으나 몇몇 사람은 어떻게 뇌출혈을 일으킨 페리가 친구에게 타자기로 유언을 남길 여유가 있었는지 궁금해했다.("나는 사랑받지 못한 채 홀로 죽는다.") 그의 물건 중에는 이름이 없는 세 개의 여권, 100파운드의 폭탄, 여러 자루의 소총과 총검, 신호탄용 총, 그리고 케네디 암살사건에 대한 책자와 암살사건 당일에 관계된 자료들이 있었다.

데이비드 페리의 친구이자 자유 꾸바 위원회 회장인 엘라디오 델 발레는 같은 날 마이애미의 자동차에서 시신으로 발견되었다. 그는 정확히 가슴에 총을 여러 발 맞았으며, 머리는 도끼로 쪼개져 있었다. 범인은 체포되지 않았다.

어디에나 서류가 쌓여 있다. 브랜치는 살인에 대한 보고서와 부검결과표를 가지고 있다. 그는 총탄 파편에 대한 분광실험 결과도 가지고 있다. 음향전문 상담가와 얼룩분석 전문가의 보고서도 가지고 있다. 그는 딜리 광장에서 찍은 사진들 위로 몸을 굽히고 직접 얼룩을 연구해본다. 국가 원수가 멋지게 지나가는 모습을 보러 그곳에 갔다고 생각한 이들이 찍은 사진들이다. 그는 돋보기를 가지고 있다. 사진 촬영자들의 시선의 방향에 관련된 상세지도들도 가지고 있다.

기록담당관은 비밀위원회에서 열린 청문회 속기사본을 보내준다. 그는 정보자유법이 통과된 후 공개된 자료들과, 일반 조사자에게는 보이지 않았거나 까다로운 검열에서 제외된 자료들을 보내준다. 그는 항상 그럴듯하고 확신이 가는, 이론들로 빛나는 새 책들을 보내온다. 이곳은 이런저런 가설과 이론이 모아진 방이자, 그 주인이 늙어가는 방이다. 브랜치는 끝마친다는 것은 결국 단념하는 것이 아닐까 생각한다.

암살사건에 관한 FBI 문서가 여기에 있다. 끝없는 불안과 비탄이 담긴 12만 5천 페이지이다. 기록담당관은 KGB 망명자가 모아놓은, 오즈월드의 러시아 체류에 관한 새 자료를 보내온다. (사건에 대한 자료를 제공한 망명자는 그가 처음이 아니었다.) 에버렛과 파멘터, 라몬 베니떼스, 프랭크 바스께스에 관한 새 자료도 있다. 해를 넘기면서 자료들이 조금씩 새고 있다. 그의 뇌 속으로 물이 똑똑 흘러들어오고 있다. 암살사건의 연대기에서 가장 악명높은 주소는 뉴올리언즈 캠프 가 544번지이다. 그 건물은 오래전에 없어졌고, 지금은 도시재개발구역이 되어 있다. 기록담당관은 최근 사진들을 보냈고 브랜치는 사건과 관련은 없지만 연구해봐야 한다고 생각한다. 그곳에는 화강암 벤치와 벽돌이 깔린 보도, "거기에서 나오라"라고 불리는, 사건과 관련해서 매수라도 당한 듯한 표정의 조각이 있다.

브랜치는 모든 자료를 연구해야 한다. 이미 너무 깊이 들어가버려 선별할 수도 없다.

그는 무릎담요를 덮고 앉아 걱정한다. 사실 그는 그리 많이 쓰지 못했다. 광범위하지만 내용이 중복되는 메모가 있다. 그동안 모은, 두께가 90센티미터나 되는 메모다. 그러나 실제로 완성된 문장은 거의 없다. 자료를 조합하는 일을 멈추기란 불가능하다. 자료는 계속 쏟아져들어온다. 검토해야 할 이론들과 고려하고 애도해야 할 인생들이 있다. CIA의 그 누구도 그에게 일의 진척상황을 묻지 않는다. 한 장(章), 한 페이지, 한 단어에 대해서도. 브랜치는 두번째로 온 기록담당관과 여섯번째 정보국장과 일하고 있다. 1973년 작업을 시작한 이래, 그는 슐레진저, 콜비, 부시, 터너, 케이시, 그리고 웹스터가 국장 자리에 앉는 것을 보아왔다. 누군가가 암살에 관한 비사를 쓰고 있다는 것을 이들이 아는지 브랜치는 모른다. 아마도 기록담당관과 CIA의 사적(史的) 정보수집부의 두세 명을 제외하고는 아무도 모를 것이다. 아마 그것은 아무도 읽지 않는 역사가 될 것이다.

티제이 매키는 가이 배니스터 탐정사무소가 있는 낡은 3층짜리 건물 건너편 거리에 서 있었다. 그는 밝은 갈색 머리를 짧게 깎고, 몸에 꼭 맞는 스포츠셔츠를 입고 썬글라스를 썼다. 그는 오른손을 쥐었다 폈다 하는 버릇이 있었다. 오른손 엄지와 검지 사이의 갈퀴 부분에는 새 문신이 있어, 그가 주먹을 펼 때 새는 푸른 날개를 펼쳤다.

그는 캠프 가의 누군가를 바라보고 있었다. 만취해서 비틀비틀 걸어가는 노파는 긴 코트에 발목까지 오는 흰 양말을 신은 떠돌이였다. 이 불쾌한 1963년 봄, 벌써부터 너무나 덥고 답답하고 습한 뉴올리언즈에서 길 잃은 사람들 중 하나였다. 티제이는 그녀가 속도를 조절하며 거리를 걷는 모습을 흥미롭게 지켜보았다. 그녀는 다른 사람들이 앞서가도록 걸음을 늦추었다. 경계하듯 웅크리고서 544라는 숫자가 씌어진 벽을 따라 움직이면서 그녀는 사람들에게 팔을 흔들어 보였다. 그녀는 모두가 앞서가게 해서, 그들 모두를 보려고 했다.

매키는 이 장면을 즐겼다. 그는 이 도시에 1주일 넘게 머물렀고 신경에 거슬리는 주정뱅이를 많이 보았지만 이렇게 편집증적인 재치가 있는 사람은 처음이었다.

주위에는 오래된 창고, 커피 볶는 공장, 하룻밤에 50쎈트짜리 호텔 들이 있었다. 그는 지금은 벽돌로 막힌, 544번지의 원래 출입구 위에 적힌 글을 읽었다. 스티브도어즈 앤드 롱쇼어먼즈 빌딩. 그는 길을 건너 건물 안으로 들어갔다. 가이 배니스터 사무실은 2층에 있었다. 거칠고 음침한 모습의 육십대 남자인 배니스터는 책상 앞에 앉아 있었다. 그는 20년간 FBI에 몸담았고, 뉴올리언즈 경찰서의 부서장이었으며, 존 버치 협회와 미닛맨(민병대)의 회원이었다. 매키가 들어오자 그는 맨 아랫서랍을 열었다. 함께 마시자는 권유였다. 티제이는 손을 내젓고는 의자를 당겨 앉았다.

"자네는 나랑은 마시지 않는군. 어디에서 지내는지도 내게는 말하지 않고."

"내일 떠날 거야."

"어디로?"

"농장(CIA의 비밀훈련기지를 가리키는 은어―옮긴이)으로."

"멋지겠군. 스워스모어에서 온 애들한테 어떻게 중국인의 목을 부러뜨리는지 가르치니 말이야."

"임무일 뿐이야."

"정말 웃기는군, 티제이. 목숨을 걸었던 자네 같은 남자가 말이야. 케네디란 작자한테 책임이 있지. 처음에는 적절한 공군의 지원도 없이 침공한다고 하곤, 그다음엔 그걸 보상한다니. 그자는 우리 게릴라기지를 습격하고 곳곳에서 무기 선적을 방해해."

"난 왜 여기 있는 거지? 당신은 시간이 많잖아, 가이."

"그렇게 간단한 일이 아니야."

"당신은 멕시코 군대보다 더 총이 많잖아."

"우선순위라는 게 있지." 배니스터가 말했다. "올여름은 바빠질 것 같아."

"난 돈이 필요할 거야. 유지비, 월급. 괜찮은 수준으로……"

"사람은 몇이지?"

"여럿이라고 해두지. 그리고 비행기 조종사가 한명 필요할지도 몰라."

"조종사는 10분만 있으면 이곳으로 걸어들어올 거야."

"빌어먹을."

"진정해."

"그는 안돼."

"그의 겉모습이나 수작부리는 말에는 신경쓰지 마. 페리는 유능한 놈이야. 날고 있는 비행기를 후진시킬 수도 있다고. 훌륭한 연줄도 있어. 그는 카민 라타의 변호사를 위해 일하지. 그는 라타의 집에 갔다가 가방에 돈을 채워가지고 온단 말이야. 그만하면 충분하지. 그는 아무 질문도 받지 않고, 기록도 없이 작은 비행기를 빌릴 수 있어. 당장은 C-47기가 한대를 찾아보게 하는 거야. 내가 이곳에서 폭약을 실어나르는 데 사용하게 말이야."

배니스터는 다시 서랍을 열어 5년산 얼리 타임즈 한병을 꺼내고 선반에서 커피잔 두 개를 집었다.

"난 플로리다 키즈에 있는 우리 중간집결지 중 한곳에다 물건을 골라 보낼 참이야. 소총, 수류탄, 지뢰, 다이너마이트, 대전차포, 박격포 같은 것들이지. 들어봐, 네이팜탄도 있다고." 그는 말했다.

매키는 그 번득이는 눈의 표정을 주시했다. 정부를 향한 배니스터의 분노는 부분적으로 공적인 삶 그 자체, 카메라 렌즈 속에 비치는 사람들에 대한 반응이었다. 케네디의 마법, 케네디의 카리스마. 배니스터의 증오는 일정한 크기와 물리적인 힘을 지니고 있었다. 그것이야말로 일에서의 실망, 좋지 않은 건강 상태, 강제퇴직 후에 그를 버티게 해준 힘이었다. 매키는 그와 잠깐 눈을 맞추었다. 거기에는 많은 의미, 기억, 슬픔, 확신, 잃어버린 꾸바, 되찾게 될 꾸바가 들어 있었다. 인간적으로 깊이 가까워진 순간, 수많은 관계 속에서 말로 표현되지 않은 깊은 뜻을 지닌 힘을 목격하고 티제이는 시선을 돌렸다. 그들은 너무 많은 생각을 공유하고 있었다.

"물건은 어디서 얻었나?"

"숲속의 창고에서. 자물쇠에 열쇠를 넣고 문을 열면 거기에 있지."

"누가 가져다놓은 거지?" 매키가 말했다.

"그곳은 CIA의 무기 은닉처야. 피그즈 만 때 쓰지 않고 남겨둔 것들이지. 자네도 알 거라고 생각하는데."

"요즘엔 나도 아는 게 별로 없어."

"우리는 항상 신입생들을 받고 있어. 피델한테 또 한방 먹이고 싶어하는 친구들이지. 우리는 여기서 가까운 장소에서 그들을 훈련시키고 있어. 연방수사관들과 협력해 지금까지는 문제없이 해오고 있지, 자랑처럼 들리겠지만 말이야. 나는 개인적으로 방심해서는 안된다고 생각해. 그런데 이 케네디라는 자는 우리에게 불리한 짓은 몽땅 하고 있단 말이지. 그가 데이드 군에 망명 지도자들을 가두어놓은 걸 아나? 그들은 그 지역 밖으로는 여행할 수 없어. 케네디는 까스뜨로와 관계를 정상화하고 있어. 소련과도 교섭하고 있지. 상당한 거래가 진행되고 있어. 꾸바나 소련이나 공산주의 나라인데 말이야. 모스끄바의 간섭을 받지 않으면서 잭(케네디의 별칭―옮긴이)이 두번째 임기를 거머쥐려는 수작이지. 그는 자기 보신(保身)과 안전에만 관심이 있어. 내가 보기에 그는 강해지길 바라는 게 맞긴 하지만 말이야."

그는 버번을 따랐다.

"몇주 전에 댈러스에서 일어난 일은 뭐야?"

"워커 저격사건 말이군."

"그 짓을 한 검둥이는 잡았나?"

매키는 연상인 상대방의 목소리의 교활한 어조를 놓치지 않았다. 워커는 마치 영화배우처럼 위험에 대한 염려를 감추지 않은 채 뉴스를 장식하고 있었다. 매키 생각에, 뒷마당 울타리에서 총을 맞고, 저격범을 놓쳐버린 그 사건은 그의 명성에 딱 알맞은 대가였다. 그 일로 그도 총을 가진 이름모를 흑인의 평범한 표적의 신분으로 끌어내려진 것이다.

"자, 그럼 내가 총을 구해놓는다고 하면."

"조준경도."

"그걸로 난 뭘 하지?"

"보관하고 있어." 매키가 말했다.

"지금 누구 얘길 하고 있는 거지?"

"물건은 절대 안전하게, 언제라도 쓸 수 있게 보관해둬."

"이 모임의 주제가 뭐야? 우리 사이에는 완벽한 신뢰가 있어야 한다고 생각해서 그러는 거야."

"알잖아. 내 말을 믿어. 아니면 난 여기 오지도 않았어."

"이런 일을 하기에는 내가 너무 늙었다는 기분이 들게 하지 마. 이건 내 사업이야. 우리 같은 사람들한테는 오직 한 가지 주제가 있을 뿐이지."

책상 위와 바닥, 먼지 쌓인 철제 캐비닛 위에는 페인트 부스러기가 떨어져 있었다. 캐비닛 안에는 배니스터의 정보기록들이 있었다. 그는 그 지역의 반까스뜨로 단체의 후원자들에 대한 기록을 보관하고 있었다. 루이지애나에서의 좌익 활동 기록들을 담은 마이크로필름도 있었다. 그는 공산주의자로 알려진 자들의 명단도, 까스뜨로의 요원들과 그에게 동정적인 자들에 관해 FBI가 제공한 자료도 가지고 있었다. 매키는 게릴라전술 안내서들과 가이가 출판한 인종주의 잡지의 과월호들도 본 적이 있었다. 과거와 현재에 걸쳐 캠프 가 544번지 근처에 장소를 빌린 다른 단체들에 관한 파일도 있었다. 그 단체들 중에는 배니스터의 도움을 받아 CIA가 조직한, 반까스뜨로 단체들의 동맹인 꾸바 혁명위원회도 포함되어 있었다.

그가 매키에게 말했다. "우리 같은 사람들은, 이런 딜레마에 부딪히지 않을 수 없지. 출구를 빼앗긴 심각한 인간들이니까. 일단 쫓겨난 다음에, 우리가 잔디밭에 의자를 놓고 앉아서 은퇴생활을 하겠나? 법과 규칙을 지키면서 조용히 사는 건 우리의 유별난 취향에 맞지 않아." 그는 행복하게 웃었다. "FBI에서의 20여년 동안 나는 내 진지한 성격에 잘 어울리는 특별한 사회에서 지냈지. 비밀을 거래하고 지키는 일, 위험한 일들, 엄격한 공간에서 제 몫을 다할 기회, 사람들 앞에서 총을 휘두르는 일 말이야. 그건 특권적인 사회지. 이건 자네나 나를 두고 하는 말은 아니지만, 범죄적 성향이 있다면, 법을 실행에 옮기는 분야에서 일하는 게 어울릴 거야." 짧고 행복한 웃음. "내 남자다운 면이, 얼마나 꿀꿀이죽처럼 되어버렸는지 모르겠어. 일을 시작한 초창기에 난 딜린저(미국에서 가장 유명했던 은행강도—옮긴이) 사건을 맡았지. 공공의 적 1호였어. 그에게 멋진 최후를 선사했지. 무더운 밤 시카고의 바이오그래프 영화관에서 그가 나올 때였어. 난 잭 케네디처럼 전쟁중에 해군정보국에 있었다네." 그는 술을 한모금 마셨다. "스파이활동, 비밀임무, 우리는 늘 전시체제의 사회를 만들어냈어. 법률에는 약간의 융통성이 있는 거야."

그는 버번이 담긴 잔을 한쪽에 내려놓고 담배를 찾으려고 신문과 파일 들 너머로 손을 뻗었다.

"존 버치 협회에는 회원이 십만명쯤 있어. 달리 손쓸 도리가 없지. 테드 워커 장군은 빌리 제임즈 하기스 목사하고 챙 넓은 모자를 쓰고 전국 방방곡곡에 유세하고 돌아다녀. 미닛맨은 그보다 사람이 적어. 거의 바닥을 기는 수준이지. 하지만 거기에는 믿을 수 없을 정도로 뜨거운 열기가 있어. 그들은 심판의 날을 기다리지. 그들은 차고에 군수품들을 숨겨놓았고 그날이 빠르게 다가오는 중이란 걸 알고 있다고. 그자들은 정치와 예수재림을 온통 뒤섞어버렸어. 난 자네 방식을 존경해, 티제이. 자네는 유능하고 기동력있는 작은 집단을 원하지. 이런 똥 같은 우편물 발송 명단 같은 것 말고. 자네는 이론과 토론을 좋아하지 않아. 그냥 부딪히는 거지. 진지하게 일을 해낼 두세 명만 있으면 되는 거야."

머리에 맞지 않는 작은 치수의 파나마모자와 목이 늘어진 터틀넥셔츠를 입은 데이비드 페리가 들어왔다. 매키는 그를 전에 한번 만난 적이 있었다. 매키가 보기에 페리는 공공의 신뢰를 저버린 사람처럼 서글픈 변명의 표정을 짓고 있었다. (배니스터는 페리가 성직을 박탈당했다고 했다.) 페리는 슬리퍼를 철썩거리며 맥없이 걸어왔다.

그가 배니스터에게 말했다. "이 대낮에 술이나 마시고 있으면 되나."

"우리 창고에 어떤 물건이 있지?"

페리는 티제이를 흘낏 바라보았다.

"아주 오래된 스프링필드(1873~1938년에 미육군 보병의 표준병기로 사용된 소총의 총칭―옮긴이)가 조금 있어. 30-06구경. 그야말로 구식이지. M1(가스로 작동되는 7.6밀리미터 구경의 반자동소총―옮긴이) 소총도 꽤 많아. 유고슬라브 모제르총(독일의 파울 폰 마우저가 설계한 소총의 일종―옮긴이)인데, 흥미로워할지 모르겠지만, 러시아에서 찍어낸 표시가 붙어 있지. 라콤 근처에는 M4가 좀 있어. 무기고는 어제 겨우 태웠어."

"우리 조준경은 어디에 있나?" 배니스터가 말했다.

"조준경과 포가(砲架)는 거의 다 우리 기지 밖에 있어. 장거리용 조준경이 좀 있고. 물론 표적이 무엇이냐에 달렸지. 털 많고 큼직한, 피델처럼 계속 움직이는 표적일 때는 시야가 넓은 게 필요하지. 사실 난 까스뜨로 박사를 은밀하게 찬미했어. 아주 잠깐 동안. 난 그의 곁에서 싸우고 싶었지."

그는 의심하는 듯한 목소리로 속삭였다. 페리의 진기한 인생행로는 그 자신에게도 끝없는 놀라움을 안겨주었다. 그의 표정은 불신하는 듯했고, 뻣뻣하게 붙인 듯한 눈썹은 창백한 눈 위에서 높게 고리 모양을 만들었다. 그의 모든 말은 외모의 소름끼치는 요소들과 뗄 수 없었고, 그 무엇보다, 분명히 페리 자신과 분리시킬 수 없었다.

"국경 아래 어디에다 경비행기를 착륙시키겠나? 급히 집을 떠나야 한다면 말이야." 매키가 말했다.

"마타모로스. 브라운즈빌 아래야. 그곳에 넓은 들이 있거든. 멕시코로 깊이 들어가면 뛰어놀 만한 마른 호수들도 있지. 사람이 사는 곳은 확실하게 피해서 말이야."

"맞는 말이야. 몇살인가?"

"마흔다섯살. 우주비행사로 딱 알맞은 나이지. 내게 존 글렌(1962년 미국 최초로 지구 궤도를 돈 우주비행사—옮긴이)의 어둡고 무서운 면이 있다고. 뇌를 갉아먹는 암만 빼면 건강도 최고야."

"자넨 끔찍하게 죽을걸." 배니스터가 말했다.

"그럴 거라고 믿고 싶네."

"목구멍에 나초가 걸려서."

"난 스페인어를 할 줄 알아." 그 말을 듣고 놀란 페리가 말했다.

페리는 사무실 뒤의 작은 방으로 들어갔다. 그곳에서는 사무소의 누군가가 항상 보내오는 자료를 모아서 델핀 로버츠가 명단을 만들고 있었다. 델핀은 배니스터의 비서이자 조사작업 보조였다. 그녀는 뼛속까지 미국인이었으며, 스프레이로 부자연스럽게 머리를 꾸민 중년여자였다.

"이건 올이 풀리지 않는 스타킹인 줄 알았어요." 그녀가 말했다.

"모든 것은 어떠어떠할 거라고 간주되지만 실제로는 그렇지 않단 말이죠. 그게 존재의 속성이에요."

"알아요. 당신은 철학 공부를 했지요."

"점심 먹었어요?"

"난 다시 메트리칼(비만 방지용 저칼로리 음식—옮긴이) 먹어요."

"날씬한데 뭘 그래요, 델핀."

그는 작은 텔레비전을 켰다.

"흑인들이 공산주의자가 되고 싶어하는 이유가 뭐라고 생각해요?" 명단을 손가락으로 짚어내려가며 그녀가 말했다. "유색인종인 것으로 충분하지 않나? 왜 공산주의라는 색깔까지 덧입히고 싶어할까요?"

"왜 욕심을 내느냐는 말이에요?"

"내 말은 그들에게 골칫거리는 이미 충분하지 않느냐는 거예요. 게다가 유색인종은 아무것도 될 수 없잖아요."

그녀는 창문 옆의 포마이카 책상 앞에 앉아 일하고 있었다. 방충망에 뚫린 구멍에는 셔츠 모양을 잡는 데 쓰는 마분지가 붙어 있었다.

"나는 지난주에 핵폭발 대피소 가격을 알아봤어요." 페리가 그녀에게 말했다.

"나는 하늘에서 핵폭탄이 떨어지는 것은 걱정 안해요. 미사일 사태는 지나갔잖아요. 어느 조용한 아침에 갑자기 군대가 출현하고 해안에 군인들이 상륙하고 구름에서 낙하산이 떨어질 거예요. 바하 깔리포르니아에 중국 빨갱이들이 군인을 집결시키고 있다는 보고가 가이한테 들어왔거든요."

"나는 개인적으로 고문을 당하고 있어요, 델핀. 군대보다 더한 고통을 주는 거죠."

그들은 「세상이 변할 때」라는 멜로드라마를 보고 있었다. 페리는 접의자에 다리를 포개고 앉았다. 그는 모자를 벗어 오른쪽 무릎에 얹어놓았다.

"나 혼자 생각해본 건데, 왜 델핀 같은 여자가 이 쥐덫 같은 사무실에 나오는지 모르겠어요. 그만한 배경이랑, 컬리씨엄 가에 아주 예쁜 집도 있으면서 말이에요. 사회적으로 훌륭한 일을 할 수 있잖아요. 예를 들어 애국부인회 같은 단체에서요."

"이거야말로 국가적인 일이기 때문이에요. 내가 시의회나 여성모임 같은 데서 뭘 할 수 있겠어요? 가이 배니스터는 아직까지 실제로 영향력있는 일을 하고 있다는 점에서, 이 나라의 선구자 같은 사람이에요. 사람을 모집하고, 훈련시키고, 정보를 수집하면서요. 난 이 일을 하면서 내가 위원회의 일 같은 평범한 방식으로는 할 수 없는 기여를 한다고 생각해요."

그녀는 페리의 빛바랜 붉은 가발을 보았다. 그것은 거리에서 바람에 날리는 쓰레기를 연상시켰다. 그녀는 그의 경사진 이마와 얼마간 로마인을 닮은 옆얼굴, 매부리코를 바라보았다. 귀는 너무 컸고, 익살맞은 구석이 있는 외모에도 불구하고 그 얼굴은 이상하게 인상적이었다. 사실 그녀는 페리를 실제로 만나기 전에 그를 본 적이 있었다. 배니스터의 파일에 그의 사진이 있었던 것이다. 그 파일은 제퍼슨 패리시에서 1961년에 있은 두 명의 체포사건에 관한 것이었다. 그 사건은 반자연적 범죄(동성애, 강간 등을 일컫는 법률용어─옮긴이)라고 불렸다.

그들은 텔레비전을 보았다.

"데이브, 당신은 무엇을 믿어요?"

"모두 다. 무엇보다도 내 죽음을 믿어요."

"그것을 원하나요?"

"그냥 느껴요. 난 걸어다니는 암 광고판이에요."

"하지만 당신은 아주 쉽게 말하네요."

"내게는 다른 선택이 없잖아요?"

화면에서는 두 여자가 느리고 신중한 동작으로 대화를 시작하고 있었다. 커피를 앞에 놓고, 그들은 불쾌하고 화난 모습을 보여주려고 엄숙하게 잠시 침묵했다. 델핀은 다시 일을 시작했다. 그녀는 텔레비전 소리를 넘어 옆방에서 들려오는 희미하고 비밀스러운 웅얼거림을 들으려고 애썼다. 그것은 그녀의 오후를 정리해주는 소리였다.

"왜 동성애자들이 텔레비전 드라마에 중독되는 줄 알아요? 우리의 삶이 생생하게 그려지기 때문이에요." 페리가 말했다.

델핀은 음탕한 웃음을 터뜨리면서 앞으로 고꾸라졌다. 그녀의 상반신은 책상 앞으로 기울어지고, 몸을 지탱하느라 손으로 모서리를 잡고 있었다. 그녀는 무척 즐거워하며 기분좋게 앉아 있었다. 데이비드 페리는 놀랐다. 그는 자기가 재미있는 말을 했다고 생각지 않았다. 그는 자기 말이 우울한데다 서글플 정도로 철학적이며, 지루한 오후의 한줄 광고문구 같은 거라고 생각했다. 델핀이 그의 말에 노골적으로 반응한 것은 이번이 처음은 아니었다. 그녀는 그가 아주 가벼운 우스갯소리를 해도 자동적으로 엉뚱하게 받아들였다. 그녀의 웃음은 두 종류였다. 하나는 음탕하고 외설적이며 거리낌없는 것으로, 페리의 성적 취향에 대한 통속적인 반응이자, 그의 유머의 근원을 알려주는 일종의 성적 지식을 그녀가 알고 있다는 웃음이었다. 다른 하나는 배니스터를 향한 것으로, 부드럽고 쉰 목소리가 섞였으며 뭔가 알고 있는 듯하고 이끌어지기를 바라면서, 공모자와 나누는 듯한 웃음이었다. 그녀의 목소리에는 희미한 속삭임과도 같은 것이 섞여 있었다. 그것은 그들이 연인 사이라는 것을 모르고는 감지해낼 수 없는 속삭임이었다.

"문제는 케네디가 아니야." 배니스터가 문의 다른 편에서 말했다. "사람들이 그에게서 보는 것이지. 우리에게 계속 쏟아지는 그 빛나는 사진들이 문제라니까. 그자는 사진에서 거의 항상 빛나지. 우리가 자신을 이 시대의 영웅이라고 믿는 줄 알아. 위대해지기 위해서 이렇게 서두르는 인간을 본 적이 있나? 그는 자기가 우리한테 다른 사회를 만들어줄 수 있다고 생각하지. 그는 변화를 만들어내려 하고 있어. 우리는 그자에 비해 충분히 영리하지 못하지. 성숙하지도 못했고 활동적이지도 않아. 하바드도 나오지 않았고, 세계여행도 못해봤고, 돈도 많지 않고, 잘생기지도 운이 좋지도 재치 있지도 않지. 우리한테는 그 완벽하게 하얀 이도 없어. 그자를 보기만 해도 난 신경에 거슬려. 내게 카리스마가 무엇을 뜻하는 줄 아나? 그건 비밀을 쥐고 있다는 뜻이야. 위험한 비밀들은 정부 밖에 있게 마련이지. 계획, 음모, 혁명의 비밀, 사회질서의 종말에 대한 비밀 같은 것들은. 그런데 이제 그런 비밀들에다 자물쇠를 채운 쪽은 정부야. 핵무기부터 시작해 위험한 것은 전부 백악관에 있다고. 그자는 까스뜨로하고 무슨 일을 꾸미고 있는 거지? 소련하고는 어떤 뒷거래를 하고 있느냐고? 그가 전화기에 손을 대면 전세계가 흔들리지. 나는 공산주의 이념을 퍼뜨리는 데에만 전념하는 정부 부서가 있다는 걸 믿어 의심치 않아. 그자의 대단한 비밀들을 까발리라고. 비밀들을 걷어버리면 그자는 아무것도 아니야."

배니스터는 매키가 눈을 맞출 때까지 말을 멈추었다.

"사람들이 행동하지 않을 수 없게 하는 힘이 대기중에 떠돌고 있다는 걸 나는 믿어. 그걸 역사라고 부르든 필연성이라고 부르든, 뭐든 상관없어. 지금은 무엇이 필요한 때인가? 내 이야기는 이게 전부야, 티제이. 자네는 따뜻한 땀방울처럼 피부를 따끔하게 찌르는 듯한, 어떤 기운을 몸으로 못 느끼나? 마셔. 쭉 마셔. 한잔 더 하자고."

흘깃 바라본 시선 속에 스쳐간 것.

그날 밤 매키는 외과수술용품 회사와 두어 대의 하우스트레일러(이동식 차량주택―옮긴이)가 서 있는 거리 건너편의 작은 방에 앉아 있었다. 시원한 바람이 불 확률은 천분의 일밖에 되지 않았다. 하우스트레일러들이 건축자재더미로 쌓아올린 울타리 안에 세워저 있었고 사나운 개들이 지키고 있었다.

그는 어둠속에서 창가에 앉아 모기에 물린 발목과 손등에 묽은 로션을 발랐다. 선풍기도 없이 모기들이 달려드는 이 더운 밤에 잠들기란 어려울 것 같았다.

그가 묵고 있는 집은 고물상과 주택이 서로 증식이라도 한 것처럼 딱 붙어 있는 구역에 있었다. 대로변에서 불과 몇 블록밖에 떨어지지 않은 이곳에서는 매일 아침 놀랍게도 수탉이 울었다.

모든 방에는 그곳만의 음악이 있다. 그는 거리의 차 소리가 뜸해지고 나면 낯선 방들에서 들려오는 음악을 이따금씩 귀기울여 듣곤 했다. 그는 거슬리는 음정이나 음색의 뉘앙스 혹은 결점을 찾아내려고 했다.

배니스터에게서 무기를 가져오는 것은 결국 농장에서 훔쳐오는 것보다 훨씬 덜 위험하고 쉬우며 빠른 길이다. 농장은 CIA가 버지니아 남동쪽에서 운영하고 있는 비밀훈련장이었다. 500에이커(약 200만 제곱미터—옮긴이)의 숲지대인 그곳은 피어리 캠프라는 군기지로 알려져 있었다. 매키는 그곳에서 훈련생들에게 간단한 무기사용법을 가르쳤다. 그들은 비밀업무 분야에서 경력을 쌓고 싶어하는 대학졸업생들이었다. 징계서류에 서명하기를 거절한 그가 어떤 처지에 놓이게 되었는지 정보국은 이런 식으로 보여주었다. 그는 주둔지에서 15킬로미터가량 떨어진 곳에 살았지만, 특별훈련 기간에는 다른 강사와 함께 칸막이로 나뉜 낡은 목조 막사에서 지냈다. 그들은 와해공작을 훈련하는 곳에서 울려나오는 둔중한 소리를 들으면서 부대 작업복 차림으로 시무룩하게 진 러미(둘이서 하는 카드놀이의 일종—옮긴이) 게임을 했다.

그는 손가락에 로션을 덜어 모기 물린 자리에 문질렀다. 계속 따끔거렸다.

그가 가는 곳 어디에나 모기가 있었다. 그는 수마트라에서 반군들을 훈련시켰고 종종 진흙구덩이에서 CIA 소속 특공대를 가르쳤다. 그러나 그는 평생 정보국요원이 아니었다. 그는 그들이 자신을 쫓아내기를 기다리거나, 선수를 칠수도 있었다. 그는 너무 많은 평계와 배신을 목격했고, 전투병들이 잔뜩 고무되었다가 정치적 이유로 버림받는 것도 보았다. 그들은 정보국이 헛짓거리를 하는 곳이라고 말하지는 않았다. 그곳은 더 무거운 책임을 막고 피로 맺은 신뢰의 부름을 가리기 위해 존재하는 기관이다. 이것이 매키가 아는 유일한 전쟁 이야기였다. 그것은 이미 일어났거나 일어날 수 있었던 이야기로 언제나 몽롱한 명상의 연기 속에서 궁지에 몰린 사람들의 모습으로 끝을 맺었다.

밀려오는 더위와 한밤의 분위기에 빠져 있던 그는 커넬가 쪽에서 올라오는 싸이렌 소리, 주정뱅이가 으르렁대는 소리를 들었다. 모기는 질병의 매개체이다. 그는 오른손 주먹을 쥐었다. 새 모양의 문신은 1958년경 아바나의 죄에 물든 장소인 에스�뀌나스 델 뻬까도의 어둠침침한 가게에서 새긴 것이었다. 그곳에서 매키는 꾸바 침공 3년 전, 반역자 까스뜨로의 활동에 대한 정보국의 자금 지원에서 보안임무를 맡고 있었다.

들을 줄 알기만 한다면, 모든 방의 음악은 당신에게 무언가를 말한다.

정부가 꾸물대면서 마지막까지 선택을 고민했기 때문에 훌륭한 사람들이 죽었다. 매키는 낡은 상륙용 주정(舟艇) 운반장치인 CIA의 본부선에 타고 있었다. 그 배는 블루비치에서 25킬로미터쯤 떨어진 곳에 정박해 있었다. 그때 그에게 작전은 초현실적으로 보이기 시작했다. 레이더 스크린과 무선에 흘러넘치는 자료와 함께 구축함의 60쎈티미터 조명으로 만들어진 연기에 신호가 부딪혀 되돌아오면서, 정보가 들어왔다. 매키가 보기에는 무언가 통제불능의 상황이 일어나는 듯했다. 거기에는 수상하고 문제있는 자료들과, 환상과 속임수와 기분나쁜 전망으로 가득 찬 깊은 골이 있었다.

그 배는 두 가지 이름을 쓰고 있었다.

작은 구아노 섬에 위치한 무선국, 라디오 스완은 피델주의자 진영의 무장병력을 집단망명시키려는 의도로 의미없는 암호들을 방송하고 있었다. "그 소년은 노란 집에 있다." "외눈박이물고기가 물어뜯고 있다." 그 쓸모없는 소리는 밤새 외로이 울렸다.

정찰 사진 속의 해초는 상륙을 방해했던 산호초로 밝혀졌다.

군기(軍旗)가 칠해진 비행기들이 꼬리에 꼬리를 물고 날아왔다. 조종사들은 마침내 내륙정찰 허가를 받았지만, 진로를 찾는 데에는 에쏘 도로지도를 이용해야 했다.

해군전투기는 니까라과에서 온 B-26기들과 합류하게 되어 있었으나 너무 빨리 혹은 너무 늦게 도착했다. 누군가가 시간대를 혼동했기 때문이다.

두 척의 무기수송선이 레이더에 잡혔다. 그 배들은 돌아가라는 무선지령을 무시하고 엉뚱한 방향으로 내달렸다.

정보국장 앨런 덜레스는 뿌에르또리꼬에서 주말을 보내고 있었다. 그는 시민단체에서 '해외의 공산주의자 기업인'이라는 주제로 연설을 하고 있었다.

매키의 배에서는 10분간 폭동이 일어났다.

"하늘에는 먹구름이 끼었다." "매는 해질녘 휙 내려앉았다."

결국, 두번째 공습은 취소되었다.

매키는 에버렛이 그 실패가 단순히 작전중지 이상의 복

잡한 문제라고 믿고 있음을 알았다. 아이디어도 방법도 전반적으로 형편없었다. 그러나 매키는 단순명료한 해석을 지지했다. 끝없이 복잡한 생각에 자신의 분노와 수치를 양보할 수는 없었던 것이다.

매키는 어딘가에 아내가 있었다. 생각하면 복잡한 문제였다. 그를 격려해주던 아내와 함께한 2차대전 뒤의 2년간 채광술과 야금술을 공부했다. 그는 그녀의 얼굴을 거의 그려볼 수 없었다. 술 때문에 창백하고 부은 얼굴. 그 시절에 그녀는 정규군 보조부대원의 아내였다. 그녀는 영화를 좋아했다. 곧잘 시트와 등받이 사이에 엉덩이를 깊숙이 넣어 앉았다. 그럴 때 그녀는 들린 시트 앞쪽에 발을 올려놓고 총알이 날아오기라도 하듯, 성인용 장난감 같은 모습으로 균형을 잡고 있었다. 그의 기억으로 그녀는 머리카락이 탐스러웠고 자신이 통제불능 상태라는 말이 나오지 못하게 선수치듯 꽤나 반듯한 자세로 술을 마셨다.

한밤중이 되기 전에 정찰대가 해변에 닿았다. 매키는 고무보트에 탄 유일한 미국인이었고 거기에 있을 사람이 아니었다. 배는 해변 근처에서 미끄러졌고 한 대원이 물에 뛰어들어 배 옆에 붙어갔다. 그는 축축한 모래를 두 손으로 파내면서 조용한 목소리로 기도했다. 그들은 상하로 흔들리는 구식 LCI(2차대전 때 미군이 사용한 보병 상륙용 주정—옮긴이)와 수리한 화물수송기로 무장하고 차단기 너머에서 대기중인 군대를 위한 상륙용 조명을 가지고 해변으로 접근했다. 그곳은 완전히 버려진 땅은 아니었다. 바닷가 포도주창고 밖에는 몇몇 사람들이 앉아 있고 노인들이 이야기하고 있었다. 검은 바지와 검은 스웨터 차림에 얼굴에 검댕을 칠한 정찰대원 한명이 자동소총을 들고 그들과 이야기하기 위해 다가갔다. 티제이는 무기를 갖고 있지 않았다. 이런 모습이 대원들에게 그곳에서 그의 역할이 제한적임을 알리기 위한 것인지, 아니면 자신이 오늘밤 무적의 존재라고 느끼는 것인지 그 자신도 알 수 없었다. 바다냄새는 그를 긴장하게 만들었다. 그는 포도주창고 근처에서 낡은 셰비를 보고는, 수석 정찰대원인 레이모에게 곧 해방될 주민들이 보내는 환영의 표시로 그들에게 열쇠를 부탁해보라고 명령했다. 티제이는 지역군사기지가 정보국에서 보고한 그 자리에 있는지 알아보고 싶었다. 그 차는 49년형이었고 계기판에는 브루클린 다저스의 모자와 셔츠를 걸친 꾸바 야구선수의 사진이 붙어 있었다. 그들이 200미터 정도 되는 자갈길을 달려갔을 때 지프차의 상향등 불빛 속으로 움직이는 두 사람의 윤곽이 나타났다. 티제이는 길에 대각선으로 차를 세웠다. 차에서 내린 레이모는 무슨 말을 중얼거리며 경기관총을 쏘아댔다. 탄환이 연달아 발사되어 예광탄처럼 밝았다. 열기와 빛. 탄창이 비었을 때 차 안에는 두 명의 군인이 입을 벌린 채 죽어 있었고, 지프차의 시트에서는 연기가 피어오르고 있었다. 서서 지켜보던 레이모의 땅딸막한 몸은 움직임이 없었다. 그는 맨발이었고 기묘하게 얼룩덜룩한 반바지를 입고 있었다. 탄창벨트를 배 아래 늘어뜨린 모습이 휴가를 즐기는 미네쏘타 사람처럼 보였다. 그들은 바닷가에서 들려온 총소리에 포도주창고를 향해 후진했다. 한 정찰대원이 부주의한 말을 한 노인을 쏘았다고 누군가 말했다. 사체 옆에서는 한 무리의 사람들이 옥신각신하며 서 있었다. 티제이는 바닷가로 걸어갔다. 잠수공작원들이 도착해 표시등 장착을 돕고 있었다. 티제이는 부대 지휘관들을 해변으로 보내고, 군대를 상륙시키고, 작전을 시작하라는 연락을 본부선에 보내라고 통신원들에게 명령했다. 뒤편 길 근처에서 그는 밀짚 오두막 밖에 서서 허공을 찰싹찰싹 때리는 여자를 보았다. 바로 근처에 모기로 유명한 사빠따 습지가 있었다.

그는 거리 건너편의 표지판을 읽었다. '작업복 할인판매 중.' 모퉁이에서는 술집을 나서는 사람들의, 귀에 거슬리는 웃음소리가 들려왔다. 새벽녘에는 수탉이 울고 개가 짖을 것이다. 카리브 해 어딘가의 섬에 있는 양철 판자촌과 마찬가지로.

그 기억은 일련의 스틸사진, 구성요소들이 제각각 쪼개진 필름과도 같았다. 그는 그것을 하나로 연결할 수 없었다. 레이모가 헐떡이면서 자동차 문을 열고 더듬거리는 모습을, 얼룩을 남기는 각각의 분리동작으로만 보았다. 톰슨 기관총은 피그즈 만에서 맨처음 발사된 총이었다. 그것 때문에 레이모는 라 까바냐 요새에서 보낸 20개월 동안 동료 수감자들 사이에서 존경받는 인물이 되었다. 그 요새의 물 없는 해자에서는 처형이 벌어졌고, 수감자들은 일제사격에 뒤따르는 청명한 메아리를 들으면서 해자 근처에 사는 피를 핥아 먹는 개를 떠올렸다.

마침내 밖에 택시가 멈춰섰다.

매키는 욕실로 가서 손에 찬물을 끼얹었으며 로션도 듣지 않는 따가운 부위를 식혀보려 했다. 그는 인도네시아에서 작전을 수행하는 동안 말라리아에 걸렸고 이따금씩 그 후유증을 느꼈다. 그럴 때마다 그의 몸은 습지가 된 것 같았다. 그는 문으로 가서 기다렸다.

한번은 그의 아내가 그에게 칼을 휘두른 적이 있었다. 광란의 하룻밤을 지낸 뒤 그녀는 식탁 건너편에서 칼을 휘둘러 그의 턱 왼쪽을 베었다. 그는 아내를 이름으로 떠올리지 않았다. 그의 머릿속에서 아내는 커튼이 쳐진 방에서 의자에 앉아 꼼짝하지 않는 아주 어렴풋한 모습으로 떠오를 뿐이었다. 사랑하는 사람들이 떠난 뒤에는 이런 식이다. 우리는 그들을 영원히 방 안에 앉아 있는 모습으로 만든다.

짙은 갈색 피부의 여자가 들어왔다. 그녀의 피부는 그을리고 갈라졌다. 그녀는 이름이 론다라고 말했다. 진하게 화장한 그녀를 보자 매키는 해변에서 보낸 밤들과 임질을 떠올렸다.

"까잘이 당신에게 잘해주라고 했어요."

"그게 무슨 뜻이라고 생각하지?"

그녀는 웃으며 치마 지퍼를 내렸다. 까잘은 아바나 술집의 바텐더였다. 그곳은 장사를 하는 선원들, 원한을 간직한 꾸바인들, 조류를 따라 떠도는 자들을 맞아들이는 부둣가 술집이었다.

밤새도록 물 건너편에서 소리가 들려왔다. "형제들이여,

하얀 태풍이 으르렁거리는 소리를 들어보게." 조국을 수치
스러워하는 것이야말로 가장 섬뜩하고 지독한 일이었다.

윈 에버렛은 파자마 바람으로 텍사스 여대의 학생신문
『데일리 래스―O』의 이틀 전 기사를 읽고 있었다. 응원단 선
발대회가 있었다. 전국적으로 상임 공동편집자를 구하고 있
었다. 그는 신문을 보고서야 학교의 원래 명칭이 텍사스 공
업대학 겸 텍사스 주 백인여자 인문과학교육대학이라는 것
을 알았다. JFK에 대한 기사는 건너뛰었다.

아래층에서 전화벨이 울렸다. 메어리 프랜씨스가 주방으
로 가서 수화기를 집는 소리가 들렸다. 그녀는 계단 아래로
다가왔고, 그는 그녀가 자기 이름을 부르기를 기다리면서
신문을 덮었다.

그녀는 파자마 차림의 그가 계단을 내려오는 것을 지켜
보았다. 무게가 느껴지지 않는 가벼운 그 발걸음은 최근 그
의 습관으로, 마치 자신을 지켜보는 누군가에게 자신이 겸
손한 길을 가고 있다는 것을 보여주려는 것 같았다. 그가 지
나칠 때 서로 살짝 닿았다. 그녀는 그것이 창문을 열고 공기
중으로 소리없이 떨어지는 나뭇잎과 비의 냄새를 맡으며 깨
끗한 시트 위에서 사랑을 나누자는 뜻임을 알아차렸다.

파멘터가 공중전화로 연락을 했다. 윈은 자동차 소음과
들뜬 공기를 감지할 수 있었다. 그는 메어리 프랜씨스가 계
단을 올라가는 것을 지켜보았다. 그녀의 손은 조각이 새겨
진 계단 기둥과 난간을 스치듯이 미끄러졌다.

"어떻게 이야기를 시작하지?"

"이 전화는 안전해. 그들은 이제 나한테 관심없어. 게다가 나는 도청 방지를 해놨어."

짧은 웃음. "어떻게 하는지는 알아?"

"나는 지하실에서 기계를 만지작거리며 시간만 보내고 있지." 윈이 말했다.

"죠지 드 모렌실트라는 사람 알아?"

"아니."

"국내 정보부를 위해 임시로 일해주는 자야. 그가 군 정보국과도 관련있는 걸 알아냈어. 꾸바를 지나서 아이티까지 말이야. 그는 아이티로 가는 중이야. 아마 무기거래를 하겠지. 죠지는 친까스뜨로파인 것 같아. 나는 순수한 애착이라고 봐. 그는 우리가 다소 못되게 굴었다고 생각해. 하지만 내 정보가 맞는다면, 사실 그는 까스뜨로의 이익에 반대되는 일을 하고 있거나, 아이티에 도착해서는 그렇게 할 거야. 어느 쪽이든간에 죠지는 우리하고 직접적인 연관은 없어. 죠지한테 젊은 친구가 있는데 정보국을 위한 정보를 준 자야. 소련에서 2년 동안 지내다 온, 뉘우친 망명자지. 죠지한테서 그의 이름을 알아내 조사를 좀 해봤어. 그 친구에 대해서는 1960년 12월부터 시작되는 201호 파일이 있어."

"소련 지부가 그 친구를 보냈나?"

"우리도 직접 우리 파일을 조작하는데, 확실한 건 아무도 모르지. 우리가 그를 러시아에 보냈다는 확실한 흔적은 없어. 분명히 말할 수 있는 건 이 정도야. 그는 일본의 비공개

기지에서 얼마간 복무했어. 아쯔기(일본 혼슈 카나가와 현의 도시—옮긴이)의 레이더요원이었대. U-2기(미국 록히드 사가 CIA와 미공군의 요청으로 개발한 전략정찰기—옮긴이)에 대한 자료를 본 거지. 소련에 건너갔을 때 멋진 선물이 되었을 거야. 그는 러시아 여자하고 결혼했어. 그러고는 다시 고국으로 돌아오기로 했지. 젊은 부부는 댈러스에 정착해서, 죠지를 만났고, 그 지역 이민자들과 저녁을 보낸 거야. 죠지에 따르면 2주하고도 사나흘 전쯤 어느날 밤에, 그 젊은 친구가 악명높은 퇴역 육군장군 워커를 겨눠 총을 쐈다는 거야."

침묵. 원은 수화기 너머의 밀도높은 공기, 살아 있는 도시, 경적소리, 포토맥 다리를 건너는 자동차들의 소음을 들었다.

"좋은 걸 찾아냈어, 래리."

"방 세 개짜리 아파트라도 찾아낸 것처럼 말하지 마. 그를 끌어들일 수 있을 거야. 극좌파 타입이지. 그 친구로 결정하자고. 그를 꾸바 정보국에 연결시키는 거야. 어쩌면 무대 전면에 세울 수 있을지도 몰라. 좌파, 친까스뜨로, 친소련, 그의 관심분야가 무엇이든간에, 그가 환상을 택하도록 만들자고. 대통령을 쏠 이유는 널렸으니까."

"매키한테 말해. 세부사항을 알려줘. 티제이가 그를 끼워 넣겠지."

원은 항상 자러 가는 것처럼 보였다. 언제나 잘 시간이었다. 하루가 오고 갔으며 또다시 잘 시간이었다.

원은 돌아다니며 불을 끄고 앞문과 뒷문을 확인했다. 그는 네바다의 소금으로 덮인 평원에서 U-2기를 본 적이 있었다. 그것은 어린아이가 정찰기를 조금 낮게 개조해놓은 것처럼 보였다. 기형적인 날개폭, 미완성인 듯한 기체, 접어 포갤 수 있는 날개 끝. 그러나 그 뼈대 아래는 제트엔진이 장착되어 45도 이상의 가파른 각도로 상승할 수 있었으며 26킬로미터 상공까지 치솟고 그 카메라는 160킬로미터가 넘는 시야를 확보하고 있었다. 소련은 그것을 검은 스파이 여인이라고 불렀다. 윈은 오븐이 꺼졌는지 확인했다. 아래층에서 마지막으로 확인할 것은 오븐이었다.

메어리 프랜씨스는 침대에서 기다리고 있었다. 부드러운 조명이 안락의자 옆에서 어른거렸다. 그는 옷을 벗으며 몸으로 그 공기를 느꼈다. 밤은 새로운 것들로 가득 차 있었다. 흙냄새와 젖은 나무껍데기, 밤에 피는 재스민, 신선한 향기, 비 내린 뒤의 땅의 변화. 그는 지그시 내리눌렀다. 바람에 거칠어진 얼굴과 엷은 눈썹. 그녀의 가슴에서 나는 향수냄새. 그는 그녀를 죽도록, 그 은밀한 잠에 이를 때까지 사랑할 것이다. 눈이 꼭 감긴 채로 그녀의 머리는 베개 위에서 굽이쳤다. 그는 그녀의 목의 곡선에 얼굴을 숨겼다. 밤은 물의 움직임으로 가득 차 있었다. 희미하게 들리는 젖은 소리들, 나무에서 똑똑 떨어지는 빗물, 처마에서 떨어지는 물, 홈통을 흐르는 물, 아스팔트 위의 젖은 타이어 소리, 젖은 거리 위의 타이어. 그는 약간 몸을 일으키고 손가락을 뻗어 그녀의 손을 마주 잡았다. 그들은 서로를 세게 밀어붙였다. 강렬한 향수냄새. 먼 곳의 둔한 천둥소리. 풀숲 웅덩이에 고인물, 잎맥을 따라 흘러내려 그 거미줄 모양의 가운데 모이는 물, 작은 물방울들, 흔들리는 이슬방울, 집 옆의 블랙잭 떡갈나무 잎에 떨어진 물, 바람이 움직일 때 창문에 가볍게 흩어지는 물. 그녀는 금발이고 희고 붉은 피부에 살결이 거칠었다. 그녀는 그보다 너그럽고 더 굳센 마음을 가지고 있었다. 지금까지는 그녀가 더 강했다. 그녀가 그에게 원하는 것은 오직 안전하고 평범한 것이었다. 그는 옅은 땀냄새를 맡았고 턱에 침이 묻는 것을 느꼈다. 그들의 손은 서로 밀어댔고 손가락은 긴장하고 흔들렸다. 그는 시트의 부스럭거리는 반응을, 그녀 엉덩이의 흔들림을, 그녀 입가의 흰 솜털의 습기를 느꼈다. 윈은 아내의 이름을 불렀다. 그는 그녀가 깊은 경탄과 함께 평범한 신비에 대한 신뢰에 눈뜨는 것을 지켜보았다. 그녀는 그가 결코 가볼 수 없는 세계에 있었다. 그녀는 그 세계를 의미했다. 그는 손을 놓고 침을 닦았다. 그녀가 마치 경기장의 응원단처럼 그의 이름을 여러 번 빠르게 불렀고 그것으로 끝이 났다.

나란히 앉아서 라디오를 듣는다.

"다른 사람들은 대체 무슨 얘기를 하는지 궁금해요." 메어리 프랜씨스가 말했다.

"언제?"

"이런 때요. 다른 사람들은 무슨 말을 하는지 알고 싶어요. 아마 우리가 생각해보지 못한 말이 있을 거예요." 그녀는 자조 섞인 웃음을 지었다. "우리하고 똑같은 말들을 하는지도 모르겠지만요."

"쎅스하는 중에, 아니면 끝나고?"

"쎅스중에 하는 말은 재미없어요. 끙끙대는 신음소리 따위는. 끝난 후에. 지금 말이에요."

"당신은 우리가 그 긴 세월 동안 엉뚱한 이야기를 해왔다는 거야?"

"당신은 엿듣고 싶지 않아요? 난 다른 사람들을 엿보고 싶지는 않아요. 단지 무슨 말을 하는지 듣고 싶어요."

"담배 피우고 싶다는 말을 하겠지."

"전화한 사람은 누구예요?"

"'담배가 어디 있더라?' 이런 말을 할 거야."

"그는 나한테 이름을 밝히지 않을 것 같았어요."

"래리 파멘터. 당신도 기억할 거야. 마이애미의 누군가네 집에서 만났으니까."

"기억나는 것 같기도 하고, 아닌 것 같기도 하고."

"3년쯤 됐지, 아마."

"그가 무슨 이야기를 했어요?"

"흥미로운 여자 이야기."

"오래도록 재잘대고 싶은 밤도 있지만, 오늘밤에는 그냥 듣고 싶어요. 구겨진 시트에 누워서 이야기를 듣는 게 참 좋아요. 내 몸을 이야기로 덮어줘요. 우리는 한밤중에 재잘거리는 두 몸인 거예요. 무슨 이야기를 했는지 말해줘요."

"아주 쎅시한 거야."

"정말이에요?"

"U-2기. 소련이 꾸바에 가져다놓으려 한 미사일을 탐지하는 비행기지. 우리는 그 사진을 포르노라고 불렀어. 사진 분석가들이 몰려들지. '오늘은 어떤 포르노가 들어왔는지 볼까.' 이러면서 말이야. 사실 케네디는 그 사진들을 침실에서 봤대."

"계속해요." 그녀가 말했다.

"탐지비행기, 무인항공기. 당신이 30미터 거리에서 보는 것을 480킬로미터 거리에서도 볼 수 있는 카메라가 달린 인공위성. 이런 것들이 보기도 하고 듣기도 하는 거지. 이를테면 보고 들은 것을 하나하나 꼼꼼하게 기록하는 옛 수도사들 같은 거야. 그런 기기들이 세계의 모든 비밀정보를 수집하고 분석하지."

"이런 밤에 몸에 공기를 느끼는 건 정말 멋진 일 아니에요?"

"이 날아다니는 감지장치들이 우리가 침실에서 하는 이야기를 들을 수 있다는 게 무슨 뜻인지 말해줄게. 바로 충성심이 끝난다는 거야. 체제가 복잡할수록 사람들의 확신은 줄어들지. 우리에게서 믿음은 다 사라져버릴 거야. 감지장치들은 우리를 소모시키고, 모호하고 변하기 쉽게 만들 거라고."

지금까지 함께 지내온 시간들, 덧없이 흘러간 시간들, 감추기, 그럴듯한 부정, 죽은 듯한 침묵을 겪으면서 메어리 프랜씨스는 윈이 그때그때 어떤 비밀을 갖고 있는지 정확히 알 도리가 없다는 것을 깨달았다. 또한 그것은 그의 꼬불꼬불한 미로가 지닌 모양과 범위 안에서, 이렇게 말이 많아지는 순간을 그가 기꺼워한다는 뜻이기도 했다. 그녀는 그가 일과 관련된 화제나 소식, 혹은 그저 마음에 떠오른 생각은 무엇이든 가능한 한 그녀에게 말하도록 부추겼고 그에게 수용적인 분위기와 조용한 환경을 만들어주었다. 그녀에게 이 것은 커튼을 고르는 것처럼 자연스러운 주부로서의 일이었다. 이제 그녀는 조심스러운 호기심을 품은 분위기를 풍기는 데 능숙해졌다. 그리고 그를 위해 실제로 할일은 아무것도 없었지만 그녀는 정말로 간절하게 듣고 싶고 알고 싶었다. 그러나 오늘밤 그녀는 어느 틈엔가 살짝 벗어나서, 침대 시트 속에서 몸을 틀어 한팔을 그의 가슴에 두른 채 잠들어버렸다. 그는 라디오에서 흘러나오는 설교를 들었다. 그 목소리는 밝고 맑았으며, 감격적이고 젊은데다 확신에 차 있었다. 네, 네, 그럼요. 하느님은 텍사스에 온전히 살아 계십니다.

그는 누군가를 끌어들여 정체성을 만들어주고 아주 미묘하게 신념과 습관의 실타래를 심어줄 것이었다. 그는 그럴듯한 이유가 있는 사람을 만들고 싶었다. 총잡이의 그림자 진 방을 창조해낼 것이고, 조사자들은 모든 사실을 닥치는 대로 분석하고, 모든 친구와 친척, 지인을 좇아 총잡이의 그림자 속으로 들어가서 그 방을 찾아낼 것이었다. 우리는 우리 생각보다 더 재미있는 인생을 살아간다. 우리는 이야기 속의 등장인물들이다. 그 이야기는 요약도 없고 초자연적으로 빛나지도 않는다. 모든 친분과 관계를 주의깊게 분석해보면, 우리의 삶은 암시적인 의미로 가득 차 있다. 또 우리

스스로 완전히 알아낼 수 없는 주제들과 뒤얽힌 변화로 넘쳐난다.

애매한 방향으로 끌고 가는 주소록. 전문가의(혹은 아마추어의) 솜씨로 변조된 사진. 편지, 여행서류, 위조된 서명, 가명들. 이 모든 것은 엄청난 해독작업을 거쳐 쉬운 자료로 바뀌어야 할 것이다. 그는 언어학자, 사진분석가, 지문전문가, 필적전문가, 체모와 섬유·얼룩 전문가들로 이루어진 팀을 마음속에 그려보았다. 그는 그들에게 기나긴 연대기의 재료들을 줄 것이고, 그것이 그들을 공업지대 빈민가의 지하실, 열대지방의 폐촌으로 이끌 것이다.

원은 라디오를 끄고는 그녀의 팔을 치웠다. 그는 담배를 피우고 싶었다. 파자마를 걸치고 셔츠 주머니에서 구부러진 윈스턴 두 개비를 찾아내 안락의자에 앉았다. 그러고는 담배를 피우면서 뭔가를 읽으려고 했다. 폭풍우는 푸르고 하얗게 요동하는 번개와 함께 서쪽으로 움직여갔다. 티제이가 그 인물을 데려올 것이다. 원은 매키라는 이름이 기록계가 만든 가명임을 알고 있었다. 시어도어 J. 매키. 윈도 줄곧 가명을 써왔다. 비밀임무에 종사하는 요원들에게는 일반적인 일이다. 망명 지도자들이 블루비치의 정찰대와 더불어 상륙한 것을 발견했을 때, 매키의 이름은 어떤 우호적이고, 전설적인 광휘에 싸이게 되었다. 일단 침공이 실패했음이 명백해지자, 매키는 돌아와서 고래잡이배로 작은 해협들을 다니면서 확성기를 들고 생존자들을 찾았다. 원은 그의 본명을 몰랐다.

윈은 『데일리 래스-O』를 읽었다. 그는 학교가 1905년에 원래의 이름을 버리고 산업예술대학(College of Industrial Arts) 혹은 CIA로 이름을 바꾼 것을 알았다. 그는 그 아이러니, 혹은 우연의 일치, 혹은 무엇이든, 그것을 음미하기에는 너무 피곤했다. 너무 많은 아이러니와 우연의 일치가 존재했다. 어느 영리한 인간이 나서지 않는다면, 언젠가 자신이 우연의 일치를 기초로 한 종교를 만들어 갑부가 될 것이다. 그래, 그래, 그렇고말고. 그는 재떨이를 찾아 두리번거렸다. 지금까지 오랫동안 기분이 그다지 좋지 않았다. 언제부터인지는 몰라도 줄곧 그랬다. 그는 피곤했고 잘 잊어버린다고 느꼈다. 그는 속으로 자신에게 말을 걸어야만 했다. 운전할 때는 집중하기 위해 자신에게 간단한 명령을 내리고 핀잔을 주어야 했다. 그는 약국에서 어린 쑤전을 위해 캔에 든 분사식 어린이용 비누를 사고 주머니를 뒤져 잔돈을 찾아냈다. 집에 홀로 있는 것을 견딜 수 없을 때가 있었다. 아내와 아이가 없을 때, 그들이 차를 타고 밤늦게 돌아올 때면 집이 무서웠다. 그는 항상 사고가 나는 상상을 했다. 도로변에 널브러져 있는 잔해. 집은 그의 주변에서 어둠에 싸였다.

이것은 모두 기나긴 몰락, 그가 죽어가고 있다는 막연한 느낌의 일단이었다.

아쯔기에서

검은 비행기는 안개 낀 하늘에 호를 그리면서 동쪽 활주
로에 내려앉았다. 비행기는 발사나무(중남미산 관목의 일종—
옮긴이)처럼 광택이 나고, 흔들리고, 유난히 날개가 길었다.
그것은 논에 설치된 연료탑들 위로 날아 언덕을 넘어가서는
시야에서 사라져버렸다. 낯선 굉음이 공중에 휘파람처럼 울
리자 기지 바깥의 주민들은 집밖으로 나왔다. 사람들은 다
리를 꼰 채로 비행기가 하강하는 경로를 눈으로 따라갔다.
그 소리는 무한히 연장된 갈매기 울음소리와도 같았으며, 2
차대전 때 카미까제의 근거지였던 기지 주변 깊은 동굴들에
부딪혀 울려퍼졌다. 비행기의 착륙 모습을 보려는 사람들이
내무반 창문에 모여들었다. 레이더실 밖에서는 한 남자가
팔짱을 끼고 서서 지켜보고 있었다. 작업모를 쓴 두 사람이
부대 식당 밖으로 나와 멈추어섰다. 비행기는 마침내 논과
가시철망을 지나 바닥을 가볍게 스치면서 미끄러져 들어왔
다. 활주로를 스칠 때 처진 날개 끝이 만화에서처럼, 한낮의
백색 광채 속에서 불꽃을 뿜었다.

"빌어먹을, 높이도 올라가는군."

"알아. 나도 들었어." 하인델이 말했다.

"하지만 빨라. 미처 알아차리기도 전에 사라졌어. 높이는 말할 것도 없고."

"얼마나 높이 올라가는지 난 알아."

"나는 레이더실에 있었어." 리트마이어가 말했다.

"24킬로미터야."

"저 자식은 24킬로미터에서 호흡곤란이라고 했어."

"가능할 것 같지 않았는데." 하인델이 말했다.

"내가 수신하고 있었어. 확실히 들었어. 저 미지의 조종사가 하는 소리를."

일급 해병대원 도널드 리트마이어는 체구가 크고 각진데다가 걸음걸이에 힘이 없어서 땅속으로 꺼져들어가는 것처럼 보였다. 그는 견인차가 멀리 떨어진 격납고로 비행기를 끌고 가는 것을 지켜보았다. 비행기는 그곳까지 호위를 받을 것이고, 자동제어 무기로 무장한 군인들이 격납고를 에워쌀 것이다. 리트마이어는 연기가 나는 아스팔트 도로를 건너 자기들 쪽으로 다가오는 사람에게 모자를 벗어서 흔들었다. 호리호리한 그 사람은 고개를 한쪽으로 기울이고 한쪽 어깨를 늘어뜨린 채 걸었다. 그는 비행기가 들어올 때 레이더실에서 지켜보고 있었다.

"오지(오즈월드의 애칭―옮긴이)야. 평소 모습 그대로 같은데."

하인델이 큰 소리로 말했다. "오즈월드, 빨리 움직여."

"모어 스꼬시(조금 더)." 리트마이어가 친근한 피전영어 (중국어·뽀르뚜갈어·일본어 등이 뒤섞인 영어—옮긴이)로 말했다.

"힘 좀 내봐."

"관심 좀 보여봐."

세 사람은 내무반을 향해 걸어갔다.

"저게 얼마나 높이 가는지는 아니까. 다음으로 궁금한 건," 리트마이어가 말했다. "얼마나 멀리까지 가느냐하고 그곳에서 뭘 하느냐야."

"중국 깊숙이." 오즈월드가 말했다.

"어떻게 알아?"

"그건 논리이고 상식이지. 소련도 물론이고."

"다목적 비행기라던데." 하인델이 말했다.

"저건 첩보용 비행기야. U-2기라고 부르고."

"어떻게 알아?"

"누구나 아는 사실이지, 그쯤은." 오즈월드가 말했다. "들리는 이야기가 있고, 들리지 않는 건 쉽게 찾아낼 수 있잖아. 동쪽 끝 격납고 옆에 건물들 있지, 공동기술 자문대대라고들 하는 곳 말이야. 그건 스파이들이 숨어 있는 곳에 붙인 가짜 이름이야."

"굉장히 자신있게 말하는데." 리트마이어가 말했다.

"거기가 뭐 하는 곳이라고 생각한 거야? 레슬링 선수 합숙소라도 되는 줄 알았어?"

"그 얘기는 그만해."

"난 브리핑을 할 거야. 무엇에 대해서 입을 다물어야 하는지 알아."

"저기 무장경비병들 보이지?"

"바로 그거라니까, 리트마이어. 누구도 허가증 없인 이 기지에 가까이 올 수 없어."

"입 좀 다물지그래."

"중국을 날아간다고 상상해봐. 그 넓은 중국을." 하인델이 말했다.

"중국은 그렇게 넓지 않아." 오즈월드가 말했다. "넓기로 치자면 소련은 어때?"

"얼마나 넓은데?"

"언젠가 난 소련을 기차로 종단하고 횡단하면서 여행해보고 싶어. 만나는 모든 사람들과 이야기도 해보고. 나는 물리적인 크기보다 소련의 사상에 더 관심이 있어."

"무슨 사상?" 리트마이어가 말했다.

"책 좀 읽어."

"넌 늘 책 읽으란 소리만 하는구나. 모든 일에 답인 것처럼."

"아마 그렇겠지."

"그렇지 않을걸."

"그럼 어떻게 내가 너보다 더 똑똑하겠어."

"넌 더 멍청하기도 해." 리트마이어가 말했다.

"오지는 하사관 장교만큼 멍청하지는 않아." 하인델이 말했다.

"그만큼 멍청한 사람은 없어." 오즈월드가 말했다.

그들은 내무반에서나 기지 밖 술집에서 난투극이 일어났을 때 목격한 그의 오므린 입술, 보조개, 재빠른 걸음을 두고 그를 토끼 오지라고 불렀다. 174쎈티미터, 몸무게 62킬로그램, 푸른 눈의 그는 곧 열여덟살이 된다. 품행과 숙련도에서 한동안 높은 성적을 보였다가 떨어졌고, 또다시 올라갔다 떨어졌다. 그의 사격점수는 들쭉날쭉했다.

하인델은 특별한 이유도 없이 하이델이라는 이름으로도 알려져 있었다.

*

그는 영화관과 도서관에 갔다. 그가 간단한 문장을 읽는 것조차 얼마나 힘들어하는지 아무도 몰랐다. 그는 자신 앞에 놓인 단어들의 일정한 모양을 언제나 잡아내지는 못했다. 글 쓰는 것은 한층 더 어려웠다. 피곤할 때는 연이어 다섯 단어를 바르게 쓰고, 한 단어의 철자를 뒤섞지 않고 적는 것이 그가 할 수 있는 전부였다.

아무에게도 말한 적 없는 비밀이었다.

그는 출입허가증을 갖고 화려한 하와이언셔츠를 입었다. 그 옷을 입으면 자기 자신의 살갗에 침입하기라도 한 듯한 느낌이었다. 그는 토오꾜오행 기차의 창가 좌석에 앉아 있었다.

리트마이어가 만남을 주선해주었다. 그는 리가 그저 제시간과 장소에 나타나 상대방의 마음을 녹이는 그 미국인다운 미소만 날려주면 된다고 말했다. 온갖 금지된 쾌락이 리의 차지가 될 것이다.

미닫이문과 눈이 가늘게 찢어진 매춘부의 나라, 일본에 오신 것을 환영합니다!

그는 혼돈 속으로, 석양 무렵의 토오꾜오 한가운데로 조심스럽게 걸어들어갔다. 자동차가 뿜어내는 매연 탓에 네온 불빛이 희미했다. 그는 자기를 향해 던지는 '멋지다!'(terrific)라는 영어를 들으면서 전동차 케이블 아래의 국숫집과 주점들이 있는 거리를 한 시간 동안 걸었다. 여섯 명의 미군 병사들과 손을 잡고 걸어가는 일본여자들이 보였다. 용이 수놓인 재킷 차림의 병사들은 얼핏 보건대 취사병 같았다. 때는 1957년이었지만 리에게 그들은 기고만장한 전사, 손에 걸리는 것은 무엇이든 때려잡는 역전의 용사들처럼 보였다.

리는 쇼핑객들로 북적이는 미로 같은 좁은 거리를 걸어갔다. 그는 눈에 띄게 침착했다. 기지 밖에 있고, 그의 동향인들에게서 떨어져 있고, 미국 밖에 있다는 사실에는 그의 날카로운 신경을 무디게 하고 욱신거리는 살갗을 편안하게 해주는 무엇인가가 있었다.

리는 여자의 이름이 적힌 종이를 들여다보았다.

뒷골목에는 길을 따라 전등이 켜져 있었다. 리는 아코디언을 들고 있는 다리 없는 남자를 보았다. 남자의 상체는 씽어 재봉틀처럼 기묘한 금속보조기구 위에 얹혀 있었다. 가슴에는 한자로 된 팻말이 붙어 있었다.

리는 미쯔꼬를 제대로 찾아냈다. 동안이지만 별다른 특징이 없는 듯한 여자였다. 그녀는 치마와 흰 블라우스를 입고 머리에 수건을 두르고 있었다. 그녀는 '군인 출입 가'라고 적힌 표지판 옆에서 기다리고 있었는데 리트마이어가 만날 지점으로 정해놓은 곳으로 싸구려 아케이드 거리에 있었다.

미쯔꼬는 리를 빠찡꼬 장으로 데려갔다. 죽 늘어선 기계에 찰싹 달라붙은 사람들로 가득한, 길고 좁은 방이었다. 그들은 쇠공을 작은 구멍에 넣으려고 애쓰고 있었다. 기계에서는 물건을 찍어내는 공장 같은 소음이 났다. 사람이 없는 기계를 발견하자 그녀는 레버를 당겨 쇠공을 움직였다. 이것은 니르바나(열반—옮긴이) 혹은 그들이 말하는 구극의 경지에 들어가는 신호와도 같았다. 그녀는 회색 곡선을 그리면서 움직이는 쇠공을 바라보았다. 학생들, 키모노를 입은 나이 많은 여자들, 보수가 좋은 직업을 가진데다 많이 배운 듯 보이는 남자들. 그들 모두 기계 앞의 좌석이 비기를 기다리고 있었다. 그들은 무언가에 깊이 빠져 있어서 소음과 공기중의 담배연기도 참아내는 것처럼 보였다. 움직이는 회색 쇠공 말고는 그들의 살갗에 영향을 미치는 것은 아무것도 없는 듯했다.

그는 종이를 보고 그녀의 이름을 확인했다.

두 시간 후 그들은 미닫이 판자문이 달린 타따미방에 있었다. 그녀의 방은 아닌 듯한 느낌을 받았다. 그곳은 일본의 모조품처럼 보였다. 아마 진짜 비단은 아니겠지만, 벽에 비단 족자가 걸려 있었다. 그는 화장대 위에 핀으로 꽂혀 있는 달력과 라이프부이 비누를 슬쩍 보았다. 그녀는 앞이 트인 구두를 벗었다. 그는 전설적인 그 순간의 문턱에 와 있다는 것이 믿기지 않았다. 그 일은 연병장과 내무반에서 그가 경험한 온갖 이야기와 잡음과 웃음과 환성 들의 주제였다. 그는 잡지에서 빠져나온, 그의 첫번째 나체의 여자를 보면서 고요해지는 느낌이었다. 여성의 나체에는 뭔가 엄숙한 것이 있었다. 그는 색다르고 엄숙하며 고요한 감정을 느꼈다. 그는 세상을 관통하는 무언가의 일부였다. 여자는 수도꼭지를 돌리듯이 무미건조한 태도로 그의 바지에 손을 가져갔다. 그는 바람에 거칠어진 손으로 셔츠를 벗어 개었다. 그 순간이 그를 기다리고 있었다. 그 방은 그가 태어난 날부터 이런 모습으로, 그가 문으로 걸어들어오기만을 기다리고 있었던 것이다. 문제는 문으로 들어가 어떻게 사물의 흐름 속으로 파고드느냐는 것이었다.

여자에게 돈을 줘야 하는 것일까? 리트마이어가 아무 말도 하지 않았다. 리는 여자와 쎅스를 하는 자신을 보았다. 그는 어느정도는 그 장면의 바깥에 있었다. 그는 여자와 쎅스를 하면서 그 장면을 지켜보았다. 쾌락이 자신을 사로잡고 파도처럼 덮쳐 나무를 구부리듯 닥치기를 기다리면서. 그는 일어나고 있는 일을 지켜보기보다는, 물론 지켜보기도 했지만, 그것에 대해 생각했다.

리는 주말근무가 있었지만 가능한 틈을 타서 토오꾜오에 돌아왔다. 여자가 그에게서 받은 돈을 오직 빠찡꼬에만 쓴다는 것이 밝혀졌다. 여자는 빠찡꼬에 미쳐 있었다. 다른 사람의 레인코트를 입고, 빠찡꼬에 중독되어 몇시간 동안이나 기계 앞에 서 있었다. 리는 나갔다가는 돌아오고, 다시 나가서 스트립바와 카우보이술집에 들렀다. 그는 입구 근처에서서 여자가 게임하는 모습을 지켜보았다. 사람들로 꽉 차 있었다. 가끔씩 누군가가 상품으로 나뭇잎 모양의 사탕을 타냈다. 그는 여자가 오른발을 들어서 멍하니 다른 쪽 발목을 긁는 것을 보았다.

매혹적인 동양에서의 기묘한 나날들.

이번에는 여자가 공장과 석유저장탱크 근처 큰 아파트 단지의 방으로 리를 데려갔다. 그곳의 공기에서는 조수가 드나들 때 밀려오는 쓰레기와 유황 냄새가 났다. 창문으로 강이 보였지만 이름은 알지 못했다. 여자는 서른네살이라고 했다. 생경한 밤과 낮. 그들이 다시 옷을 입은 뒤 얼마 있으니 어둠속을 지나 한 남자가 들어왔다. 그는 젊고 야위었으며, 그 방에 익숙했다. 그는 리의 존재를 당연하게 여기는 듯했고 리가 이제껏 해온 말과 행동을 다 안다는 듯이 굴었다. 남자는 자신의 레인코트를 찾고 있었다.

리는 미쯔꼬와 남자가 어떤 관계인지 전혀 이해할 수가 없었다. 남자는 뚜쟁이가 아니라(그녀가 돈을 가져오지 않아도 신경쓰지 않았다) 형제, 사촌, 애인, 관리자나 일종의 보호자였다. 이후에 리는 몇주에 걸쳐서 남자를 여러 번 보았다. 그의 이름은 코노였고 구불거리는 머리카락에 검은 썬글라스를 쓴 재미있는 사나이였다. 그는 러키스트라이크를 쉬지 않고 피워댔는데, 리도 모르는 미국 재즈를 알았다. 그들은 정치 이야기를 했다. 맥주와 진도 마셨다. 리는 그곳으로 술을 가져가서는 예의상 한모금씩만 마셨다. 코노의 영어는 초보 수준보다는 나은 편이었다. 그는 초라한 옷과 구두를 걸치고 밖에서나 실내에서나 항상 검은 비단 목도리를 두르고 있었다.

가을의 습기가 찾아왔다. 목조주택과 상점으로 꽉 찬 그 물망 같은 뒷골목에 전등불빛이 어른거렸다. 그것들은 미국인으로서의 리의 공간을 빼앗아버렸다. 상관없다. 그의 공간이라고 해봐야 비좁은 방들, 텔레비전, 그치지 않는 어머니의 목소리를 감추고 있는 거짓된 것에 지나지 않았다. 루이지애나, 텍사스는 거짓이었다. 그곳들은 그가 항상 다다랐던 좁고 갑갑한 방 주변에서 맴도는 목적 없는 장소일 뿐이었다. 이곳에서는 작은 것에도 의미가 있다. 종이창문과 상자 같은 방, 이런 것들은 단정한 마음가짐이었고 건전한 삶의 형태였다.

미쯔꼬는 그를 누드촌에 데려갔다. 광고판, 사진들, 전단지들, 가로등 표지판, 공중전화부스와 영화관 안의 누드, 네온과 종이로 만든 누드, 사진 찍히기를 기다리는 모델들, 색조명을 받으며 진열되어 있는 종이 장미꽃 아래 신기할 정도로 창백해 보이는 전라의 아가씨들. 그가 꿈에서 본 듯한 비에 젖은 거리, 영화에서와 같은 그림자와 검은 코트를 입은 남자들, 미쯔꼬의 삐죽 내민 작은 입과, 한숨과 암시의 언어, 정적의 환상, 완전한 욕망, 그녀의 살짝 벌어진 두 다리, 옆에 놓인 팔.

미쯔꼬는 리트마이어가 그녀가 해준다고 말했던 것을 아

무엇도 하지 않았고, 오지도 요구하지 않았다.

레이더실에서 그는 상기된 모습으로 수신경로를 확인하고, 일정한 방위구역 내의 항공교통을 나타내는 전자운동의 흔적을 조사하기 위해 진동기록기를 살펴보았다.

철야근무 때 그는 장교들과 이야기하면서 세계정세에 대해 물었다. 그런데 그들보다는 리가 더 많이 알고 있었다. 그들은 지도자의 이름이나 정치체제 유형과 같은 기본적인 것조차 모르고 있었다. 젊은 장교들이 가장 무식했다. 그들은 전형적인 남자대학생 같은 부류로 사물이 돌아가는 방식에 대한 자신들의 오래된 의구심을 정당화하기 위해 입대한 자들이었다.

24킬로미터 상공에서 호흡곤란을 알려오는, 딱딱거리는 목소리는 알려진 한계선 너머, 밤의 둥근 지붕 밖에서 들려오는 것 같았다.

기지 근처에도 주점과 여자 들이 있었지만 리는 혼자서 토오꾜오에 가는 편이 더 좋았다. 거기에 가면 그는 공장 근처의 큰 주택단지로 코노를 찾아갔다. 짙은 구릿빛 스모그 때문에 석양이 뿌예졌다. 코노는 러키를 피우면서 생존투쟁에 대해 이야기했다. 그는 시간제로 엘리베이터를 운행하는 일을 했다. 이 나라에는 대학졸업자가 넘쳐났기 때문이다. 이따금 미쯔꼬가 나타나면, 그녀와 오지는 텔로니어스 멍크(미국의 재즈 피아니스트 겸 작곡가—옮긴이)의 음악을 틀어놓고 사랑을 나누었다. 기묘하게 튕기듯 둥둥거리는 블루스였고 일본인들이 좋아할 것 같은 음악이었다. 다른 때는 코노가 그를 여왕벌 나이트클럽에 데려갔다. 그곳에는 공들여 올린 쇼와 연기 속을 누비고 다니는 근사한 여자들이 있었다. 여자들은 하워드 존슨(영화 「2001년 스페이스 오디쎄이」에 나오는 우주정거장의 레스토랑—옮긴이)의 호스티스를 백 가지 종류의 옆트임 치마 버전으로 만들어놓은 것처럼 보였다. 리는 엘리베이터 운행원과 일등병이 이런 장소에서 뭘 하는지 스스로 궁금해해야 마땅하다고 생각했다.

코노는 레인코트를 벗어 질질 끌면서 단상 위에 자리잡은 탁자에 구부정하게 앉았다. 아래쪽에는 여행객, 일본인 사업가, 미군장교, 계약직 비행기 조종사 들(날씨에 상관없이 그들이 걸치는 칙칙한 반팔셔츠와 장식이 달린 썬글라스로 알아볼 수 있다)이 있었다. 코노는 계산서를 받고도 돈을 내는 일이 없는 것 같았다. 어느날 밤 그는 타미라는 호스티스를 리에게 소개해주었다. 그녀는 은색 드레스를 입고 반짝거리는 화장을 하고 있었다.

코노는 폭동을 믿었다.

코노는 미국이 한국에서 세균병기를 사용했으며, 일본에서는 리쎄르그산(환각제 LSD를 만드는 데 사용하는 물질—옮긴이)을 실험하고 있다고 믿었다.

그는 또 삶은 투쟁이며, 그 투쟁이란 인생을 역사라는 거대한 물결에 녹아들게 하는 것이라고 믿었다.

진정한 사회주의를 쟁취하려면 우리는 먼저 자본주의를 완벽하게, 그리고 무자비하게 세운 다음, 그것을 점차 파괴하여 바다에 묻어버려야 한다고 그는 말했다.

그는 일-소 친선협회, 일본평화위원회, 일-중 문화교류연합의 회원이었다.

외국 자본과 군대가 현대의 일본을 지배하고 있다고 그는 말했다.

외국 군대는 모두 미군이다. 서양사람도 모두 미국인이다. 미국인은 너나없이 독점자본을 위해 일한다.

타미는 리를 절에 데려갔다.

어느날 밤 코노는 여왕벌에서 리의 부대인 MACS-1이 곧 필리핀으로 떠날 거라고 말했다. 이는 이 젊은 해병대원에게 새로운 소식이었다. 그는 일본을 좋아하기 시작하고 있었다. 그는 토오꾜오에 오는 것이 좋았다. 그는 코노와의 이런 토론에 의지하고 있었다. 코노는 리의 처지를 순수하게 개인적인 관점에서라기보다 역사, 즉 초토화된 국토와 경제에서 재건된 폐허, 잿더미를 목격한 사람의 관점에서 논할 수 있는 사람이었다.

왜 그들은 하필 지금 그를 내보내려는 것일까? 변화를 향해 모든 일이 잘되어가고 있는 듯한 이때, 기대할 만한 일들이 생겼고, 이따금 함께 침대에 들어갈 여자도 있고, 그를 어둠속의 형상으로 보지 않는 사람들과 이야기를 나눌 수 있게 된 지금에 와서.

그들은 강변의 아파트로 갔다. 코노는 비단 목도리의 끝을 잡아당기면서 방 안을 천천히 왔다갔다했다. 그는 일등병 오즈월드에 대해 알고 있고 그의 정치적 성숙함을 칭찬하는 사람들이 있다고 넌지시 말했다. 세계문제에 대해 비슷한 생각을 가진 사람들끼리 서로 쉽게 연락할 수 있는 곳에 모여 성취할 것들이 있다고도 말했다. 그는 소박한 선물로 리에게 두 발을 쏠 수 있는 작은 데린저식 은도금 권총을 주었다. 그는 기지 뒤편에서 러키를 가져다달라고 부탁했다.

리트마이어는 리의 바짓가랑이와 셔츠칼라를 뒤에서 잡고는 그를 들어올려 뒤집으려고 했다. 아무 의미 없는 장난이다. 그러나 리트마이어는 한손으로 오지의 옆주머니를 잡고 다른 손으로는 겨드랑이를 잡은 채 그를 꼼짝 못하게 만들었다. 희생자 오지는 바닥과 거의 평행이 되어 문설주에 도리깨질을 당하는 꼴이 되었다. 처음에 오지는 악의 없이 놀란 소리를 지르면서 허공에 팔을 휘저었다. 그러다가 오지가 거부하는데도 리트마이어가 거칠게 잡아당겨 반 바퀴쯤 옆으로 돌리려 하자, 오지는 거친 소리로 불평하면서 위협했다. 그러고는 풀려나오려고 애쓰면서, 울상을 지었다. 함정에서 벗어나려 애쓰는 어린아이처럼 그의 얼굴은 분노로 붉어졌다. 그러다 그는 결국 완전히 지친 채 익숙하면서도 비참한 기분을 느꼈다.

어느날 밤 그는 토오꾜오의 한 주점에 들어갔다. 그곳은 동성애자 전용 주점이거나 카부끼쇼를 하는 곳 같기도 했고, 두 가지를 섞어놓은 곳 같기도 했다. 손님들은 모두 남자였다. 남자인지 여자인지 모를 종업원들—그의 눈이 어둠

에 익숙해질수록 그들은 점점 남자로 보였다――은 화려한
색의 키모노를 걸치고 소용돌이 모양으로 높이 빗어올린 가
발을 쓰고 있었다. 공들여 붉게 칠한 입술에, 얼굴은 횟가루
로 덮여 있었다. 한번쯤 배워볼 만한 화장술이었다. 근처에
서 바스락거리는 소리가 났다. 의상을 차려입은 남자가 그
를 탁자로 안내하려고 기다리고 있었다. 그러나 오지는 조
용히 문으로 걸어가면서 누군가의 시선과 함께, 기괴하고
특이하며 희한한 감정을 느꼈다. 문을 연 순간 그는 거리에
서 눈에 익은 모습을 보았다. 같은 부대의 해병대원인 하인
델이 지나가고 있었다. 오지는 가벼운 공포를 느꼈다. 그는
이런 곳에서 나오는 모습을 들키고 싶지 않았다. 소문이 퍼
지면 대원들은 내무반에서 그를 때려눕힐 것이다. 그들은
돼지같이 추악하고 소름끼치는 재미를 보려 할 것이다. 괴
팍한 독불장군이 호모 술집에서 살금살금 나오는 걸 들켰
다. 그는 어둠속으로 다시 들어가서 맥주를 주문하고는 밖
을 계속 지켜보았다. 하인델은 먹이를 향해 달려드는 호랑
이 모습이 등에 새겨진 검은 재킷을 입고 있었다. 오지는 맥
주를 마시고 소지품을 챙겼다. 어둠은 섬뜩했다. 우는 소리
같은 음악이 벽에서 울려나왔다.

그는 택시를 타고 코노의 동네로 향했다. 조선소와 공장
에서 화학물질의 매연이 뭉게뭉게 피어올랐다. 자전거를 탄
까까머리 아이들이 뒷골목에서 총을 쏘고, 여기저기 구멍이
파인 거리에서 경주를 하고 있었다.

하인델은 다른 사람에게 말하지 말라는 뜻이기도 하다.

집에는 아무도 없었다. 오지는 길을 잃고 몇킬로미터나 걷다가 다른 택시를 발견했다. 그는 여왕벌로 갔다. 들어오는 손님에게 절하는 일을 맡은 여종업원이 그를 맞아들였다. 코노는 뒤편 탁자에 혼자 앉아 있었다. 그들은 오랫동안 이야기를 나누었다. 수영복 차림의 여자들이 무대 위를 가로질러갔다. 그들은 사업가들과 미군 고급장교인 관객에게 엉덩이를 흔들어 보였다. 실내는 널찍했고, 많은 사람들로 시끄러웠다. 코노는 지쳐 있었고 목소리가 쉬었다. 그는 어딘가가 아픈 것처럼 보였다. 탁자에는 침묵이 흘렀다. 리는 아쯔기에서 어느날 재미있는 것, 바로 U-2라는 이름의 비행기를 본 적이 있다고 말했다.

그는 자기의 느낌을 곱씹어보면서 잠시 말을 멈추었다. 두 사람은 활기찬 음악과 갈채 속에서 칸막이가 쳐진 조용한 자리를 차지하고 있었다. 리는 이곳의 무엇과도 연결되어 있지 않았고 그 자신과도 별로 확실히 이어져 있지 않았다. 그는 코노에게 이야기하기보다는 코노가 보고하기 위해 만나는 인물, 부유하는 세상 속 어딘가에 있는 그 사람에게 이야기하고 있었다. 그 사람은 모호한 대화를 수집하고, 반짝이는 입술에 씰크 가발을 쓴 남자들처럼 어둠의 삶을 사는 전문가일 것이다.

그는 그 비행기가 레이더에서 한순간에 사라질 만큼 높이 올라간다고 지적했다. 또 그 비행기가 알려진 기록보다 거의 10킬로미터나 더 높이 올라간다고 말했다. 그는 그 비행기에 놀라운 성능의 카메라가 장착되어 있고, 적국에 보내진다고 설명했다.

그는 이야기를 하는 동안 자기 자신을 거의 의식하지 못했다. 이것이 재미있는 점이다. 말을 할수록, 그는 자신이 살며시 둘로 나뉘는 것을 더욱 분명히 느꼈다. 그는 상대방을 거의 바라보지도 않았다. 백지처럼 창백한 고요 속에 침착하게 앉아 말이 저절로 흘러가게 두었다. 코노는 리의 이야기를 들으면서 그를 관찰하고 있었다. 신경질적인 모습에 면도를 하지 않은 코노는 손가락에 밴 니코틴 냄새를 맡는 버릇이 있었다. 그것은 마치 충분치 않다─당신이 원하는 것을 충분히 가질 수는 없다고 말하는 것처럼 보였다. 리는 나직하게 계속 말했다. 반자이('만세'의 일본어─옮긴이)가 무슨 뜻인가? 일만년의 행복을 뜻하는가?

리는 U-2기의 상승률을 계산해보았다고 말했다. 그는 그 값이 얼마인지는 말하지 않고 다른 세부사항, 부수적인 일들에 대해 이야기했다. 그는 코노의 기술적인 지식을 시험해보면서, 약간 가르치듯이 기지 경비의 문제점을 지적했다.

하얀 턱시도를 입은 남자가 수영복을 입은 미녀들의 이름을 소개했다. 진심어린 박수. 두 사람은 쌀쌀한 밤기운 속으로 나왔다. 시간은 늦었고 사위는 조용했다. 리는 윈드브레이커를 꼭 여몄다. 코노는 바람을 등지고 서서 담배를 피웠다. 그러고는 무릎을 구부리고 텅 빈 네온의 거리를 내려다보았다.

리(Lee)에서 e 두 개를 뺀다.

하이델(Hidell)에서 l 두 개를 숨긴다.

하이델은 L을 숨기라는 뜻이 된다.

다른 사람에게 말하지 마라.

흰색의 한자. 어둠속에서 똑딱거리는 로마자. 코노는 그들이 호스티스 타미를 기다리는 거라고 말했다. 그는 약간 풀이 죽은 듯 보였다. 아마 잠이 부족해서이리라. 모자를 쓰고 헐렁한 반장화를 신은 타미가 비닐 레인코트를 입고 옆문으로 나왔다. 타미는 어렵게 얻은 휴식을 즐길 준비가 되어 있는 듯 보였다. 그녀는 아직 문을 닫지 않은 빠찡꼬 장을 안다고 했다. 그녀는 빠찡꼬를 하고 싶어했다.

레이더 담당인 부시넬은 내무반의 바깥 계단을 올라가다가 날카로운 소음을 들었다. 그 격렬한 소리는 마치 자로 책상을 때리는 것 같았다. 아니, 가만히 생각해보니 그 소리가 아니었다. 그것은 펑 터지는 소리와 더 비슷했다. 5쎈티미터짜리 폭죽 정도일까. 아무래도 이 또한 아닌 것 같았다. 비슷하지도 않았다. 아마 문을 쾅 닫는 소리였을 것이다.

안으로 들어가보니, 오지가 혼자 묘한 미소를 지으며 소형 트렁크에 앉아 있었다. 그는 자그마한 권총을 들고 있었고, 그의 왼쪽 팔꿈치 윗부분에서 한줄기 피가 흘러내렸다.

"내가 나를 쏜 것 같아." 그가 말했다.

부시넬은 그 강렬하면서도 찰나적인 장면을 바라보았다. 그는 오지의 말이 영화나 텔레비전 드라마에서 튀어나온 것처럼 역사적이고 매력적으로 들린다고 생각했다.

"내가 당직 장교이고 이 사실을 알게 됐다면 네가 어디에서 그 총을 얻었는지 생각해볼 것 같다."

"한 가지 부탁해도 될까?"

"뭔데?"

"위생병 좀 불러주면 좋겠어."

"어떻게 된 거야? 피가 나나? 면도칼에 베인 것 같은데."

"팔에 구멍이 났어."

"너 면도하냐, 오지? 네 엄마는 면도를 하지만 너는 안한다고 한 것 같은데. 그들이 총을 보면 어떻게 되겠어?"

"사고였어."

"멍청아, 네 45구경 총을 썼어야지."

"그랬으면 팔이 날아갔겠지."

"이건 공적인 문제야, 바보야. 그들에게 뭐라고 할 거야, 한낮에 길거리에서 총을 주웠다고 할래?"

"정말 주운 거야."

"세상에, 오지, 못 말리겠다. 넌 지금 여기 혼자 앉아 있어. 내가 들어오지 않았으면 어쩌려고 했어? 그냥 앉아서 기다릴 거야? 내가 이해할 수 없는 건 그거야. 계획이 좋지 않았어."

"그런데 나 총 맞았다니까."

"그래, 아주 장한 일 했다."

"나 피 흘리고 있어, 부시넬."

"그래도 싸다. 하얗게 질려서 죽어도 싸. 이건 허튼 수작이야. 세상에서 가장 오래된 수법이라고. 그들이 이곳에 걸어들어와서는 '아, 그래, 총에 맞았군, 오즈월드' 이러고서

너는 여기 남겨두고 나머지는 항해를 나갈 것 같아?"

"난 총에 맞았으니까. 그들이 그렇게 할 만도 하지."

"내가 보기에는 살만 살짝 쏜 것 같은데 이런 사실은 무시하고 말이지, 그들이 미등록된 무기를 보는 순간 이건 군법회의 감이라고 할걸."

"트렁크에서 총을 꺼냈다가 다시 집어넣으려고 하는데 발사됐어."

"얼마나 작고 귀여운 물건인지 보여줘."

"나 피 흘리고 있잖아."

"하여간 부적절한 행위로 처벌받을 거야. 네가 폭동진압용 총을 가지고 있더라도 마찬가지야."

"총을 떨어뜨리는 바람에 발사됐어. 바닥에서 총을 집어들 때 어지러워서 내가 쇼크 상태인가보다 생각했지. 그래서 트렁크를 닫고 앉으려는데 네가 날 발견한 거야."

"나 말고 그들한테 말해, 멍청아."

"위생병 좀 불러줘, 부시넬. 치료를 받아야 해. 나는 부상당한 해병대원이란 말이야."

진단: 총상, 좌측 상박, 알코올 및 마약 영향은 없음.

1. 근무중 부상

2. 환자는 45구경 자동권총을 떨어뜨렸고, 권총이 바닥에 부딪히면서 발사. 총알은 환자의 좌측 팔에 명중, 부상을 입힘.

개요 보고

본 18세 남성은 본인이 휴대하던 22구경에 좌측 팔을 맞았음. 진단결과 총상 부위는 좌측 상박의 중간부분, 팔꿈치 바로 윗부분으로 밝혀짐. 신경계 및 순환계, 뼈의 손상 흔적은 없음. 부상 부위의 입구는 자연치유되도록 조치했음. 총알은 총상 입구보다 5센티미터 위를 절개하여 적출했음. 총탄은 22구경으로 짐작됨. 환자는 상처가 순조롭게 치유되어 근무지로 복귀했음.

수술: 57년 5월 10일: 지간(肢幹), 좌측 상박에서 이물질 적출. #926

그림엽서 #1. 남중국해의 USS 테럴 카운티 호에 승선. 오지는 리트마이어와 후갑판에 앉아서 찌는 더위 속에서 치른 모의훈련 날짜를 세고 있다. 언제 다시 땅을 볼 수 있을까 생각하면서.

"내가 체스 가르쳐줄까? 어때?"

"엿이나 먹어."

"순전히 너 좋으라고 그러는 거야, 리트마이어. 게다가 우리는 어떻게든 시간을 보내야 하잖아."

"헛소리는 저 달에다 대고 지껄여."

"세계적인 체스 선수들은 대부분 러시아인이야."

"엿이나 먹으라고 해."

내리쬐는 태양 아래 멍한 표정으로 앉아 있는 남자들.

그림엽서 #2. 전화(戰禍)로 폐허가 된 코레히도르(필리핀 마닐라 만 어귀의 섬—옮긴이). 존 웨인이 태평양 어딘가에서 영화촬영을 중단하고 향수병에 걸린 MACS-1의 해병대원들을 위문하러 온다. 취사임무를 맡은 오지는 요즘 하루종일 그 일에 매달려 있지만, 유명한 영화배우가 한무리의 장교들과 점심을 먹는 모습을 살짝 훔쳐본다. 점심 메뉴는 오지도 거들었던 그레이비쏘스를 곁들인 로스트비프다. 오지는 존 웨인에게 다가가서 무엇이든 진심에서 우러나온 말을 하고 싶다. 그는 존 웨인이 말하고 웃는 모습을 본다. 스크린에서 본 웃음이 현실에서 재연되는 광경은 진기하고 놀랍다. 그것은 그를 기분좋게 해준다. 그 사나이는 두 배로 진실된 셈이다. 그는 속이거나 실망시키지 않는다. 존 웨인이 웃을 때 오지도 미소짓는다. 존 웨인이 빛을 낼 때, 그는 정말 환한 반짝임 속으로 사라질 것 같다. 누군가가 존 웨인과 장교들의 사진을 찍었고, 오지는 혹시 그가 멀리서나 복도에 웃는 모습으로 나타나지 않을까 생각해본다. 취사실로 돌아가야 할 때지만 그는 존 웨인을 조금 더 지켜보면서 「붉은 강」에서의 가축떼 몰이 장면을 떠올린다. 그 장면에서는 큰 기대를 품게 된다. 정적, 흥분한 수소들, 새벽 여명 속에 말을 타고 있는 남자들, 언덕 가장자리, 늙어가는 존 웨인의 굵고 확신에 찬 음성, 많은 감정과 재확인하는 뉘앙스를 풍기는 그 목소리, 존 웨인은 그의 양자에게 단호하게 말한다.

"이놈들을 미주리로 데려가라, 매트." 그러면 뒷다리로 일어서는 말, 야호 소리를 내는 남자들을 뒤쫓는 화면, 음악과 활기찬 노래, 짧은 수염이 난 정직한 얼굴들(오지에게는 서로 아는 사이처럼 느껴지는 사내들), 북쪽으로 향하는 여정의 모든 영광과 혼란.

오지는 폐허가 된 병원에서 월트 휘트먼을 읽는다.

코노에 대한 한 가지 사실. 그는 절대로 리에게 개인적인 태도로 말하지 않았다. 그는 암송하는 것처럼 보였고 딕터폰(속기용 구술 녹음기―옮긴이)에 대고 말하는 듯했다. 그의 태도에는 융통성이 전혀 없었다. 그는 개인을 보지 않았다.

또다른 사실. 리는 기술적인 면에서 코노보다 한수 위였다. 코노는 전문용어도 비행기 전자기술과 고고도 정찰에 나오는 술어와 이름 들도 몰랐다. 엘리베이터 운행원. 하하.

리는 코노가 준 데린저 권총에 자기가 부상당했다는 이야기는 하지 않았다. 우선 그 계획이 실패해 일본에 남아 있을 수 없게 되었기 때문이다. 또한 자기가 그의 영향을 받았다는 것을 코노에게 알리고 싶지 않았다.

잡담 금지.

명령을 받을 때까지 차렷 자세로 있는다.

어떤 경우에도 흰색 선을 밟지 마라. 바닥은 군데군데 흰색으로 칠해져 있다. 흰색은 건드려서는 안된다. 복도에는 흰 선들이 그어져 있다. 그 선을 건드리거나 넘어가서는 안된다. 소변기는 흰 선 너머에 있다. 소변을 보려면 허가를 받아라.

타박상이 보이지 않도록 흉부와 서혜부 사이를 때린다. 이것이 전통이다. 아니면 간수가 네 머리에 양동이를 씌우고 곤봉으로 때릴 것이다.

감방을 배정받으면, 네가 들어가 있는 동안 간수가 감방에 호스로 물을 뿌릴 것이다.

구멍, 상자, 새장이라고 불리는 특별한 처벌시설이 있다. 영화에서 보아 친숙하고, 생생한 역사를 지닌 이름들이다.

뛸 수 있는 공간이 있으면 절대 걷지 않는다. 저장고에서는 늘 달린다. 모든 흰 선에서는 일단 멈춰서서 넘어가도 좋다는 허가를 기다린다. 수용소 안에서는 뛰고, 괭이는 앞에 총 자세로 유지한다.

옷을 모두 벗고 행진한다. 본인의 가방은 팔을 뻗어 머리 위로 들고 작은 소리에도 '네, 그렇습니다'와 '아닙니다'로 외친다. 인쇄물이나 마약, 알코올음료, 구덩이 파는 도구, 텔레비전 수상기, 자해도구가 있는지 항문검사를 할 때 몸을 구부리면서만 가방을 목 뒤로 내릴 수 있다.

아쯔기에 있는 영창이었다. 이곳은 바닥이 씨멘트인 큰 목조건물로 많은 창고와 사무실, 격리실, 간수구역과 닭장 그물로 나뉜 구역이 있고, 스물한 개의 침상이 있었다. 닭장 구역은 꽉 차 있었다. 새로 들어온 수인들은 흰 선이 표시된 통로를 따라 배치된 여섯 개의 콘크리트 감방으로 들어갔다. 감방은 한명이 들어가도록 만들어졌으나 여름에는 사회부적응자, 도망자, 난폭한 주정뱅이, 전과자, 좀도둑, 악당, 예민한 기질의 온갖 인간들로 넘쳐났다. 오즈월드는 바비 듀파드라는 이름의 수인과 한 감방을 쓰게 되었다. 그는 여위고 슬픈 눈빛을 지닌 흑인으로 머리카락과 피부는 구릿빛이 돌았다.

처음 들어왔을 때 오즈월드는 고정 침상을 차지했다. 듀파드는 간이침대와 매트리스를 썼는데 납작하게 생긴 벌레들이 득실대 빛이 날 정도였다. 그것들을 손톱으로 으깨면 둘로 나뉘고 넷이 되고 여덟이 되어 침대의 솜 속에 자리를 잡고 알을 까려고 기어들어온다고 듀파드는 말했다. 그러니 죽이려고 해봐야 무슨 소용이냐는 것이다.

그들은 밤중에 서로 속삭였다.

"그러니까 그것들을 죽이면 늘어난다는 말이야?"

"내 말은 죽일 수 없다는 거야. 어떤 것은 너무 작고."

"담요 위에서 자." 오즈월드가 그에게 말했다.

"기어올라오는데 뭐. 담요를 뚫기도 해."

"구멍을 뚫는 건 흰개미야."

"이봐, 친구, 난 이것들하고 몇년간 살아왔다고."

"담요를 바닥에 깔아. 바닥에서 자."

"바닥 절반이 흰색인걸. 미리 그렇게 해놓은 것같이. 어떻게든 벼룩은 내 위로 뛰어올라온다고."

거의 비어 있는 곳, 간단한 물건들, 기본적인 필수품. 오즈월드의 오관(五官)은 몹시 긴장되었다. 그는 혀에 쇠맛을 느꼈다. 닭장에서 들려오는 소리, 간수들이 맹견처럼 으르렁대는 소리를 들었다. 그들이 감방 바닥에 호스로 물을 뿌릴 때 콘크리트에 섞여 있는 흙냄새를 맡았다. 조약돌, 자갈, 암재, 그리고 부서진 돌. 마치 경멸이 섞여 있는 것처럼, 모든 것이 희미한 암모니아 냄새와 섞여 있었다.

듀파드는 텍사스에서 왔다.

"살인 건수는 전국에서 일등일걸." 오즈월드가 말했다.

"바로 거기다."

"어디쯤인데?"

"댈러스."

"난 포트워스에서 살았어. 줄곧 산 것은 아니지만 말이야."

"이웃이네. 보통 인연이 아니군. 몇살이야?"

"열여덟." 오즈월드가 대답했다.

"어린애구나. 그들은 어린애도 감옥에 처넣는군. 얼마나 받았지?"

"28일."

"죄명은?"

"처음엔 우발적인 사고로 팔을 쐈어. 그래서 군법회의에 회부되었는데 집행유예를 받았지."

"우발적인 사고였다면 그자들이 뭘 문제삼았지?"

"내가 등록 안된 총을 사용했다는 거지. 난 개인용 총을 가지고 있었거든."

"지급품이 아니었나보네."

"주운 거야. 그런데 그게 미등록된 총인 이상 주웠다는 건 고려할 사항이 아니래."

"집행유예를 받았는데 그다음에 무슨 일이 있었던 거야?"

"두번째 군법회의가 있었어."

"더럽게 재수없었구나."

"어쨌든 그건 우발적인 사고였어. 그게 다야."

"그 말 믿어."

"로드리기스라는 중사가 있어. 나한테 항상 쓰레기 치우는 일만 시켰지. 나를 싫어했는데 그건 나도 마찬가지였어. 그래서 우리는 여러 번 이야기를 했어. 나는 찍혔다고 느끼는 게 어떤 기분인지 말해줬지. 그자가 말하기를 레이더실에서 나를 내보낸 건 군법회의고, 게다가 일반적 기준이 있는데, 나는 복장이나 행동 기준을 제대로 지키지 않는다는 거야. 나는 술집에서 그자를 보고는 곧장 다가갔지. 그리고 말해줬어. 나한테 시시한 일은 그만 시키라고. 우리는 마주섰어. 그는 내가 할말을 다 하고 물러날 줄 알았던 거야. 하지만 나는 그곳에 서 있었어. 사람들이 몰려들었지. 난 머릿속으로 계산했어, 이들은 잠재적인 증인이라고. 나는 그에게 내 생각을 말해줬어. 그게 다야. 나는 그가 눈치채지 못하게 했어. 간단하고 분명하게 말했어. 그에게 미끼를 던진 게 아니었어. 그는 내가 자기에게 미끼를 던진다고 했어. 그런데 그는 내가 자기를 싸움에 끌어들이지 못할 거라고 말했지. 필요 이상으로 귀찮아질 거라고 하면서. 자기한테 작대기 하나를 잃게 만든다거나 뭐 그런 일을 해봤자 소용없다는 거야. 어떤 놈들은 우리를 부추겼어. 로드리기스한테 나를 실컷 패주라고 했지. 하지만 나는 싸우려고 한 게 아니야. 나는 그 문제에 대해서 내 상황을 진술한 거였어. 그는 날 **마리꼰**(동성애에 빠진 남자를 가리키는 스페인어─옮긴이)이라고 불렀어. 살짝 상냥한 미소를 지으면서 **마리꼰**이라고 속삭였지. 난 그 말이 무슨 뜻인지 안다고 했어. 뿌에르또리꼬인들이 그 말을 쓰는 걸 들었다고, 그게 무슨 말인지 안다고 했지. 그는 자기는 뿌에르또리꼬인이 아니라고 했어. 난 그에게 뿌에르또리꼬 말을 쓰지 말라고 했어. 그때 분위기가 험악해졌어. 모두 우리 주위에 모여들었고. 누가 나를 미는 바람에 로드리기스한테 내 맥주를 쏟아버렸지. 우연이었어. 나는 누가 날 밀친 걸 보지 않았느냐고 말했어. 분명히 말했어. 사과하거나 변명하지는 않았어. 내 잘못이 아니었으니까. 주변에서 모두 밀어대고 있었어. 나는 군인의 권리를 지키려고 그랬던 것뿐이야."

"목소리 낮춰." 바비가 속삭였다.

"그래서 그 일 때문에 두번째 재판을 받았어. 하지만 이번에는 나 자신을 변호했지. 나는 증인석에 앉아 있는 로드리기스한테 물었어. 음료수를 그에게 쏟은 것은 유죄가 아니라고 판명났어. 원칙적으로 그건 폭행미수야."

"그런데 왜 여기에서 이런 이야기를 하고 있게 된 거야?"

"내가 더 가벼운 잘못을 했대. 임명되지 않은 장교에게 자극적인 발언을 함. 제1조 17항. 땅땅."

"영창에 집어넣어." 바비가 말했다.

*

그는 중사의 계급 작대기가 여전히 남아 있는 색바랜 작업복을 입고, 들판에 나가 돌멩이나 쓰레기 치우는 일을 했다. 간수는 45구경 총을 찼고, 수인들의 반대편으로 총을 돌려메고 있었다. 대화를 나누지도 않았고 휴식도 없었다. 그들은 빗속에서 일했다. 첫번째 주에 엄청난 비가 쏟아졌다. 비는 넓은 지역에 걸쳐 느리고 경쾌하게 쏟아졌다. 일하는 사람들에게서 김이 피어올랐고, 반쯤 타다 만 쓰레기 냄새가 났다. 그들의 쓸모없는 작업은 종일 계속되었다. 리는 장교후보학교에 갈 좋은 기회가 있었다고 생각했다. 배에 오르기 전 그는 신체검사를 통과했다. 권총사건과 음료수를 엎지른 일만 없었다면 유리했을 것이다. 아직 가망은 있었다. 그는 장교가 될 수 있을 만큼 영리했다. 그것은 문제가 아니었다. 문제는 당국이 그가 장교가 되도록 허락하느냐였다. 그는 나무를 베고 들판에서 무거운 돌을 치웠다. 당국이 그 사건을 불리한 재료로 삼을지 어떨지가 문제였다.

"내가 이곳에 착륙한 것은 꿈같은 일이야. 나는 죽었다고 생각했어. 내 얼굴에 흙이 덮일 거라고 생각했지." 그날 밤 듀파드가 이렇게 속삭였다.

"너는 왜 들어왔지?"

"내 침대에 불이 붙었다고 처벌됐어. 하지만 내 생각에,

그건 다르게 말할 수도 있는 일이야. 달리 말해 증거가 부족해."

"하지만 네가 했잖아."

"그렇게 쉽게 말할 수는 없어. 난 다르게 될 수도 있었거든."

"정말 네가 불을 지르고 싶었던 건지 확실치 않구나. 그냥 불을 지르는 생각만 했던 거야."

"이 담배를 떨어뜨려야 할까? 이런 식이었지."

"네가 생각하고 있을 때 일이 나버린 거구나."

"저절로 불이 난 꼴이지."

"침대가 다 탔어?"

"조금 그을린 정도야. 담배를 피우다가 십분의 일초 만에 잠들어버린 것처럼. 그렇게 된 거야."

"왜 불을 지르고 싶어졌어?"

"정확한 이유는 내 마음속에서 일어난 일이 무엇이었느냐에 있어. 분명히 거기엔 심리 같은 게 작용했거든."

"그게 뭔데?"

"크게 봐서 한 가지야. 난 포기해버렸어."

"왜?"

"여기에서 나가고 싶기 때문이지." 바비가 말했다. "나는 해병대가 아니야. 간단해. 그들은 그걸 깨달아야 하고 중지시켜야 해. 오래 끌면 끌수록, 내가 버틸 힘은 더 줄어드니까."

오즈월드가 읽은 감옥 문학에서는 언제나 노련한 늙은

수인이 젊은이에게 충고를 해주고 실질적인 조언을 주곤 했다. 늙은 쪽은 더 중요한 질문들에 대해 몰아치는 듯한 철학적인 방식으로 이야기했다. 감옥은 더 중요한 의문들을 이끌어내는 곳이었다. 풍부한 경험에서 비롯된 넓은 시야, 친절하지만 지친 눈을 지닌 반백(班白)의 인물이 지닌 지식, 게임에 익숙한 상담자가 필요하다. 오즈월드는 바비 R. 듀파드가 그 상담자인지 확신할 수 없었다.

다음날 그가 작업을 하고 돌아왔을 때, 간수 둘이 감방 안에서 듀파드를 때리고 있었다. 그들은 시간을 끌었다. 처음에는 뭔가 다른 일, 듀파드가 간질발작이나 심장마비를 일으킨 것처럼 보였으나 그는 그것이 구타 때문이라는 것을 알아차렸다. 바비는 바닥에 쓰러져 몸을 감싸려고 애썼고 두 간수는 번갈아가면서 그의 신장과 갈비뼈 부위를 때렸다. 한명은 마치 출항을 기다리는 사람처럼 오즈월드의 침상에 앉아 있었고, 왼손으로 타격을 날리기 위해 몸을 기울이고 있었다. 다른 한명은 한쪽 무릎을 꿇고 입술을 깨물고는 바비의 엇갈린 팔을 피해 때릴 곳을 찾아 겨누고 있었다. 바비는 이 상황이 언젠가는 끝나게 되어 있다는 듯한 얼굴이었다. 그는 그들이 마음껏 때리지 못하게 하려고 애썼다.

그들은 바비를 수세미 머리라고 불렀다. 바비는 희미하게 웃었다. 말로 표현된 것만이 그의 흥미를 끌 수 있다는 듯. 그들은 다시 그를 때리기 시작했다.

오즈월드는 감방 바깥의 흰 선에 멈춰서 있었다. 그는 자신이 어중간하게 오른쪽이나 왼쪽을 보면서 부동자세로 서서 선을 넘어도 좋은지 묻기 위해 그들이 일을 끝내기를 참을성있게 기다리면, 자기를 때리지 않고 들어가게 해줄지 생각하고 있었다.

그는 간수들을 싫어했다. 그러면서도 몇몇 수인들에 대해서는 은밀히 간수들과 같은 입장이었다. 아둔하고 잔인한 수인들에게는 그런 대우가 당연하다고 생각했다. 그는 스스로의 증오가 끊임없이 방향을 바꾸는 것을 느꼈다. 그리고 은밀한 만족감을 느꼈다. 그는 영창의 일상을 증오했고, 그것이 수인 모두를 꺾기 위해 고안된 것임을 알면서도 그에 익숙해지지 못하는 자들을 경멸했다.

한 수인이 닭장에서 감방으로 돌아오면 감방에 있던 수인이 닭장에 들어간다.

닭장에 들어간 자가 규칙을 위반하면 독방으로 간다. 그곳의 수인은 C급 음식을 먹고 철저히 감시받는다.

감방에 있는 수인이 규칙을 어기면 구멍이라고 불리는 징벌방에 들어가게 된다. 좁아터진 그 방은 흙바닥에 배변용 작은 구멍이 있다.

수인의 수가 너무 많아서 그들은 걸핏하면 이리저리 옮겨졌다. 흰 선에서 많은 의식이 치러졌고 검사, 신체검열, 철저한 수색, 벌칙 등이 뒤따랐다.

구타당한 날 밤, 듀파드는 아무 말도 하지 않았다. 오즈월드는 그가 잠들지 않았다는 것을 알고 있었다.

그는 감방 안에서 역사를 느껴보려고 했다. 이것이야말로 죠지 오웰의 책에 나온 역사이고, 선택권이 없는 영역이었다. 그는 태어난 날부터 어떻게 이곳을 향해 왔는지 볼 수 있었다. 영창은 꼭 그를 위해 발명된 것이었다. 영창은 그가 그 안에서 일생을 보내온, 그를 가로막아왔던 좁은 방들의 또다른 이름이었다.

그는 리트마이어에게 공산주의야말로 단 하나의 참된 종교라고 말한 적이 있었다. 그는 진지했지만 한편으로는 효과를 노리고 있기도 했다. 자기가 무신론자라고 말해서 리트마이어의 화를 돋우기도 했다. 무신론자라고 주장할 수 있으려면 누구든지 적어도 마흔살은 되어야 한다는 것이 리트마이어의 생각이었다. 그것은 세월에 따른 경험을 통해 얻어지는 생각인 것이다. 마치 트럭운전사 연합회의 고참이 되는 것처럼.

어찌 보면 영창도 일종의 종교인 셈이다. 모든 감옥이 그랬다. 정치와 거짓말에 대한 반격으로 일생 동안 지니고 살아가는 어떤 것, 이것은 남들이 설교단에서 말해주는 그 무엇보다 깊은 곳에 있었다. 누구도 부정할 수 없는 진실을 지니고 있었다. 그는 처음부터 이곳을 향하고 있었다. 피할 수 없는 일이었다.

브롱크스에서 불과 몇블록 거리에 살았던 뜨로쯔끼.

개인은 자신이 휩쓸려가도록 하고, 선택권이 없는, 한방향의 흐름 속에서 자신을 발견할 수밖에 없는지도 모른다. 그때 만사는 피할 수 없는 일이 된다. 당신은 남들이 당신을 더 강하게 만들기 위해 고안한 제한과 처벌 들을 이용한다. 역사는 혼합을 의미한다. 역사의 목적은 개인의 껍데기를 벗겨버리는 것이다. 그는 뜨로쯔끼가 쓴 글을 알고 있었다. 혁명은 고립된 자아의 어두운 밤에서 우리를 끌어내는 것이다. 우리는 에고와 이드를 극복하고 역사 속에서 영원히 사는 것이다. 그는 이드가 무엇인지 정확히 안다고 확신하지 못했으나 그것이 하이델 속에 숨겨져 있다는 것은 알았다.

통로에는 알전구가 밝혀져 있었다. 그는 듀파드가 그늘 속에서 벌레가 끓는 간이침대에 앉아 멍하니 허공을 응시하는 모습을 지켜보았다. 바비의 뼈가 앙상한 손목은 빛바랜 셔츠 바깥에 매달려 있었다. 그에게는 곧잘 까불고 어설픈 열여섯살짜리로 보이는 어색한 구석이 있었다. 그러나 그는 잘 뛰어다녔다. 흰 선을 눈여겨보면서 감방 안에서도 잘 뛰었고 화장실에도 뛰어갔다. 긴 얼굴, 비굴하고 어수룩해 보이는 인상, 그리고 먼지 낀 적갈색 머리카락. 의심 많고 상처받은 눈빛, 재빨리 외면하는 시선. 오즈월드는 꼼짝 않고 누워서 그 구역의 윙윙거리는 소리, 점점 높아지는 숨소리, 섬뜩함, 긴 형기를 의식하고 있었다. 듀파드는 옷을 벗고 담요 안으로 들어가 벽을 향해 돌아누워서는 자위를 시작했다. 오즈월드는 그의 어깨가 들썩거리는 것을 지켜보았다. 그는 자기 쪽 벽을 향해 돌아누워 눈을 감고 잠을 청했다.

하이델은 다른 사람에게 말하지 말라는 뜻이다.

이드는 지옥이다.

비좁은 감방 안의 자위(自慰)킬과 하이드.

오즈월드는 소변기 앞의 흰 선에 섰다. 간수가 캐는 듯한 눈빛으로 들여다보면서 선을 따라 움직였다. 그의 태도는 이곳에서 시간을 보내려면 무엇을 해야겠느냐고 묻는 것 같았다.

오즈월드는 선을 넘어가도록 허락해달라고 청했다.

"네 머리 길이를 봐라, 병신아. 목덜미에 오는 머리 길이는 얼마로 정해져 있나?"

"영입니다."

"그런데 지금은 얼마지?"

"모르겠습니다."

간수는 그를 밀어뜨려서 선을 넘어 비틀거리게 만들었다. 다시 선을 넘어왔을 때 그는 간수의 얼굴을 똑바로 바라보았다. 영리한 타입, 좀 배운 듯한, 작고 빛나는 눈.

오즈월드는 소변기를 향해 돌아서서 선을 넘어가게 해달라고 청했다.

"네 구레나룻을 봐라. 내가 뭘 보랬지?"

"구레나룻입니다."

"구레나룻의 길이는 끝까지 당겼을 때 얼마를 넘지 않아야 하지?"

"3밀리미터입니다."

간수는 엄지와 검지로 그의 머리카락을 잡아당겨 비틀면서 반응을 보려고 했다. 오즈월드는 그쪽으로 머리를 기울였다. 별로 아프지는 않았다. 고통을 줄이려고 그런 것이 아니라, 이런 상황에서 그가 고통을 견뎌내지 못한다는 것을 보여주려는 듯한 몸짓이었다. 간수는 머리카락을 놓고는 손날로 그의 머리를 때렸다.

오즈월드는 선을 넘어가게 해달라고 요청했다.

"정수리의 머리 길이는 최대 얼마를 넘지 않아야 하지?"

"최대 7쎈티미터를 넘지 않아야 합니다."

그는 간수가 머리카락을 움켜쥐기를 기다렸다.

"바지의 지퍼 덮개는 어때야 하고 어떻게 됐을 때 어떻게 되어 있어야 하나?"

"바지의 지퍼 덮개는 직선을 유지해야 하고 지퍼를 내렸을 때 떠 있지 않아야 합니다."

간수는 그의 주위를 돌다가 고환을 움켜잡았다.

"나는 너 같은 놈을 잘 안다."

"네, 그렇습니다."

"너 같은 놈은 1킬로미터 밖에서도 골라낸다."

"네, 그렇습니다."

"고통을 참지 못하는 놈이지."

"네, 그렇습니다."

"우는 시늉 하는 가짜 해병대원이다."

한 수인이 두번째 흰 선으로 다가와서 넘어가게 해달라고 청했다. 간수는 천천히 바라보았다. 그는 오즈월드의 바짓가랑이를 놓아주었다. 다시 비가 내리기 시작했다. 간수는 허리띠에서 경찰봉을 풀어 들고 두번째 수인에게 다가갔다.

"이름이 뭔가?"

"19번입니다."

"규칙을 모르나, 19번?"

"저는 선을 넘게 해달라고 요청했습니다."

"넌 말을 할 수 있게 해달라고 요청하지 않았다." 간수는 그의 갈비뼈를 가볍게 찔렀다. "죄수는 조용해야 한다. 우리는 이 구역에서 전시상황의 국제규율을 준수한다. 이곳은 내 구역이다. 내 허락 없이는 누구도 말할 수 없다."

그는 경찰봉으로 수인을 찔렀다.

"죄수들은 조용히 띈다. 맞았을 때는 바닥에 조용히 쓰러진다. 어떻게 쓰러져야 하는지 아나, 19번?"

간수는 두 번 찌른 뒤, 자신이 쓰러져야 한다는 것을 19번이 알아차릴 때까지 세게 세 번 더 찔렀다. 19번은 주의깊게 단계적으로, 천천히 무너져내렸다. 그의 오른쪽 어깨가 흰 선에 닿았다. 간수는 그를 발로 차서 뒤로 넘어뜨렸다.

"우리는 이 구역에서 야간활동에 관한 수칙을 준수한다. 야간활동 첫번째 수칙이 뭔가, 19번?"

"밤에는 비상시에만 띕니다."

간수는 수인을 향해 곤봉을 기울이지도 않고 무심히 백핸드로 일격을 휘둘렀다. 수인의 팔꿈치가 까졌다. 간수는 곤봉을 휘두를 때 수인의 얼굴을 보지 않았다. 이것은 이곳 간수들의 특징 중 하나였다.

간수는 오즈월드를 보았다.

"내가 왜 그를 때렸나?"

"그는 두번째 수칙을 말했습니다."

간수는 곤봉을 휘둘러 수인의 어깨를 내리쳤다.

"이 구역에서 우리는 교범의 단어 하나하나까지 전부 알아야 한다." 간수가 쓰러져 있는 수인에게 등을 돌리며 말했다. "이 구역에서 우리는 교범에 없는 말은 하지 않는다. 우리는 조용히 그리고 갑자기 죽여버린다."

오즈월드는 소변을 보고 싶은 생각이 간절했다.

"마지막 공격에서…… 적과 대면하여 무찌르는 것은 소총과 무엇을 가진 해병대원인가?" 간수가 물었다.

"총검입니다." 수인이 말했다.

"시체가 되어 귀향할 각오가 된 해병대원이 수행한 적극적인 총검공격은 무엇과 무엇과 무엇인가?"

바닥에 쓰러진 수인은 침묵을 지켰다. 그는 간수가 반걸음 물러섰다가 곤봉으로 큰 곡선을 그리면서 이번에는 무릎을 내리칠 때까지 약 일초 동안 태아처럼 웅크리고 있었다. 오즈월드는 호명되기만을 기다리고 있었다.

간수는 오즈월드를 바라보았고 그는 즉시 말했다. "시체가 되어 귀향할 각오가 된 해병대원이 수행한 적극적인 총검공격은 적의 군대에 공포심을 일으킬 수 있습니다."

간수는 다시 한번 곤봉을 휘둘러 19번의 팔을 내리쳤다. 오즈월드는 희미한 만족감을 느꼈다. 간수는 때릴 때마다 먼산을 바라보았다.

오즈월드는 간수의 관심이 자신에게 옮겨오고 있음을 알아차렸다. 그는 질문에 대답할 준비를 했다.

"수칙 1."

"칼날을 적에게 밀어넣어라."

"수칙 2."

"공격은 무자비하고 맹렬하고 신속해야 한다."

간수가 한걸음 내디뎠다. 그는 곤봉을 왼손에 옮겨쥐고 크게 휘둘러 오즈월드의 쇄골을 내리쳤다. 오즈월드는 깜짝 놀랐다. 그는 자신과 간수가 서로 이해했다고 생각했다. 그 일격으로 오즈월드는 세 걸음 물러나 한쪽 무릎을 꿇었다. 그는 그날 맞을 것은 다 맞았다고 생각했다.

"정답은 없다." 간수는 먼 곳을 바라보며 충고했다.

오즈월드는 발을 모아 흰 선으로 다가가 소변기를 바라보며 섰다. 그는 넘어가게 해달라고 요청했다.

"일격을 가하려면 어떻게 하지?"

"첫째, 경계자세를 취한다."

"그다음에는?"

"둘째, 오른발은 제자리에 두고 왼발을 40센티미터 앞으로 내민다."

간수는 곤봉을 휘둘러 그의 팔을 때렸다. 그는 오줌을 참느라 땀을 흘렸다. 그의 상체는 축축하게 젖었고 오한이 났다.

"이 구역에서는 정답이 없다. 네가 맞다고 생각하는 답을 말하는 것은 가장 멍청한 교만이다."

간수는 그의 갈비뼈를 곤봉 끝으로 찔렀다. 다른 수인, 19번은 그때까지도 바닥에 쓰러져 있었다.

간수는 곤봉을 휘둘러 오즈월드의 등 위쪽을 강타했다. 간수의 질문에 신경을 써도 소용없을 것 같았다. 오즈월드는 그 자리에서 오줌을 누기로 했다. 그것은 분노이고 보상이었다. 오줌이 다리를 타고 흘러내리는 것을 느꼈다. 그는 깊이 안도했고 해방감을 느꼈다. 어디에 있든 죽지 않고 건강하기를.

간수는 곤봉을 휘둘러 오즈월드의 목을 때렸다.

그는 머리 뒤로 손을 올려 감쌌다. 간수는 마지막 일격을 날린 다음 이상하게 초조해진 것 같았다. 그는 먼 곳을 바라보며 서 있었으나 이전과는 달랐다. 입은 벌어지고 눈에는 초점이 없었다. 오즈월드는 가끔 전해듣는, 세상에 자세히 알려지지 않은 비공식적 학살로부터 겨우 한발짝 거리에 있다는 것을 알아챘다.

그는 머리 뒤에 팔을 꼰 채 바닥에 웅덩이가 생기는 것을 지켜보았다. 생각할 시간이 필요했다.

그는 깊은 한숨을 쉬면서 흰 선으로 다가섰다. 똑바로 앞을 보면서 천천히 손을 옆으로 내렸다. 그가 천천히, 거리낌 없이 움직이고 두려움을 보이지 않는다면 간수가 물러날 것 같았다. 물론 간수의 정신상태를 고려해야 했다. 여기 있는 수인들은 간수가 큰 사고 없이 이곳에서 지내다 다른 곳으로 가도록 해야 한다는 점에 유의해야만 했다. 오즈월드는 바닥에 쓰러진 수인도 이것을 자기만큼 잘 안다고 믿었다. 그는 그 순간에 그 수인이 인식했다는 것을 알아차렸다. 그들은 그 순간이 일관되도록 해야 했고 그들 모두가 알고 있는 일본에서의 비 내리는 여느 수요일로 돌아가게 만들어야만 했다.

그는 흰 선에 서서 기다렸다.

듀파드가 어둠속에서 속삭였다.

"그들이 나를 관에 넣어 집으로 보내고 싶어한다는 걸 확신하게 됐어. 녹색 군복을 입는 순간 난 시체처럼 보였어. 군복은 바보를 위한 수의야. 난 그 자리에서 알아봤다고."

"난 제복이 좋았어. 그걸 입으면 근사해 보였거든. 난 내가 그렇게 멋지다고 느낄 수 있다는 데 놀랐어. 나는 군복을 깨끗하게 관리하고 좀이 슬지 않게 해놓았어. 주머니에 무거운 물건은 넣지 않고. 나는 거울을 보고, 이게 나야, 그랬었어." 오즈월드가 말했다.

"농담 한번 심하군. 그들이 우리 엄마한테 말했어. 듀파드 부인, 아들을 입대시키세요. 미국의 거리는 나날이 미쳐가고 있어요. 아드님은 저희와 있으면 안전합니다."

"우리 엄마한테도 그렇게 말했어."

"그들은 나를 서부 댈러스 검둥이라는 상황에서 구제해주려고 일본에 보냈어. 이게 말이 돼? 그들은 아무도 내 지갑하고 신발에 손대지 못하게 하려고 나를 감옥에 가뒀다고."

"다 거대한 체제 때문이야. 우리는 체제 안에선 아무것도 아냐."

"그들은 나를 특별히 눈여겨보고 있어. 정말이야."

"그들은 우리를 항상 감시하고 있어. 『1984』에서 빅브라더가 그런 것처럼. 그건 미래에 대한 책이 아니야. 지금 이곳에 있는 우리 이야기라고."

"이따금 난 성경을 읽었어." 바비가 말했다.

"난 교범을 읽었어. 교과서는 들여다보지도 않았지만 해병대 교범은 읽었지."

"남자로 만들어주는 책이지."

"그러고 나서 나는 그게 정말로 무엇에 관한 책인지 알게 됐어. 체제의 도구가 되는 법에 대한 책이야. 잘 작동하는 부속이 되는 거야. 해병대 교범은 완벽한 자본주의 안내서야."

"해병대가 되는 안내서가 아니고 말이지."

"오웰이 말하려 한 것은 군인정신 같은 거였어. 경찰국가는 러시아가 아니야. 우리가 살인규칙으로 가득 찬 교범에 따라 생각하는 그런 정신상태이면 그게 경찰국가인 거야."

"스딸린은 어디 있어? 죽었나?"

"죽었어."

"들은 것 같아."

"아이젠하워는 죽지 않았어. 아이크는 우리의 빅브라더야. 우리의 최고지도자라고."

그들은 생각에 잠겨 어둠속에 누워 있었다.

그들이 우리에게 한 일 때문이었다. 어머니가 일을 구했다가는 그만두고, 나를 돌보고, 해고되고, 일하다가 그만두고, 짐을 꾸려서 옮겨야 했던 것은. 어머니는 걸핏하면 짐을 챙겨서 어서 떠나자고 했다. 어딘가로 이사하기 위해 마지막 한푼까지 긁어모았다. 어머니의 일생은 하루하루 굴욕의 연속이다. 이것은 체제에 의한 학대이다. 그런데 어머니는 그런 사실을 모르고 있었다. 의심조차 하지 않았다. 어머니는 지엽적인 조건들 말고는 관심이 없었다. 에크달과 그의 형편없는 이혼조건에만 관심이 있었다. 어머니의 등뒤에서 쑥덕이는 소리들. 핫포인트 세탁기와 포드 페어래인 자동차가 있는 이웃. 어머니는 그런 것에 대해 자신이 할 수 있는 유일한 방법으로 맞섰다.

"우리 리는 책읽기를 좋아해요."

어머니는 한번 말하기 시작하면 한이 없었다.

특별한 이유도 없이 사흘째 끼니마다 토끼밥만 나왔다. 양상추, 당근, 물이 전부였다.

오즈월드는 닭장을 지나쳐 뛰어갔다. 그는 감방으로 방향을 돌렸고 흰 선에서 멈추어섰다. 듀파드는 면내의 차림으로 오즈월드의 침대에 앉아 있었다. 듀파드의 매트리스에서 연기가 나고 있었다. 오즈월드는 희미한 연기가 허공에 모이는 것을 지켜보았다. 그의 감방 동료는 그저 그 자리에 앉아 생각에 잠긴 비굴한 모습으로 발을 만지고 있었다.

"바비, 어떻게 된 거야?"

"침대에서 비킬까?"

"그냥 있어."

"우리 얘기하면 안돼."

"이러면 상황이 더 나빠질 거야."

"난 벼룩을 퇴치하는 거야. 그뿐이야. 벼룩이 내 살을 뚫고 들어오잖아. 벼룩은 아예 씨를 말려야 해, 친구."

"새 매트리스를 달라고 했어?"

"했어. 내 얼굴을 때리더군."

그는 침착했고 약간 시무룩했으며 대체로 신중했고 포기한 듯했다.

"수감기간만 길어질 거야."

"내 생각에는 그들의 흥미를 끌 만한 건 아무것도 없어. 난 처벌받을 죄가 있다고 생각지 않아. 난 여기에서 벼룩을 그을리고 있는 거야. 다른 말로 하면, 그들이 할 일을 내가 대신해주고 있는 거지."

"이건 두번째 방화잖아."

"목소리 낮춰."

"솔직히 나는 매트리스에 불을 놓는 이유를 모르겠어."

"입다물어, 오지. 그들이 너를 밟아버릴 거야."

두 명의 간수가 통로로 내려와 오즈월드를 지나쳐 감방으로 들어갔다. 불은 아주 미미해서 그들은 물을 가지러 가기 전에 5분 동안 소름끼치게 듀파드를 짓밟을 수 있었다.

오즈월드는 외면한 채 흰 선에 서 있었다.

그들은 그를 닭장으로 옮겼다. 간수뿐 아니라 동료 수인들 또한 피해야 할 대상이었다. 그들의 눈과 내면의 멜로디—공포, 우울, 정신병적 폭력—도 피해야만 한다. 닭장 안에서의 요령은 자기 구역에 머무르면서 눈을 마주치지 말 것이며, 우연한 접촉, 모종의 제스처, 단조로움을 넘어서 개성을 드러내는 것은 모조리 피해야 한다는 것이었다. 얼굴 없는 상태를 유지하는 것만이 안전할 수 있는 길이었다.

그는 그 나날들을 버티게 해준 목소리를 계발했다. 한정 없고, 끝도 없고, 한결같은 목소리. 영창은 생각이 없어지게 만드는 곳이어서 나중에는 두려움조차 사라져버렸다. 그는 통로에서, 감방에서 뛰어다녔다. 변기를 북북 문질러 광을 냈고, 자신의 공간을 정돈하고, 침상을 정리했다. 영창의 핵심은 청결을 유지하는 것이었다. 그는 창고에서 양동이를 가져와 흰 선에 섰다. 그들은 깨끗하게 유지할 목적으로 영창을 만들어놓았다. 그들이 흰 선을 칠해놓은 곳이다. 모든 일이 그 선에 달려 있었다. 영창은 모든 선이 군대다운 정신 상태로 채색되고, 영원히 빛나는 깨끗한 상태로 있게끔 만들어진 곳이다. 일단 그것을 파악하자 그는 그들을 완전히 다룰 수 있게 되었다.

그는 텔레비전 시청실에 앉아 딕 클라크가 사회를 보는 「아메리칸 밴드스탠드」의 재방송을 보고 있었다. 리트마이어가 들어와 악수를 했다. 대여섯 명의 사람이 영창에 대해 물어보러 들렀다. 그는 그 하와이언셔츠를 입고, 살짝 싱글거리면서, 미국에서의 삶을 위한 대단한 훈련을 거쳐서 경쟁력을 가지게 되었다고 말했다. 오지를 위한 곳이네. 내무반 동료들이 말했다. 역시 토끼다워, 역시 토끼야. 그리고 나서 그들은 한명씩 나가버렸다. 그는 필라델피아의 무도장에서 나른하게 발을 끌며 춤을 추는 남녀 고등학생들을 바라보며 남아 있었다.

2주 후 지시에 따라 그는 토오꾜오의 산야지구에 있는 집으로 갔다. 그는 도시의 다른 구역에서 뒤져온 물건들로 지어진 넝마주이 마을을 지났다. 늙은 여자들이 빈병이나 부러진 의자 다리, 무엇인지 알 수 없는 고물을 들고서 골목길을 터벅터벅 걸어갔다. 집들은 어깨높이였고 낡은 나무상자와 철판조각으로 지어졌으며, 벽에는 판지와 누더기가 덮여 있었다.

이동 헌혈소에는 피를 팔려는 사람들이 줄지어 서 있었다. 그들의 몸은 허수아비처럼 가냘프고 왜소해서 금방이라도 무너져내릴 듯이 보였다. 내려가도 내려가도 바닥은 또 있다. 세상의 저 밑바닥까지 내려가도 여전히 내려갈 곳이 남아 있어 더욱 비참한 것을 보고 경험하게 된다. 그는 그 지역을 서둘러 빠져나가지 않기로 마음먹었다. 그곳에 무엇이 있는지 살펴보고 싶었다.

그는 한 건물로 들어가서 열린 문 안을 들여다보았다. 그곳에서는 한 젊은이가 등사인쇄기를 고치려고 애쓰고 있었다. 코노는 4층으로 가라고 했지만 방 번호는 가르쳐주지 않았다. 복도는 어두운데다 악취마저 풍겼다. 위층 어딘가에서 어린아이가 울부짖고 있었다.

하이델은 삐걱거리는 낡은 계단을 오른다.

4층에도 두 개의 문이 열려 있었다. 학생들이 어슬렁거리며 이 방에서 저 방으로 돌아다니고 있었다. 티셔츠와 먼지 묻은 청바지를 입은 오지는 복도에 선 채 빙긋이 웃었다.

복도에 서 있던 한 청년이 오지를 바라보았다. 그러고는 웃으면서 복도 끝에 있는 문을 가리켰다. 오즈월드는 문을 두드렸고 들어오라는 답을 들었다. 그는 타따미와 낮은 탁자를 보았다. 한 여자가 방을 가로질러 다가왔다. 쉰살쯤이었고, 둥근 얼굴과 야릇한 머리 모양에, 가벼운 면 키모노를 입고 있었다. 그녀는 자신을 브라운펠스 박사라고 소개했다. 그녀는 개인적으로 토오꾜오대학에서 독일어와 러시아어를 가르치고 있었다. 그녀는 그가 러시아어를 배우고 싶어하는 것을 이해했다. 그는 그렇게 말하고 기다렸다. 그녀는 탁자 한쪽 끝에 다리를 꼬고 앉았다. 그녀는 그에게 신발을 벗으라고 했다. 이런 것들은 분위기에 어울리는 썩 소박한 몸짓이었다.

그녀는 연청색 키모노에 어울리는 눈화장을 하고 있었다. 그는 유럽인을 만나리라고 기대하지는 않았다. 고무적이었고, 모든 것이 다 좋았다. 이것은 그의 결정이 시의적절하고, 우호적인 환경에 놓인 것으로 보이게 했다. 그녀는 필경 중요한 인물로서 과격한 학생들에게 조언을 해주고 지원자를 모집하거나 요원들을 훈련시킬 것이다. 그녀는 리에게 그녀와 마주 보고 자리에 앉으라고 손짓했다. 그녀는 리가 불편한 자세로 앉는 것을 지켜보았다. 그들은 해초에 싼 떡을 먹었다.

"당신이 오즈월드군요." 드디어 그녀가 말했다. 마치 불균형을 바로잡거나, 어떤 외교적 교섭에서 최후의 위엄있는 말을 덧붙이는 것 같은 어조였다.

그녀의 뒤에는 대나무 블라인드가 쳐져 있었고, 한쪽에는 병풍이 있었다. 짙은 색 나무로 된 천장은 낮았다. 윤이 나는 작은 물건들이 여기저기에 놓여 있었다. 거의 아무것도 없는 상태, 사물들의 배치를 감상하도록 꾸며진 것 같았다. 옻칠한 탁자 위에는 작은 나뭇가지가 꽂힌 화병이 있었다.

그는 그녀에게 망명하고 싶다고 말했다.

"나는 이것이 거쳐야 할 단계라고 생각해왔습니다. 그리고 미국에서 살 수 없을 거라는 것도요. 나는 이곳 학생들처럼 투쟁하면서 일하는 정치적인 삶을 원합니다. 나는 소련을 꿈의 나라로 생각하는 순진한 젊은이는 아닙니다. 이 문제를 옳고 그름의 냉정한 견지에서 보고 있습니다. 나는 스스로 찾아내고 싶은 특별한 무엇인가가 소련에 있다고 확신합니다. 열다섯살이 되기 전에 나는 뉴올리언즈 도서관에서 스스로 사상 주입을 시작했습니다. 맑스주의 사상을 연구했습니다. 책을 보다가 고개를 들면 바로 내 앞에 비참하게 곤궁한 삶을 사는 대중을 볼 수 있었어요. 거기에는 부조리에 맞서 세 아이를 키우려고 투쟁하는 내 어머니도 포함되지요. 이 사회주의 책들은 내게 나를 둘러싼 환경을 이해하는 열쇠를 보여주었습니다. 그 책들의 주장은 옳았습니다. 자본주의는 몰락하기 시작했어요. 필사적으로 몸부림치는 단계에 놓여 있습니다. 흑인과 공산주의자 혐오에서 보듯 병적인 현상이 만연해 있어요. 군대에서 나는 체제의 강력한 힘을 배우고 있습니다. 그 체제 안에는 증오를 키우는 무엇인가가 있어요. 어떻게 내가 미국에서 살 수 있겠습니까? 내가 할 수 있는 선택이란 내가 경멸하는 체제 안에서 노동자가 되든지, 아니면 실업자가 되는 거겠지요. 이 점에 대해 내가 어떻게 느끼고 있는지는 아무도 모릅니다. 나는 이것이 내가 원하는 일이라고 진지하게 생각합니다. 이것은 막연한 무언가가 아닙니다. 나는 내 조국을 영원히 떠나기 위해 고통과 고난을 겪을 준비가 되어 있습니다."

*

그날 저녁 그는 여왕벌에 홀로 앉아 자신의 문제를 너무 빨리 꺼냈다고 생각하고 있었다. 그녀는 그의 얘기에 별로 기뻐하지 않았으며 그녀 자신의 얘기로 응수했다. 그의 부대는 2주 후에 최근의 분쟁지역인 포르모사(타이완—옮긴이)로 옮길 것이다. 현재 그녀가 그에게 바라는 일은 망명에 대한 생각은 접어두고 기밀문서와 사진 들에 접근하는 데 집중하는 것이다. 그녀는 상당한 시간을 들여 이것을 설명했다. 그녀는 그의 삶이 아니라 그의 일에 대해 말했다. 그녀는 작전상의 호출 신호와 확인 암호, 라디오 주파수 같은 것을 원했다. 그리고 U-2기가 찍은 첩보사진들을 원했다.

그녀는 그의 목적이 돈이 아니라는 것을 알지만, 원하는 것을 주면 돈도 나올 것이다. 그녀는 다음번에는 기지 근처의 야마또에서 만나자고 했다. 그리고 그에게 자세한 지시를 했다. 그녀는 일의 절차와 기술에 대해, 규율의 필요성에 대해서도 다소 부자연스럽게 얘기했는데, 아마도 그의 구겨진 옷차림과 깎지 않은 수염을 두고 하는 말 같았다. 그녀는 일본을 찬미한다면서, 그 이유는 사람이 한 가지 일을 제대로 하면서 일생을 보낼 수 있는 곳이기 때문이라고 했다.

그녀는 말이 많고 손이 통통했다. 그녀에게는 꾸민 듯한 소녀스러움이 있었는데, 무척 교활한데다 비웃는 듯한 인상이었다. 그는 그녀에게 러시아어를 진지하게 배우고 싶다고 했다.

여왕벌에서 그는 타미가 일을 끝내기를 기다렸다가 그녀가 두 자매와 함께 쓰는 아파트에서 그녀와 밤을 보냈다. 그들은 자매들이 텔레비전을 보고 있을 때 몰래 섹스를 했다. 애인의 팔을 베고 방구석에 웅크렸지만 잠이 오지 않았고, 그는 브라운펠스 박사가 모르는 일들에 대해 생각했다. 그녀는 그가 첫번째 군사재판 이후 쓰레기 청소를 맡고 있다는 것을 몰랐다. 쓰레기 청소, 경비 임무, 똥 같은 자질구레한 일들—레이더 들여다보는 것만 제외한 온갖 잡일을 하고 있다는 사실을 몰랐던 것이다. 그녀는 두번째 재판을 받았다는 것도 몰랐고, 어쩌면 첫번째 재판도 모르고 있을 것이다. 그리고 그녀는 그가 재판에 회부된 사건에 대해서도 모르고 있었다. 그녀가 모르는 마지막 하나는, 그가 허가 없이 제한구역에서 서류를 빼오는 일이 얼마나 위험한가 하는 것이었다.

그녀의 부드럽고 둥근 얼굴을 보고, 힘주어 말하는 그녀의 목소리를 따라하면서, 그는 어둠속에서 혼잣말을 했다. 여기서 무슨 바보짓을 하고 있는 거지, 오즈월드 리?

그는 아쯔기에 돌아와 실컷 영화를 보았다. 모든 영화를 두 번씩 보았고, 혼자 지내면서, 지하 도서실에서 러시아어 동사를 열심히 공부했다.

오지는 생각했다. 만일 그녀가 나한테서 뭔가를 캐내려 하는 데에만 관심있으면 어쩌지?

그는 그녀를 자전거포 위에 있는 방에서 만났다. 방에는 말리느라 펴놓은 우산이 있었다. 그녀는 서양옷을 입고, 어깨에 레인코트를 걸치고 있었다. 그들은 병원에서 한방에 입원해 있던 사람들처럼 악수를 했다. 그녀는 들쭉날쭉하게 자른 머리를 하고 있었는데, 너무 어려 보이는 스타일이었다. 그것은 오즈월드에게 그녀가 믿을 수 없는 사람이고, 늘 다른 뜻을 품지 않고는 살아남지 못할 사람, 혹은 말과 반대의 생각을 하는 사람이라는 인상을 주었다.

"당신은 보기보다 가치있는 사람이에요, 근무를 계속하면서 나한테 정기적으로 보고도 하고. 그들이 가라는 곳으로 가세요. 안될 게 뭐 있어요? 우리는 당신이 출세했으면 해요. 모스끄바나 레닌그라프가 아닌 여기서 출세하는 거예요."

그녀가 말했다.

"내가 가기로 한다면요?"

"지금은 그럴 만한 시기가 아니에요."

"그곳에서 훈련을 받고 돌아올 수는 없을까요?"

"이미 돌아와 있잖아요?"

가벼운 농담. 그는 그녀에게 서류를 가져오지 않았다고 말했다. 아무튼 조만간 가져올 수 있을 것이다. 전부 상황에 달린 것이다. 한편 그는 소함대의 비행기 번호와 종류, 비행기가 식별구역을 출입할 때 필요한 음성암호를 보고하여 자신이 호의를 갖고 있음을 보였다. 그녀에게 U-2기에 대해 알고 있는 것을 다 말하지는 않았다. 그는 몇가지 기술적인 사항을 언급하며 그녀의 반응을 살폈다. 그러고는 그 비행기의 카메라가 다중 조리개로 훑어본다는 이야기가 기지에 돌았다고 말했다.

궤도의 너비는 얼마나 되지요?

그는 모른다고 말하기가 싫었다. 그녀는 U-2기 조종사의 이름을 물었다. 그녀는 기술적인 설명서, 사용지침서를 원했다. 그는 일이 진행됨에 따라 더 많은 정보가 들어올 거라는 인상을 흘렸다. 그때그때 상황에 달린 것이지만.

그는 러시아어 공부에 절대적인 도움을 원했다. 그는 영어-러시아어 사전을 가져갔다. 그것을 본 브라운펠스 박사는 레인코트 깊이 몸을 묻었다. 그녀는 다시는 이러지 말라고 했다. 필요한 책은 그녀가 가져올 거라고 했다.

그들은 희미한 조명 아래 탁자에 앉아 발음을 공부했다. 그녀는 그의 노력에 깊은 인상을 받은 것 같았다. 그가 이목을 끌지 않고 혼자 계속 공부할 생각이라면, 그녀는 최대한 그를 도울 것이다. 그녀는 그 언어에 대해 얼마 동안 이야기했는데, 배우고자 하는 그의 성실한 욕구에 이끌려 자신의 더 나은 판단을 무시하게 된 듯했다.

그녀와 함께 공부하며, 새로운 소리를 만들어내고, 그녀의 입술을 보면서 단어와 음절 들을 반복하며, 자신의 단조로운 목소리가 질감과 부피를 갖추어가는 것을 들으면서 그는 거의 자신이 그 자리에서 다시 만들어지고 있다고까지 생각했다. 그 자신을 더 크고 깊게 바꿔줄 통로를 찾은 것 같았다. 그 언어에는 크기가 있었고, 깊이 마음을 움직이는 정직함이 있었다. 그는 그녀가 확실하고 진지한 좋은 선생이라고 생각했다. 그는 그들 사이에 작지만 참된 기쁨이 오가는 것을 느꼈다.

그는 그녀에게 말했다.

"천년 후에 사람들은 역사책을 들여다보고 어디에서 경계가 그어졌는지, 그리고 누가 옳은 선택을 하고 누가 그러지 않았는지 알게 될 겁니다. 역사의 원동력은 소련에 유리하게 작용합니다. 열린 마음을 가진 미국의 성인들에게는 분명한 사실이죠. 미국의 전통과 가치를 무시하는 게 아니에요. 사실, 미국의 가치에 끌릴 가능성은 있습니다. 모두가 미국을 사랑하고 싶어해요. 하지만 정직한 사람이라면 어떻게 주거니 받거니 매일매일 무수히 벌어지는 자잘한 전투 같은 일들에서 목격한 것을 잊을 수 있겠어요?"

리트마이어는 이따금 붙어다니는 친구 오즈월드와 야로슬라브스키라는 하사가 인사를 나눈 다음 손짓과 함께 더듬거리며 대화하는 것을 들었다. 그는 미해병대원 둘이 매일 아침 점호 때마다 러시아어로 이야기하며 나타나는 것은 기이한 일이라고 생각했다. 리트마이어는 이것이 불편했다. 모든 것에 대해 던지는 그들만의 농담, 어떤 구절을 두고 웃어대는 것, 서로 동무라고 부르는 것 들이 리트마이어의 신경을 건드렸다. 그들은 이런 것을 유쾌하다고 생각하는 모양이었다. 7일, 8일, 9일이 지났다. 빌어먹을 횡설수설 외국말. 격언대로, 오직 미국에서나 가능한 일이지. 이곳이 일본이라는 것만 빼면, 리트마이어는 매일이 멋진 동양에서의 이상한 날이라고 생각했다.

그는 타미가 눈썹연필을 입술에 칠하는 것을 지켜보았다. 그해 일본 소녀들 사이에서 유행하는 화장법이었다. 타미는 미쯔꼬보다는 어렸으나 아주 어리지는 않았다. 미쯔꼬는 흘러다니는 세상 속으로 사라져버렸고 타미도 언제든지 그 뒤를 따를 것이다. 지금 그녀는 그를 위해 복슬복슬한 블라우스와 투우사 바지를 입고 잠시 포즈를 취했다. 오지는 이제 그녀처럼 모든 것이 잘 어울리는 여자와 함께 있는 것을 다른 해병대원이 보아도 개의치 않았다. MACS-1의 사람들은 이것을 이해하지 못했다.

그녀는 그를 론리니스 바라는 술집으로 데려갔는데 그곳의 여종업원들은 화학물질 처리가 된 수영복을 입고 있었다. 여종업원이 탁자 옆을 지나갈 때 엉덩이에 성냥을 그으라는 거였다. 네 명의 흑인 미군이 열중해 있었다. 그들은 매끈한 엉덩이에 성냥을 그었다. 모두의 손마디에서 성냥이 튀어나와 있었다. 그들은 우우거리고 웃었으며 놀라움을 감추지 못했다. 그들은 남부의 흑인 젊은이들로, 미숙하고 허약했으며, 호감이 가는 슬랩스틱 코미디 같은 몸짓을 했다. 그들을 보자 오지는 바비 듀파드가 어떻게 되었는지 궁금해졌다. 그 때문에 그 저녁은 죽음 같은 불길한 색채를 띠었다. 그는 손님들의 살에 물집을 만들고 있는 성냥불 냄새 속에 앉아 맥주를 마시면서 타미에게 자신의 과거를 간단하게 설명했다. 론리니스 바에서 보낸 하룻밤.

사흘 뒤 그는 소변을 볼 때 찌르는 듯한 열을 느꼈다. 마치 무언가가 안에서 타는 듯했다. 이틀 후 그는 그 기관에서 탁한 액체가 나오는 것을 알아차렸다. 그는 한밤중에 본부로 가서 그 액체, 끔찍한 누런 액체를 관찰했다. 실험실에서 그들은 얼룩과 배양조직 들을 채취하고, 사흘에 걸쳐 90만 단위의 페니실린을 그의 근육에 투여한 뒤 가벼운 임무로 복귀시켰다.

오지는 임질에 걸렸다.

조종사가 무장 경비병들과 함께 구급차를 타고 도착한다. 그는 비행복에 붙은 흰 헬멧을 쓰고는 지체없이 아무 표시가 없는 비행기로 걸어간다. 정비원과 경비병 들은 엔진이 높은 신호음을 내뿜기 시작하면 뒤로 물러난다. 그 신호음에 언제나 레이더실에서 나온 몇사람이 활주로를 미끄러져가는 검은 제트기를 몸을 굽힌 채 지켜본다. 비명 같은 소리가 솟아오르고, 비행속도에 이를 때까지 이착륙장치가 긴 날개를 수평으로 유지해주는 것은 거의 한순간이다. 기체가 공중으로 떠올라 바퀴가 접히고 나서도 지상의 사람들은 그 빠르고 가파른 궤적을 좇으려고 애쓴다. 얼굴을 찡그리고 안개 속을 뚫어져라 올려다본다. 그러나 그때는 이미 비행기가 높고 고요하고 평평하며 경계선 없는 저 하늘 밖의 일부가 되어 사라져버린 다음이다. 나직하고 느린 저주와 불신의 중얼거림을 남긴 채.

조종사는 그가 누구이고 그의 기지나 임무가 무엇이든간에, 곧 그의 좌석 배낭에 든 물건들에 대해 생각하게 된다. 물, 야전식량, 조명탄, 구급상자, 사냥칼과 권총, 은색 위조달러에 숨겨진 치명적인 갑각류의 독이 든 독침.("제군이 그들에게 한마디라도 누설하리라고 생각해서가 아니라, 그들이 제군을 심문할 기회를 주지 않기 위해서다.") 또한 카메라와 전자장비를 가루로 만들어버릴 강력한 폭약이 정밀한 분량으로 들어 있다. 작전행동이 필요한 일말의 가능성이라도 있는 경우, 조종사는 타이머를 작동시킨 다음 긴급사출좌석의 등자에 발을 집어넣게 되어 있고, 폭약은 조종사가 맞춰둔 시간이 지나면 터질 것이다.("자, 제군은 일이 제대로 안될 경우 사출좌석 때문에 팔다리가 절단될 수도 있다는 것을 알았다. 따라서 자는 아이를 깨우지 않으려고 조심하듯이 조용히 옆으로 빠져나오도록 계획해야 한다.") 조종사는 조만간 최악의 상황이 발생할 수 있음을 생각지 않을 수 없다. 최고 고도에서 엔진이 꺼지거나, SA-2미사일이 근처에서 폭발해 안정장치를 망가뜨릴 수도 있다.("그 녀석들이 그만큼 높이 올라가는 법을 안다는 말은 아니다.") 그가 아는 다음 일은, 그가 등에 배낭을 메고 성층권에서 하늘을 누비고 있고, 다소 둔해진 손으로 손잡이를 잡아당길 수 있는지 확인하려 한다는 것이다. 고도 15,000피트에 이르면, '휘익' 하는 소리와 함께 자동적으로 퍼져 그의 견갑골에서 오렌지색 깃털이 솟아 나부낀다. 이제 남은 문제는 위엄있게 하강하는 것이다. 끝도 없는 공간을 하강하며 그는 땅의 아름다움에 감탄하고, 누군가에게 용서를 청하고 싶어질 것이다. 그는 마스크를 쓴 채 떨어지고 있는 이방인이다. 사람들이 시야에 들어온다. 농장 일꾼들, 바람이 그를 내려놓을 지점으로 달려가는 아이들. 그들의 거친 모자는 뒤로 쏠려 있다. 그들의 외침이 들릴 만큼 가까워져서 지형에 따라 말소리들은 튀어오르고 나아가고 늘어진다. 땅냄새는 신선하다. 그는 우랄산맥의 봄으로 내려오고 있다. 그러면서 이 땅의 혜택받은 풍광이 진리를 향한 권유라는 것을 알게 된다. 그는 진리를 말하고 싶다. 그는 비밀과 죄, 우중충한 사건들의 인력 밖에서 다른 삶을 살고자 한다. 조종사는 평온하고 반기는 듯 거의 고향처럼 느껴지는 황갈색 들판의 풍경을 향해 부드럽게 흔들리며 하강하면서 이런 생각을 하고 있다.

5월 20일

로렌스 파멘터는 버지니아의 CIA 비밀훈련기지인 농장으로 매일 운항하는 노선의 좌석을 예약했다. 그 노선은 군의 엄호 아래 운영되는 것으로 주로 기지에 단기 용무가 있는 정보국원들이 이용했다.

농장은 공식적으로는 '고립지역'이라는 암호명으로 불렸다. 지명과 작전명은 정보국 내의 특수언어였다. 파멘터는 이 언어가 끊임없이 더 깊은 수준, 요인(要人) 외에는 접근할 수 없는 은밀한 수준으로 만들어지는 방식이 흥미로웠다. 정보국 내에서 익명의 목록들을 보관하는 사람들 사이에는 가장 친밀한 형제애가 있었다고 할 수 있다. 그들은 암호해독 열쇠와 이중음자(한 소리를 나타내는 두 글자―옮긴이)를 고안했고 진짜 작전명을 알고 있었다. 피어리 캠프는 농장이고, 농장은 고립지역이며, 고립지역은 아마도 자물쇠가 채워진 금고나 땅에 묻힌 컴퓨터 같은 곳에 더 난해한 이름을 갖고 있을 것이다.

그는 출입구의 헌병에게 얇은 배지를 보였다. 훈련된 눈에는 그 소유자가 어디까지 출입 허가를 받았는지가 드러나도록 암호화된 배지였다. 징계서류 이후, 파멘터는 노예관리직이라고들 조롱하듯 말하는 기밀업무 지원국으로 배정되었고, 모서리 둘레의 작고 붉은 글자의 개수가 줄어든 새 배지를 받았다. 그의 아내가 말했다.

"그만두기 전에 글자가 몇개나 더 없어져야 하는 거예요?"

티제이 매키는 입구의 초소에서 기다리고 있었다. 그는 잘 다려진 작업복을 입었고, 금색 코트를 입고 새 호텔 바깥에 서 있는 도어맨처럼 냉담한 표정이었다. 기본적으로 그는 친구들이 자기를 보지 않기를 바랐다.

그는 파멘터를 JOT구역, 즉 하급장교 연수생들이 준군사무술에서 대적 첩보활동에 이르기까지 모든 것을 배우는 곳으로 데려갔다. 그들은 낮게 팬 구덩이가 원형극장 모양으로 된 네 구역의 관람석 중 한곳에 따로 떨어져 자리를 잡았다. 두 젊은이가 먼지 속에서 씨름을 하고 있었다. 교관은 그들 주위를 바쁜 듯이 맴돌면서 래리가 알아듣지 못하는 언어로 말하고 있었다.

"일이 여러가지로 빨리 풀렸어." 래리가 매키에게 말했다. "하지만 우린 정체기에 들어선 것 같아."

"난 가이 배니스터와 접촉해왔어."

"캠프 가 말이군."

"맞아. 그는 FBI의 댈러스 현장사무소에다 이 오즈월드란 자에 대해 말했어. 그들이 결국 그에게 답을 줬지. 그는 4

월 24일인가 25일에 댈러스를 떠났어."

"러시아인 아내가 있다고 했지."

"5월 10일에 아기를 데리고 댈러스를 떠났어."

"어디 있는지 아무도 모르겠군."

"그래."

"우린 안개 속에 남겨진 거고."

"난 자네가 연락책을 안다고 생각했는데."

"죠지 드 모렌실트. 하지만 그는 아이티에 있어. 게다가 난 우리가 오즈월드한테 얼마나 관심이 있는지 그에게 알리고 싶지 않아."

"얼마나 관심이 있는데?"

"그는 적당한 사람 같아. 정치적으로도 또다른 면으로도. 원은 자격증 있는 총잡이를 원해. 그는 해병대였어. 나는 용케 그자의 M1 점수 기록하고 다른 기록들을 알아냈어."

"쏠 줄 알던가?"

"그게 좀 복잡해. 기록을 연구해볼수록, 전문 분석가가 필요하다는 생각이 드는 거야. 전체적으론 별로야. 그런데 자격증 때문에 쏜 날은 아주 잘했어. 2-12를 기록했는데, 그건 명사수라는 의미지. 그가 낮은 등급을 받은 걸 제외하면 말이야. 그러니까 수치가 틀렸거나 등급이 틀렸거나 둘 중 하나야."

"아니면 그가 속였을 수도 있지."

"우리가 의논해야 할 게 또 있어, 원한테는 너무 이른 것 같다고 했지만. 우발적인 저격 말이야."

"자넨 진짜같이 보이길 원하지. 그건 사방에서 일제사격을 하자는 뜻이라고."

"원은 대통령 리무진하고 보도, 주변의 경호원들을 쏘자는 거야. 차 안에 있는 사람은 아무도 건드리지 말고."

"경호원을 쏜다고."

"쏘기만 하는 거야. 죽이진 않고."

"이건 통제된 실험이 아냐." 매키가 말했다.

"가능하기만 하다면, 수행차량에 탄 사람들 중 한명한테 부상을 입히는 거야. 이런 일에서는 수행차량 양쪽에 두 명씩 요원이 붙어. 네 명이 매달리는 거지. 그리고 차는 시속 20킬로미터로 갈 거야. 그리고 대통령의 차와 1미터 50센티미터밖에 떨어져 있지 않으니까, 완벽하게 그럴듯해 보이지. 요원이 맞은 총알은 대통령을 노린 셈인 거야."

"어디서 하지?"

"마이애미."

"아주 좋아."

"원은 조금이라도 가능성만 있다면, 하자는 거야."

"마이애미여야지."

"절대적으로."

"같은 생각이군."

"조만간 대통령은 플로리다를 거쳐 한바퀴 돌 거야. 정치적으로 모든 상황이 그쪽을 가리키니까."

구덩이로 젊은이 두 명이 더 들어왔다. 매키는 그들이 비밀경찰 훈련을 받고 있는 남베트남인이라고 했다. 농장의 수업에 참석하는 외국인들은 검은 연수생으로 알려져 있었다. 매키의 말로는 그들 중 민감한 임무에 관련된 몇명은 극비리에 미국으로 데려오기 때문에, 그들은 자기가 어느 나라에 있는지 반드시 알 수는 없다는 것이다. 래리는 억지라고 생각했다. 저 빌어먹을 나무들을 보면 버지니아에 있는 줄 알게 될 테니까. 그러나 신중하게도 그는 티제이에게는 아무 말도 하지 않았다. 티제이는 자기의 주된 관심사가 아니면 왈가왈부하지 않는 사람이었다.

매키는 파멘터에게 가이 배니스터와 긴밀한 접촉을 유지하겠다고 말했다. 배니스터 탐정사무소는 꾸바에 대한 모험적 활동의 중앙역이었다. 온갖 변절자들이 그곳을 거쳐갔다. 가이는 그들을 도와 사라져버린 친구를 대체할 자를 찾아줄 것이었다. 망원조준경이 부착된 라이플총의 특급 사수로. 움직이는 사람의 손가락 하나도 날려버릴 수 있는 총잡이를.

파멘터가 가고 나자, 티제이는 관람석에 앉아 베트남인들이 서로를 바닥에 굴리는 것을 지켜보았다. 새로 떠오른 격전지가 사이공이었다. 기지에 그런 소문이 돌았다. 그들은 꾸바를 상자에 처박았다. 괜찮다. 잊으라지. 새 홍밋거릴 찾아가라지. 그건 마이애미에서의 그 순간을 더 강력하게 만들어줄 것이다.

몇시간 후 매키는 버지니아 주 남동부의 윌리엄즈버그 외곽의 숲속 자신의 트레일러 안에 있었다. 나무들 사이로 빛줄기가 흘러다녔고, 그는 레이모의 57년형 벨 에어의 익숙한 소리를 들었다. 그는 트레일러의 문을 열고 그들 두 사람이, 장거리 운전자의 뻣뻣하고 무거운 몸짓으로 차에서 내리는 것을 지켜보았다.

매키가 말했다. "저녁식사 시간에 딱 맞춰 왔군. 식사는 없지만."

그의 말은 고요한 어둠속에서 퉁명스럽고 또렷하게 들렸다.

"한입만 먹어볼까. 딱 한입만." 레이모가 말했다. "우린 오는 길에 먹었어."

또다른 사내 프랭크 바스께스는 뒷좌석에서 담요와 옷가지 들을 꺼내고 나서 뒷걸음쳐 똑바로 선 채 반쯤 몸을 돌리더니 손에 물건을 든 채로 차 문을 엉덩이로 거칠게 밀고, 이어서 제대로 닫기 위해 발로 찼다. 레이모는 트레일러로 다가오면서, 한때 근사했던 차를 다루는 프랭크의 태도에 살짝 고개를 내저었다.

"커피는 많아." 매키가 말했다. "만나서 반갑군. 어떻게 지내나?"

"만나서 반가워. 오랜만이야. 어떻게 지내?"

"안녕, 티제이."

"안녕, 프랭크. 자네가 이를 고치고 있는 줄 알았어."

"프랭크는 절대 안 고쳐." 레이모가 말했다.

둘은 서로 등을 두드리면서 얼싸안았는데 포옹이라기보다는 건성으로 몸을 부딪치는 것이었다.

"어떻게 지내?"

"오랜만이야."

"너무 오랜만이지, 친구."

트레일러의 문간에 선 채 끄덕임과 시선과 짤막한 말을 주고받는 가운데, 모든 것이 매우 분명하게 보이고, 그들의 말은 맑고 가벼운 공기중에서 또렷이 들렸다.

매키는 트레일러 안에 그들의 물건을 놓을 자리를 마련했다. 그들은 앉아서 커피를 마셨다. 접는 탁자 앞에 앉은 레이모는 콧수염을 넓게 기른 땅딸막한 사내였다. 그는 검은 카우보이모자를 쓰고 검은 티셔츠에 작업복 바지를 입었으며 전투화를 신고 있었다. 그것이 평소 그의 옷차림이었다. 매키는 이 일에 반드시 레이모가 합류하기를 원했다. 레이모는 그의 일방적인 분노의 에너지를 불어넣지 않고는 성냥불을 켜지도, 개를 산책시키지도, 머리를 긁지도 못했다. 바이야 드 코치노스, 피그즈 만, 히론 전투(모두 같은 전투를 부르는 다른 명칭. 꾸바 망명자로 구성된 미군의 꾸바 침략전(1961)을 가리킴—옮긴이)—무어라 부르든간에 이것은 그들이 말없이 공유하는 생각이었다. 그의 격식 차리는 태도와 두툼한 살집조차 티제이에게는 에너지와 목적의식의 한 형태로 보였다. 그의 티셔츠에는 홍학 한마리가 그려져 있었다. 그는 티제이가 전적으로 신뢰하는 유일한 사람이었다.

"우린 4월에 얼마 동안 수확작업을 했어."

"플로리다 한가운데에서 오렌지를 땄지." 프랭크가 말했다.

"열 상자들이 통들을 채웠어. 무게가 얼마나 나갈 것 같나?"

"레이모는 사다리에서 떨어졌지 뭐야." 프랭크가 말했다.

"솔직한 말인데, 그건 정말 중노동이야."

"다음엔 뭔 줄 알아. 죠지아 경계 근처에 라이브 오크에 가는 거야."

"우린 커다랗게 포장된 담뱃잎을 쌓을 거야." 레이모가 말했다. "거대한 종잇장처럼, 그들은 그렇게 부르더군. 우린 뺑이치고 있어, 티제이."

매키는 그들이 야간작업, 시간외 작업, 별난 일 가리지 않고 할 수 있는 일은 무엇이든 한다는 것을 알고 있었다. 사업 착수 자금을 충분히 모으기 위해서였는데, 그 사업이란 아마 심부름센터나 작은 건설회사일 것이다.

"그런데 마이애미에서 마누라가 전화를 했지. 우린 곧장 여기로 달려왔어." 프랭크가 말했다.

티제이가 그들에게 전해줄 소식을 듣기 위해 죠지아와 캐롤라이나 주를 운전해오는 것. 티제이의 이야기는 꾸바 작전일 수밖에 없었다. 다른 일로 그가 그들과 접촉할 리도 없고 다른 무엇도 그들을 이곳으로 불러오지 못했으리라.

바스께스는 이단 침대에 앉아 있었다. 그의 얼굴은 여위고 슬퍼 보였다. 그는 리틀 아바나의 변두리 거리에 있는 어둡고 좁은 가게에서 구두 수선을 하면 편안해할 듯 보였다. 그의 아랫니는 두 줄로 나 있었다. 혹은 한줄이 마구잡이로 지그재그 모양으로 늘어서 서로 각을 짓도록 난 것이거나.

그 때문에 프랭크는 빈민들의 성자처럼 보였다. 그는 레드
비치에서 형제 한명과 사촌 한명을 잃었고, 다른 형제 한명
은 라 까바냐 감옥에서 단식투쟁을 하다가 죽었다. 프랭크
는 꾸바에서 아이들을 가르쳤다. 이제 또다른 일을 하러 가
기 전에 그와 레이모는 그들이 공유한 하나의 무기를 갖고
에버글레이즈의 훈련장으로 온 것이었다. 그 물건은 이른바
꾸바식 윈체스터로, 라이플총 세 자루의 부품을 조립하고
거기에다 직접 만든 부품 일부를 덧붙인 것이었다. 그들은
유칼립투스 가지와 덩굴을 골라내 지은 문 없는 오두막에
살면서 그곳의 한 조와 함께 훈련했다. 레이모는 라이플총
을 쏘았고, 밧줄을 탔고, 키가 큰 수풀에다 오줌을 누었다.
프랭크는 표적 맞히기를 하거나 훈련이 없을 때는 그저 돌
아다녔다. 그는 말이 없는 친구로, 평소처럼 치수가 큰 바지
와 소매 없는 암갈색 셔츠를 입고 있었다.

원래는 두 사나이 모두 산에서 까스뜨로와 함께 있었다.

"프랭크, 부인과 애들은 잘 있어?"

"잘 있어."

"애가 셋이지? 레이모는 어때? 좋은 여자 안 나타났나?"

이들은 매키가 정식으로 길게 안부를 묻고, 가족의 소식
과 자잘한 생활사를 이야기할 수 있는 유일한 사람들이었
다. 이런 식의 대화는 그들에게 필요불가결한 전단계였다.
그는 이것이 그들이 그에게 기대하던 것이고 자신도 그것을
바란다는 것을 알고 있었다. 그들은 서로에게 할말이 있었
다. 그들 사이의 주제는 단 하나뿐으로 그것은 가벼운 잡담

과는 어울리지 않았다.

좋다. 매키는 그들에게 작전에 관해 약간의 배경설명을 했다. 지극히 헌신적인 사람들이 뒤에 있다. 핵심은 나라 전체가 공산주의 꾸바의 위험을 충분히 인식하도록 충격요법을 쓴다는 것이다. 꾸바 정보총국은 까스뜨로를 적대시하는 요인들에게 극단적인 강경조치를 취하려는 범죄조직으로 판명될 것이다.

매키는 두 사람에게 저격을 준비중이고 정보총국이 개입한 것처럼 꾸밀 거라고 말했다. 그는 프랭크와 레이모가 일에 동참하기를 원했으며 작전상의 몇가지 세부사항도 알려주었다. 고성능 라이플, 높은 장소, 조작된 증거들의 흔적, 추락을 맡을 인물. 당장은 일인당 월 500달러가 지급되고, 일이 끝나면 두둑하게 챙길 수 있다. 이 계획의 배후인물들은 명망있는 정보국 베테랑들로, 자유 아바나를 깊이 신봉하는 사람들이라고 그는 말했다.

그는 에버렛과 파멘터의 이름은 말하지 않았다. 표적이 누구이고 어디에서 저격이 벌어질지도 말하지 않았다. 그는 세부사항들을 여기저기에, 조만간, 필요에 따라서 조금씩 흘릴 것이다. 그가 말하지 않은 또다른 것은, 저격이 빗나가게 계획되어 있다는 것이다.

파멘터 부부는 죠지타운의 벽돌보도 길 모퉁이의 자그마한 목조주택에 살고 있었다. 보도는 군데군데가 불룩 솟아 울퉁불퉁했고, 한때 아취 있던 집은 이제 초라해져 아무도 거들떠보지 않는 유적 같았다.

이곳에 살고 싶어한 것은 베릴이었다. 사람들이 모여사는 교외는 그들에게 어울리지 않는다고 그녀는 말했다. 직장 동료, 그들의 조바심내는 부인들과 함께 먹고 마시며 나누는 조심스러운 업무 이야기. 그녀는 도심에서 살고 싶어했다. 채광창, 연철로 만든 물건들, 납창살이 달린 유리창. 책, 깔개, 먼지, 래리를 위한 와인 저장고, 오래되고 친숙한 것들이 있는 작고 어두운 장소의 안전함, 아담함, 주목받지 않을 수 있음(이런 단어가 있다면). 잔디밭과 간이차고가 딸린, 길고 나지막하고 트여 있는 집은 무언가 그녀를 정신적으로 두렵게 했다.

래리는 술을 들고 작은 방들을 천천히 왔다갔다했다. 베릴은 책상 앞에 앉아 친구들에게 보낼 기사를 스크랩하고 있었다. 이것은 그녀가 최근에 발견한 취미였다. 마치 중년에 이른 사람이 갑자기 자신은 혈통 좋은 개를 돌보기 위해 태어났음을 깨닫게 되는 것과도 같았다. 이전의 그 어떤 취미도 이 일과 비교되지 않았다. 책상에는 일주일치 신문이 쌓여 있었다. 그녀는 모두에게 스크랩한 것을 보냈다. 갑자기 스크랩할 것들이 너무 많아졌다.

"여보, 이것 좀 봐요. 화를 내야 할지 좋아해야 할지?"

그녀는 남편을 찾아 몸을 돌렸다.

"이것 봐요, 래리. CBS가 밥 딜런이라는 포크송 가수에게 에드 썰리번 쇼에서 그의 노래 중 한곡을 부르지 못하도록 했대요. 논란의 여지가 너무 많다고."

"무슨 논란인데?"

"노래 제목이 '존 버치 협회 블루스'(John Birch Society Blues)래요."

"그 가수 백인이야, 흑인이야? 백인이라면 블루스에 끼어들지 않을 텐데."

"하지만 그의 노래가 방송 금지된다고 생각해봐요."

"내가 그 일을 처리하지. 십분만 줘봐."

"무슨 징조인지 알아요, 여보."

"무슨 징조?"

"당신이 진을 들이부으면서 집 안을 휩쓸고 다니면 말이에요. 그게 뭘 뜻하는지 알아요. 과떼말라에 대한 향수죠."

어떤 사람들은 베릴에게 돈이 많다고 생각했다. 그것은 그녀가 주변에 불러일으키는 잘못된 인상 중 하나였다. 실제로 그녀가 가지고 있는 것은 위스콘신 가의 작은 액자가게로, 석판화, 사진, 액자 들을 취급해 벌어들이는 돈은 얼마 되지 않았다. 어떤 사람들은 그녀가 창조적이라고 생각했다. 퀼트나 수채화 같은 비교적 가벼운 종류의 예술. 그녀에게는 어느정도 사람들이 인습에서 벗어난 것 같다고 생각하는 모습과 태도, 군중 속의 고독 같은 것이 있었다. 그녀는 가벼운 옷차림을 즐겼다. 격식을 차리지 않은 옷들을 걸쳤고 반쯤은 파스텔 색조에 묻힌 자그마한 여자였다. 그녀는 언제나 어떤 공포나 고통으로부터 조용히 물러나 있는 듯한 인상을 풍겼다. 그녀는 공장직판점에서 산 모카신(밑이 평평한 가죽신─옮긴이)을 신었고, 보석을 달지 않았으며, 좋아하

는 책 사이에 어머니의 사진들을 끼워놓았다. 사람들은 그
녀가 새가 있는 바다 풍경을 그린 깡통 수프 회사의 상속녀
라고 생각했다. 그녀는 부드러운 음식을 먹고, 부드럽게 말
했으며, 허스키한 목소리에, 쎅시했다. 마흔일곱살인 지금
도, 아주 쎅시했다. 그녀에게는 아직도 어떤 몽롱한 구석이
있었다. 휘청대는 쎅시한 걸음걸이. 탁한 목소리. 그녀는 노
골적으로 사람들의 가슴에 호의어린 모욕을 직접 전했다.
그녀가 부드럽게 몸을 흔들며 방으로 걸어들어오면 거기 모
인 사람들에게서 어떤 기대감이 느껴졌다. 그들은 그녀가
말을 꺼내기도 전에 이미 웃을 준비를 하고 있었다.

각양각색의 사람들이 모인 곳에서 그녀가 정보국 이야기
를 들추어낼 때 래리가 웃으며 내버려두는 것을 파멘터 부
부의 세련됨의 표현으로 보았다.

그녀가 진심어린 말을 하지 않는다는 것은 아니다.

"아니, 놀리는 게 아니에요. 난 당신이 과떼말라에서 한
일을 존경해요. 정치적으로는 아니라 해도, 다른 면에서는
요. 실제로 피를 보지 않았잖아요. 난 그 점을 확실히 존경
해요."

"그건 교과서적인 작전이었어."

"물론 과떼말라 사람들이 원래 그들 것이던 유나이티드
프룻 사(미국의 종합식품 회사. 중남미에 막대한 투자를 하여 거대
독점기업이 되었으나 1952년 과떼말라에서 이 회사 소유의 바나나
농장이 국유화되려 하자 미국 정부를 움직여 당시의 좌익 아르벤스
정권을 무너뜨렸다─옮긴이)의 소유지를 되찾아오지 않았더라

면 작전을 수행할 필요도 없었겠죠."

"일이 그렇게 된 거였나?"

"난 당신이 교과서적인 작전이라고 말하는 게 마음에 들어요."

그랬다. 그것은 또한 래리의 경력에서 정점을 이루는 경험으로, 과떼말라 정글의 전진기지 출신 반군이 운영한다고 추정된 라디오 방송국을 중심으로 한 것이었다. 방송은 사실 온두라스의 한 헛간에서 나오는 것이었고, 내용은 좌익 정부에 압력을 가해 민중 사이에 불안을 고조시키기 위해 조작된 것이었다. 소문, 거짓 전투보고, 의미없는 암호, 선동적인 연설, 있지도 않은 반군에 내리는 명령 들. 그것은 현실 세계에서의 수업계획안과도 같았다. 파멘터는 방송내용 중 얼마간은 직접 썼고, 썩어가는 시체들이 널린 들판이나 비행중에 망명하는 전투기 조종사들의 생생한 이미지를 찾으려고 애썼다. 실제로 한 비행사가 쎄스너(미국산 경비행기─옮긴이)를 타고 가다가 창문으로 다이너마이트를 던졌다. 진짜 폭탄이 연병장에 떨어졌고 불길한 연기기둥이 피어올랐다. 오천의 침략군이 수도를 향해 쳐들어오고 있다는 말이 들린 지 9일 만에 정부가 무너졌다. 그러고서 침략군은 트럭 몇대와 150명가량의 지친 신병으로 꽉 찬 스테이션왜건으로 현실화되었다.

그것이 9년 전 일이었다. 래리는 한동안 사실상 CIA가 자금을 대고 관리하는, 법적으로는 주식회사인 비밀기업에 몸담게 되었다. 정보국은 꾸르디스딴이나 예멘에서 뭔가 재미있는 일을 하고 싶어지면 델라웨어에 법인 설립을 신청한다. 그가 세계의 민감한 지역에 상당한 소유권을 가진 몇몇 정보국 주요인사들과 접촉하게 된 것이 이 시기였다. 유나이티드 프룻 사의 관계자, 꾸바-베네수엘라 오일 트러스트 관계자(그가 실은 죠지 드 모렌실트였다). 머천트 뱅크(어음 인수, 증권발행 등의 업무를 하는 영국 특유의 금융기관—옮긴이), 제당회사들, 무기 밀매업자들. 동기와 소유권의 기묘한 집합. 여기는 호텔업자, 저기는 도박업자 들. 감옥을 포함한 눈부신 경력의 소유자들. 그는 사업과 정보 업무 간에 자연스러운 유사성이 있다는 것을 알았다. 또한 정보국의 작전 은폐를 위해 그가 설립을 도운 회사들이, 합법적인 이익을—나아가 막대한 개인적 이익까지도—낼 잠재력을 갖고 있음을 간파했다.

부유하고 영향력있는 사람들과 만난다는 것은 특권의 새로운 단계로 도약하는 미국인의 자질을 믿도록 키워진 자에게는 기운을 북돋워주는 경험이었다. 그가 보기에, 부유함은 그렇게 되도록 되어 있는 어떤 상태였다. 정보국은 바나나 공화국(과일 수출과 관광에 의존하는 정치가 불안정한 중남미 제국을 가리킴—옮긴이)과 그 지도자 들에 대한 방대한 정보를 갖고 있었다. 래리는 결과가 확실한 조치들에 대한 기밀을 거래했다. 그는 바띠스따 정부와 미국 대기업 간의 거래를 성사시키면서 꾸바에서 시간을 보냈다. 그는 광물탐사, 토지개발협상, 시굴계약, 카지노 독점판매권 사업 들이 처리되는 것을 도왔다. 그리고 미국 기업이 관리하는 사탕수수밭에 대한 반군의 위협이 어느 정도인지 알아보기 위해 오리엔떼 지역으로 여행했다. 사정은 심각했다. 미 행정관들이 야자수 그늘이 드리워진 거리와 희고 커다란 저택에서 떠나고, 요리사와 정원사 들은 새 일자리를 찾아 떠났다. 그리고 회사 경비원들은 도망치고 없었다. 지방군 기지가 파괴되었을 때, 로렌스 파멘터의 재산은 그때까지도 꾸바의 미개발 석유소유권에 기반을 두고 있었다.

"난 그 가운이 참 좋아요, 래리. 당신은 딥 포커스(근경과 원경을 아울러 선명하게 초점을 잡는 기법―옮긴이)로 잡은 오손 웰즈 같아요."

래리는 그녀의 익숙하고 평탄한 어조에 멍한 미소를 짓고서 문간에 서 있었다. 그는 그녀의 말을 거의 듣고 있지 않았다.

"곰곰이 생각해보니 당신이 누구와 닮았는지 알겠어요. 『폭군 이반』에 나오는, 모피로 몸을 감싼 부패한 영주 중 한 사람 같아요. 말상대해줄 테니 마실 것이나 한잔 만들어줘요. 부부는 서로 말상대를 해줘야 하는 것 아닌가요."

꾸바혁명 후 침공계획이 세워졌다. 래리는 조종사 훈련교관을 모집하기 위한 유령회사인 더블체크 주식회사의 설립을 도왔다. 지브롤터 증기선박회사가 그다음으로, 명목상의 대표자가 전 국무부 관리이자 유나이티드 프룻 사의 전임 사장이었다. 파멘터 자신도 정보국이 어디에서 철수하고 어디에서 회사를 차렸는지 다 알 수 없었다. 혈연과 결혼으로 이어진 사람들이 있었다. 이전에 정보국 고위직원이던 회사 중역들이 있었다. 한때 회사 중역이던 정부 고문들이 있었다. 그것은 그가, 모든 것이 서로 연결되어 있다는 꿈같은 의식이 깃든 더 큰 세계의, 더 잘 작동하는 버전으로 인식했던 사회였다. 그곳에서 계획은 더 탄탄해졌다. 그들은 역사가 자신들의 손안에 있다고 믿는 사람들이었다.

지브롤터 증기선박은 대 꾸바 선전공작을 위장하기 위한 회사였다. 공작의 수단은 서카리브 해의 외딴섬에 있는 거대한 하우스트레일러에 설치된 송신기, 라디오 스원이었다. 그레이트 스원 섬은 수백년 동안 새똥이 쌓여 만들어진 곳이었다. 코코넛나무 세 그루와 스물여덟 명의 주민이 있었다. 이 일에서 운명을 시험하는 요소인 황폐함과 고립을 나타내기에 멋진 수치라는 데 모두가 동의했다. 침공을 위해 파멘터는 과떼말라에서 통했던 것과 똑같은 방송기술을 썼다. 40년대 첩보영화의 암호 통신문들. "조심해, 에두아르도. 달이 붉은색이야." 그 지방 야생생물의 이름을 딴 낭만적인 이미지. "바라쿠다(열대 및 아열대 지방에 사는 어류―옮긴이)는 일몰 때 잠든다." "상어는 금빛 흔적을 남긴다." 나중에 매키는 파멘터에게, 자신이 LCI를 타고 블루비치를 벗어나 있을 때 이런 헛소리들이 마음을 풀어주는 효과가 있었다고 말했다. 그것은 작전 전체를 하찮은 것으로 만들고, 전투중인 군대를 삼류 희극무대에 올려놓았다.

그런 통신문이 방송되고 있을 때, 래리는 워싱턴 정보국의 침공사령부에 있었다. 링컨 기념관 옆의 임시로 쓰는 건물이었다. JFK가 상륙을 위한 공중엄호를 승인하지 않을 거라는 소식이 통제실을 강타했을 때 그는 종이접시에 담긴 설익은 음식을 먹고 있었다. 사람들은 처음에는 믿지 않았다. 결국 믿을 수 없을 만큼 어리석고 잔인한 일이었다. 골프복 차림의 대령이 걸어들어왔다. 사람들은 상사에게 소리를 질렀고, 저주는 거의 폭력으로까지 번졌다. 누군가는 무릎을 꿇고 손을 무릎에 대고 몸을 굽힌 채 쓰레기통에 힘없이 토했다. 윈 에버렛은 마이애미에서 도착해 사직서를 썼다가 찢어버리고, 오파-로카의 병영에 감금되어 있는 망명 지도자들과 함께 있기 위해 마이애미로 다시 날아갔다. 그들이 상륙작전에 대해 말을 흘리지 못하게 하기 위해서였다. 그것은 남플로리다에서 그 주 최초의 중요한 밤샘이었다.

누구도 교과서적인 작전이라는 말을 쓰지 않았다. 사흘 후에도 라디오 스원은 여전히 방송중이었다. 그것은 사빠따 습지에 버려진 군대에게 구원의 손길이 다가오고 있음을 약속하는 것이었다. 래리는 더러운 옷을 입고 간이침대에서 잠을 잤으나 면도만은 하루도 거르지 않았다. 면도가 그의 사기에 영향을 주었기 때문이다. 그는 얻을 수 있는 모든 도움이 필요했다. 몇주 전 그는 프란치스꼬 제당회사의 주식을 싼값에 사기 위해 거금을 빌렸다. 설탕 이야기가 오가고 있었다. 내부 관계자들에 따르면, 농장이 일단 미국의 손에 다시 들어오기만 하면 엄청난 이익이 생길 것이었다.

"사람들은 우리가 가장 이상한 부부래요." 베릴이 말했다.

"왜 그렇게 생각한대? 누가? 우리 중에서 누가 이상하다는 거지?"

"그저 모든 것이 그렇대요."

"사람들은 우리를 재미있다고 생각해. 내가 느끼기엔 그래."

"그들은 우리가 이상하다고 생각해요. 우린 공통점이 전혀 없어요. 같이 지낼 실제적인 이유가 없는 거죠. 우리는 실제적인 일에 대해선 얘기조차 안해요."

"우린 아이가 없잖아. 부모가 아니야. 실제적인 일에 대해 얘기하는 건 부모들이지. 그들은 현실적일 필요가 있으니까."

"아이가 있든 없든 말이에요. 내 말 믿어요. 사람들이 우리를 이상하게 여긴다고요."

"나는 우리가 이상하다고 생각진 않아. 재미있다고 생각하지."

"어떤 점에선 그렇죠. 하지만 이상하기도 해요. 그들이 눈여겨보는 건 나예요. 당신보다 내가 더 이상하대요."

"난 이런 얘기 싫어. 이런 얘기는 어떻게 해야 할지 모르겠어."

"아마 별로 좋은 생각이 아닌 것 같아요."

"그럼 화제를 바꿔." 그가 말했다.

"하지만, 여보, 사실 당신은 내가 생각해볼 수 있는 유형 중에서 가장 이상한 사람이긴 해요."

"어떻게 이상한데? 난 이상하지 않아. 그런 걸 전혀 좋아하지 않는다고."

"남자다우면서도 이상해요. 내가 그 마음이랑 진실을 절대로 알 수 없는 사람처럼 이상하죠."

"고맙게도 내가 어찌해볼 수 있는 일이 아닌 것 같군."

"나는 내가 속속들이 파악할 수 있는 남자랑 오랜 세월 동안 가까이서 산다는 건 상상도 못하겠어요."

"재미있군. 난 여자들이야말로 알 수 없는 존재라고 생각했는데."

"아냐, 아냐, 절대 아니에요." 그녀는 다루기 힘든 아이를 타이르듯 상냥하게 말했다.

"그건 시대를 거듭해, 백 세대의 지식과 경험을 거쳐 남자들에게서 소년들에게 전해내려온 지혜죠. 하지만 그저 정보국의 거짓말 같은 것일 뿐이에요."

1959년 1월 1일 반군 방송이 독재자 바띠스따가 새벽 2시에 망명했고 피델 까스뜨로 루스 박사가 꾸바혁명의 최고지도자라고 선언하는 것을 CIA가 확인하던 순간부터, 그 순간부터 이 순간까지, 4년 반이 지나, 줄무늬 가운을 걸치고 아내가 마실 것을 만들며 서 있는 지금까지, 래리 파멘터는 꾸바를 되찾으려는 하나 혹은 그 이상의 계획에 개입해왔다. 고난을 무릅쓰고 버티어왔다고 베릴은 말했다. 그녀는 그가 보복하려는 것도, 강한 정치적 신념을 가진 것도 아니며, 까스뜨로를 증오하거나 그에게 물리적 위해가 가해지기를 원하는 것도 아니라고 상기시켜주기를 즐겼다. 사실 래리는 침공 한 달쯤 전에, 가장무도회에 턱수염, 씨가, 카키색 작업복으로 피델 까스뜨로로 꾸미고 나타나서 유명해졌다. 당시에는 재미있어 보였다.

래리가 전혀 좋아하지 않았던 것 한 가지. 바로 꾸바 투자분을 회수하려는 공동노력 때문에 이따금 상대해야 했던 부류의 사람들이다. 도박장 업주들, 카지노와 호텔 업자들, 으레 관리들을 돈으로 매수하는 자들, 바하마를 통과하여 급사들에게 큰 가방을 들려 꾸준히 제네바 국제신용은행으로 보내던 자들, 한때 아바나의 게임 테이블에서 걷어내던 몇백만 달러를 그립게 회상하는 자들. 그는 그런 피둥피둥한 라틴계들과는 상종하고 싶지 않았다.

그날 오전 한 젊은 남자가 뉴올리언즈 가이 배니스터의 바깥쪽 사무실로 걸어들어왔다. 델핀 로버츠는 책상 앞에 앉아 배니스터의 서류철에 올릴 시민단체들의 명단 수정한 것을 타이핑하고 있었다. 진바지에 말아올린 소매 차림으로 이틀쯤 턱수염을 깎지 않은 그 청년은 참을성있게 서서 기다리고 있었다. 델핀은 세운 머리카락을 매만지느라 타이핑을 잠깐 멈췄는데, 이것은 그녀가 고치기로 결심한 신경질적인 버릇이었다. 잠시 뒤 그녀는 청년이 자신은 기다리도록 방치된 게 아니라며 스스로를 속이느라 벽에 붙은 달력을 들여다보고 있음을 알고는 다시 일을 시작했다. 그녀는 모든 유형의 인간을 알고 있었다. 복잡한 자료를 타이핑하는 동시에 방문객을 뜯어볼 수 있었다. 이 방문객은 '나 여기 있어요. 당신이 기다리던 바로 그 친구예요'라는 듯한 미소를 띠고 있었다.

"이 회사에 입사 지원서를 쓰고 싶은데요."

델핀은 계속 타이핑을 했다.

"학생들 사이에 섞이거나 정치집회에 가는 식으로, 이곳에 첩보활동을 하는 직원이 있다는 것을 압니다. 정보 수집을 말하는 겁니다. 전 첩보요원으로 지원하고 싶습니다. 가명도 갖고 있습니다. 군복무도 했고요. 게다가 외국에 살면서 공산주의적 사고방식을 특별히 깊숙이 접한 경험도 있습니다."

델핀은 놀라지 않았다. 캠프 가 544번지에는 생각할 거리를 많이 주는 사람들이 불쑥 들어오곤 했다. 544번지는 온갖 다채로운 배경으로부터 사람들을 끌어당기곤 했다.

그녀는 타이핑을 멈추고 청년에게 지원서를 내주었다. 그는 길모퉁이의 커피회사로 일하러 돌아가봐야 하기 때문에 서류를 작성해 내일 아침 다시 가져오겠다고 했다. 그러고 나서 가버렸다.

데이비드 페리가 작은 뒷방에서 나와 늘 그렇듯이 의심스러워하는 목소리로 속삭이듯 말했다. "대체 누구예요?"

"그 사람은 가명도 있대요."

"우리한테 첩보원 지원서류라는 게 있어요?"

"아뇨, 그냥 보통 지원서예요."

"키와 체중 같은 것을 적는 서류 말이죠."

"뭐든지요. 잘 모르겠어요."

"가족의 정신병력 같은 것. 혹은 본인의 병력을 쓰라고 하든지요."

"뭐든 원하는 대로 쓰라고 되어 있어요. 데이브, 난 눈코

뜰새없이 바빠요."

"인쇄된 양식에다 어떻게 자기 병을 설명할 수 있지?"

데이비드 페리는 가이 배니스터의 빈 사무실로 들어가 방금 그 목소리를 들은 청년의 흔적을 찾으면서 거리 쪽 창문을 내다보았다. 귀에 익은 음색이었나? 모습을 그 목소리와 일치시킬 수 있을까? 그는 거리를 따라 움직여가는 사람들 무리를 보았다. 그러면서 머리가 검은 사람들이 많다고 생각했다. 그러나 첩보원이 되고 싶어하는 상냥한 목소리의 청년의 흔적은 어디에도 없었다.

포트워스에서

돌아와서도 그애는 군인이었어요. 그애의 아버지는 재향 군인이었습니다. 그애의 형들도 군복무를 했습니다. 내 형제도 해군이었고요. 우린 군인가족이에요. 그애는 매달 월급에서 나한테 정기적으로 용돈을 보내줬어요. 그리고 내 편지를 통해 내가 다쳤다는 걸 알고는, 내가 직장에서 장애인이 되어 손해배상을 6개월 동안 준비하고 있기 때문이라고 의가사제대를 신청했어요. 그애는 캘리포니아에 배치되었고, 당국은 엄마를 도우라고 일찍 제대하게 해줬지요. 이건 선반에서 사탕단지가 떨어져 생긴 상처고 네 명의 의사가 내 코와 얼굴의 엑스레이 사진을 찍었어요. 거기에 든 시간과 차비가 있는데도 가게에서는 아직 한푼도 주지 않고 있어요. 나는 다쳤어도 내 권리를 찾을 수 없는 여자랍니다. 꼭 에크달과 지낼 때처럼 말이에요. 연 1만 달러의 수입에도 그자는 내 사정을 무시해버렸죠.

미처 말씀드리지 못했는데, 리는 아름다운 목소리를 가졌고 루이지애나 코빙턴에서 살던 여섯살 때는 노래를 정말 잘했답니다. 그애는 루터파 교회에서 「고요한 밤 거룩한 밤」을 독창했죠. 증명할 수도 있습니다.

이제 군에서 집으로 돌아온 이 아이가, 화물선에서 일해 번 돈을 집으로 보내주겠다고 합니다. 그게 사흘 동안 우리가 나눈 얘기의 전부예요. 그동안 그애는 주방에 간이침대를 놓고 자는데, 그애를 재울 공간이 거기밖에는 없었어요. 그애는 '엄마, 고등학교 졸업 검정고시에 합격했어'라는 말도 했어요. 그때 나는 배에 짐을 싣는 일을 하는 데 그런 게 왜 필요한지 모르겠다고 말했지요. 그애는 겨우 사흘 있다가 가방을 꾸려 떠났어요. 그러고서 뉴올리언즈 소인이 찍힌 편지를 보냈는데, 유럽으로 가는 배를 예약했다고 그랬어요. 판사님, 받아들이기 고통스러웠어요. 편지에 화물 이야기는 없었어요. 거기엔 우리가 살 만한 더 큰 곳을 내가 마련할 때까지 얼마 동안 자기 앞가림을 하겠다는 말은 없었어요. 그냥 "배를 예약했어요" 그리고 "제 가치관은 로버트나 어머니와 아주 달라요" 또 "어머니한테 제 계획을 말하지 않은 건 어머니가 이해할 수 없을 것 같아서였어요"라고 씌어 있었어요. 내 인생을 짓누르는 고단함이 그애를 떠나게 한 거예요.

그림엽서 #3. 르아브르로 향하는 화물선 SS 마리온 라익스 호. 16일의 항해 동안 괴짜 외톨이는 다른 세 명의 승객들에게 딱히 할말이 없다. 회색 바다, 높은 물결, 몇차례 거른 식사. 그는 그들에게 스위스의 학교에 간다고 했으나 그 학교의 이름이나 공부하려고 구상한 과정은 말하지 않는다. 그는 그의 사진을 찍으려는 승객의 호의어린 시도를 피한다. 상대방은 친절한 부인으로 남편은 은퇴한 미육군중령이다. 바다 한가운데에서 그는 갑판에 앉아 있고, 눈이 맑은 군인 타입의 승객이 던지는 질문에 답하지 않는다. 그는 누구보다 방을 함께 쓰는, 막 고등학교를 나와 프랑스어를 공부하러 프랑스로 가는 중인 네번째 승객과 약간의 이야기를 나눈다. 텍사스 출신이며, 겉보기에 세상이 선호하는 타입이라는 점에서 리와 아주 비슷하다.

마치 리 자신 인생의 그림자와 길에서 우연히 마주친 것 같다.

그는 저녁식사 때 무리지어 있는 장교들을 지켜보면서 그들이 왜 그렇게 스스로에게 만족하는 것처럼 보이는지 알 듯하다. 그들은 미국인이라는 유대감을 느끼기 시작한 것이다. 외국을 향하는 그들 중 일부는 외국인으로, 대부분 피부색이 짙은 승무원들에게 둘러싸여 써비스를 받으면서, 자의식으로 거의 빛이 날 정도다. 그들은 자신들의 솔직하고 긍정적인 태도, 민주적 가치, 도덕적 힘, 나이프와 포크를 잡는 방식에도 즐거워하면서 반짝이는 그릇들 너머로 웃고 있다. 이런 점 때문에 그는 그들과 함께 식사하거나 대화하지 않는 것이다.

나선형 굴껍질이 하얀 받침접시에 담겨 그의 앞에 놓여 있다. 그는 일본 다음에, 캘리포니아 엘 토로의 해병대 항공기지에서 보낸 9개월을 생각한다. 그는 그 기간에 러시아어 공부를 계속했고 스페인어를 조금 배웠으며 (피델 까스뜨로의 시대였으니까) 지금 그가 참여하고 있는 모험을 위해 약간의 교묘한 구실을 짜냈던 것이다.

기지의 도서관에서 그는 외국 대학 이름이 적힌 카탈로그를 발견했다. 그러고는 비교적 알려지지 않은 지역에 있는 이름없는 학교를 찾아서 입학원서를 써보냈다. 알베르트 슈바이처 대학, 스위스의 쿠르발덴. 그는 해외여행을 할 구실이 필요했는데, 해병대는 현역 복무를 마친 뒤 2년간 예비군으로 남아 있어야 했기 때문이다.

원서의 관심분야 칸에 그는 이렇게 썼다──철학, 심리학, 이데올로기론, 풋볼, 야구, 테니스, 우표수집.

희망직업(정해졌다면)──미국의 현대생활을 다룬 단편소설가.

빛을 받으면 바다는 녹색이 된다. 갑판 위의 그에게 파도는 느리고 둔하게 뒤치는 것처럼 보인다. 그는 다시 아래로 가 침대에 눕는다. 그러고는 그의 주위에서 영혼이 속삭이는 듯 배가 아주 느리게 삐걱거리는 것을 의식한다. 계류삭이란 것은 정박용 밧줄이다.

알베르트 슈바이처의 원서에 그는 학기가 끝난 다음에는 투르쿠 대학──핀란드 투르쿠에 있다──의 하계 쎄미나에 참가할 계획임을 명시했다.

하이델은 동쪽에 가까워지고 있다.

6월 19일

메어리 프랜씨스는 교육학부 건물 그러니까 구 본관 밖 원형 도로의 떡갈나무 아래 차를 세웠다. 원의 사무실이 캠퍼스에서 가장 오래된 건물에 있어서 그녀는 기뻤다. 그 건물의 아치형 입구와 2층의 원주도 그녀의 눈을 즐겁게 해주었다. 덴턴에는 사람의 눈에 띄지 않는 거리, 침체된 역사에의 의식, 쓸쓸하게도 변치 않는 오래된 미국적 고요함이 있다. 그리고 지난날의 낡은 흔적, 석회석이나 대리석, 원주 꼭대기의 소용돌이 장식이나 지폐를 모방한 프리즈의 세밀한 장식에 새겨진 더욱 오래된 관념과 가치기준이 있다. 구 본관 건물, 군 청사, 전면이 널찍한 집들, 깊고 그늘진 현관이 있는 집들, 나무들, 나무 이름을 딴 거리들—이 모든 것이 그녀를 즐겁게 하고, 행복은 매순간 그녀가 보고 듣는 것들 속에 살아 있다고 생각하게 만든다. 행복은 사소한 깨달음, 매일의 매분의 작은 깨달음들의 합계이다. 그리고 바로 이 순간, 가슴뿐만 아니라 머리카락과 피부로도 인식하는 것이다.

쑤전은 팔을 옆구리에 붙이고, 가늘고 흰 다리는 순종하는 척하는 표시로 곧게 뻗은 채 엄마 곁에 앉아 있다. 둘은 서로 아무 말도 하지 않았다.

지금 당장 행복해질 수 있다. 원이 믿는 것처럼. 원은 그가 실패한 교수 얼굴이라고 부르는, 오른쪽으로 살짝 기울어진 얼굴로 상냥하게 설명하기를 좋아했는데, 행복을 회상 속에서 체험할 필요는 없다. 그것은 천천히 움직이는 빛이나 명상이 아니다. 지금 느낄 수 있고, 주위 사물의 이름들 속에서, 멀구슬나무, 떡갈나무, 매끌매끌한 느릅나무에서 모아들일 수 있다. 마이애미, 아바나, 멕시코씨티, 과떼말라씨티, 버지니아 남동부의 임시주거지('고립지역'), 캐롤라이나 해변 근처 꼭 닮은 집들이 먼지를 뒤집어쓴 지역('열대고립지역')을 거쳐, 이곳에서 사는 것이 그녀는 즐거웠다.

그들은 싸우스 로커스트의 스테이크집에 가서 쌜러드와 대하요리, 프렌치프라이와 핫롤을 먹을 것이고, 원은 레인의 가게에 가서 아이스크림을 먹자고 할 것이다.

타는 듯 밝은 하늘.

뜨거운 잔디밭 위, 차 안의 침묵.

쑤전은 숨을 참고 있었다.

원 에버렛은 구 본관 지하 사무실에서 파멘터와 통화를 하고 있었다.

"매키는 접촉을 안했다면서 어떻게 이걸 다 알지?"

"티제이가 아는 건 전부 배니스터의 사무실에서 나온 거야. 오즈월드가 배니스터의 부하 중 한 사람한테 다 털어놓거든."

"계속해."

"1월에 그는 총신이 짧은 38구경을 로스앤젤레스의 회사에다 주문했어. 3월에는 저격용 망원조준경이 부착된 이딸리아제 카빈총을 시카고에다 주문했어."

"무기를 소지한 위험인물이군그래." 윈은 부드럽게 말했다.

"또 있어. 들을 테야? 그는 거리에서 까스뜨로를 지지하는 내용의 전단을 나눠준다고. 이틀인가 사흘 전에 부두에서 비행기 수송선에서 내린 선원들한테 전단을 뿌렸어."

에버렛은 허공을 바라보았다.

"그것하고, 그가 배니스터 탐정사무소와 같은 건물, 루이지애나에서 반까스뜨로 성전의 벼락맞을 거점인 배니스터의 사무실 바로 위 사무실을 쓰고 있다는 사실이 어떻게 들어맞지?"

"맞지 않지." 파멘터가 말했다.

"그렇게 말해주니 기쁘군. 난 내가 뭔가 빠뜨린 줄 알았어."

"내가 아는 건 티제이가 말해준 것들뿐이야. 이런 거야. 대상자는 배니스터의 사무실로 걸어들어가 첩보업무를 하고 싶다고 한다. 배니스터는 그를 위층 청소도구실에 앉혀놓는다. 이 콧구멍만한 방이 꾸바 공정촉진위원회(FPCC) 뉴올리언즈 본부가 되는 거야. 그리고 대상자는 흰 셔츠에 넥타이를 하고는 거리에서 전단을 나눠주는 거지."

그들은 대통령을 비밀경호국(SS) 암호명인 '랜써'(lancer, 창기병—옮긴이)라고 부르듯이, 오즈월드를 대상자라고 불렀다. 습관. 사람은 고통과 회한이 달라붙을 수 있는 표면은 되도록 피하고 싶은 것이다—누군가의, 모든 사람의 고통. 늦은 오후에 어울리는 상념.

"순서를 정리해볼게." 윈이 말했다. "대상자가 댈러스를 떠난다. 그는 우리 앞에서 모습을 감춘다. 우리는 우리들 공작의 희망적인 부분을 영원히 잃게 된다."

"그러고 나서 그는 우리가 전혀 예상치 못한 한 장소에 나타난다."

"그는 어딘지 모를 곳으로부터, 첩보업무를 찾아 뉴올리언즈의 가이 배니스터 사무실에 나타난다. 붉은 소련으로 망명했었고, 우편 주문한 라이플총으로 워커 장군을 쏜 바로 그 친구다. 그가 적진 한가운데에서 어슬렁대고 있다."

"매키는 가이 배니스터한테 우리 친구를 대신할 자를 찾아달라고 부탁하게 돼 있었잖아. 그런데 어떻게 된 거지? 원래 인물이 거리에서 걸어들어왔어."

에버렛은 주머니를 뒤적거려 담배를 찾았다.

"자네가 대상자한테 접근해." 그가 말했다.

"아, 싫어."

"이봐, 래리."

"난 자네보다 더 개인적인 접근은 하지 않을 거야, 친구. 매키한테 그 친구를 맡기자고."

"매키는 어디 있지?"

"내가 알기론 아직 농장에 있어."

"좋아. 이봐, 그 친구의 필적 견본을 구해줘."

"티제이한테 당장 말할게."

복도는 텅 비어 있었다. 윈은 1층으로 가는 계단을 올랐다. 데스크에는 아무도 없었다. 윈은 밖으로 나갔다. 학년이 끝났고, 멀찌감치에서 느리게 움직이는 형체들, 여름학기 수강생들, 관리인. 잔디밭의 스프링클러가 호를 그리며 뿜어내는 물줄기가 계속 겹치고 거미줄 걸린 잔디의 그 나른한 반짝임.

암살기도보다 도발이 먼저다.

그는 작전 부국장이 '상급 조사활동위원회'의 선별 멤버들에게 보내는 1961년 5월자의 일급기밀 메모를 작성했다. 외국 지도자 암살에 대한 철학적 관점의 언급이었다. 거기에는 외부에는 알려지지 않은 교전(教典)의 한 구절도 담겨 있었다. 비상수단을 써서 처분하라. 파멘터는 적절한 타자기와 편지지를 써서 그 메모를 실제로 만들어내는 일을 맡고 있었다.

둘. 리틀 아바나의 연고자들을 통해, 에버렛은 뉴저지에서 발행되는 망명자 잡지에 모호한 기사를 심어놓았다. 그 기사는 익명의 출처에서 나온 것으로, 1961년 7월 꾸바의 동쪽 끝 부근 미군 기지인 관따나모 밖의 해군정보국이 수행한 작전을 다루고 있었다. 그 이야기는 꾸며낸 것이지만 피델 까스뜨로와 그의 동생 라울의 암살을 포함한 계획 자체는 실제로 있었던 일이다. 이 기사는 대통령 암살기도가 실패한 후 대상자의 개인 소지품들 사이에서 발견될 것이었다.

셋. 그는 기술지원부에서 사용되는 편지지에 적힌 전화 메모와 관련된 계획을 짜는 중이었다. 낙서, 전화번호, 지부의 특별팀에서 만든 새로 나온 독극물의 약칭들. 그 지부는 재미있게도 건강개조위원회라고 알려져 있었다. 이어지는 전화번호들을 따라가는 사람은 몇몇 평범한 지점(꽃가게, 슈퍼마켓)들로 운좋게 찾아낸 경로를 밟아 마이애미의 망명 지도자의 집, 마피아가 운영한다고 알려진 키 비스캐인의 모텔, 마이애미 마리나 제도에 정박한 요트에 다다른다— CIA 지부장이 사는 곳이었다.

에버렛은 차로 향했다.

지방색, 배경, 조사관들이 숙고할 연줄들. 그는 다른 계획, 다른 서류, 까스뜨로 암살기도에 관한 확실한 자료를 갖고 있었다—계획 단계에서 그가 개인적으로 개입한 기도였다. 이 읽을거리들을 우회적으로 저널리스트와 분과위원회 위원들, 누구든 그 자료들을 세상에 내놓을 사람들 손에 들어가게 하는 것은 파멘터에게 달렸다. 일단 사람들이 대통령 암살기도를, 미정보국의 여러 차례에 걸친 까스뜨로 살해시도에 대한 꾸바의 대응이라고 보면, 우리는 그 섬을 되찾는 길에 절반은 간 것이다.

에버렛은 그들이 차 안에 앉아 있는 것을 보았다. 그는 햇빛으로부터 눈을 가리며 미소짓기 시작했다. 그는 조수석

쪽의 문으로 다가갔다. 젖은 잔디가 뜨거운 열기를 내뿜는 햇빛 속에서 반짝였다. 그는 크게 미소를 지으며 발끝으로 살금살금 다가갔다. 쑤전이 발견해주기를 기다리면서.

가이 배니스터는 캐츠 앤드 재머 술집에 홀로 앉아 있었다. 술집 거의 끝, 벽 쪽으로 휘어지는 구석이 그의 지정석이었다. 그는 벽에 등을 기대고 앉아 거리를 내다보는 것을 좋아했는데, 높은 창문으로 팰스태프 표지판을 지나 네온불빛이 깜박거렸다.

의사는 그에게 술을 마시지 말라고 했다. 그는 마셨다. 담배를 끊으세요. 그는 피웠다. 탐정사무소는 그만 닫아요. 그는 더 오래 일했고, 더 긴 명단을 모았으며, 무기를 선적하고, 군수품을 저장하고, 지방대학들을 감시하는 또랑또랑한 청년들의 조직망을 운영했다.

데이브 페리는 뇌에 종양이 자라고 있는데도 이런 일상을 꾸려나갔다. 그러나 기억상실과 현기증을 겪는 사람은 배니스터였다. 그는 책상 앞에 앉아서 자신의 손이 떨리기 시작하는 것을, 저 바깥 어딘가, 마치 다른 누군가의 것인 듯, 지켜보았다.

예순세살, FBI 근무서 20년, 술집에서 혼자 술을 마시는, 수훈(受勳) 경력의 전직 수사관.

그는 재킷 아래에 357구경 매그넘 탄창이 장착된 블루스틸 콜트를 지니고 다녔다. 가이는 오래되고 믿을 만한 경찰 표준 장전의 특수 38구경이, 자신처럼 밤이나 낮이나 언제든 뛰쳐나갈지 모르는 사람에겐 충분치 못하다고 진심으로 믿었다.

아멘. 유리잔 바닥은 다갈색으로 아름답게 반짝였다. 그는 남은 버번을 마저 들이켜고는 바텐더가 다가오는 것을 지켜보았다.

"우리는 시카고의 바이오그래프에서 나오는 그를 잡았어. 34년 7월에 극장에서 세 집 건너에 있는 뒷골목에서 그를 쏘아죽였지."

"지금 누구 얘길 하는 겁니까?" 귀가 삐죽 솟은 바텐더가 말했다.

"존 딜린저란 자야. 빌어먹을, 잔이나 채워."

"얼음 넣어요 말아요?"

"유명한 결말이었어. 늙은 딜린저 놈은 우리 총에 맞고 쓰러지면서도 영화관에서 무엇이 상영중인지 말해줄 수 있었지."

"그래 뭐였죠?"

"클라크 게이블이 나오는 「맨해튼 멜로드라마」였어."

바텐더는 무심한 듯 술을 따랐다.

"영화관 근처에서 유명한 최후를 맞이할 때는 언제나 무슨 영화가 상영중인지 알아둘 필요가 있지."

"그렇겠네요, 배니스터 씨."

"그건 대단히 화려한 역사였어."

베니스터는 피그즈 만 작전을 위해 정유소 폭파용의 군수물자를 플로리다 키즈로 옮긴 적이 있었다. 당시 그의 사무실에 무기가 너무 많이 쌓여 있어서 페리에게 얼마쯤 집에 가져가게 해야 했다. 페리는 주방에 지뢰를 쌓아놓고 있었다. 몇십개 분파가 두번째 침공을 원하고 있는 지금, 어서 무슨 일이든 일어나야 했다. 정부는 그걸 알고 있었다. 최근 검거와 체포가 잦아졌다. 사태는 반전되고 있었다.

그는 오즈월드라는 친구가 윌리엄 레일리 커피회사에서 나와 집으로 걸어가는 모습을 창가에서 보았다. 뉴올리언즈의 거대한 흐름 속 또 하나의 까닥이는 머리통.

손이 저 바깥에서 떨리기 시작했다. 그것은 그와 아무런 상관이 없었다.

그는 더 늦게까지 일했고 더 긴 명단을 만들었다. 그에게는 항상 이름을 들고 찾아오는 조사원들이 있었다. 그는 정부 전복을 꾀하는 자들, 좌익 교수들, 의심스러운 투표 기록을 가진 의회 의원들의 명단을 원했다. 검둥이, 검둥이를 좋아하는 자들, 무장한 검둥이, 애를 밴 검둥이, 피부색이 밝은 검둥이, 백인과 결혼한 검둥이 들의 명단도 원했다. 검둥이의 사진은 찍을 수 없었다. 그는 얼굴을 알아볼 수 있는 검둥이 사진을 본 적이 없었다. 그들이 빛을 발하지 않는 것은 자연적 사실일 뿐이다.

『타임즈 피카윤』은 JFK의 시민권 정책에 대한 이야기로 가득했다. 케네디는 사진을 잘 받았다. 사진 찍히기 위해 태어난 것이다. 비밀이 있는 자는 빛을 발한다.

우리는 동유럽을 포기했다. 중국을 포기했다. 우리는 우리측 해안에서 겨우 145킬로미터 떨어진 꾸바도 포기했다.

우리는 동남아를 포기하려 하고 있다. 다음번에는 백인들의 미국을 포기해버릴 것이다. 그리고 깜둥이한테 내줄 것이다. 이 연좌시위와 행진에 대해 가이가 참을 수 없는 것이 있었다. 멍청한 백인들이 노래를 부르기 시작할 때이다. 모든 기회가 무너진다. 그건 모두를 불쾌하게 만든다.

그는 바텐더를 불렀다.

"이 케네디가 자기 닮은 사람을 열 명인가 열다섯 명 데리고 다니는 거 알 거야. 그렇지?"

"아뇨."

"들어본 적도 없어?"

"그가 누구를 데리고 다닌다는 이야기는 들어본 적 없는데요."

"데리고 다녀."

배니스터가 말했다.

"역시 케네디다운 행동이네요."

"열다섯 명인가 그래. 그가 가는 곳마다 그들도 가지. 그들은 제기랄 항상 대기중이야. 왜 줄 알아? 시선을 분산시키는 거야. 왜냐하면 그는 자기가 많은 사람들을 화나게 했다는 걸 알고 있거든."

그는 20세기초에 태어나 수사국에서 20년, 지방경찰의 고위인사로 있었다, 어느 관광객 상대의 주점에서 그가 천장에다 총을 쏘았을 때까지.

술을 다 마시고 그는 자리에서 일어났다.

공공의 적 1호. 7월의 무더운 밤. 우리는 바이오그래프 근처의 골목에서 그를 끝장냈지.

사무실이 술집 옆이었지만 그는 캠프 가 입구를 이용하지 않았다. 그곳은 낮이든 밤이든 적당한 기회가 왔을 때, 그를 쓰러뜨릴 준비가 마련된 장소였다. 그는 라파에트 쪽으로 난 옆문을 이용해 2층으로 연결된 계단을 터벅터벅 올라갔다.

델핀은 바깥쪽 사무실의 책상 앞에 앉아 있었다. 그녀는 그가 지금까지 술을 마시고 있었다는 걸 안다는 듯 신경질적인 얼굴로 그를 보았다. 이런 애인이 있으니, 그는 아내가 필요없었다.

"당신이 꼭 알아야 할 게 있어요." 그녀가 말했다.

"난 다 알아."

"이건 모를 거예요."

그는 페리가 암의 병원체를 옮긴다고 했던 비닐쏘파에 앉아 담뱃갑에서 담배를 꺼내 흔들며 불을 붙이면서 시간을 끌었다. 그는 전쟁 때 가지고 다니던 지포라이터를 가지고 있었는데 아직도 쉿 하고 불꽃을 내면서 잘 켜졌다.

"위층의 레온인가, 이름은 모르겠지만, 아무튼 빈방에서 일하는 사람에 대한 거예요."

"오즈월드 말이군."

"점심 먹고 나서 막 일어나 나간 사람들에 대한 파일을 찾아보려고 위층에 갔어요. 사무실엔 아무도 없었어요. 탁자엔 전단지더미들뿐이고. 뭐라고 씌어 있는 줄 알아요? 꾸바에서 손떼라. 꾸바에 정의를. 우리 머리 바로 위에친까스뜨로 전단이 놓여 있다고요."

가이 배니스터는 담배를 든 손을 약간 돌렸다.

"계속해봐, 뭐 다른 건." 재미있다는 눈빛으로 그는 말했다.

"농담이 아니에요, 가이. 저 작은 사무실에 선동적인 서류가 있다고요."

"그 전단들이 일어나서 이쪽으로 걸어들어오지 않는지만 확실히 해둬. 그게 여기로 내려오는 건 싫으니까. 그는 그의 일을 하는 거고 우린 우리 일을 하는 거야. 결국 같은 게 되거든."

"그럼 당신은 알고 있었군요."

"일이 어떻게 되어가는지 그저 지켜보는 거야."

"당신은 그에 대해 어느 정도나 알고 있죠?"

"개인적으로는 전혀 몰라. 그는 주로 페리와 일하거든. 페리가 그를 추천했지. 그는 데이비드 페리의 계획 안에 들어 있어."

"그게 무슨 뜻인지 궁금해요." 델핀이 말했다.

배니스터는 미소를 지으며 일어났다. 그는 책상 위의 재떨이에 담배를 놓았다. 그러고는 델핀의 의자 뒤에 서서 그녀의 어깨와 목을 주물렀다. 책상에는 반공무장집단 미닛맨의 소식지인 『온 타깃』 최근호가 놓여 있었다. 이탤릭체 한 줄에 그의 시선이 멈추었다. 지금도 조준 십자가는 당신의 목 뒤를 겨누고 있다. 무언가 기미가 있다. 역사상 같은 시점에 사람들이 감지하는 힘들이 공기중에 떠돌고 있다. 그것은 살갗에, 손끝에 느껴지는 것이다.

"오늘 아침 일찍 전화한 사람에 대해서는요? 그는 여러 가지 면에서 훨씬 멀게 느껴지던데요." 델핀이 말했다.

"그에게 50달러 부쳤죠?"

"당신 말대로야."

"매키의 사람 중 하나죠. 나는 처음 봐요. 내가 어떻게 티제이와 연락할 수 있는지 말해줬어요."

그녀는 머리카락에 손을 올리고, 사무실 문 위의 그을린 유리판을 바라보았다.

"오늘밤 나의 FBI 수사관을 보게 되나요?"

그는 담배를 집느라 그녀의 어깨 너머로 팔을 뻗었다.

"파일을 새로 하나 만들어줘. 퇴근하기 전에. 대꾸바 공정촉진위원회와 관련된 거야. 예쁜 분홍색 표지를 붙이고." 그는 그녀에게 말했다.

"파일 안에 뭘 넣죠?"

"델핀, 일단 파일을 만들면, 자료가 쏟아져들어오는 건 시간문제야. 메모, 명단, 사진, 소문 들. 누군가가 와서 수집할 때까지 죽어 있는 세상의 모든 부스러기, 조각들, 속삭임. 그 모든 게 당신을 기다리고 있어."

실직한 수영장 청소부 웨인 엘코는 추운 새벽 덴버의 유니언 스테이션 대합실의 긴 의자에 앉아 있었다.

요즘 들어 그는 자기가 언제나 어딘가 도착하거나 어딘가로 떠나고 있다는 생각이 들었다. 웨인은 실제로 어떤 장소라고 할 만한 곳에 있어본 적이 없었다. 그는 여기 있는 것도 저기 있는 것도 아니었다. 그것은 철학적인 문제 같았다.

그의 곁에는 카키색 배낭과 해안지역의 A&P(미국 전역에 지점을 가진 대형할인마트—옮긴이)에서 얻은 낡은 쇼핑가방이 놓여 있었다. 그의 물질적인 생활에 관련된 것은 모두 그 두 개의 닳아빠진 가방에 들어 있었다.

그는 장래성이 희박한 남자였다. 20달러만 주면 그는 주행거리 측정계를 2만 마일 뒤로 돌려줄 것이다. 소요시간은 약 15분. 보험금을 타내고 싶다고 하면 그는 100달러 받고 자동차에 플라스틱 폭탄을 붙여서 폐차장으로 날려보낼 것이다. 어쩌면 무료로 할지도 모른다. 그저 그 방면의 숙련을 위해서일 수도 있다.

아치 모양의 높은 창문에 새벽빛이 모였다. 벤치는 9미터 길이로, 높고 둥글게 휘어진 등받이가 있고, 잘 닦여 있었다. 거대한 샹들리에가 그의 위에 걸려 있었다. 대합실은 역에서 얼굴이 익은 두세 명을 제외하고는 비어 있었는데, 그들은 벽 속에 사는 도마뱀처럼, 그가 모든 정거장에서 보는 두세 명의 그림자 같은 사람들이었다. 정적, 아치 모양의 창문, 나무벤치와 샹들리에는 그에게 교회를 연상시켰다—기차를 타고 여행해 소음과 사람들이 내뿜는 훈김으로부터 빠져나와 가장 조용한 생각을 할 수 있는 높고 텅 빈 곳이었다.

그는 10분 동안 벤치에서 잠들어 있었다. 경찰관이 야경봉으로 웨인의 세운 무릎을 툭툭 쳤다. 속 빈 나무 같은 소리가 났다. 로키산맥에 오신 걸 환영합니다.

그는 일어나서 물건을 챙기고 창고의 콘크리트 하역장에서 잠자기 위해 길을 건넜다. 이번에 그를 깨운 것은 트럭이었다. 그는 두 줄로 놓인 구식도로가 자갈길 위에서 교차하는 냉동창고지구를 헤맸다. 트웬티스 앤드 블레이크에서 그는 한 남자가 쓰레기 트럭을 걸레질하는 것을 보았다. 철조망 뒤로 부서진 차 몇백대가 서 있고 1평방피트마다 깨진 유릿조각이 수천개였다. 그곳은 덴버의 깨진 유리를 버리는 장소였다. 트웬티스 앤드 래리머에서 그는 비틀대며 걷는 남자들을 보았다. 일찍 일어나 산책하러 나온 주정뱅이들. 침례교 선교단. 빌려줄 돈. 구겐하임 모자를 쓴 미친 남자가 길을 내려오다 엎어졌다. 인디언인지 멕시코인인지 혼혈인지 뭔지 모르지만 그 남자는 멋대로 만들어낸 말로 욕설을 내뱉고 있었다. 웨인은 그를 보고 에버글레이즈의 얼굴들과 인터펜 부대에서 훈련받는 동안 자그마한 섬인 노네임 키에서 본 사람들을 떠올렸다. 까스뜨로를 위해 싸웠다가 반대파에 붙은 그 모든 자들. 모두의 얼굴에 떠오른 어두운 분노. 피델은 혁명을 배반했다.

웨인은 마이애미 남서부 4번가의 하숙집에서 떠돌아다니는 부랑자 특공대원들과 살았었다. 그들은 맹그로브 습지에서 훈련받을 때면 몇주씩 머물렀고 10미터 길이의 대형보트를 타고 꾸바 해안을 따라 급습하기도 했지만 주로 요원을 상륙시키거나 실루엣들에 총을 쏘았다. 아니면 물막이 판자로 지은 집 가까이 머물면서 뒷마당에서 경기관총을 손질했다. 유도강사들, 예인선 선장들, 꾸바인 부랑자들, 웨인 같은 전 낙하산 부대원들, 서아프리카나 말레이에서의 아무도 들어보지 못한 전투에서 데려온 용병들. 그들은 웨인이 가장 좋아하는 영화 「7인의 사무라이」에서 바로 튀어나온 사나이들, 주군이 없는 전사들, 약탈자에게서 마을을 구하기 위해 기꺼이 단결하고, 나라를 되찾고, 결국에는 배신당하고 마는 사나이들 같았다. 애초에 진흙투성이 소년들의 작은 스냅사진을 찍으면서 노네임 키 상공을 정찰하고 다닌 것은 해군 제트기였다. 그다음으로 데이드 군 보안관의 묵인 아래 다섯 명의 인터펜 부대원이 부랑자 혐의로 잡혀들어갔다. 그러고는 미국 세관원들이 덤벼들어 열두 명을 체포했는데, 그중에는 전투복 차림에 얼굴에 검댕을 칠한 웨인 엘코도 포함되어 있었다. 그들이 트윈 엔진을 장착한 대형보트를 타고 꾸바를 향해 막 출발하는 순간이었다.

JFK는 까스뜨로를 내버려두겠다고 소련과 협상했다. 믿을 수 없다. 선거인 등록을 할 여유만 있었다면 JFK에게 투표했을 텐데 말이다. 그는 국가, 충성심, 고국의 산천을 믿었다. 그것들은 모두 한데 엮인 것이다.

그는 공중전화를 찾아 1년 전쯤 티제이 매키가 준 뉴올리언즈 번호로 수신자부담전화를 걸었다. 그는 수화기 저쪽의 여자에게 가이 배니스터 씨와 이야기하고 싶다고 말했다.

"웨인 엘코라고 해주세요. 티제이한테 내가 콜로라도의 덴버에서 볼일이 다 끝난 것 같아 새로운 일거리를 찾고 있다고 전해주세요."

윈 에버렛은 그의 집 지하실 작업대에 몸을 구부리고 있었다. 그의 앞에는 이런저런 도구와 재료가 쌓여 있었는데, 주로 작고 값싼 가정용품들—자르는 도구들, 아세테이트 덮개, 풀과 접착제, 부드러운 지우개, 여행용 다리미 같은 것들이었다.

그는 자신감에 차서 가위와 테이프로 매우 민첩하게 한 인물을 조립하고 있었다.

그의 총잡이는 갑자기 나타났다가 가짜 이름들의 미로 속으로 사라질 것이다. 조사관들은 우체통에서 지원서류를 발견할 것이다. 미해병대 복무 증명서, 사회보장카드, 여권 신청서, 자동차 운전면허증, 훔친 신용카드와 여섯 가지 서류—두세 개의 다른 이름들로 된 이 서류는 각각 쿠바 정보국 국장을 가리키는 흔적들에 다다르게 할 것이다.

그는 다이너스클럽 카드를 만들고 있었다. 폴리에스테르 합성수지에 적신 면봉으로 돋워진 글자 위의 잉크를 제거했다. 선반에 놓인 라디오에서 마음을 편하게 해주는 음악이 흘러나왔다. 그는 카드를 따뜻한 다리미에 대고 눌러서 글자들이 퍼지게 천천히 달구었다. 그러고서는 면도날로 남은 돌출부를 평평하게 깎아냈다. 나중에 카드를 다시 달구어서, 주소인쇄기로 새 이름과 번호를 찍어낼 것이었다.

그는 초창기 공작원 시절에 얼마간의 스파이활동에 필요한 잔기술을 익혔다. 그전에는 인디애나의 프랭클린 같은 중서부의 작은 대학에서 교양과목들을 가르쳤는데, CIA에 관계했다던가 하는 기민하게 생긴 동료의 추천으로 비밀훈련을 받게 되었다. 동료의 제안은 시기적절한 것으로 그때까지 온몸으로 느껴온 불안과 위험을 무릅쓰고 무언가 중요한 일을 함으로써 정신적인 만족감을 느끼지 못하는 한 스스로를 완성된 존재로 볼 수 없다는 인식에 대해 실험 가능한 적절한 답으로 보였다. 그는 곧 플랩스 앤드 씰스(Flaps Seals), 즉 다른 사람들의 우편물을 몰래 읽는 방법을 가르치는 간단한 과정을 밟았다. 그러는 동안 이따금 아담한 프랭클린대학에서 보낸 무료한 오후를 떠올렸다. 과떼말라씨티의 지부장 임무를 포함해 아바나와 중앙아메리카에서 몇년을 보낸 후, 그는 꾸바 망명자부대의 교육에 참여할 몇명 중하나로 임명되었다. 그뒤로는 분주한 나날의 연속이었다. 뿌에르또리꼬와 노스캐롤라이나에서의 수중 폭파, 피닉스 외곽에서의 낙하산부대, 니까라과, 마이애미, 키웨스트에의 팀 편성.

그는 지금 활달하고 이전 그 어느 때보다 상태가 좋아서 상황을 완전히 통제하며 민첩하게 움직이는 것 같았다.

다음 차례는 그 청년의 주소록이다. 꽤 벅찬 일이다. 일단 필적견본을 얻으면, 윈은 그 작은 페이지들에 이런저런 거짓 흔적들, 번잡한 생활, 좀체 풀리지 않는 미스터리, 조사자들이 몇달 동안 매달리게 할 만큼 충분히 많은 실존인물과 날조된 인물 들을 새겨넣을 것이다.

그는 엘머 글루 올(강력접착제—옮긴이)의 마개를 돌려 열었다. 그리고 X-액토 나이프로 불투명종이에서 새 서명란이 될 긴 조각을 잘라냈다. 그는 신용카드 뒷면의 빈 곳에 종잇

조각을 대고 길이와 너비를 확인했다. 그러고는 종이에 고르게 풀을 발라 그것을 카드 위에 가볍게 눌렀다. 그는 풀이 마르는 동안 라디오를 들었다.

그 시절 그는 허겁지겁 바쁘게 살았다. 커낼 구역의 포트 굴릭. 과떼말라의 트랙스 기지. 그 시절에 비하면 지금은 평온한 편이다. 이제 그에게는 읽으려고 별러온 모든 책의 책장을 넘길 시간이 있다.

주소록 다음에는 가짜 이름들이다. 그는 이름을 고안해내게 되길 고대하고 있다. 우선 카드 뒷면에 남은 풀을 쑤전의 지우개로 제거했다. 그러고는 라디오를 끄고, 불을 끈 다음, 오래된 판자 계단을 올라갔다.

그의 총잡이는 거즈조각으로 만든 무대 뒤에서 나타날 것이다. 모든 것을 우연의 일치, 좀체 풀리지 않는 미스테리와 함께 남겨두어야 한다. 진짜처럼 보이게 하는 것이다.

그는 앞문을 확인했다. 하루하루가 왔다가는 사라져갔다. 다시 잘 시간. 요즘은 언제나 잘 시간이다. 그는 돌아다니며 불을 끄고, 뒷문이 닫혔는지 오븐이 꺼졌는지 확인했다. 모든 게 완벽해야 한다.

언젠가 이 작전은 랭글리와 국방부 정보국의 최고위층에서 연구될 것이다.

그는 주방의 불을 껐다. 계단을 오르기 시작하면서 오븐을 다시 한번 확인하고 싶은 충동을 느꼈다. 물론 그는 오븐이 확실히 꺼진 것을 알고 있었다. 그들을 놀래자. 괴상한 우연의 일치를 창조해 그들이 믿을 수밖에 없도록 하는 거다.

폭력적인 욕망으로 고동치는 외로움을 창조해내자. 이런 유의 인간. 체포, 가짜 이름, 훔친 신용카드. 희생자를 좇는 것은 누군가의 외로움을 조직하고, 거기에서 연결망을 만들어내고, 연관관계를 직조해내는 한 방법이다. 절망에 빠진 사람은 자신의 고독에 목적과 운명을 부여하는 법이다.

오븐은 꺼졌다. 그는 이 사실을 마음에 새기려고 애썼다. 그러고는 침실 라디오에서 흘러나오는 부드러운 음악을 들으면서 위층으로 갔다.

이런 유의 인간. 자기감시자. 한곳에 정착하지 못하는 사람. 우리가 우리 자신으로부터 숨는 곳이 세계라면 그곳에 더이상 접근할 수 없을 때 우리는 어떻게 해야 하는가? 우리는 가짜 이름을 만들어내고, 운명을 만들어내고, 우편으로 총을 구입한다.

랜써가 호놀룰루에 간다.

1단계에서 그는 잘 움직였다. 그는 활달하고 놀랍도록 민첩하고 일을 완전히 장악하고 있다고 느꼈다. 주소록이 다음 차례다. 우리는 극적인 빗나감을 원한다.

KDNT의 아나운서가, 미합중국기구의 8개국 위원회가 우리 반구에서 맑스주의적 전복을 선동한다는 명목으로 꾸바를 규탄했다고 말했다. 그 섬은 요원들의 훈련쎈터이다. 정부는 라틴아메리카에서 폭력과 불안을 부추기는 새로운 작전을 펴기 시작했다.

그는 이런 상기시켜주는 목소리가 필요치 않았다. 그는 꾸바가 어떻게 되었다고 말해주는 아나운서가 필요없었다.

이것은 말없는 투쟁이었다. 그에게는 말없는 분노와 결단이 있었다. 그는 동료를 원치 않았다. 그와 똑같은 생각을 하는 사람이 많으면 많을수록, 그의 분노는 덜 순수해진다. 이 나라는 그의 분노의 품위를 손상시키는 바보들로 시끄럽다.

윈은 파자마를 걸쳤다. 요즘은 항상 파자마를 입고 있는 것 같았다. 하루의 일을 반도 하지 않았는데 또다시 잘 시간이었다. 메어리 프랜씨스는 잠들어 있었다. 그는 라디오를 끄고, 전등을 껐다. 그러고는 그것이 무엇이든 외계에 존재하는, 그리고 하늘을 다스리는 힘에게, 끝없는 수소의 소용돌이, 모든 발과 영혼의 영역을 지배하는 힘에게 말했다. 제발 잠들게, 그러나 꿈은 꾸지 않게 해달라고.

꿈은 설명할 수 없는 두려움을 안겨주었다.

모스끄바에서

그는 큰 방에서 눈을 떴다. 높은 벽, 낡은 플러시 의자들, 퀴퀴한 냄새가 밴 두꺼운 깔개가 있었다. 그는 침대에서 일어나 창가로 걸어갔다. 서두르는 사람들, 버스를 기다리는 긴 줄. 그는 세수를 하고 면도를 했다. 그는 흰 셔츠와 회색 플란넬 바지, 폭이 좁은 짙은색 넥타이, 황갈색 캐시미어 스웨터를 걸치고는 맨발로 다시 창가에 섰다. 모스끄바 사람들, 그는 생각했다. 잠시 후 양말과 좋은 구두를 신고 플란넬 정장코트를 걸쳤다. 그는 도금된 거울을 들여다보았다. 그러고는 레이스 커튼이 달린 방의 낡은 플러시 의자 중 하나에 앉아 다리 하나를 조심스럽게 다른 다리에 얹었다. 그는 이제 역사적인 인물이었다.

나중에 그는 이 나날들과, 다가올 주와 달 들을 요약한 역사일기를 쓸 것이다. 주로 블록체로 씌어진 글줄들은 멋대로 비뚤어지고 페이지를 가로질러 기울어져 있기도 하다. 페이지는 위에서 아래까지 꽉 들어차 있어 양끝으로 비어져

나올 지경이다. 가로로 줄을 그은 단어들, 얼룩진 단어들, 고치고 덧붙이려 한 것, 필기체가 겹쳐진 것, 숨가쁜 느낌과 이상하게 침착한 구절들이 뒤섞여 어지럽다.

그는 자기 담당의 러시아 외국인 관광국 안내원인 리마라는 젊은 여자에게 소련 시민권을 신청하고 싶다고 말했다.

그녀는 소스라치게 놀라지만, 도와주기로 동의한다. 나에 대해서 묻고 이렇게 하는 이유를 묻는다. 나는 내가 공산주의자이고 어쩌고 하며 설명한다. 그녀는 예의바르고 동정적이지만 이제 불편해한다. 그녀는 내게 친구가 되어주려 한다. 그러면서 모든 면에서 서툰 나를 안타깝게 여긴다.

그가 도착한 지 이틀 뒤, 그의 스무번째 생일에 리마는 러시아어판 도스또예프스끼 소설을 주면서, 빈 페이지에 썼다. "정말 축하해요! 당신의 꿈이 모두 이루어지기를!"

그다음에는 일이 빨리 진행되었다. 그는 의미를 이끌어내고, 낡은 태도와 입장에 의지할 시간이 없었다. 그가 1년 넘게 해병대에서 품고 있었던 비밀, 망명계획은 이 시점까지 그의 인생에서 가장 강력한 지식이었다. 이제, 대머리 관리의 사무실에서, 그는 세계적인 투쟁의 중심인 소련에서 산다는 것이 그에게 어떤 의미인지 설명하려고 애쓰고 있었다.

그 남자는 오즈월드 뒤의 닫혀 있는 사무실 문을 바라보았다.

"소련은 문학 속에서만 위대합니다." 그가 말했다. "집으로 돌아가요, 친구, 그리고 행운을 빌겠습니다."

그는 농담하는 것이 아니었다.

나는 놀라서 같은 말을 반복하고, 그는 조사해보고 나서 알려주겠다고 말한다.

당국은 그날 알려주었다. 리 H. 오즈월드의 비자는 오후 8시에 만료될 것이다. 그는 두 시간 내에 이 나라를 떠나야 했다. 이 소식을 가져온 경관은 오즈월드가 그날 일찍 여권과 직원과 이야기했다는 것을 모르는 듯했다. 리는 먼저의 직원이 기한을 말해주지 않았고, 비자가 연장될 수도 있다는 희망을 주었다고 설명하려 애썼다. 그는 그 직원의 이름이나 그가 속한 내무성 부서를 기억해낼 수 없었다. 그는 그 직원의 사무실과 옷차림을 묘사하기 시작했다. 절망감이 밀려왔다. 두번째 직원은 그가 무슨 말을 하는지 알아듣지 못했다.

이런 공백이 그에게 두려움을 불러일으켰다. 아무도 그를 다른 사람과 구별하지 못했다. 일이 쉽게 제대로 되게 할 어떤 비결도 미처 터득하지 못했다. 다른 사람들은 그게 뭔지 알았다. 그는 몰랐다. 다른 사람들은 잘해나갔다. 그는 그러지 못했다. 그는 지금까지 혼자 힘으로 여기까지 왔다. 르아브르, 싸우샘턴, 런던, 헬씽키―그다음엔 기차로 소련 국경을 넘어왔다. 그는 계획을 세웠고, 새로운 삶을 구상했는데, 지금, 그가 누군지 알고자 단 10분을 내주는 사람이 없다. 체제 내에서는 제로나 다름없는 존재. 그는 창가에 앉아 방 건너편 선반에 놓인 열려 있는 여행가방을 바라보았다. 몇가지 물건은 아직 꾸리지 않았다.

충격이다!! 갖가지 꿈을 꾸었는데!

그는 여기서 외국인이었다. 불만이 득될 것이 없었다. 그는 원망을 털어버릴 수가 없었다. 그 원망은 미국제로 여기서는 토로할 길이 없었다. 그는 자기가 얼마나 위험한 일을 했는지 처음으로 깨달았다. 고국을 떠난다는 것. 그는 이 깨달음에 맞서 싸웠다. 그는 알고 싶지 않은 것을 알게 되는 것을 증오했다. 그는 문을 열고 복도를 내다보았다. 방 열쇠를 건네주는 여자가 엘리베이터 옆 작은 책상 앞에 앉아 있었다. 그녀는 그를 보려고 몸을 돌렸다. 그는 다시 안으로 들어갔다.

오후 7시. 나는 끝내기로 한다. 통증을 마비시키려면 손목을 찬물에 담가라.

그는 세면대 앞에 서서 왼쪽 셔츠 소매를 걷어올렸다. 깨끗한 칼날을 면도칼 상자에 받쳐놓을 동안만 손목을 찬물에서 뺐다. 따뜻한 물이 욕조에 흐르고 있었다.

하이델이 천국으로 갈 준비를 하고 있다, 하하.

여기에 뭔가 재미있는 것이 있었던가? 그는 그렇게 생각지 않았다. 그들은 항상 그가 떠나기 싫었던 곳에서 떠나게 만들려고 했다. 찬물이 통증을 줄여줄 터였다. 그게 1단계였다. 따뜻한 물은 피가 잘 흐르도록 해줄 것이다. 그게 2단계였다. 그는 피부에 칼자국을 낼 필요가 거의 없을 것이었다. 질레트가 광고주인 월드씨리즈 텔레비전 광고—그들은 말하는 앵무새를 쓴다. 그는 빈손으로 넥타이를 풀었다.

내 뜨거운 꿈들이 산산이 부서진다.

그는 8시에 리마가 와서 그가 죽은 것을 발견하는 상상을 했다. 퇴근한 직원들을 서둘러 호출. 그는 욕조가 채워진 것을 보았다. 가득 채워야 할 이유가 있나? 어차피 그는 들어가지 않을 텐데, 안 그런가? 자른 손목만 담글 텐데. 소련 관리들이 미국 관리들을 부른다. 언제나 아웃싸이더, 언제나 적응이 필요한 자. 그는 찬물을 잠그고, 면도칼을 집어들고, 욕조 옆 바닥에 앉았다.

그러고는 내 왼쪽 손목을 베었다.

하지만 왜 그게 재미있나? 어째서 그는 신음도 울음도 없이 손목을 베는 자신을 지켜보고 있었나? 첫번째 핏줄기가 스며나오고, 조심스레 그은 칼자국에서 연이어 핏방울이 흘러내렸다. 그는 개인적인 압박에서 도망치려고 여기 있었던게 아니다. 그는 결혼문제가 있는 남자가 아니었다. 그는 굳은 신념이 있었고, 세상에서 실제적인 경험도 했다. 그는 왼팔을 욕조 모서리에 털썩 내려뜨렸다.

내 삶이 소용돌이치는 것을 보고 있을 때, 어디선가, 바이올린 소리가 들린다.

여기서는 상처의 길이를 어떻게 잴까, 쎈티미터로? 텍사스로 급한 전화. 나예요, 엄마, 호텔 베를린에서 피웅덩이 속에 누워 있어요. 그는 물이 흐릿한 분홍색이 되어가는 것을 보았다. 나는 벌리츠(Berlitz, 일상생활에 필요한 말하기 능력 향상에 중점을 둔 대화 위주의 언어교습법—옮긴이)를 혼자서 공부했다. 내 러시아어는 아직 형편없지만 더 열심히 공부할 것이다. 나는 가족에 대한 질문에는 답하지 않겠지만 출판을 위해서 이것을 말해두겠다. 이민은 쉽지 않은 일입니다. 누구에게나 권하지는 않겠어요. 이민은 새로운 나라에 가서, 언제나 아웃싸이더, 언제나 적응이 필요한 사람이 되는 것을 뜻합니다. 나는 완전히 이상주의자는 아닙니다. 기회가 닿아 교전중인 미군을 본 적이 있습니다. 쑤빅 만(필리핀 루손 섬 남서부의 만—옮긴이)의 해군기지를 본 적이 있다면 내 말이 무슨 뜻인지 알 겁니다. 수평선 건너 어디에나 있는 전쟁기계들. 외국 사람들은 이윤을 위해 착취당하고요. 잠시 후 그는 눈을 감고 욕조 모서리에 머리를 기댔다. 늘어진다. 그들이 원하는 대로 하라지.

나는 혼자 생각한다, "죽기는 얼마나 쉬운가."

나는 내 입장에서 이야기를 하고 싶습니다. 나는 미국인들에게 생각할 거리를 주고 싶습니다. 그는 자신이 어디 있는지 알았고, 타일 바닥에 앉은 자신을 그려볼 수 있었으나 그 광경에서 거리감을 느꼈다.

그리고 달콤한 죽음(바이올린 소리에 맞추어).

졸렸다. 위장된 평온. 무언가 부실한 것. 상처와 반창고와 목욕물이 있는 하얀 타일 세상 속에 있는 아이 같다고 느꼈다. 향기와 자극으로 약간 어지럽고, 지독한 요오드팅크가 물어뜯는 것 같다, 에크달의 향수처럼. 이 세상 속에는 또 다른 세상이 있다. 내가 할 수 있는 일은 다 했다. 이제 다른 사람들이 선택하게 하자. 시간이 끝나가는 것을 느꼈다. 보통 사람으로서 우리가 아는 표피의 가장자리에서 미끄러져, 따뜻한 물속으로 피를 흘리며 쓰러지면서 그는 대기에서 조롱하는 듯한 무엇을 느꼈다.

소련 보건부
경과 보고
　10월 21일 환자는 구급차로 보뜨낀 병원 입원실로 이송되었고 나중에 26번 건물로 옮겨졌음. 왼쪽 팔뚝 삼분의 일 근처에 자살기도 흔적으로 보이는 자상. 상처는 가장자리가 수평으로 날카롭게 베임. 네 바늘 꿰매고 무균붕대를 감아 1차 외과적 처치. 환자는 10월 16일 미국에서 도착한 여행자임. 기술고등학교의 무선기술·무선전자공학과 졸업의 학력이 있음. 부모가 없음. 미국으로 돌아가기를 원치 않는다고 주장하고 있음.

그들은 그를 정신병동에 넣었다. 끔찍한 음식, 뚫어지게 들여다보는 부드러운 눈길. 리마가 함께 있어주었고 일반병동으로 옮기도록 도와주었다. 그녀는 라벨이 붙어 있지 않은 단지를 코트에서 꺼내 그 액체를 천천히 한모금씩 마시라고 했다. 오잇조각이 든 보뜨까. 건강을 위해서,라고 그녀는 말했다.

그가 퇴원한 후 그녀는 그를 비자등록부로 데려갔다. 그는 네 명의 관리에게 귀화에 대해 말했다. 그들은 그의 말을 전혀 듣지 않았다. 그들은 그가 다른 관리들과 만난 것은 몰랐다. 그들은 그에게 대답을 주려면 시간이 좀 걸릴 거라고 했다.

새 호텔인 메트로폴에서 그는 사흘 동안 혼자 지냈다. 이것이 리 H. 오즈월드가 소련에 머문 2년 반 동안 겪은 침묵기의 첫번째였다.

그는 소련의 영웅들을 그린 거대한 그림을 지나쳐 복도를 걸어갔다. 그는 머리를 땋아늘인 그 층의 관리인 여자에게서 열쇠를 받았다. 매니큐어와 담배 냄새가 풍겼다.

방에 들어온 그는 샹들리에 아래 화려한 장식의자에 앉

왔다. 그러고는 벽난로 선반 위의 시계를 보고 자기 시계를 맞추었다. 시계, 반지, 돈, 그리고 여행가방은 깔끔하게 꾸려져 먼저 묵은 호텔로부터 보내져왔다. 모든 것이 그대로였다. 1꼬뻬이까도 없어지지 않았다.

그는 공책에 끄레믈린을 중앙에 놓은 모스끄바 거리의 간략한 평면도를 그렸다.

혼자 지낸 지 사흘째 되는 날 그는 한끼만 먹었다. 그는 전화기 옆에서 관리가 전화하기를 기다렸다. 그는 도스또예프스끼를 읽으려고 애썼다. 그는 관광객들이 방문 앞을 지나가면서 풍경 등에 대해 이야기하는 것을 들었다. 복도 끝에는 입상이 있었다. 실물 크기의 나체상이었다. 러시아어는 어려웠다. 그는 도스또예프스끼를 읽으면 조금은 쉬워질 거라고 생각했다.

10월 31일. 나는 택시를 잡는다, "미국 대사관"이라고 나는 말한다.

접수계원은 그에게 여행자 등록부에 서명하라고 했다. 그는 그녀에게 미국 시민권을 포기하러 왔다고 말했다. 어머나. 그녀는 영사 사무실로 그를 데려갔다. 그는 책상 왼쪽의 안락의자에 다리를 꼬고 앉았다. 망설일 것은 없었다.

"나는 맑스주의자입니다."

그가 말하기 시작했다.

영사는 안경을 고쳐썼다.

"당신이 무슨 말을 할지 압니다. '다시 생각할 시간을 가지십시오.' '다시 오세요. 그때 자세히 이야기하죠.' 나는 지금 당장 말하겠습니다. 나는 내 시민권을 포기한다는 법적 서류에 서명할 준비가 되어 있습니다."

영사는 서류를 준비하는 데 시간이 걸린다고 했다. 그는 이렇게 말하는 듯한 얼굴을 하고 있었다. 당신 누구요?

"난 군대에서 레이더병으로 복무하면서 기밀들을 알게 됐습니다. 소련 국민이 되면 나는 당국에 그것을 말할 것입니다."

그는 자기가 영사의 주의를 끌었다고 믿었다. 그는 이미 그 장면 전체를 미래형으로 보고 있었다. 그는 사흘을 홀로 보냈다. 이 시간을 통해 그는 자신이 돌이킬 수 없는 지점에 이르렀음을 절감했다. 스딸린의 본명은 주가슈빌리이다. 끄레믈린은 요새라는 뜻이다.

나는 이 최후의 대결에 의기양양해져서 대사관을 떠났다. 나는 러시아인들이 그들에 대한 이 신뢰의 표시를 보고 나를 특별히 대해주리라고 확신한다.

그는 거의 2주 동안 홀로 방에 머무르면서 식사 양을 줄인 채 한동안은 수프만 먹었으며, 설사로 고생했다. 돈도 거의 바닥났다. 그는 면도도 하지 않고, 단추 달린 셔츠와 넥타이를 걸친 채 의자에 앉아 있었다.

호텔측은 그를 다른 방으로 옮겼다. 그 방은 더 작고 아주 간소했으며 욕조가 없었다. 호텔측은 그가 국내 여행자에게 적용되는 규정요금을 지불할 수 없음을 알고 있는 듯 하루에 3달러씩만 청구했다. 그는 속기공책에 자신의 이름을 러시아 글자로 썼다.

철저한 고독의 나날.

첫눈이 내렸다. 그는 하루에 여덟 시간씩 러시아어를 공부했다. 자습서 두 권으로 진지하게 공부했다. 그는 부지배인이 찾아오기를 기대하며, 호텔에 외상을 달면서 모든 끼니를 방에서 해결했다.

아무도 오지 않았다.

그는 비자등록부로 갔다. 그는 미대사관에 간 일과 귀화하고 싶다는 뜻을 말했다. 그들은 그를 어떻게 해야 할지 모르는 듯했다.

거리에 나오자 한 소년이 그가 미국인임을 알아보고는 껌을 달라고 했다. 영하의 추위. 등이 넓적한 여자들이 삽으로 눈을 치우고 있었다. 그는 자신의 주위를 빙빙 도는 비밀의 광대함에 처음으로 놀랐다. 그는 광대한 비밀 한가운데 있었다. 다른 기질, 눈과 추위의 끝없는 공간.

레닌과 스딸린이 돌계단 앞 오렌지빛 광채에 싸여 함께 누워 있었다. 그것은 그가 본 몇가지 중 하나였다.

가진 돈이 28달러밖에 남지 않았다.

그는 공책에 러시아어로 썼다. 나는 가졌습니다, 그는 가졌습니다, 그녀는 가졌습니다, 당신은 가졌습니다, 우리는 가졌습니다, 그들은 가졌습니다.

다음날 아침 7시 전에 두 남자가 그의 방으로 왔다. 그는 플란넬 바지와 파자마 상의를 걸치고 맨발로 서서 그들의 움직임을 관찰했다. 서리 할아버지와 그의 우두머리 요점은 아닌 듯한 생각이 들었다. 방은 이제 그들의 것이었다. 그는 그들이 어떻게 그렇게 빨리 왔는지 확실히 알 수는 없었지만 자신이 침입자, 일종의 어설픈 관광객으로 간주되고 있음을 눈치챘다. 그들이 이렇게 일찍 일어나야 했던 건 그의 잘못이었다.

그들은 그가 만났던 관리들과 같은 차림새가 아니었다. 그들은 국내 여행국 사람들도 아니었고 밀린 청구서를 가져온 것도 아니었다. 그중 한명은 「심야의 쇼」의 건달처럼 검은 반코트를 입고 검은 썬글라스를 썼다. 다른 남자는 스노우부츠를 신었고 더 나이가 많았으며 살짝 머리가 벗겨졌다.

오즈월드에게 침대에 앉으라고 손짓한 것은 이 두번째 남자였다. 그는 끼릴렌꼬라고 했다.

오즈월드가 말했다. "리 H. 오즈월드입니다."

그 남자는 희미하게 웃으면서 고개를 끄덕였다. 그러고는 코트를 입은 채 의자에 앉아 오즈월드를 똑바로 쳐다보았다. 그의 오른손이 무릎 사이에서 흔들거렸다.

리가 나서서 이야기를 시작했다.

"내 여권은 미대사관에 있습니다. 더이상 미국 시민이기를 원치 않는다는 표시로 여권을 넘겼습니다. 덧붙여 그들에게 단호하게 제 뜻을 표명하면서요."

그 남자는 눈을 감으면서 또 한번 고개를 끄덕였다.

"내가 어떤 기관을 대표해서 온 줄 압니까?"

오즈월드는 반쯤 웃어 보였다.

"국가보안위원회요. 우리는 당신이 당신 나름의 방식으로 우리와 접촉하려고 시도했다고 믿습니다. 아마 어떻게 해야 할지 잘 몰랐겠지요. 당신은 우리가 우리와 접촉하려는 모든 시도들에 대해서 경계를 게을리하지 않는다는 것을 알 겁니다. 신경질적인 습관이죠. 운이 좋다면 언젠가 극복하게 될 겁니다."

끼릴렌꼬는 밝은 푸른색 눈에 그루터기처럼 짧은 은색 수염이 나 있었고 아래턱은 처지기 시작했다. 그는 땅딸막했고 숨을 약간 헐떡거렸다. 그에게는 교활한 데가 있었는데 오즈월드는 그것을 다정함의 일면으로 받아들였다. 그는 중년남자가 어린아이와 대화를 나눌 때 상대 소년이나 소녀 못지않게 자신도 즐겁기 위해 가볍게 대화에 빠져들듯이 반쯤은 혼자 이야기하는 것처럼 보였다.

"말해봐요. 기분은 어떻습니까?"

"한동안 설사를 했습니다."

끄덕임. "이곳에 와서 행복합니까? 아니면 모든 게 실수였던가요. 집에 가고 싶지요."

"지금이 좋습니다. 아주 행복해요. 다 정리돼서요."

"그리고 내가 들은 게 맞다면 여기 머물기를 원하지요."

"당신 나라의 시민이 되기 위해서입니다."

"여기에 아는 사람이라도 있습니까?"

"아무도 없어요."

"미국에 가족이 있죠?"

"어머니밖에 없어요."

"어머니를 사랑합니까?"

"두번 다시 어머니와 연락하고 싶지 않아요."

"형제자매는요?"

"그들은 내가 이러는 이유를 이해 못합니다. 형이 둘 있어요."

"부인은요? 결혼하지 않았습니까?"

"결혼하지 않았고, 아이도 없습니다."

그 남자는 조금 더 가까이 몸을 기울였다.

"여자친구는요? 젊은 여자. 당신이 침대에 누워 생각하는 여자요."

"난 뒤에 아무것도 남겨두지 않았습니다. 누구하고 싸운 것도 아니고요."

"말해봐요. 왜 손목을 그었지요?"

"절망해서요. 머무르게 해주지 않을 것 같아서요."

끄덕임. "당신은 정말로 죽을 거라고 생각했습니까? 개인적으로 궁금해서 그럽니다."

"난 다른 사람이 결정하게 내버려두고 싶었습니다. 내가 어찌할 수 없었어요."

끄덕임. 닫히는 눈꺼풀. "돈은 있습니까? 아니면 집에서 돈을 보내주나요?"

"나는 거의 무일푼입니다."

"따뜻한 옷이 필요할 텐데요. 부츠는 있나요?"

"머무르는 걸 허락받느냐에 달린 거죠. 일할 준비는 되어 있습니다. 나는 특별한 훈련을 받았거든요."

끼릴렌꼬는 그 점은 일단 넘어가자는 것 같았다.

"어디에서 일할 겁니까? 누가 당신에게 일자리를 줄까요?"

"나라에서 줄 거라고 기대했습니다. 난 필요한 일은 뭐든지 할 뜻이 있습니다. 일하고 공부하는 거요. 나는 공부하고 싶어요."

"궁금해서 그럽니다만, 신을 믿습니까?"

"아뇨."

미소. "아주 조금도요? 개인적인 궁금증입니다."

"나는 그것이 완전히 미신이라고 생각합니다. 사람들은 그 같은 오류를 바탕으로 삶을 쌓아올리고 있죠."

"당신은 왜 여권에 적힌 고향 이름 위에 줄을 그었죠?"

"그것이 완전히 과거이기 때문입니다. 게다가 나는 당국이 친지에게 연락하는 것을 원치 않습니다. 어차피 언론에서 그렇게 하겠지만 말입니다. 하지만 나는 친지들의 전화도 받지 않고 전보에도 답하지 않을 겁니다."

"왜 대사관에다 당신이 군사기밀을 폭로할 거라고 말했습니까?"

"내가 시민권을 포기한다는 걸 그들이 받아들일 수밖에

없도록 하려고 그랬습니다."

"받아들이던가요?"

"토요일이라서 일찍 문을 닫는다고 했습니다."

"운이 나빴군요."

"그들이 말하기를 '다시 오면 우리가 할 수 있는 일을 해드리겠습니다'라고 했어요."

"이런 식의 대화를 즐기고 있는 것 같군요."

"그들이 만족하도록 다시 찾아가지는 않았습니다. 대신 내 입장에 대해 글을 써보냈지요."

"그리고 기밀들 말이에요. 당신이 이렇게 지니고 다니는."

"난 아쯔기에 있었습니다."

끄덕임.

"일본에 있는 비공개 기지입니다."

"그 기밀 얘기나 더 해봅시다. 나는, 당신이 이미 폭로 의사를 밝힌 바람에 그 기밀들이 완전히 쓸모없는 것이 되지 않을지 의문입니다."

이 마지막 언급은 창틀에 기대 담배를 피우던 다른 KGB 사나이에게 직접 전달되었다. 끼릴렌꼬는 그것이 학자의 독백처럼 들리도록 말했다. 그는 다시금 오즈월드 쪽으로 몸을 기울였다.

"말해봐요. 상처는 잘 낫고 있습니까?"

"네."

"추위는 참을 수 있습니까? 엄청나게 춥지는 않아요?"

"익숙해지고 있어요."

"음식은 어때요? 여기에서 주는 음식을 먹나요? 그리 나쁘지는 않지요? 어떤가요?"

"음식이 나빴던 것은 병원에서뿐입니다. 어느 병원이나 그렇지요."

그는 파자마가 바지 밖으로 비어져나온 게 아닌지 내려다보았다. 문 두드리는 소리에 서둘러 답하느라 파자마에 바지를 껴입은 것이다.

"러시아 사람들은 어떻습니까? 나는 당신이 우리를 어떻게 생각하는지 개인적으로 알고 싶습니다."

리는 질문에 대답하기 위해 헛기침을 했다. 그 질문에 그는 기뻤다. 그는 조만간 질문받게 되기를 고대했고, 어느정도 대답을 준비해놓고 있었다. 끼릴렌꼬는 참을성있게 기다렸다. 그는 재미있어하는 듯했고, 오즈월드가 무슨 생각을 하는지 정확히 아는 것 같았다.

오즈월드는 생각했다. 이 남자는 내가 온전히 신뢰할 수 있는 사람이야.

북극광이 잔잔히 빛나는 얼어붙은 파란 하늘 저 멀리 공장의 매연이 걸려 있었다. 그는 달리는 검은색 볼가의 뒷좌석에 끼릴렌꼬와 함께 앉아 있었다. 도시는 놀란 듯했고 꿈처럼 하얬다. 그는 표지가 될 만한 것들을 보아둠으로써 그들이 어디쯤 향해 가고 있는지 짐작해보려고 했다. 그러나 모스끄바대학의 높이 솟은 본관을 본 후로는 모든 것이 낯설었고 기억할 수도 없을 것 같았다. 그는 뉴올리언즈에서 고등학교 친구 로버트 스프롤을 닮은 누군가에게 이 여행 이야기를 들려주는 자신을 상상해보았다.

로젠버그 부부를 죽인 건 아이젠하워와 닉슨이야.

그 방은 가로세로가 각각 3.6미터와 4.5미터로 철제침대와 페인트칠이 되지 않은 탁자가 있었고 침실용 서랍장이 커튼이 쳐진 벽감 속에 들어 있었다. 어두운 통로를 내려가면 세면기가 있었고, 그 너머로 화장실과 작은 주방이 있었다. 끼릴렌꼬가 다른 남자에게 뭐라고 말했다. 그 남자는 잠시 사라졌다가 키작은 의자를 가져와서 탁자 옆에 놓았다. 그들은 오즈월드에게 개인적 이력을 묻는 설문지를 채우게 했다. 그리고 다른 서류에는 그의 망명 사유를, 또다른 서류에는 그의 군복무에 대해 쓰게 했다. 그는 하루종일 열성적으로 썼다. 가끔 특수한 질문이 나오면 그 범위를 벗어나는 답까지 썼고, 모든 종이 양옆의 여백과 뒷면까지 메웠다. 의자가 탁자에 비해 너무 낮아서 그는 오랫동안 서서 썼다.

저녁에 그는 끼릴렌꼬와 짧은 대화를 나누었다. 그들은 헤밍웨이에 관해 이야기했다. 이번에는 끼릴렌꼬가 여전히 두꺼운 코트를 입은 채 침대에 앉아 헤밍웨이 소설에서 읽은 구절들을 암송했다.

"언젠가 내가 여기에 자리잡고 공부를 하게 되면…… 나는 현대 미국인의 생활에 대한 단편소설을 쓰고 싶어요. 나는 많은 걸 봤어요. 난 침묵하며 관찰했죠. 내가 미국에서 본 것과 내가 읽은 맑스주의적 책들이 나를 여기로 데려온 거죠. 나는 항상 이 나라를 내 나라라고 생각했습니다." 오즈월드가 말했다.

"언젠가 나는 정말로 미시간을 보고 싶어요. 순전히 헤밍웨이 때문이죠."

"미시간 숲 말이군요."

"헤밍웨이를 읽으면 배가 고파져요." 끼릴렌꼬가 말했다. "배가 고파지는 건 그가 음식 이야기를 썼기 때문이 아니라 그 문체 때문이에요. 그의 책을 읽으면 식욕이 생겨요."

오즈월드는 그 말을 듣고 미소를 지었다.

"그가 천재라면 이런 방면의 천재지요. 그는 진흙과 죽음에 대해 쓰고, 나를 배고프게 만드는 거지요. 미시간에 가본 적 있나요?"

"나는 가라는 곳에만 갔어요." 오즈월드가 말했다.

희미한 불빛을 받은 끼릴렌꼬는 피곤해 보였다. 그의 부츠는 염분으로 얼룩져 있었다. 그는 일어서서 코트 주머니에서 사향쥐 모피로 만든 모자를 꺼내 다른 손바닥을 내리쳤다.

"우린 할 얘기가 많습니다. 그러니까 나를 알렉이라고 불러요." 그가 말했다.

아침에 그들은 아쯔기에 대해 이야기했다. 오즈월드는 레이더실에서 네 시간씩 관찰한 것을 설명했다. 알렉은 세부사항들, 장교들과 그곳에 속한 자들의 이름, 방의 배치 형태를 원했다. 그는 처리절차, 전문용어를 알고 싶어했다. 오즈월드는 일이 진행되는 방식을 설명했다. 그는 보안장치와 고도측정장치의 종류에 대해 말했다. 알렉은 메모를 했고, 자신의 피조사자가 뭔가 기억해내려고 애쓰거나 진술 내용에 자신이 없어 보일 때는 창문을 내다보았다.

두 사나이가 U-2기에 관해 이야기하기 위해 그들과 합류했다. 그중 한 사람은 무표정한 얼굴로 그것을 기상관측기라고 불렀다. 그들은 속기사를 데려왔다. 그들은 U-2기 조종사의 이름, 이착륙에 관한 설명을 원했다. 우호적인 사람들이 아니었다. 속기사는 양복깃에 장미 모양의 장식을 단 노인이었다.

오즈월드가 답을 모르면, 그 둘 중 한 사람이 일어나거나 흥분한 목소리로 중얼거렸다. 알렉은 이해하는 것처럼 보였다. 그들은 다른 두 남자의 시야에서 벗어나, 아무런 몸짓도 시선도 주고받지 않고 말없이 교감했다.

단독 탑승한 조종사 이름. 정비병이나 경비병의 이름.

무표정한 사나이가 그에게 몸을 기울였다. 그는 24킬로미터, 27킬로미터 상공에서 레이더병이 기상정보를 요청 받았을 때를 설명했다. 그는 저 밖에서 들려오는 목소리, 밀도 있고 쪼개지고 아스라한 목소리, 마치 기본단위로 나뉜 듯한 목소리, 물리현상이나 유령처럼 그들에게 들려온 목소리를 묘사했다. 그들은 사실과 이름을 말하라고 그를 몰아붙였다. 계속되는 질문 공세, 대기속도, 항속거리, 레이더 방해장치. 오즈월드는 알지 못하는 것은 말하고 싶지 않았다.

알렉은 아침에 다시 시작하자고 말했다. 리는 그에게 어떤 신호를 원했다. 일이 어떻게 돌아가는지? 나를 머무르게 해주고, 일자리를 주고, 경제학과 정치이론을 공부하게 해줄지?

"몸을 앞으로 굽힐 때마다 무릎이 삐긋거려요. 늙는다는 걸 어떻게 생각해요?" 끼릴렌꼬가 물었다.

그는 모든 것에는 때가 있다고 말하는 듯했다. 가장 짧은 순간을 기억해낼 시간. 마음을 바꿀 시간. 당신이 당신 삶의 주제들을 명확하게 만드는 걸 도우려고 우리가 여기 있는 거요.

그들은 오즈월드의 군 초기 경력을 듣는 데 많은 날을 보냈다. 특히 U-2기와 아쯔기에 관해. 그들은 모든 간결한 사항을 단편적인 세부사항으로 나누고, 그것을 또다시 쪼갰다. 마침내 그들은 그가 있었던 캘리포니아의 레이더 부대인 MACS-9으로 화제를 옮겨갔다.

까스뜨로가 단연 화제였다. 오즈월드는 꾸바에 가서 젊은 신병들을 훈련시키고 싶었다. 그는 숙련된 기술자이자 전투원이며, 피델에게 동정적인 그는 숙련된 기술자이자 전투원이었다.

오즈월드는 러시아어 신문과 사회주의 잡지를 구독했다. 그는 그 간이건물에 있는 사나이들에게 '다'(da, '예'를 뜻하는 러시아어─옮긴이)와 '니엣'(nyet, '아니요'를 뜻하는 러시아어─옮긴이)으로 대답했다. 그것은 이따금 그들을 흥분시켰다. 그들은 그를 오스왈도비치라고 불렀다.

그는 알렉에게 해군정보국이 운영하는 가짜 망명자 프로그램에 대한 소문을 이야기했다. 해군정보국은 미국 체제의 희생자로 가장하고, 고독하고 민감하며 새로운 종류의 삶을 받아들이고자 열망하는 듯 보이도록 훈련된 몇몇 남자 요원들을 이스턴블록에 투입했다.

이것은 정확하게 그가 망명할 방도를 구하고 있을 때의 일이었다. 그의 마음속에는 이미 모든 계획이 짜여 있었다. 그는 해군정보국이 접근해올지도 모른다고 내심 기대했었다. 그들이 그의 친소적 발언과 러시아어 신문에 대해 알고 있다고 믿는 것은 쉬웠다. 그는 그들에게 자신만의 방식으로 접촉하려 하고 있다고 말할 참이었다. 그들은 그를 철저하게 훈련시킬 것이다. 그는 진짜 망명자인 척하는 가짜 망명자로 위장한 진짜 망명자가 될 것이다, 하하.

알렉은 탁자 건너편에 앉아 소금에 절인 땅콩을 주먹에 쥐고 흔들고 있었다. 그는 텔레비전 수상기를 들여오는 것에 대해서 말했다. 오즈월드는 방송이 저녁 6시에 시작된다는 것을 듣고 놀랐다. 그것은 그가 바다를 건너온 이래 경험한 가장 이상한 일 중 하나였다.

경비원이 나타났다. 그는 매일 저녁 알렉이 떠나기 전에 나타났다. 알렉은 절대 그를 소개해주지 않았고, 그가 이 건물에 있다는 것도 알아차리지 못하는 듯했다. 경비원은 대개 복도의 세면대 옆에서 모자를 무릎에 똑바로 올려놓고 있었다.

오즈월드가 알렉에게 말하지 않은 것이 있었다. 막 네트워크에 통합된, MPS-16 레이더 체제의 세부사항 같은 것이었다. 그는 그들의 우정이 어떻게 진행되는지 보고 싶었다. 어찌됐든 미국 군대는 체제를 바꾸기 위해 막대한 돈을 써야 하리라는 데 생각이 미쳤다. 그가 다른 편으로 넘어왔으니까. 사람과 사건에 대해 되풀이해서 말하는 것은 이상하리만큼 쉬웠다.

그가 알렉에게 말하지 않은 또다른 것은 가짜 망명자 프로그램에 관한 것이었다. 아무도 그에게 접근하지 않자, 오즈월드는 외국어능력 검정시험에 응시하기로 했다. 러시아어였다. 그가 눈에 띄는지 알아보기 위해서였다.

그의 성적은 전반적으로 나쁘다는 것을 뜻하는 P등급이었다.

의사 한명과 간호사 한명이 그의 신체검사를 하기 위해 왔다. 그들은 그의 심장소리를 듣고, 귀에 빛을 비춰보았다. 몸무게를 달고 키를 잰 다음 소변과 혈액 샘플도 받아갔다. 그러고 나서 세 남자가 와서 30분가량 떨어진 콘크리트 건물로 그를 데려갔다. 그는 현대식 아파트로 걸어들어갔다. 그들은 주머니에서 물건을 모두 꺼내라고 했다. 그리고 그를 그래프용지, 펜 기록기, 다이얼, 스위치 등이 붙어 있는 콘솔 앞에 달린 의자에 앉혔다. 그들은 그에게 발을 바닥에 평평하게 놓으라고 했다. 그러고는 오스왈도비치의 팔과 가슴, 손에 튜브와 장치들을 부착했다. 그들 중 한명이 그와 마주 보고 앉았다. 당신의 이름은 이러이러합니까? 또다른 이름이나 신분을 사용한 적이 있습니까? 가장 좋아하는 색은 파랑입니까? 당신은 미정보국 요원입니까? 당신은 이 나라 안에 있는 누군가와 비밀리에 접촉하고 있습니까? 당신의 머리색은 갈색입니까? 당신은 한 사람 혹은 복수의 인물을 암살하기 위해 이곳으로 보내졌습니까? 결혼했습니까? 동성애자입니까? 담배를 피우거나 술을 마십니까?

무표정.

알렉의 흔적은 없었다. 오즈월드는 그들이 콘솔에서 자신을 떼어내는 동안 서 있었다. 그는 친구 알렉이 없어 외로웠고, 테스트를 제대로 통과하지 못했다는 우려에 남몰래 시달렸다.

그는 그들에게 알렉이 텔레비전을 주겠다고 약속했다고 말했다.

누군가가 그의 소지품을 가지고 왔다. 그는 새 아파트에 사흘간 머물렀다. 그들은 그에게 지능검사, 적성검사, 성격검사, 영어와 기초수학 검사, 도형과 형태 인지검사를 받게 했다.

그는 YMCA에서 수영을 하고 머리가 흠뻑 젖은 채 포트워스의 유잉 가에 있는 집으로 걸어들어가는 꿈을 꾸었다.

레닌과 스딸린. 카스피 해. 유럽과 아시아의 경계에 있는, 세계에서 가장 큰 내륙의 바다. 끄레믈린은 요새라는 뜻이다.

그는 모스끄바 어딘가의 경비원이 있는 아파트에 머문

이야기를 정장 차림에 넥타이를 맨 남자에게 하고 있었다. 아마 그 남자는 텔레비전 씨리즈 「나는 세 가지 삶을 살았다」에 허브 필브릭으로 나온 리처드 칼슨일 것이다. 어쩌면 그 남자는 미국 대사관의 이등서기관인가 영사인가 하는 자일지도 모른다. 그는 안경을 고쳐쓰고는 미해군의 가짜 망명자 프로그램의 일환으로 소련 정보국 기구에 침투한 전 해병대원의 이야기를 흥미롭게 듣고 있었다.

끼릴렌꼬는 KGB 본부 제2최고위 관리회 제7국 1부에 있는, 칸막이를 친 자신의 사무실의 쪽모이 세공을 한 마룻바닥에 서 있었다. 그곳의 창살이 쳐진 창문과 두꺼운 거즈 천으로 만든 가리개를 통해서 중앙본부, 제르쥔스끼 광장 2번지, 본관 건물을 구성하는 한 덩어리의 정교한 석조건물, 전후 증축된 건물, 몰살행위로 유명한 루비얀까 감옥, 다른 더 작은 건물들, 그리고 안마당이 보였다. 그는 서서 생각하는 것을 좋아했다.

중앙본부의 좋은 점은 광장을 가로질러 있는 12호 건물에서 캐비아와 연어를 싼값에 구할 수 있다는 것이었다. 또 J&B와 조니 워커가 한병에 1달러였다. 나쁜 점은 무겁게 깔린 스딸린주의의 공포가 느껴진다는 것이었다. 끼릴렌꼬는 자신에게 주어진 의자도 싫어했다. 그 물건은 곡선이 강조된 현대적인 것으로 낡은 나무책상 뒤에 두면 이상해 보였다.

서 있어야 할 이유가 점점 많아진다. 끼릴렌꼬는 팔을 뒤로 돌려 왼손으로 오른쪽 팔꿈치 아래를 잡고 있었다. 그는 미국인 청년 리 H. 오즈월드에 대해 생각했다. 리 H. 오즈월드로부터 얻은 교훈은 쉬운 경우가 절대 쉽지 않다는 점이었다. 그래서 그는 예전에 터득한 기하학과 산술 같은 고전적인 공리를 떠올렸다. 고전적인 공리를 생각했다. 그 자명한 진리, 필연적인 진리가 엄밀하게 검토되는 순간, 형편없이 꺾여버리는 것을 아는 것은 슬픈 일이었다. 이곳에 평평한 표면은 없다. 우리는 휘어진 공간에 살고 있다.

알렉은 그 젊은이에게 호감을 느꼈다. 그 눈에 순수하게 드러나 있는 열망. 그 젊은이는 세상을 붙잡으려고 애쓰고 있었다. 사실, 말, 역사적 사상 들. 그는 그의 운명에 맞서 투쟁했다. 그렇다. 정확히, 맑스의 사회적 억압에서 빠져나오려는 사람처럼. 비록 아직 확고한 균형감각을 지니지는 못했지만, 그는 숭고한 원칙과 목표를 진심으로 믿었다.

스무살 때 당신이 아는 것은 당신이 스무살이라는 것뿐이다. 다른 모든 것은 이 사실 주위를 빙글빙글 도는 안개다.

그는 러시아에 머물기 위해 손목을 그었다.

그러나 물론 이상주의자들은 예측 불가능하다. 그들은 그들이 자신에게 한 거짓말에 속아서 하룻밤 사이에 적대적인 인간으로 변해버리는 경향이 있다. 실질적인 이유로 망명하는 자들은 다루기도 관리하기도 더 쉽다. 돈, 섹스, 좌절, 원한, 허영심. 우리도 이해하고 공감할 수 있다. 우리는 때때로 우리 자신을 벼랑 끝으로 내몬다.

KGB는 오즈월드를 헬싱키에서부터 지켜보아왔다. 그가 토르니 호텔에 투숙한 뒤, 더 값싼 클라우스 쿠르키로 옮기고, 소련 영사관에 비자를 신청하고, 사무관에게 지나가는 말로 자기가 레이더와 전자공학에 대단히 능통한 전 해병대원이라고 말했던 그곳에서부터.

무턱대고 뛰어들어온 자. 그러나 그는 자기 자신에 대해 그다지 확신이 없다. 어떻게 해야 할지 확신하지 못하고 있다.

KGB는 48시간 이내에 비자를 발급해줌으로써 그가 입국하기 쉽도록 만들었다.

모스끄바의 외국인 관광국 가이드인 리마 쉬로꼬바는 그의 발언들을 골라내어 제7국 4부로 보냈고, 그곳의 정보는 끼릴렌꼬에게 보고하게 되어 있었다. 알렉은 하급관리들이 일을 뒤죽박죽으로 만들고, 그 소년이 방을 왔다갔다하도록 내버려둔 채 기다렸다. 그를 더 싼 방으로 옮기라고 지시하고는 기다리고, 기다렸다.

미대사관에는 130개의 도청장치가 설치되어 있다. 알렉의 다이얼 금고에는 오즈월드가 군 기밀을 폭로하겠다고 한 발언의 복사본이 있었다. 그는 그 젊은이의 발언과 관련하여 모스끄바 주재 미대사관에서 미국무부로 보낸 일급기밀 전보의 사본뿐만 아니라 영사관 직원이 입수해 넘겨준 오즈월드의 여권사진도 가지고 있었다.

주된 이유 "나는 맑스주의자입니다." 교만하고 공격적인 태도.

알렉이 오즈월드의 군대에서의 친공산주의 이력에 의문을 품게 된 간단한 사례. 미정보국은 이걸 알아차리지 못했을까? 그들은 그의 정치적인 동정을 이용해 그가 접촉하는 사람들이나 KGB의 요원 선발방식, 요원 훈련에 대해 알아내려고 하지 않았겠는가? 그들은 목적에 부적합할 경우에는 그를 전향시킬 것이다. 그때 그는 자신이 알게 된 모든 것을 그들에게 말할 것이다. 우리에게 말한 것처럼.

조국 러시아는 이 젊은이를 원하는가? 그는 미군 기지의 레이더 기술병으로 쓸모가 있었다. 여기에서는 그를 어디에 쓸까? 그를 꾸뚜조프스끼 쁘로스뼁드에 있는 건물로 보내서, 정말로 맑스와 레닌을 가르치고, 마이크로 사진술과 러시아어와 영어로 비밀필기법을 배우게 하여, 말하자면 그를 개조해 새 정체성을 부여한 다음 첩보원으로 서방에 돌려보낼 수 있을까?

그게 그들이 원하는 일이다. 그렇잖은가? 그들 내부의 구석진 곳, 은신처에 사는 이런 사람들이 원하는 것은? 새로 얻은, 더 안전한 정체성. 그들은 말한다. 다른 사람으로서 어떻게 살아야 하는지 가르쳐달라고.

검사 결과가 나왔다. 그의 소변만이 합격점을 받았다. 그는 정서적으로 불안정한 경향을 보인다. 괴상한 행동을 하는 경향이 있다. 난독증 또는 실독증 증상을 보인다. 물리학에서는 그런대로 좋은 점수를 받았지만 다른 분야에서는 대체로 점수가 낮았다. 거짓말탐지기 결과는 다소 혼란스러웠으나 그것은 거의 항상 그런 식이다. 다양한 요소들로 인해 결론짓기 어려움. 아마 그 젊은이는 겁을 먹었을 것이다.

간단한 사례——송환하면 된다——이지만, 알렉에게는 할

당된 일이 있다. 일정 수의 협력자를 발굴하여 멋진 정보를 캐내오라는 압력이 있었다(아니면 직접 만들어내든가). 결정적인 부분은 U-2기에 대한 정보였다. 알렉은 그가 제공한 정보를 전부 믿지는 않았다. 24킬로미터? 27킬로미터? 그렇게 높이 날 수는 없다. 27킬로미터 상공에 가면 흰빛의 고리 속에서 죽은 사람들의 영혼을 볼 수 있을 것이다. 기상관측기에 대해 오즈월드를 심문한 자들은 GRU, 군 정보국의 관리들이다. 그들은 자신들이 얻은 정보를 공식적으로 발표하지 않았다. 그들이 뭐라고 말할 수 있을까? 그 젊은이가 글자를 못 읽는다면, 숫자도 읽지 못할 수 있지 않을까?

알렉은 의자에 털썩 주저앉았다.

쎈터의 둘레를 어슬렁거리다 안으로 들어와서는 사려깊은 자들을 사색에 잠기게 하는 천진난만한 애송이, 리 H. 오즈월드의 가냘픈 모습에는 갖가지 위험이 달라붙어 있다. 미국은 그의 행보를 감시하고 있을까? 그가 중요한 것을 알고 있다고 생각했다면 그들이 그를 우리 품에 떨어지게 내버려두었을까? 아쯔기는 핵심기지다. 한나 브라운펠스에게 받은 보고가 있다. 제1최고위 관리회 제7지부(일본, 인도 등) 파일들에서 캐낸 것이다. 어떤 점에서 우리는 그 젊은이에 대해 너무 깊이 들어가버렸다. 우리의 방식을 너무 많이 노출시켰다. 그 모든 검사와 면담에도 불구하고, 그가 우리에 대해 아는 것보다, 우리가 그에 대해 아는 게 적을지도 모른다. 펜타곤의 어느 사무실에서 저들은 그의 머릿속에서 정보를 짜내려고 기다리고 있을 것이다.

알렉은 미쳐버릴 것만 같았다.

각종 검사로 확인된 한 가지 사실. 이자는 공작원이 될 만한 인재가 아니다. 극기와 용기, 의지의 지속성이 결여되어 있다. 이 젊은이는 머릿속에서 탁구를 치고 있었다. 그러나 알렉은 그가 마음에 들었고 관대한 조치를 취해줄 요량이었다. 모스끄바에서 멀리 떨어져 있어야 한다. 외국인 저널리스트가 없는 곳, 그를 선전용으로 쓸 가능성이 없는 곳. 멋진 아파트와 보수가 좋은 일자리, 적십자 이름으로 짭짤한 보조금을 줄 것이다—이 나라에 머무르게 하는 장려금으로. 알렉은 리 H. 오즈월드가 결국 소련 시민권을 얻고 진정한 맑스주의자이자 만족스러운 노동자가 되어 강의를 듣거나 체육관에 다니며 적응하고, 그의 자리를 역사책이나 지리책, 또는 그가 찾고 있는 그 어떤 것에서 발견하리라고 믿었다. 진정한 오스왈도비치.

그러나 젊은이를 어디로 보내든간에, 그는 무기한 감시를 계속할 것이다.

리는 이 관리가 전에 본 사람인지 확신할 수 없었다. 똑같은 검은 정장을 입은 사람이 너무 많았다.

그 관리는 아직은 그에게 소련 시민권을 주는 문제를 검토하지 못했다고 했다. 대신 그는 무국적자 번호 311479의 신분증을 받았다. 그건, 어찌됐든, 멋져 보이는 한장의 종이였다.

그 관리는 그를 민스끄로 보낼 거라고 말했다. 그 관리는 마치 이가 내는 고통스러운 울림으로 말하기라도 하듯 통렬할 정도로 명료하게 그 지명을 발음했다.

오즈월드는 가벼운 농담을 내뱉었다.

"거긴 씨베리아에 있나요?"

관리는 웃었고, 미국인과 악수를 하고는, 그의 등을 세게 두드린 다음, 눈 속으로 내보냈다.

다음날 적십자가 기진맥진한 그에게 5천 루블을 주었다.

그다음 날 리 H. 오즈월드는 방금 면도한 얼굴로 민스끄라는 곳으로 가는 기차에 올랐다. 모스끄바를 벗어나 일곱 시간 동안 여행하면서 그는 나무침대 위에 대여한 매트리스를 깔고 베개를 베고 20분 동안 잤다. 그리고 나서 고기 파이를 먹고 차를 마셨다. 그는 이보다 더 맛있는 식사를 떠올릴 수 없었다. 숲이 우거진 대지가 러시아의 고요한 황혼 속에서 흰빛을 띠고 있었다.

7월 2일

데이비드 페리는 램블러를 남쪽으로 몰아 노랗고 빨간 연기가 너울대는 화학약품공장을 지났다. 조금 더 나아가자 아득히 넓은 벌판의 풀이 우거진 습지에 버팀대를 세워 지은 오두막이 보였다. 잠시 후 페리는 카민 라타의 별장이 있는 웨이딩 포인트라는 곳에 도착했다. 그는 '막다른 곳'이라고 적힌 표지판을 지나고, '출입금지' 표지판을 지났다. 그러고는 잔디밭에서 의논중인 세 남자에게 손을 흔들어 보이고 진흙길로 들어섰다. 웨이딩 포인트에서는 언제나 남자들이 무언가 의논하고 있었다. 그는 그들이 별채 중 한곳의 문간에 모여 있거나, 바퀴자국이 난 찻길에 세워진 차 안에 있는 것을 보았다. 누군가의 조카라는 자의 폴크스바겐 안에 커다란 남자 넷이 앉아 심각한 이야기에 열중해 있었다.

구부린 자세, 반복적인 몸짓, 꽉 다문 턱과 고정된 시선, 집단의 통제, 딱딱한 배척의 공기, 중심을 향해 기울인 남자들의 몸.

페리는 심각한 의논의 **통일적 형태**를 이해하고 있었다.

그는 한때 이딸리아인 대스승들과 편지를 교환하면서 심리학을 공부했다. 이는 이스턴항공이 도덕적 야비함과 의학적 배경에 대해 거짓된 주장을 했다는 이유로 그를 해고하기 훨씬 전의 일이었다. 마치 학위가 암의 수수께끼를 풀 수 있기라도 하는 모양이었다. 그들은 그의 유니폼을 빼앗아버렸다.

그는 소택지 안쪽의 오래된 별장으로 차를 몰았다. 카민은 부하들과 그곳에서 쉬기를 좋아했다. 별장 밖에서 남자 넷이 쇠꼬챙이에 꽂힌 염소고기를 굽고 있었다. 별장은 시골의 멋을 풍기던 시점을 지나 황폐해졌고, 처마 밑에는 진흙으로 지어진 제비 둥지가 있었다. 페리는 그늘에 차를 대고 안으로 들어갔다. 백발에 눈빛이 형형하고, 핏줄이 튀어나온 노인이 음료수를 들고 쏘파에 앉아 있었다. 그는 연약하고 기미가 있으며, 옛 공작들의 초상화에서 볼 수 있는, 야위고 도둑 같은 모습이었다. 그의 존재가 나타나면 페리는 자신이 다른 사람의 의식 일부가 되어, 카민 라타가 보는 방식으로 세계와 방과 힘의 역학을 보게 되는 것을 깨닫고 공손한 경외감을 온전히 경험하던 시절이 있었다.

카민은 슬롯머신 사업을 하고 있었다. 게다가 이곳에서부터 루이지애나 주 보시에씨티까지 창녀들을 거느리고 있었다. 그곳에서는 가로등 기둥에 기대기만 해도 성병에 걸릴 정도였다. 곳곳에 카지노, 마권매장이 있었고 마약 밀거래도 성행했다. 카민은 까스뜨로 이전에 꾸바 마약의 삼분의 일을 가지고 있었다. 지금은 중앙아메리카에서 물건을 운반해오는 새우 수송선을 가지고 있었다. 총 연매출은 10

억 달러였다. 카민은 모텔, 은행, 주크박스, 자동판매기, 조선소, 석유임대업, 관광버스 사업까지 손대고 있었다. 경마장에 있는 카민의 전용 부스에는 버번 싸워를 마시는 공무원들도 있었다. 소문에 따르면 1960년 9월의 닉슨 대통령 선거자금으로 그가 현금 50만 달러를 냈다고 했다. 그 때문에 사람들은 그를 큰 봉투라고 불렀다는 것이다.

"내 친구 데이비드 W. 페리. W는 무슨 뜻이지?"

"목 좀 축이자(Wet my whistle)는 뜻이지 뭐." 페리가 말했다.

카민은 웃으며 술이 놓인 곳을 가리켰다. 방 안의 세번째 남자는 토니 아스토리나였다. 운전기사이자 경호원이며, 행사 때는 수행원이었다. 이유는 알 수 없지만 그는 토니 푸시라고 알려져 있었다. 그와 카민은 법무장관에 대해 잔인하게 회상하고 있었다. 로버트 케네디는 카민이 10분을 머무르는 곳이면 어디에서나 대화의 강박적인 화제가 되었다. 카민은 원한을 품고 있었다. 페리는 바비 케네디(JFK의 동생 로버트 케네디의 애칭—옮긴이)에 대한 원한이 그의 눈 속에서 되살아나는 것을 보았다. 그것은 단호한 분노였으나, 세련되고 정밀했으며 신중하게 형성된 것이었다. 마치 그 여위고 늙은 얼굴 안에 미묘한 비밀, 최후의 중대한 계책이 담겨 있는 듯했다.

"그래서 내 말은…… 모든 건 꾸바로 돌아간다는 거예요. 오늘날 모든 걸 보세요. 사법부와 그들이 가하는 압력. 그들이 그러려고 마음먹었을 때 까스뜨로를 끌어냈더라면 우리가 이런 처지는 안됐을 거예요." 아스토리나가 말했다.

"그건 반만 진실이야. 꾸바가 우리 손아귀에 다시 들어왔다면 우린 여유를 얻었겠지. 꾸바의 가치. 그건 본토에 대한 압력을 완화하는 데 쓰이는 거야. 하지만 사실은 까스뜨로건에 누구도 완전히 주의를 기울인 적이 없어. 우린 별로 성실하지 못했지." 카민이 말했다.

그 말에 그들 모두 웃었다.

"까스뜨로를 제거한다는 건 순전히 CIA의 백일몽이었어. 플로리다에 있는 자들이 그들을 그냥 따라갔지. 그들은 검사들이 계속 물러나 있게 만들기를 바랐어. 그들은 언제나 조국에 봉사한다고 주장할 수 있었지. 그리고 그게 통했던 거야. CIA가 그들을 끊임없이 받쳐줬고."

"난 그래도 모든 게 꾸바에서 시작되었다고 말하겠어요."

"좋아. 하지만 우리는 현실적인 사람들이야. 우리는 거울이나 내용물 없는 선물상자로 속임수를 쓰지 않아. 그건 우리 방식이 아니야."

페리는 그들이 그를 앞에 두고 민감한 주제들에 대해 이야기하는 것을 듣고도 놀라지 않았다. 그는 카민을 위해서 법적인 문제들을 조사해보았고, 그의 소유권과 활동에 대해 꽤 많이 알고 있었다. 몇몇 까다로운 질문에 대한 답도 알고 있었다.

어째서 카민은 바비의 딱딱거리는 보스턴 말투에도 치를 떨 정도로 그렇게 사적인 감정을 담아 바비 케네디를 증오하는 것일까?

1961년 초 카민은 뉴올리언즈 외곽에 있는 검소한 집에서 걸어나와 FBI가 자신을 미행하고 있음을 알게 된다. 그들은 그의 차를 따라오고, 옆 탁자에서 점심을 먹고, 그레트나의 영화관 위에 있는 사무실에 오가는 그의 사진을 찍는다. 그것은 법무장관이 지시한, 총체적이고도 가차없는 감시의 시작이다. 3월에 그들은 그와 함께 라스베이거스로 가서 호텔과 카지노에서 그의 사진을 찍는다. 그리고 그와 함께 돌아와서는 그의 집 밖에 캠프를 치고 가족, 이웃, 우편배달원, 식료품 배달하는 소년까지 찍는다. 4월에 그들은 그의 아내와 조카딸과 함께 교회에 가고 슈퍼마켓에서 그의 증손녀와 놀며 그의 누이의 장례식 장면을 비디오에 담는다. 그것은 카민의 개인적인 피그즈 만 사건이고, 좀더 공론화된 것과 시간적으로 우연히 맞아떨어졌다. 여기에서도 마찬가지로 대중이 야단법석을 떨기는 했지만. 구경꾼들이 FBI가 카민을 감시하는 것을 보기 위해 그가 사는 거리에 온다. 교통체증이 생기고, 그의 부하들과 작은 충돌이 벌어진다. 그것이 1년 가까이 계속된다. 밤낮으로 그들이 그의 코앞에 있다. 그것은 그의 가족과 이웃, 사업상 관계자 들 앞에서 노인을 조직적으로 모욕한 것이다. 그리고 조그만 풋내기 바비는 일거수일투족을 감독하고 있다.

카민이 말했다. "CIA는 진기한 독약을 연달아서 내놓고 있어. 그것들은 모두 플로리다 남부의 화장실에서 끝을 보지."

"하지만 우리가 까스뜨로에게 한방 날리고 싶다면 말이야."

"그 말은 실행 가능하기도 하고 그렇지 않기도 해. 우리는 헛수고는 하지 않아." 토니가 말했다. 그는 손에 든 유리잔을 바라보았다. "그리고 까스뜨로가 아직도 살아 있는 이유를 설명하는 한 가지 이론이 있지. 플로리다의 우리 쪽 사람 중 하나가 그와 거래를 했거든."

토니 아스토리나는 방의 맞은편 벽에 기대서 있었다. 페리는 그에게서 뭐라 말할 수 없는 우아함의 흔적을 보았다. 그는 신경질적이고 맵시있게 옷을 입는 부류였다. 그런 자들은 마흔살에 정신을 차리며, 우수에 찬 잘생긴 외모에, 아내와 세 아이 간에 문제가 있으며, 청춘시절의 행운과 매력을 늘어만 가는 체지방 속에 잃어버리는 것이다. 그는 아바나의 리비에라에 있는 도박장 밑바닥에서부터 자기 길을 닦아온 자였다. 페리는 그가 지금 이 자리에서 서 있기 위해 몇구의 사체를 쌓아올렸으리라고 생각했다.

토니는 말했다. "꾸바 이야기가 나와서 말인데, 2주 전에 난 카프리 꼭대기에서 잭 루비와 수영하는 꿈을 꾸었어요. 다음날 내가 버번 가에 있을 때 누구를 봤게요? 우연의 일치랄 수 있지만요."

"어떻게 불러야 할지 모르니까 우연의 일치라고 하는 거야. 거기엔 더 깊은 뜻이 있어. 자넨 도박사야. 말〔馬〕과 포커에 대해서 감을 잘 잡지. 거기에는 숨겨진 법칙이 있어. 모든 과정에는 고유한 결과가 포함되어 있어. 이따금씩 우리는 그 정보를 빼낼 수 있지. 그걸 보고, 아는 거야. 난 종종 잭 루비와 마주쳤어. 그가 뉴올리언즈에서 뭘 하고 있지?" 페리가 말했다.

"댄서들을 찾아다녀요. 쇼 바에 그가 침을 흘리는 여자가 있어요."

"난 키즈를 떠나서 경비행기로 전단을 뿌리고 있었어. 까스뜨로가 들어온 지 조금 지나서였지. 난 마이애미에서 루비를 한두 번 봤어."

"단기 체류를 했지." 토니가 말했다.

"그는 현금이나 무기를 만지고 있었지."

"그는 꾸바 감옥에서 사람들을 사들이고 있었어."

페리는 카민이 마시는 것과 같은 스카치 소다를 마시고 있었다. 그는 카민을 지켜보고 있었다. 그들은 얼음을 딸각거리면서 유리잔을 흔들었다. 노인의 손은 길고 여위었다. 눈처럼 흰 머리카락이 술 장식처럼 귀를 덮고 있었다. 페리는 염소고기 굽는 냄새를 맡았다.

토니 푸시가 말했다. "예닐곱 달 전에 잡지에서 본 사진이 기억나요. 리비에라 외곽에 설치된 고사포 사진이었죠. 시가지 안에 참호를 파놓았더군요. 우리가 거기서 했던 방식과는 딴판이죠. 과일을 따듯이 도시 전체를 손에 넣을 참인 거예요."

"나라 전체를 그렇게 할 참이지." 카민이 말했다.

"그때 아바나는 천국이었죠. 카지노는 벽에 금색 이파리가 있었고. 내 말은 아름다웠다는 거예요. 아름다운 샹들리에가 있었고 여자들은 다이아몬드와 밍크 숄을 걸쳤죠. 딜러들은 턱시도를 입었어요. 도어맨들도 턱시도를 입었고요. 어느 때에나 최고의 사업이 되는 카지노 면허료는 2만 5천, 수익의 20퍼센트였죠. 바띠스따는 자기 봉투를 받았고, 모두가 만족했어요. 우리는 꾸바인들이 휠(룰렛 테이블 옆에 있는 볼을 떨어뜨려 숫자를 정할 수 있도록 돌아가는 장치—옮긴이)을 돌리게 했어요. 블랙잭과 주사위 놀이를 했죠. 그 뭐라던가, 브로케이드(다채로운 무늬를 부직으로 짠, 무늬 있는 직물을 통틀어 이르는 말—옮긴이)인가? 아무튼 멋진 휘장이 있었어요. 난 턱시도를 입은 딜러들이 있는 방을 보고 싶어요. 마을 어디에나 활기가 있었어요. 투계, 하이알라이(스쿼시와 비슷한 운동경기—옮긴이). 경기 사이사이엔 경기장 옆에서 룰렛을 했지요. 내 말은 그게 다 어디로 갔느냐는 거예요."

"케네디는 기회가 있었을 때 그자를 날려버려야 했어. 꾸바를 날려버리면, 그다음엔 소련을 상대해야겠지." 페리가 말했다.

"난 고무 침대시트를 완벽하게 준비해놓았어. 통조림도 셀 수 없이 많고. 난 은신처에 산다는 생각이 좋아. 숲속에 가서 개인변소를 파는 거야. 하수설비란 복지국가를 상징하는 것으로 바다로 통하는 정부의 관이지. 난 사람들이 독립적이 돼서 숲이나 몇백만의 뒤뜰에 변소를 판다는 생각이 좋아. 모든 사람이 자기 똥에 책임을 지는 거지."

카민은 쏘파 위에서 굴렀다. 얼음이 덜거덕거렸다. 페리는 자기가 원하면 언제든지 카민을 웃게 할 수 있다는 것을 알았다. 그는 언제나 그 순간을 알았고, 언제나 취해야 할 방식을 감지했다. 이것은 그가 카민과 인식을 공유하고 있기 때문이다.

"한 가지는 꼭 말해야겠어요. 난 대통령에 대해선 어느 쪽으로도 아무 감정 없어요. 지나치게 밀어붙이고 있는 건 쥐새끼 같은 바비예요. 괜찮다 이겁니다. 그들한테는 그들이 할일이, 우리한테는 우리가 할일이 있죠. 하지만 그는 그걸 무슨 개인적인 프로그램처럼 다루고 있어요. 선을 넘고 있다고요." 토니가 말했다.

"그들 둘 다 선을 넘고 있어." 카민이 말했다. "까스뜨로가 죽었으면 좋겠다는 말을 내뱉었을 때 대통령은 선을 넘었어. 한 가지 말해주지."

"뭔데요?"

"자네가 항상 기억해야 할 작은 원리를 하나 말해줄게. 만약 누군가가 자네를 자꾸, 자꾸, 자꾸, 자꾸 괴롭힌다면 말이야. 야심만만한 누군가가, 영역에 욕심을 내는 자가 그런다면 맨먼저 자네는 꼭대기로 직행해야 해."

"그러니까 가장 높은 데서 조치를 취하라 이 말이군요."

"거기에서부터 그들은 일을 엉망으로 만드는 거야."

"다른 말로 하면 단계를 뛰어넘어가라는 얘기죠."

"일인자의 자리를 비워놓는다는 거야."

"다른 말로 하면 꼭대기에다가 말을 알아듣고 정책을 변화시킬 새 사람을 앉혀놓는다는 거죠."

"머리를 자르면 꼬리가 안 움직이지."

데이비드 페리는 속담을 좋아했다. 그는 다른 사람의 분위기에 휩쓸려들어가는 느낌을 좋아했다. 카민이 내뿜는 강력한 오라는 특별한 깨달음의 단계와도 같았다. 카민은 옛날이야기 속의 교황과도 같았다. 누군가를 바라보고는 그 인생을 바꾸어주고, 말 한마디로 인생을 바꾸어주는 것이다. 페리는 공격적인 반공주의에 근거한 신학을 만들어냈다. 그는 이따금 최면술에서 대가와 같은 면모를 보이기도 했다. 그는 언어와 정치이론을 연구했으며, 질병들에 대해 자세히 알았고, 조종사로서 비행술에 대한 공식기록도 가지고 있었다. 그 모든 것이 카민 라타 같은 사내의 존재 앞에서는 빛을 잃었다.

카민은 반복되는 정부의 공격에 대항해 몇백만 달러나 되는 돈으로 한 편대의 변호사를 거느리고 있었다. 그는 횡령할 음모를 꾸미고, 법 집행을 방해하고, 뒤가 켕기는 천 가지 항목에 대해 위증을 하는 자들을 데리고 있었다. 카민은 페리에게 세금선취 특권을 조사하도록 했다. 그는 그를 위해 개인적으로 탄원해줄 정부 공무원과 은행장 들을 거느리고 있었다. 카민과 그 일당은 이 나라에서 가장 큰 사업단체였다. 카민은 금융회사, 주유소, 트럭판매 자격권, 택시회사, 주점, 레스토랑, 주택분양지를 가지고 있었다. 그는 세균을 없애기 위해 그의 용돈으로 아이보리 리퀴드 세제로 세척하는 사람까지 두고 있었다.

페리는 토니 아스토리나를 따라 간소한 침실들과 측면을 접하고 있는 복도로 내려갔다. 마지막 방에는 윗부분을 졸라맨 커다란 캔버스 천 가방이 쌓여 있었다. 페리는 돈뭉치 때문에 가방 모서리가 불룩 튀어나온 것을 볼 수 있었다. 카민이 대의(大義)에 바치는 선물이었다. 가이 배니스터는 망명 지도자들이 무기와 탄약을 구할 돈이 누구에게서 나오는지 알고 있다는 점에 유의했다. 그것은 까스뜨로가 망한 뒤 도박장 면허를 노리는 라타의 입찰금이었다.

거실로 돌아와 페리는 말했다. "캠프 가로 곧장 가져갈 거예요, 카민. 그들은 아주 행복해하고, 감사할 겁니다. 일하는 내내."

"우리 모두 그날을 고대하고 있다네. 우린 우리 것을 원하는 것뿐이야." 카민은 상냥하게 말했다.

페리는 이 남자에게 천재성이 있다고 믿었다. 카민은 1880년대 중반에 이딸리아인 아버지와 페르시아인 어머니 사이에서 태어났다. 함상(艦上)에서 태어난 그의 별자리는 황소자리였다. 이것은 원소들의 강력한 결합이었다. 페리는 황소자리 사람들을 찬미했다. 그들은 관대하고, 확고부동하며, 인내심이 있었다. 그들에게는 제국을 건설할 능력이 있었다.

페리는 가방들을 차에 실었다. 그는 부하들에게 손을 흔들고는 간선도로로 차를 몰았다. 점성술은 밤하늘, 별의 모양과 위치에 관한 언어다. 그것은 인간사의 끝에 자리잡은 진리다.

레이모는 푸른 손수건을 접어서 그의 독일산 셰퍼드의

목에 감아주었다. 오늘은 찌는 듯이 더웠다. 그는 텔레비전 안테나가 잔뜩 달린, 회칠이 된 조그만 집의 방 하나를 빌려 쓰고 있었다. 그곳은 까스뜨로가 마이애미에 있을 때 살았던 북서부 7번가의 석조건물에서 멀지 않았다. 그 건물에서 까스뜨로는 돈을 모으고, 혁명을 위해 사람을 모았다. 레이모는 개의 머리를 쓰다듬어주고, 비단같이 부드러운 귀에 뭐라고 중얼거렸다. 그러고는 목줄을 달아주고 계단을 내려가는 개를 따라갔다.

그는 리틀 아바나의 주요 도로인 칼레 오초를 향해 남쪽으로 갔다. 개들이 카피탄을 보고 컹컹 짖으며 울타리를 따라 달려왔다. 여러 마리의 맹견과 보닛에 장식을 한 많은 차들, 그것이야말로 돈을 들일 가치가 있는 유일한 것이다. 타르 속에 가라앉는 낡은 차들. 개들은 빛나는 열기 속에서 짖어대며 울타리를 따라 옆으로 달려왔다. 늙어서 무심해진 카피탄은 터벅터벅 걸어갔다.

레이모는 칼레 오초에서 왼쪽으로 방향을 틀었다. 그는 보석상과, 분홍색과 하얀색의 웨딩케이크가 진열된 빵집을 지나쳐 걸어갔다. 길모퉁이의 작은 주차장에서는 백명쯤 되는 남자들이 모여 도미노와 카드게임을 하고 있었다. 아직 시간은 많았다. 그는 과일을 조금 사고, 반 블록마다 멈춰서서 누군가와 이야기를 나누었다. 거리는 분주했다. 남자들이 떼지어 서 있고, 여자들은 이 가게에서 저 가게로 옮겨다녔다. 모두가 꾸바인인 이곳에서 누가 피델의 스파이인 줄 무슨 수로 알 수 있겠는가?

플래글러 가 앞쪽에서 웨인 엘코는 몸을 앞으로 숙인 채 땅딸막한 야자나무들 옆을 지나갔다. 그는 소금물로 하얗게 얼룩진 농구화를 신고 있었다. 슐리츠에 들러서 맥주 한잔 마실까? 영리한 짓이 아니야, 웨인. 그는 티제이를 찾아서 거의 2주 동안 플로리다를 헤매고 다녔다. 사흘 동안은 제리 렙크 텐인원 순회 써커스단에서 잡일을 하거나 손님을 끌었다. 써커스단에는 칼상자, 칼로 만든 사다리, 입으로 불을 뿜는 사람, 머리가 둘 달린 아이의 쇼, 이에 걸쇠를 하고 뱀을 부리는 소녀가 있었다. 활동하던 시절부터 그가 알고 있는 열두어 명에게 전화를 걸었다. 마침내 그는 마이애미와 엘리엇 번스타인 셰브롤레에서 메씨지를 받았다. 그곳의 부지 배인은 반까스뜨로 게릴라였고 그를 중고 임팔라(제너럴 모터스 셰브롤레에서 출시한 대형승용차—옮긴이) 안에서 자게 해주었다.

늦지 마, 웨인. 그는 칼레 오초로 내려가 찾고 있던 사람을 보았다. 라몬 베니테스가 부들부들 떠는 맹견을 데리고 약속한 길모퉁이에 서 있었다. 그는 어린아이들이 졸면서 구경하는 가운데 망명자들이 소대 훈련을 했던 그 옛날부터 레이모와 약간 안면이 있었다.

둘은 악수 비슷한 것을 했다.

만만한 녀석이 아니군. 웨인은 속으로 중얼거렸다. 레이모는 그를 남쪽으로 한 블록 반쯤 데리고 갔다. 꾸바식 파사드는 미국 교외풍으로 변형되어 빛바래 있었다. 볕이 잘 들고 아담한, 회칠한 집들에는 그림엽서에나 나올 법한 잔디밭이 있었다. 그들은 1층짜리 집으로 들어갔다. 뒷방에서 라디오 소리가 들렸다. 그들은 옆문으로 나와 작은 콘크리트 공터에 있는 나무탁자 앞에 앉았다. 그곳 중앙에는 바르바라 성녀의 입상이 서 있었다.

"여긴 프랭크의 집이야." 레이모가 말했다.

털이 수북한 팔. 평범한 말로는 설득할 수 없는 아둔한 타입. 세상에서 중요하게 생각하는 거라곤 두세 가지뿐이고 각각에 대해서 마음을 정해놓은 타입. 웨인은 프랭크가 누군지 몰랐다.

"아직도 활동이 있긴 해." 그가 말했다. "내 친구 중에 시보레 대리점에서 일하는 녀석이 있거든. 그 녀석은 자기 집 지하실에서 가솔린과 유아비누로 네이팜탄을 만들지. 나는 주차장의 차 안에서 잠을 자. 비공식적인 보초인 거야."

"티제이가 원하는 건 자네가 며칠 동안 매달릴 만큼 충분히 정당한 일이야."

"난 그를 찾고 있었어."

"그는 꽤 바쁜 사람이야." 레이모가 자신없이 말했다.

개가 그늘 속에 누워서 떨고 있었다.

프랭크 바스께스가 아내와 두 아이와 함께 음식을 가지고 나타났다. 부인과 아이들은 손님을 엿보았다. 웨인은 누군가가 "우리집에 오신 것을 환영합니다"라고 말하기를 기다렸다. 그는 유럽식 예절을 지켜야 한다는 약간의 의무감을 갖고 있었다. 그러나 그들은 집 안으로 미끄러지듯 들어가버렸고, 그의 미소는 장대 끝에 걸린 누더기처럼 허공에 남아 있었다.

세 남자는 한낮의 숨막히는 열기 속에서 식사를 했다. 웨인은 두 꾸바인에게서 아무것도 알아낼 수 없었다. 이야기가 사소한 쪽으로 흘러가면 흘러갈수록 이 일의 심각성이 분명해졌다. 장중한 라틴식 예절과 감각이 지배하는 가운데, 식사시간은 심각함으로 둘러싸여 있었다. 웨인은 이것이 그가 하숙집 특공대와 여러 번 자행했던 것과 같은, 꾸바 해안을 들쑤시고 다니는 약탈 따위의 일이 아니라는 것을 확신하게 되었다.

그는 레이모와 프랭크에게 그가 참여한 작전들에 대해 말했다. 무수히 많은 터무니없는 혼란들. 싸움들, 경찰선에 쫓기던 꾸바 포함들. 그는 어떻게 티제이가 아무도 모르는 곳에서 나타났는지 설명했다. 그들은 그가 요원인지 아닌지조차 몰랐다. 티제이는 그들에게 무기와 야전에 대해 특수훈련을 시켰다. 그들은 얻을 수 있는 모든 도움을 필요로 하고 있었다.

인터펜에 대해 이야기할 때, 웨인은 여전히 신출귀몰하던 낙하산 부대원 시절의 기분에 잠겨 있었다. 그는 자신의 젊은시절을 돌아보고 있었다. 지금 닥친 일은 모든 면에서 아주 다르다는 것을 알 수 있었다. 어둡고 심각한 계획. 프랭크 바스께스를 보라. 우울한 얼굴에 슬픈 눈을 한 성실한 그 사내는 가족이 겪은 일을 제외하고는 거의 아무 말도 하지 않았다. 그는 마치 그것이 백년 전에 일어났던 전쟁 기록인 것처럼 간결하게 이야기했다.

이것이 「7인의 사무라이」 같다는 생각이 웨인 엘코에게 천둥번개처럼 떠올랐다. 위험한 임무를 수행하기 위해 한번에 한명씩 용병들이 선택되는 것. 사회의 테두리 밖에 있는 남자들이 힘없는 사람들을 파멸로부터 구하기 위해 부름받는 것. 양손으로 칼을 휘두르는 남자들.

원 에버렛은 텅 빈 텍사스 여자대학 캠퍼스의 자기 사무실에 앉아 있었다. 열기와 빛 때문에 지하실 구석의 어둠이 고맙게 느껴졌다. 이곳에서 그는 참을성있게 스스로를 연마하고 단련했다. 그것은 마치 그의 젊은날의 전설인 풋볼 경기장이나 얼어붙은 연못에서 경험한 찬란하게 빛나는 순간으로 돌아가듯 그가 주기적으로 되돌아가는 대상이었다. 그것은 완벽하게 조화를 이룬 가슴 뛰는 체험으로, 깊은 상실을 겪는 위험을 무릅써야만 잊을 수 있는 것이었다.

사무실은 메어리 프랜씨스와 쑤전이 집에 없을 때 그가 오는 장소였다. 그는 이곳에 혼자 있는 것을 싫어하지 않았다. 이곳은 그들이 그에게 한 일을 회상하며 그 속에서 준엄한 정의를 찾아내고, 과거에 대한 그의 감각을 정화하고 정제하며 연마하면서 앉아서 생각하는 장소였다. 형광등 불빛이 윙 소리를 내면서 깜박였다. 방 안이 후덥지근해지자 그는 재킷을 벗어 단정하게 세로로 접은 다음, 다시 반으로 접어서 캐비닛 위에 얌전하게 놓았다.

리 오즈월드가 이 계획과 무관하게 독립적으로 존재한다는 사실은 비밀로 할 수 없었다.

티제이는 뉴올리언즈 매거진 가 4907번지의 자물쇠를 땄다. 이것은 가이 배니스터 사무소에는 대상자의 필적 견본이 없다는 것을 알았기 때문에 취해야 한 조치였다. 파일에는 그의 입사지원 서류만 들어 있었다. 그것은 블록체로 쓰였고 서명이 없었다.

리 H. 오즈월드는 완벽한 실존인물이었다. 매키가 잠시 그의 아파트를 둘러보고 알아낸 것들은 에버렛에게 추방당한 듯한 느낌을 불러일으켰다. 그것은 가장 기괴한 공포의 전율을 일으켰고, 그가 만드는 중인 허구의 모습을 목격하게 했다. 그 허구는 미성숙한 상태로 세상에 살아 있었던 것이다.

그는 무기에 대해서는 이미 알고 있었다. 매키가 그것을 확인시켜주었다. 38구경 리볼버. 조준경이 달린 볼트액션 라이플총이었다.

그는 전단에 대해 알고 있었다. 오즈월드는 거리에서 전단을 나누어주고 있었다. 제목은 '꾸바에서 손을 떼라!'였다.

오즈월드가 대 꾸바 공정촉진위원회의 전국 지도자와 주고받은 서한도 있었다.

사회주의 문헌들도 흩뿌려져 있었다. 피델 까스뜨로의 연설문. 표지에 "혁명은 자유로운 사상을 연마하는 학교여야 한다"라는 까스뜨로의 말이 인용된 소책자. 『더 밀리턴트』(1928년 미국에서 창간한 주간신문. 사회주의노동당과 연계해 자본주의에 반대하고 노동자들의 이익을 대변하는 것을 목표로 하고 있다—옮긴이)와 『더 워커』(1924년 미국 뉴욕에서 창간한 공산당

기관지―옮긴이) 사본들. 소책자 『다가오는 미국의 혁명』. 또
다른 것으로 장 뽈 싸르트르의 『사상과 혁명』. 러시아어로
된 책과 소책자 들. 키릴 글자가 적힌 단어 카드. 우표책.
'역사일기'라는 손으로 쓴 열두 페이지짜리 일기.

사회주의노동당과 주고받은 편지도 있었다.

소설 『백치』의 러시아어판.

『꾸바에 대한 범죄』라는 소책자도 있었다. 뒤표지 안쪽에
서 매키는 스탬프가 찍힌 주소를 발견했다. 캠프 가 544번지.

리 H. 오즈월드 이름으로 된 징병 카드가 있었다. 알렉
제임스 하이델이라는 이름으로 된 징병 카드도 있었다.

리 H. 오즈월드의 여권이 있었다. A. J. 하이딜 박사라는
스탬프가 찍혀 있는 천연두 백신 접종증명서. 알렉 제임스
하이델의 해병대 복무증명서.

오즈본, 레슬리 오즈월드, 알렉쎄이 오즈월드라는 이름이
적힌 신청서 몇장이 있었다.

대 꾸바 공정촉진위원회 뉴올리언즈 지부의 회원증이 있
었다. 리 하비 오즈월드는 회원이었다. A. J. 하이델은 지부
장이었다. 두 개의 서명은 매키의 말에 따르면 같은 사람의
필적이 아니었다.

잡지에서 오려낸 까스뜨로의 사진이 스카치테이프로 벽
에 붙여 있었다.

그곳에 방이 있었다. 매키는 이 자료 대부분을 거실 아래
창고로 쓰는 공간에서 찾아냈다. 굽도리 널을 따라 바퀴벌
레가 기어다니는, 완벽한 총잡이의 은신처는 작고 어두우며

초라하고, 절망적인 장소였다.

에버렛이 원하는 것은 오직 필적 견본과 사진 한장뿐이었다. 그것들로 그는 사진이 첨부된 대상자의 이력을 만들어내는 작업을 시작할 수 있었다. 그것은 가명들에서 시작했다. 그는 이름, 딱 알맞은 이름을 고안해내기를 고대했다. 그 이름은 한 떠돌이가 지상에서 보낸 시간의 질감이 언어로 표현된 것이었다.

오즈월드는 여러 이름을 가지고 있었다. 그는 변형된 이름들을 가지고 있었다. 위조된 서류도 가지고 있었다. 왜 에버렛은 그의 지하실에서 가위와 접착제를 가지고 논 것일까? 오즈월드는 그만의 복제기술을 가지고 있었다. 그만의 위조도구도 가지고 있었다. 매키는 그가 카메라, 불투명 안료, 수정된 원판 사진들, 타자기, 고무스탬프를 사용했다고 했다.

매키는 그 솜씨를 조잡하다고 깎아내렸다. 그러나 에버렛은 기술적인 일(하이델, 하이딜)에 대해 그 젊은이를 나무라고 싶지 않았다. 더 큰 문제가 따로 있었다. 그는 그 모든 위조된 서류로, 벽장 뒤에 숨겨둔 미녹스 카메라로 뭘 하고 있었던 걸까?

에버렛은 축축한 피부에 달라붙은 셔츠를 떼어내기 위해 두 팔을 살짝 흔들었다. 그는 담배를 찾아서 방을 뒤졌다. 지난 며칠 동안은 행동보다 의문이, 그리고 의문보다는 비통함이 더 많았던 것 같았다. 비통함에 대해 말하면, 그것은 고뇌와 원한을 순화할 수 있다. 그래서 그것은 완성의 경지에 도달할 가망이 있는 경험이다.

랜써가 베를린에서 돌아왔다.

연마와 수련을 위해 순수한 원한으로 되돌아온 것이다. 이는 그들이 그의 자존심을 얼마나 짓밟았는지에 관련된 일이다. 그것은 정도의 문제다. 그들이 그에게 어떤 짓을 했는가의 문제다. 그것은 구 본관 사무실에 앉아 자신의 분노를 다루는 일이다.

매키가 아파트를 떠나면서 마지막으로 본 것은 문 옆 탁자에 놓인 제임스 본드 소설이었다.

*

니컬러스 브랜치는 미공개 정부문서, 거짓말탐지기 검사 결과, 11월 22일에 경찰 무선망을 통한 녹음 기록을 가지고 있다. 확대한 사진, 건물 평면도, 초보자가 찍은 8밀리 영화, 자서전, 문헌목록, 편지, 소문, 사람들의 망상과 백일몽 등도 가지고 있다. 이곳은 백일몽을 모아놓은 방, 모든 세월에 걸쳐 그의 연구대상은 정치나 폭력적인 범죄가 아니라 좁은 방에 사는 사람들이란 점을 깨닫게 한 방이다.

이제 그도 연락수단과 탈출방법을 찾기 위해 발버둥치면서 좌절하고, 갈피를 잡지 못하고, 스스로를 감시하는 인간들 중 하나인가? 오즈월드 이후 미국인들은 더이상 조용한 절망의 삶을 살라고 요구받지 않는다. 신용카드를 신청하고 권총을 구입한다. 그러고는 익명인 상태로 도시들과 교외,

쇼핑몰을 돌아다닌다. 그러면서 세상에는 신문을 읽는 누군가가 있다는 것을 알리기 위해 피둥피둥한 유명인사의 멍청한 얼굴에 총을 쏠 기회를 노린다.

브랜치는 완전히 갇혀버렸다. 댈러스에서의 저 순간, 미국의 세기를 박살내버린 7초를 이해하는 데 그의 삶을 송두리째 내던졌다. 그는 직접 작성한 범죄병리학 요약 자료와 중성자 활성화 분석 자료를 가지고 있다. 물론 워런 보고서도 있다. 몇백만개의 단어들로 된 증언과 증거서류를 엮은 스물여섯 권의 부속문서도 있다. 브랜치는 이것이야말로 제임스 조이스가 아이오와씨티로 옮겨와서 백살까지 살았다면 썼을지도 모르는 메가톤급 소설이라고 생각한다.

모든 것이 여기 있다. 세례기록, 성적표, 그림엽서, 이혼청원서, 지급완료된 수표, 일정표, 세금신고서, 재산목록, 외과수술 후의 엑스레이 사진, 매듭이 있는 섬유의 사진, 몇천 페이지의 증언과 낡은 법정건물 안의 청문회장에서 윙윙대는 목소리, 믿을 수 없을 만큼 엄청나게 많은 진술 등. 내뱉어진 말들은 페이지에 납작하게 붙어 있기도 하고, 구문이나 그밖의 형태와는 무관하게 나른한 공기중에 조용히 떠 있다가 일종의 정신의 물방울로, 언어에 질펀하게 녹은 채 똑똑 떨어져내리기도 하여 인생을 노래한 시를 연상케 한다.

기록들. 1938년 1월 15일 날짜인 잭 루비 모친의 치과 기록이 있다. 리 H. 오즈월드의 음모 세 가닥의 현미경 사진도 있다. 다른 곳에는 (워런 보고서에 들어 있는 모든 것은 다른 곳에도 있다) 이 털에 관한 자세한 설명이 있다. 그것은 부드럽다. 울퉁불퉁하지 않다. 길이는 중간 정도. 모근 부분에는 이렇다 할 색소가 없다.

브랜치는 이런 종류의 정보에 어떻게 접근해야 하는지 알지 못한다. 그는 그 털이 기록물에 속한다고 믿고 싶다. 그는 그 방의 모든 것을 주의깊게 검토해야 한다는 강박적인 책임감에 시달렸다. 모든 것이 착 달라붙어 있어 좀처럼 떨어지지 않는다. 신분이 불분명한 목격자의 알아들을 수 없는 증언, 판독하기 어려운 문서 사본들, 기묘하고 서글픈 개인적 파편들, 죽음의 현장에서 거두어들인 유품들—낡은 신발들, 잠옷 윗도리, 소련에서 온 편지. 모든 것이 일체화되어 있다. 사람들이 진정한 고통을 느끼곤 하는 사소한 일들이 모인 폐허의 도시다. 조이스적인 미국의 책이다. 아무것도 빠뜨리지 않고 모조리 담아놓은 소설이다.

브랜치는 오래전에 워런 보고서의 실패를 인정했다. 그것은 업신여기거나 물리쳐버리기에는 너무나 가치있는 인간의 비통함과 혼란의 기록이다. 그 스물여섯 권은 그를 따라다닌다. FBI 기록에 있는 남녀들이 여러 페이지에 걸쳐서 추적되다가는 사라진다. 웨이트리스, 창녀, 독심술가, 모텔 지배인, 사격연습장 주인. 그들의 진술은 간략하고 나름대로 완벽하지만 세월의 흐름에 표류한 채 끝내는 사라져버린다.

리처드 로즈와 제임스 우다드는 어느날 밤 술에 취해 있었다. 우다드는 자기와 잭이 꾸바에 총 몇자루를 밀매할 것이라고 말했다. 제임스 우다드는 산탄총과 소총을 가지고 있었는데, 어쩌면 권총도 가지고 있었을 것이다. 그는 잭이 자기보다 훨씬 많은 총을 가지고 있다고 했다. 돌로레스는 잭의 물건 중에서 총을 본 적이 없다고 진술했다. 그녀는 그의 차고에 여러 개의 상자와 트렁크가 있었다고 진술했다. 이저벨은 거기에 자신의 모피가 들어 있다면서 차고의 높은 습도 때문에 곰팡이가 슬어 엉망이 되었다고 말했다.

사진들. 많은 사진이 빛에 너무 노출되었거나 바래고, 오래돼서 희미해진 탓에 짧은 설명이 달려 있고 단순한 대상을 찍은 것인데도 알아보기 어려웠다. 루스 페인의 차고 선반 위에서 발견된 커튼 봉. 이것이 사진에 나와 있다. 사진은 그 이상도 이하도 보여주지 않는다. 그러나 브랜치는 사진에 고독감이랄까, 묘한 황량함이 갇혀 있는 것을 느낀다. 어째서 이 사진들이 그를 어지럽히고 슬프게 만드는 힘을 가지고 있는 걸까? 단조로운 가운데 어슴푸레하게 세월에 씻겨 나가고, 각각 시대의 특정한 기조의 외곽으로 밀려나 아무런 증거도 되지 않고 명확하지도 않은 채 외롭기만 하다.

그는 이런 비애감에 젖어 의자에 붙박인 채 한쪽을 응시한다. 그러면서 빈 공간에 존재하는 영혼을 느끼고, 텍사스 교과서 창고(오즈월드가 이 건물 6층에서 케네디를 저격했다고 함—옮긴이) 2층 식당의 사진으로 자꾸만 돌아가는 자신을 발견한다. 강의실, 차고, 거리는 공식 사진을 찍기 위해 사람들을 내보내 텅 비었다. 지금도 줄곧 비어 있다. 사진이란 망각의 감옥에 갇힌 채. 그는 그곳에 있었다가 떠난 사람들의 영혼을 느낀다. 사물과, 창고용 상자와 피에 흠뻑 젖은 옷들 속의 슬픔도 느낀다. 그는 외로움을 들이마신다. 그러면서 방 안에서 죽은 자들의 숨결을 느낀다.

전 FBI 특수요원이며 반공 정보 수집가인 W. 가이 배니스터는 1964년 6월 뉴올리언즈의 자택에서 시신으로 발견된다. 그의 조립식 357구경 매그넘은 침대 옆 서랍에 들어 있음. 심장마비로 판명됨.

까스뜨로의 동료이기도 하고 적이기도 했던 전직 교사 프랭크 바스께스는 1966년 8월 마이애미 웨스트 플래글러 가의 엘 문도 베스트웨이 슈퍼마켓 앞에서 머리에 세 발의 총을 맞고 사망한 채 발견된다. 그 지역의 반까스뜨로 집단 사이의 파벌 분쟁이 보고됨. 이른 저녁 사교클럽에서의 언쟁이 보고됨. 체포된 자 없음.

그로부터 10년 후, 역시 마이애미에서 경찰관은 본명 필리포 싸코인 암흑가의 인물 존 로셀리의 부패한 시신을 발견한다. 그는 최근 까스뜨로 암살을 위해 CIA와 마피아가 유착한 일에 대해 조사하던 상원위원회 앞에서 증언한 바 있다. 다리가 잘린 시신은 석유통에 담겨 덤파운들링 만을 떠다님. 체포된 자 없음.

브랜치는 시선을 고정한 채 앉아 있다.

정보국은 그가 퇴직시에 얻은 GS 등급(막료급―옮긴이)으로 봉급을 지불한다. 주기적으로 생활비가 인상된다. 그가 자택에 증축한 방, 문서와 빛바랜 사진을 모아둔 이 방의 건축비도 정보국이 지불했다. 정보국은 이 방에 방화시설도

해주었다. 그가 신상정보를 훑어보는 데 사용하는 데스크톱 컴퓨터도 사주었다. 브랜치는 사무용품비 청구서를 정보국에 내미는 것이 거북해서, 종종 자신이 쓴 것보다 적은 액수를 제출하기도 한다.

그는 대부분 이 방에서 식사한다. 책상 한구석을 치우고, 읽으면서 먹는다. 그는 의자에 앉아 잠들다가 깜짝 놀라 깨곤 하는데 그럴 때마다 움직이는 것이 두려워 잠시 머뭇거린다. 어디에나 종이가 있다.

그들은 이른 저녁 나무로 된 관람석에 앉아 쏘프트볼을 하는 노인들을 보고 있었다. 선수들은 반팔셔츠와 흰 바지, 검은 나비넥타이, 야구모자와 흰 운동화 차림이었다. 레이모를 즐겁게 해준 것은 나비넥타이였다. 그는 그 넥타이가 환상적이라고, 완벽한 양키 취향이라고 생각했다.

프랭크는 레이모보다 한줄 위에서 살짝 옆으로 몸을 기울이고 앉아 오렌지에이드를 마시고 있었다. 그는 말했다. "난 아직도 그 산지에서의 일에 대해 생각해."

"넌 아직도 거기에 대해 생각하는군. 저기 1루수 좀 봐. 난 그가 일흔다섯살이라는 데 걸겠어. 그는 아직도 홈 주변에서 뛰어다닐 정도로 팔팔해."

그러나 레이모도 꾸바의 산지에 대해 생각하고 있었다. 그는 7월 26일 까스뜨로와 함께 움직였다. 그들은 턱수염이 수북한 굶주린 군대였다. 그 당시 피델은 마법과 같은 인물이었다. 그에게 힘과 신화가 있었다는 것은 의심할 여지가 없었다. 그는 큰 키에 힘이 세고 머리를 길게 길렀는데, 곧잘 음담패설을 늘어놓았다. 이론과 조야한 이야기를 뒤섞고, 어디에나 나타나 모든 것을 설명하고, 군인, 농부, 아이 들에게까지 질문을 던졌다. 그는 사람들이 혁명을 몸으로 느낄 수 있게 했다. 그의 이런저런 생각과 휘파람처럼 입에서 흘러나오는 그의 말들은 모든 감각을 일깨웠다. 피델은 부츠를 신은 예수 같았다. 그는 가는 곳마다 설교를 하고, 시기가 극적으로 무르익을 때까지 농장 노동자들에게 신분을 숨겼다.

프랭크가 말했다. "병과 배고픔, 비 때문에 끔찍했었어. 하지만 그건 내 신념에 대한 확신이 없었기 때문이기도 해. 산에 대해 생각할 때 떠올리는 건 주로 내가 겪은 혼동이야. 난 두 방향으로 끌려가고 있었어. 내가 힘들었던 건 그 때문이지."

사실이었다. 프랭크는 늘 어느정도 구사노(용설란에서 주로 자라는 나비의 애벌레—옮긴이)였다. 그는 은밀하게 바띠스따를 찬미했었다. 이제 그들 모두가 구사노였고, 좌익의 말대로 하면 반까스뜨로 벌레였다. 그러나 프랭크는 원래부터 절반쯤은 벌레였고, 바띠스따 파였다. 피델을 위해 싸우고 있으면서도 그랬다.

까스뜨로는 프랭크와 레이모가 씨에라 마에스뜨라의 산속으로 들어가기 전인 반란 초창기를 즐겨 회상했다. 라이플총 열한 자루와 열두 명의 사람. 레이모는 이제 정권을 뒤엎은 것은 7월 26일 하루만이 아니라는 것을 알고 있다. 맨 처음부터, 까스뜨로는 최고지도자가 되기 위해서 권력을 틀어쥐는 것을 도와줄 편리한 혁명의 역사를 발명하고 있었던 것이다.

3루수가 공 받을 자세를 취한 채 팔을 굽혔다. 타석에 선 노인은 좌중간으로 공을 날려보냈고 그의 팀원들은 벤치에서 반쯤 일어나 지켜보았다. 태양은 우익 담장 뒤 야자나무에 걸려 있었다.

프랭크는 말했다. "난 요즘 어느 때보다 그 산에 대해 많이 생각해."

"네가 바보라서 그래, 친구."

"하지만 침공에 대해서는 전혀 생각하지 않아."

"두 가지 다 아무도 생각하고 싶어하지 않아. 게다가 배가 침몰했었잖아."

"좌초되었지. 하지만 우리의 확신은 여전히 흔들리지 않았었어."

"여전히 바보 같군. 난 해변에서 선미가 가라앉는 걸 봤어."

"그래도 우리는 끝까지 희망을 가지고 있었어." 프랭크가 심각하게 말했다.

"네가 산에 대해 생각하는 것은 하나도 놀랍지 않아. 산 속에서 우린 이겼었지."

프랭크는 몇모금 남은 오렌지에이드를 친구에게 건네주었다. 그들은 일흔살에 나비넥타이를 한 노인들이, 아이들보다 더 진지하고 민첩하며 정확한 동작으로 병살을 잡는 광경을 지켜보았다. 노인들을 보니 피델이 작전에 대해 설명하면서 야구용어를 사용하곤 하던 일이 떠올랐다. 우린 그들을 협살할 거야. 우린 그 개자식들을 아웃시킬 거라고. 그들은 계단을 내려가 차로 걸어갔다. 카피탄은 뒷좌석에 훔친 코트처럼 대자로 뻗어 있었다.

레이모는 친구를 집에 데려다주었다. 그렇다. 프랭크는 언제나 산에 대해 생각한다. 그는 23일 동안 산에서 지냈다. 그는 23일 동안 매일 불평을 늘어놓았고, 푸념이 끝나면 학교로 돌아갔다. 그는 설탕 주인들을 위해 사탕수수를 자르는 노동자들의 자녀를 가르쳤다. 그 아이들은 보수 없이 사탕수수를 씻고 포장하는 일을 했다.

레이모가 사는 건물은 마이애미 강과 오렌지 볼 사이에 있었다. 그는 차를 세우고, 개를 수도가 있는 곳으로 데려간 다음 안으로 들어갔다. 찌는 듯이 더웠다. 그가 첫번째로 들은 것은 노스웨스트 12번가의 현수교 위에서 들려오는 교통체증으로 인한 소음이었다. 그것은 방 안에서 홀로 생각에 잠긴 사람의 소리, 세상의 자연스러운 음조보다 약간 높은 소리였다.

바띠스따의 정부군은 산악지대를 두려워했다. 산은 그들에게 죽음을 뜻했다. 레이모의 생각에 그 자신이 죽을 확률은 백만분의 일도 안되었다. 그는 그 산지에서는 불사신 같은 존재였고, 피둥피둥 살이 쪘었다. 심지어 마지막 대공세 때, 땅과 대기를 초토화하며 네이팜탄이 쉴새없이 쏟아지던 때조차 그랬다. 그들은 기분상으로 모두 불사신이었다. 그것이 반란분자들이 지닌 특징이었다.

레이모는 침대에 누워 생각했다.

아바나로의 행군은 닷새쯤 걸렸다. 사람들은 책 속의 영웅들에게 주어지는 외경심으로 그들을 맞아들였다. 나라를 정화하자는 것이 표어였다. 레이모는 처형을 몇번 지켜보았다. 처형당한 자들은 바띠스따 시대의 강간범이었고, 두개골에 못질을 할 만큼 무자비한 고문기술자들이었다. 그들은 무릎까지 오는 도랑가에 서라는 친절한 지시를 받았다. 그들은 옆길로 쓰러지고, 뒤로 쓰러지고, 팔을 넓게 벌리고, 팔을 감싸는 등의 저마다 다른 형태로 종말을 맞았는데, 모두 부지불식간에 크게 놀라며 죽어갔다.

그러고 나서 공산주의자들이 나타나 조합과 농촌지역위원회에 편입했다. 까스뜨로는 그들에게 법적 지위를 주었다. 커다란 나무상자에는 꾸바 조종사들이 비행술을 익히기를 기다리는 미그기들이 들어 있었다. 집단적인 입장에서 생각하라는 것이 표어였다. 개인은 사라져야 한다.

까스뜨로가 말한 혁명과 국민에게 부여한 혁명은 서로 다른 것이었다. 어떤 지역은 꾸바인 출입금지였다. 러시아와 체코 기술자들이 들어왔고, 눈길이 닿는 곳마다 러시아 건설 인부들이 있었다. 밤이면 새 정권에 반대하는 학생들이 고속도로에 모여 일정한 형태의 기다란 물건들을 캔버스 천으로 가리고 트레일러 트럭으로 운반했다. 야자나무가 암시장에서 팔리고 있다는 것을 암시하는 농담이 유행했다. 화물은 SA-2로, 꾸바에 도착할 첫번째 소련 미사일이었다. 고고도 첩보 비행기에 맞서 하늘을 방어하기 위해 꾸바로 보내진 것이었다.

이즈음 레이모는 피그즈 만의 참전병으로 라 까바냐 감옥에 있었다. 그랬다. 그와 같이 그 수염난 영웅은 벌레였다. 오래된 창고들과 군수품 창고, 지금은 감방으로 쓰이는 반원통형 천장의 통로 옆에 마당이 있었다. 레이모는 까스뜨로 군 게릴라, 바띠스따 군 장교, 노동자, 급진주의자, 조합공무원, 학생 지도자였던 사람들과 함께 수감되어 있었다. 구 정권과 새 정권 모두에게 고문당한 그들은, 말하자면 꾸바식 잡탕찌개였다. 그의 감방 맨 끝쪽은 물이 없는 해자와 마주 보고 있었는데, 그곳에서 처형이 이루어졌다. 그는 존 F. 케네디가 그를 꺼내주기를 기다렸다.

어떤 밤에는 열 건의 처형이 집행되는 소리가 들렸다. 언젠가 레이모는 한 여윈 남자가 조명 아래 모래주머니 앞에 서 있는 것을 보았다. 그는 흰 구두와 검은 셔츠, 멋있는 빠나마모자를 쓰고 목에 올가미를 걸고 있었다. 그들은 너무 서둘러 그를 처형하느라 그에게 소명할 기회나 재판은커녕 회색 죄수복조차 주지 않았다. 레이모는 그들이 그를 쏘았을 때 모자가 비행하듯이 머리에서 떠나는 것을 보았다. 모자는 만화책에 나오는 것처럼 공중을 향해 수직으로 올라갔다. 개인은 사라져야 한다.

또다른 차가 다리 한가운데의 쇠 구조물을 들이받았다. 계속해서 나지막한 소음이 들려왔다.

그는 자신이 감옥에서 벗어났다고 믿고 싶었다. 한때 씨에라와 히론 평야의 전사였던 그가 이제 까스뜨로와 케네디 사이에 끝도 없이 오가는 논쟁이나 듣고 있어야 하는 신세로 전락했다. 그 논쟁은 그가 살 곳과 먹을 것과 어울릴 사람을 결정하는 것이었다. 오리엔떼에서 그는 미국인 소유의 니켈 광산에서 숙련된 기계공으로 일했었다. 바로 그곳에서, 사방에 만연한 부정에 대해 확신에 찬 어조로 이야기하는 학생들에게서 7월 26일의 운동에 대해 들었다. 이제 그는 사다리에 올라가 과일을 따고, 최고지도자들이 다음에는 어디로 가라고 말해주기를 기다리는 처지다. 저마다 앞으로의 전망과 영웅인 체하는 태도를 지닌 그 두 사람 모두 위대함이란 얼룩이 져 있었다. 그들은 번갈아가며 상대방을 가리는 그림자가 된 채 레이모의 꿈에 나타나곤 했다. 한 사람이 물건을 팔면 다른 사람은 그것을 산다. 천백명의 상륙전투 부대의 참전병들은 미국이 오천삼백만 달러를 까스뜨로 정부에 지불한 후 감옥에서 풀려났다. 레이모는 오렌지 볼의 갓길 표시선 위에 서 있었다. 악취가 나는 침대에서 세 블록 떨어져나와 대통령의 새로워진 공약을, 두번째로 공허하게 물결치는 말을 들었다. 그뒤 6개월이 지났다. 그는 모든 것에서 자유로워졌다고는 믿지 않았다. 에버글레이즈 늪지의 잡초 속에서의 훈련. 그때가 그가 자유롭다고 느낀 유일한 시절이었다.

그가 잊을 수 없는 것은 그 여윈 남자의 머리에서 모자가 날아오르던 상황이었다. 그 무겁게 부딪쳐오는 놀라움, 갑작스러운 모욕. 모든 것을 보았다고 생각한 후에조차 폭력은 사람을 놀라게 할 수 있는 것이다. 그것도 상상조차 해보지 못한 방식으로. 한 남자의 가슴에 총을 쏴서 그의 모자가 공중에 수직으로 120미터쯤 날아오르게 하려면 얼마만한 힘이 필요한 걸까? 그것은 운동법칙의 교훈이었고 확신할 수 있는 것은 아무것도 없음을 모든 사람에게 상기시켜주었다.

민스끄에서

공장은 그의 아파트에서 걸어서 8분 거리에 있었다. 그는 일급 조정자였다. 이것은 숙련되지 않은 금속 노동자를 가리키는 다른 말이었다. 공장은 10만 평방미터 넓이였고, 오천 명의 사람이 일했으며, 라디오와 텔레비전 쎄트를 생산했다.

그가 온 첫날 그는 공장 감독에게 손으로 쓴 자서전을 제출했다. "나의 부모는 죽었습니다." 그는 썼다. "나는 형제도 자매도 없습니다."

감독은 시민 오즈월드를 환영했다.

8시 정각에 규칙적으로 근무 종이 울렸다. 금속 가는 소리, 강철 주괴를 자르는 톱들. 그는 라디오를 만드는 데 그렇게 격한 분노가 들어가는지 미처 몰랐다.

항상 집회가 있었다. 레닌의 커다란 사진이 노동자들을 내려다보고 있었다. 집회는 한 달에 열다섯 번, 근무가 끝난 후에 열렸고 매일 의무적으로 체육관에 가야 했다.

그는 오페라에 여자들을 데려갔고 관광을 다녔다. 이 공업도시에는 장중한 건물이 많이 있었다. 그중 몇몇은 재미있다고 그는 생각했다. 노동조합 건물의 정면은 그리스 신전 같았으나 소벽에 새겨진 형상은 벽돌공, 측량기사, 투포환을 던지는 여자, 더블 브레스트(double breasted, 옷섶을 깊게 겹치고 단추를 두 줄로 단 상의나 외투—옮긴이) 정장 차림에 서류가방을 든 남자였다.

그는 간이식당에 서서 튀긴 양배추를 먹었다.

각각의 자치 공화국은 최고 쏘비에뜨 가운데 민족 쏘비에뜨에서 나온 열한 명의 대리인에 의해 대표된다(1936년의 스딸린 헌법은 양원제의 최고 쏘비에뜨, 즉 인구비율로 대의원이 선출되는 연방 쏘비에뜨와 지역비율에 의한 민족 쏘비에뜨를 규정했다—옮긴이). 쏘비에뜨는 평의회라는 뜻이다.

나는 빠르게 러시아어를 배우고 있다.

그의 4층 아파트에는 주방과 욕조가 있었다. 그는 쏘파로도 쓸 수 있는 침대에서 잤다. 민스끄를 관통하는 강의 큰 굽이가 내려다보이는 개인 발코니가 있었다. 매달 5일에는 적십자에서 수표가 나왔다.

그는 발코니에서 책을 읽었고, 속기공책에 러시아어를 연습했다. 그는 감사합니다라고 썼다. o로 끝나는 중성명사는 a를 취한다. 그는 대중가요의 가사를 썼다.

멀리 교회의 뾰족탑이 보였다.

그에게는 쓸 돈이 있었다. 그는 미국인으로 흥미로운 존재, 이야기를 지닌 이방인이었다. 미국은 거리에 퍼진 풍문

이었고 사람들이 완전히 믿지 않는 빛나는 세상이었다. 그
들은 그의 이야기를 듣고 싶어했다.

그리고 5월 1일 노동절에, 우랄산맥의 스베르들로프스끄
상공에서 충격적인 사건이 벌어졌다.

죄수는 엘리베이터 안의 철창에 서 있었다. 빛도 들지 않
고, 소리도 들리지 않았다. 이는 죄수로 하여금 그가 지금 어
디에 있는지 알려줄 필요가 없음을 뜻했다. 불규칙한 심장
박동. 오른쪽 다리의 따끔거림. 생생한 두통에 엄습하는 피
로, 귀에서 윙윙 울리는 소리.

그들은 그에게 통로를 내려가게 했다. 네 남자 중 두 명은
제복을 입었다. 그는 그들에게서 기분나쁜 만족감을 감지했
다. 고소해하는 표정들, 10년 묵은 체중이 내려간 듯한 분위
기. 그는 대략 지금쯤 노르웨이의 피오르드를 따라 착륙하
는 것으로 되어 있었다.

그들은 그를 작은 방으로 들여보냈다. 다시 벗을 시간이
다. 오후 내내 그들은 그에게 여압복, 비행복, 롱존스(손목과
발목까지 덮는 긴 내의—옮긴이)를 벗고 가만히 서 있어라, 구부
려봐라, 우리를 봐라, 이 바지를 걸쳐라, 이 셔츠를 입어라
하고 명령했다. 그러고는 그를 다른 어딘가로 데려가 그것
을 모두 처음부터 다시 하게 했다.

그는 지금 자신이 루비얀까, 즉 바로 모스끄바 시내에 있
는 KGB의 지방 정치범수용소에 있다는 것을 알았다. 아마
도 이게 마지막 몸수색이리라.

그들은 그에게 세 치수나 큰 더블 브레스트 정장을 포함한 의상 일습을 주었다. 그러고는 그를 심문실로 데려갔다. 그곳에는 열두 명의 남자가 앉아 기다리고 있었는데 셋은 제복을 입었고, 둘은 소령과 대령이었다. 테이프리코더는 보이지 않았다. 죄수 옆에 통역사가 앉았다. 긴 탁자 끝에 앉은 속기사는 이름과 국적 이상의 뭔가를 기록하기에는 너무 늙어 보였다. 그의 양복깃에는 장미 모양 장식이 달려 있었다.

죄수는 늘어앉은 우울한 얼굴들에게 희미하게 고개를 끄덕여 보였다. 국가안보에서 인정받는 자들. 그가 아직 한마디도 하지 않았음에도, 그들은 그를 회의적인 눈으로 보는 것 같았다. 아마 그들은 감지되지 않는 정찰기로 4년 동안 영공을 침범한 미국인 공중해적을 붙잡아 혼내주게 된 것이 꿈만 같아서 진짜일 리가 없다고 생각했으리라. 죄수는 감자와 양배추수프만 먹는 삶을 예상해보았다. 아마도 짧은 삶이리라. 그들은 영화에서처럼 감옥 마당에서 소리를 죽여놓은 북소리에 맞추어 그를 쏘아버릴 것이다.

하늘의 밝은 섬광, 비행기가 요동친 것은 꽉 막힌 도로에서 자동차가 덜컹했을 때와도 같았다.

기나긴 질문의 밤이 시작되었다. 이름, 국적, 비행기의 종류, 임무 내용, 고도, 고도, 고도. 거짓말을 할 때 곤란한 점은 그들이 다시 물었을 때 똑같은 대답을 할 수 있도록 어떻게 말했는지 기억하는 일이다. 대체로 진실을 말했다. 진실을 말하고 싶었다. 그는 이 사람들이 자기를 좋아해주기를 원했다. 몇가지 부분에서는 약삭빠르게 거짓말을 했다. 그가 어느 부분을 숨겨야 하는지 확실히 알았다면 좋았을 것이다. 그러나 그에 대한 준비는 전혀 되어 있지 않았다. 그에게 어떤 말을 하라고 일러준 사람은 아무도 없었다. 그는 그저 조종사일 뿐이었다. 이것이 그가 이해시키려고 한 점이었다. 그는 특정 항로를 비행했고, 스위치를 눌렀다. 그는 그저 고용된 민간인일 뿐이었다. 그는 표시도수를 기록하고, 경로를 이탈했다가, 다시 바로잡았다. 그는 버지니아의 구릉지에서 온 소년이었고 술과 담배도 하지 않는다. 5학년 때 담임선생님을 위해 담배상자로 비행기를 만들었다.

그는 20킬로미터 상공을 날고 있었다고 했다.

일단 그들이 잔해를 조사한 다음에는, 자폭장치에 대해 물을 것이다. 그는 비행기를 탈출할 여유를 갖기 전에 폭발할지도 모른다고 생각했기 때문에 그것을 작동시키지 않았다. 어이가 없다. 그들은 또한 몇시간 전에 스베르들로프스끄에서 수거한 독바늘에 대해 물을 것이다. 네. 죄수는 약간 부끄러움을 느꼈다. 그는 죽게 되어 있었다. 중요한 사람들은 그가 아직 살아 있다는 것을 알면 크게 놀랄지도 모른다. 그들은 그가 죽는 데 편리하도록 몇백만 달러를 들여 그것을 만들었던 것이다.

질문이 끝나자 그들은 그에게 다른 옷 한벌을 주고, 다른 방으로 데려가, 바지를 내리라고 손짓하고는, 그에게 주사를 놓았다. 그는 잠을 재우거나 진실을 말하게 하기 위한 주사라고 짐작했다.

그들은 구역 감독관의 책상을 지나 2층으로 되어 있는 감방 구역으로 걸어가게 했다. 그의 감방은 가로세로 2.5미터, 4.5미터였고 강철 테두리가 둘린 단단한 떡갈나무 문이었다. 철제침대와 작은 탁자, 의자, 철망이 달린 이중유리창이 있었다. 그는 혼자였고 끄레믈린에서 울리는 시계소리를 들을 수 있었다. 이미 실종된 U-2기에 대한 이야기들이 퍼져 나가고 있었다. 보되(노르웨이 서부의 항구도시―옮긴이), 인써리크(미국의 공군기지가 있는 터키의 도시―옮긴이), 페샤와르(미국의 공군기지가 있는 파키스탄의 도시―옮긴이), 비스바덴(독일 헤쎈 주의 주도―옮긴이), 랭글리(미국 동부 해안도시―옮긴이), 워싱턴, 캠프 데이비드. 이것은 어떤 점에서 흥미로웠다. 끝이 없고 피곤하고 뒤죽박죽인 이날 다섯번째인가 여섯번째로 옷을 벗었을 때, 그는 문에 나 있는 감시구멍을 발견했다.

비행기의 하강은 거꾸로였다. 비행기의 기수는 하늘을 가리켰고, 움직일 힘이 없는 꿈속과 같았다.

다음날, 그들은 흡족한 대답을 얻기 위해 고문 대신 그에게 모스끄바 관광을 시켰다.

알렉쎄이 끼릴렌꼬는 두번째 심문 회기에 참석했다. 그의 앞에는 라이카 필터 꾸러미가 탁자에 놓여 있었다. 방에는 열 명의 남자가 있었다. 질문들이 쏟아져나왔다. 프랜씨스 개리 파워즈라는 죄수는 절반은 성실하게 진실을 말했고, 다른 절반도 꼭 그만큼 성실하게 거짓말을 했다. 그래서 알렉은 그것을 존중했다.

아니요, 이전에 쏘비에뜨 영공을 비행한 적이 없습니다.

아니요, CIA는 여기에서 접촉할 수 있는 지하요원의 명단을 주지 않았습니다.

아니요, 일본의 아쯔기에 배치된 적이 없습니다.

비행기는 어떤가요?

네, 비행기는 아쯔기에 배치된 적이 한번 있습니다.

그들은 죄수의 머리를 농부처럼 깎았다. 알렉은 그것이 죄수에게 어울린다고 행각했다. 그는 머리가 크고 네모졌고, 힘세 보이는 체격에, 수도에 올라와 길을 건너는 시골뜨기처럼 불안한 표정을 짓고 있었다.

아니요, 쏘비에뜨 경계를 침범해서 다가오는 정상회담을 위협하리라고는 생각지 못했습니다.

중앙위원회는 미국 언론이 머릿기사로 희망적이거나 비통해하는 내용의 온갖 보도를 다 내보낼 때까지 프랜씨스 개리 파워즈가 살아 있으며 구류중이라는 것을 흐루시쵸프가 밝히지 않는 것이 낫다고 판단했다. (비무장 기상관측기가 민간인 조종사가 산소공급 씨스템에 문제가 있다고 알려온 후 터키의 반 레이크 근처에서 실종되었습니다.) 그들은 필요에 따라서 덧붙이거나 빼거나 할 것이다. 그러나 어느 쪽이든 그들은 조종사가 죽었다고 간주하는 것이다.

그러고는 수상이 그레이트 홀의 연단에 오를 것이다. 그는 노동복 가슴의 주머니 위에 소박하게 훈장을 주렁주렁 달고, 사진과 적절한 제스처를 곁들여 그 흥미로운 소식을 발표할 것이다. 그의 목소리는 대표자와 최고회의 간부,

외교단, 국제 언론 들 위로 터져나올 것이다.

　동무들, 그는 이렇게 운을 뗄 것이다. 여러분께 비밀을 알려드리겠습니다. 만면의 미소, 변화무쌍하게 움직이는 손. 우리는 여러분이 소식을 들어 알고 있는 무고한 기상관측기 조종사의 신병을 확보하고 있습니다. 그 비행기의 잔해도 확보하고 있습니다. 쏘비에뜨 영공 2,000킬로미터 안에서 그 비행기는 우리가 발사한 미사일에 격추되었습니다. 하늘의 스파이. 군과 산업지대의 사진을 찍으려고 침입한 비행기였습니다. 우리는 카메라와 필름도 확보하고 있습니다. 첩보 사진을 흔들어대고, 들리는 이야기에 따르면 그 비행기가 모아오게 되어 있었다는 공기 견본에 대해 농담을 던지면서. 네, 네, 프랜씨스 개리 파워즈는 살아 있고 원기왕성하며 안전하고 아무 이상 없습니다. 비행기의 자폭장치, 그의 생명을 끝장내기 위해 만들어진 독, 그리고 소음장치가 달린 총과 긴 칼에도 불구하고요. 물을 마시기 위해 잠시 중단. 쏘비에뜨 통화로 7천 루블도 있었습니다. 그들은 오래된 루블을 새것으로 바꿔오라고 그를 여기까지 보냈을까요?

　와자지껄한 웃음과 박수갈채.

　알렉은 흐루시쵸프가 U-2기 문제에 대해 연출해낼 무대가 기대되었다. 정상회담은 2주 후 빠리에서 열리게 되어 있었다. 아이젠하워의 도덕적 리더십은 실추될 것이다.

　그러나 몇시간이나 이어지던 질문이, 며칠 동안 계속됨에 따라 그는 불안해지기 시작했다. 제복을 입은 남자들, GRU들은 고도에 대한 질문으로 계속 돌아왔다. 그들이 비행기를 격추했을 때 고도가 얼마나 되었는지 모른다는 말인가? 고장난 미사일로 우연히 격추한 것인가? 조종사는 엔진이 멈추어버린 후에, 다시 엔진을 점화하려고 고도를 낮춘 것일까? 그래서 그들이 격추할 수 있었는가? 그들이 격추한 것이 아니라는 풍문이 있었다. 그 비행기는 정상회담을 망치려는 CIA의 공작이었을까?

프랜씨스 개리 파워즈는 충격을 느끼고 섬광을 보았을 때 최고 고도에 있었다고 반복해서 주장했다. 20킬로미터. GRU는 그가 거짓말을 한다고 생각하는 듯했다. 그들은 U-2기가 훨씬 높이 올라갈 수 있다고 믿었고, 쏘비에뜨 미사일은 그 고도에 닿지 못한다는 것을 알고 있었다.

어째서 그들은 조종사가 주장하는 것보다 비행기의 고도가 높았다고 믿을까?

오즈월드가 그렇게 말했기 때문? 확실히 그들은 다른 정보원에서 뚜렷한 근거를 확보했으리라. 어찌됐든 이 문제는 오즈월드의 주장에 신빙성을 실어준다. 그는 분명히 그 비행기가 닿을 수 있는 최고 고도에 대해서 진실을 말했다. 파워즈와 마찬가지로 미국인인 그는 소련 내에서 U-2기에 대한 내부 정보를 알고 있는 유일한 인물이다. 그는 동포의 대답을 따져보아 왜곡된 것을 폭로할 수 있고, 지상근무 인원이나 기지보안에 대해 대답한 것을 평가할 수도 있다. 그리고……

끼릴렌꼬의 마음속에서 리 H. 오즈월드는 일종의 채플린 영화 같은 모습, 광대하고 위험한 사건의 가장자리를 따라

스케이트를 타는 모습으로 떠올랐다.

리 H. 오즈월드는 모르거나, 일부만 알거나, 알지만 말하지 않는다. 그는 혼돈을 끌고 다니면서 재난을 일으키고는 그것이 일어나는 것을 보지도 않고, 자신의 삶을 수수께끼로 만들고, 잠재적으로는 우리 모두를 바보로 만드는 재주를 지녔다.

알렉은 미국에 가본 적이 없었다. 미국이란 나라에 대해 배운 결과 그는 충동적이고 피상적인 자기과신을 경계하게 되었다. 이 나라에 비하여 미국은 문화의 유아원이었다. 쓸데없이 놀라고, 침을 질질 흘리고, 잘 잊어버리는 나라였다. 우리나라에는 사람들의 영혼에 간직되어오는 역사의 커다란 보물이 있다.

담배가 그를 애국적으로 만들었다. 그는 6년간 군것질을 해온 끝에 다시 담배를 피우고 있었다.

적어도 오즈월드는 미국인으로 보였다. 프랜씨스 개리 파워즈는 결국 원주 모양 홀의 샹들리에로 장식한 법정의 피고석에 서게 될 것이다. 바보스러운 머리 모양에 너무 크거나 너무 작은 우스꽝스러운 옷을 입은 그는 마치 발칸지방에서 온 나무꾼처럼 보일 것이다.

시민 오즈월드는 검은 넥타이를 매고 캐시미어 스웨터와 회색 플란넬 정장을 걸치고 시내로 왔다. 모스끄바에 돌아오니 좋았다.

그들은 조사가 시작된 지 몇분 후 그를 방으로 데려갔다.

그는 죄수 뒤에 4.5미터쯤 떨어져서 벽에 기대어 앉아 있었다. 옆에는 사복 차림의 경호원이 있었다. 경호원은 메모장과 연필을 가지고 있었다.

그 소식은 물론 어디에서나 신문과 방송에서 다루어졌다. U-2기 사건은 몇년 만에 일어난 가장 큰 사건이었다. 쏘비에뜨의 정의로운 목소리들이 외치는 엄청난 함성, 미국의 역사적인 거짓말, 타격을 입은 양국 관계. 그는 프랜씨스 개리 파워즈가 로만 루덴꼬의 질문에 대답하려고 애쓰는 것을 듣고 있었다. 루덴꼬는 뉘른베르크 전범재판 당시 나치 색출 담당 검사장 중 한명이었다. 그는 프랜씨스 개리 파워즈 같은 자에게 나치 검사는 약간 연극적이라고 생각했다. 죄수는 평범한 사람처럼 보였다. 오지의 어느 골짜기에서 온 숯쟁이의 아들. 비행기 조종을 하라고 봉급을 받았습니다.

질문과 대답이 끊임없이 오간 세 시간 동안, 오즈월드는 프랜씨스 개리 파워즈의 뒤통수를 응시하고 있었다.

그러고 나서 그는 고르끼 파크의 체스 파빌리온에 전시된 U-2기의 부서진 동체와 꼬리 부분을 보러 갔다. 날개들은 전시실 중앙에 놓여 있었다. 조종사의 구명용구, 소지품들, 그리고 서명이 된 자백서가 유리상자에 들어 있었다. '파워즈 개리 프랜씨스, 격추된 미국 비행기의 조종사'라는 제목 아래 그의 사진이 있었다. 관중은 축제 분위기였다. 오즈월드는 파워즈가 체스를 둘 줄 아는지 궁금했다. 알렉이 그를 감방에 들여보내 프랜씨스 개리 파워즈와 체스를 두게 해준다면 그 자체가 대단히 멋진 제스처가 될 것이다.

사복요원이 그를 루비얀까로 데려갔다. 알렉과 제복을 입은 경비원이 그를 감방 동으로 데려갔다. 바닥에는 카펫이 깔려 있었다. 파워즈의 감방은 아래층에 있었다. 경비원이 문구멍을 가린 덮개를 밀어냈다. 오즈월드는 감방을 들여다보았다. 죄수는 작은 탁자 앞에 앉아 종이에 선을 긋고 있었다. 오즈월드는 그가 달력을 만드는 거라고 생각했다. 작은 방 안에 고립된 사람들. 감방은 근원적인 존재의 모습을 띤다. 사람을 방에 넣고 문을 잠근다. 너무 단순한, 천재적인 형식이다. 2.5미터에 4.5미터. 이것은 인간을 둘러싼 모든 힘들의 최종적인 크기이다.

파워즈는 어딘지 모르게 온화해 보였다. 오즈월드가 군대에서도 잘 어울릴 수 있는 타입이었다. 그는 잠시 고개를 들고 누군가가 보고 있는 것을 알아차리기라도 한 듯 구멍 쪽으로 똑바로 바라보았다. 비행기를 조종하고, 부수적으로 임무가 실패했을 경우 자살하는 대가로 돈을 받았다. 우리가 항상 명령을 따르는 것은 아니다. 그렇지 않은가? 어떤 명령은 생각해보게 된다. 하하. 그는 문을 통해 죄수에게 소리치고 싶었다. 네가 옳았어. 잘한 거야. 불복한 것 말이야. 죄수는 목까지 단추를 잠근 체크무늬 셔츠를 입고 있었다. 그는 손을 흔들어 파리를 쫓고는 종이로 시선을 돌렸다. 그는 선을 그리는 데 온통 열중한 듯했다. 총살이 러시아어로 뭐지?

알렉은 오즈월드를 심문실로 데려갔다. 희미한 담뱃재 냄새 속에 단둘이 앉았다.

"당신은 우리가 해줄 수 있는 한 가깝게 그를 봤어요. 말해봐요. 얼굴이 눈에 익습니까?"

"아뇨."

"아쯔기에서 그를 알고 있었나요?"

"그들은 헬멧을 쓰고 얼굴 가리개를 해요. 주위에는 항상 무장 경비병이 있고. 난 한번도 조종사를 제대로 본 적이 없어요."

"술집에서 혹시 봤을지도 모르죠. 나이트클럽이나."

"전혀 모르겠어요."

"그들이 페샤와르에 비행장을 가지고 있다는 걸 알고 있었어요?"

"그게 어딘데요?"

"파키스탄이에요. 이 비행기가 출발한 곳이죠."

"아뇨."

"파워즈는 우리에게 거짓말을 많이 하고 있어요. 어떻게 생각합니까?"

"그는 혼란스러울 거예요. 그가 대체로 정직하리라고 생각해요. 살아남길 원할 테니까요."

"그는 최고 고도가 20킬로미터라고 하는데, 당신은 25킬로미터, 27킬로미터라고 했죠."

"내가 틀렸을 수 있어요."

"난 당신이 틀렸다고 생각지 않아요."

"내가 완전히 잘못 알았을 수도 있어요."

"당신은 아주 확실히 들었어요. 당신은 조종사의 목소리를 묘사했죠. 당신이 옳았다고 믿을 만한 이유가 있어요."

"25킬로미터도 굉장히 높은 거예요. 25킬로미터라고 들은 것 같긴 한데 20킬로미터였나봐요. 난 파워즈가 진실을 말한다고 생각해요. 그가 그런 타입처럼 보이는 걸 고려한다면요."

"어떤 타입인데요?"

"기본적으로 정직하고 성실한 타입이죠. 그는 능력껏 협력하는 거예요. 그는 어떻게 될까요?"

"아직 말하기는 일러요."

"재판을 받게 될까요?"

"그건 거의 확실해요."

"그를 처형할까요?"

"모르겠어요."

"총살형을 받겠죠. 안 그런가요?"

"가정하는 것은 옳지 않아요."

"그런 식으로 끝내는 것 아닌가요? 여기에서는 쏴버리는 것 아닌가요."

미소.

"이제는 그런 일이 그리 많지 않아요."

"그와 이야기하게 해줘요."

"좋은 생각이 아니에요."

"그에게 소련에서의 삶이 갖는 미덕을 이야기해줄 수 있을 거예요. 대중을 위해 라디오를 만들고."

"대중은 더이상 대중이 아니기 위해서 라디오가 필요한

거죠."

"줄곧 생각해오던 게 있어요." 그는 극적인 표현을 찾기 위해 잠시 멈추었다. "난 빠뜨리싸 루뭄비 친선대학에 가고 싶어요."

"의심할 여지 없이 훌륭한 곳이죠. 하지만 우연히도 모스끄바에 있고, 나는 당신이 여기 살기에는 지금이 적당한 때가 아니라고 생각해요."

"알렉, 어떻게 해야 출세할 수 있죠? 난 공부하고 싶어요. 공장은 지루하고 규격화되어 있어요. 항상 집회에 가고, 항상 선전문을 읽어요. 모든 게 똑같아요. 모든 게 똑같은 맛이에요. 신문도 똑같은 이야기만 해요."

"이만하면 잘 알겠어요. 우린 리 H. 오즈월드가 더 교육받는 것에 대해 고려해보겠어요."

"당신 연락을 기다릴게요. 난 당신한테 의지하고 있어요."

"말해봐요. 내가 개인적으로 궁금해서 그러는데, 프랜씨스 개리 파워즈는 전형적인 미국인인가요?"

오즈월드는 모든 사람들이 죄수의 이름을 말할 때 성(姓)과 중간 이름까지 모두 붙여 부른다는 사실을 떠올렸다. 쏘비에뜨 언론, 지역 텔레비전, BBC, 미국의 소리(VOA), 심문관 등. 일단 뭔가 악명높은 일을 하면, 별명이나, 평소에는 절대 쓰이지 않는 중간 이름으로 불리는 것이다. 너는 국가의 경직된 상상력 속의 한 장에 공식적으로 기록된 거야, 프랜씨스 개리 파워즈. 겨우 요 며칠 사이에 그 이름은 어떤 반향, 운명적인 사건의 느낌을 지니게 되었다. 그 이름은 이미 역사적으로 들렸다.

"나는 부지런하고 성실하며, 정직한 사람이 지금 그가 처한 것과 같은 입장, 다시 말해 반대편에서 행사한 압력에 부서진 것이라고 말하겠어요. 그게 그를 전형적인 인간으로 만든다고 생각해요."

그는 러시아어로 그렇게 말했고 알렉이 감동하는 것을 보았다.

역사일기에서

가을의 도래. 새로운 러시아의 겨울에 대한 내 근심은 이 가을의 마지막 주에 넘치는 벨로루씨아 자두와 복숭아 살구 체리 속 찬란한 가을의 금빛과 붉은빛 속에 녹아버린다. 나는 건강한 갈색이 됐고 신선한 과일로 꽉 채워졌다.

내 스물한번째 생일에 내 아파트에서 로싸, 파빌, 엘라와 작은 파티를 열다. 엘라는 내가 최근에 만나는 아주 매력적인 러시아계 유대인이다. 그녀도 라디오 공장에서 일한다.

겨울이 다가옴을 이제 안다. 리가에서 온 여자 에나타치나를 정복했음에도 불구하고 점점 커져가는 외로움이 나를 사로잡는다.

나는 새해를 엘라 저메인의 집에서 보낸다. 나는 그녀와 사랑에 빠진 것 같다. 그녀는 나의 점잖치 못한 접끈(원서의 오기. 이 글에서 계속 나옴—옮긴이)을 거절한다.

지방의 영화관으로 손에 손을 잡고 즐거운 산책을 갔다 온 뒤 우리는 집에 돌아온다. 현관 계단에 서서 나는 청혼하고 그녀는 거절하기보다는 머뭇거린다. 내 사랑은 진실하지만 그녀는 나를 사랑하지 않는다(나는 넘우 놀라서 아무 생각도 못한다!) 나는 비참하다!

그는 친구들에게 꾸바 이야기를 꺼냈으나 그들이 시큰둥한 것에 놀랐다. 꾸바는 그가 쉽게 흥분하는 문제였고 영어판 『더 워커』나 지역방송국과 BBC가 꾸준히 다루는 기삿거리였다. 미꼬얀(소련의 정치가—옮긴이)이 체 게바라와 무역조약을 맺다. 러시아가 중화력무기를 보내다. 아이크가 외교관계를 단절시키다.

초콜릿은 비쌌다. 이곳 사람들은 단것을 지독하게 좋아했다. 지역의 과자공장에는 언제나 사람들이 몰려 있었다. 삶은 별것 아니다. 초콜릿, 축음기, 자동판매식 식당에서의 식사.

그의 친구들은 그의 이름을 발음하기 어려워했다. 그들은 리라고 말하는 것을 불편해했다. 중국인처럼 들리기도 하지만 그 말은 혀에 걸려 잘 나오지 않았다.

그는 그들에게 자기를 알렉이라고 부르라고 했다.

그림엽서 #4. 워싱턴 D.C. 1961년 1월 21일. 존 F. 케네디의 취임식 다음날. 마거리트 오즈월드는 유니언 스테이션에서 공중전화를 찾고 있다. 그녀는 사흘 낮과 이틀 밤을 포트 워스에서부터 기차를 타고 여행해왔다. 보험증서를 담보로 차표 값을 빌리고, 신발 한 켤레를 사기 위해 계좌에 있는 돈을 다 털었다. 그녀는 침대칸을 얻을 현금이 모자라 줄곧 앉아서 왔다. 피곤한 상태에서 분노와 절망을 느낀 여자. 하원의원에게 편지를 보냈지만 답장이 없음. FBI 지역사무소로 전화를 걸었지만 다시 연락이 없음. 국무부에 보낸 전보. 국제구조위원회에 보낸 편지와 전화 들. 국무부는 국제구조위원회에 얘기했지만 아무도 그녀와 얘기하고 싶어하지 않는다. 그녀가 음모라는 단어를 쓰는 것이 정말 그렇게 이상한가? 그녀는 그저 옳지 않은 것들이 축약되어 있는 프로그램 전체를 분석하려는 것뿐이다.

백악관 교환수는 그녀에게 대통령께서 회의중이라고 말한다.

그녀는 또 동전을 집어넣는다.

국무부 교환수는 러스크 장관은 지금 전화를 받을 수 없지만 그들이 해줄 수 있는 일은 무엇이든지 돕겠다고 말한다. 교환수는 흑인 여자이고 마거리트는 어릴 때 뉴올리언즈 필립 가의 흑인과 백인이 함께 사는 동네에서 살았다. 그녀도 흑인들과 곧잘 놀았는데, 옆집에는 훌륭한 흑인가족이 살고 있었다. 한동안 옥신각신한 끝에 마침내 교환실이 아니라 사무실에 있는 듯한 남자와 연결된다. 남자는 잠시 아무 말 없다가 자신은 보좌관이라고 말한다. 그러면서 공손하게 문제가 뭐냐고 묻는다.

"러시아에서 행방불명된 내 아들 때문에 여기 왔어요."

그녀는 그에게 자기가 질질 짜는 타입의 엄마는 아니지만 사실 자신은 병에서 회복하는 중이며 아들이 죽었는지 살았는지 모른다고 말한다. 그애는 해외 어딘가에서 우리 미국 정부의 요원으로 일하고 있어요. 그애는 자기 스스로 결정할 권리가 있지요. 그애는 정부에 의해 오도 가도 못하게 되어 빠져나오지 못하고 있을 가능성이 커요.

남자는 맹렬한 눈보라가 몰아칠 것이라는 기상청의 예보에 따라 그들 직원 모두 조퇴하도록 지시받았다고 말한다.

마거리트는 음모를 감지한다.

그녀는 전화에 대고 말한다.

"내가 미국적인 삶의 방식대로 살고 있고, 무엇이든 맨처음부터 다시 시작할 수 있다는 걸 모른다면 난 이 세상에 살아남지 못했을 겁니다. 이 점을 분명히 해야겠어요. 그애가 열여섯 나이로 해병대에 들어갈 결심을 했을 때부터 우리는 그 문제로 말다툼을 했어요. 프렌치 지구에 살 무렵엔 더 심했지요."

그녀는 계속 말한다. "그애는 로버트가 갖고 있던 교범을 밤이고 낮이고 읽었어요. 그러다 로버트의 교범을 외웠습니다. 그런데 지금 그애는 1년 넘게 소식이 없어요. 나는 이게 순전히 그애 탓은 아니라고 확신해요. 정보요원이 해외에서 어떻게 활동하는지는 모르지만 말이에요. 나는 그애가 어디에 있는지 확실한 것을 알려달라고 여기 와 있는 겁니다."

그 국무부 남자는 눈보라가 예보되었기 때문에 그들이 모두 사무실을 떠난다고 말한다. 정말로 눈보라가 닥쳐올 모양입니다. 기상청에서는 금방이라도 닥칠 것처럼 말하고 있습니다.

마리나는 영어를 듣는 것이 좋았다. 그것은 흥미로웠고, 모험이었다. 그녀는 민스끄에 미국인이 있다는 것조차 몰랐었다. 이건 상당히 놀랄 만한 일이다. 이곳에서는 사람들의 미국에 대한 느낌은 절대 사라지지 않는다.

마리나는 문화 궁전의 넓은 무도회장에서 알렉과 춤을 추었다. 알렉은 예의바르고 단정하게 옷을 입었으며, 그녀에게 머리를 빗어올리고 양단 드레스를 입은 모습이 얼마나 예쁜지 말해주었다. 그는 몇몇 남자들에게는 영어로 말했지만, 그녀에게는 물론 러시아어로만 말했다. 그녀는 영어를 들어본 적이 거의 없었고, 노래가사와 타잔, 스팸을 제외하고는 아무 말도 몰랐다.

마리나는 지붕에 내린 눈처럼 민스끄에 도착했다고 그녀의 삼촌 일리야가 말했다. 그녀는 사생아였고 고아였다. 그녀는 색다른 사람에게 이끌렸다. 일리야는 그 미국인에게 자신의 머릿속에는 산들바람이 들어 있다고 말했다.

그녀는 알렉을 자주 만났다. 그들은 사물의 중심에서 함께 빛나는 것처럼 보였다. 그들은 사물을 자신의 것으로 만들었다. 이를테면 공원에서 체스 두는 사람들 근처에 있는 벤치라든가, 평범한 것들로, 어떤 면에서도 특별하지 않은 것들이었다. 둘은 뭇사람들이 하는 방식으로 사랑에 빠졌다. 그들은 다른 세계, 완전히 다른 문화에서 왔지만 운명에 의해 만나게 되었다고 마리나는 믿었다. 그녀의 심장은 그 전까지와는 다른 방식으로 뛰기 시작했다.

그들은 서로 아첨하듯 칭찬했고, 서로 특이하고 놀라운 사람으로 보이게 만들었다. 그것은 열아홉살 무렵에 모든 사람들이 받아들이는 거짓이었다. 이 뜻밖의 남자를 만났을 때 마리나는 열아홉살이었다.

그녀는 영화배우처럼 생긴 아나똘리를 버렸고, 모든 면에서 근사한 나머지 그녀에게는 어울리지 않던 사샤를 버렸다.

알렉은 작고 예쁜 아파트를 갖고 있었는데, 축음기로 차이꼬프스끼를 들었다. 그는 마리나를 데리고 유스 호수에서 보트를 탔다. 그들은 다른 사람들과 똑같이, 지극히 평범하게, 다른 사람들이 흔히 하는 이야기를 했다. 그들의 삶에 대한 모든 사실이 소중했다. 마리나는 태어났을 때 체중이 1킬로그램도 채 되지 않았다. 알렉은 이 사실이 외경스러웠다. 그것은 개인적인 매력이었고, 소중히 여겨야 할 그녀에 관한 사실이었다. 그는 손으로 1킬로그램의 소중한 생명의 모습을 가늠해보았다. 그녀의 눈은 파란색이었다. 그녀는 어릴 때 성냥개비라는 뜻의 스피쉬까로 불렸다. 그녀의 호리호리한 체격과 쉽게 발끈하는 성질, 갑작스럽게 흥분한 말들을 내뱉는 성격 때문이었다. 그들이 서로 주고받는 이야기들은 매일 바뀌는 책 속의 이야기 같았고, 그들의 사랑에 결코 끝나지 않는 특성을 부여해주었다.

그는 그녀에게 어머니가 죽었다고 했다.

그들은 모든 것, 해와 달, 심지어 창틀에 붙은 파리에 대해서까지 이야기했다. 그는 찬바람이 불면 문간에 숨었다. 강을 따라 부는 바람은 살인자와도 같았다.

여차여차하여 결혼할 운명에 놓인 두 사람은 혼인신고를 했다. 봄이 오고 있었고, 그들이 만난 지 겨우 6주였다. 알렉은 그녀에게 철이른 수선화 한다발을 가져다주었고 그녀는 풀잎무늬의 짧은 흰색 드레스를 입었다. 그날 밤 그는 그녀가 처녀인 것을 알고 고맙다고 다정하게 속삭였다.

마리나가 직장인 병원 약국에서 돌아와보면 알렉은 빨래를 하고 있거나 바닥을 닦고 있었다. 그는 그녀에게 그의 작업복을 빨라고 시키지 않을 생각이었다. 그는 검댕과 땀을 부끄럽게 여겼고 자신을 공장노동자, 육체노동자, 끝없는 책무를 하게끔 명령받는 사람으로 생각하는 것을 싫어했다.

그는 매일 밤 10시에 「미국의 소리」를 들었다.

그들은 팔에 한쌍인 듯한 상처가 있었다. 그의 왼팔, 그녀의 오른팔에 있는 상처는 둘 다 팔꿈치 부근에 있었고 크기와 모양이 같았다. 둘은 마법의 거울에 비친 운명 같은 걸 느꼈다. 알렉은 그녀에게 인도네시아에서 공산주의자들에 대한 작전을 펴다가 다쳤다고 했다. 그는 손목에 있는 다른 상처에 대해서는 아무 말도 하지 않았다.

그는 그녀와 마찬가지로 고아였고 국외자였다. 그것은 다 좋았다. 그러나 그 이상으로 그녀는 알렉이 정말 어떤 사람인지 확실히 알 수가 없었다. 그녀는 약간 거리를 두고 그를 보는 것 같았다. 그는 언제나 완전히 그곳에 있지 않았다. 그는 다른 사람이었고, 그녀가 함께 사는 사람이었으며, 그녀에게 스물네살이라고 했지만 결혼식날에 스물한살로 드러난 미국인이었다. 그녀가 그의 거주허가증에 결혼증명 도장을 찍을 때 알게 된 사실이었다.

몇주 후 그녀는 그의 어머니가 죽지 않았다는 것을 알았다.

공장의 몇몇 남자들이 마리나에게, 그는 좋은 사람이지만 항상 혼자 있고, 늘 혼자 다니며, 그 어떤 것에도 속하지 못한다고 했다. 그는 기질과 감정 면에서 러시아 사람과는 딴 판이라고, 요컨대 솔직하지 못하다고 말하는 사람도 있었다. 즉 가슴에서 우러나온 행동을 하지 않는다는 것이다.

그들이 결혼한 날 까스뜨로는 레닌 평화상을 수상했다. 피그즈 만 사태 2주년이 되는 때였다.

그는 공책에 스페인어로 5와 6을 제외하고 1부터 17까지 썼다.

"내가 여기에서 만난 다른 여자들 있지, 그들이 당신처럼 왜 나랑 사귀었는지 알아?"

"몰라." 그녀가 말했다.

"내가 미국인이기 때문이야. 그게 재미있어서지. 난 내 나라를 그곳의 상황에 대한 항의의 뜻으로 떠났는데 지금 나는 누구한테나 완전한 미국인이야. 재미있는 얘기 하나 해줄게. 내가 공장의 엘라라는 여자와 결혼하고 싶어했을 때, 그녀는 애초에 나랑 만난 이유와 똑같은 이유로 거절했어. 내가 미국인이라는 거지. 조만간 나는 스파이로 잡혀갈 거라고 그녀는 말했어. 그녀의 가족들은 나를 스파이라고 생각해. 그녀도 아마 그렇게 생각할 거고. 그건 러시아의 일상적인 삶에 존재하는 두려움의 실상이야. 요 전날 그녀를 봤어. 맥주통같이 살이 쪘더군."

마리나는 알렉이 재미있는 사람이라고 생각했다. 저 큰 새 공책에 그가 얼마나 많은 글을 쓰려는 걸까? 그가 여행가방 뒤에, 벽장 맨 위 선반에 보관하고 있는 저 사진들은 뭐지? 라디오 공장의 평면도처럼 보이는 이 연필 스케치는 뭐야?

그는 그녀에게 러시아에 대한 인상을 글로 쓰고 있다고 말했다.

그럼 벽의 저것, 아무 쓸모도 없어 보이는, 쏘파침대 옆의 작은 붙박이는 뭐야? 누가 우리 이야기를 엿듣기라도 하는 거야?

스딸린 이후, 지금까지도 그녀는 누구를 믿어야 할지 잘 알 수 없었다. 그녀의 삼촌 일리야는 내무부 소속의 대령이었다. 제복을 입으면 그는 「위대한 애국전쟁」이라는 그림에 나오는 영웅처럼 보였다. 알렉은 그녀가 일리야의 계급, 봉급, 하는 일에 대해 그녀가 할 수 있는 한 모든 것을 알아내기를 바랐다. 그녀는 삼촌의 직책이 삼림산업과 관련되어 있다는 것을 알았다. 민감한 사업이기는 했지만 스파이나 역(逆)스파이와 아무 관련도 없었다. 그는 삼림국장, 혹은 그 비슷한 무엇이었다. 그것이 그녀가 받은 인상이었다.

알렉은 그녀에게 더 알아내라고 했다. 자신이 쓰고 있는 러시아 소묘에 필요하다면서.

이따금 알렉은 혼자 배를 빌려 타고 그들의 아파트 앞을 지나갔다. 그녀가 발코니에 나와 손을 흔들 때까지 그는 허공에 대고 그녀의 이름을 계속 소리쳐 불렀다. 그러고는 답례로 기쁨에 몹시 들뜬 어린아이처럼 손을 흔들었다. 그는 작은 배 안에서 이렇게 말하는 것처럼 보였다. "우리를 봐, 이건 기적이야. 이렇게 서로 마음이 딱 맞잖아."

2년 전 레닌그라드에 살고 있던 마리나가 민스끄로 휴가 여행을 왔을 때, 강이 내려다보이는, 발코니가 달린 예쁜 아파트를 본 적이 있었다. 한 테라스는 꽃들로 빛났는데 그녀는 저기에 산다면 얼마나 멋질까 하고 상상했다. 그녀는 자신이 지금 서 있는 곳, 그녀와 알렉의 것인 이곳이 그때 그 발코니인 게 확실하다고, 손을 흔들면서 생각했다.

운명은 사실이나 사건보다 큰 것이다. 그것은 신에게서 멀어져 있는 우리 삶에서 감각의 평범한 경계선을 벗어나 믿어야 하는 그 무엇이다.

어떤 사람들은 신을 믿지 않지만 부활절에는 달걀에 색칠을 한다. 단지 일상에 변화를 주려고.

그림엽서 #5. 접이식 그림엽서. '민스끄의 풍경.' 오즈월드는 스딸린 광장, 문화궁전, 전승기념탑 등지에서 사진에 찍혔다. 카메라를 정면으로 바라보고 있는 그는 명랑해 보이지만 사실 행복해할 이유가 지금은 거의 없었다.

빠뜨리싸 루뭄비 친선대학에 보낸 그의 입학신청서는 거절당했다. 그는 그 소식을 가혹한 것으로 받아들였다. 그 소식으로 인해 자신이 작고 가치없는 존재라는 느낌이 들었다. 입학처장은 그 학교가 오로지 아시아, 아프리카와 라틴아메리카의 혜택받지 못한 국가들의 젊은이들을 위해서 세워진 곳이라고 했다. 리는 왜 그들이 그가 혜택받았다고 생각하는지 알 수 없었다. 그것은 미국의 삶에 대한 일반적이고 바보스러운 생각, 즉 무지의 일단이다.

그밖에는? 그렇다. 그는 모스끄바의 미대사관에 그의 여권을 돌려달라는 편지를 쓴다. 그는 그들의 무릎에 여권을 내던지면서 가져가라고 하고, 군사기밀에 관해 하지 않았으면 좋았을 말들을 한 일을 생각하고 약간 불안해한다. 돌아가면 그들이 그를 고소하지 않을까?

또 없나? 그의 아파트 벽 위에 재미있는 작은 장치가 있다. 그건 쏘켓도 아니고, 전등 스위치나 그림을 거는 데 쓰이는 것도 아니다. 그뿐만이 아니다. 그는 옆구리에 '자동차교습소'라고 씌어진 차가 그가 사는 거리를 올라갔다 내려갔다 하는 것을 지켜본다. 아마 그 거리가 최종시험장인가보다고 그는 생각한다. 그런데 차 안에 학생이 한명도 없다.

그는 소련 당국이 자신을 해군정보국에서 보낸 가짜 망명자라고 생각해 감시하고 있다고 믿는다. 그는 해군정보국이 그가 여기에서 빠져나와 그들에게 자신이 알아낸 정보를 말해주기를 기다리고 있을 거라고 쉽게 생각한다.

그는 누군가가 그의 편지를 뜯어보고 있다는 것을 안다.

그가 미대사관에 편지를 쓴 직후 이른바 적십자에서 매달 나오던 돈이 갑자기 끊겼기 때문이다. 그래서 그의 수입이 절반으로 줄었다. 애초에 그는 배가 고팠고 돈이 떨어졌으며, 모스끄바 길거리에 눈이 쌓였기 때문에 그 돈을 받았었다. 그는 그 돈의 진짜 출처를 생각하고 싶지 않았다. 그들은 그에게 망명의 대가, 즉 군복무 시절에 관한 질문에 대답한 대가를 지불하고 있었다. 이제 그는 고향에 가고 싶었고, 돈은 끊겼다.

알렉은 전혀 모습을 보이지 않고 있다. 한마디 연락도 없다. 완전한 침묵.

아마 이건 모두 알렉이 한 짓이리라. 전부 알렉의 짓이다. 알렉의 짓이라는 확증이 있다. 내가 원하는 건 오직 공부하는 것뿐인데도 나를 꼼짝 못하게 한다.

나는 미국으로 돌아가고 싶다는 말을 아직 아내에게 하지 않았다.

친구 에리히가 그를 몇몇 꾸바 학생들에게 소개한다. 그는 그들과 이야기하는 것과, 민스끄의 황량함에 대한 불평을 교환하는 것이 좋다. 꾸바인들에게는 재능과 열정이 있다. 꾸바의 이상에는 고결함이 있다고 그는 믿는다. 하지만 그것은 승산 없는 자의 분투 같은 것이다. 이곳에서 사람들은 당을 출세에만 이용한다. 당은 물질적인 돈벌이의 도구이다.

그는 검은 썬글라스를 낀 모습으로 다시 한번 사진 찍힌다.

*

그의 집 근처에 150미터 높이의 가시 철조망으로 둘러싸인 전파탑이 있는데 으르렁대는 개들을 데리고 무장경비원들이 순찰을 돌고 있다. 멀지 않은 곳에 그보다 작은 구조물 두 개가 있다. 그것들 역시 철저히 감시되고 있다. 그것은 전파 방해탑으로 뮌헨이나 다른 서방도시들에서 보내는 고주파 방송을 차단하기 위해 만든 것이다.

그는 『라이프』인가 『룩』인가를 위해 이 이야기를 쓰고 있는 자신을 상상해보았다. 그것은 소련의 심장부에 스며들어 매일의 삶을 관찰하고 어떻게 두려움이 그 나라를 지배하는지 목격한 전 해병대원의 이야기였다. 초콜릿은 미국보다 네 배나 비싸다. 아무리 사소한 일일지라도 개인에게 선택의 자유는 주어지지 않는다.

그는 단지 소장용으로, 훗날을 위한 보관용으로 공항, 공업기술대학, 군 관계의 건물 사진을 찍었다.

그는 이렇게 쓸 것이다. "무언가 불가사의한 과정을 통해 돌처럼 단단하게 변한 단순한 한무리의 노동자들에게 지역 당원이 정치적인 설교를 하는 것은 참으로 이상한 광경이다. 근무 태만의 노동자를 색출해 보너스를 타려고 눈을 굴리는 굳은 얼굴의 당원들을 제외하고 모두는 돌처럼 변해 있다." 그는 가죽 폴더 속에 든 원고를 무릎에 올려놓은 채

『라이프』인가 『룩』의 응접실에 앉아 있었다. 그걸 뭐라고 하더라, 모로코가죽이던가?

그는 친구 에리히에게 부탁해 독일어를 배웠다.

마리나가 임신했다고 말했을 때 그는 이제야 자신의 삶이 의미를 지니게 되었다고 생각했다. 그의 자아에 아버지라는 존재가 포함된 것이다. 그에게 역할과 책임이 주어졌다. 이 여자는 그가 미처 계산해보지 못한 종류의 행운을 가져다주었다. 마리나 쁘루사꼬바, 1킬로그램의 몸무게로 두 달 일찍 태어났고 출생지는 뉴올리언즈에서 지구 반 바퀴 거리에 있는 백해 근처의 아르한겔스끄. 그는 마리나의 얼굴을 손으로 감싸보았다. 금발의 가냘픈 여자, 뿌루퉁한 입, 긴 목, 푸른 눈의 꽃 같은 여자. 가냘프고 창백한 그의 수선화. 아이가 그녀를 닮기를. 작고 뚱하게 뒤틀리는 입매와, 화가 나면 불이 나는 눈까지도. 그는 그녀와 춤을 추며 방을 돌았다. 그러면서 이전의 그 누구보다 그녀를 더 잘 보살펴주겠다고 약속했다. 진짜 아기가 나올 때까지 그녀가 아기일 것이다.

그는 그녀에게 믿을 수 없을 정도로 많은 물건이 진열되어 있고 놀라운 선택사항으로 가득 찬 미국의 상점들에 대해 이야기해주었다. 아기에게 필요한 게 무엇이든, 가장 가까운 백화점에 가기만 하면 된다. 아기들만을 위한 백화점, 모든 상점들이 오직 아기용품만을 팔고 있다. 당신은 그런 장난감들을 본 적이 없을 거야.

　그는 먼저 집에 와서 아침식사 때의 설거지를 하고 있었다. 그녀가 마지막 계단을 올라오는 소리가 들렸다. 그 소리는 날마다 느려졌다. 그녀는 아이스크림과 할바(깨와 꿀로 만든 터키 과자—옮긴이)를 가방에 넣어왔다.

　"사람들이 스딸린 동상을 철거할 준비를 하고 있어. 광장을 지나왔는데 그게 줄에 묶여 있었어." 그녀가 말했다.

　"다이너마이트를 써야 할걸."

　"사슬에 묶어서 끌고 다닐 거야."

　그녀는 음식을 치우고는 식탁 앞에 앉았다. 그녀가 그의 등뒤에서 담배에 불을 붙였다.

　"그건 너무 커. 폭파해야 할 거야." 그가 말했다. "아직 스딸린 지지자들이 너무 많아. 내 생각엔 그들이 사슬로 묶어서 쓰러뜨린 다음에 검은 천으로 덮어서 끌고 다녀야 할 거야. 아주 늦을 때까지 아무도 모르도록 말이야."

　"모두 벌써 알아. 광장이 밧줄로 둘러쳐져 있어. 그 담배 좀 제발 꺼."

　"요즘 난 많이, 안 피워."

　"아기한테 안 좋아. 안돼, 안돼, 안돼." 그가 말했다.

　"난 그렇게 많이 안 피워, 알렉."

　"담배를 어디에나 숨겨놨잖아. 어느 구석을 봐도 있다고. 아기한테 아주 나빠."

　"난 요즘 점점 덜 피워. 하루 두 개비. 비자는 어떻게 됐어?"

"다 가봤어. 부서, 지국, 완전히 쓸고 다녔어. 그들은 대책없는 사람들이야, 마리나. 그들이 내 편지를 읽으니까, 형한테 보내는 편지에 그들의 대책없는 관료주의에 대한 불평을 썼지."

"자기는 형하고 그들한테 쓰는 거야. 편지 한 통 값으로 두 통을 쓰는 거지."

"돈을 절약하는 거네."

"텍사스가 진짜 어디에 있어?"

그는 커피주전자를 미지근한 물에 담갔다.

"거긴 워커 장군이 사는 곳이야. 미국의 증오에 찬 온갖 극우파 집단의 우두머리인 워커 장군. 오늘 『더 워커』에 머릿기사가 났어. '워커 장군, 총통직을 노리다.' 그는 극우파를 이끄는 데 군대의 제약을 받지 않으려고 군에서 물러난 사람이야."

"나 지금 영어를 배워야 할까?"

"나중에. 우리가 거기에 가면."

요즘의 밤낮은 그에게 계시와도 같았다. 그는 가정적인 사람이었고 집 안에서 행복을 느꼈다. 그는 가장으로서 설거지를 했고 아내와 벽지에 대해 이야기했다. 이런 곳을 발견하다니 멋진 일이었다. 그는 완전한 낙오자가 되는 것을 피할 기회를 가진 것이다. 이야기를 나누고 만질 수 있도록 그의 곁에 있는 마리나와 함께 이 작은 방 안에 있는 것은 아주 안전해 보였다. 그 때문에 러시아가 덜 광대하고 덜 비밀스러워 보였다. 불빛 아래에서 책을 읽고 있으면 그동안 쌓인 분노가 사그라졌다. 그는 정치학과 경제학에 대한 책을 읽었고 헐렁한 임산복 차림의 아내는 언제나 가까이 있었다. 가로등 불빛이 강물에 반짝였다.

그날 밤 그들은 자다가 천둥소리를 들었다. 두 번, 세 번, 네 번이나 어둠속에 울려퍼지는, 하늘의 힘 같은 것을 느끼게 하는 둔중한 폭발음. 그는 눈을 뜬 채 꼼짝 않고 누워서 눈을 뜨고는 아내가 말하기를 기다렸다. 그는 아내가 무슨 말을 할지, 단어 하나하나를 알고 있었다.

"저게 뭐지, 알렉? 천둥인가?"

그는 마지막으로 느린 속도로 우르릉 쾅쾅 울리는 소리를 들었다.

"그들이 당신네 지도자의 동상을 폭파하고 있어."

인사부장인 띠슈께비쉬는 시민 오즈월드에게 조정자로서의 그의 행동이 만족스럽지 못하다고 했다. 오즈월드는 진취성을 보여주지 않고 있다. 그는 도움이 될 만한 부장의 말에 지나치게 예민하게 반응한다. 그는 일을 소홀히 한다.

부장은 보고서를 쓰고 있다고 말했다. 그는 모든 것을 지켜볼 것이며 시민 오즈월드가 공장의 모임에 전혀 참여하지 않는다고 덧붙일 것이다.

알렉은 전혀 모습을 보이지 않는다. 연락도 없다. 오즈월드가 살아 있다는 것을 알 수 있는 단서는 단 하나도 없었다.

그의 어머니가 그를 찾아냈다. 그녀는 해병대가 그를 불명예제대시켰음을 알리는 편지를 그에게 보냈다. 알리는 편지를 썼다.

그는 정부가 그를 처벌하려고 계획하고 있는지 묻는 편지를 형에게 썼다.

그는 미대사관에 자신과 자신의 가족이 미국으로 여행할 수 있도록 공금 지원을 해달라는 편지를 썼다.

그리고 어머니에게는 마리나를 위한 재정원조 보증서를 준비해달라고 부탁하는 편지를 쓴다.

그는 텍사스 상원의원 존 타워와 국제구조위원회 앞으로 편지를 썼다.

서류를 통한 절차, 끝없이 꼬이는 조직계통, 세 통씩의 서류들로 이루어진 모든 과정─서식들을 해독하고 채우는 것은 그의 신경을 곤두서게 하는 노동이었다. 그는 그가 해군 장관이라고 생각한 존 B. 코널리 주니어에게 편지를 썼다. 그는 실은 텍사스 주지사였다.

마리나가 스포크 박사의 육아서인 페이퍼백을 가지고 들어왔다. 그녀의 한 친구가 영국에서 보내준 책이었다. 그녀는 그의 곁에 앉았고 그는 러시아어로 번역해주었다. 그녀는 출산이 여성의 신비라고 말했다. 그것은 대양의 밑바닥에서 일어나는 일과도 같고, 희미한 빛과 고요한 물속에서 일어나는, 누구도 풀 수 없는 신비라고 했다. 비록 우리가 관련된 생물학적 지식을 안다고 해도.

스포크 박사는 이렇게 썼다. "당신의 아기를 두려워하지 마세요. 당신의 아기는 이성적이고 우호적인 인간이 되기 위해 태어났습니다."

그가 이 부분을 번역했을 때 마리나가 그를 바라보았다. 이제야 처음으로 대체 미국이란 나라는 어떤 곳이냐고 묻는 표정이었다

그는 다시 편지로 돌아왔다. 장관에게 나는 가짜 망명자라고 말해도 괜찮을까? 그는 자신과 자신의 가족이 입은 상처를 치유받고 싶었다. 그는 자신의 권리를 알고 있었다. 그는 명예제대로 복권되기를 바랐다. 그나저나 그는 자신이 평범한 노동자로 소련에 살면서 사회체제를 관찰하고 전략적 가치가 있는 장소를 촬영하며 일상생활의 세부적인 사항을 기록하도록 해군정보국이 보냈다는 말과 함께 자신의 편지가 끊임없이 몰래 읽히고 있는 상황을 장관에게 설명할 수 있을까?

그는 장관의 사무실에서 술 달린 깃발 옆에 앉아 장관에게 이야기하는 자신의 모습을 상상했다. 장관은 사각턱에 정직한 눈빛을 지닌, 친근한 텍사스 주 사람이었다.

새벽. 마리나가 나를 깨운다. 마침내 출산할 때가 왔다.

그 경험에는 한 가지 형태, 즉 전통과 세대교체라는 감각이 있고 그 자신의 아버지가 어둠침침한 복도에 서서 아들의 탄생을 알리는 울음소리가 들려오기를 기다리던 것과 비슷한 점이 있었다. 로버트 오즈월드의 탄생을 알리는 울음

소리. 두번째 아들이 태어난 것은 아버지가 죽고 두 달이 지나서였다.

그는 즉시 로버트에게 편지를 썼다.

딸이 생겼어. 2.8킬로그램. 1962년 2월 15일 오전 10시에 태어났어. 이름은 준 마리나 오즈월드야. 어때?

하지만 형이 나보다 먼저 시작했지. 난 따라잡으려고 애썼어. 하하.

그쪽 일들은 어때? 난 「미국의 소리」에서 그들이 U-2기 스파이 비행기 조종사 파워즈를 풀어줬다는 걸 들었어. 형이 있는 곳에서는 큰 뉴스일 거라고 생각해. 모스끄바에서 그를 본 적이 있는데, 착하고, 영리한 미국인 타입의 친구 같았어.

그는 마리나가 병원에 있는 동안 중고 아기침대에 페인트칠을 한번 더 했다. 그리고 집 안의 바닥이란 바닥은 죄다 쓸고 닦았으며 빨래를 하고, 그녀의 블라우스와 스커트를 다림질했다. 나중에 관료들은 아기의 중간 이름이 아버지의 세례명과 같아야 한다고 주장했다. 그는 아기침대를 자기 쪽으로 옮겼다. 그리고 매일 밤 준에게서 몇센티미터밖에 떨어지지 않은 채로 잠을 잤다.

무국적에 난독증이 있는데다 여전히 조금 절망적인 상태로 그는 어느 봄날 한밤중에 일어나 역사일기를 썼다.

그는 새벽 4시에 커피를 마시느라 잠시 쉬기도 하면서, 일기를 두 번에 걸쳐 나누어 썼다. 그는 자신의 입장을 후대 사람들에게 설명하고 싶었다. 사람들은 언젠가 이 글을 읽을 것이고 사회주의가 어떤지 직접 목격하고 싶을 뿐인 한 사람의 공포와 열망을 이해할 것이다.

그것은 러시아에 대한 그의 작별인사였다. 그것은 그의 인생의 중요한 시기가 공식적으로 끝났음을 의미했다. 그것은 모든 역사적인 글이 하나하나의 사건에 설득력과 일정한 형태를 부여해주는 것처럼 그 경험의 정당성을 입증해주는 것이었다.

그 글을 인쇄할 때조차 그는 사람들이 그것을 읽는 모습을 상상했다. 사람들은 그의 고독과 좌절에 감동할 것이고, 그의 형편없는 철자법과 유치하고 엉망진창인 문장에 감동받을 것이다. 사람들이 이 투쟁과 굴욕을 느끼게 하자. 간단한 문장 하나를 쓰기 위해 내가 쏟아야 했던 노력을 실감하게 하자. 페이지마다 단어들로 꽉 찼고 얼룩이 졌으며 긴박감이 감돌았다. 그것은 그의 마음의 상태, 분노와 좌절을 보여주는 진실된 그림이었다. 그는 뭔가 알았지만 그것을 적절하게 기록할 수 없었던 것이다.

그는 1959년 가을의 첫쨋날로 돌아가 반쯤 깨어 있는 꿈, 색이 번진 듯한 꿈이 좀더 순수한 인식상태인 것처럼 생각하는 어린아이 같은 흥분에 들떠 글을 썼다. 연극적이며 자조적인 하이델의 목소리로 자신의 자살미수 사건을 읊조릴 때는 가벼운 흥분을 느꼈다. 그 목소리는 그 사건을 그대로 말하는 것이었다. 그때 그는 자신의 비릿한 피가 욕조의 물에 섞여들어가는 것을 보면서(어디선가 바이올린이 연주되고 있다) 그 소리를 들었다. 지금 그는 잠옷을 입은 채 땀을 흘리면서 그 소리를 재빨리 흉내냈다.

늘 고통이, 문장 구성의 혼란이 생겼다. 그는 문자라고 하는 자그마한 기호들로 이루어진 영역에서 질서를 발견할 수 없었다. 그 기호들은 흐릿한 저 멀리에 있었다. 그는 단어라고 불리는 화상을 또렷하게 볼 수 없었다. 단어는 또한 단어를 비추는 화상이기도 하다. 그는 글자와 글자 사이의 빈 곳을, 그 불완전한 상태를 보고 나머지를 생각해내려고 애썼다.

그는 과감하게 소리나는 대로 쓰려고 했다. 그러나 언어는 그 일관성없음으로 그를 조롱했다. 그는 문장들이 더 나빠지는 것을 보았고 그것들을 바로잡을 힘이 없다고 느꼈다. 사물의 본질은 파악하기 어렵다. 사물은 그의 인식을 관통하여 미끄러졌다. 그는 달아나는 세상을 붙잡을 수가 없었다.

모든 곳에 한계가 있었다. 사방에서 그는 그 자신의 불완전함과 맞서게 되었다. 힘에 부쳐 더듬거리고 경련을 일으켰다. 그는 알고 있었다. 모르는 것은 아니었다.

그는 커피를 들고 발코니에 서 있었다. 산들바람에 그의 젖은 파자마가 몸에 달라붙였다. N을 옆으로 누이면 Z가 된다.

그는 페이지를 채우느라 정신이 없는 가운데에서도 자신

이 미국으로 돌아가는 것에 불리하게 작용할 법적 진술에 쓰일 만한 것들은 신중하게 제쳐놓았다. 그렇다. 이 일기는 어느정도 이기적이지만 여전히 기본적인 진실이라고 그는 믿었다. 여기에 기록되어 있는 공포와 실망과 상실의 목소리는 진짜였다.

그는 여기저기에 모순이 있고 날짜마저 뒤섞여 있다는 것을 알았다. 이 모든 것 이후에 그에게 정확한 날짜를 원하는 사람은 없을 것이고 누구도 날짜를 신경쓰지 않을 것이다. 누구도 이름과 날짜와 철자 때문에 이 글을 읽지는 않을 것이다.

사람들이 이 고독한 투쟁을 알도록 하자.

그는 언젠가는 사람들이 글을 쓴 사람의 심정과 사상을 알 수 있는 단서를 얻기 위해 역사 일기를 연구하게 되는 식으로 자신의 삶이 바뀌어가리라는 것을 종교적으로 믿었다.

"알렉, 러시아의 공기를 마지막으로 숨쉰다는 건 생각만 해도 끔찍해."

"당신 친구들은 벌써 당신을 질투하고 있어."

"기차역에서 난 참을 수 없이 슬퍼질 거야. 우리의 좋은 친구들이 플랫폼에 서 있을 거고. 내가 정말로 떠난다는 걸 아무도 믿으려고 하지 않을 거야. 삼촌과 아주머니는 아주 슬퍼할 거야. '마리노치까, 이건 우주여행을 가는 것 같구나.' 난 생각만 해도 못 견디겠어."

"그들은 샘이 나서 울 거야. 내가 장담해."

"우리가 탄 기차가 움직일 때 그들이 꽃을 던졌으면 좋겠어. 하얀 수선화가 떨어지고 꽃향기가 꽉 차게 되겠지."

그녀는 앞일을 상상하고 있었다. 기차역, 국경, 배. 그러나 그녀가 상상할 수 있는 것은 그뿐이었다. 가정에 대한 이미지는 그녀의 뇌리에 떠오르지 않았다.

그녀의 남편은 식탁에 앉아 글을 쓰고 있었다.

그는 '집딴주의'이라는 제목으로 고통스럽게 에쎄이를 썼다. 사십 페이지가 넘게 손으로 쓴 것으로 러시아에서의 삶, 민스끄에서의 삶, 라디오 공장의 무자비한 규율에 대한 글이었다. 그는 갖가지 통계를 모았고, 마리나에게 식료품 가격, 풍습 등에 대해 몇백 가지 질문을 했다. 그는 통제라는 주제, 쏘비에뜨의 삶의 모든 측면을 지배하는 공산당에 대해 검토하고 싶어했다.

그는 민스끄에서 스딸린 동상이 파괴된 일에 대해 '새 시대'란 제목의 단문을 썼다.

그는 '역사의 살해'에 관한 평론을 쓰기 위해 메모를 했다. 그것은 쏘비에뜨 공산주의의 공포스러운 전진에 대한 것이었다. 국외추방, 집단처형, 예술과 문화의 매춘. "소비자 식단의 고의적인 절감은 러시아 인구를 감소시켰다."

마리나는 민스끄를 떠나면서 울었다. 기차역에서 한 남자가 그들을 지켜보며 서 있었다. 그녀는 창문을 통해 그를 잠깐 보았다. 그는 엉클어진 금발에, 그녀에게 청혼했었고, 입맞춤으로 그녀를 현기증나게 했던 옛날 애인 아나똘리였을까, 아니면 KGB였을까?

그들이 탄 기차가 폴란드 국경에 가까워지자 리는 일기와 평론, 메모를 바지와 셔츠의 안쪽에 쑤셔넣었다. 공교롭게도 몇페이지가 가랑이에 찰싹 달라붙었다. 쏘비에뜨 세관 직원 두 명이 기차에 올랐고 마리나는 그들의 주의를 아기에게 돌렸다. 그들은 짐을 흘끗 보고는 행운을 빌어주었다.

기선 마스담 호에서 그는 계속 글을 썼다. 로테르담에서 뉴욕 사이. 그는 자본주의와 공산주의 체제에서 오랫동안 살았던 사람으로 언젠가 자신이 하게 될 강연의 초고를 쓰고 있었다.

그는 '집딴주의'의 서문을 썼다.

'작가에 대하여'라는 글의 초고도 썼다. 작가는 보험사 직원의 아들도, 아버지의 때이른 죽음으로 "무시를 당해 매우 강한 독립심을 몸에 익혔다."

배 위의 여자들은 미국인과 유럽인이었으며, 최신 유행에 따라 세심하게 만든 옷을 입고 있었다. 그 여자들과 함께 있자, 러시아식으로 아기를 린넨 포대기로 감싼 채 꼭 껴안고 있는 마리나가 작고 초라한 소녀처럼 보였다. 그녀는 삼등실에 앉아 있었다. 식사시간을 제외하고 거의 항상 그곳에 있었다.

"나 지금 영어를 배워야 할까?"

그녀는 말했다.

6월―준, 그의 딸 이름이었다―13일 이른 아침 그는 갑판에 서서 맨해튼의 남쪽 경계가 바다 끝에서 나타나는 것을 보았다. 안개 속에서 넓은 건물들이 호를 그리며 북적이고 있었다. 그가 보고 있는 것은 레온 뜨로쯔끼가 1917년 두 번째 외국 망명의 끝 무렵에 본 것, 신세계의 스카이라인이었다. 러시아에 있는 내내 그는 뜨로쯔끼를 거의 생각하지 않았다. 그러나 지금은 그 사나이의 영혼을 느낄 수 있었다. 뜨로쯔끼는 피난처를 찾는 사람이었다. 유럽에서 추방되어 비밀경찰에게 쫓기던 사나이. 그는 녹슨 스페인 증기선을 타고 월 가를 향해 대양을 건넜다.

리는 호보켄 부두에서 경찰관이 자신을 기다리고 있을지도 모른다는 생각에 걱정스러웠다. 여기 거지 아내와 거지 아기를 데리고 망명자가 온다. 그는 그들에게 대답할 말을 두 가지로 준비해두었다. 배의 도서실에서 초안을 잡고 외워두었다. 그가 순수한 여행자로 통할 것 같으면 우호적이고 비정치적인 대답을 할 것이다. 그러나 만약 관리들이 적대적이고 그를 수세에 몰려고 한다면, 그들이 모스끄바에서 그가 한 행적을 알고 있다면, 반항적이고 경멸적인 태도로 나갈 것이다. 그는 나름대로의 신념을 갖고 자신의 권리를 내세울 것이다. 그들에게 맞서고, 그들을 조롱하고, 가늘게 뜬 경찰관의 눈을 똑바로 들여다보면서 그들이 어떤 자들인지 말해주는 거다.

예인선 한 척이 항구의 새벽을 뚫고 움직였다. 다리들이 나타났고, 선창과 허드슨 강을 따라 고속도로의 불빛들이 나타났다.

그들이 텍사스까지만 갈 수 있다면, 모든 것이 잘될 것이다.

제 2 부

누군가가 나란 인간을 끼워맞춰야 할 거요……

— 잭 루비의 증언에서

7월 15일

그녀는 사라지는 방식을 알고 있었다. 그녀와 둘이 방에 있으면 그녀가 그곳에 있다는 사실을 잊게 된다. 그녀는 정적에 빠져들어, 주위의 사물들 속으로 사라진다. 티제이는 이것이 그녀가 수년간 갈고닦아온 기술이라고 짐작하곤 했다.

그는 밑이 찢어진 종이봉투에 담긴 포도를 먹으며 창가에 서 있었다. 노포크는 이질적인 도시였다. 그곳은 요원양성소의 훈련생들이 어두운 기술을 연습하러 오는 곳이었다. 불법침입, 정보은닉처, 감시연습, 전파방해. 뉴포트 뉴스와 리치먼드도 똑같은 목적으로 만들어진 곳이었다. 볼티모어는 종종 훈련장소로 쓰였다. 그러나 티제이는 불법침입을 감독하고 훈련생들의 기술을 평가하려고 이곳에 온 게 아니었다.

여자는 침대에 앉아 두 명이 하는 파이브 카드 드로(포커게임의 일종—옮긴이)를 양손으로 하고 있었다. 그녀는 자기가 타이뻬이 출신이라고 했다. 그녀는 공익광고에 전쟁고아로 출연해도 될 만큼 어려 보였다. 티제이가 이 좁은 방을 방문한 것은 이번이 세번째였다. 그녀는 USS 딕슨이라고 새겨진 티셔츠를 입고 있었는데 그는 미처 알아보지 못했다. 그녀의 나체는 놀랍지 않았고, 오히려 자연스러워서 특별한 느낌이 없었다. 그는 그녀가 그런 모습으로 살고 있다고 쉽게 믿을 수 있었다.

그는 그녀가 파리를 죽이려고 잡지로 벽을 치는 것을 지켜보았다. 몇초 후 그는 다시 그녀를 잊어버렸다.

모든 비밀 위를 날아다니는 것은 배신이다. 조만간 누군가가, 자기가 알고 있는 모든 것을 말하고 싶어지는 지점에 이르게 된다. 매키는 파멘터를 신뢰하지 않았다. 파멘터 같은 출세 지향의 CIA요원은 천명도 더 있었다. 그들의 최대 관심사는 점심이었다. 그는 프랭크 바스께스도 믿지 않았다. 프랭크는 침공 전 몇달간 매키의 지시에 따라 동료 망명자들을 염탐했다. 프랭크는 감을 잡기 어려운 자였다. 그는 치바또(배신자, 밀고자를 뜻하는 스페인어―옮긴이)의 심장을 가졌다. 그는 우는소리를 하는 작은 염소 같은 얼굴의 스파이지만, 일단 마음속으로 목표를 정하면 말없이 단호해졌다. 매키는 데이비드 페리를 믿지 않았다. 페리는 작전에 쓰이는 무기를 가이 배니스터가 공급한다는 것을 알고 있었다. 아마 배니스터가 저격수 팀을 꾸려나가기 위해 뉴올리언즈의 암거래를 통해 현금을 조달한다는 것도 알고 있을지 모른다. 페리 같은 자를 두고 있을 때에는, 비밀이 클수록 덜 안전해지는 법이다. 새로 모아야 할 다른 자들도 있다. 결국 그들 중 하나가 그 지점에 이를 것이다. 그는 그들의 사고방식을 알고 있었다. 그들은 남들이 고안한 음모 속을 관통하여 떠다니는 자들이었다. 그들은 그림자 속에 서 있는 누군가에게 속삭이면서 자신의 정체를 밝히고 싶어한다.

그는 의자를 끌어와서 침대 옆에 앉아 게임상대를 해주었다. 어째서 그는 자기가 그녀의 즐거움을 망치고 있다고 느꼈을까? 그녀는 층진 단발머리에 엉덩이는 빈약했고, 무례할 정도로 격식을 차리지 않았으며, 티제이가 보기에 지역식으로 자유롭게 변형한 듯한 보디슬랭을 구사했다. 그녀가 걷는 모습은 슈퍼마켓 통로에서 카트를 밀고 달리는 소녀 같았다.

"진 러미를 가르쳐줄게. 둘이서 하기에는 그게 더 재미있어."

"왜요? 또 오려고요?"

"또 올 거야."

"안 올 거예요."

"안 올 거야."

"그런데 왜 배워요?" 그녀가 말했다.

그는 창녀들이 통찰력을 지녔다는 생각에 동의했다. 그는 창녀들을 존중했다. 그들은 사태를 빨리 파악했다──그건 회전이 빠른 사업이다──그리고 그는 이따금 그들이 그 자신에 대해 모르는 점을 가르쳐줄 수 있을 거라고 느끼곤 했다. 그들은 있는 그대로의 사실에 접근했다. 이것이 그를 방심하지 않게 하고 존중하게 했다.

그녀는 그의 오른손을 가져다가 자신의 손바닥에 마주 댔다. 그는 그녀가 자기들의 손 크기를 비교해보고 있다는 것을 깨달았다. 손 크기가 크게 다르자 그녀는 웃었다.

"뭐가 웃기지?"

그녀는 그의 손이 웃기다고 했다.

"왜 나야? 네 손이 아니고? 차이가 많이 나면 네 손이 웃긴 것일 수도 있어. 내가 아니라." 그가 말했다.

"당신이 웃긴 거예요." 루 완이 말했다.

그녀는 이제 왼손의 크기를 재보고는 웃으면서 침대 옆으로 떨어졌다. 아마 그녀는 그들이 서로 다른 종(種)이라고 생각했으리라. 그들 중 하나는 기묘했고 그건 그녀가 아니었다.

맥주가 미지근해졌다. 그는 병을 흔들고는 그녀를 보았다.

"가게들 문 닫았어요." 그녀가 말했다.

변화를 만든 건 에버렛이었다. 에버렛은 한때 대담했던 까스뜨로 암살계획을 숙고하고, 마음속에서 뒤집어보고는 그것이 불가능하고 잔인하다는 것을 알았다. 그리고 모든 측면에서 더 나은 대안을 생각해냈다. 그것은 독창적이고 간결하며 깔끔했다. 우리가 정말로 원하는 것은 JFK다. 매키는 모든 점에서 그를 인정했다. 에버렛은 복잡하고 열정적이며 경제적으로 생각할 줄 아는 사람이었다. 랭글리와 마이애미 전역에서 사람들은 아직도 피델을 칠 계획을 세우고 있었다. 그건 마치 펄프나 신발 사업 같았다. 에버렛은 국내에서 일을 벌이는 데 대한 당위성을 찾아냈다. 그 착상에는 힘과 통찰력이 있었다. 물론 에버렛은 말 그대로 케네디를 쏠 계획은 아니었다. 그저 거리에 불을 놓자는 것이었다. 그는 계획적인 빗나감을 원했다.

두번째 변화는 매키의 몫이었다. 그는 그것을 에버렛의 계획을 들은 후에 만들었다. 그가 루이지애나 경계를 향해 홀로 운전해갈 때, 부드럽게 떨어지는 저녁 햇빛이 썬글라스에 부딪혔다. 그는 그 피그즈 만 사건 2주년이 되는 날, 그것을 생각해냈다. 그들은 한걸음 더 나아가야 했다. 에버렛의 강박증은 기교적인 요소 속에 흩어져 있었다. 그 계획은 너무 꼬여 있고 심오했다. 에버렛은 무한정하게 퍼지는 안개를 원했다. 그 계획은 불안하고 자아도취적이었다. 충만한 감정의 열기가 결여되어 있었다. 그들은 그것을 온전하게 해내야 한다. 자동차 보닛에 공기가 부딪히는 것을 느끼면서 무엇을 해야 할지 깨달은 순간 그는 대통령 잭에게 기묘하기 짝이 없는, 빌어먹을 연민을 느꼈다. 그것은 예상 밖의 일이었다.

냉장고에 과일주스가 있었다. 매키는 조금 마시고 그녀에게 병을 건넸다. 그녀는 손으로 입을 닦고 주스를 마시고는 다시 입을 닦았다. 강에서 배의 경적소리가 들렸다. 그는 병을 집어서 내려놓았고 그녀는 티셔츠를 얼른 벗었다. 그는 침대 가장자리에 무릎을 대고 순식간에 미묘하게 변모해가는 여자를 지켜보았다. 인격은 흔적도 없이 사라졌다. 그는 그때까지 그 정도로 완벽하게 육체와 동화되는 여자를 본 적이 없었다. 그녀는 그 자체로 다시 형태를 취하고, 그 자체를 밀짚 공으로 말아서, 쎅스를 햇빛과 그림자의 작은 신비로 만드는 몸을 가지고 있었다. 그는 침대 기둥에 한손을 짚었다. 그들은 잡지 위에서 섹스를 하고 있었다. 책장들이 세게 흔들리면서 그녀에게 달라붙었다.

결혼, 떠돌아다니는 준군사조직의 일원으로서의 경력, 공식적인 품위로부터의 추락으로 이루어진 여러 단계를 거쳐 그는 고정된 주소가 없는 사람이 되었다. 생각하기에 따라서, 이것은 최악의 절망을 불러오는 소재였다. 그는 마흔살에 가까웠고, 세상에서 유리되었으며, 지나온 시간과 위험에 비추어 아무것도 내보일 것이 없었다. 그러나 그는 남쪽으로의 긴 여정을 향해 차를 출발시켰고, 이상한 만족의 칼날을 감지하면서, 우월함으로 채워진 감정을 느끼며 여기 있었다. 그는 잭 케네디의 모습을 마음속에 간직했고, 누구도 그가—살인기술을 다른 사람들에게 가르치는 대가로 그들이 보수를 지불했던 남자가— 여기에 있다는 것조차 몰랐다.

윈 에버렛은 딸의 방에서 팝업북을 읽는 아이의 목소리를 듣고 있었다. 메어리 프랜씨스는 그 같은 동화의 시간을 그에게 넘겼다. 그녀는 여배우인 척하는 쑤전의 태도가 못마땅했다. 아이는 아이답게 대사를 말하기보다 낭독하는 것을 익혀야 한다는 게 그녀의 생각이었다. 윈은 단어 하나도 놓치지 않고 읽어주었다. 감정과 역할에 의해 딸의 표정이 달라짐에 따라서 그의 표정도 달라졌다.

그러한 이야기가 그를 감동시켜 어린이로 돌아간 듯한 기분을 느끼게 하는 것이 불가사의했다. 그는 아이의 목소리를 듣고 있으면 자신을 잃어버릴 수 있다는 것을 깨달았다. 이야기가 엄숙하고 운명적으로 진전되면서, 그는 한줄 한줄 아이가 보는 것을 그도 볼 수 있다고 믿으면서 아이의 얼굴을 뜯어보았다. 그의 눈은 빛났다. 그가 느낀 기쁨은 참으로 강해서, 성스러운 질서, 힘과 지배의 언어로 측정할 수 있을 것 같았다. 그 자체로 고립된 방, 세상으로부터 떨어져 있는 방에는 오직 둘뿐이었다.

얼마 뒤 윈은 아래층에서 잡지를 넘기며 앉아 있었다. 그는 자신이 작전의 핵심에서 멀어져가고 있음을 알았다. 그는 파멘터가 매키에게 연락하도록 했다. 그와 파멘터 둘 다 캠프 가 544번지에서 무슨 일이 일어나고 있는지 알아내느라 매키를 이용했다. 윈은 오즈월드에게 신경이 쓰였다. 그는 선택적인 사항들만 알고 싶어했다. 그는 다른 사람들과 너무 큰 거리를 두고 있었다. 윈은 자신의 주제들이 초자연적인 수단을 통해 현장에서 발전하기를 기대했을까? 그는 상급 조사활동위원회가 쿠바 침공 전에 했던 것과 같은 실수를 하고 있었다. 자신이 거기에서 벗어날 수 있을지 알지 못했다. 그는 두려움과 막연한 불안에서 벗어나고 싶었다.

음모는 그 나름의 논리를 지닌다. 음모는 죽음으로 향하는 경향이 있다. 죽음이라는 생각은 모든 음모의 본질 속에 들어가 있다고 그는 믿었다. 음모 구조는 무장한 사람들의 계략 못지않은 것이다. 이하의 것이 아니다. 음모의 구조가 탄탄할수록, 그것은 죽음으로 향하기 쉽다. 그의 생각에 픽션에 있어서의 구조란 죽음의 힘을 책 밖에서 규명하고 그것을 조정하거나 제어하는 수단이다. 고대인들은 일종의 모의전을 통해 자연의 횡포와 함께 천상에서 전쟁을 벌이는 신들에 대한 두려움을 완화시켰다. 윈은 자신이 만든 음모에 내재된, 죽음을 향한 이론이 마음에 걸렸다. 그는 이미 저격수가 보안요원을 쏘아 가벼운 부상만 입히기를 원한다는 것을 분명히 해두었다. 그러나 그를 두렵게 만든 것은 방향이 빗나가는 일도, 우연한 살해도 아니었다. 방심할 수 없는 무언가가 있었다. 그는 음모가 한계점으로 움직여가리라고, 논리적인 결말을 보리라고 예감했다.

랜써가 마이애미에 가려고 한다.

메어리 프랜씨스가 문간을 지나갔다. 그러고는 주방에서 물을 틀었다. 윈은 그녀가 뒷계단에서 무엇인가를 찾는 소리를 들었다. 주방의 라디오 소리도 들었다. 그는 그녀가 물뿌리개를 가지고 현관 창문 옆으로 지나가기를 기다렸다. 그 물뿌리개는 오래되어 회색으로 변하고 여기저기 움푹 팬 금속제품이었다. 그는 그녀가 현관을 가로질러 걸어가는 소리를 듣기 위해 주의깊게 귀를 기울였다. 그녀는 아직 주방에 있었다. 괜찮다. 그녀가 어디 있는지 그가 아는 한은. 그녀는 가까이 있어야 하고 그는 그녀가 어디에 있는지 알아야 한다. 그것은 두 가지의 개인적인 규칙이었다.

그는 주방 라디오에서 흘러나오는 늙고 친근한 목소리를 들었다. 옛날 라디오에서 나오던 목소리였는데, 그 남자의 이름은 잘 떠오르지 않았다. 그러나 유명하고 친숙한 목소리였으며 배경으로 누군가의 웃음소리가 들려왔다. 그는 마치 그 순간을 오래 끌려는 듯 조용히 앉아 있었다. 그는 복합적인 감정들을 싣고 다른 시대에서 온 목소리, 주의를 흩뜨려놓으며 모든 것을 제자리로 돌려놓는 지극히 간단한 농담을 하는 부드러운 그 목소리에 감명을 받았다.

그는 페이지를 또 넘겼다.

대통령의 여행 날짜는 정해지지 않았다. 그러나 반드시 올 거라고 파멘터는 말했다. 대통령은 플로리다에 가기를 원한다. 왜냐하면 1960년에 그 주는 공화당에 투표했고 남부 전체가 그의 공민권 정책을 피로 적시고 있었기 때문이다. 케이프 커내버럴, 탬파, 마이애미. 마이애미에서는 카퍼레이드가 있을 것이다.

메어리 프랜씨스가 고무장갑을 낀 손에 뻣뻣한 솔을 들고 문간에 서 있었다.

"요즘 이상해 보이지 않아요? 난 모르겠어요."

"뭐가?" 그가 말했다.

"쑤전 말이에요. 아무 일 아니겠지만."

"당신답지 않은데."

"쓸데없는 걱정일까요?"

"그앤 괜찮아. 아무 일 없어. 그앤 건강한 아이야."

"병적인 기미가 있어요."

"무슨 말이야?"

"모르겠어요. 요즘 그애는."

"왜?"

"그애는 항상 미씨 타일러랑 놀러 다녀요. 그애들은 때때로 나한테서 감쪽같이 숨어버려요. 모르겠어요. 그냥, 난 그 애가 요즘 좀 내향적이 된 것 같아요. 그리고 어딘가 불건전한 구석이 있지 않나 하는 생각이 들어요."

"미씨라면 그 깡마르고 조그만 빨강머리 애 말하는 거지."

"입양아고요. 그애들은 구석에 숨어서 아주 진지하게 소곤거려요. 미씨가 집에 오면 언제나 분위기가 가라앉아요. 유령의 집처럼. 두려움에 짓눌린 것 같은 느낌이 들어요. 뭔가가 복도를 걸어다니는 거예요. 난 그게 나라고 느껴요. 난 이 집에서 아주 수상쩍은 존재예요. 그애들은 내가 오는 소리를 들으면 얘기를 멈추거든요."

"그애들한테는 그애들만의 세계가 있어. 쑤전은 공상을 많이 하잖아."

"그애는 '괴상한 수염'이라 불리는 댈러스 디스크자키의 방송을 들어요."

"무슨 노래를 틀어주는데?"

"문제는 노래가 아니에요. 그는 인기순위 상위 40위 안에 들어 있는 노래를 틀어요. 문제는 노래 중간중간에 그가 하는 말이죠."

"예를 들어봐."

"따라하기는 어려워요. 그는 그냥, 여기 내가 있어요, 어쩌고저쩌고 도무지 종잡을 수 없어요. 그건 완전히 다른 언어예요. 그런데 쑤전은 라디오에서 떨어지지 않아요."

"잉카 딩카 딩크."

"알아요, 나답지 않다는 걸. 대체로 난 걱정할 만한 일이 있을 때 걱정하는 사람인데."

"쑤전은 나한테 쉬지도 않고 40분이나 책을 읽어줘. 놀라운 일이야, 놀라워."

"'제발 아빠, 난 조금 더 읽고 싶어요' 이러죠."

"당신 그 장갑을 끼고 플루토늄이라도 만지는 거야?"

"'아빠, 아빠, 제발요.'"

그는 위층으로 가 특유의 가볍고 조용한 방식으로 천천히 움직였다. 마이애미는 충격과 반향을 지니고 있다. 낫지 않는 상처를 지닌 망명자들의 도시. 여론조사에서 인기가 급속히 떨어지고 있다는 것이 드러났기 때문에 대통령은 카퍼레이드를 원한다. 그는 기다란 청색 링컨을 타고 군중 사이에 나타난다. 오토바이를 탄 남자들이 군중을 정리하고, 그 뒤의 자동차 양옆에는 썬글라스를 낀 남자들이 붙어 있다. 랜써가 손을 흔들기 위해 멈춘다. 구경꾼 한명 또는 경호요원을 쏘는 것은 우리의 실력을 증명하기 위해 필요한 일이다. 이것이 우리가 그들에게 그것이 진짜임을 보여주는 방식이다. 음모. 고대인들은 천둥과 돌풍의 횡포를 흉내냄으로써 자연과 함께했다. 자연과 같이하는 것은 가장 오래된 인간의 속임수이다. 자는 시간에 할 생각.

물뿌리개는 못생긴 들창코 주둥이가 달려 있는 거친 금속으로 만들어진 제품이었다.

그가 방 안을 들여다보았을 때 쑤전은 깨어 있었다. 침대 끝에는 천과 비닐로 만들어진 장난감이 있었다. 그들은 그것을 윌리 원더라고 불렀다. 윌리는 어깨에 패드를 대고 광택 나는 치노바지를 걸치고 있었다. 윈은 윌리의 등에 있는 태엽을 감아 침대의 세로면을 따라 브로큰필드런(적진 내 수비가 허술한 곳을 질주하는 것—옮긴이)을 하게 했다. 그는 그 달리기를 다급한 목소리로 중계했고, 빗나간 태클과 수비진 내의 블록 형태를 설명했으며, 관중의 함성을 덧붙였고, 장난감이 베개에 등을 대고 도착하자 심판이 되어 터치다운을 선언했다. 쑤전은 즐거워했다. 즐거움이 발에서 시작하여, 온몸을 휘감고 올라와서는 눈으로 들어가 눈을 반짝반짝 빛나게 하고 크게 만들었다. 그가 그녀를 계속 놀라게 할 수만 있다면, 그녀는 그를 영원히 사랑할 것이다.

매키는 마이애미 강 위의 도개교를 가로질러 차를 몰았다. 타이어가 철판 위를 지나면서 구슬픈 소리를 냈다. 흰 범선이 우아하고 은밀하며 신비한 모습으로 어둠속에서 강을 거슬러올라가고 있었다. 다리에서 남쪽으로 두 블록 떨어진 곳에서 그는 첫번째 볼베레모스(돌아가라는 뜻의 스페인어—옮긴이)라고 적힌 범퍼 스티커를 보았다. 텅 빈 거리. 그의 손은 핸들에 붙어 있었다.

그는 골목길에 차를 세워놓고는 널찍한 주차장으로 통하는 모퉁이를 향해 걸었다. 빨간색 임팔라 뒷좌석에 바보같이 누워 있는 웨인 엘코를 발견하기까지 10분이 걸렸다. 차지붕은 내려져 있었고 웨인은 밤하늘을 응시하고 있었다.

"어떻게 내가 이렇게 쉽게 여기에 들어왔을까?"

"티제이."

"자네가 경비원이라고 들었는데."

"어디서 오는 길이야?"

"거의 1,600킬로미터를 오직 자네를 보려고 달려왔어, 웨인."

"난 거의 포기하고 있었는데."

매키는 차에 기댄 채 거리 쪽으로 시선을 돌렸다. 마치 지금 당장 그를 받아들이기에는 맨발에다, 옷가지와 이런저런 물건들을 어수선하게 늘어놓은 웨인 엘코의 꼴이 너무나 추레하다는 듯이.

"난 레이모랑, 이름이 잘 기억나지 않는 친구를 만났어. 난 그들하고 글레이즈에서 훈련했었어, 친구. 글레이즈에는 '알파 66' 사람들이 있는데 우리가 그들을 훈련시키고 있지. 난 오줌 눌 때 빼고는 등도 안 돌렸다고."

"알파는 우리를 귀찮게 하지 않을 거야. 알파에 내가 오랫동안 알고 지낸 사람이 있어."

"티제이, 자넨 정보국이야, 뭐야?"

"이제는 아니야. 내 조그만 트레일러는 푼돈만 받고 팔았어. 난 여기 있지. 그들이 우리를 뭐라고 부르지? 은퇴자들?"

"우리는 진짜 개똥 같은 무기를 가지고 훈련시켜."

"무기는 새로 오게 돼 있어."

"별이 빌어먹게 환상적이군. 나는 밤하늘이 맑아서 글레이즈가 좋아. 저긴 완전히 딴세상이야. 저 매들이 갑자기 솟아오르는 것 봐. 나는 다시 나가라고 해도 좋아. 차에서 잠을 자서 등이 다 망가졌어."

"자네한테 들어갈 돈을 줄 친절한 물주가 있어."

"내가 인터펜에 있을 때, 우린 호텔에서 잤고 카지노에 갈 돈도 있었어."

"우린 뉴올리언즈에 친구가 있어."

매키는 가이 배니스터를 믿지 않았다. 한때는 증오심을 느끼면 사납고 불안정해지는 유능한 자였지만, 가이는 이제 한물갔다. 그는 돈과 무기를 대주고 있지만 맹목적으로 작전을 지원하지는 않을 것이었다. 매키는 표적이 누구라고 말해주거나 아니면 다른 표적을 만들어내야 할 것이다. 어느 쪽이든 그는 배신의 위험을 감수해야 한다. 가이는 명분과 소속을 중시했다. 그런 자가 가만히 앉아 사건이 저 혼자 펼쳐지는 것을 보고 있으리라고 기대하는 것은 말이 안된다. 그는 능동적인 역할을 맡으려고 할 것이다. 매키가 만들고 싶어하는 독립적이고 독보적인 조직을 위태롭게 하는 무절제한 힘을 행사하려 할 것이다.

매키는 웨인 엘코를 믿지 않았다. 웨인이 영악하게 등을 돌리리라는 것은 아니었다. 그것은 예측할 수 없는 기질상의 문제였다. 웨인은 욱하는 성질로 유명했다. 금방 난폭해지는 기질도 있었다. 그에게는 약간 살모사 같은 구석이 있었다. 그는 졸린 듯한 눈에 말투가 느리고 어슬렁거렸으며, 여원 턱을 버릇처럼 쓰다듬었고 갑자기 화를 냈다. 그는 섬뜩할 정도로 화를 내는 자였다. 털투성이에 깡마른 몸, 불그스름한 눈은 툭 튀어나와 있었다. 그는 자신이 타고난 전사라고 생각했다. 매키는 웨인으로 하여금 그의 한계에 대해 인식하도록 자극한다면 그를 마음대로 움직일 수 있다고 확신했다.

"우리는 글레이즈에서 휴대용 무기들을 어느정도 연습했지." 그는 티제이에게 말했다. "그들은 멈추어 있는 표적에 총을 쏘라고 했어. 나는 자네가 나한테 그렇게 하도록 그들에게 말하지 않았나 하고 비약해서 생각하고 있어."

웨인에게는 대통령 잭 가까이에 접근하는 임무가 주어지지 않을 것이다. 임무의 성격에 부합하도록 웨인을 맞추는 일이 문제였다. 그는 본질적으로 살인청부업자 타입이었다.

포트워스에서

　그녀는 미국의 여느 주부들과 마찬가지로 반바지를 입었
다. 다리를 드러낸 채 거리를 걸어다니고, 머리를 짧게 자르
고, 상점의 진열장을 들여다보면서 처음에 그녀는 자신이
꿈을 꾸고 있다고 생각했다. 설령 무한한 부를 가졌고, 벽장
속에서 돈이 쏟아져나온다 해도 러시아에서는 살 수 없는
물건들. 그녀는 자기가 남과 비교해볼 만큼 오래 살지 않았
으며, 러시아가 전쟁 때문에 끔찍한 어려움을 겪었다는 것
을 알았지만, 수많은 가구와 끝도 없이 늘어선 옷가지의 물
결을 놀라움으로 멍해지지 않은 상태에서 보는 것은 불가능
하다고 생각했다.

　그들은 돈이 거의 없었다. 사실 한푼도 없었다. 그러나
마리나는 로버트의 집 근처 쎄이프웨이의 중앙로들을 걷는
것만으로도 즐거웠다. 포장된 냉동식품. 화려한 색깔과 풍
요로움.

　리는 어느날 밤 일자리를 찾으러 나갔다가 돌아와서는
화를 냈다. 그는 그녀가 기록적인 속도로 미국인이 되어가

고 있다고 말했다.

그들은 어디에나 있는 사람들, 새로운 인생을 시작하는 사람들과 다를 바 없었다. 그들이 싸운다면 그건 오직 리가 미국에서는 특이한 기질을 지닌 사람으로 그렇게밖에는 상대방을 사랑할 수 없기 때문이었다.

네온은 놀라움 그 자체였다. 창문과 영화관 차양 위로 비치는 저 화려한 불빛들.

어느날 저녁 그들은 산책을 나와 백화점을 지나 걸어갔다. 마리나는 진열창 속의 텔레비전에서 놀라운 것, 너무 이상한 나머지 리를 꽉 붙잡은 채 우뚝 멈춰서서는 시선을 줄 수밖에 없는 준을 보았다. 그것은 안에 들어가 있는 바깥세계였다. 그곳에서 그들은 입을 벌린 채 텔레비전 화면 속의 자기들을 바라보고 있었다. 그녀가 화면에 비쳤다. 리도 나왔다. 그는 준을 팔에 안고 마리나 곁에 서 있었다. 마리나는 실제 남편과 아기를 바라보고는 다시 화면을 향해 고개를 돌렸다. 그녀는 리가 아기를 어깨 위로 들어올리는 것과, 뒤로 사람들이 지나가는 것을 보았다. 그녀는 돌아서서 사람들을 보고 진열창 속에 있는 사람들과 같은지 확인하려 했다. 그들은 같은 사람이 분명했지만 그녀는 보고 싶은 충동을 느꼈다. 마리나는 이런 일이 가능하다는 것을 전혀 몰랐다. 그녀는 화면에서 걸어나갔다가 다시 걸어들어왔다. 그녀는 진열창 속의 리와 준을 보았다. 그리고 보도 위의 그들을 보기 위해 몸을 돌렸다. 그녀는 진열창 안의 풍경과 거리 풍경을 비교해보고 화면에서 걸어나갔다가 다시 돌아오기를 반복했다. 그녀는 본래의 자리로 다시 돌아오는 자신을 볼 때마다 놀랐다.

리는 로버트의 집앞에 서서 어머니가 다가오는 것을 지켜보았다. 어머니는 키가 더 작아 보였고, 더 뚱뚱해 보였으며 회색이 된 머리를 쪽찌고 있었다. 보조간호사로 일하고 있는 그녀는 하얀색 유니폼 차림이었다. 검은테 안경을 쓰고 간호사들이 쓰는 휘어진 모자를 쓰고 있었다. 그것은 모성을 나타내는 공식적인 유니폼으로 그녀는 하늘에서 내려온 공포와 기억의 천사처럼 보였다.

그녀는 울음을 터뜨리면서 아들을 껴안았다. 그러고는 그의 얼굴을 손으로 잡고 눈을 들여다보았다. 그녀는 뾰족해진 턱과 줄어든 머리숱에서 잃어버린 아들을 찾아내려고 했다. 이 모든 사랑과 고통이 그를 혼란스럽게 만들었다. 혈연이 아니고서는 느낄 수 없는 진한 감정. 그는 참을 수 없는 연민과 회한을 느꼈다.

그의 망명에 대해 책을 쓰고 있다고 어머니가 말했다.

그들은 하루는 로버트와 살고, 다음날은 어머니와 살았다. 그는 어쩌다가 그렇게 됐는지 알 수 없었다. 그녀는 비록 자신은 거실에서 자야 했지만 그들 모두와 함께 살 만큼 큰 아파트를 구했다. 마치 어머니와 함께한 성장과정을 처음부터 다시 시작하게 된 것 같았다. 거실의 침대. 어느날 밤 그들 모자는 마리나와 아기가 잠든 후 늦게까지 깨어 있었다.

"나는 저애가 러시아 사람처럼 보이지 않아."

"러시아 사람이에요, 어머니."

"어쨌든 난 저애가 아름답다고 생각해."

"저 사람은 어머니를 좋게 말해요. 그리고 이곳이 아주 깨끗하고 산뜻하다고 해요. 어머니의 부드러운 머리칼도 좋아한대요. 하지만 책은 안돼요, 어머니."

"난 케네디 대통령을 만나러 갔었어. 난 나름대로 조사도 해봤지. 네가 망명한 것 때문에 남들이 당연지사처럼 여기는 일들을 많이 겪었어."

"어머니, 책을 쓰는 건 안돼요."

"그건 네가 살았는지 죽었는지 몰랐기 때문에 내게 강요된 내 인생이야. 나는 내 것인 이야기를 쓸 자격이 있어, 리."

"러시아에 있는 마리나의 친척들이 위태로워질지도 몰라요."

"위태로워진다고. 하지만 넌 네 책을 타이핑해달라고 속기사한테 10달러를 줬잖아."

"그건 다른 책이에요."

"그건 러시아와 그 악독한 체제에 관한 거지."

"그건 다른 책이에요. 생활조건과 노동조건을 다루고 있어요. 난 사람들을 보호하기 위해 이름을 바꿀 거예요. 어머니가 아기옷을 사주고, 요리를 해주고, 먹여주는 것에 대해 우리가 감사하지 않는다고 생각진 마세요."

"네가 타이핑하는 여자한테 준 10달러는 내가 준 거다."

"그건 관찰 기록이에요, 어머니. 나는 국무부에 집에 오는 데 필요한 경비를 빚졌어요. 우리가 뉴욕에서 타고 온 비행기 값은 로버트가 냈고요. 난 빚을 갚을 방법만 찾고 있다고요."

"난 내 책을 쓸 권리가 있다. 대통령은 그때 만날 수 없었지만 난 눈보라가 치던 날 그 일을 알아봐주겠다고 약속한 정부 사람들에게 이야기했어." 그녀가 말했다.

"그건 그저 기사이지 책이 아니에요. 난 기사 자료로 쓸 타이핑한 메모들을 갖고 있어요. 그것만 해도 여러 장이에요."

"그 여자는 몇장이나 쳤니?"

"열 장요. 그 돈으로 할 수 있는 양이 그만큼이에요."

"1달러에 한 장이면 사기가 따로 없구나."

"난 그 메모들을 옷 속에 몰래 숨겨서 러시아에서 빠져나왔어요."

"마리나가 나랑 바로 여기에 앉아서 그레고리 펙이 나오는 낮시간 영화를 봤는데 그애가 그레고리 펙을 알더구나."

"그래서요. 그는 어디에서나 유명해요."

"우린 얘기하려면 사전이 있어야 해."

"조금씩 마리나가 알아갈 거예요."

"난 그애가 우리한테 보이고 있는 것보다 더 많이 아는 것 같아." 어머니가 말했다.

리는 판금(板金) 노동자의 일자리를 구했다. 지겹고 더러우며, 오래 일하고 적게 받는 일이었다. 부부는 어머니의 아파트를 떠나 그들만의 방으로 옮겼다. 성냥갑 같은 자그마한 연립주택의 한쪽 구석에 있는 가구 딸린 방으로, 트럭 주차장과 짐 싣는 부두의 길 건너에 있었다. 그곳은 대형할인점 '몽고메어리 워드'의 물품을 배에 싣고 또 받아오는 입구였다. 마리나는 소매점에 갔다. 그녀는 중앙로를 걸었다. 그러고 나서 리에게 시원하고 부드러우며 음악이 흐르는 상점 안에 대해 이야기했다.

그들이 사는 거리의 모든 집은 연립이었다. 모두가 그곳을 메르쎄데스 스트리트라고 불렀다. 특히 아파트 임대계약서에 메르쎄데스 스트리트라고 적혀 있었다. 리가 가지고 있는 포트워스 지도에도 메르쎄데스 스트리트로 되어 있었다. 그러나 모퉁이 표지판에는 메르쎄데스 애버뉴라고 씌어 있었다. 그는 현관의 콘크리트 계단에 앉아 어린 난초 옆에서 러시아 잡지를 읽고 있었다.

그의 어머니가 높다란 어린이용 식탁의자를 가지고 왔다. 그릇도 가져왔다. 리는 그녀에게 누구의 자선도 원하지 않는다고 말했다. 그녀는 앵무새를 새장에 넣어 가져왔다. 그가 뉴올리언즈에서 심부름 일을 할 때 그녀에게 준 것과 똑같은 새이고 새장이었다.

그것은 반복해서 나타나는 그의 예전 삶의 그림자였다.

"더는 안돼. 문을 항상 닫아둬." 그는 마리나에게 말했다.

"어떻게 내가 당신 어머니한테 그럴 수 있어? 우리한테 친절한데."

"문을 열어주지 마. 그러지 않으면 우리집으로 이사올 거야. 절대 못 들어오게 해. 어머니는 우리 아기 사진을 찍으려고 카메라를 가져온다고."

"할머니잖아."

"그게 이사오기 위한 첫번째 단계야."

"그건 그냥 사진이야, 알렉."

"그게 어머니가 교묘하게 파고드는 방식이야. 이렇게 해서 우리집에 들어올 구실을 만드는 거라니까."

"자긴 어머니가 오는 걸 싫어하지만 기회가 있을 때마다 어머니를 이용하려고 해."

"어머니란 그러라고 있는 거야."

"잔인한 짓이야."

"난 농담하는 거야. 그리고 이제 날 알렉이라고 부르지 마. 여긴 알렉이 통하는 나라가 아니야. 준은 준까가 아니고. 사람들은 당신이 가족 이름도 제대로 모른다고 생각할 거야."

"자기가 어머니한테 언성 높일 때는 농담 같지 않던데."

"당신은 미국식 농담을 배워야 해. 그게 우리가 이야기하는 방식이야."

"자기가 태어났을 때부터 어머니는 아주 열심히 일했어."

"어머니가 사전을 찾아가며 당신한테 말해줬군. 당신과 마모치까(어머니)가."

"난 그 정도는 알아. 확실하게 안다고."

"아주 확실하게 안다고 해도 절반만 알 뿐이야."

"나머지 절반은 뭔데?"

리는 마리나의 얼굴을 때렸다. 마리나가 스토브 쪽으로 뒷걸음질칠 정도로 큰 타격이었다. 놀란 나머지 그녀는 머릿속이 백지가 된 것처럼 멍하니 머리를 왼쪽으로 기울이고 한손은 들어올린 채 서 있었다.

가리개를 친 문 저편에서 한 남자가 리를 불렀다. 리는 턱 아래 신분증을 걸고서 집 안을 들여다보고 있는 거만한 얼굴을 바라보았다. 프레이태그, 도널드. 연방수사국. 검은 눈과 거뭇거뭇한 수염. 그들은 남자의 차에서 이야기하기로 했다.

차에는 또다른 남자, 무니라는 요원이 있었다. 프레이태그 요원은 무니와 앞좌석에 앉았다. 리는 뒷문을 열어놓은 채 뒤쪽에 앉았다. 그는 FBI를 뜻하는 피비즈라는 단어를 생각했다. 저녁식사 시간이었고 무더웠다.

"용건이 뭐냐면, 당신이 러시아에서 보낸 시간에 대해 알고 싶은 겁니다. 그리고 이곳에 돌아온 후에 당신에게 무시로 접촉해왔던 사람에 대해서도 알아야겠습니다." 프레이태그 요원이 말했다.

"그러니까 내가 뭔가 민감한 것을 알고 있다면 그 이야기를 들으려는 사람이 있다는 거죠."

"맞아요."

"난 환기장치를 조립합니다. 그건 민감한 산업이 아니죠."

"얼마나 많은 사람이 오즈월드라는 이름을 변절자와 배신자의 대명사로 여기는지 알면 놀랄 겁니다."

"난 무장부대 일원이던 동안의 내 경험에 대해 쏘비에뜨 관리들에게 자진해서 정보를 준 적도, 그들이 접근해서 정보를 준 적도 없다는 걸 밝힙니다."

"왜 소련으로 갔죠?"

"나는 과거를 다시 떠올리기 싫습니다. 그냥 갔습니다."

"그냥 가기에는 먼 길인데요."

"내가 설명할 필요는 없죠."

"당신은 미국 공산당 당원입니까?"

"아니요."

무니 요원이 메모를 했다.

"당신은 거짓말탐지기 앞에 앉아 우리한테 이야기하길 원합니까?"

"아닙니다. 내가 여기 산다고 누가 이야기했습니까?"

"그걸 아는 건 어렵지 않았습니다."

"하지만 누가 이야기했죠?"

"당신 형과 이야기했습니다."

"형이 내가 사는 곳을 알려줬다고요."

"맞아요."

프레이태그는 묘한 만족감을 드러내며 말했다. 그의 입술에 거품이 묻은 미소 한줄기가 떠올랐다.

"내가 감시당하고 있나요?"

"그랬으면 내가 당신에게 묻고 있겠습니까?"

"러시아에서는 감시당했으니까요."

"러시아에선 누구나 감시당한다고 생각하는데요."

무니 요원이 소리없이 웃었다. 그가 고개를 까닥거렸다.

"아내가 식사를 차려놓았습니다." 리가 말했다.

"어떻게 부인을 데리고 나올 수 있었습니까? 그들은 그저 요청만으로 사람을 내보내지는 않는데요."

"난 어떤 일을 하기로 그들과 합의한 바가 전혀 없습니다."

그들은 여러가지 주제를 놓고 이야기했다. 이윽고 프레이태그가 동료에게 희미한 몸짓을 했다. 무니는 펜과 공책을 치웠다. 잠시 침묵이 흘렀고 분위기가 확 바뀌었다.

"우리의 주된 관심사는, 뭔가 의심스러운 상황에서 모종의 접촉이 있다면……"

"알려달라는 거군요."

"만일 맑스주의자나 공산주의자와 선이 닿아 있는 사람들을 알게 되면 협조해주기를 부탁합니다."

"내가 끄나풀로 선발된 건지 궁금합니다."

"우린 협조해달라고 부탁하는 겁니다."

"그러니까 누군가 내게 접촉해오면……"

"그렇습니다."

"당국에 알려달라는 거죠."

"맞아요."

리는 생각해보겠다고 말했다. 그는 차에서 내려 문을 닫았다. 그러고는 차 뒤로 걸어가 길을 가로질러 집으로 들어가는 길에 번호판을 흘끗 보았다. 그는 공책에 프레이태그의 이름과 차 번호를 적었다. 그러고 나서 전화번호부에서 포트워스 FBI 사무소 번호를 찾아내 요원 이름과 자동차 번호 바로 밑에 적어두었다. 그저 기록을 위해. 기록을 쌓아놓기 위해서였다.

마리나가 그에게 저녁식사를 하라고 알렸다.

그는 큰 방 구석에 앉아 사람들이 떠들고 먹는 것을 지켜보았다. 그들의 대화에는 우적우적 씹는 소리가 섞여 있었다. 그들은 어슬렁대고, 몸을 비키기도 했다. 러시아인, 에스또니아인, 리뚜아니아인, 그루지야인, 아르메니아인, 그것은 이민자 공동체와의 저녁이었다. 그들은 댈러스 포트워스 지역의 스무 개 또는 서른 개 가정의 사람들이었다. 영어를 하는 사람, 러시아어를 하는 사람, 프랑스어를 하는 사람들이 저마다 자라온 배경과 받은 교육을 비교하며 끊임없이 이야기했다. 아기 준은 리의 무릎 위에 있었다.

마리나는 항상 이런 저녁에 가장 예뻐 보였다. 사람들은 주위에 모여 그녀에게 소식을 물었다. 그녀는 물론 최근에 온 사람이었고, 그들 중 일부는 몇십년 전에 이곳으로 왔다. 3,40년 전에 온 사람도 있었다. 그녀의 순수한 러시아어는 고참들을 감동시켰다. 그녀는 작고 연약했다. 그들이 머릿속에 그리는 러시아 여자는 투포환 선수 내지 벽돌공장에서 일하는 키 180쎈티미터의 억센 여자였다. 마리나는 서서 담배를 피웠고 와인을 홀짝거렸다. 그녀가 입은 옷은 그 사람들이 준 것이었다. 그들은 그녀에게 옷과 스타킹, 편안한 구두를 주었다. 그는 타이핑하도록 맡길 돈이 없어 그동안 써놓은 원고와 자투리 종잇조각이나 갈색 봉투에 적은 수기를 끈 달린 봉투에 넣어서 벽장에 보관하고 있었다. 그런데 그들은 그녀에게 치과치료를 해주고 스타킹을 사준다. 모든 것이 돈으로 측정된다. 그들은 물질적인 것을 모으는 데 인생을 허비하고 그걸 정치라 부른다.

그는 그들이 악수하고 포옹하는 것을 지켜보았다. 그들은 마리나에게 그가 그들에게 흔한 인사도 하지 않는다고 불평했다. 그들은 그가 쏘비에뜨 스파이라고 생각했다. 러시아에서 돌아와 그들의 믿음을 공유하지 않는 자는 쏘비에뜨 스파이였다. 그들의 믿음은 캐딜락과 에어컨이었다.

그들은 그가 돌려준 셔츠를 다시 주었다.

그중 몇명이 이따금 집으로 와서 마리나를 치과나 슈퍼마켓에 데려갔다. 그녀에게 어떻게 쇼핑하는지 보여줘야 해. 여기 아기 음식이 있어. 스위스 치즈는 여기 있고. 리는 도서관에서 빌려온 책을 문 옆의 작은 탁자에 올려놓았다. 그들이 들어오고 나갈 때 쉽게 알아볼 수 있도록. 거기에는 레닌과 뜨로쯔끼에 관한 책에다가 『더 밀리턴트』와 『더 워커』도 있었다. 그들에게 그가 누군지 보여주는 책이었다. 그들은 러시아에 대해 그가 말하는 것은 나쁜 것이 아니면 듣고 싶어하지 않았다. 그들은 침대에까지 접근해왔다.

죠지가 와서 그의 곁에 앉았다. 그가 이야기할 수 있는 유일한 사람은 죠지 드 모렌실트였다. 키가 크고 마음이 따스

하며 생각이 확고한 사람. 대화를 맛깔나게 할 줄 알고 대화 상대를 부드러운 햇볕처럼 감싸는 목소리를 가진 사람.

"있잖아, 리, 자네는 민스끄에 대해서 사실상 나한테 아무 이야기도 해주지 않았어."

"민스끄는 재미있는 곳이 아니에요."

"나는 재미있어. 자네도 알다시피, 나는 어릴 때 거기서 살았으니까. 아버지는 짜르 시대에 민스끄주의 귀족고관이셨지. 그런 바보 같은 것들에 내가 집착하는 것은 아니야. 하지만 난 발트 지방의 귀족이고 그건 내 아내들 중 몇명이 좋아했던 점이지."

"민스끄에서 우린 채소를 사기 위해 이따금 줄을 서야 했어요."

"텍사스가 더 좋은가?"

"텍사스를 더 좋아하지는 않아요. 텍사스를 더 좋아하는 건 마리나죠."

"댈러스가 어떤 곳인지 말해줄까? 거긴 신이 정말 죽었다는 걸 증명하는 도시야. 이 사람들을 봐. 사실 그중 대부분이 정말 훌륭한 사람들이지. 하지만 그들은 이 황폐하고 공허한 우익적인 환경에 자진해서 온 거라고. 그들은 이 지역 정치를 취미에 맞는 걸로 생각하지. 반공주의 이것, 반공주의 저것. 맞아, 그들 중 일부는 한 가지 또는 다른 방식으로 고통받았어. 때로는 끔찍하게 말이야. 자네는 내가 맑스주의에 대해서 어떻게 느끼는지 알지. 맑스주의라는 단어가 나한테는 아주 지루하게 들린다는 걸 자네한테 솔직히 말하겠어. 이보다 더 따분한 단어나 주제를 찾는 게 나한테는 아주 어렵지. 하지만 자네와 난 소련이 떠안고 있는 문제를 알아. 우린 이걸 받아들이고, 현실을 받아들이고 있지. 이곳의 보수파들한테 그런 나라는 존재하지 않아. 그런 곳은 없어. 지도 위의 공백이지."

죠지는 오십대이고, 아직 머리가 검고 가슴이 널찍했다. 그는 석유 지질학자나 석유 기술자, 또는 그 비슷한 일을 하는 사람이었다. 리는 죠지와 이야기하면서 러시아어로, 영어로, 그리고 다시 러시아어로 돌아가는 것을 좋아했다. 그는 그 연장자의 농담과 놀림을 받아들일 수 있었고 충고도 받아들일 수 있었다. 죠지는 충고를 해주고도 생색을 내는 법이 없었다.

"마리나는 자네가 민스끄에 대해 수기인가 뭔가를 썼다더군. 마리나가 뭐라고 했는지 잘 기억이 나지 않는데, 그 도시에 대한 인상기 같은 것이었나."

"내가 라디오 공장에서 배운 모든 것하고 그들이 일하고 살아가는 방식에 관한 거예요."

한 여자가 준을 들고서 마리나의 친척들이 내던 것과 같은 소리를 냈다. 그녀는 아기를 흔들면서 아기에게 자꾸 말을 걸었다.

"있잖아, 이렇게 앉아서 이 아이를 보고 있으면 문득 이런 느낌이 들어. 아이가 꼭 흐루시쵸프를 닮았다는 느낌이야. 이 아인 크고 둥근 대머리에 작은 눈을 가진 아기 흐루시쵸프야." 죠지가 말했다.

"기왕이면 케네디를 닮은 게 낫겠죠."

"난 케네디를 좋아해. 난 그가 나라를 위해 아주 훌륭한 일을 할 거라고 봐."

"재클린도 그럴 거라고 봅니다."

"그의 부인 재클린도 그렇지. 난 그녀가 어릴 때 롱아일랜드에서 봤어. 아주 사랑스러운 아이였지. 이 특별한 대통령은 여자들을 엄청 밝히는 것 같은데, 난 이해해. 그걸 결점으로 생각하지는 않아. 난 누구보다 그렇게 생각지 않을 사람이지. 하지만 자네한테 어떤 여자들 얘기를 해주겠어. 자네의 약점 때문에 자넬 사랑할 거야. 바로 자네의 결점 그것 때문에 자네를 사랑한단 말이야. 이건 문제가 있다는 얘기지, 친구."

리는 아이가 다시 그의 팔에 안겨 있음을 깨달았다. 그는 말했다.

"케네디가 공민권을 위해서 하고 있는 일은 아주 중요한 거예요. 그는 피그즈 만의 실패로 시작은 나빴죠. 하지만 그가 거기에서 많은 걸 배웠다고 생각해요."

"그는 변했어."

"난 미국 흑인 운동선수가 조국을 위해 최고의 영예를 얻고 영광을 얻어서 귀국하는 걸 봤어요."

"내겐 굴욕이야. 이곳에 단 한 명의 흑인도 없이 앉아 있다는 건." 죠지가 말했다.

"아무런 이유 없이 증오와 차별을 받는 건 말이 안되죠."

"케네디는 변화를 만들려고 애쓰고 있지. 고통스러울 만큼 느리지만 그는 하고 있어. 친구관계나 일에 있어서 아무런 지장이 없는데도 흑인과 친해질 수 없다면 그건 비인간적인 짓이야. 난 유니버씨티 파크에 살아. 거긴 자치구역으로 하나의 마을이지. 만일 흑인 가족이 이사오려고 하면 마을에서 시세의 두세 배를 주고 그 집을 사들여. 그 가족은 사라지는 거야. 안녕, 마술처럼."

"이곳의 반케네디 정서를 보세요."

"아주 심각해. 댈러스의 젊은 주부들이 가장 지독한 농담을 하고 있어. 눈을 아주 이상하게 반짝거리면서 말이야. 그들이 그가 죽기를 원하는 게 내겐 확실히 보여."

죠지는 방을 가로질러가면서 나이든 남자와 여자를 포옹했다. 리는 그 광경을 바라보며 미소짓고 있는 자신을 발견했다. 그는 사람들이 음식쟁반을 들고 실내를 돌아다니는 모습을 지켜보았다. 한 남자가 흰색과 검은색 상자에서 담배를 꺼내 마리나에게 권했다. 리에게는 수집하는 것이 있었다. 그는 뉴욕의 자그마한 출판사에 『레온 뜨로쯔끼의 가르침』이라는 25쎈트짜리 소책자의 주문에 대해 편지로 문의한 적이 있었다. 그 책은 절판되었다는 답장이 왔다. 적어도 그들은 편지를 보내왔다. 그는 그 편지를 간직해두었다. 중요한 것은 그 출판사가 거기에 있고 답장을 하려는 마음이 있었다는 점이다. 그는 문서 수집을 시작하고 있었다.

그녀는 절대 담배를 거절하지 않을 것이다.

그는 사회주의노동당에 당의 목표와 정책을 묻는 편지를 쓸 계획이었다. 뜨로쯔끼는 순수한 공산주의자이다. 그 같은 모호한 것을 우편으로 주고받는 일은 유쾌했다. 그것은 공감할 수 있는 사람들끼리의 교류수단인 동시에 비밀과 힘으로 통하는 길이었다. 그리고 그것은 리에게 조그만 집과 용접공장을 오가는 생활을 넘어서는 삶의 폭과 깊이를 가져다주었다.

마리나는 거절하지 않는 타입이다. 물건을 받는 것은 그녀에게 있어서 스릴있는 일이다. 그녀는 담배와 돈과 종이 집게와 우표, 사람들이 주고자 하는 모든 것을 받을 것이다. 지극히 사소한 선물에도 얼굴에 빛이 나는 여자들이 있다.

뜨로쯔끼의 본명은 브론슈따인이다.

연립주택의 절반은 포장되지 않은 땅에 지어졌다. 그는 준 곁에 누워서 한밤중에 잡지로 부채질을 해주었다.

죠지는 제자리로 돌아오자 이상한 행동을 했다. 그는 의자를 빙 돌려서 리와 마주 보고 앉아서는 모든 사람에게 등을 돌렸다. 그는 가슴 주머니에 끝을 뾰족하게 접은 행커치프를 꽂고 있었다. 그의 넥타이는 갈색이었다.

"자, 내 말은 상태가 어떻든간에 자네가 쓴 그 수기를 나한테 보여달라는 거야. 그건 민스끄 얘기고 난 흥미가 있어."

"그건 체제에 대한 것이기도 해요. 역사적인 이념이 지닌 의의가 체제에 의해 깡그리 말살되었다고나 할까요."

"좋아. 훌륭해. 꼭 나한테 보여줘."

"아직 다 타이핑하지 못했어요." 리가 말했다.

"타이핑. 내가 해줄게. 제발, 그런 건 전혀 걱정할 필요없어."

"그건 '집딴주의'라는 글이에요. 진지하게 조사했어요. 잡지들을 읽고 경제 전반을 분석했어요."

"또다른 건 없어? 왜냐하면 나는 거기에 있는 동안 쓴 건 뭐든지 보고 싶거든. 가장 순수한 유형의 관찰이니까. 사람들의 옷차림 같은 것에 대해서도 좋아. 전부 보여줘."

"왜요?"

"좋아. 이유를 말해주지. 정말 아주 단순해. 최근 몇년 사이에 난 내가 했던 해외여행에 대해서 질문을 받았지. 완전히 일상적인 질문이었어. 즉 당신은 어디어디에 갔었죠, 모렌실트 씨. 우린 당신이 본 것, 당신이 만난 사람, 당신이 가본 공장의 배치가 어떤지 궁금해요, 이런 것들이야. 그건 몇천명의 여행자가 매년 '좋아요. 나는 이런 걸 봤어요' 하는 일상적인 정보지. CIA 국내 정보부서에 있는 사람이 자네에게 조용히 우호적으로 말해달라고 부탁했는데, 내가 지금하고 있는 일이 바로 그거야. 그는 좋은 친구이고, 이성적인 사람이야. 난 항상 여행을 다니고, 항상 돌아오지. 그리고 내가 돌아오면 우리집 문앞에 콜링스 씨가 서 있어. 우리는 조용히 술을 마시면서 이야기를 나누지. 난 여행에 대해 쓴 글을 기꺼이 그에게 줘. 국무부에 준 것들도 있어. 왜냐하면 내 철학은 말이야, 리. 이렇게 말할게. 내가 살면서 특정한 때 내 수입을 벌어들이는 장소에 대해 색깔을 입혀야 한다는 거야. 국가라는 건 내게 하나의 기업이나 같아. 나는 한곳에서 또다른 곳으로 기회가 되는 대로 옮겨다니지. 그러면서 배워. 난 유고슬라비아에서는 크로아티아어를 배우지. 아이티인들이 프랑스 방언을 쓴다면 그것도 배우고. 이게 혁명과 세계대전 등을 거쳐온 사람으로 내가 살아남는 방식이야. 난 항상 협조할 준비가 되어 있어. 가는 곳마다 그곳의 색에 맞게 나를 채색해. 그건 내가 적이 아니란 걸 그곳 사람들에게 보여주는 일종의 의사표시지. 필요한 제스처야. 박해를 받거나 시달리는 건 질색이거든. 결론적으로 말하면 '자, 이게 내 여행기이고, 수기이고, 인상기요' 하자는 거야. 술 한잔하고 친구가 되자는 거지."

"타이핑을 다 하지 못했어요."

"제발. 자네가 알다시피 내 컨설팅 회사에 종이와 연필과 타이피스트 아가씨가 있지. 물론 자네한테 사본을 줄 거고 메모도 원본도 돌려줄 거야."

"콜링스 씨한테도 사본을 주겠죠."

"두말하면 잔소리지. 그들은 수집하고 분석하는 게 일이야. 자네가 협조한다면 자네와 같은 입장의 사람에겐 도움이 될 수 있어. 솔직히 말해 자네 처지는 좋지 않잖아. 만약 내가 콜링스 씨의 입장에서 보수가 더 나은 일자리가 있는데 그곳을 아는 사람이 있어 그에게 협조를 받을 수 있다면, 난 기꺼이 그를 찾아갈 거야. 이건 얼마든지 가능한 일이야."

리는 무릎 위의 아이를 달래기 위해 흔들었다.

"그런데 죠지, 난 '집단주의'를 출판하고 싶어요."

"그러지 말라고 조언하겠어. 그러지 마. 지금 이 시기에 자네를 위해서 적절한 일이 아냐. 자네가 쓴 것을 보여주게.

그러고 나서 출판에 대해서 의논하자고. 자네는 어떤 식으로든 보상받을 거야. 내가 장담하지. 이 사람들은 몇천 가지 방법을 알고 있어. 그들은 세계 곳곳에 손을 뻗고 있다고. 놀라운 일이지. 자네가 어떻게 이 나라에 다시 들어왔다고 생각해? 누군가가 망명을 하면 그의 이름은 FBI의 요주의 명단에 오르지. 그런 경우를 위해 준비된 감시 카드가 있어. 하지만 당국은 자네 여권을 돌려줬지. 마리나도 입국시켰어. 자네에겐 돈을 빌려주고 입국시켰고."

"당국은 항상 감시하고 있었어요."

"지금 이 순간에도 감시하고 있지. 자네는 흥미로운 인물이야. 난 당국이 자네가 소련에서 접촉한 사람들에 대해서 아주 많이 알고 싶어하리라고 확신해. 우린 더 민감한 이야기를 나눌 거야. 아기가 듣지 않는 어느 조용한 곳에서 자네와 나 단둘이서만 말이야."

죠지가 웃었다. 리도 덩달아 웃었다.

처음에는 프레이태그와 그 동료였고, 이번에는 콜링스였다. 그들은 멜론 껍질에 몰려드는 개미떼처럼 그에게 몰려오고 있었다.

그는 마리나를 바라보았다. 그녀는 누군가의 말을 주의 깊게 들으면서 약간 몸을 꼬고 서 있었다. 이 더위와 연기 속에서조차 그녀는 바람에 씻긴 듯했고 싱그러워 보였다. 내 약점 때문에 날 사랑하지는 마. 그는 말하고 싶었다. 나 대신 책임을 떠맡지 마. 내 잘못을 당신 잘못이라고 생각하지 마. 항상 내가 잘못한 거야.

리는 그녀의 한쪽 머리를 살짝 때렸고 그녀의 몸은 반 바퀴쯤 그를 향해 돌아갔다. 그는 앉아서 잡지를 펼쳤다. 마리나는 그가 건성으로 페이지를 넘기고 있다는 것을 알았다. 그녀는 뭔가 던질 것이 있었으면 했다. 그녀는 종이 한장을 구겨서 그에게 던졌다. 그것은 그의 팔에 맞고 떨어졌지만 그는 반응하지 않았다. 그녀는 식탁으로 가서 저녁식사를 조금 먹었다. 그러면서 그를 뚫어져라 쳐다보았다. 그녀는 그를 불편하게 만들고, 잡지를 읽지 못하게 하고 싶었다.

"담배는 안돼. 난 당신이 담배 피우는 게 싫어. 이런 말 다시는 하고 싶지 않아." 그가 말했다.

"내가 가끔 피우고 싶다면."

"아기한테 해로워. 아주 해롭다고. 그리고 목욕물 좀 받아놓을 수 없어? 하루종일 소음과 땀에 시달린 후에 따뜻한 목욕물을 기대하고 집에 오는 게 잘못된 일이야?"

"난 별로 많이 안 피워. 내가 피우는 양은 적당해."

"게을러. 당신은 게으른 여자야."

"난 저녁식사를 만들어. 난 뼈빠지게 일한다고."

"나도 뼈빠지게 일해." 그가 말했다.

그는 잡지를 옆으로 흔들어 벽을 세게 내리쳤다. 아기가 울기 시작했다. 그는 일어나 마리나에게 다가갔다.

"뼈빠지게 일하는 건 나야." 그가 말했다.

그는 그녀의 얼굴을 때렸다. 그녀는 먹다 남긴 음식이 담긴 접시를 앞에 놓고 의자에 앉아 있었다.

"난 뼈빠지게 일해."

그녀는 팔로 머리를 감쌌다. 그는 다시 그녀를 때렸다. 그러고는 의자로 돌아가 책을 집어들었다. 그녀는 음식이 남은 접시를 개수대로 가져가 작은 양동이에 음식을 긁어넣지도 않고 그가 치우도록 거기에 그냥 내버려두었다. 그가 그것도 할 참이었다. 싸운 뒤에는 항상 그가 나중에 조심스럽게 치우는 물건들이 널려 있었다.

"당신은 러시아 사람들한테 우리가 어떻게 사는지, 우리가 어떻게 섹스하는지, 우리의 개인적인 일에 대해 시시콜콜 말하지."

"그건 친구들끼리 교류하는 방법이야." 그녀가 말했다.

"당신은 모든 걸 낱낱이 드러내야 직성이 풀리지."

"난 내 친구들이 우리 사정을 이해한다고 생각해. 그리고 그들을 믿어. 친구들이 아니면 대체 누구하고 이야기해? 난 친구들이 필요하다고."

"우리 사생활을 말할 필요는 없잖아. 난 그자들이 여기 오는 게 싫어. 못 오게 해."

"당신 어머니도 못 오게 하고. 내 친구들도 못 오게 하라고."

"내 형이 FBI에 모든 걸 까발리고 있어."

"우리가 사는 곳은 비밀이 아니야. 그가 무슨 말을 했겠어? 사람들은 우리가 어디 사는지 알아. 우리가 사는 곳을 숨길 수는 없어."

리는 책을 읽었다. 마리나는 수도꼭지를 틀고 물이 빙빙 돌며 하수구로 흘러들어가는 것을 지켜보았다. 아기가 울고 있었다.

"당신은 술이 좋지."

그가 말했다. 하지만 그녀에게 말하는 것이 아니었다.

"영어 가르쳐줘."

"당신은 그들이 술잔을 또 채워주길 기다리는 거야."

"난 당신을 사랑한 게 아니었어. 난 외국인을 동정했던 거야."

"담배도 마찬가지고."

"난 자기가 날 어떻게 때리는지 친구들한테 말해. '그는 그렇게 세게 때리진 않아. 단지 내 피부가 약한 것뿐이야. 그래서 자국이 남는 거야'라고 말한다고."

마리나는 방 쪽에 등을 돌리고 조리대 앞에 서 있었다. 그녀는 그가 자리에서 일어나 자신을 향해 오는 소리를 들었다. 그녀는 스펀지를 집어 조리대 모서리를 닦기 시작했다. 리가 그녀의 뺨을 때렸다. 그는 한대로 충분한지 생각하면서 잠시 거기 서 있었다. 그러고는 돌아가 앉았고 그녀는 스펀지를 적셔 조리대 위의 얼룩을 닦았다.

거리 건너편에서 짐을 내리고 있었다. 마리나는 트럭 엔진 소리와 남자들의 목소리를 들었다. 그녀는 남은 음식을 한입 먹고는 개수대 뒤의 창틀을 닦았다.

"난 당신이 내가 괜찮은지 신경써준다고 말해. '그는 아주 가볍게 때려. 심하게 때리는 것처럼 보이는 건 내 피부가 약해서'라고."

그가 다가와서 그녀의 양쪽 팔을 주먹으로 때렸다. 그녀는 수도꼭지를 잠갔다. 그는 손바닥으로 그녀의 팔 위쪽을 때렸다.

"난 그들한테 내가 쉽게 멍드는 건 당신 잘못이 아니라고 말해."

그녀는 그의 손을 피해 머리를 두 손으로 감쌌다. 그는 무슨 아이들의 팔 때리기 놀이라도 하는 것처럼 그녀의 팔 위쪽을 계속 때렸다. 리듬에 맞춰 오른손과 왼손을 번갈아가며 때렸다. 그는 말없이 그녀의 뒤에서 코로 숨을 쉬며 한대 두대 때렸다. 그녀는 그가 힘들여 집중하고 있음을 느꼈다.

그녀는 어둠속에 누워 자신이 구겨서 던져버린 종이를 생각했다. 그건 영어 교재의 제7과였다. 러시아인 거주지에 사는 노인이 그녀의 영어 실력을 늘려주기 위해 우편으로 몇장씩 보내준 것이었다. 제1과 맨 위에 그는 러시아 글자로 내 이름은 마리나입니다라고 커다랗게 썼다. 그녀는 그 아래에 영어 단어를 쓰게끔 되어 있었다. 제2과 나는 포트워스에 살고 있습니다. 제3과 우리는 화요일마다 식료품을 삽니다. 각 과마다 페이지가 딸려 있었다. 그녀는 다 끝낸 페이지들을 노인에게 보냈고, 그러면 노인은 그것을 고쳐 그녀가 공부할 새 과제와 함께 다시 보내주었다. 이제 제7과가 구겨졌으니 노인은 무슨 일인지 궁금해할 것이다.

리가 화장실에서 나와 침대로 들어왔다. 마리나는 그가 혹시 잠든 그녀를 깨울까봐 조심스럽게 침대로 들어오는 것을 느낄 수 있었다. 그녀는 물론 그에게서 고개를 돌리고 있었다.

그녀는 다시 네덜란드에 대해 생각했다. 뜬금없이 네덜란드를 생각하게 된 것은 최근 일이었다. 기차로 유럽을 건너오면서 그녀는 네덜란드 마을을 보고 교회 종소리를 듣고는 놀랐다. 그곳은 세상에서 가장 깨끗한 나라였다. 믿을 수 없을 만큼 깨끗했다. 그곳에는 아늑해 보이는 집과 얼룩 하나 없는 거리 들이 있었고, 완벽하게 수평으로 펼쳐진 목초지에는 울타리가 세워져 있었다.

그녀는 아기가 불안한 환경에서 자라는 것을 원치 않았다.

그녀는 그들이 어느 면에서든 특이하지 않은 삶을 살리라고 생각했다. 짧고 담담한 순간들로 이루어진 생활. 그들의 팔에는 한쌍인 듯한 상처가 나 있었다. 그것은 그들이 운명에 의해 만나 사랑에 빠지게 되어 있음을 뜻했다.

마리나는 몽고메리 워드의 중앙로를 걷던 때를 떠올렸다. 그녀는 더위에서 벗어나 건물 전체에 음악이 흐르고 조그맣게 종소리가 울리는 그곳으로 들어갔다. 바닥은 윤이 났다. 엄청나게 긴 통로는, 화장품 진열장과 반짝이는 핸드백들이 잔뜩 진열된 판매대, 다른 매장에까지 진열된 옷들로 경계지어져 있었다. 어디에나 향수냄새가 떠다녔다.

그는 야간대학에 등록하여 정치학과 경제학 강의를 듣고 싶었다. 그러나 생활비를 벌기 위해서는 그럴 수 없었다.

그녀는 그가 때릴 때조차 그를 먼곳에서 보듯 했다. 그는 그녀 곁에 있는 사람이 아니었다.

마모치까는 그녀에게 주름이 잡혀 있고 주머니가 깊은 수수한 바지를 사주었다. 그것은 생각의 차이였다.

그녀는 자신이 깨어 있는지 그가 알아내려 한다는 것을 눈치챘다. 그는 무슨 말을 하거나 그녀를 만지려고 몸을 기울일 참이었다. 그는 아마 만질 것이다. 팔꿈치를 짚고 몸을 일으켜 부드럽게 쥔 손을 그녀의 엉덩이에 올려놓을 것이다. 그녀는 그의 욕망을 어둠속 기류처럼 느꼈다. 그는 확실히 거기 있었다. 그는 지금이 적당한 때인지 생각하면서 기다리고 있었다. 상대가 아내인데도 그는 그런 생각을 해야 했다.

그녀는 다시 네덜란드 생각을 했다.

뉴욕에 도착한 때도 떠올렸다. 폭포수 같은 네온불빛 한가운데 있는 호텔에서의 하룻밤. 네온의 강과 호수.

그는 먼 곳에서 보게 되는 사람이다.

향수냄새. 놀랄 만큼 깨끗한 바닥. 마리나는 어디에나 텔레비전 수상기가 쌓여 있는 매장에 서 있었다. 그녀는 아침 반나절 동안 다섯 개의 프로그램을 연달아 보았다. 그녀는 통로를 걸어갔다. 그곳은 서늘하고 평화로웠다. 그녀가 뭔가를 묻거나 물건을 사지 않는 한 아무도 말을 걸지 않았다. 그녀는 어느 쪽도 할 능력이 없었다.

그는 먹을 것을 찾으러 나갔고 그녀는 뉴욕의 낡은 호텔에서 아기와 단둘이 있었다. 그녀는 수건으로 창의 블라인드에 묻은 검댕을 닦아냈다.

그는 나를 때리고서도 만지려 했어. 심하게 말다툼을 벌이고서도 리가 자기를 만지려 한 것을 그녀는 알고 있다.

둘은 운명에 의해 만났지만 그녀는 그가 정말 누구인지 확실히 알 수 없었다. 화장실을 함께 쓰면서도 잘 알 수 없었다. 사랑을 나누면서도 그가 어떤 사람인지 알 수 없었다.

내가 영어를 배우면 그는 덜 멀리 있게 되겠지. 그건 확실했다.

우리는 화요일마다 식료품을 삽니다.

두 사람은 싸우고 나서 사랑을 나누었다. 그것은 용서의 마음에서 나온 부드러운 행위였다.

연립주택 근처 건물의 외벽에 인쇄물이 삐딱하게 붙어 있었다.

바띠깐은 계시를 팔아먹고 사는 창녀다.

리는 마리나에게 러시아어로 번역해주었다.

마거리트는 말이 없었다. 그녀는 다림질대 앞에 서서 자신의 유니폼 블라우스를 다리고 있었다. 그녀의 얼굴은 거실을 향해 있었다. 그곳에는 밝은 색 베개들이 쌓여 있는 쏘파, 편한 의자 두 개, 책상과 텔레비전, 기다란 모양의 단지에서 뻗어나온 담쟁이가 감긴 장식 스탠드가 있었다. 그녀는 기회가 될 때마다 유니폼을 빳빳하게 다림질해서 새것처럼 만들어두었다. 그녀는 다른 사람들의 집에서 일했다. 말하자면 포트워스의 명문 가정에서 일하고, 부자들의 아이를 돌보았다.

내가 주인여자한테 리의 생일이 2주 남았다고 리는 작업복이 없다고 했더니 그 여자가 말했어요, "오즈월드 부인, 아드님의 신체 치수가 어떻게 돼요?" 그래서 알려줬죠. 그애는 남편분과 체격이 비슷하다고. 그러자 그 여자가 자기 남편이 입지 않는 작업복, 닳아빠진 바지를 꺼내왔어요. 그러고는 나한테 10달러만 내라고 했죠. 그 여자는 내가 어렵게 살아간다는 것도 알고, 그애들이 새 나라에서 이제 막 살림을 시작하는 젊은 부부라는 것도 알고 있어요. 포트워스에서 돈이 많다는 건 이런 거예요. 굉장한 부자인데도 보모한테 입던 옷을 주면서 돈을 내라고 하죠. 난 오늘 그런 일을 떠올려도 아무렇지 않아요, 판사님. 하지만 마음속에는 아주 또렷이 남아 있어요. 그리고 또다른 문제가 있어요. 그애 얼굴을 본 바로 첫날 난 영판 딴사람을 본 것 같았어요. 난 그랬어요, 그들이 그곳에서 내 아들한테 대체 무슨 짓을 한 거죠? 그애 피부가 전처럼 곱고 부드럽지 않았거든요. 그애 머리칼이 난데없이 고불거리더라고요. 그애 머리가 빠지고 있었어요. 그애 입으로도 말하지만, 그애의 빽빽하던 머리숱이 앞쪽에서 심하게 빠져서 거의 두피가 보일 정도예요. 우리, 로버트랑 난 그애에게 고개를 숙여보라고 했어요. 밝은 빛에서 정수리를 더 잘 볼 수 있게요. 판사님, 저희 집안 남자 중엔 대머리가 없고 그애는 한창 젊습니다. 그애는 러시아의 추위 때문이라고 했어요. 나는 전기충격 때문이라고 내심 생각하고 있어요. 이게 그애가 우리 정부의 요원으로 1년간 실종되었던 것에 대한 내 결론입니다. 이 일을 여러 가지로 해석할 수 있겠지만, 우리가 웨스트 7번가의 내 아파트에 앉아 텔레비전을 보고 있을 때였어요. 며늘아기는 리가 로버트와 나한테서 가져간 몇달러로 사준 캉캉 속치마랑 스타킹 차림으로 집에 돌아왔는데 나한테 대뜸 이러더군요. "어머니, 그레고리 펙이에요." 그래서 텔레비전을 봤더니 그레고리 펙이 말을 타고 있더라고요. 이거 보세요. 의심스러울 수밖에 없는 게 어떻게 외국 여자애가 영화배우를 압니까? 난 솔직히 그게 조사해볼 일이라고 생각해요. 난 해외여행을 해본 적이 없지만 민스끄와 그 얼어죽을 정도의 추위를 생각할 때 그 도시 어디에 영화잡지가 있겠어요? 또 우리 미국의 서부영화를 보여주는 극장이 어디에 있겠느냐고요? 나는 매사를 정면으로 대하고 직설적으로 말하는 사람이지만, 이건 내가 밝히고자 하는 의문이 어떤 성질의 것인지를 말해주는 사건이에요. 대체 그 여자애는 누구이고 여기에서 뭘 하는 걸까요? 그 여자애는 훈련을 받아서 우리한테 보여준 것 이상으로 많은 걸 알고 있지 않을까요? 난 리한테 행복한지, 그 여자애가 살림은 잘하는지 물어볼 참이에요. 왜냐하면 상당한 재산을 모아서 차도 있고 집도 있는 러시아 사람들이 공공연하게 참견하고 있으니까요. 그들은 그 러시아 여자애가 쪼들리는 꼴을 못 봐요. 그 여자애는 마음속에 미국의 이미지를 갖고 있고, 그 사람들은 그 여자애가 실제의 미국 생활에 실망해선 안된다고 생각하는 것 같아요. 그것에 대해서 오늘은 조용히 지나가겠지만, 그 여자애한테 조금 더 긴 반바지를 사준 건 나예요. 내 아들이 나한테 그만하라고 한 뒤에 내가 물건을 가져다주는 걸 그만두었다면 하느님이 날 거짓말쟁이라고 하실 겁니다. 하지만 그건 그저 바지와 앵무새 정도였어요. 앵무새는 새로운 나라에서의 살림을 밝게 만들어주려고 밝은 녹색으로 가져갔죠.

그런데 리는 앵무새를 놓아주었어요. 새장을 열어 새를 날아가게 해주었다고요. 그애는 동물을 사랑합니다, 판사님.

하지만 며늘아기는 그 바지를 보고 이랬어요. "아뇨, 어머니. 마음에 안 들어요." 그래서 내가 이랬죠. "마리나, 넌 결혼한 여자이고 젊은 여자애들보다 조금 더 긴 바지를 입는 게 맞아." 그러자 이러더군요. "싫어요, 어머니. 이 바지는 마음에 안 들어요." 결국 난 그 여자애가 가정생활에 맞지 않는다고 강력히 주장하고 싶어요. 제 남편은 온종일 일하고 있는데 어떻게 그럴 수 있는지 모르겠어요. 그리고 나는 그애가 저녁식사도 차려지지 않은 집에 와서 앉아 있는 것을 이 두 눈으로 똑똑히 봤어요. 그애들한테는 일하는 사람에게 저녁을 차려줄 가정부도 없어요. 우리는 같이 살기 위해 투쟁해온 모자입니다. 그애 아버지는 잔디밭에 넘어지는 바로 그 순간까지 보험을 모집하고 다녔어요. 불타는 더위 속에서 잔디를 깎다 죽을 때까지요. 그때부터 이 세상에는 이 마거리트와 리 단둘뿐이었습니다.

가족은 당신이 이런 존재일 때 저런 존재가 되기를 기대한다. 당신을 비틀어 다른 모양으로 만들고 싶어하는 것이다. 당신에게 좋은 직업과 훌륭한 아내와 훌륭한 자녀들이 있는 형이 있다면, 그는 당신이 모두가 인정할 만한 사람이 되기를 원한다. 당신에게는 당신의 팔을 붙잡고 우는 하얀 유니폼을 입은 어머니도 있다. 당신은 그들 마음속에 갇혀 있다. 그들은 자신들이 원하는 틀에 당신을 꼼짝 못하게 가둔다. 당신 자신을 있는 그대로 보려면 즉시 도망치는 수밖에 없다.

어느 일요일, 그는 댈러스의 리퍼블릭 내셔널 뱅크 건물의 텅 빈 대기실에 서 있었다. 온통 갈색 대리석으로 꾸며진 곳이었다. 그는 죠지 드 모렌실트를 기다리고 있었다. 그가 죠지를 만난 것은 이것이 두번째였다. 그는 깨끗한 흰 셔츠와 민스끄의 국영상점에서 산 거친 소재의 기성복 바지를 입고 있었다.

죠지는 한뭉치의 열쇠를 들고 있었다. 그는 반기는 뜻으로 열쇠를 흔들며 엘리베이터가 있는 곳까지 걸어왔다. 그들은 16층으로 올라가 아무도 없는 복도를 걸었다. 카펫의 냄새와 밀폐로 인해 공기는 무겁고 답답했다. 죠지는 테니스복 반바지와 악어 상표가 달린 셔츠를 입고 있었다. 그는 벽에 자격증이 붙어 있는 적당한 크기의 사무실을 가지고 있었다.

"자네는 그 정신병자 장군에 대한 기사를 읽었지."

"그에 대해서는 러시아에 있을 때부터 알아요."

리는 말했다.

"그는 지금 꾸바에 손을 뻗고 있어. 자, 앉아. 자네 원고를 가지고 있어."

"그는 그저 대부분의 사람들이 생각하는 것과 감정을 반영하고 있을 뿐이에요. 워커가 말하고 행하는 건 백인의 미국에 대해서죠."

"우리 모두를 파멸시킬 미사일이 준비되어 있고, 우리는 신문을 펼쳐 이자를 봐야 하지."

"미시씨피든 꾸바든 그가 기회를 잡으면 어디든 상관없겠죠."

"그는 꾸바로 방향을 돌리고 있어. 그는 꾸바 건에 뛰어들 거야. 두고 봐."

"당국이 내 우편물에 대해서 묻고 있어요."

"무슨 말이야?"

"우편물 조사원이 집주인한테 내가 받는 우편물 종류에 대해서 말했어요."

"어떤 종류인데?"

"사람에 따라서 전복적이라고 부를 만한 거죠."

"왜 그런 걸 읽지? 그건 정말 지루한 물건이야. 나는 한 글자도 읽지 않아도 그게 뭔지 알아. 그건 정말 지루함 그 자체야."

"그들은 여러 각도에서 나를 노리고 있어요."

'흥흥' 하고 조그맣게 코로 웃으면서 리가 말했다.

죠지는 그들의 지난번 대화 이후 타이핑한 자료 한부를 주었다. 그는 원고조각, 닥치는 대로 쓴 메모, 자서전적 메모, 연설용 메모 등 손으로 쓴 원래 원고를 돌려주었다.

"난 실망하지 않았어, 리. 이건 역작이야. 특히 본론 부분이 그래. 난 자네가 여기를 떠나 새로운 일, 더 잘 어울리는 일을 잡아서 댈러스로 옮길 거라고 확신하고 있어. 자넨 우리집에 올 거야. 편하게 방문할 수 있도록 가까이 있어야지. 내가 사는 집에 대해서 가장 재미있는 점을 말해줄게. 우리 집은 워커 장군의 집에서 3킬로미터도 채 떨어져 있지 않아."

죠지는 집게손가락을 내밀고는 엄지손가락을 들어올려 보였다.

문이 열리고 회색 머리를 짧게 자른 키큰 남자가 걸어들어왔다. 그는 햇볕에 그을려 갈색이었고 파란 셔츠와 다갈색 정장을 입고 있었다. 매리언 콜링스가 틀림없었다. 죠지가 두 사람을 인사시켰다. 콜링스는 여윈 편이었고, 당신보다 오래 살기로 결심했다고 알려주고 싶어하는 노인처럼 다부진 체격이었다.

죠지가 자리를 피했다.

"당신이 쓴 이 평론 말입니다, 아주 인상적이고, 아주 상세해요. 우리한테 보여줘서 감사합니다. 당신은 보통의 경우 훈련받은 관찰자가 집어내는 것들만을 골라냈어요. 라디오 공장과 노동자들에 관한 많은 흥미로운 사실들 말이에요. 잘 짜였고, 사회적 상호작용을 멋지게 잡아냈어요. 아주 순조로운 출발이지요. 우리에겐 본격적으로 착수할 일이 있어요."

콜링스가 말했다.

"'집단주의'에 넣지 않은 것으로 머릿속에 남아 있는 건 죠지한테 다 말했습니다."

"그래요, 죠지와 난 이미 진지하게 얘기했어요. 중요한 사실이 빠진 게 눈에 띄더군요."

"그게 뭡니까?"

"리, 이렇게 말해도 될지. 당신이 러시아에서 2년 반 동안 망명자로 살면서 KGB와 아무 접촉이 없었을 거라고는 상상 조차 못하겠어요."

"나는 그곳을 떠날 때 최종 허가 절차로 국무부, MVD와 면담을 했습니다."

"누가 당신을 입국시켰죠? 당신은 헬씽키에서 비자를 신청했고 이틀 후에 받았어요. 보통은 1주일이 걸립니다. 우린 당시 헬씽키의 소련 영사가 KGB 직원이었다는 사실을 알게 됐어요."

"당신은 알지 모르지만 난 몰랐습니다. KGB 직원은 그곳에 널렸어요. 그렇기 때문에 내가 무슨 일을 하고 있었다는 뜻은 아닙니다. 난 더 나은 삶을 찾아 그곳에 갔던 겁니다."

"리, 이렇게 말해도 될지. 일단 당신이 거기에서 나오기를 원한다는 것을 알았을 때, 우리는 일이 쉽게 되도록 도왔습니다. 당신은 흥미로운 친구예요. 당신은 오랫동안 러시아의 심장부에서 살았죠. 우린 관계를 맺고 싶습니다. 우린 아주 실리적인 사람들이에요. 당신이 KGB 제2관리 본부와 어떤 종류의 일을 했는지 관심없어요. 당신은 그곳 여자와 연애를 했고, 곧 깨졌죠. 좋아요. 항상 있는 일이에요. 우리가 원하는 건 오직 몇가지 세부사항을 이야기해달라는 거예요. 우린 FBI가 아닙니다. 우린 난폭하게 추궁하지 않지만 체포하고 기소하지도 않아요. 그저 관계를 맺자는 겁니다. 주고받기를 하자는 거죠. 알겠나요?"

"FBI가 날 감시하고 있나요?"

"모르죠. 내가 어떻게 그런 걸 알겠어요?" 콜링스가 말했다.

티타늄의 융해점을 질문받은 듯한 표정이었다.

"이봐요, 이건 간단한 문제입니다. 우린 당신이 어떻게 다루어졌는지 알고 싶어요. 당신이 누구를 보았는지, 당신이 어디에서 어떤 사람들을 보았는지, 그들이 뭐라고 말했는지 하는 따위죠. 당장 이곳에서 그 이야기를 하자는 게 아니에요. 우리는 당신 이야기를 들으려고 몇주 동안 일부러 기다렸어요. 우리는 신중하게 행동하고 싶을 뿐, 당신을 몰아붙이고 싶지 않아요. 우린 망명, 환멸, 정신적 압박을 이해합니다. 당신이 쓴 이 글은 어떤 종류의 자료가 기록할 만한지 당신이 정확하게 알고 있다는 걸 보여줘요. 자, 우린 고백이나 변명을 요구하는 게 아닙니다. 그건 우리가 다룰 사항이 아니에요."

그는 죠지의 책상 모서리에 앉았다.

"어떤 사실은 누군가가 그걸 원할 때까지는 순수하죠. 누군가 원하게 되면 정보가 되는 겁니다. 우리는 지금 양각으로 가공한 가벼운 알루미늄을 외벽에 붙인 40층짜리 건물 안에 앉아 있어요. 그게 어떻다는 거냐고요? 자, 이 무미건조한 사실이 특정한 때 특정한 사람들에게는 아주 큰 의미를 지닐 수 있어요. 한 노인이 복숭아를 먹고 있는 모습도, 그때가 8월이고 그곳이 우크라이나이며 당신이 카메라를 가진 관광객이라면 정보가 되는 겁니다. 난 언제든지 당신한테 미녹스 카메라를 가져다줄 수 있어요. 아직은 인적 정보 활동이 가능한 곳이 있죠. 예를 들면 죠지가 그래요. 죠지가 우리한테 자료를 주면 우린 신속하게 분석해서 다른 기관에 흘리는 거죠."

리는 아무 말도 하지 않았다.

"리라고 불러도 될까요?"

"좋아요."

"리, 당신은 고등학교 졸업장이 없고, 그저 흔히 말하는 고졸 동등 자격만 갖고 있죠. 대학학위도 없고요. 당신은 불명예제대를 당했습니다. 당신은 거의 3년간 소련에 있었습니다. 그건 당신의 경력에서 공백기간이 될 수도 있고 소련에서 체류한 기간이 될 수도 있습니다. 어느 쪽이든 유리한 쪽을 선택하면 그만입니다. 그런데, 내가 전화 한통만 하면 당신은 이곳 댈러스의 회사에서 일자리를 얻게 됩니다. 아주 흥미롭고 기밀에 속하는 일이죠. 낮은 데에서 시작하겠지만 본격적인 사업을 배울 기회가 있는 일이기도 하고요."

매리언 콜링스는 책상 옆에 섰다. 그는 보기 좋게, 지워지지 않을 정도로 진하게 그을렸다. 게다가 날씬한데다 혈기 왕성해서 손가락을 부딪쳐 딱 소리를 내면 벽에 걸린 그림이 떨어질 것 같았다.

"장담하건대 그건 당신한테 딱 맞는 일입니다. 당신은 며칠 안에 그곳에서 일하고 있을 겁니다. 자, 이제 어떻게 할 겁니까?"

미녹스는 세계적으로 유명한 첩보용 카메라다. 하이델은 책에서 그 이름을 본 적이 있다.

한산한 댈러스의 중심가. 리는 더위와 햇볕에 감싸인 일요일의 인적 없는 거리를 걷고 있었다. 그는 언제라도 인정하고 싶지 않은 외로움을, 러시아보다 더 막막한 고립감을, 이방인의 백일몽을, 새하얗게 번뜩이면서 불타듯 뜨겁게 내리쬐는 햇볕을 느꼈다. 그는 분명한 역할의식을 가지고 싶었고, 좌절로 끝나지 않는 행동을 한번쯤은 해보고 싶었다. 오늘 보험회사의 고층빌딩과 은행건물의 그늘 속을 걸었다. 그러면서 고립에 종지부를 찍으려면 주위에서 끊임없이 일어나는 진정한 투쟁으로부터 더이상 분리되지 않는 지점에 도달하는 길밖에 없다고 생각했다. 사람들은 그 지점을 역사라고 부른다.

8월 12일

브렌다 진 쎈씨보는 카루쎌 클럽의 분장실 거울 앞에 앉아 있었다. 무대 위에서 그녀는 베이비 르그랑이라는 예명으로 통했다. 브렌다는 입가에 난 뾰루지에 살색 연고를 발랐다. 좁은 화장대 위에는 헤어브러시와 커피잔, 보온병, 메이크업 도구, 잡지, 헤어스프레이와 무스, 크리넥스 등이 어지럽게 나뒹굴고 있었다. 화장대는 분장실 사방 벽을 빙 둘러 들어차 있었고, 그 위에는 테가 없는 거울이 걸려 있었다. 브렌다는 여동생의 목욕용 가운을 걸치고 있었다.

KRLD 라디오에서는 정치 프로그램 「라이프 라인」이 흘러나오고 있었다. 방송의 주제는 연방정부의 예산지출에 관한 것이었다.

연고를 제대로 바르기 위해 브렌다는 혀끝으로 한쪽 뺨을 밀어 볼을 불룩하게 만들어야 했다. 그러다보니 제대로 말하기가 쉽지 않았다. 브렌다는 옆자리에 앉은 리넷 배티스톤이라는 여자와 이야기를 나누던 참이었다. 리넷은 갓 고등학교를 졸업한 듯 앳된 얼굴이었다.

"그 남자가 너에게 성공할 기회를 만들어줄지도 몰라. 다만 무언가를 부탁할 때는 반드시 남자의 기분을 살펴가며 하도록 해." 브렌다가 말했다.

"만만한 사람이 아니라고 들었어요." 리넷이 말했다.

"그게 바로 잭이라는 사람이야. 그는 결말 같은 걸 기대하지 않아. 그런데 대체 그 얘기는 누구한테서 들었지?"

"몰리 브라이트가 그러던데요."

"몰리가 한 말은 다 잊어버려. 잭은 말로 사람을 휘어잡아. 허풍쟁이에 떠버리 기질이 있는 사람이지. 어쨌거나 네가 이 클럽에서 벗어나기 위해 바동거리지는 않아도 될 것 같구나."

"아무튼 제가 들은 얘기로는 그래요. 절대 만만하지 않을 거예요."

"뭐?"

"그 남자는 자기가 데리고 있는 여자들을 모두 '멍청한 계집' 취급하며 걸핏하면 겁을 준대요. 수틀리면 계단 아래로 던져버리겠다고요."

"걱정할 것 없어. 어차피 여기는 경리사무실이 아니잖아. 그깟 말에 누가 겁을 먹기나 한대?"

"게다가 항상 소리를 버럭버럭 지른대요." 리넷이 순진한 표정으로 말했다.

"그래도 네 몸에는 손끝 하나 대지 못할 거야."

"몰리 브라이트가 블레이즈의 대역을 맡으려고 나선다면 난리가 날 거래요."

"네가 자꾸 몰리 브라이트를 들먹거리니 하는 말인데, 몰리에 대해 한마디해주지. 그애가 지껄이는 말은 죄다 헛소리야. 그러니까 네가 당장 돈이 급하면, 잭한테 말해봐. 단, 먹을 게 없어서 그런다고 말해야 해. 잭은 먹는 문제에 대해서는 후한 편이거든."

리넷은 무대의상을 입고 있었다. 자루가 긴 권총을 허리에 차고 가죽채찍을 손에 쥔 카우걸 복장이었다. 브렌다는 그런 리넷을 바라보며 재능은 있으나 감각은 눈을 씻고도 찾아볼 수 없다고 생각했다. 솔직히 말해 리넷이 하는 것은 스트립쇼가 아니었다. 그저 추잡한 암캐가 잘난 척하며 재주를 부리는 것에 지나지 않았다.

"뉴올리언즈에서는 잭이 상당히 잘나간다던데요."

"클럽을 하나 더 운영하고 있기는 하지."

"그 얘기는 저도 들었어요."

"클럽 이름이 '베이거스'라던가? 그렇다고는 해도 과연 잭이 성공한 사람인지는 잘 모르겠구나. 그 문제는 좀더 생각해봐야겠어."

"그런데 클럽에 돌아다니는 그 개들은 도대체 뭐죠?"

"잭이 가족이라고 부르는 녀석들이지. 그가 집으로 데려가는 녀석 한마리만 제외하고 나머지 녀석들은 클럽에서 지내나봐."

"보호 차원에서 기르는 건가요?"

"이 클럽에서 그가 보호해야 하는 게 우리 같은 스트리퍼 말고 또 있을까?"

"에구, 쉬 좀 하고 와야겠어요." 리넷이 뜬금없이 말했다.

"잭에 대해 한 가지 더 말해주지. 그 사람은 분명히 너한 테 자기가 호모 같으냐고 물어볼 거야. '리넷, 내가 호모처럼 보이나?'라고 하거나, '네가 보기에 내가 호모 같으냐?' '진지하게 말해봐. 지금껏 내가 호모일지도 모른다고 생각해본 적 있나?'라고 물을 거라고. 틀림없어. '어디선가 내가 호모라는 얘기를 들으면 기분이 어떨 것 같아?' 혹은 '내 말투가 자기가 호모라는 사실을 숨기려는 사람 같은가?'라고 물어 볼 거라고."

"그럼 뭐라고 대답해야 하죠?" 리넷이 물었다.

"어떻게 대답하든 상관없어. 그래봤자 그 사람은 잭이니 까."

잭 루비가 커머스 가에 나타났다. 그는 불룩한 배에 이마가 슬슬 벗어지고 있는데다 가슴과 어깨에 털이 북실북실한 쉰두살의 사내였다. 잭은 현금 3천 달러와 장전한 권총, 프레루딘(각성제의 일종—옮긴이) 한병, 그리고 백화점에서 부정 수표를 사용한 혐의로 소액재판소에서 보낸 소환장 등을 갖고 있었다.

"조용히 해봐. 라디오 좀 듣게." 분장실에 들어선 잭이 브렌다에게 말했다.

라디오에서는 여전히 「라이프 라인」이 흘러나오고 있었다. 영웅주의의 정의와 그것이 어떻게 해서 사멸되었는지에 대한 내용이었다.

잭은 두번째 거울 앞에 앉아 고개를 숙이고 라디오 소리에 귀를 바짝 기울였다.

아나운서가 말했다. "얼마 전 국내 어느 대학의 역사 강의 시간에 서른다섯 명의 학생에게 과달카날 섬을 아느냐고 물어보았습니다. 그 결과, 과달카날 섬에 대해 들어본 학생은 전체의 삼분의 일도 채 되지 않았습니다. 3천년의 전쟁 역사를 통해 일찍이 과달카날 전투(2차대전 당시 태평양 서부에 위치한 과달카날 섬을 놓고 미국과 일본이 벌인 전투. 미국이 속한 연합군이 승리했다—옮긴이) 때보다 영웅주의가 멋지게 발휘된 적은 없었습니다. 과달카날 전투야말로 변경과 방목지를 두고 싸웠던 초기 개척시대만큼이나 다분히 미국적인 정신이 고스란히 배어 있는 역사적 사건이었습니다. 그러나 오늘날 과달카날 전투를 알고 있는 사람은 아무도 없습니다. 대중에게는 국제연합 창설일인 유엔데이가 백배는 더 잘 알려져 있죠."

잭 루비는 짙은 색 정장에 흰색 셔츠와 흰색 씰크 타이 차림이었다. 그런데다 탈착이 가능한 테를 두른 중절모를 쓰고 있어서 더욱 눈에 띄었다. 마치 임무 수행중인 탐정처럼 날카롭고 단호해 보였다.

"좋았어." 그가 말했다. "나는 우리 조국에 대한 이야기를 들으면 가슴이 뿌듯하게 벅차오른단 말이야. 루스벨트 대통령이 서거했을 때 내가 어땠는 줄 알아? 라디오를 통해 그 소식을 접했을 때, 나는 제복을 입고 아기처럼 엉엉 울었지. 그런데 우리 랜디 라이더는 왜 보이지 않지?"

"오줌 누러 갔어요."

"어때? 그애가 잘하는 편인가? 나는 잘 모르겠어. 그애 때문에 영업허가증을 빼앗길까봐 걱정이야."

"어쨌거나 여기는 스트립쇼를 하는 곳이잖아요." 브렌다 가 대답했다.

"버본 가에서는 그애가 인기를 좀 끌었지. 하지만 여기서 는 어떨지 모르겠어. 그애가 하는 짓이 지나치다고 생각하 는 사람들도 있을지 몰라. 손바닥만한 끈팬티를 그렇게 벗 어버렸으니."

"그렇게 해서 광고효과를 노리는 거예요."

"작은 장식물 같은 것으로 그 부분을 가리게 할 순 없을 까?"

"그래봤자 무대에 올라가서는 금세 떼어내버릴걸요?"

"댈러스에서는 음모(陰毛)를 드러내는 것이 법으로 금지 되어 있어. 결국 그애 때문에 가게 문을 닫게 될 거라고."

"아직 너무 어려서 그런 거겠죠."

"이건 법에 관련된 문제야. 이 바닥 경쟁이 얼마나 치열 한데. 아주 등이 휠 지경이라고."

"그래서 우리보다 리넷한테 봉급을 더 주는 건가요?"

브렌다의 물음에 잭이 의심스러운 표정을 지으면서 등을 뒤로 젖혔다.

"그게 무슨 소리야? 어디서 그런 소리를 들었지?"

"리넷한테 우리보다 두 배나 많은 봉급을 주고 있잖아 요."

"브렌다, 맹세컨대 그런 얘기는 금시초문이야. 나랑은 전혀 상관없는 얘기라고."

"당신은 그애한테 웃돈을 얹어주고 있어요. 그러면서 그애 때문에 가게 문을 닫게 생겼다고 툴툴거리다니 그게 말이 되는 소리예요?"

"나는 그애가 끌어모으는 손님 수만큼 돈을 줄 뿐이야. 나는 손님만 많으면 장땡이니까."

"당신은 경쟁에서 밀려 이 바닥에서 밀려나게 될까봐 전전긍긍하고 있어요. 하지만 다른 가게들도 우리처럼 다 먹고살려고 하는 짓이잖아요."

"그런 소린 그만 집어치워, 브렌다. 알아들었어."

"당신도 마찬가지예요, 루비 씨."

"나는 이 업소 사장이야. 그러니 당연히 여기 있을 권리가 있어."

"누가 아니래요?"

"좋아. 그럼 계속 얘기해봐."

"그들의 목표는 오직 잭 당신을 이기는 거예요. 당신은 이 바닥에서 가장 약삭빠르고 빈틈없는 사람이니까요."

"크리넥스 한장만 줘봐." 잭 루비가 뜬금없이 말했다. 그러자 브렌다가 얼굴을 찌푸리며 쏘아붙였다.

"기왕 말이 나왔으니 한마디 더 하죠. 잭 당신은 언제나 마음속에 딴생각을 품고 있어요. 남의 말에는 상관하지 않고 언제나 자기 할말만 한다고요. 당신은 도무지 남의 말을 듣지 않아요."

"그들이 나를 얼마나 지독하게 괴롭히는지 몰라서 하는 소리야."

"그래서 이 클럽에서 밤새도록 고성이 오가는 거군요."

"내 편은 오직 내 개들뿐이야."

"당신 스스로 그렇게 만들잖아요."

"브렌다, 내가 어릴 때 이야기를 해주지. 그 시절 기억이 아직도 나를 괴롭혀. 하늘에 맹세코 사실이야. 내 어머니는 30년 동안 내내 자기 목구멍에 생선가시가 박혔다고 주장하셨지. 우리 가족은 그 소리를 지겹도록 들어야 했어. 수년 동안 병원을 골백번도 넘게 가서 각종 기구로 목구멍을 들여다봤어. 결국에는 수술까지 받으셨지. 그렇지만 생선가시는커녕 아무것도 발견되지 않았어. 이건 확실해. 그런데도 퇴원한 어머니는 또다시 말씀하셨지. '목구멍에 생선가시가 박혔다니까.'"

"할말이 없으니까 이제는 엉뚱하게 어머니까지 끌어들이는군요."

"그러니 생각해봐. 30년 동안 나와 내 형제자매들이 얼마나 괴로웠을지. 그런데 이 정도는 아무것도 아니야. 그저 한 가지 예에 불과하지. 내 아버지는 늘 술에 절어 계셨어. 그렇지만 이제는 부모님의 불화나 나를 학대한 것은 신경쓰지 않아. 나는 원한 같은 것을 마음에 담아두는 사람이 아니거든. 다만 그분들에 대한 애정과 존경심만을 갖고 있을 뿐이야. 살아 계신 동안 두 분 다 몹시 고통받으셨으니까. 그러니 브렌다 당신도 잊어버려."

"잭 당신은 결혼한 적이 없어요. 왜죠?"

"나는 허접스러운 인간이니까."

"겉보기에는 번지르르하잖아요. 옷차림은 꼭 새신랑 같다고요."

"마음속이 그렇다는 거야, 브렌다. 마음속이 온통 난장판이라고."

라디오에서는 진행자가 우스갯소리를 하고 있었다. 잭이 라디오에 몸을 가까이 숙이고 자세히 귀를 기울였다.

"이런 내용을 들으면 애국심이 불끈 솟아오른다니까. 나는 이 나라 정부를 백 퍼센트 완벽하게 믿고 사랑해. 그밖에 내가 믿는 것이 또 뭐냐고? 내 목소리는 때때로 오싹하게 들릴 때가 있지. 내가 내 마음속 목소리를 조절할 수 없거든. 믿을 수 없을 만큼 무겁게 나를 짓누르는 뭔가가 있기 때문이야."

"그런 건 누구나 느끼는 거예요. 우리도 그런 중압감을 느낀다고요. 당신이 우리한테 1주일 내내 일을 시키니까요."

"일반적인 의미에서의 중압감이라면 나는 반쯤 벗어나 있어."

"당신이 그렇게 좋아하는 리넷이랑 결혼하면 어때요? 그 애가 당신의 삶을 반듯하게 만들어줄 텐데요."

"그애가 뉴올리언즈에서 유명한 계집이긴 하지만, 변태적인 짓은 전혀 하지 않을 거야."

그때였다. 모퉁이 뒤에서 누가 소리를 질렀다. 잭을 찾아온 손님이 있다는 것이었다. 잭은 브렌다의 어깨를 살짝 건드린 다음 분장실 밖으로 나갔다. 그의 집무실까지는 여섯 걸음 거리였다. 집무실 안에는 잭 칼린스키가 개 한마리와 함께 쏘파에 앉아 있었다.

"이 녀석은 내가 기르는 닥스훈트 셰바라고 하죠." 잭 루비가 그렇게 말하고는 개를 향해 명령했다. "앉아, 셰바!"

잭 칼린스키는 예순살이 넘은 투자 자문가였다. 그러나 개인 사무실이나 직원, 전화는 없었다. 심지어 고객도 없었다. 그가 소유한 댈러스 외곽의 방 스무 개짜리 저택에는 해안경비용 안개등이 밤새도록 주변을 밝히고 있었다.

"어서 들은 이야기부터 털어놓아보시오."

잭 루비가 말했다.

"잭, 우선 진정부터 하시오. 어차피 내가 여기 온 이유도 계약조건을 의논하려는 거니까."

"영향력있는 협회에 내 편이 되어줄 사람이 몇 있소. 토니 아스토리나와도 전화 통화를 하는 사이고."

"당신에게 좋은 연줄이 있다는 것은 나도 알고 있소." 잭 칼린스키가 말했다. "하지만 이번 일은 그런 연줄도 소용없소."

"꾸바가 대체 뭐요? 아무것도 아닌가?"

"당신이 사람들을 위해 몇가지 체험을 했다는 것을 잘 알고 있소."

"요즘 꾸바가 언론의 집중을 받고 있던데?"

"당신이 정부당국을 위해 무언가를 했다는 것도 알고 있소.” 잭 칼린스키가 말했다.

“꾸바가 어디요? 내가 들은 이야기가 중요한 건가?”

“제발 그만하시오. 당신은 1959년 3월 FBI에 자원 근무한 적이 있소. 문서가 공개되었단 말이오.”

“당신도 나만큼이나 많은 것을 알고 있군.”

“범죄 사전통보자. 당신은 여기저기에 정보를 조금씩 제공해왔소.”

“그건 만약의 경우를 대비한, 말하자면 나 자신을 보호하기 위한 방책이오.”

“잭, 나는 그 문제에 대해 개인적으로 아무 관심이 없소. 나는 당신이 뉴올리언즈와 댈러스에서 유명하다는 것을 잘 알고 있소. 특히 댈러스에서는 아주 성실한 인물로 알려져 있다는 걸.”

“옛날 시카고 시절에 관련한 협회들도 있소. 내 인생에서 가장 자랑스러운 시절이었지. 뉴베리 가, 모건 가, 하역용 손수레, 동료들.”

“그 시절에 관한 이야기는 다들 좋아하오. 혹시 내가 이곳 댈러스 출신이라고 생각하는 거요? 댈러스에서 태어난 사람은 아무도 없소. 우리 모두 그 옛날 시카고 시절의 추억을 갖고 있단 말이오. 거리에서 쓰레기처럼 살던 시절 말이오. 그렇지만 지금 우리는 막대한 융자금에 대한 이야기를 나누고 있소. 그들의 자본을 이용하는 녀석들은 당연히 까다로울 수밖에 없소.”

잭 루비가 자신의 책상서랍을 뒤지기 시작했다.

"이거 보시오, 여기 주정부에서 보낸 세금 선취특권 고지서와 협상 제의 기각통지서가 있소. 모두 나한테 영업면허세를 납부하라는 거지. 그래서 요즘 아주 죽을맛이오. 그들은 나의 세금납부 내역에 대해 이렇게나 두꺼운 서류철을 갖고 있소. 물론 나는 현금으로 찔끔찔끔 나누어내고 있지. 200달러를 낼 때도 있고, 250달러를 낼 때도 있고. 다시 말해, 그들에게 내가 세금을 납부할 의사가 있다는 것만 보여주는 거요. 그렇지만 그건 심부름하는 어린아이 같은 짓이오. 내가 납부해야 할 세금은 국세청에만 해도 자그마치 4만 4천 달러가 넘소. 또 조합에서는 무희들의 공연시간을 줄이라고 요구하고, 경쟁업체인 옆 가게에서는 아마추어 스트립 쇼를 해서 내 목을 조르고 있소. 게다가 얼마 전 뉴올리언즈에서 온 계집애 하나가 팬티까지 벗어버리는 바람에 영업정지를 당할지도 모르는 상황이오."

잭 루비의 말에 잭 칼린스키가 은밀하게 웃었다. 목구멍으로 삼키는 듯한 웃음소리가 들렸지만, 얼굴에서는 그런 내색을 전혀 찾아볼 수 없었다. 잭 칼린스키는 터틀넥 셔츠에 간편한 재킷을 걸친 채 가늘게 만 씨가를 물고 있었다. 잭 루비는 상대의 신발과 머리모양을 살펴보았다. 그것을 통해 상대가 아직 어떻게 살아야 하는지 배우는 중이라는 것을 알 수 있었다.

"나는 변호사에게 1달러에 8쎈트를 붙여 말해보려는 거요."

"그들이 가만있지 않을 거요, 잭."

"알고 있소."

"이건 그들이 군침을 흘릴 만한 제안이 아니오."

"그래서 내가 마음의 결정을 해야만 하고."

"이 돈을 누구한테 줄지 마음의 결정을 해야 하오. 내가 구상한 거래조건은 옆집 고리대금업자처럼 1주일에 5포인트를 절약하기 위한 것이 아니란 말이오. 우리는 지금 4만 달러의 융자금 얘기를 하고 있소. 주당 1천 달러의 고리에 대해 얘기를 하는 거란 말이오."

"1년 뒤에는 총 9만 2천 달러를 버는 셈이오."

"아니면 계속 이자를 지불하든가."

"불알이 떨어질 때까지."

"이건 확실한 거요, 잭."

"이론상으로는 그렇겠죠. 하지만 만약 한주라도 이자를 거르면?"

"한주 정도는 상관없을 거요. 그들도 잭 당신의 머리통을 날려버리기를 원치는 않을 테니까. 한주는 봐줄 거요."

"2, 3주라면?"

"이 자리에서 처리할 문제는 두번째 융자금을 얻는 거요. 이건 좋은 생각이 아니오. 그들이 내주는 액수에 비해 당신이 지불하는 이자가 상대적으로 너무 크니까 말이오. 솔직한 충고 한마디해도 되겠소?"

"뭐요?"

"융자를 얻지 마시오. 여기서 당신이 벌이고 있는 사업의 성격상, 그만한 이자를 갚아나가기란 무리요. 머지않아 파멸의 구렁텅이에 빠지게 될 거요."

"그건 내 구렁텅이요."

"물론 그렇지만 돈문제는 어쩔 셈이오?"

"막말로 내가 5, 6주 동안 이자를 못 내면 그들이 어떻게 나올 것 같소?"

"있는 대로 쥐어짜도 돈이 나올 것 같지 않으면, 그냥 시계를 멈추게 할 거요. 말로는 원금만 지불하고 이자는 됐다고 하겠죠. 그 말의 뜻은 당신이 유명한 사업가이니, 원금에다가 당신 사업의 일부를 내놓으라는 뜻이오. 건물을 폭파하고 싶지는 않을 테니까."

"그럼 사업체 하나를 가로채겠다는 말이잖소?"

"그런 게 바로 이 바닥 생리요."

"만약 내가 원금도 못 갚으면?"

"잭, 다시 한번 진심으로 말하지만 다른 방법을 찾아보시오."

"은행에서는 당장 신용 확인을 하려 들 거요. 그렇게 되면 단돈 10쎈트도 빌려주지 않겠지."

"친구나 친척 들은 어떻소? 사업에 끌어들일 만한 파트너를 찾아봐요."

"나는 절대 동업은 하지 않는 사람이오. 이미 후원자들은 있고. 내 누이가 나 대신 베이거스 클럽을 운영하는데, 그것 때문에 늘 싸움이 끊이질 않고 있소."

"그건 그럴듯한 이유가 되지 않소. 지금 상황에서 요점이 무엇인지 파악하시오. 당신은 어떤 단체에 속한 사람이 아니오, 잭. 연줄을 생각해봐요."

그때였다. 앞쪽에서 드럼 소리가 났다.

"좋소. 그럼 이렇게 합시다. 나는 1년간 매주 500달러의 이자를 지불할 의사가 있소. 그즈음에는 집회를 겨냥한 비즈니스가 발달하겠지."

"나는 빈틈없는 거래조건을 매듭지어놨습니다."

"잭 칼린스키, 그들에게 가서 말을 전하시오. 내가 토니한테 무조건 밀어붙이라고 말하더라고 말이오. 토니는 카민 라타와 무척 가까운 사이라고 알려져 있소."

"카민은 고리대금업계의 큰손이라고는 할 수 없소."

"이것저것 따지지 말고, 그저 내가 토니 아스토리나와 아는 사이라고만 전하면 된다니까."

칼린스키는 잭 루비의 얼굴을 뚫어지게 바라보았다. 한 동안 침묵이 흘렀다. 그리고 마침내 무조건 잭이 시키는 대로 하겠다고 말했다. 칼린스키는 거대한 탐조등과 멋진 청록색 수영장이 딸린 저택을 소유한데다 딸 넷에 아들 하나를 두고 있었고 그의 목소리는 깊고 부드럽고 이성적이었지만 지금 목소리는 공허했다. 잭 루비는 상대가 절대 건드릴 수 없는 사람처럼 보이는 이유가 그 때문이 아닌가 하는 생각이 들었다.

두 사람은 문가에서 악수를 나누었다. 그때 둘 중 더 나이가 많은 칼린스키가 재빨리 사무실로 다시 들어갔다. 마치 폭로할 즐거운 비밀을 갖고 있는 사람처럼.

"이 재킷은 모헤어로 만든 거요. 봐요."

두 사람은 건물 밖으로 연결되는 좁은 통로를 따라 걸어 갔다. 그러고는 다시 악수를 나누었다. 쌕소폰 소리가 울려 퍼졌다. 잭 루비는 미래에 대해 긍정적으로 생각하기 위해 바에서 물 한잔과 함께 프레루딘 한알을 삼켰다. 그런 다음 테이블 사이로 걸어가 사람들 틈에 끼어들었다. 그렇게 할 수 없다면 클럽을 운영할 이유가 없지 않은가?

집에서의 저녁식사 시간은 고요했다. 스테레오 전축에서 는 하프시코드 협주곡이 흘러나오는 가운데 두런두런 이야 기를 나누는 소리가 들렸다. 베릴은 와인잔을 입으로 가져 가는 남편의 모습을 지켜보았다. 래리는 와인을 마신다기보 다는 씹었다. 당도와 숙성도 등 와인의 풍미를 충분히 음미 하기 위한 과정이었다. 그러한 과정이야말로 문명이 어떻게 해서 생성되었는지 설명해주는 것이라고 래리는 종종 말했 다. 와인은 씹어먹는 것이다.

"당신 기분이 별로인 것 같군요." 베릴이 남편을 향해 말 했다. "얼마 전부터 쭉 그래 보여요. 나는 당신 기분이 늘 좋 았으면 하는데. 재미있는 이야기라도 좀 해봐요, 여보."

"당신이 재미있는 사람이잖아."

"나야 당신 앞에서 항상 재미있는 사람, 특이한 사람, 철 없는 사람이죠. 제대로 인정도 못 받는 이런 역할을 한번만 당신이 대신 맡아줄 수는 없나요?"

두 사람은 한동안 묵묵히 식사만 했다.

"미사일 소동 기억해?" 마침내 래리가 먼저 입을 열었다.

"열 달 전쯤 U-2기가 꾸바에서 공격용 미사일을 촬영한 사건 말이야. 그런데 지금 어떤 줄 알아? 그 일은 이제 완전히 관심 밖이고 다들 또다른 일에 매달리고 있어."

"그 일이 뭔지 내가 물어봐야 하나요?"

"쏘비에뜨 측량 팀이 거대한 원전을 발견해냈지. 그런데 그곳은 내가 전에 시추계약을 성사시킨 바로 그 지역이야. 지난주에 사진으로 봤는데, 세밀해서 단번에 알아보겠더군. 내가 직접 가본 곳이니까. 바로 그 땅에 두 발로 서 있었다고. 광물검사도 했었어. 우리는 막대한 자금을 지원받았었지."

"그게 당신 석유, 당신 땅이라고요?"

"우리 석유, 우리 땅이야. 빌어먹을 러시아 녀석들 게 아니라 우리 거라고. 녀석들이 그 섬에서 무슨 짓을 할지 당신도 알잖아. 생피를 짜낼 거야."

"그건 나도 알아요. 하지만 무슨 일이 있어도 절대 절대 포기할 줄 모르는 남자와 함께 산다는 것은 때때로 너무 힘이 드는군요."

"그래, 나는 절대 포기 못해."

두 사람의 대화는 거기서 중단되었다. 베릴이 자리에서 일어나 레코드를 뒤집었다. 창밖에서는 비가 세차게 쏟아지고 있었다. 누군가가 빗속을 뚫고 달려가는 모습이 얼핏 베릴의 눈에 띄었다.

"망상이라는 게 뭔지 가르쳐줄까?" 래리가 다시 입을 열었다.

"마음대로 해요."

"나는 어떤 문제에 대해 총체적인 시각을 갖고 있어."

"어련하시겠어요."

"한 국가의 망상이나 강박관념을 해소하는 건 정보원이라는 직업을 가진 사람들의 임무야. 꾸바는 일종의 고정관념이라고 할 수 있어. 반면 러시아는 그렇지 않지. 이게 어떤 면에서는 아주 성가신 거야. 더욱 해명이 늦어지지. 정신에도 더욱 해롭고. 그런 정신의 위협을 없애는 것이 곧 우리 일이야. 까스뜨로에 대해 더 많이 공부해 그의 의중을 파악하고, 그의 조직을 낱낱이 파헤쳐서 그를 무기력하게 만드는 게 우리가 할일이라고."

"내가 이해 못하는 건 왜 하필 꾸바냐는 거예요. 내가 그 섬에 대해 아는 게 하나라도 있는 줄 알아요? 서인도제도에 속한 섬인가요? 아니면 스페인령인가요? 국민들은 백인이에요, 아니면 흑인이에요? 그도 저도 아니면 흑백 혼혈인가요? 라틴아메리카 사람들인가요? 아니면 크리올 사람? 중국사람? 도대체 무슨 근거로 꾸바가 우리 거라고 생각하느냐, 이 말이에요?"

"중요한 건 꾸바가 우리 거냐 아니냐가 아니야. 민간투자를 통해 세계에서 한 국가가 번성하도록 도와주는 기회가 될 수 있느냐가 중요해. 꾸바는 유통, 제조, 교육, 사회복지 분야에서 발전하고 있었지. 혁명이나 공산화를 차치하더라도 바띠스따 정권이 많은 결함을 지녔고 잔학하다는 사실은 고등학생만 돼도 충분히 입증할 수 있어."

두 사람 사이에 또다시 침묵이 흘렀다. 래리의 감정이 격해지자 베릴은 대화를 중단하고 싶어졌다. 세상에서 래리가 강력하게 신봉하는 것은 그리 많지 않았다. 베릴은 위축감을 느꼈다. 늘 그랬듯이 이번에도 조용히 포기해야겠다는 생각이 들었다. 게다가 끝까지 싸운다 한들 무슨 의미가 있겠는가? 그녀는 싸움의 주제에 대해 잘 몰랐다. 그녀가 아는 세계는 고작 신문기사나 영화자막을 통한 것이 전부였다. 세계는 점점 이상해져갔고, 친구들끼리 돌려보는 한컷짜리 연재만화에서 보는 세계가 가장 이해하기 쉬웠다. 도망칠 구멍은 아이러니밖에 없다. 만약 그녀의 목적이 눈에 띄지 않고 평범하게 사는 것이라면, 남편과 싸울 이유도 없지 않은가?

"몇몇 방면에서 사태가 점점 호전되어가고 있어." 래리가 다시 입을 열었다. "내가 기대하는 일이 몇가지 있지. 나는 요즘 내 업무로 복귀하려고 애쓰고 있어. 나를 재정부로 보내려고 한다는 얘기도 들리더군. 부에노스아이레스에 지부가 있거든. 물론 논의된 사항은 아니야. 하지만 나는 금융시장에서 일할 거고, 특정 작전을 위해 외화를 늘 구비해두는 것이 내 임무야."

"부에노스아이레스요? 자두가 유명한 곳인가요?"

"나도 잘 몰라. 그곳이 과일과 채소 왕국의 어디에 있는지. 다만 나한테 이런 기회를 준 것이 눈물나게 고마울 뿐이야. CIA에서는 모든 것을 알고 있어. 정말 놀랄 만큼 많은 것을 세세하게 알고 있지. 그렇기 때문에 우리 중에는 정보국이 직업이나 조직, 정부와 아무 관계가 없다고 생각하는 이들도 있어. 우리는 그들의 지력(知力)과 신뢰에 감지덕지할 뿐이야. 정보국에서는 언제나 한 인간을 새로운 관점에서 보려고 하지. 그것이 이 일의 특성이야. 그림자가 있는가 하면 새로운 빛도 있어. 모호해질수록, 우리는 더 많이 믿고, 더 많이 신뢰하고, 더 굳건히 뭉치지."

래리는 특이하게도 아내에게 그런 내용의 이야기를 자주 했다. 정보국은 래리의 삶에서 결코 닳아없어지지 않는 유일한 주제였다. 그의 아내 베릴은 그것을 기독교계에서 가장 짜임새있는 교회와 같다고 생각했다. 모든 사람의 말 한마디 한마디를 모두 수집하고 저장한 다음 마이크로도트 크기로 줄여 그것을 신이라고 부르는 것이 래리가 맡은 임무였다. 그녀는 안전하게 층을 이룬 작고 지저분한 방에서 살아야 할 필요가 있었다. 그 방은 어지러운 것들이나 열기, 빛, 이상한 공간 들에서 멀리 벗어나 있었다. 래리는 정보국이라는 거대한 은신처가 필요했다. 그는 인간적인 동기와 욕구는 결코 최종적으로 밝혀질 수 없다고 믿었다. 언제나 그 속에 또다른 수준의 또다른 비밀이 내재되어 있어서 좀더 심오한 진실과 함께 불가사의할 정도로 복잡한 속임수를 낳는 것이 인간의 마음이다.

식탁 위의 화병에는 봉오리가 맺힌 아네모네가 꽂혀 있었다. 전화벨이 울리자 베릴이 거실에 놓인 책상 앞으로 걸어갔다. 전화를 건 사람은 토머스 스타인백이라는 남자였다. 상대의 목소리 톤을 통해 베릴은 남편이 곧 2층에 올라가 통화할 것임을 짐작할 수 있었다. 그녀는 아무 말 없이 그저 문간에 서 있었다. 래리는 그런 그녀를 보고 식탁에서 일어섰다. 베릴은 남편이 2층 손님방으로 올라가 수화기를 집어들 때까지 기다렸다. 그러고는 수화기를 살며시 내려놓고 식탁으로 돌아와 커피를 마셨다.

"전화 받았네." 래리는 그렇게 말한 다음 윈 에버렛이 질문하기를 기다렸다.

"스케줄이 어떻게 되지?"

"11월 중순일 것 같아."

"그렇다면 조금 시간 여유가 있겠군. 나는 매키가 어떻게 되었는지 궁금해죽겠어."

"그는 우리가 마이애미를 행선지로 정한 건 알고 있어. 내가 언제라고는 말해주지 않았지."

"그럼 당장 말해주지 않고 뭐 해?"

"찾을 수가 있어야지."

래리의 말에 상대는 잠시 침묵을 지켰다.

"그가 다시 임무를 할당받은 걸까?"

"내가 아주 자세하게 조사해봤는데, 요원양성소나 그밖에 매키가 있을 만한 곳 어디에서도 찾을 수 없었어. 흔적조차 없더란 말이야. 당분간 잠수한 것 같다는 생각이 들어."

"그렇다면 새 임무를 받은 게 틀림없군." 윈 에버렛이 말했다.

"내가 이미 알아볼 만큼 알아봤다니까. 아주 샅샅이 뒤져봤어. 그는 지금 숨어 있는 게 아니야. 예정대로라면 매키는 지금쯤 신참을 훈련시키고 있어야 하는데, 그렇지가 않아."

"그럼 완전히 사라졌다는 거야? 그 친구 없이는 작업을 할 수 없잖아."

"그는 이미 움직이고 있어. 그뿐이라고. 곧 연락해오겠지."

"절대 그렇게 그만둘 수는 없어."

"연락이 올 거래도. 자네도 그가 믿을 만한 친구라는 걸 알잖아."

"전부터 예감이 안 좋았어." 윈 에버렛이 불안한 목소리로 말했다.

"나 원 참, 매키는 이미 움직이고 있다니까. 어느날 아침 차에 타보면, 그 친구가 어느새 뒷좌석에 앉아 있을 거라고. 우리만큼이나 그 친구도 이번 일을 간절히 바라고 있으니까 말이야."

"지난 몇주 동안 이상하게도 뭔가 잘못 돌아간다는 느낌이 들곤 했어."

"잘못된 건 아무것도 없어. 도시, 시간, 준비. 매키는 절대적으로 믿을 만한 친구야."

"나는 예감을 믿어."

래리는 수화기를 내려놓았다. 아래층으로 가니 베릴이 식탁에서 신문을 읽고 있었고 옆에는 커피와 가위가 놓여 있었다. 먹다 남긴 와인잔과 음식접시 위에 신문지가 펼쳐진 상태였다.

래리는 그와 같은 아내의 이상한 행동에 대해 아무 말도 하지 않았다. 그녀는 친구들에게 뉴스 기사를 오려서 보내는 것이 교류를 위한 가장 좋은 방법이라고 말했다. 오려낼 만한 기사는 언제나 수없이 많고, 그 기사들이 바로 그녀의 감정상태를 말해준다는 것이었다. 래리는 아내가 신문을 읽고 오려내는 모습을 지켜보았다. 그녀는 독서용 안경을 쓴 채 진지하게 가위질을 했다. 그녀는 그것이 자신만의 표현 방식이라고 믿었다. 폭력행위나 미친 사람, 습격받은 흑인 가정, 난롯가에 앉아 있는 승려 등에 관한 신문기사가 친구에게 보낼 수 있는 가장 심오하고 의미있는 메씨지라고 생각했다. 왜냐하면 그것이야말로 현실의 삶을 가장 적나라하게 보여주는 것이기 때문이다.

브렌다 진 쎈씨보는 무릎을 굽히고 목 뒤로 손을 깍지낀 자세로 무대 끝에 서 있었다. 그녀의 골반이 움직일 때마다 드럼소리가 장단을 맞춰 둥둥 울렸다. 브렌다는 클럽 안을 둘러보았다. 희미한 불빛 아래 사람들의 씰루엣만 간신히 알아볼 수 있었지만, 그녀는 단 몇초 만에 사람들의 직업을 분류할 수 있었다. 평소와 다름없이 뱃사람과 대학생 관객이 있고, 주당들에게 술을 나르는 웨이트리스가 있었다. 젖꼭지가 도드라져 보일 만큼 꽉 죄는 옷을 입은 웨이트리스는 아직 어린 소녀였다. 브렌다가 다리 사이에 장식띠를 끼고 소형 스포트라이트 아래에서 천천히 흔들었다. 그녀의 눈길이 특별할인된 맥주를 마시고 있는 비번 경찰관들을 지나 임시로 고용된 한 소년에게 이르렀다. 소년은 폴라로이

드 카메라로 열심히 손님들을 찍고 있었다. 그러면 잭 루비가 손님들에게 그 사진을 선물로 줄 터였다. 소년이 찍고 있는 것은 정장차림에 타이를 맨 사업가들이었다. 애인과 트위스트를 추러 온 남자들도 있었다. 춤을 추러 온 이들은 브렌다도 아는 사람들이었다. 그녀는 눈동자가 푸른 젊은 경찰관들을 좋아했다. 그들의 가느다란 타이 위에 붉은 얼룩이 살짝 묻어 있는 것이 눈에 띄었다. 그녀는 단박에 토마토 쏘스라는 것을 알 수 있었다. 환락가에서 먹을 수 있는 음식은 오직 온열기에 대충 데운 피자뿐이었기 때문이다. 그동안 드럼소리는 점점 더 빨라졌고, 흥에 취한 뱃사람 하나가 계속하라고 소리쳤다. 브렌다가 무대 위의 뿌연 연기와 먼지 사이로 장식띠를 스르르 끌며 바 쪽을 살펴보았다. 바에는 밑바닥 인간들 몇몇이 있었다. 그들은 잭 루비가 안쓰러운 마음에 거리에서 데려온 떠돌이 방랑자들이었다. 또한 클럽 안에는 도박적인 요소가 있었다. 슬롯머신과 시칠리아 풍의 사기꾼들이 클럽 뒤쪽에 얼어붙은 듯 꼼짝 않고 서 있었다. 그 모습은 5초 동안 보면 토피카(캔자스 주의 주도―옮긴이)에서 온 관광객들과 합쳐져 완전히 「카루쎌」(1945년 미국 브로드웨이에서 초연된 뮤지컬. 1947년까지 약 2년간 890회 공연을 마친 대성공을 이루었다―옮긴이)의 한 장면처럼 보였다. 그들 모두는 "고, 고, 고!"를 외치고 있었다. 어서 옷을 벗으라는 뜻이었다. 관객들은 그녀의 다리 사이에 끼인 씰크조각을 원했다. 그들이 클럽에 온 목적은 몽유병에 걸린 여자의 희디흰 살 속에 파묻히고 싶어서였다. 여자는 흥분한 관객들 틈에서 벌거벗은 채 깨어났다. 베이비 르그랑이라는 예명으로 통하는 브렌다에게 스트립쇼는 늘 그렇게 여겨졌다. 그녀는 밤마다 마치 악마에 홀리기라도 한 것처럼 발작을 일으키고 낯선 사내들이 그녀의 몸을 주무르는 온갖 꿈에서 벌거벗은 채 깨어난다. 이중에 빌어먹을 진실이 무엇인지 알고 있는 사람 없나요? 그녀는 원목 색으로 칠한 스테이션 왜건에 고객들을 태우고 돌아다니는 부동산중개인이 되고 싶었다. 진녹색 정장을 차려입은 능력있는 공인중개사가 되는 것이 그녀의 꿈이었다. 그러나 현실의 그녀는 뜨거운 조명 아래 등을 구부리고 관객들 앞에 서 있다. 배와 허벅지에서 땀이 방울방울 떨어지고, 젖꼭지 가리개에 달린 장식술이 음악에 맞춰 흔들렸다.

마지막으로 브렌다는 주특기인 유방 돌리기를 보여주었다. 한쪽 유방은 시계방향으로, 나머지 한쪽 유방은 시계반대방향으로. 그러고는 재빨리 무대 뒤로 사라졌다.

샤워를 마치고 그녀는 타월로 몸을 감싼 채 분장실에 앉아 담배를 피웠다. 그 순간이야말로 담배맛이 가장 좋을 때였다.

옆자리에는 리넷이 평상복 차림으로 앉아 있었다. 그녀는 『룩』지(1937년 미국에서 G. 콜스가 창간한 흥미 본위의 대중잡지─옮긴이)에 얼굴을 파묻고 있었다.

"나한테 손톱만큼이라도 생각이란 게 있었다면 말이야, 가진 것을 몽땅 챙겨 무조건 도망쳤을 텐데. 그렇지만 지금 내게는 일곱살짜리와 네살짜리 애들이 있어. 거의 언제나 피곤에 절어 있어서 인사할 힘도 없다고." 브렌다가 리넷에게 말했다.

그러자 리넷이 잡지를 넘기며 중얼거렸다. "어머머, 이 바비 케네디라는 남자, 완전히 내 취향이에요. 이런 남자만 보면 좋아서 미치겠어요. 이 강렬한 눈빛 좀 봐요. 이런 남자와 10분만 함께 있으면 나는 완전히 돌아버릴 거예요."

"그 사람은 우리를 위해 아무것도 해주지 않아."

"그 사람이라면 나를 와우와우 천국으로 데려가줄 텐데."

"그게 어디 있는데?"

"그 남자 눈빛을 보면 약간 비열한 느낌도 있어요. 하지만 본인은 모르겠죠?"

"알지도 모르지. 언제든 그 사람 형을 나한테 데려와봐. 아마 침대에서는 잭 루비가 더 나을걸? 나는 애인으로는 어깨가 떡 벌어진 남자가 좋더라. 이렇게 토끼처럼 왜소한 남자는 딱 질색이야."

"어머, 바비도 건강한 편이에요."

"모름지기 대통령은 우리 같은 여자들을 단숨에 휘어잡을 수 있을 만큼 성숙해야 해. 고로 나는 그 사람을 찍을지 말지 아직 마음을 정하지 못했어."

"언니도 재키처럼 부풀린 머리모양을 하면 예쁠 거예요."

"머리모양만 똑같이 한다고 그 여자처럼 되겠어?"

"대신 언니는 가슴이 크잖아요."

"얘, 그런 소리 마. 그게 바로 내 아킬레스건이란 말이야. 솔직히 나는 매력이 넘치는 게 탈이라니까. 매력이 넘친다는 건 그만큼 문제가 많다는 뜻이거든."

"그건 그렇고, 이 남자는 무슨 일을 할까요? 법무장관 말이에요."

"몰라서 물어? 그 남자는 미국의 톱 컵(top cop), 그러니까 최고 높은 경찰관이야."

"톱 컵이라는 거예요, 톱 콕(top cock, 최고 큰 음경. cock은 남자의 음경을 가리키는 속어—옮긴이)이라는 거예요?"

"그 말이 그 말이지."

밖에서 소동이 벌어진 것 같았다. 사람들의 고함과 함께 유리잔 혹은 유리병이 깨지는 소리가 들렸다. 그러나 리넷은 심드렁한 표정으로 잡지를 넘겼다.

"언니, 이런 것 믿어요? 자신의 출생지와 출생시각을 정확히 말해주면, 그 사람의 운명을 전부 알 수 있다는 것 말이에요."

"글쎄, 뭔가 미심쩍은 냄새가 나지 않니?"

분장실 밖의 소동은 점점 더 커지는 것 같았다. 벽을 통해 느낄 수 있었다. 브렌다가 가운을 걸치고 홀 끝으로 가서 주변 동태를 살폈다. 바와 출입구 사이에서 무기를 소지한 사내들이 소동을 벌이고 있었다. 그들 네 명 가운데는 잭 루비도 끼어 있었다. 잭은 폭탄을 맞은 듯한 머리모양의 사내를 힘으로 밀어붙이고 있었다. 그러더니 금방이라도 사내를 계단 아래로 집어던질 것처럼 점점 더 흥분했다. 나머지 두 사람은 잭을 말리려고 애썼다. 브렌다는 그 모습을 가만히 지켜보았다. 그때 임시로 고용된 소년이 사람들에게 떠밀려 브렌다 쪽으로 비켜섰다. 그는 한손을 다치기라도 했는지 가볍게 흔들었다.

"무슨 일이야?" 브렌다가 소년에게 물었다.

"저 손님이 웨이트리스의 엉덩이를 주무르려고 했어요. 왜 있잖아요, 지나갈 때 슬쩍 만지는 거."

"겨우 그깟 이유로 저렇게 사람을 죽이려 드는 거야?"

"사장님이 업소 여자들을 함부로 건드리는 걸 얼마나 싫어하는지 아시잖아요. 완전히 돌아서 제정신이 아니라고요."

아닌게아니라, 잭은 결국 그 사내를 끌고 좁은 계단을 내려갔고, 그를 말리던 두 사람이 기겁하여 허둥지둥 따라갔다. 완전히 이성을 잃은 잭이 쿵쿵 소리를 내며 계단을 내려가 사내를 길바닥에 내동댕이치기 일보직전이었다.

바에 앉아 있던 손님들까지 와자지껄하게 한줄로 계단을 따라내려갔다. 그 모습을 지켜보던 브렌다는 담배를 한모금 깊이 빨아들인 다음 분장실로 돌아갔다.

잭은 거리에서 사내를 거꾸러뜨리고 발길질을 해서 쫓아버렸다. 마치 구두에 묻은 개똥을 떨어내기라도 하듯 괴팍하게 발을 흔들어댔다. 사내는 이웃 클럽 문앞에 줄지어 서 있는 사람들 틈을 비집고 꽁지가 빠지게 도망쳤다. 그날 밤 아마추어 스트립쇼 공연이 예정된 그 클럽은 손님들로 장사진을 이루고 있었다. 잭이 사내 뒤를 쫓아갔고, 그 뒤를 카루셀 뮤지컬에서 빠져나온 대여섯 명의 남자가 따라갔다. 그러나 사내의 빠른 발을 따라갈 수는 없었다. 그런데 도망치던 사내가 갑자기 뒤돌아섰다. 맞붙어 싸울 기세였다. 그것은 누가 봐도 어리석은 생각이었고, 결국 잭의 화를 더 돋우고 말았다. 잭이 그를 향해 힘껏 주먹을 날렸고, 그 충격에 상대는 그대로 뻗어버렸다. 잭은 쓰러진 사내를 연이어 두 번 걷어찼다. 그때 사내가 잭의 발목을 잡아채 땅바닥에 쓰러뜨렸다. 그러고는 주차표지판이 서 있는 곳을 향해 기어가기 시작했다. 잭은 무릎을 꿇은 채 그런 사내의 다리를 움켜쥐고 더 못 가게 막았다. 잭을 뒤쫓아온 누군가가 상냥한 말로 그를 달래며 다리를 움켜쥔 손을 놓게 하려고 애썼다. 사내는 여전히 주차표지판을 향해 다가가려고 몸부림쳤다. 그가 주차표지판까지 가기만 하면 그다음에 벌어질 상황은 뻔했다. 클럽에서부터 따라온 두 남자가 간신히 잭과 사내를 떼어놓았다. 그러나 잭은 마지막까지 상대의 가슴팍을 두 번 더 걷어찼다. 몸을 추슬러 일어난 사내는 시선을 피했다. 그의 바지는 어쩐 일인지 벗겨지기 일보직전이었다. 그 순간 잭이 자신을 붙잡고 있는 남자들의 어깨 너머로 상대의 머리를 힘껏 후려쳤다. 사내는 비틀거리며 자동차들이 오가는 길 한가운데로 걸어갔다. 그리고 차들을 막고 서서 흐트러진 옷매무새를 가다듬었다. 보도에 있는 사람들 쪽은 쳐다보지도 않았다. 그들도 느닷없는 추격과 드잡이로 인해 숨이 턱까지 찬 상태였다.

그사이 잭은 왔던 길로 돌아가고 있었다. 이웃 클럽 앞에 줄지어 늘어선 사람들 앞에 이르자, 손을 흔들며 카루쎌 이름과 공연시간이 적힌 카드를 나누어주었다. 그런 다음 자신의 흰색 올즈를 몰고 머리를 식히기 위해 드라이브에 나섰다.

잭의 자동차는 움직이는 빈민굴이라고 할 수 있었다. 개들이 좌석 커버와 매트를 마구 물어뜯어서 뒷좌석은 속이 다 삐져나오다 못해 스프링이 드러나 있었다. 창문은 온통 개들의 발자국으로 얼룩져 있고, 뒷좌석 위에는 빈 술병이 여덟 개나 나뒹굴고 있었다. 잭은 잠시 정차했을 때나 커브를 돌 때 바닥에 굴러다니는 다이어트음료 병을 집어서 마셨다. 운전석 계기반 위에는 양고기 피가 묻은 정육점 포장지로 대충 싼 200달러가 놓여 있었다. 조수석 앞의 글러브박스 안에는 프레루딘과 수영모자, 아직 처리하지 못한 교통법규 위반 스티커 여러 장, 주소록, 포장이 벗겨진 콘돔, 격투할 때 손가락에 끼우는 쇳덩이, 그리고 텔레비전 가이드가 들어 있었다.

잭은 라디오를 틀고 KLIF 방송의 일명 '괴상한 수염'이라고 불리는 디스크자키의 프로그램을 찾았다. 친숙한 목소리를 들으면 마음이 가라앉을 것 같았기 때문이다.

잭은 댈러스 시내까지 차를 몰았다. 클럽을 운영하다보면 가게에서 문제를 일으키는 사내들을 따끔하게 손봐주어야 할 일이 종종 생긴다. 일단 그 정도로 화가 나면, 몸이 어쩔 수 없이 반응을 일으키게 마련이다. 잭은 재킷 안에 넣어둔 38구경 권총을 더듬었다. 권총은 분홍색 고무줄로 단단하게 감긴 3천 달러와 함께 머천트 스테이트 뱅크 봉투에 들어 있었다.

잭이 이름도 모르는 여종업원을 건드렸다고 해서 그 사내에게 불같이 화를 낸 이유는 사실 잭 칼린스키와 나눈 대화 때문이었다. 그는 어떻게든 융자를 얻어야만 했다. 다른 방법이 없었다. 당장 해결해야 할 빚과 골칫거리가 사방에 널려 있었다. 당장 내일 수중에 들어올 4만 달러가 있지만, 그것으로는 아무것도 해결하지 못한다. 그는 사업 기반을 확실히 다져야 했다. 무희들의 조합 문제도 있었다. 앞서 융자 요구를 거절한 웨스트 코스트의 오래된 착취자 문제도 있고, 이제는 칼린스키도 같은 경향을 띠고 있었다.

그래서 잭의 재킷이 모헤어였다. 그것도 두 벌을 한꺼번에 장만해야 했다. 한벌은 똥을 싸기 위한 것, 그리고 나머지 한벌은 그것을 감추기 위한 것이었다.

잭은 기계에 토큰을 넣으면 세차를 해주는 곳으로 가기로 했다. 그의 형제 쌤은 운영하던 빨래방 두 군데 중 하나를 팔고 무인세차장에 관심을 보이고 있었다. 그런 일이 일어날 리는 없지만, 혹시 그럴 수도 있을 터였다. 쌤은 여러 형제들에게 소금병과 후추병에서부터 잘생긴 루스벨트 대통령 흉상까지 아주 다양한 것을 팔았다. 시카고부터 샌프란씨스코까지 돌아다니며 싸구려 가짜 보석이나 재봉틀 부품, 관절염치료제 등 온갖 것을 팔았다.

30년 내내 목구멍에 생선가시가 걸렸다고 말하던 어머니.

디스크자키 '괴상한 수염'이 말했다.

"당신이 무슨 생각을 하는지 압니다. 제가 지어낸 거라고 생각하죠? 그러나 지어낸 게 아닙니다. 만약 그것이 저에게서 당신에게로 간다면, 그것은 사실입니다. 우리는 진짜니까요. 오늘밤 제가 당신에게 하고 싶은 질문이 있습니다. 누가 진짜이고, 누가 주목하도록 보내진 것일까요? 당신은 깊은 밤 한가운데에서 몰래 이 방송에 귀를 기울이고 있습니다. 그 이유는 저를 제외하고는 믿을 만한 사람이 아무도 없기 때문이죠. 우리는 그들이 아닌 유일한 사람들입니다. 이 작고 보잘것없는 라디오밴드가 진실로 향하는 통로입니다. 제가 지어낸 것이 아닙니다. 세상에는 오직 두 가지가 있습니다. 진실인 것, 그리고 진실보다 더 진실인 것입니다. 우리는 서로 만날 수 있는 우리만의 작고 오붓한 오솔길이 필요합니다. 이것이 빅 D, 즉 댈러스로, 여기에서 D는 '달라지지 마라'입니다. 제 말이 무슨 뜻인지 알겠습니까? 제 말이 제대로 전달되고 있나요? 우리는 그들이 밝혀내고자 하는 작고 은밀한 비밀입니다. 제가 지어내고 있다고 생각합니까? 제가 지어낸 게 아닙니다. 괴상한 수염 가라사대, 포크로 씨리얼을 드십시오. 어둠속에서 숙제를 하세요. 그리고 당신의 어머니를 믿기 전에 라디오를 먼저 믿으세요."

잭은 디스크자키의 말을 전혀 알아들을 수 없었다. 그는 프레루딘 한알을 삼켰다. 그 약은 그가 꾸물거리지 않고 그 다음 하고 싶은 일을 하게 해준다.

잭은 리즈 식품점으로 차를 몰아 가게 밖에 주차했다. 그런 다음 나중에 잊어버리는 일이 없도록 자동차 트렁크를 열고 권총과 현금이 든 봉투를 던져넣었다. 트렁크는 이미 온갖 잡동사니로 꽉 차 있었다. 바벨, 웨이트, 수영복, 페인트통, 두루마리 화장지, 개 장난감과 개 비스킷, 권총케이스, 1달러짜리 지폐 한장이 들어 있는 골프화 한짝, 그리고 뉴올리언즈에서 가져온 랜디 라이더의 화보사진 백여장 등이 뒤죽박죽 섞여 있었다. 그처럼 복잡한 트렁크를 그의 삶이라고 불러도 좋았다. 그의 집이라고 해도 그보다 더 깨끗하지는 않기 때문이다.

잭은 리츠 식품점에 들어가 샌드위치 여남은 개를 주문했다. 모두 겨자와 마요네즈를 추가로 잔뜩 넣어달라고 했다. 로스트비프, 콘비프, 얇게 썬 칠면조고기, 우설, 피클, 양배추 샐러드, 렐리시(달고 시게 초절임한 열매채소를 다져서 만든 양념류—옮긴이), 감자 샐러드, 블랙체리 소다, 진저에일 등도 구입했다. 그는 주인에게 샌드위치는 경찰서에 가져갈 것이니 특별히 잘 포장해달라고 말했다.

음식을 구입하고 나서 잭은 차로 돌아갔다. 댈러스 경찰관들은 최고의 대접을 받을 자격이 있었다. 거리로 나서는 순간 언제나 생명의 위협을 받기 때문이다. 댈러스는 살인 천국이었다. 퉁. 잭은 나중에 클럽에 돌아가야만 했다. 닥스훈트 세바를 데려오고, 그날 수입을 정산하고, 모자도 챙겨와야 했다. 그는 모자가 없으면 불안했다. 사람들 앞에서 대머리를 드러내고 싶지 않기 때문이다. 그는 효능이 조금 의심스럽기는 하지만 그럭저럭 괜찮은 두피치료제를 복용했다.

잭은 법원경찰청으로 차를 몰았다. 문득 왼쪽 무릎에 날카롭게 찌르는 듯한 통증이 느껴졌다. 그래서 한손으로 운전대를 잡고 계속 운전하면서 다른 손으로 왼쪽 바짓단을 걷어올렸다. 상당히 깊은 상처가 나 있었다. 거리에서 싸우는 데 정신이 팔려 무릎에서 피가 철철 흐르는 것을 한 시간도 넘게 몰랐던 것이다. 그는 왼쪽 바짓단을 무릎 위까지 걷어올린 채 운전을 계속했다. 책임있는 기관에서는 그에게 절대 융자를 내주지 않을 터였다. 그는 사회적 약자들에게 공짜 술을 제공하고, 걸핏하면 길에서 떠돌아다니는 사람들이나 개들을 불러들이기 때문이다. 잭은 차에서 내려 걷어올린 바짓단을 도로 내렸다. 그런 다음 건물의 구관으로 들어가 높다란 기둥 사이를 걸어갔다.

잭은 3층까지 엘리베이터를 타고 올라갔다. 손에는 음식과 음료가 담긴 상자가 들려 있었다. 그는 설령 그들이 사업체를 꾸려가게 해준다 해도, 설령 그들이 그를 하찮은 인간으로 전락하게 내버려두지 않는다 해도, 당장 뭔가 조치를 취하지 않으면 조만간 사업체 하나를 잃을 것이라고 생각했다. 그는 엘리베이터에서 내려 청소년계로 향했다. 무릎에서 흘러내린 피가 구두 속으로 스며드는 것이 느껴졌다. 그러나 말끔하게 면도한 제복 입은 사람들을 보는 순간, 그는 이렇게 말하고 싶었다. 전세계에서 가장 미국적인 도시의 경찰관과 친구가 되다니 내 평생의 영광이라고.

그의 랍비는 그에게 여러 차례 말했다.

"지나치게 감정적으로 행동하지 마시오."

댈러스에서

깊은 밤이었다. 리 오즈월드는 슬라이트 속성 세탁소에서 옷이 건조되기를 기다리며 H. G. 웰스(영국 소설가, 문명비평가. 대표작으로 공상과학소설 『타임머신』 『투명인간』 『세계사대계』 등이 있다—옮긴이)의 책을 읽고 있었다. 세탁소 안에는 또다른 이용객도 있었다. 뚱뚱하고 험상궂게 생긴 그 남자는 부어오른 발 때문인지 앞부분이 찢어진 슬리퍼를 신고 있었다. 주변 공기는 시큼한 악취를 풍겼다. 리는 『세계사대계』 1권에 푹 빠져 있었다. 무릎에 책을 펼쳐놓은 채 엄지손톱을 물어뜯으며 정신없이 읽어내려갔다.

리는 가끔 마리나와 어린 준과 떨어져서 지냈다.

키가 훌쩍 큰 흑인 야간근무자가 세탁소 안을 돌아다니며 단조로운 목소리로 중얼거렸다. "문닫을 시간입니다. 문닫을 시간이에요. 모두 돌아가십시오." 그는 빨간색 그물바구니 안에 담긴 누군가의 시트를 들고 있었다.

뚱뚱한 사내가 자리에서 일어나 자신의 빨랫감을 꺼내기 위해 건조기로 다가갔다. 리는 여전히 꼼짝하지 않고 앉아서 등을 구부린 채 손가락을 자근자근 씹으며 책에 몰두했다. 뚱뚱한 사내가 절뚝거리며 밖으로 나갔다.

3분쯤 지났다. 리의 옷가지가 들어 있는 건조기가 작동을 멈추었다. 그는 책에 고개를 묻고 앉아 있었다. 4미터 높이에서 자신을 뚫어지게 내려다보는 세탁소 종업원의 시선이 느껴졌다. 그는 책장을 넘겼다. 그 장의 끝에 거의 도달해 있었다. 그 장은 새로 펼친 페이지 맨 아랫부분에서 끝났다. 그는 문장의 진의를 파악하기 위해 천천히 매우 집중해 읽었다. 음절 하나하나에 들어 있는 사소한 의미조차 놓치고 싶지 않았다.

"이봐요, 짐. 당신이 날 얼마나 지치게 하는지 알아요?"

그리스인과 페르시아인. 리가 고개를 들었다. 흑인 종업원은 아랫입술이 축 처진데다 낯빛은 녹슨 것처럼 검붉고 광대뼈에는 자잘한 점이 잔뜩 나 있었다. 두 손은 힘없이 축 늘어져 있었다. 리는 상대의 이름이나 주변 상황을 생각해내기 전 먼저 일본을 떠올렸다. 몇초 후 마침내 기억이 났다. 그는 아쯔기 교도소의 감방 동기였던 바비 듀파드였다.

듀파드가 리 오즈월드를 기억해내는 데에는 다소 시간이 걸렸다. 그는 리를 뚫어지게 바라보았다. 리의 머리가 있는 왼쪽으로 물러서서 리의 머리털을 유심히 관찰했다. 초췌한 얼굴과 사흘 동안 깎지 않은 수염, 칼라 부분의 솔기가 비어져나온 셔츠 등을 차례로 살펴본 다음 리의 전체적인 모습을 보았다. 어느덧 남자가 된데다 타향살이에 갖가지 고생을 겪고 난 그는 실제보다 네 살은 더 많아 보였다.

"사실 말이야, 이제 나는 백인들을 자세히 쳐다보지 않거든. 그래서 이야기를 하면서도, 그 상대가 누구인지 알아보는 데는 시간이 좀 걸려."

두 사람은 일본 이야기는 하지 않았다. 바비가 살고 있는 서부 댈러스에 대해 이야기했다. 바비는 누이와 어린 세 조카와 함께 트리니티 강과 씽글턴 대로 사이에 막사 형태로 지어놓은 수백채의 주택단지에 살았다. 그들은 그것을 거주용 공원이라고 불렀다. 그곳은 흙바닥 위로 배관시설이 고스란히 드러나 있는데다 울타리에 둘러싸여 도시에서 완전히 격리되어 있었다. 바비는 세탁소에서 아침 7시부터 밤 12시까지 1주일에 엿새를 근무했다. 매주 이틀은 시내에 있는 크로지어 기술고등학교에서 기계제도를 배웠다. 게다가 가끔은 빵집에서 병가를 내거나 무단결근한 직원을 대신해 정오부터 오후 4시까지 반죽하는 일을 했다. 그런 날이면 집으로 돌아갈 때 옷이 새하얀 밀가루로 범벅이 되어 있었다. 그의 어머니는 세상을 떠나고 없었다. 아버지는 같은 주택단지 내의 다른 집에서 살았지만, 바비도 정확히 어디인지는 알지 못했다. 그저 52번 버스를 타고 지나는 길에 아버지를 슬쩍 보았는데, 그때마다 아버지는 폐차장 앞에 앉아 깡통에 든 몰트위스키를 홀짝거리고 있었다. 빅캣 브랜드였다. 바비는 알고 있었다. 그가 다가가 인사를 해도 아버지는 그가 누구인지 알아보지 못할 것임을. 아버지는 여느 사람들에게 하는 말을 똑같이 바비에게 할 것이다. 자신이 주님과 대화를 나누었다고.

서부 댈러스는 그런 곳이었다. 납 제련소에서 피어오르는 연기. 뚝뚝 끊어지는 생활.

바비의 턱에는 수염이 듬성듬성 살짝 흔적만 남아 있었다. 눈에서는 변덕스러운 공포감이 사라진 채였다. 그는 차갑고 고정된 곁눈질로 리를 바라보았다. 그리고 말을 하면서 천천히 고개를 끄덕였다.

리는 자신이 몰래 숨어살고 있다고 말했다. 그는 단 한마디 말없이 직장을 그만두고 최근 주소지에서도 사라졌다. 대신 사서함을 갖고 있었다. 그의 형조차 그가 댈러스의 어디에 살고 있는지 알지 못했다. 그의 어머니는 그가 아직 포트워스에 있다고 믿었다. 그의 아내는 오해 때문에 자신의 친구 집에서 살고 있었다. 리는 그래픽아트 회사에서 일했다. 그러나 그 일이 때때로 비밀스러운 성격을 띤다는 사실은 밝히지 않았다. 그는 매리언 콜링스에 대해서는 전혀 언급하지 않았다. 죠지 드 모렌실트를 통해 콜링스는 리에게 러시아의 보안조직과의 교류 내용을 상세히 알려달라고 압박하고 있었다. 그래서 리는 콜링스를 피해다니고 있었다. 또한 우편 관련 기관도 피했다. 그는 FBI요원들의 눈에 띄지 않게 숨어지냈다. 그는 모든 서류에 가짜 주소를 기입했다. 근무시간이 끝나면 포스터를 만들어 사회주의노동당에 보냈다. 그는 옷장 바닥에 있는 해군용 자루가방에 스파이 카메라를 숨겨놓았다.

리는 마리나에 대해서도 언급하지 않았다. 자신이 얼마나 그녀를 그리워하고 필요로 하는지 밝히지 않았다. 자신이 싸워 이길 수 없는 또다른 비열한 의식의 존재를 알고 나서 얼마나 화가 났는지도 말하지 않았다.

일본에 대해서는 잊어. 바비는 남주, 경찰견과 소이탄 공격, 올미스(미시씨피 주립대학교의 애칭—옮긴이)의 통합 등에 대해 말했다. 그것은 일상적인 사건들이었다. 인종분리주의자의 분노, 폭동진압 경찰대에게 진압당한 흑인 시위대 등이 텔레비전 화면에 비쳤다. 시위에 참여한 사람들은 돌멩이에 얻어맞아 얼굴이 짓이겨졌다. 경찰들은 양손에 하나씩 곤봉을 쥐고 무자비하게 휘둘러댔다. 그들의 눈을 보라. 트럭에서 뛰어내리는 소방수들을 보라. 그들이 튼 호스에서 뿜어져나오는 물은 지옥불처럼 누구도 꼼짝 못하게 만든다.

모든 프로젝트에는 임시변통으로 200리터들이 기름 드럼통을 수평으로 반 자른 후 금속으로 만든 다리에 볼록한 부분이 아래로 가도록 올려놓은 바비큐 기구가 있었다. 연기가 피어오르고, 호스가 텔레비전 화면에 물을 쏜다.

열두 대의 로드스타 건조기 안에서 세탁물이 마르고 있었다.

바비가 말했다. "내 생각에는 모든 체제가 흑인들이 비참해지게끔 돌아가고 있는 것 같아. 동전 한닢을 벌기 위해 몸부림치고, 싸구려 포도주나 마시도록 말이야. 이것이 그들이 우리를 위해 짜놓은 계획이지. 내가 오지에 대해 말해줄까? 신문에서 범죄 기사를 볼 때마다 나는 범인이 흑인인지 백인인지 확인하려고 이름부터 보지. 오직 흑인들만 쓰는 이름들이 있거든. 나는 제법 자세하게 조사해. 그러곤 혼자 중얼거리지. 가라, 형제여. 가서 그들에게 그렇게 해. 미워하는 것 말고 우리가 우세한 점이 뭐가 있겠어?"

바비가 계속해서 말했다. "나는 나의 고통받는 능력으로 백인을 괴롭히고 싶지 않아."

그가 말했다. "나는 제정신을 지키기 위해 거래를 배우려고 해."

두 사람은 새벽 2시까지 세탁소에 있었다. 이틀 후 그들은 다시 만나 이야기를 나누었다. 그동안 내내 바비는 세탁기에 빨랫감을 집어넣고, 세탁이 끝난 빨래를 갰다. 다음날 리는 일찌감치 퇴근해 시내에서 제도 수업을 마친 바비와 만났다. 그리고 함께 버스를 타고 세탁소가 있는 오크 클리프로 갔다. 리가 사는 곳도 오크 클리프였다. 리는 하숙집들과 키 큰 잡풀숲에 자리잡은 폐차장이 모여 있는 동네에 살았다. 리와 바비는 함께 도넛 한 박스를 먹으며 좀더 이야기를 나누었다. 그날 밤 리는 엘스베스 가에 있는 집에서 여섯 블록 떨어진 세탁소까지 걸어가 폐점시간까지 바비와 이야기를 나누었다. 이야기의 주제는 정치와 인종, 꾸바 등에 관한 것이었다. 대화를 나누는 동안 세탁소의 기계들은 계속해서 돌아갔고, 한밤의 방랑자들은 거품이 보글거리는 세탁기 안에 빨랫감을 던져넣었다.

다음날 두 사람은 아이디어 하나를 냈다. 워커 장군의 머리통에 총알을 박자.

마리나는 어린 준을 품에 안고 어르며 서 있었다. 그는 그녀가 돌아올 때를 대비해 미리 청소까지 해두었다. 그는 그녀가 무척 반가웠다. 그는 아기를 건네받자 머리를 흔들며 어설픈 일본어를 몇마디 했다. 그러자 모두가 웃음을 터뜨렸다.

그는 버스 시간표를 연구하기 시작했다. 프레스턴 할로 36번 버스는 장군의 집에서 한 블록 반 떨어진 곳에 정차했다. 대로에서 멀찍이 떨어진 곳에 자리잡은 장군의 집은 사시나무와 느릅나무가 울창하게 들어선 터틀 크리크에서 아주 가까웠다. 당연히 주변은 매우 고요했다. 그는 그 집을 지나쳐 걸어갔다. 그렇게 집앞을 걷는 것만으로도 범접할 수 없다는 느낌이 들었다. 그는 진입로 앞에 세워진 자동차 번호판을 외우고 수첩에 적어넣었다. 소요시간과 거리, 기타 여러 가지 관찰사항이 적힌 수첩이었다.

마리나가 그에게 지금 영어를 가르쳐줄 수 있느냐고 물었다.

리는 총신이 짧은 38구경 권총을 구입하기 위해 씨포트 트레이더에 29달러 95쎈트를 보냈다. 권총은 스미스 앤드 웨슨 사 제품으로, 2인치 코만도라는 별칭으로 통했다. 그는 주문서에 A. J. 하이델이라는 가명을 쓰고, 주소칸에는 사서함 2915, 댈러스, 텍사스라고 적어넣었다.

다음날 그는 타자 수업을 들었다. 타자를 배우는 것은 처음이었다. 그는 맨 뒷줄에 앉아 누구와도 이야기를 나누지 않은 채 타자기 자판을 익히는 데 집중했다. 그것은 마치 중국어 같았다. 종이를 끼워넣은 다음 자판에 손가락을 얹고 왜 자모들이 그런 식으로 배열되어 있는지 이해하려고 노력했다. 그것은 그의 수치심을 그려놓은 것 같았다. 수강료는 9달러였다. 그가 타자를 배우기로 한 이유는 타자를 치게 되면 언젠가는 더 나은 직업을 얻을 수 있을 거라고 죠지가 말해주었기 때문이다.

1963년 1월말의 일이었다.

리는 또다른 훈련생인 데일 피츠케와 함께 암실에 있었다. 절름발이인 데일은 한쪽 발에 키높이신발을 신고 있었다. 그는 시계추가 움직이듯이 걸었고, 얼굴은 믿을 수 없이 매끈하고 부드럽고 깨끗했다. 그런 얼굴 덕분에 그는 열두살처럼 보였다.

두 사람은 어깨를 나란히한 채 현상접시 옆에 서 있었다. 사람들이 두 사람 뒤의 틈을 비집고 암실을 들락거렸다. 암실 안의 흐릿한 붉은빛이 방사선처럼 보였다.

"당신은 어떤 사람입니까?" 데일이 물었다. "나는 가족들 사이에서 괴짜로 통하죠. 이제는 그들도 나한테 큰 기대를 하지 않아요."

"원래는 어떤 기대를 했습니까?"

"그들은 성적으로 숨을 참고 있어요. 당신은 암실의 어떤 점이 가장 마음에 듭니까? 내가 열병이 났을 때 내 방도 이런 분위기였어요. 어린시절 열병에 걸렸을 때가 가장 좋았습니다. 나는 엄청난 고열에 시달렸거든요. 이런 분위기에 대해 어떻게 생각하십니까?"

"나는 이곳이 좋습니다. 어떤 이들에게는 비교적 이 일이 흥미롭거든요."

"그건 이 다양하고 잡다한 임무들이 주변에서 일어나고 있는 일의 전부가 아니라는 느낌을 받기 때문이죠. 예를 들자면. 예를 들어 말씀드릴까요?"

"그러시죠." 리가 말했다.

"그들이 내게 식자 작업장의 작업대에서 멀찌감치 떨어져 있으라고 하더군요. 가까이 오지 마라. 보지 말라는 거죠."

"말도 안돼요. 아무도 당신을 제지할 수 없습니다. 나는 늘 보는걸요."

"나도 그렇습니다." 데일이 목소리를 높였다. "당신이 본 것을 말해주면, 나도 내가 본 것을 말해드리죠."

"그들은 미육군 지도국의 명단을 갖고 있더군요."

"어떤 명단 말입니까?"

"직책 명단이죠."

"그건 나도 봤습니다. 7쎈티미터 폭의 종이에 타이핑한 명단 말이죠?"

"그중 일부는 키릴 문자로 적혀 있죠. 나는 러시아어를 아니까 무슨 뜻인지 알겠더군요. 쏘비에뜨를 목표로 하는 지도니까요."

어느새 두 사람은 목소리를 낮춰 소곤거리고 있었다.

"아무에게도 말하지 않는다고 약속하면, 내가 엿들은 이야기를 해드리겠습니다." 데일이 말했다.

"지도는 사진을 토대로 제작된 겁니다. 그 사진들은 극비인데, U-2기에서 찍은 거라더군요."

암실 안의 불빛이 섬뜩한 붉은색을 띠었다.

"정말 놀라운 이야기 아닙니까? 나는 나 자신이 누군가와 근사한 것을 주고받을 수 있는 위치에 있다는 게 기분좋습니다. 당신과 내가 이렇게 정보를 주고받는 것처럼 말이죠. U-2기라…… 내가 처음 이 이야기를 들었을 때가 아마 아이젠하워 시절이었죠. 그때 나는 U-2가 유투(you too)라는 뜻인 줄 알았어요. '미투(me too), 유투'라고 하는 것처럼요."

그날은 토요일이었고, 그들은 50퍼센트 초과근무수당을 받았다. 리는 시간이 날 때마다 토요일 근무를 자청했다. 매리언 콜링스가 한마디만 하면, 이 일자리를 잃게 된다는 것을 잘 알기 때문이다.

"여기 있는 사람들이 마음에 드십니까?" 데일이 물었다. "당신이 러시아 잡지를 읽고 있는 모습을 보았어요. 약간의 코멘트가 있었죠. 이곳 사람들은 딱 어느 정도까지만 친하죠. 그러니까 남이 무엇을 읽든 나와는 아무 상관이 없죠. 어린시절 열병에 걸려 담요를 뒤집어쓰고 땀을 뻘뻘 흘리던 때를 기억하십니까? 열병은 비밀스러운 병이었죠. 그건 아무도 따라올 수 없는 구덩이에 빠지는 것과 같아요. 그러나 공포나 고통은 느껴지지 않죠. 열병에 걸리면 이미 제정신이 아니니까요. 나는 땀범벅이 되어 앓는 것을 좋아해요."

"나는 어릴 때 귀 수술을 받았죠. 아직도 그들이 마스크를 쓴 후에 꾼 꿈을 기억합니다."

"나도 네 번이나 수술을 받았어요! 나는 수술받는 걸 즐겼어요."

데일이 붉은빛 속에서 몸을 움직였다. 그의 손에 묻은 현상액이 현상접시 안에 뚝뚝 떨어졌다.

"리, 당신은 어떤 마음을 갖고 있죠? 언젠가 내 어머니께서 이렇게 말하는 걸 들었어요. '그애는 결코 똑똑해질 수 없을 거란다, 톰.' 톰은 내 동생이에요. 나는 어머니가 한 말을 토씨 하나 틀리지 않게 수만번이나 되풀이해서 말했어요. 식구들이 모두 둘러앉은 저녁식탁에서요."

비밀에 휩싸인 U-2기. 그것은 그를 일본에서 러시아까지 따라다녔고 이제는 이곳 댈러스까지 따라왔다. U-2기가 어떻게 지상에 착륙했는지 그는 똑똑히 기억했다. 그것은 바람에 의지해 깃털처럼 가볍게 내려앉았다. 겉보기에는 그랬다. 뒤이어 조종사의 목소리가 고장난 스피커의 잡음과 함께 띄엄띄엄 들렸다. 리는 때때로 선잠을 자다가 그 목소리를 들었다.

데일 피츠케가 말했다. "나도 앞으로 귀를 쫑긋 세우고 있을 테니, 당신도 그렇게 해요. 그리고 나중에 여기서 다시 만나 그동안 들은 이야기를 나눕시다."

그가 타자 수업을 듣는 곳은 크로지어 기술고등학교였다. 그곳은 바비 듀파드가 다니는 학교이기도 했다. 리와 바비는 시간이 날 때마다 빈 교실에서 만났다. 그리고 주문한 권총이 우편으로 도착하기를 기다리며 작전과 철학을 논의했다.

"자네는 워커가 댈러스에 사는 것이 우연이라고 생각하나? 정신차려, 친구. 그가 이곳에 온 이유는 분노와 증오가 있기 때문이야. 그는 스스로 결정하고 이곳에 온 거라고." 바비가 말했다.

"오늘 신문 봤어? 그가 순회연설을 할 거라는군. 스물아홉 개의 도시를 돌아다닐 거래. 그러니 4월까지는 댈러스에 돌아오지 않을 거야."

"무슨 연설? 깜둥이를 죽이기 위한 연설?"

"야간이동작전. 국내외에 침투되어 있는 공산주의의 위험에 대한 연설이라지. 대상은 결백한 꾸바가 될 거야. 그는 꾸바 침공을 좋아해. 만약 우리가 4월까지 기다려야 한다면, 그 기간을 알차게 보내야 해. 저격 날짜는 4월 17일로 하자. 피그즈 만 침공 2주년 기념일이잖아."

"누가 쏠 건데?"

"내가 할 거야." 리 오즈월드가 대답했다.

"정말이야?"

"확실해. 내가 하겠어."

"17일이라면, 우선 그날 수업이 있는지 확인해봐야 해."

"무슨 소리야?"

"수업을 빼먹고 싶지는 않거든."

"바비, 나는 도와줄 사람이 필요해. 이건 그냥 다가가 총을 쏘기만 하면 끝나는 간단한 문제가 아니야. 워커의 집 근처에 좁은 골목이 있기 때문에 자동차가 필요하다고."

"차는 내가 구할 수 있어. 언제든 빌릴 수 있다니까. 그렇지만 운전 실력은 장담 못해. 그러니까 그냥 그자를 땅바닥에 쓰러뜨리자. 그 인간은 피맛을 좀 봐야 해."

"피를 보는 저격에 대한 러시아어 표현이 있어. 모크리델라. 축축한 일이라는 뜻이지. 뜨로쯔끼한테 사용했던 얼음송곳처럼 말이야."

"우리도 그자한테 그렇게 해야지." 바비가 중얼거렸다.

그들은 근처의 닐리 가로 이사했다. 침실 두 개에 가구가 딸린 목조가옥으로, 콘크리트 현관에 다 쓰러져가는 기둥이 서 있는 발코니가 있었다. 그 때문에 화분을 밖에 내놓고 그곳이 민스끄라고 생각할 수도 있었다. 집 안에는 두 개의 침실 외에도 반침 정도 크기의 작은 방 하나가 더 있었다. 리는 그곳에서 수첩에 작전 내용을 적거나 서신을 작성하는 등 기타 여러 가지 작업을 했다.

그들은 준의 유모차에 이삿짐을 실었다. 그리고 여섯 번인가 일곱 번쯤 왔다갔다하며 실어날랐다. 그릇, 아기용품, 러시아에서 온 편지 등이었다. 마지막 짐은 리 혼자서 옮겼다. 그는 짐 나르는 수고를 덜기 위해 가지고 있는 옷을 겹겹이 껴입은 채 유모차를 밀고 닐리 가 서쪽으로 향했다.

리가 작업실로 쓰는 작은 방은 거실과 집 밖의 계단을 통해 드나들게 되어 있었다. 두 개의 문 모두 안쪽에서 잠글 수 있었다. 그 방은 마치 밀폐공간처럼 집의 일부인 동시에 집과 완전히 분리되어 있었다. 리는 그 방을 서재라고 불렀다.

그는 램프를 올려놓을 만한 작은 테이블과 의자를 억지로 방 안에 들여놓고는, 장군의 암살계획용 수첩을 펼쳐놓고 연구에 몰두했다.

리는 워커의 집과 그 주변을 사진 찍기 시작했다. 구식 카메라가 담긴 종이봉투를 들고 버스를 타고 왔다갔다했다. 집 뒤의 격자 모양 울타리와 모르몬 교회 주차장부터 에이본데일 가까지 연결된 골목도 카메라에 담았다. 만약의 경우 권총을 숨길 수 있는 철로 사진도 몇장 찍었다.

이 세상 안에는 또다른 세상이 있다.

리는 워커의 집 뒤에 있는 창문의 위치를 자세히 기록했다. 댈러스 시 지도도 연구했다. 근무시간 후에 만든 가짜 서류들도 최종적으로 마무리지었다. 하이델이라는 이름으로 주문한 권총이 우체국에 도착하면, 물건을 찾기 위해 신분을 증명해야 했다. 그것을 대비해 그는 학교에서 타자기로 가짜 서류를 만들었다.

리는 바비 듀파드를 배후에 두고 있어서 든든했다. 무참하게 유린당한 친구. 바비는 역사의 힘이자 극우세력의 공세에 맞서기 위한 견고한 전선의 표본이었다.

리는 하이델이라는 가명을 또 한번 사용했다. 3월 12일에 시카고에 있는 클라인 스포츠용품점에서 21달러 45쎈트를 우편환으로 보내 배율 4배의 조준경이 장착된 이딸리아 군용무기인 6.5밀리미터 만리허 까르까노 라이플총을 주문했다.

텅 빈 거리에 비가 내리고 있었다.

비좁은 방에 틀어박힌 채 계획을 세우고 거짓과 진실을 그물망처럼 엮고 있는 리는 모종의 사명감에 불타 있었다. 그것은 또 하나의 삶이자 3차원의 현실로 흘러가는 사적인 세계였다.

리는 총포상에 가서 만리허 라이플총에 맞는 탄창을 샀다. 재장전하기 전에 일곱 발을 연속으로 쏠 수 있는 장치였다.

거리는 빗물로 촉촉이 젖어 있었다. 그는 세탁소까지 걸어가 바비에게 워커의 집 주변 상황과 사정거리가 긴 총을 사용해야 하는 이유를 열심히 설명했다. 그런 다음 집의 서재로 돌아왔다. 가족들은 그가 외출을 했었다는 사실조차 알지 못했다.

리는 파자마 차림에 맨발로 거실에 서서 총의 노리쇠를 조작했다. 그는 장전손잡이를 홱 잡아당겨 노리쇠를 뒤로 젖혔다가 다시 앞으로 보내고는 장전손잡이를 내렸다. 그러고는 다시 장전손잡이를 세우고 당겨 노리쇠를 젖혔다가 앞으로 보냈다. 그런 다음 장전손잡이를 내리고 쏘파 위에 걸린 거울 쪽을 향해 몸을 돌리고는 다시 장전손잡이를 움직여 노리쇠 조작을 반복했다.

마리나는 가게에 가고 없었다. 준은 창가의 높은 아기의자에 앉아 구슬을 굴리며 혼자 놀고 있었다.

집 뒤에는 두 무더기의 개나리덤불로 둘러싸인 작은 마당이 있었다. 마리나가 담장까지 가로로 연결된 빨랫줄에 기저귀를 널고 있었다. 1층 세입자들은 나가고 없었다.

10분이 흘렀다. 리가 집 밖의 목조계단을 내려왔다. 한쪽 손에는 라이플총이, 다른 손에는 신문 두 부가 들려 있었다. 그는 검은색 반팔셔츠에 짙은 색 치노바지를 입고 허리춤에는 권총을 차고 있었다.

그가 계단 난간에 라이플총을 기대 세워놓고 다시 집으로 올라가는 모습을 마리나가 보았다. 몇초 후 다시 나타난 리는 카메라를 들고 있었다. 일본에서 저렴하게 구입한 임페리얼 리플렉스였다.

"왜 그런 일을 하려고 하죠?" 마리나가 물었다. "이웃집에서 보기라도 하면 어쩌려고 그래요?"

"준을 위해서야. 아빠를 확실히 기억하게 하려고."

"총을 들고 있는 사진 속의 아빠를 아이가 좋아할 것 같아요? 나는 사진을 어떻게 찍는지도 몰라요."

"그냥 허리높이에 카메라를 들고 있기만 하면 돼."

"평생 한번도 찍어본 적이 없단 말이에요."

"상관없어. 나는 당신이 우리 딸을 위해 사진을 보관해주었으면 좋겠어."

"그렇게 위아래로 검은 옷을 빼입은 채로요? 바보 같은 짓이에요, 리. 그 총은 또 뭐죠? 악마의 부대인가요? 기가 막혀 웃음이 나는군요. 멍청한 사람 같으니라고. 그런 모습에 감동받는 사람은 아무도 없어요. 순전히 우스꽝스러운 쇼일 뿐이라고요."

리는 뒤뜰 한구석에 포즈를 잡고 섰다. 오른손에는 라이

플총을 들었는데, 총구가 위로 가고 개머리판은 허리춤에
닿았다. 바로 몇센티미터 옆에는 가죽케이스에 든 38구경
권총이 있었다. 왼손에는 『더 밀리턴트』와 『더 워커』를 카
드처럼 펼쳐들고 있었다.

마리나가 카메라 셔터를 눌렀다.

리가 다시 한번 포즈를 잡았다. 이번에는 라이플총을 왼
손에 들고, '더 밀리턴트'라는 신문 제목이 잘 보이도록 턱
밑에 끼웠다. 그의 그림자가 목재 대문까지 길게 드리워졌
고, 희미한 미소가 빛과 시간에 의해 공식적인 기억의 틀 속
으로 흘러들어갔다.

리는 노스 베클리의 걸프 정류장 한구석에 서 있었다. 정
확히 밤 8시 30분이었다. 땅바닥에서 솟아오르는 가솔린 냄
새가 코를 찔렀다. 기온은 37도로 그날의 최고 기온이었다.
리는 왼쪽 어깨에 군용 비옷을 걸친 채 오른손에는 반쯤 마
신 콜라병을 들고 있었다. 근처 자판기에서 뽑은 것이었다.

그는 천천히 정류장으로 진입하는 황갈색 포드에 시선을
고정했다. 1950년 모델쯤 되어 보였다. 자동차는 휴게소 근
처에 멈춰섰다. 뒤이어 바비 듀파드가 차에서 내렸다. 그는
차문을 열어둔 채 한동안 리를 빤히 쳐다보았다. 바비는 하
늘색 커버올스(벨트가 달린 위아래 붙은 작업복—옮긴이)에 작고
둥근 모자를 쓰고, '아메리칸 제과'라는 글자가 가슴팍에 수
놓인 셔츠를 입고 있었다. 그의 얼굴과 옷은 물론 눈썹과 손
등까지 온통 흰 밀가루가 묻어 있었다.

리는 자동차로 다가갔다. 비옷 아래 감추어진 그의 왼손은 뻣뻣하게 굳어 있었다. 라이플총의 개머리판을 겨드랑이에 끼워넣은 채 총을 세워 몸에 딱 붙이고 있었기 때문이다. 자동차가 거리로 들어서 북쪽으로 달릴 때까지 두 사람은 아무 말도 하지 않았다. 라이플총은 좌석 뒤 바닥에 놓여 있었다.

"무슨 일이야, 바비?"

리가 먼저 입을 열었다.

"뭐가?"

"왜 작업복을 입고 있느냐는 말이야."

"어쩌다 보니 시간외근무를 하게 됐어. 오늘밤 세탁소 일을 하지 못할 테니 그럴 수밖에 없잖아."

"나 때문에 세탁소 일을 못하게 되었다는 거야? 지금 그 소리야?"

"그냥 그렇다는 거야. 어쩌다 보니 그렇게 됐어. 억지로 네 시간을 더 일했어."

"지금 그런 차림으로는 금방 신분이 드러날 수 있어. 설마 오늘 같은 날 튀어볼 셈은 아니겠지?"

"아무도 나한테 신경 안 써, 제길. 어둠을 틈타 잽싸게 움직일 텐데 뭐. 그런데 권총은 어디 있지?"

리가 벨트에서 38구경 권총을 꺼내 두 사람 사이에 내려놓았다.

"총알은 갖고 있어?" 리가 물었다.

"물론이지." 듀파드가 대답했다. "거리에서 어떤 학생한테 총알 열다섯 발을 샀어. 두 종류로 서로 다른 데서 만들어진 거지만, 둘 다 38구경 전용이야. 그러니 아무 문제 없을 거야."

"그것을 사용할 일은 없을 거야. 그저 만약의 경우를 대비하는 거지."

첫번째 빨간 신호등 앞에서 바비가 탄창을 빼고는 작업복 앞섶 주머니에서 여섯 개의 총알을 꺼내 약실에 집어넣었다.

"좋은 징조를 말해줄까?" 리가 말했다. "내가 권총은 1월에 주문하고, 라이플총은 3월에 주문했는데, 두 개가 같은 날 도착했어. 집사람 말로는 운명이라더군."

"오늘밤 일에 대해서는 뭐라고 했어?"

"집사람은 내가 타자 수업을 듣고 있는 줄 알아. 사실 타자 수업은 2주 전에 그만두었는데. 지난 토요일 직장에서 해고되고……"

"나는 해고되는 게 무서워."

"내가 일하는 게 정확하지 않다더군. 뭐, 어차피 일어날 일이었어. 오늘밤 일이 반드시 일어나야 하는 것처럼 말이야. 아바나에서도 이 일을 알게 될 거야. 자정 전에 소식이 피델에게까지 전달될 테니까."

그들은 트리니티 강에 걸쳐져 있는 커머스 가의 고가다리를 건넜다.

"얼핏 보기에 그 라이플총은 군대에서 흘러나온 것 같군. 그나저나 어떻게 쏘는지는 알아?"

"나는 저 총을 비옷에 잘 싼 다음 러브 필드로 가는 버스를 탔어. 그리고 간선도로 서쪽 부근의 강바닥으로 내려갔지. 거기에 사람들이 총을 시험삼아 쏘아볼 수 있는 구역이 있어. 그곳은 한마디로 백주 대낮의 전쟁터 같아."

"총의 가죽끈이 마치 테너 쌕소폰에 달린 것 같군."

"착용감도 좋아. 모든 것이 훌륭하게 작동되지. 한마디로 완벽해. 나는 이번 일을 무척 신경써서 준비했어. 총포상을 여섯 군데나 돌아다닌 끝에 이 총에 맞는 탄약을 구했지."

"워커 장군을 반드시 죽여야 한다는 생각이 마음속에 새겨져 있어."

"단 한 발에 즉사시키겠어." 리가 나지막이 말했다.

"난 내내 기분이 좋지 않아. 이러지 말아야 하는데."

"어느 창문에서 쏘든 확실히 맞힐 수 있어."

"그자가 돼지는 꼴을 직접 보고 싶어."

"거리는 40미터도 안돼."

"미시씨피를 위해, 존 버치를 위해, KKK단을 위해, 빌어먹을 모든 것을 위해."

바비의 눈이 약간 흐릿해져 보였다. 그들은 잠시 침묵했다. 차창을 통해 열기가 밀려들어왔다. 그들은 스테몬스를 따라 오크론 대로로 향했다.

"에이본데일에서 좌회전해서 골목길로 76미터가량 들어가면 모르몬 교회 주차장이 나와. 운전은 천천히 해야 해. 나는 그 골목 끝 근처에서 내릴게. 자네는 계속 가다가 우회전해서 교회 안으로 들어가. 교회에서는 예배가 진행중일 거야. 자네는 늦게 도착한 신도처럼 굴면 돼. 차를 세우고 거기서 기다려. 라이트는 끄고. 나는 워커의 집 뒤에 있는 격자 울타리를 통해 라이플총을 겨누고 있을 거야. 적당한 위치를 점찍어두었어. 자네는 그냥 앉아서 기다리기만 하면 돼. 나는 미리 장군의 습성을 알아두었어. 그는 집 안에서 불을 환히 밝혀두는 것을 좋아해. 밤에는 주로 서재에 틀어박혀 있지."

리는 39주 동안 『타임』지를 구독했다. 그는 『타임』지에 뒤뜰에서 찍은 자신의 사진이 실리는 장면을 상상해보았다. 총과 위험한 출판물을 손에 든 까스뜨로 지지자. 그는 『타임』지 표지가, 그 사진이 모든 사회주의 나라 사람들의 눈에 띄는 것을 상상했다. 파쇼적인 장군을 저격한 남자. 혁명의 옹호자.

"아바나에서는 우리가 이 일을 4월 17일에 거행했다는 사실을 높이 평가할 거야. 피그즈 만 침공 실패 2주년이잖아. 꾸바 침공이 야기한 가장 중대한 사건은 워커 장군 같은 인간을 만들어냈다는 거야." 리가 말했다.

그들의 자동차가 에이본데일로 접어들 때였다. 리는 눈썹에 밀가루가 뽀얗게 내려앉은 바비가 자신을 빤히 보고 있는 것을 깨달았다.

"그런데 17일이라니? 그게 무슨 소리야?" 바비가 물었다.

"오늘이 수요일이잖아. 아니야?"

"오늘은 4월 10일이야."

테드 워커는 자신의 집무실 책상 앞에 앉아 있었다. 쉰세 살의 독신인 그는 평범한 이웃집 아저씨 같은 인상이었다. 제법 큰 키와 튀어나온 눈썹, 약간 늘어진 턱과 목의 피부, 살짝 구부정한 어깨를 가진, 아이들이 무서워하는 이웃집 아저씨 같았다. 그는 세금을 계산하고 있었다.

미국 최대의 웃음거리다. 워커 장군이 세금 계산을 한다는 것은.

그는 자기 자신을 삼인칭으로 표현하는 데 익숙했다. 언론에 말할 때도 '워커의 사례'라거나 '워커를 억누르려는 시도'라는 표현을 썼다. 그가 지역언론에서 면밀하고 가슴 두근거리는 조명을 받았던 사실을 고려해보면, 그가 자신을 공인으로 인식하는 것은 당연한 일이었다. 지난 10월 꾸바 미사일 위기 당시 그는 막상막하의 경합을 벌인 바 있었다. 『댈러스 모닝 뉴스』(댈러스 인근에서 발행되는 보수 성향의 메이저급 신문. 미국 서남부 지역의 유력지—옮긴이)의 회장 잭은 이렇게 말했다. "단언컨대 댈러스 시민들은 오후가 지날 때 기뻐할 것이다."

나이든 여자들은 테드 워커를 좋아했다. 그들은 마지막 남은 진정한 신봉자들이었다. 테드 워커가 그들이 그리워하는 삶에 대한 시를 읊조렸기 때문이다.

담배가 재떨이에서 타고 있었다. 테드 워커는 창문을 등지고 앉아 메모지에 숫자를 적으며 '조직'의 바보 멍청이들과 다름없이 세금 계산을 하고 있었다. 기독교운동 단체 여자들, 존 버치 협회 회원들, 퇴직 후 재고용된 비상근근무자들, 격노한 사람들, 배신당한 사람들, 빈털터리로 살아온 사람들. 이들 모두 '조직'을 잘 알고 있었다. 그것은 그저 막연한 정치활동이 아니었다. 상습적인 밀고자나 온건주의자, 사회적 약자, 성공이나 승리와는 인연이 없는 정책입안자의 행동과는 무관한 것이었다. '조직'은 미군뿐만 아니라 모든 미국인들의 평범한 야망을 좌절시켰다. 또한 미국인들의 정신과 육체에 플루오르화물을 침투시킴으로써 군사력뿐만 아니라 개인적인 삶까지 마비시켰다. 플루오르화물이란 느린 속도로 달아오르는 노동조합의 열기와 소득세와 좌익 출판물, 적의 진출을 막기 위한 국가의 의지를 약화시키는 모든 현대병(病)을 말한다.

중국공산당 출신 사람들이 캘리포니아 주 경계 아래 모여 산다는 검증된 보고가 있었다.

한 남자와 기타 천여명의 신사숙녀들이 미시씨피 주 옥스퍼드에 있는 남부연합기념비의 대좌에 기어올랐다. 대학 통합에 반대하기 위해 모인 사람들이었다. 이른바 폭동 주동자는 잿빛 스테트슨(차양이 넓은 카우보이모자의 상표명—옮긴이)을 자랑스럽게 쓰고 있었다. 그 광경은 특별했다. 사백명의 연방보안관, 오백명의 지역경찰관, 헬리콥터, 지프, 소방차, 삼천명의 국가보안요원이 에워싼 가운데 최루가스가 거리에 살포되고, 자동차가 불타고, 여기저기에서 돌이 날아다니고, 산탄이 퍼부어지고, 저격수가 총을 쏘아댔다. 그 결과, 두 사람이 죽고 수많은 부상자가 생겼으며 이백여명이 체포되고, 일반 군인들이 탄 군용트럭이 속속 도착하면서 만육

천명의 전투부대원이 수천명의 학생, 시골 사람, 남부의 애국자 들과 대치했다. 모든 문제의 동기와 근본 원인은 바로 여기 있었다. 어딘지 우울해 보이는 흑인(1962년, 미시씨피 대학에 지원했다가 흑인이라는 이유로 입학을 거부당함으로써 교육차별 철폐의 상징적 존재가 된 제임스 메레디스를 가리킴―옮긴이)이 최루가스를 막기 위해 손수건으로 얼굴을 감쌌다.

여러분 깃발을, 텐트와 프라이팬을 가지고 모이시오.

이것이 테드 워커가 실질적으로 한 말의 요지였다. 보이 스카우트의 모험담 같은, 건전한 야외에서의 이틀.

워커의 왼쪽에는 또다른 바구니가 있었다. 바구니에는 그의 조수가 오려서 모아둔 신문기사가 가득 들어 있었다. 민주당 주지사 후보경선에 나선 데 대한 기사였다. '조직'은 워커가 여섯 명의 후보 중 꼴찌라고 확신했다. 다른 예측기관에서도 그렇게 보았다. 향기로운 고무나무와 단풍나무 잎사귀들이 바스락거리는 옥스퍼드의 청문회장 밖에서 어머니 샬럿과 함께 나란히 서 있는 테드 워커. 이것은 당국이 그를 이 빠진 멍청이들과 함께 정신병원에 수용시키는 것을 정당화하려 했을 때 실린 보도사진이었다. '조직'은 공산주의 입문서를 그대로 베낀 듯 냉혹의 극에 달했을 때는 훈장을 받을 퇴역군인마저 사방 벽에 고무를 붙인 구금실에 가두려고까지 했다. 이것이 워커 장군이 직면한 사태였다. 신사숙녀, 동료 애국자, 충성스러운 존 버치 협회 회원, 백인시민회 회원, 보이스카우트, 기독교도 들, 그리고 사랑하는 어머니.

원로 상원의원 간부회의실에서 그들은 테드 워커에게 '조직' 구성원 이름을 밝히라고 요구했다. 그것은 공기중에 속한 분자나 세포 이름을 대라는 것과 다름없었다. '조직'은 엄밀한 의미에서 눈으로 보거나 이름을 밝히는 게 불가능했다. 실체가 존재하지 않기 때문에 회원 이름도 밝힐 수 없었다. 여러분, 우리는 그것을 평가하거나 사진을 찍을 수 없습니다. 그것은 이해할 수 없는 미스터리이며, 밝힐 수 없는 조직입니다. 그렇다고 그 조직의 회원들이 없다는 뜻은 아닙니다. 그들은 우리 정부의 정식관료나 대통령고문단, 자선가 등으로, 비밀스러운 신호에 의해 서로 연결되어 음지에서 우리의 삶을 통제하기 위한 작업을 합니다.

실제로 테드 워크는 이렇게 말하지 않았다. 그는 사람들로 가득 찬 방에서 분명히 말을 하지 못하고 우물쭈물 괴로워하다가 급기야 기자의 얼굴을 주먹으로 때렸다.

가끔씩 나는 혼란스럽다. 우리는 언론의 비극, 인간 육체의 비극을 다루고 있다. 그러나 우리가 이해할 수 없는 힘이 존재한다.

테드 워커는 담뱃불을 끄고 새 담배에 불을 붙였다. 요즘 그는 쉽게 피로를 느꼈다. 야간이동작전의 후유증 때문이었다. 야간이동작전이란 국가 심장부의 사람들을 일깨우기 위해 루이빌, 내슈빌, 애머릴로, 쎄인트루이스, 인디애나폴리스에서 각각 하룻밤을 보내고 이동하며 연설을 하는 것이었다. 여정을 마친 그는 아직까지 그 후유증을 앓는 중이었다. 누가 봐도 까스뜨로를 쏙 빼닮은 비트족(현대의 물질문명에 저항하는 미국의 젊은 예술가들—옮긴이)들이 피켓을 들고 나타났다.

이제는 꾸바 섬에 내린 재앙을 종결해야 할 때이다.

워커는 여행 때문에 피곤했다. 하지만 그를 힘들게 하고, 완전히 녹초가 되게 만든 것은 따로 있었다. 끔찍한 호텔방에 있으면 그는 더할 나위 없이 외롭고 불안했다. 나는 가끔씩 너무 혼란스러워서 금방이라도 고독한 절망 앞에 무릎을 꿇을 것만 같다. 내가 알고 느끼는 것을 교묘히 속이고 넘어가는 데 지쳤다. 헐렁한 청바지를 입고 플래카드를 들고 밤늦게까지 지저분한 말을 소리내어 외치는 덥수룩한 머리의 젊은이들을 생각해보라. 그들은 꾸바 스타일의 헝클어진 머리에 어울리지 않는, 연약한 자들이다. 각지의 호텔. 거기에서는 전환이 일어나 그는 의식이 산만한 낯선 사람이 된다.

어떤 이들은 깜둥이를 햇볕에 탄 백인이라고 생각한다.

그는 텍사스 예비선거에 출마했을 때가 지금보다 더 나았다. 군중은 신이 나서 떠들어댔다. 구호를 외치고 노래하는 그들은 희망에 가득 차 있었다. 야간이동작전으로 피폐해진 그와는 달랐다. 그는 숫자들을 지우고 세금을 합산했다. 그러나 머릿속에는 텍사스 주 전역의 건물들이 깃발과 휘장을 내걸고 미국인들이 또렷한 목소리로 노래하는 장면이 떠올랐다.

프로 블루 모자를 써라
별 하나가 그려져 있는 모자를

폭죽이라도 터진 건가? 그가 앉은 자세 그대로 천천히 창문 쪽을 향해 고개를 돌렸다. 의아한 생각이 들었다. 근처에서 아이들이 폭죽놀이를 하나? 방충망은 닫았던가? 그는 방충망이 닫힌 것을 확인했다. 창문도 닫혀 있었다. 에어컨이 가동중이었기 때문에 집 안의 창문은 모두 닫혀 있었다. 그는 불빛에서 조금 비켜섰다. 그때 무언가가 그의 눈에 띄었다. 벽에 50쎈트 동전만한 구멍이 나 있었다. 그는 구멍을 더 자세히 살펴보고 싶었다. 창문 쪽을 다시 쳐다보니 나무 창틀의 가로대 근처 유리에 번개무늬의 선이 나 있었다. 그는 불빛에서 조금 더 멀리 비켜섰다. 담배가 재떨이에서 타고 있었다. 그는 2층으로 올라가 권총을 챙긴 다음 급히 1층으로 내려왔다. 그리고 뒷문을 통해 집 밖으로 나갔다. 총을 든 채 어둠속에서 숨죽이고 주변을 살폈다. 후끈한 밤의 열기가 공기의 장벽처럼 느껴졌다. 잠시 후 다시 집 안으로 들어온 그는 경찰에 전화를 걸었다. 자신의 오른쪽 팔뚝에 난 털 사이에 유리와 나무 파편이 떨어져 있는 것을 알아차린 것은 바로 그때였다. 걷어올린 소매 바로 아래에 낱알처럼 자잘한 유리와 나무 파편이 마구 섞여 고운 모래처럼 밝게 빛나고 있었다. 그는 그것이 고속탄환의 구리 외피에서 떨어져나온 은박 찌꺼기라고 생각했다.

테드 워커는 크나큰 충격을 받았다. 그들은 오랫동안 그를 침묵하게 하기 위해 조직의 모든 요소를 동원해 음모를 꾸미고 조심스럽게 계획을 세워왔다. 이번 일은 저격수가 한 짓이었다.

워커는 족집게를 들고 안락의자에 앉았다. 그리고 경찰관이 도착하기를 기다리며 팔에 떨어진 금속 부스러기를 집어내기 시작했다.

마리나는 리를 이만저만 걱정한 게 아니었다. 그날 아침 그녀는 남편에게서 직장을 그만두었다는 말을 들었다. FBI 탓이라고 했다. 그들이 아마도 가게 주변에 와서 자신에 대해 탐문했을 거라고 말했다. 직장을 그만두었는데도 리는 아직까지 집에 들어오지 않고 있었다. 퇴근할 일도 없는데 말이다. 리는 타자 수업을 듣는다고 했지만, 마리나가 알기로는 타자 수업은 이미 세 시간 전인 7시 15분에 끝나는데다 그날은 수업이 없는 수요일이었다.

리는 그녀가 소련으로 돌아가기를 바랐다. 그는 미국에서 처자식을 부양할 수 없었다. 그래서 그녀에게 워싱턴에 있는 소련 대사관에 편지를 보내라고 했다. 그녀와 어린 딸이 다시 소련 시민이 되는 데 필요한 비용을 그들이 지불해 줄 것인가?

마리나는 또다시 임신했다. 운명은 때때로 그런 식으로 방해를 한다.

최소한 그들은 발코니가 딸린 집에 살고 있었다. 덕분에 아기 준이 신선한 공기를 마시며 마음껏 기어다닐 수 있었다. 포트워스 이후 그들이 헤어져 있을 때, 그녀는 여섯 가정을 전전하며 지냈다. 하룻밤은 이 집에서, 다음날 밤은 저 집에서. 이 집 저 집을 돌아다니며 얹혀사는 생활은 그녀를 몹시 불안하게 했다. 어느날 밤, 리가 어느 러시아인 가정에서 아내와 함께 지내게 되었다. 그 집에는 먹을거리가 가득 찬 냉장고와 전기 깡통따개도 있었다. 전화기도 두 대였다. 리와 마리나는 텔레비전을 켜둔 채 사랑을 나누었다.

리는 엘스베스 가의 여주인에게 그녀가 체코인이라고 말했다.

그는 딱 한 번 사람들 앞에서 그녀를 때렸다. 그녀의 치마 옆지퍼가 조금 열려 있었기 때문이다. 사람들이 보는 앞에서.

네덜란드는 믿기 힘들 만큼 깨끗한 나라였다. 마리나가 꿈꾸는 나라이기도 했다. 예쁘게 꾸민 집들과 티끌 하나 없이 깨끗한 아이들이 있는 곳.

오크 클리프에는 할인매장들이 있었다. 그녀는 더위를 피해 가게 안으로 들어가 진열대 사이를 걸었다. 신발가게도 둘러보고, 육해군 불하품 전문점이라고 씌어 있는 가게에도 들어갔다. 그녀는 좁은 통로를 걸어다니며 마음속으로 이런저런 물건들을 사기도 하고 밀어내기도 했다.

설사 그녀가 원하지 않는다고 해도, 그들은 아마 러시아로 돌아가게 될 것이다. 어쩌면 뉴올리언즈로 이사를 갈지도 모른다. 리는 자신의 고향 뉴올리언즈 이야기를 자주 했다. 뉴올리언즈는 그녀가 자란 아르한겔스끄 같은 항구 도시였다.

그는 대부분의 집안일을 하고, 일요일에는 그녀를 위해

침대로 아침식사를 가져다주었다. 그녀는 늦잠을 자는 것만큼은 부끄럽지 않았다. 사람들이 그녀에게 이런저런 잔소리를 했지만, 리는 그런 그들을 욕했다.

그는 '사랑의 들판'이라고 불리는 곳까지 버스를 타고 가서 사격연습을 했다. 이 문제를 두고 부부는 말다툼을 벌였다. 그가 그녀를 때리자, 그녀는 그를 향해 물건을 집어던졌다. 그러자 이번에는 그가 주먹을 날렸다. 그녀는 코피를 흘렸다.

우리는 화요일마다 시장을 보았다.

그녀에게는 리가 직장을 그만두었다는 사실이 또 하나의 불행으로 여겨졌다. 그러나 인생의 무늬는 쏜살같이 흘러가는 단 며칠, 단 몇주 만에 드러나는 것이 아니다. 어쩌면 항구도시에 사는 것이, 바닷바람을 마시면서 불안한 미래를 예상하는 것이 두 사람의 운명인지도 모른다.

리의 귀가 시간이 그처럼 늦은 것은 처음이었다. 마리나는 짚이는 게 있어 리의 서재에 들어가보았다. 리가 책상으로 사용하는 작은 테이블에 러시아어로 쓴 메모가 놓여 있었다. 번호순으로 나열된 열한 가지 지시사항이었는데, 그중 몇몇 단어에는 밑줄이 그어져 있었다.

그녀는 침침한 가운데 재빨리 메모를 읽어내려갔다.

리는 그녀에게 집세는 걱정하지 말라고 했다. 그리고 만약 신문에 그에 대한 기사가 실리면 그 기사를 모아 소련 대사관에 보내라고 했다. 그러면 즉시 대사관에서 그녀를 도우러 올 거라고 했다. 적십자에서도 도움을 줄 거라고 했다.

또한 직장에서도 받을 돈이 있으니, 은행에 가서 수표를 현금으로 바꾸라고 했다. 그리고 자신의 개인적인 서류들을 잘 보관하고 옷가지는 내다버리거나 남들에게 나누어주라고 했다.

열한번째 지시사항은 만약 그가 살아 있거나 감방에 가게 되면, 시내에 갈 때마다 건넜던 다리 끝에 시 교도소가 있으니 찾아오라고 했다.

한동안 그녀는 그 작은 공간에 우두커니 서 있다가 조용히 부엌으로 갔다. 그러고는 메모지를 잘 접어서 『유용한 조언 모음집』이라는 러시아 책 사이에 감추어두었다.

리는 걸프 정류장으로 돌아와 콜라를 한병 더 마셨다. 흠뻑 젖은 셔츠가 몸에 딱 달라붙었다. 그는 살금살금 직원사무실로 다가갔다. 사무실에서 라디오 소리가 흘러나오고 있었다. 그는 머지않아 사건 소식이 보도될 거라고 믿었다. 노래가 끝나고 디스크자키가 이야기를 시작할 때마다 그는 사무실 문에 조금 더 바싹 다가가 귀를 기울였다. 총성, 시체, 사망 등의 급박한 단어가 디스크자키의 입을 통해 나오지 않을까 싶어서였다. 중대한 폭력사건의 소식이 보도될 때마다 그의 가슴은 흥분으로 벅차올랐다. 범행에 사용한 무기는 둘 다 녹색 비옷에 잘 싸서 자동차에 넣어두었다. 그리고 그 차는 지금 5킬로미터쯤 떨어진 서부 댈러스 빈민가 근처에 있었다. 하루이틀 후에, 아니면 안전해졌을 때 찾아올 요량이었다.

그는 콜라를 한참 쭉 들이켠 다음 병을 검지와 중지 사이에 끼우고 덜렁덜렁 흔들었다. 상황은 느리게 전개되고 있었다. 사무실에서는 번쩍거리는 양복 차림의 두 남자가 이야기를 나누고 있었다. 실내는 불이 환하게 밝혀져 있었다. 자동차 연료통이 잔뜩 쌓여 있는 가운데, 한쪽 벽에 쎅시한 여인의 사진이 실린 달력이 걸려 있었다. 리는 사무실 창문쪽으로 좀더 다가갔다. 그는 짐짓 도시의 어느 빈민가에서 온 게으름뱅이처럼 행동했다.

시간이 꽤 흘렀다. 이제 정류장에 들어오는 차도 없었다. 라디오에서는 계속해서 로큰롤만 흘러나왔다. 리는 콜라를 마저 마시고, 병을 공병 상자에 던져넣은 다음 머리가 깨질듯 뜨거운 공기를 마시며 집으로 향했다.

*

죠지 드 모렌실트는 차 안에서 라디오를 듣고 있었다. 그는 채널을 자주 이리저리 돌렸다. 워커 사건에 대한 새로운 소식을 듣고 싶어서였다. 그는 이번 사건으로 인해 얼이 빠져 있었다. 잘못 쏜 것이 분명했다. 창틀을 스치면서 총알의 방향이 바뀐 것이다. 경찰에서는 더이상 자세한 설명을 하지 않았다. 그 점이 모렌실트를 무척 괴롭혔다. 모렌실트는 더 많은 내용을 알고 싶어 애가 탔다. 그는 이번 사건이 가볍게 잊히는 것을 원치 않았다.

그는 갤럭시 컨버터블을 몰고 오크 클리프로 향했다. 조수석에는 어린 준에게 줄 커다란 분홍색 토끼인형이 놓여 있었다.

모렌실트는 한동안 리를 만나지 못했다. 리는 분명히 자신이 이용당하고 함부로 조종당한 후에 무참히 버려졌다고 느끼고 있을 터였다. 그리하여 거지의 사전에 나오는 부정적인 단어들을 죄다 곱씹고 있을 것이었다. 그렇지만 이번 일은 그의 잘못이었다. 그가 할일은 그저 콜링스에게 일대일로 말하는 것뿐이었다. 모렌실트도 그의 반항을 어느정도는 인정했다. 거기에는 일종의 순수함이 있었다. 하지만 지루했다.

포기한 것으로 말하면 또 하나 새로운 것이 진행중이었다. 모렌실트는 아이티로 갈 예정이었다. 리는 분명 그가 자신을 이용하고 나서 도망친다고 생각할 것이다. 모렌실트는 아이티를 개발하고 싶었다. 그 나라 최고의 은행가를 잘 알고 있으므로 많은 도움을 받을 수 있을 것이다. 석유탐사, 리조트, 지주회사 등. 계획 중에는 무기출하도 포함되어 있었다. 물론 이는 극비사항이었다. 몇몇 명목뿐인 회사가 책상서랍에서 기어나왔다. 번호만 있는 은행계좌와 추적 불가능한 용선계약서도 있었다. 국방부의 한 친구는 모렌실트가 아이티를 중심으로 하는 반까스뜨로 작전을 위해 은신처를 제공하는 일을 도와주기를 바랐다.

어느덧 그는 닐리 가에 도착했다. 그는 잠시 그런 곳에서 평생을 보내는 사람들을 생각했다. 그런 허름한 동네에서 리는 어려운 경제이론서와 뜻모를 좌파이론서를 읽으며 살았던 것이다. 슬프면서도 흥미롭고 지루하고 멍청한 일이었다. 분노가 치미는 일이기도 했다. 모렌실트는 리와 마리나가 사는 곳을 직접 눈으로 보고 나면 화가 나리라는 것을 미처 예상하지 못했다. 이런 동네에는 무언가 심각하고 불안한 구석이 있다. 모든 것이 황폐하고 엉성하고 기울어져 있었다. 모든 것이 기울어져 있었다. 포르토프랭스(아이티의 주도─옮긴이)만큼이나 불쾌한 곳이었다. 모렌실트는 다시는 리를 보고 즐거워할 수 없으리라는 것을 깨달았다. 특이한 전력과 비범한 태도를 지닌 청년 리.

마리나와 리가 문을 열고 모습을 드러냈다. 모렌실트는 우렁찬 목소리로 리를 향해 외쳤다. "이봐, 친구! 도대체 왜 그 개자식을 살려둔 거야?"

모렌실트는 상대가 크게 웃기를 기다렸다. 그러나 부부는 말없이 거실로 들어가버렸다. 위축된 분위기가 느껴졌다. 이 집에서는 그의 농담이 먹히지 않는 것이 분명했다.

그가 준비해온 토끼인형을 내밀었다. 그리고 자신이 장기출장으로 아이티에 갈 예정이니 계속 연락하자고 말했다.

그 말을 한 순간, 그는 리의 표정이 변하는 것을 눈치챘다. 기분이 좋지 않았다. 그는 리의 계획과 문제를 도와줄 사람을 단 한 명도 만들어놓지 못한 채 그를 떠나야만 했다. 마리나가 차를 준비하기 위해 부엌으로 갔다. 모렌실트는 그녀가 들을 수 있도록 큰 소리로 아이티에서의 사업계획을 말했다. 호텔, 카지노, 수력발전소, 식품공장 등. 리는 쏘파에 앉아 있었다. 그의 얼굴에 그만의 독특한 미소가 떠올랐다. 능글맞은 그 웃음을 보자 모렌실트는 무성영화에서 화면이 어두워지면서 얼굴만 떠올랐다가 이내 사라지던 회극배우가 생각났다.

"이제야 웃는군. 반응이 너무 늦은 거 아니야? 나는 문앞에서부터 농담을 던졌는데 아무도 반응이 없었어. 그래서 내가 죽은 영혼들의 계곡에 들어온 게 아닌가 싶었지. 그런데 자네는 이제야 겨우 웃는군. 그래, 무엇 때문에 웃는 건가? 나도 좀 알자고."

"제가 당신한테 사진 한 장을 보냈습니다." 리가 말했다.

"무슨 사진인데?"

"보는 순간 예전에는 깨닫지 못했던 것을 깨닫게 되는 사진이죠."

"무슨 뜻인지 잘 모르겠군."

"그 사진을 보면 누군가에 대한 진실을 깨닫게 된다는 겁니다."

집으로 돌아오는 길에 모렌실트는 뉴욕과 워싱턴에서 예정된 빡빡한 스케줄에 대해 생각했다. 모두 아이티 사업 계획의 다양한 측면을 준비하기 위한 과정이었다. 그가 방문해야 할 곳은 미광산국, 리먼 상사, 체이스맨해튼 은행, 매뉴팩처러스 하노버 트러스트 은행, 국방부, ICA, CIA 등이었다. 사실 CIA를 만나는 것은 엄밀히 말해 사교를 위한 것으로, 전직요원인 래리 파멘터와 점심식사를 함께하기로 했다. 래리는 피그즈 만 작전에 관련된 인물이었지만, 그 점만 빼면 점잖고 유쾌하고 분위기를 잘 살릴 줄 아는 친구였다.

그는 책상 앞에 앉아 최근 사흘치 우편물을 개봉해 읽어 보았다. 그중에는 리 오즈월드의 주소가 적힌 봉투도 있었다. 봉투에는 스냅사진 한 장만 들어 있었다. 검은색 옷을 입은 리가 한손에 라이플총을, 다른 손에 신문 두 부를 들고 서 있는 사진이었다. 모렌실트는 자신이 관심을 보여야 하는지 무시해야 하는지 생각했다. 그는 사진을 뒤집어 뒷면을 보았다. 내 친구 죠지에게, 리 오즈월드라고 씌어 있었다.

그는 봉투에 찍힌 소인을 확인했다. 4월 9일. 워커 장군 사건이 일어나기 하루 전이었다.

그는 두번째 문구를 보았다. 러시아어로 적힌 그것은 마리나의 필체가 분명했다. 리가 봉투를 봉해 부치기 전에 몰래 슬쩍 적어넣은 것이 분명했다. 그것은 잘난 체하기 좋아하는 어느 사내의 아내가 노련하고 나이 많은 친구에게 보내는 사적인 메씨지였다.

파시스트를 뒤쫓는 사냥꾼. 하하하!!!

9월 6일

웨인 엘코는 뉴올리언즈 서부의 산으로 둘러싸인 평지에 자리잡은 작은 오두막 창가에 앉아 있었다. 창문에는 유리 대신 먼지 낀 비닐 한장이 끼어 있었다. 창밖으로 세 명의 사내가 삼나무와 버드나무가 서 있는 곳에서 총으로 표적을 맞히는 연습을 하는 모습이 흐릿하게 보였다.

주변에는 주말에 개구리나 가재를 잡으러 오는 사람들이 이용하는 작은 오두막이 군데군데 몇채 있었다.

새벽안개가 자욱한 가운데 작고 아득하게 총성이 들렸다. 습한 공기 속에서 총소리가 압축된 것 같았다.

매력적이고 유머러스한 사격의 달인 데이비드 페리는 22구경 총으로 양철깡통을 쏘고 있었다.

뱃살이 늘어진 꾸바 출신의 레이모는 해체했다가 재조립한 개량된 윈체스터총의 총구에 헝겊을 넣어 닦고, 총신을 사포로 문질렀다.

레온이라는 세번째 사내는 구식 카빈소총의 노리쇠를 손보고 있었다.

페리의 설명에 따르면, 이 캠프는 급조된 것이었다. 정규 시설은 뉴올리언즈에 더 가까운 라콤베에 있었다. 그곳은 수많은 반까스뜨로 당파가 정부요원의 급습을 받아 엄청난 양의 다이너마이트와 폭탄을 압수당하기 전까지 게릴라전술을 훈련받은 곳이기도 했다. 그래서 이번 계획은 소단위로 한정적으로 진행해야 했다. 누구에게도 발설해서는 안되었다. 주변 상황을 참작해 적절한 시기를 기다려야 했다.

웨인 엘코는 그러한 규칙이 신비주의에 가깝다고 생각했다.

그는 자신들이 단순히 사격연습을 위해 그곳에 온 것이 아님을 알았다. 티제이는 그들을 은퇴시키고 싶어했다. 특히 레이모와 웨인을. 사업이 진정 국면에 접어들면서 그는 저격수들을 자신이 쉽게 찾을 수 있는 곳에 꼭꼭 숨겨두고 싶어했다.

웨인이 리바이스 청바지 차림에 밖으로 나갔다. 그의 맨가슴은 새하얗다 못해 핏줄이 드러나 보일 정도였다. 뒷목을 덮을 만큼 길게 자란 머리카락은 정성스럽게 땋아 쥐꼬리처럼 늘어뜨리고 있었다. 그는 축축이 젖은 땅을 맨발로 걸었다. 머지않아 폭풍이 몰려올 것 같았다. 정적과 금속성의 빛이 오두막을 짓누르고 있었다. 새들도 불안에 떨며 변덕스럽게 지저귀었다.

프랭크 바스께스가 '알파 66'을 감시하기 위해 에버글레이즈로 돌아왔다.

나머지 사람들은 쓰러진 나무 옆에서 이야기를 나누고 있었다. 웨인은 가죽케이스에 든 사냥용 칼을 허리띠에 차고 있었다. 단순히 폼으로 찬 것이었다. 페리가 그의 맨발을 보고 웃으며 말했다.

"여기 두려움을 모르는 사나이가 오셨군."

"나는 인간과 뱀을 전혀 모르겠어." 웨인이 말했다. "그들이 어떤 해를 끼친다는 거지? 그들은 절대 나를 건드리지 않아. 나는 뱀이 절대 나를 건드리지 않는 곳에서 뱀 때문에 사고를 당해봤어."

"코퍼헤드(미국 동부에 서식하는 독사의 일종. 몸의 무늬 때문에 숲속에서는 눈에 잘 띄지 않는다―옮긴이)였지." 레온이 한마디 거들었다.

"나는 원시적인 두려움을 갖고 있어." 페리가 말을 받았다. "내가 가진 두려움은 모두 근본적인 것이지. 그건 대뇌변연계 씨스템 문제야. 내 대뇌에는 백만년 동안의 공포가 저장되어 있어."

페리는 찌그러진 밀짚모자를 쓰고 있었다. 광대처럼 표정이 풍부한 눈썹이 눈 위에 그린 듯이 자리잡고 있었다. 그가 웨인에게 라이플총을 건네주었다. 그들은 웨인이 한쪽이 기울어진 선착장으로 걸어가 소형보트에 올라타는 모습을 지켜보았다. 웨인은 하류를 따라 800미터쯤 떨어진 곳에 자신의 자동차를 주차해놓았고, 그곳에 가려면 보트를 타는 수밖에 없었다.

그들은 한때 FBI의 소유물이었던 사람 형상의 과녁을 향해 차례로 사격을 했다. 그런 다음 간단히 요기를 하기 위해 길쭉한 형태의 오두막으로 들어갔다.

빗방울 하나가 창문 흙막이널 위에 떨어지는가 싶더니 이내 세찬 비가 쏟아지기 시작했다. 그들은 탁자 주위에 둘러앉아 직장과 이상한 직장, 계절 직장에 관해 대화를 나누었다. 웨인이 먼저 캘리포니아에서 수영장 청소부로 일하던 시절을 털어놓았다. 레온은 어딘가에 있는 라디오 공장 이야기를 들려주었다. 선반과 연마기, 기름이 번들거리는 바닥, 시커멓게 착색된 노동자들의 손 등. 레이모는 사탕수수 채취작업의 어려움에 대해 이야기했다. 사탕수수를 베다보면 손에 여기저기 상처가 나는 것은 물론 줄기의 진액으로 인해 늘 끈끈하고 새카매졌다.

웨인은 레온이 두 마디 이상 말하는 것을 이번에 처음 들었다. 그는 레온이 어디에 적합한 인물인지 알지 못했다. 물론 그가 자신만의 재주를 가진 일종의 특별한 존재라는 점은 분명한 사실이었다. 그는 늘 이딸리아제 카빈소총을 들고 왔다갔다했다. 나머지 사람들은 항상 그와 일정한 거리를 유지하는 듯했다. 마치 그가 신성한 성인이거나 전염병 환자이기라도 한 것처럼.

그들은 자신이 체험한 감방생활에 대해서도 이야기했다.

"나는 한때 까스뜨로가 위대한 이유는 그가 감옥에서 보낸 시절 때문이라고 믿었어." 레이모가 맨먼저 입을 열었다. "까스뜨로는 꾸바와 멕시코에서 수형생활을 했지. 나는 이 사실이야말로 까스뜨로의 명예와 강인함을 보여주는 증표라고 입버릇처럼 말하곤 했어. 그는 자신의 신념으로 인해 감옥에 들어갔기 때문에 나올 때도 명예롭게 나왔어. 까스뜨로 자신의 감옥과는 전혀 다른 것이었어. 우리는 라카바나 감옥에서 나올 때 분노와 혐오감만을 갖고 있었지. 우리는 CIA의 벌레였던 거야."

"나는 군대 영창에도 갔었어." 레온이 한마디 거들었다.

"뭣 때문에?"

"정치활동. 까스뜨로와 똑같은 정치범이었지. 한 달 전에도 뉴올리언즈의 교도소에서 하룻밤을 보냈는데, 그때도 정치활동 때문이었어."

"나는 사흘간 구치소에 갇힌 적이 있어. 우리가 탄 증기선이 플로리다 키즈를 출발해 10분쯤 달렸을 때 붙잡혔지. 중립법 위반으로. 구치소에 갇힌 우리를 꺼내준 건 티제이였어. 그가 손을 썼더군. 좋은 게 좋은 거라는 식으로 불기소됐어." 웨인이 말했다.

레이모가 다시 까스뜨로 이야기를 꺼냈다. "까스뜨로는 독방에서 열네 달을 보냈어. 그동안 그는 카를 맑스의 책을 읽고, 러시아어를 완전히 습득했지. 그의 말로는 하루에 열두 시간씩 책을 읽었다더군. 그것도 어둠침침한 독방 안에서. 늘 공부하고 늘 분석하는 자세로 지낸 거야. 몇 년 뒤, 나는 산속에서 까스뜨로를 위해 투쟁한 사람들이 처형당하는 것을 보았어."

"인간이 신념 때문에 감옥에 가야 하는 것은 역사적으로 명백히 증명된 사실이야." 레온이 말했다. "기존의 체제를 거스르는 모든 변화의 움직임에 필수적인 단계라고 할 수 있지. 종국에는 그 신념을 실질적인 투쟁과 하나로 만들게 되고 말이야."

"나도 그 점을 많이 생각해봤어." 이번에는 레이모가 거들고 나섰다. "내 신념이 어떤 것이었는지 아나? 나는 미합중국을 절대적으로 신뢰했어. 결코 잘못된 일을 할 수 없는 나라라고 생각했지. 미합중국이 세상 무엇보다 더 위대하고, 심지어 하느님보다 더 위대하다고 믿었어. 그러니 그렇게 위대한 미국이 우리 뒤에 버티고 있는데, 어떻게 우리가 패할 수 있겠나? 미합중국은 우리에게 명령을 내리고, 격려하고, 약속하고, 다짐하고. 아무튼 수없이 반복적으로 우리를 독려했지. 그렇게 우리 뒤에는 든든한 군사적 지원이 기다리고 있었어. 그래서 우리는 선뜻 해변으로 갔지. 정부에서 공군, 해군을 동원해 우리를 지켜줄 거라고 믿었으니까. 우리한테는 미합중국이라는 든든한 후원자가 있었다고. 그런데 지금은 어떤가? 우리는 늪에 빠진 채 공포와 굶주림에 시달리고 있어. 지금까지도 나무껍데기로 연명하고 있다고. 라디오에서는 '잘 들어, 상륙부대, 올빼미가 헛간에서 울고 있다'라고 떠들어대고."

레이모가 낄낄 웃으며 동료들의 얼굴을 하나씩 천천히 보다가 한마디 덧붙였다.

"'여보게들, 내일 절름발이 아이가 언덕에 오른다더군.'"

그 말에 모두가 웃음을 터뜨렸다.

"그들은 무기를 전부 빼앗고 굵은 쇠사슬로 손을 묶은 다음 군용트럭에 태워 우리를 가장 가까운 군사캠프로 보냈어. 머리 위로 비행기가 지나가기에 내가 소리쳤지. 우리 편에게 말이야. '쏘지 마시오! 우리는 아군이에요!'"

레이모의 두 눈은 몹시 흥분되고 신나 보였다. 그는 레온과 웨인을 번갈아 보다가 바보같이 웃으며 탁자를 힘껏 내리쳤다. 그 바람에 탁자 위에 있던 양철접시들이 덜그럭거렸다. 접시 부딪치는 소리가 잦아들자, 레이모는 집에서 만든 감자튀김과 달걀을 2분 동안 뚫어지게 내려다보았다. 그러더니 집게손가락으로 콧수염을 한번 문지르고는 음식을 먹기 시작했다.

"우리는 실질적으로 나무껍데기를 먹고 있어." 그가 천천히 음식을 씹으면서 말했다. 두 눈의 잔뜩 들뜬 환희는 사라지고 없었다.

잠시 후 티제이가 빗줄기를 뚫고 나타났다. 비는 세찬 바람에 굽이쳐서 퍼붓듯이 쏟아지고 있었다. 티제이의 등뒤로 한쪽으로 기울어진 나무들이 보였다. 티제이는 오른쪽 어깨에 더플백을 둘러메고, 왼쪽 겨드랑이 아래 또다른 더플백을 끼고 있었다. 그는 오두막 안으로 들어오자마자 가방부터 열었다. 가방 하나에는 가죽케이스 두 개가, 또다른 가방에는 가죽케이스 한 개가 들어 있었다. 부직포를 안에 덧댄 세 개의 케이스에는 각각 고성능 라이플총 한 정씩이 들어 있었다. 사내들은 뭐라고 웅얼거리면서 총을 하나씩 들어 무게를 가늠해본 다음 옆사람에게 건네주었다. 밖에서는 창틀에 끼워둔 흙막이널이 크게 흔들리다가 결국 뚝 부러졌다.

그들은 다 함께 둘러앉아 총에 대한 이야기를 나누었다. 웨인은 총에도 우정이 있다고 믿었다. 그것은 모순일 수도,

모순이 아닐 수도 있었다. 실제 삶과 영화를 통해 그는 평화가 우정이라는 유대감을 해칠 수 있다고 믿었다. 그것은 사무라이의 교훈이기도 했다. 행동은 진실이며, 전투가 끝나고 마을 사람들이 자유로이 일상으로 돌아갈 때 그 진실은 흔들린다. 영화 「7인의 사무라이」에 등장하는 한 인물의 말처럼 '우리가 또다시 살아남으면, 우리는 또다시 패배하는 것이다.'

티제이의 얼굴에서는 여전히 빗물이 뚝뚝 떨어졌다. 그는 오른쪽 팔꿈치를 테이블에 올려놓은 채 손을 올려서 주먹을 쥐었다 펴기를 반복했다. 티제이는 웨인이 생각했던 것보다 더 말이 많았다. 레이모도 말이 많았다. 총은 언어이자 기억이었다. 웨인은 우연히 티제이와 레온이 따로 나누는 대화를 들었다. 그에 따르면, 레온은 새로 가져온 라이플총을 사용하지 않고 그가 캠프에 올 때부터 챙겨온 자신의 만리허 라이플총을 사용할 거라고 했다. 그것은 서로 합의된 사항이었다.

비바람이 오두막을 세차게 때렸다. 그들은 몇시간 동안 재미있고도 끔찍한 이야기를 나누었다. 웨인은 달빛 아래 예수처럼 즐겁고 마음이 편했다.

프랭크 바스께스는 레이모의 고물 벨 에어를 몰고 미시씨피 주를 달리고 있었다. 운전은 그의 적성에 맞지 않았다. 그는 제한속도가 무척 신경쓰였고, 도로표지판이 나타나면 더욱 긴장했다. 표지판의 의미를 모두 이해하지는 못했기 때문이다. 불운이 닥칠까봐 걱정스럽기도 했다. 그는 마이애미 시절 이래로 자동차가 두 번이나 고장났고, 두 번이나 길을 잘못 들어섰다. 그는 모텔에서 하룻밤을 보냈다. 그런데 그곳 주차장에서 네다섯 명의 사내 사이에 싸움이 벌어졌다. 자갈밭을 발로 짓이기는 소리와 거친 숨소리, 흰색 컨버터블을 타고 있던 여인의 비명소리 때문에 바스께스는 밤새 잠을 이룰 수 없었다. 펜써콜라 근처 어느 모텔에서 있었던 일이다.

프랭크 바스께스는 미국생활이 익숙지 않았다. 스페인어를 할 줄 아는 사람도, 늘 함께이던 레이모도 없었기 때문이다.

그는 티제이에게 전할 소식이 있었다. 알파가 중요한 작전을 계획중이라는 것이었다. 11월 마이애미에서. 처음에 프랭크는 이번 임무의 성격을 예측할 수 없었다. 그러나 꾸바의 어느 항구나 정련소가 아닌 미국의 대도시와 관련된 일인만큼, 이번 일은 독특한 사안이 틀림없었다.

프랭크는 41번 고속도로변에 있는 알파의 캠프에서 2주 반을 보냈다. 다른 단체와 분파 출신의 사내들과 함께 엘리오티 소나무숲에서 장애물 통과 훈련을 했다. 어느날 그에게 알파의 사무총장이 다가왔다. 그는 이번 작전에 매키를 참여시키고 싶어했다. 히론 해변 작전 실패에 대한 보상 차원이 될 이번 사안은 장기적인 작전이 될 터였다. 매키는 그만큼 최고의 평가를 받고 있었다. 이번 작전의 지도자들은 매키가 이번 일을 반드시 도와줄 거라고 믿었다.

공식적으로 정확한 장소와 날짜는 발표되지 않았다. 프

랭크는 그저 떠도는 소문으로 이러한 정보를 얻었을 뿐이다. 동료의식이 그를 압박했다. 그는 훈련과 사격이 몹시 싫었다. 알파의 지도자들은 썬글라스와 전투화, 베레모 차림에 턱수염을 조금 길렀다. 만약 그들이 과격한 반까스뜨로주의자라면, 도대체 왜 체 게바라 흉내를 내고 싶어하는 것일까?

프랭크는 레이모의 말을 기억했다. 씨에라 전투 이후 체 게바라가 진흙투성이 노새를 타고 생포된 부대원들을 만나기 위해 찾아왔지. 그때 부대원들이 가장 먼저 한 일이 뭐였는지 아나? 그들은 체 게바라에게 싸인을 부탁했어. 그때는 모두가 바띠스따 정권이 끝났음을 안 때였지.

프랭크는 산들과 무성한 수풀, 산꼭대기에서부터 내려오다가 어느정도 높이에서 사라지는 연기를 생각해냈다. 비가 줄기차게 내렸다. 그들은 위장한 막사에서 지냈다. 진흙구덩이에 몸을 숨긴 채 밤을 보낼 때도 있었다. 그는 자신이 그렇게 싸우는 명분에 대해 생각했다. 꾸바 국민들의 존엄성을 보장하기 위해서? 굶주리고 잊힌 사람들의 정의를 위해서? 그는 첫날부터 자신이 끝까지 남게 되지 않으리라는 것을 알았다. 그는 육체적으로나 정신적으로나 반군 기질이 없었다. 그는 평범한 사람이었다.

그의 생명의 창조자인 어머니는 서글픈 웃음을 지으며 돌아온 아들을 반겼다.

프랭크는 컴퍼니 타운(회사 의존 도시—옮긴이) 변두리에 위치한 학교에서 1학년부터 6학년까지 학생들을 가르쳤다.

가끔 수업을 동시에 진행할 때도 있었다. 회사는 유나이티드 프루트 사였다. 프랭크의 두 형제는 사탕수수농장의 십장으로 일하면서 각자 처자식과 함께 살고 있었다. 그들이 사는 방은 가로세로 1미터 정도밖에 되지 않았다. 그렇게 좁은 방 열 개가 다닥다닥 일렬로 붙어 있고, 벽 하나를 사이에 두고 맞은편에 똑같은 방 열 개가 붙어 있었다. 그렇게 1.5미터 지주 위에 지어진 기다란 건물에 총 스무 개의 방이 있었다. 사탕수수밭 노동자들과 그 가족은 그 건물 아래 판지와 거친 삼베로 만든 야트막한 움막에서 살았다.

반면 라 유나이티드 사의 미국인 간부들은 코코넛나무가 줄지어 서 있는 거리의 멋진 집에서 하인들을 거느리고 살았다. 그러한 현실에 대해 프랭크는 회사가 아닌 정부를 비난했다. 그는 형제들이 사탕수수 농장 일을 그만두고 대규모 제분소의 기술자가 되기를 바랐다. 라 유나이티드 사는 야심이라는 개념을 모르지 않았다. 요컨대 출셋길을 조금은 열어두었던 것이다. 제분소의 단순 노동자에서 사무직이나 기술직으로 승진할 수도 있었다. 그렇게 되면 야간에도 가로등이 환한 거리에 있는 방 두 개짜리 집을 얻을 수 있었다. 미국인들은 효율적으로 일하고 업무능력이 뛰어난 사람들을 존중했다. 즉 관념적으로는 충분히 발전의 기회가 있었던 것이다.

그의 예전 동지였던 반군이 나타난 것은 바로 그즈음이었다. 그들은 사탕수수 농장에 불을 질렀다. 이는 꾸바 역사와 일치하는 것이었다. 누구든 반란을 일으키는 자는 사탕수수밭부터 불태웠다. 이는 경제적 대외 의존과 외국의 통제에 대한 일종의 성명이었다. 프랭크는 사탕수수밭이 불타는 것을 지켜보면서 반군의 배후에 공산주의자들이 있음을 직감했다. 이는 그가 가장 두려워하던 일이었다. 공산주의자들에게는 우리가 모르는 뭔가가 있다. 불은 사탕수수밭을 누비고 다니며 훨훨 타올랐다. 라 유나이티드 사의 청원경찰관들은 일찌감치 모두 도망치고 없었다.

프랭크 바스께스는 아바나에 있는 미대사관 앞에서 비자를 신청하기 위해 수백명의 대기자들 틈에 섞여 서 있었다. 그리고 지금 그는 비구름이 무겁게 드리워진 루이지애나 주 경계 근처의 도로를 달리고 있다.

까스뜨로와 함께한 지 나흘째 되는 날, 프랭크는 망원조준경을 사용해 정부의 정찰병 한명을 저격했다. 무시무시한 경험이었다. 버튼 하나만 누르면, 100미터나 떨어진 곳에 서있는 사람이 그 자리에서 쓰러져 죽는다. 그러한 경험은 공허하고 낯설며 모든 것을 왜곡하는 것 같았다. 그것은 렌즈의 장난이었다. 표적인 상대방은 정밀한 영상이다. 그 상대방이 거꾸로 뒤집어졌다가 똑바로 세워진다. 단지 금속관을 통해 전달된 일련의 이미지를 쏠 뿐이다. 죽음이 내포되어 있는 힘은 막강하겠지만 이미지가 전해져도 그 행위의 의미를 애매하게 만드는 이중유리를 통해 들여다보는 수밖에 없다면, 자기가 죽인 자가 어떤 인간이고 어느 쪽이 더 용감하고 강했는지 알 수 없다. 선악의 구분이 없다면 전쟁은 단지 살인행위일 뿐이다.

프랭크는 알파가 계획하고 있는 것이 무엇인지 알았다. 생각에 생각을 거듭해본 결과, 해답은 한 가지밖에 없었다. 일단 대통령이 마이애미로 간다는 것을 알고 나니, 그밖에 믿을 것은 아무것도 없었다.

그의 형제들 또한 훗날 위험한 방법을 통해 까스뜨로에게서 도망쳤다. 석유 드럼통을 나르는 뗏목을 타고 키웨스트까지 갔던 것이다. 돌아올 때도 배를 타고 왔다. 한명은 해안에서의 전투에서 목숨을 잃고 시신이 되어, 또 한명은 생포되어 요새 감옥으로 호송되는 죄수가 되어. 요새 감옥에 갇힌 형제는 굶주림에 시달리다가 조용히 눈을 감았다. 공식적인 청원의 형태를 띤 그의 죽음은 감옥에서 자행되는 고문이나 처형에 대한 항의의 표시이기도 했다.

열정적인 사람들, 망명자들, 반공 투쟁가들은 꾸바의 사탕수수밭에 방화 장비를 떨어뜨리기 위해 키웨스트에서 쎄스나와 파이퍼 코만치(경비행기의 이름—옮긴이)를 타고 출발했다. 그리하여 사탕수수밭은 다시 불타올랐다.

미국의 최남부 지역에서 프랭크 바스께스는 대통령에 대한 증오심이 그 지역문화에, 주민의 일상생활에 얼마나 이상하고도 철저하게 퍼져 있는지 단적으로 보여주는 뭔가를 목격했다. 장시간 운전을 하던 첫날, 그는 실수로 죠지아 주를 헤매고 돌아다녔다. 그러다 우연히 지나게 된 자동차극장에서 마침 전쟁영웅인 젊은 케네디에 관한 영화를 상영하고 있었다. 간판에 적힌 영화 제목은 'PT109(태평양전쟁 당시 중위로 참전한 케네디가 지휘했던 어뢰정의 이름—옮긴이)'였는데,

제목 아래 특별한 광고문구가 적혀 있었다. '일본놈들이 케네디를 거의 해치울 뻔했던 사연 전격 공개.'

프랭크는 미국의 길가에 세워진 그 간판을 보는 순간 몹시 두려웠다. 그는 폭우가 쏟아지는 루이지애나에 다다랐다. 그는 글레이즈의 '알파 66'에서 보고 들은 모든 내용을 티제이에게 알릴 참이었다. 결론을 끌어내기는 어렵지 않았다. 이번 임무의 표적은 케네디였다.

그것이 죄악이라는 것을 알면서도, 그의 마음속 무언가가 이번 살인을 염원하고 있었다.

기록담당관이 오즈월드의 부검 사진을 보낸다. 그 사진에서 무엇을 알아낼 수 있을지 모르지만, 니컬러스 브랜치는 그것을 살펴봐야 할 의무를 가진다. 사진 속 시신은 눈을 뜨고 있고 좌측 옆구리에 커다란 상처가 나 있다. 양갈래로 갈라져서 꿰맨 흉터 두 개가 쇄골 아래에서 만나 생식기까지 한 줄로 죽 이어져 Y자를 형성한다. 왼쪽 눈은 카메라를 향해 뜨고 있다.

기록담당관은 인간의 두개골과 염소의 사체, 젤라틴과 말고기를 섞어 만든 덩어리를 대상으로 실시한 탄도실험 결과도 보낸다. 우측 일부가 날아간 두개골 사진들이 있고, 총알로 인해 산산조각난 염소머리를 클로즈업해서 찍은 사진도 있다. 브랜치는 대통령처럼 '옷을 입힌' 젤라틴 조직 모델 사진을 찬찬히 들여다본다. 그것은 순수한 모더니즘적 조각상이다. 정장과 셔츠 옷감을 겹쳐 두른 젤라틴 덩어리. 속옷까

지 갖춰입은 그 덩어리에는 탄환연기가 배어 있다. 사망 속
도에 관한 문서와 함께, 젤라틴으로 속을 채우고 두피 대용
으로 염소가죽을 덮어씌운 인간의 두개골 사진도 있다.

기록담당관은 FBI에 대통령의 두뇌와 관련한 메모를 보
낸다. 그것은 국립공문서관에서 20년도 더 전에 사라진 자
료였다.

그는 실험 목적으로 앉혀놓은 사체의 손목을 관통한, 끝
이 우그러진 탄환도 보낸다. 이렇게 되면 차원이 달라진다
고 브랜치는 생각한다. 이제는 문헌의 차원을 넘어선다. 손
으로 만지고 냄새를 맡아봐야 한다.

브랜치는 왜 그들이 몇년이 지난 지금에서야 자신에게
그처럼 유달리 소름끼치는 자료를 보냈는지 알지 못한다.
산산조각난 뼈와 공포. 그 자료들은 그에게 그 이상 아무 의
미도 아니다. 그러한 사진과 통계자료를 통해 이해할 것도,
간파해낼 것도 없다. 전차 선로에 떨어진 동전처럼 납작해
진, 음울한 탄환에서 무엇을 얻어낼 수 있단 말인가. 피투성
이의 염소머리가 그를 비웃는 것 같다. 브랜치는 이것이 포
인트라는 생각이 들기 시작한다. 그들이 그의 얼굴에 끈적
거리는 피와 오물을 문지르고 있다. 그들이 그를 비웃고 있
다. 그들은 요컨대 이렇게 말하고 있다. "이봐, 여기 이게 진
짜 이미지야. 이게 당신 역사라고. 여기 반쯤 날아간 두개골
이야말로 당신이 숙고해야 할 것이야. 뼈를 관통한 납덩이
도 마찬가지고."

그들은 말한다. "눈으로 보고 손으로 직접 만져봐. 이것

이 사건의 본질이야. 당신의 더할 나위 없는 애매모호함, 거물들의 언행록, 동정이나 비애 따위는 관계없어. 당신의 방에 넘치는 가설도, 당신의 모순된 사실의 박물관도 관계없어. 여기에 모순 따위는 없어. 당신이 다루는 역사는 단순해. 여기 해부대 위에 누워 있는 남자를 봐. 눈을 뜨고 당신을 바라보고 있어. 뇌수 같은 것이 흘러나오는 염소머리도 봐." 그들은 계속해서 말한다. "총에 맞으면 이렇게 되는 거야."

브랜치가 어떻게 모순과 불일치를 잊을 수 있겠는가? 그것은 이 변덕스러운 이야기의 핵심이다. 그가 검토한 첫번째 문서들 중 하나는 오즈월드 일등병에 대한 의학보고였다. 즉 오즈월드가 자신의 몸에 만든 총상과 관련된 보고서였다. 그런데 어떤 보고서에는 사용된 총기가 45구경이라고 되어 있고, 또다른 보고서에는 22구경이라고 되어 있었다. 진실이란 쓸쓸한 것이다. 브랜치는 가장 확실한 진실에 집착할 때 생기는 비애감을 수없이 보아왔다.

오즈월드의 눈동자는 회색이었다가 푸른색이 되기도 하고 갈색이 될 때도 있었다. 신장도 174센티미터일 때도 있고, 177센티미터 혹은 179센티미터일 때도 있었다. 오른손잡이였다가 왼손잡이로 바뀌기도 했다. 운전을 할 줄 알다가 갑자기 할 줄 모르는 사람이 되기도 했다. 명사수였다가 뜬금없이 고문관으로 평가되기도 했다. 브랜치는 목격자 증언과 위원회에 제출할 증거서류에서 이 모든 진술을 지지해야 한다.

심지어 오즈월드는 사진마다 완전히 다른 사람으로 보이기까지 한다. 그는 강인한 동시에 허약하고, 얇은 입술에 허우대가 좋고 외향적으로 보이다가도 어느 순간 수줍음 많고 소심해 보인다. 단 풀백처럼 목이 굵다는 것만은 확실하다. 그는 무척 평범한 인상이다. 군대에서 찍은 두 장의 사진에서 그는 음울한 킬러이기도 하고 동안의 영웅이기도 하다. 또다른 사진에서 그는 해병대 동료들과 어울려 종려나무 아래 등나무로 짠 매트에 앉아 있다. 오즈월드는 옆모습만 보이는 반면, 네다섯 명의 사내는 카메라를 정면으로 바라보고 있다. 그들 모두가 오즈월드와 닮아 있다. 브랜치는 오즈월드라고 공식적으로 확인된 옆모습의 청년보다 그 네다섯 명의 청년들이 더 오즈월드 같다고 생각한다.

오즈월드의 명암과 다중적 이미지, 일관되지 않은 인식—눈동자 색깔, 무기 종류 등—이러한 것들이 앞으로 벌어질 사태의 전조 같다. 조사를 통해 드러난 수많은 사실의 조각들. 과연 발사된 총알은 몇발이고, 저격수는 몇명이며, 총알이 날아온 방향은 몇군데인가? 강력사건은 그 스스로 모순의 네트워크를 양산해낸다. 단순한 사실도 입증하기 곤란하다. 대통령의 몸에 난 상처는 모두 몇곳일까? 상처의 크기와 형태는? 다중적인 오즈월드가 또다시 보인다. 총격이 시작되었을 때 교과서 보관창고 정문 계단에 모여 있던 사람들을 찍은 사진에 바로 그가 있지 않은가? 소름끼칠 만큼 닮았다는 것을 브랜치는 인정한다. 그는 모든 것을 인정한다. 그러면서도 빛과 그림자, 견고한 물체와 흔해빠진 소리로부터 이루어진 이 세계에 대한 인간의 기본적인 상정, 그리고 그 같은 명암이나 소리 등을 측정하고 무게와 부피와 방향을 판정하며 사물을 있는 그대로 보고 그것을 분명히 생각해내면서 무슨 일이 있었는지 아는 사람들의 능력을 포함하여 모든 것을 의심한다.

브랜치는 자신이 써서 모아둔 기록들에서 도피처를 구한다. 기록 자체가 목적이 되어가고 있다. 지금까지 브랜치는 그 기록들을 일관된 역사로 만들기 위해 진지한 노력을 기울이는 것은 시기상조라고 생각해왔다. 어쩌면 언제까지나 시기상조가 될지도 모른다. 자료는 끊임없이 생겨나고, 새로운 인물이 계속해서 기록에 입력되기 때문이다. 그가 기록하는 순간에도 과거는 변하고 있다.

모든 이름이 그를 댈러스의 미로여행으로 이끈다.

잭 루비의 본명은 제이콥 루빈스타인이다. 레온이라는 중간 이름은 노동운동을 하다가 총에 맞아 죽은 친구 레온 쿠크를 기리기 위해 택한 것이다.

죠지 드 모렌실트에게는 가명이 몇개 있다. 그는 가끔 필립 하빈이라는 이름을 사용했다.

카민 라타의 본명은 카르멜로 로싸리오 라탄치였다.

월터 에버렛은 비밀업무를 수행하는 몇년 동안 토머스 R. 스타인백이라는 가명을 사용했다.

리 오즈월드는 대략 열두 개의 이름을 사용했다. 그중에는 본명을 거꾸로 한 O. H. 리(O. H. Lee)와 D. F. 드릭털(D. F. Drictal)이라는 특이한 이름도 포함되어 있었다. 후자는 그가 우편으로 권총을 구입할 때 주문서의 연대보증인 칸에 적은 이름이었다. 브랜치는 몇시간 동안 D. F. 드릭털이라는 이름의 내부구조를 분석하기 위해 애썼다. 그는 자신이 마치 알파벳 블록으로 근사한 단어를 만들어내려고 끙끙거리는 어린아이 같다는 기분이 들었다. 그는 피델(Fidel), 까스뜨로(Castro), 오즈월드(Oswald), 듀파드(Dupard)라는 이름의 조각들을 찾으려고 애썼다. D. F. 드릭털이라는 이름은 책 속의 인물과 실존인물, 이야기와 정치 속의 이름들을 일부러 섞어 만든 것으로, 워커 장군 암살 결정의 증거일지도 모른다. 브랜치는 오즈월드가 워커 장군의 이름과 중간이름 첫글자가 한때 어린 리의 계부이자 마거리트 오즈월드가 평생 비난했던 인물 에드윈 A. 에크달의 이름과 일치한다는 사실을 드러낸 것은 아닌가 생각했다.

괴상한 수염이라는 별명으로 통하는 댈러스의 디스크자키의 본명은 러셀 리 무어였다. 그는 러스 나이트라는 이름도 사용했다.

알렉쎄이 끼릴렌꼬라는 가명을 사용하는 KGB 요원의 실명은 쎄르게이 브로다였다. 이는 기록담당관이 보내준 기록에 나와 있었다.

브랜치는 기록담당관에게 몇번이나 의뢰한 끝에 티제이로 통하는 시어도어 J. 매키의 본명이 조지프 마이클 호르니아크라는 것을 알아냈다. 티제이는 1964년 1월 버지니아 주 노퍽에서 마지막으로 발견되었는데, 당시 아시아 출신의 이름모를 매춘부와 함께 있었다고 했다.

매키는 차 안에 앉아 프랭크 바스께스의 이야기를 듣고 있었다. 프랭크는 지치고 흥분해 있었다. 그는 모든 이야기를 세 번씩 반복하여 말했고, 알파의 지도자들의 말을 제스처와 함께 아주 정확하게 인용했다. 칠흑같이 어두운 밤, 두 남자는 라이트를 끈 채 오두막 하류에 세워둔 자동차 안에 앉아 있었다. 개구리 울음소리가 시끄럽게 들렸다.

프랭크의 판단은 알파가 대통령 암살계획을 세우고 있다는 것이었다. 그는 매키가 자신의 말을 쉽게 믿지 않을 거라고 생각하는 듯했다. 그러나 그의 말을 믿는 것은 어렵지 않았다. 매키는 최근 들어 무슨 말이든 믿었다. 프랭크가 알파의 캠프에 참가했다가 온갖 소문과 소식을 가지고 다시 나오는 일이 얼마나 쉬웠는지도 믿었다.

알려진 바에 따르면 알파는 조심성이 많다거나 보안이 철저하지는 않았다. 그들은 꾸바 군사기지와 러시아 수송기 공습을 알리기 위해 기자회견을 열었다. 한번은 열 명이 두 척의 배로 실시하는 공습작전에 『라이프』지의 사진기자를 초빙하기도 했다. 결과적으로는 예상치 못한 폭풍우 때문에 작전 수행과 사진 촬영 모두 실패했지만, 어쨌거나 『라이프』지는 기사를 만들어냈다. '알파의 용감한 전사들'이라는 제목이었다. 플로리다 남부에는 공공연히 자신의 신분을 밝히는 열렬한 알파요원들이 셀 수 없이 많았다.

"그동안 내내 티제이 자네가 계획한 것도 바로 이런 거지? 케네디를 해치우려는?"

"그저 그가 가야 할 때가 왔을 뿐이야."

"나는 우리가 미국의 대통령을 그리 간단하게 죽일 수 있으리라고 생각지 않아. 마이애미에서는 특별경호체제를 가동할 거야. 단돈 몇달러로 경호원을 매수해 작은 나라의 수도나 왕궁에 걸어들어가는 것과는 다른 문제야."

"장애물은 없어졌어, 프랭크. 잭이 까스뜨로를 없애라는 명령을 보냈을 때 그는 스스로 피와 고통의 세계에 뛰어든 거야. 누구도 그에게 그렇게 하라고 말하지 않았는데 말이야. 그는 자신의 형제인 바비와 선택을 했지. 그래서 우리는 잭의 생각을 따르기로 했어. 그러니 일단 그가 결정한 일이라면."

"나는 그런 일이 벌어지는 것을 보고 싶지 않아."

"하지만 결국에는 벌어질 일이야."

"누군가가 꾸바를 위해 대가를 치러야 한다고."

"프랭크 자네와 내가 하면 되지."

"표적은 까스뜨로가 될 거야. 그들은 여기가 근원지라고 주장할 거라고. 까스뜨로가 암살범들을 보냈다고 말이야."

"그게 우리가 바라는 바야. 설사 모든 톱니바퀴가 맞지 않는다고 해도, 최소한 우리 사람은 지킬 수 있어. 누군가 한 명은 희생되어야 해. 우리 생각으로는 그 주인공이 바로 잭이 될 가능성이 많다는 거고."

"그렇다면 알파가 하는 식과 다를 게 없군. 그들도 누군가는 반드시 죽어야 한다고 주장하잖아."

"그들도 더는 그것을 막을 수 없는 거야."

"그럼 우리가 그들에게 협력하는 셈인가?"

"못할 것도 없잖아, 프랭크."

"자네는 그들이 진짜 그 일을 실행할 거라고 믿나?"

"그들은 러시아 선박을 폭파하기 위해 바다도 건넜어, 젠 장. 그런데 이번 일의 대상은 오픈카에 타고 있는 사람 한명 에 불과하잖아."

프랭크는 잠깐이라도 눈을 붙여야 할 것 같았다.

"캠프에는 누가 있지?" 프랭크가 물었다.

"레이모와 웨인, 그리고 손님 한명. 그 사람에게는 말조 심하는 게 좋아. 그저 멋지게 웃으면서 악수나 해."

오즈월드는 자신의 행로가 추적되어 이름이 알려지기를 원했다. 그에게는 자신만의 계획이 있었다. 꾸바에서 영웅 의 안전한 안식처를 찾는 것이었다. 그는 일부러 하이델이 라는 빤히 들여다보이는 가명을 통해 자신을 추적할 수 있 는 라이플총을 사용하고 싶었다. 매키는 조심성이 많았다. 어지러운 이력을 갖고 있는 그는 뉴올리언즈에서 페리와 일 종의 거울게임을 벌이고 있었다. 왼쪽이 오른쪽이고, 오른 쪽이 왼쪽인. 그러나 그는 여전히 에버렛이 6개월 전에 고안 한 개요에 맞게 움직였다. 그중에는 집에서 만든 문서들과 사회주의 문학서적, 무기와 가명 등이 있었다. 그는 아직까 지 효력있는 초창기 계획의 한 요소였다.

매키는 모터보트의 전조등을 조정했다. 프랭크가 보트에 올라타 램프 스위치를 켜자, 보트가 조용히 개구리밥 사이 로 물속에 잠긴 나무들을 지나쳐 움직이기 시작했다.

매키는 또다시 어둠속에 앉아 있었다.

알파의 대담한 작전 가운데 일부는 정보국에 숨어 있는 세포에 의해 운용되었다. 즉 알파측에는 CIA라는 조언자가 있었다. 이들은 매키가 감히 알려고 접근할 수도 없는 인물들이었다. 작전장교가 가끔 나타나 자금을 공급하고 지하활동에 대한 조언을 해주었는데, 그가 접촉하는 알파의 요원은 한두 명으로 제한되어 있었다. 그리고 그런 요원들조차 상대의 실명이나 CIA에서의 직책은 알지 못했다. 그들은 언제나 무언가 비밀을 갖고 있었다. 알파는 은밀하게 운용되었다. CIA가 상상도를 만들어내면, 알파가 그것을 현실화하는 식이었다.

연관된 사람이 너무 많은데다 의사결정 단계도 너무 번다했다. 매키는 알파뿐만 아니라 에버렛과 파멘터에게서도 이번 작전을 보호해야 했다. 매키가 접속대상에서 스스로 탈퇴하여 그들을 미궁에 빠지게 하면 그들이 이번 계획을 발설하려고 할지도 몰랐다. 그러면 배니스터와 페리, 그리고 현금을 조달하는 자들도 차례로 문제를 일으킬 것이다. 따라서 매키는 이번 작전이 폭로되는 일이 없도록 안전하게 비밀을 지켜야만 했다.

매키는 귓전에서 쉬지 않고 윙윙 울려대는 모기를 손을 휘둘러 내쫓았다. 모기는 질병을 옮기는 매개물이었다. 그는 자동차에서 내려 귀를 쫑긋 세웠다. 뭔가 이상한 느낌이 들었다. 나무들 쪽에서 바스락거리는 소리가 꽤 크게 들렸다. 그 소리는 바람에 실려 점점 커졌다. 한참 후에야 매키는 빗물이 나뭇잎을 건드리는 소리라는 것을 깨달았다. 사방에서 바람과 쉴새없이 떨어지는 낙엽에 의해 빗물이 요동쳤다.

매키는 마이애미 작전에 모든 노력을 쏟아붓기로 했다. 인력과 무기를 마이애미에 투입, 알파와의 연합작전에 동의하여 기초 작업을 담당하고, 사람과 돈을 움직일 터였다. 11월 18일, 장소는 마이애미. 그는 마이애미 사람처럼 위장할 것이다.

뉴올리언즈에서

뉴올리언즈에 도착해 리가 가장 먼저 한 일은 버스를 타고 레이크뷰 라인 끝에 있는 아버지의 묘에 찾아간 것이었다. 묘지 관리인이 비석 찾는 일을 도와주었다. 따가운 햇살과 열기가 가득한 그곳에서 리는 어떤 감정을 가져야 할지 갈피를 잡지 못하고 우두커니 서 있었다. 그는 회색 양복을 입은 한 남자, 메트로폴리탄라이프 보험사의 징수원을 머릿속에 떠올렸다. 그러자 백 가지의 자잘한 장면이 연이어 마음속에 떠올랐다. 씨티 공원에서 자전거를 타던 일, 열한살 때 텍사스에서 혼자 기차를 타고 온 후 매주 금요일 저녁 릴리언 이모 집에서 먹었던 해산물 요리. 사촌들이 서로 싸우면서 어울려 노는 동안, 리는 골방에 틀어박혀 만화책을 읽었다.

회색 양복의 남자가 모자를 살짝 들어 여자들에게 인사한다.

익스체인지 앨리에서 흑인 하나가 보도에 쭈그리고 앉아 주차된 자동차의 싸이드미러를 들여다보며 면도를 하고 있었다. 그의 옆에는 컵과 면도용 브러시도 놓여 있었다.

리는 전화번호부에서 오즈월드라는 이름을 찾아보았다. 잃어버린 친척을 추적하기 위해서였다.

리는 직장을 구했다. 구직지원서는 모두 허위로 작성했다. 특별한 이유 없이 그런 것이기도 했고, 어떤 목적이 있어서이기도 했다. 그는 예전 주소지도 지어냈고, 추천서와 과거 근무이력도 지어냈으며, 근무자격도 꾸며냈다. 실제로 존재하지 않는 회사명과 함께 실제 존재하는 회사명도 몇곳 적어넣었는데, 물론 그가 일해본 회사는 아니었다.

면접관은 평가지에 이렇게 적었다.

신사복. 넥타이. 예의바름.

마리나는 방충망을 친 베란다에 의자를 놓고 앉아 있었다. 손에는 리가 반쯤 마시다 남긴 닥터 페퍼를 들고 있었다. 자정이 가까운 시각이었지만, 여전히 날씨는 찌는 듯이 더웠다. 그들의 새 집은 지붕에 화려한 싸구려 장식이 달려 있고, 집 앞과 옆에 잡초가 무성한 뜰 한뙈기가 딸린 방 세 개짜리 목조가옥이었다.

리는 쓰레기를 들고 밖에 나갔다. 쓰레기통을 살 만한 여유가 없었기 때문에, 일주일에 세 번 밤마다 쓰레기를 들고 나가 남의 집 쓰레기통에 몰래 버려야 했다. 리는 웃통을 벗은 채 헐렁한 농구복 반바지만 입고 나갔다. 리나 형들 중에 한명이 어릴 때 입던 바지였다. 그는 적당한 쓰레기통을 물색하기 위해 매거진 가 4900번지 일대를 살피고 돌아다녔다.

얼마 후 마리나는 쓰레기를 버리고 옆집 진입로를 따라 걸어들어오는 남편을 보았다. 새로 이사온 집 출입구는 그 길을 따라서 드나들게 되어 있었다. 리는 베란다로 와서 그녀가 건네주는 음료수잔을 받아들었다. 텔레비전 소리가 뒷마당과 진입로까지 울려퍼졌다.

"나는 여기 앉아서 이제 그가 나를 사랑하지 않는다는 생각을 하고 있어요."

"모든 아버지는 아내와 자식을 사랑합니다."

"그는 내가 밧줄이나 쇠사슬처럼 그를 옭아매고 있다고 생각해요. 그의 태도를 보면 그렇다고요. 그의 머릿속에는 자유롭게 날아다니고 싶은 생각뿐이죠. 자신을 붙잡아둘 아내만 없으면, 완벽한 세상이 될 거라고 생각한다고요."

그때 불쑥 리가 입을 열었다.

"우리는 여기서 처음부터 다시 시작하는 거야. 아무래도 그는 내가 다시 러시아로 돌아가기를 바라는 것 같아. 거기서 다시 시작하라는 거지."

리가 계속해서 말했다.

"물론 러시아로 갈 수도 있겠지. 그렇지만 또다른 길도 있어. 그동안 많이 생각했는데, 비행기를 납치해서 꾸바로 가면 어떨까? 당신과 준은 뒤따라와서 그곳에서 함께 살면 돼."

"그전에 우선 사람을 죽여야죠?"

"그자와는 결말이 나지 않을지도 몰라."

"내가 결말을 내겠어요."

"꾸바로는 도항이 금지되어 있어."

"당신은 그 사람을 죽일 거잖아요. 나한테 그런 쪽지도 남겼고."

"꾸바에는 훈련받은 병사와 조언자 들이 필요해."

"난 정말 무서워죽겠어요. 당신은 하다하다 이젠 비행기를 훔칠 생각까지 하고 있군요. 비행기 조종은 누가 하죠?"

"멍청하긴. 조종사가 있잖아? 나는 비행기를 납치할 뿐이야. 마이애미행 비행기에서 권총을 들고 조종실로 쳐들어가는 거야. 비행기에는 조종실이 따로 있어."

"지금 누가 멍청하다는 거예요? 우리 둘 중에 누가 더 멍청하죠?"

"총신이 짧은 권총을 사용할 거야. 5센티미터짜리 코만도."

마리나는 그저 웃을 수밖에 없었다.

"비행기를 납치해서 나를 아바나에 내려달라고 할 거야."

부부는 함께 웃었다. 그리고 미지근해진 음료수를 번갈아가며 마셨다. 그런 다음 리는 집 주변을 돌아다니면서 바퀴벌레약을 뿌려댔다. 마리나는 문간에 서서 그런 그를 지켜보았다. 새로 이사온 집에는 상상을 초월할 정도로 바퀴벌레가 많았다. 마리나는 리가 사온 싸구려 살충제로는 바퀴벌레를 단 한 마리도 잡지 못할 거라고 말했다. 그리고 부엌으로 남편을 뒤따라 들어가서 바퀴벌레가 오히려 그 살충제를 들이마시고 알을 더 깔 거라고 덧붙였다. 그러나 리는 들은 척도 하지 않고 벽 아랫부분을 따라 열심히 살충제를 뿌렸다. 살충제를 단 한 방울도 낭비하지 않으려는 듯 그의 손동작은 아주 신중하고 정확했다.

다음날 저녁, 리는 아내를 프렌치 지구에 데리고 갔다. 그리고 집으로 돌아오는 길에는 전차를 탔다. 관광객들이 러시아어를 하는 부부를 신기한 듯 쳐다보았다. 이국적인 뉴올리언즈.

부부는 방문을 닫고 작은 침대에서 사랑을 나누었다. 리는 아내가 더 많은 것을 원한다는 느낌이 들었다. 더 많은 썩스, 더 많은 돈, 더 많은 재산, 더 많은 흥분. 사랑을 나눌 때 그녀의 몸짓, 그녀의 호흡을 통해 신기하게도 그는 그것을 알 수 있었다.

리는 커피머신에 기름칠을 하는 일을 하면서 시간당 1달러 50쎈트를 받았다. 관리인은 근무기록표에 리가 써놓은 글씨를 알아보기 힘들다고 불평했다. 또 리가 걸핏하면 사라지는 바람에 건물 아래부터 꼭대기까지 찾으러 돌아다녀야 한다고 툴툴거렸다. 그런 말을 들을 때마다 리는 검지를 내밀고 엄지를 치켜든 채 몇초 동안 그대로 있었다. 그러다가 엄지를 내리면서 중얼거렸다. "탕."

광장의 도서관 본관은 사라지고 없었다. 그래서 리는 새 도서관이 어디 있는지 사람들에게 물어봐야 했다. 북쪽으로 올라갔다가 다시 오른쪽으로 걸어가니 새 도서관 건물이 나왔다. 그는 준비해온 플래카드를 마닐라 봉투에서 꺼내 펼쳤다. 양끝에 구멍을 뚫어 끈을 꿴 플래카드였다. 리는 플래카드를 목에 걸고 도서관 앞에 서서 지나가는 사람들에게 팸플릿을 나누어주기 시작했다. 그 팸플릿은 그가 대 꾸바 공정촉진위원회로부터 우편으로 받아온 것이었다.

리는 흰색 반팔셔츠에 어두운 색 타이를 매고 있었다. 플래카드에는 크레용으로 피델 만세라고 씌어 있었다.

1분 30초쯤 지났을 때, FBI요원이 불쑥 나타났다. 그는 마치 오랜만에 만난 친구처럼 환한 미소를 지으며 천천히 다가왔다. 베이트먼 요원이었다.

"걱정 마시오. 나는 당신을 체포하거나 희롱하러 온 게 아니니까. 어디 앉아 이야기를 나눌 만한 곳을 찾아봅시다."

두 사람은 트레일웨이역 근처의 우중충해 보이는 간이식당으로 들어갔다. 토요일 늦은 오후여서인지 식당에는 손님이 한명도 없었다. 그들은 카운터에 앉아 한동안 벽에 붙은 메뉴를 읽어보았다. 베이트먼 요원은 처음 얼핏 보았을 때보다 더 젊었다. 길쭉한 얼굴에 이마가 슬슬 벗어지는 중인 그의 인상은 텔레비전 드라마에 나오는 고등학교 체육교사나 과학교사를 연상시켰다.

그의 외양 가운데 멋진 것은 구두밖에 없었다. 그 구두는 사차원 세계에 있는 것처럼 외따로 반짝거렸다.

"이곳에 있는 우리 지국 파일에 당신 이름이 있더군. 나는 파일에 이름이 오른 사람들을 주시하는 임무를 맡고 있소."

"당신이 내 파일을 관리한다는 겁니까?"

"국외 망명 후부터 죽 그렇게 해왔소. 여러 가지 의문이드는군. 당신은 이곳 태생이니까."

"나는 오래된 건물의 높은 천장과 떡갈나무를 좋아합니다."

"그게 뉴올리언즈로 돌아온 이유요?"

"전에도 한번 나한테 그런 말을 하더군요. 프레이태그라는 요원이 말이에요."

"그건 포트워스의 경우요. 나는 뉴올리언즈 담당이고."

"내 러시아 시대는 끝났어요. 그것도 아주 오래전에. 그런데 왜 내가 아직도 주변의 감시를 받으며 살아야 합니까?"

"이봐요, 내가 나름대로 만든 이론이 있는데 말이오, 세상에서 가장 힘든 일은 똑바로 사는 거요. 똑바로 사는 인생 따위는 이 세상에 없소."

"원하는 게 뭡니까?" 리가 물었다.

"지금 말이오? 바삭하게 익힌 베이컨을 곁들인 구운 치즈 쌘드위치요. 하지만 여기서는 먹을 수가 없지. 왜냐하면 이 식당에서는 모든 재료를 한꺼번에 굽기 때문에, 베이컨이 채 익기도 전에 치즈는 다 구워지거든. 그게 물리적 법칙이니까. 그래서 베이컨은 흐물흐물 덜 익은 채로 먹게 되지. 나는 당신이 뉴욕에 있는 대 꾸바 공정촉진위원회나 사회주의노동당 같은 단체와 서신을 교환한다는 것을 알고 있소. 내가 당신의 우편물을 중간에 가로채고 있거든. 나는 당신의 인생을 비참하게 만들기 위해 날마다 네 시간쯤 투자할 수도 있소. 당신 직장으로 찾아가고, 기록된 시간을 채울 때까지 아내와 친척들을 몇번이고 인터뷰하기 위해 지시서를 내밀 수도 있지."

리는 여전히 목에 플래카드를 걸고 있었다.

"아니면 당신을 앉혀놓고 우리의 상호 관심사에 대해 말해줄 수도 있고. 당신은 일상생활을 방해받지 않고 정치활동을 계속하기를 원하겠지."

"그건 당신도 마찬가지 아닌가요?"

"반까스뜨로 운동은 이미 걷잡을 수 없는 상태가 되었소. '알파 66'이라는 단체가 꾸바 항구로 가는 러시아 선박을 급습하고 도망치는 일을 반복하고 있지. 워싱턴 사람들은 무척 심란해하고 있소. 행정부에서는 이런 사태에 몹시 당혹스러워하다가 마침내 그것을 저지하기로 결정했소. 그래서 FBI본부에서 무기를 수송하여 급습을 일삼는 단체들에 대한 정보를 수집하라는 명령을 내렸고."

리는 상대가 자신이 포트워스의 프레이태그 요원을 위해 어떤 역할을 수행한 것으로 믿고 있다는 느낌이 들었다. 그렇다면 그는 틀림없이 FBI파일에 맑스주의 옹호론자나 비상근 정치정보원으로 기재되어 있을 터였다.

"이곳 시내에 탐정사무실이 있소. 이 지역 내의 반까스뜨로 운동의 중추 역할을 하는 곳이지. 사무실 운영은 전직 FBI요원인 가이 배니스터라는 자가 맡고 있소. 표면적으로 배니스터는 우리와 같은 편이오. 우리는 줄곧 그와 정보를 교환하고 있으니까. 하지만 가끔 필요에 따라 우리가 돌아설 때도 있소. 나는 가이 배니스터 연합 내부에 잠입하길 원하오. 단단한 벽에 갈라진 작은 틈새가 필요하다는 말이오.

그건 그렇고, 한 가지 묻고 싶은 게 있소. 당신은 러시아로 들어갈 때 해군정보국과 관계하고 있었소? 우리 포트워스 지국에서 해군정보국으로 연락이 간 것을 알고 있어서 하는 소리인데 말이오."

"해군정보국은 가짜 망명자 프로그램을 시행하고 있어요."

"사람들을 송치하는 거지. 그쯤은 나도 알고 있소."

"해군정보국 내에는 회색 구역이 있습니다. 나도 그 구역에 속한 사람이지요."

리의 말을 듣고 베이트먼은 한동안 생각에 잠기는 듯하다가 입을 열었다. "회색 구역이라…… 그거 아주 딱 맞는 말이군. 어쨌거나 이 도시에서는 검은색이 흰색이고 흰색이 검은색이기도 하니까. 말하자면 사람들이 색깔의 카테고리들을 파괴하고 있다는 거요."

베이트먼의 목소리는 약간 열에 들떠 있었다.

"배니스터는 학생을 모집하고 있소. 학생들을 캠퍼스로 투입해 좌파들의 활동을 감시하게 하려는 거지. 당신은 나이도 학생으로 적당한데다 좌파와 우파의 용어를 잘 알고 있소. 게다가 당신이 사랑하는 꾸바에 대해서도 잘 알고 있고."

"그러니까 나더러 임무를 위해 배니스터에게 접근하라는 거군요. 결국 FBI의 끄나풀이 되라는 소린가요?"

"우리는 정보제공자라는 용어를 쓰지. 추잡하고 비열한 느낌이 안 들거든. 아무튼 우리의 정보제공자로 일해볼 생각 없소? 우리를 위해 일하는 일부 정보제공자들의 지위가 어느 정도인지 알면 아마 깜짝 놀랄 거요. 간단히 말해, 웬만한 대학교의 동창회를 조직할 수 있을 정도라오."

두 사람은 음식접시를 앞에 두고 잠시 생각에 잠겼다. 식당 벽에는 회색으로 변해가는 크리스마스 축하문구가 걸려 있었다.

"어떻소? 내 얘기를 계속 들을 생각이 있소? 이 일은 신뢰를 기본으로 하는 거라서 말이오. 몹시 까다로운 일이기도 하고. 그래서 특정한 인물을 요구하는 거요. 이 일에는 위험이 도사리고 있소. 하지만 굳건한 신뢰와 완벽한 지원도 있소. 정보제공자한테 그러한 것들을 제공해주는 사람이 바로 나요."

리는 베이트먼의 말에 아무 반응을 보이지 않고 먹기만 했다.

"일은 대충 이런 식으로 진행하면 되오. 우선 배니스터의 사무실에 찾아가시오. 사무실은 당신 직장에서 그리 멀지 않은 곳에 있소. 바로 모퉁이만 돌면 되니까. 그곳에 가서 당신이 전직 해병대 출신으로 텍사스 주의 FBI사무소와 연계되어 있다고 말하시오. 덧붙여 당신이 까스뜨로 반대론자라는 것을 분명히 밝혀두시오. 그러면서 좌파를 가장해 지역 좌익단체에 잠입해서 활동하고 싶다고 말하시오."

"내가 그런 단체를 설립하고 싶다고 말하면 안됩니까?"

"그것도 하나의 방법이 될 수 있겠군."

"예를 들어 대 꾸바 공정촉진위원회의 지부 같은 것 말입니다."

"그것도 가능성이 있는 얘기요."

"내가 뉴욕에서 팸플릿을 대량으로 받아올 수 있습니다. 가입신청 서류도 함께요."

"좋은 생각이오. 당신이 배니스터한테 바로 이곳 시내에 좌익단체의 지부를 세우겠다고 말한다는 거지? 그렇게 되면 까스뜨로 옹호론자들을 바로 당신 앞에 끌어모을 수 있겠군. 자연히 그들의 이름과 주소를 입수할 테고. 배니스터는 리스트를 무척 좋아하거든."

"돌고 도는 거죠."

"당신은 무언가를 가장하고 있는 듯하군."

"그런 것 없습니다."

"하지만 그렇게 보여."

두 사람은 다시 음식을 먹기 시작했다. 베이트먼은 만약 가이 배니스터가 오즈월드의 전력을 조사하기를 원한다면 당연히 지역 FBI사무소, 특히 베이트먼 자신에게 연락을 취해올 거라고 말했다. 그러면 베이트먼은 특별히 선별한 정보를 제공할 거라고 했다. 그는 자신이 커피를 마실 수 없다고도 했다. 국장이 FBI사무소에서 중독성이 있는 기호식품을 섭취할 수 없다는 금지령을 내렸기 때문이다.

"배니스터가 틀림없이 당신한테 흥미를 보일 거요. 하지만 그에게 자금을 기대하진 마시오. 배니스터한테는 이 일이 아주 사소한 부업일 테니까. 정보제공자한테는 내가 매월 200달러의 비용을 줄 거요. 당신은 그 돈으로 임무를 수행하는 거요. 물론 캠프 가 544번지에서 벌어지는 일을 나한테 말해주어야 하오. 그들은 늘 무언가 다른 일을 하고 있으니까 말이오."

"나는 정치학과 경제학을 공부하고 싶습니다."

"당신은 무척 흥미로운 친구로군. 이곳 뉴올리언즈부터 히말라야까지 모든 기관이 리 오즈월드에 대한 정보를 어느 정도 갖고 있을 거요. 여기서 한 가지 확실히 밝히고 넘어가야 할 것이 있소. 현재는 나 말고 어느 누구도 당신과 함께 일을 진행하고 있지 않다는 걸 명심하시오. 그게 본부의 방침이라오. 다시 말해 나는 다른 기관과 관련있는 정보제공자와는 일절 거래를 하지 않는다는 얘기요. 무슨 말인지 알겠소?"

"알겠습니다." 리가 대답했다.

"당신은 공공연하게 정치활동을 계속해도 상관없소. 그게 이번 일의 매력이오. 그리고 당신은 그 사람들 바로 근처에 있게 될 거요. 위치상으로는 그야말로 나무랄 데 없이 완벽하지요."

리는 목에 걸었던 플래카드를 봉투에 도로 집어넣은 다음 버스를 타고 캠프 가로 갔다. 그리고 문제의 건물 주위를 몇번이고 돌면서 관찰했다. 거리에는 짙은 그늘이 드리워져 있었다. 눈에 띄는 사람이라고는 라파예트 광장의 술꾼들과 긴 외투를 입고 두툼한 흰색 양말을 신은 여자뿐이었다. 여자는 자기 뒤를 따라서 걷고 있는 리 때문에 화가 난 것 같았다. 그래서인지 갑자기 걸음을 멈추고 리에게 손으로 빨리 지나가라는 시늉을 하면서 뭐라고 투덜거렸다.

뜨로쯔끼는 순수한 형태이다.

자동차 뒷좌석이 보도 한복판에 놓여 있었다. 그곳에 온몸이 흙먼지와 토사물로 뒤덮인 남자가 너부러져 있었다. 남자의 한쪽 팔은 힘없이 늘어져 있었다. 그 남자는 아프거나 다쳤거나 미친 것 같았다. 자동차는 온데간데없이 좌석만 보도 한복판에 떨어져 있는 광경은 결코 보기 유쾌하지 않았다.

뜨로쯔끼는 아내와 어린 딸과 함께 추방되어 동부 씨베리아의 한 오두막집에서 책에 떨어진 바퀴벌레를 쓸어내며 경제이론을 공부한다.

월요일, 리는 근무중 10분간의 휴식시간을 이용해 544번지에 가서 비서에게 지원서를 받아왔다. 그 건물은 출입구도 두 곳, 주소지도 두 개였다. 하나는 진짜 당신을 위한 것, 다른 하나는 당신이 말하는 당신을 위한 것이다.

리는 98쎈트를 주고 워리어 고무도장 쎄트를 구입했다. 그는 대 꾸바 공정촉진위원회에 지부 설립 허가를 요청하는 편지를 보냈다. 그리고 답장을 받기 전에 인쇄소에 가서 자신의 이름을 오스본이라고 말하고 천 장의 전단을 제작했다. '꾸바에 더는 간섭하지 마라!'는 문구가 적힌 것이었다. 그는 완성된 전단 가운데 일부에는 자기 이름을 새긴 도장을 찍고, 또다른 일부에는 하이델이라는 이름의 도장을 찍었다. 그런 다음 우체국 사서함을 개설했다. 그리고 또다른 인쇄소에 가서 회원가입 신청서와 회원증을 제작 주문했다.

그는 마리나를 시켜 지부회장 서명란에 A. J. 하이델의 서명을 가짜로 적어넣게 했다. 그리고 미국공산당 중앙위원회의 간부들 앞으로 명예회원증을 두 장 보냈다.

리는 한밤중에 황금색 반바지와 고무슬리퍼 차림으로 집 밖으로 나가 남의 집 쓰레기통에 쓰레기를 버렸다. 때로는 빈 공간이 충분한 쓰레기통을 찾기 위해 서너 블록을 돌아다녀야 할 때도 있었다.

완성된 지원서를 가지고 가이 배니스터 연합에 다시 찾아간 리는 건물 입구에서 낯익은 남자를 보았다. 그는 바로 민간항공초계단 교관인 데이비드 페리였다. 7년 전쯤 리와 그의 친구 로버트가 22구경 총을 구하기 위해 찾아갔을 때, 데이비드 페리는 호텔방에서 새장에 생쥐를 키우고 있었다. 리는 좀더 가까이 가서 상대의 얼굴을 자세히 살펴보았다. 그의 얼굴은 어딘지 모르게 많이 달라져 있었다. 우선 동물의 털을 한움큼씩 뽑아서 머리에 풀로 붙여놓은 것처럼 머리털이 어색했다. 눈썹 위치도 너무 높고 반짝거리기까지 했다.

페리는 리가 올 것은 예상하고 있은 듯했다.

"자네 어제인가 그제쯤 여기 왔었지. 안 그런가?"

"파트타임으로 근무할 일자리에 지원하려고요."

"우연히 자네 목소리를 들었네. 아는 목소리라고 생각했지. 사라졌던 후보생 한명이 또 데이비드 교관에게 돌아온 셈이군."

두 사람은 건물 입구에 서서 큰 소리로 웃었다. 그때 자동차 한대가 갑자기 멈추어섰고, 그 바람에 놀란 비둘기들이 길 건너 광장에서 푸드덕 날아올랐다.

"인생은 정말 환상적이지 않나?" 페리가 말했다.

대 꾸바 공정촉진위원회는 지부 설립을 허가해달라는 리의 요청을 거절했다. 그래도 그들이 보낸 서신은 예의바르고 친절했으며, 철자법이 몇군데 틀려 있었다. 어쨌든 중요한 것은 그들이 보내온 서신 그 자체였다. 리는 모든 것을 보관할 작정이었다. 그에게는 무엇보다 소중한 문서였다. 때가 되면, 그는 꾸바 관료들에게 자신이 혁명동지였음을 증명하는 증거들을 보여줄 수 있을 터였다.

게다가 사실 리가 지부를 설립하는 데 뉴욕의 지원은 필요하지 않았다. 그에게는 고무도장 쎄트가 있었다. 그는 그저 전단이나 인쇄물에 위원회의 이니셜이 새겨진 도장을 찍기만 하면 되었다. 거기에다 아무 숫자나 문자를 곁들여 찍으면 그만이었다.

데이비드 페리가 리를 부두 근처의 음침하고 호화로운 술집인 아바나 바에 데리고 갔다. 24시간 영업을 하고, 주크박스에서 라틴 리듬이 흘러나오고, 손님들은 대부분 상습적인 만성 결근자나 사회부적응자 같은 인상을 풍겼다. 망명자, 화물운반인, 무면허 선원들 외에 정체 모를 여섯 명이 더있었다. 그들은 주로 기다란 바에 고독하게 앉아 있었다.

페리와 리도 테이블 하나를 차지하고 앉았다.

"이 술집 주인도 꾸바 혁명위원회와 관련되어 있지."

"어느 편인데요?" 리가 말했다.

"자네가 한번 맞혀보지그래?"

"술집 분위기를 봐서는……"

"똥보다 더 슬픈 분위기지."

"반까스뜨로요."

"피비즈가 가끔 찾아와 주인한테 반까스뜨로 운동의 중심인물들의 동정을 묻지. 그렇게라도 하지 않으면 그들은 자기들이 하는 일이 뭔지도 몰라. 상고머리를 한 멕시코 출신 애송이를 보고 꾸바 전사라고 생각하는 게 바로 그자들이야."

"그 말은 어디서 들은 겁니까?"

"피비즈 말인가? 내가 만들어낸 말이야. 아주 오랫동안 내가 써온 말이지."

"내가 만들어낸 말이라고 생각했는데……"

"틀림없이 예전에 나한테 그런 말을 들었을 걸세. 그런 일은 늘 있지. 사람들은 나한테 들은 말을 자신이 만들어낸 거라고 착각하지. 나는 사람들의 마음속에 몰래 파고드는 재주를 가졌어. 남의 마음속을 훤히 들여다볼 수 있다고."

페리의 코맹맹이 소리가 얄궂게도 그의 말을 믿어야 할지 의문을 품게 만들었다.

"자네와 나한테는 확실히 초감각적 감지능력이 있어. 그것은 세월과 대륙을 망라하는 거지. 자네, 미국이 아닌 다른 곳에서 살아본 적 있나?"

리가 고개를 끄덕였다.

"우리는 어쩌면 그동안 서로한테 죽 영향을 끼쳤는지 모르네. 나는 멀리 떨어진 상태에서 최면술을 시도해보고 싶어. 전화나 텔레비전을 통해서 말이야. 그것이야말로 환상적인 정치 무기이지. 나를 추종하는 어떤 여자가 자기 아들에게 최면을 걸어달라고 하더군. 그래서 나는 그 아들의 생식기를 말로써 자극할 수 있었어. 나는 레이크프런트 지구에서 소년들에게 비행훈련을 시키기도 한다네."

페리는 리를 데리고 개조한 이동식 주택에 사는 한 남자를 방문했다. 그 집은 빨간 문이 한가운데 나 있는 높다란 흰색 벽 뒤에 자리잡고 있었다. 남자의 이름은 클레이 쇼였다. 그는 큰 키에 깎아놓은 듯한 두상과 백발이 멋진 중년신사였다. 클레이 쇼는 1층 전체를 차지하는 커다란 방 한가운데 서 있었다. 방 안은 비단커튼과 청동소품으로 장식되어 있고, 코르크 재질 바닥에는 동양풍의 러그가 깔려 있었다. 거기에는 닭 모양의 풍향계처럼 민첩한데다 영리해 보이는 젊은이 두 명이 의자에 앉아 있었다.

"자네 생일이 언제인가?" 클레이 쇼가 먼저 입을 열었다.

"10월 18일입니다." 리가 대답했다.

"천칭궁(리브라)이군. 천칭궁이야."

"천칭좌라고도 하죠." 페리가 말했다.

"천칭자리라고도 하고." 쇼가 말했다.

그들에게는 별자리가 그들이 알아야 할 모든 것을 말해

주는 듯했다.

클레이 쇼는 고급스러운 캐주얼 복장을 하고, 교양이 몸에 밴 사람처럼 태도가 세련되었다. 미소를 지을 때면 오른쪽 눈가에서부터 머리카락이 난 경계선 사이의 핏줄이 도드라져 보였다.

"우리는 자제력을 키우는 데 성공한 긍정적인 천칭좌 인물을 알고 있지. 그 친구는 모든 면에서 균형이 잡혀 분별있고 현명해서 모든 이의 존경을 받는다네. 반면에 우리는 부정적인 천칭좌 인물도 알고 있어. 다소 불안하고 충동적인 사람이지. 쉽게, 너무나 쉽게 외부의 영향을 받는데다가 언제든 위험한 도약을 할 준비가 되어 있어. 두 경우 모두 중요한 열쇠는 바로 균형이야."

"그 친구를 여기 데려왔습니다. 당신이 수집해둔 채찍과 사슬을 보여주려고요." 페리가 말했다.

그 말에 모두가 웃음을 터뜨렸다.

"클레이 쇼는 채찍과 사슬을 갖고 있네. 검은 망또와 검은 두건도."

"참회 화요일을 위한 것이죠."

두 젊은이 중 한명이 말했다. 그러자 또 한차례 웃음이 터져나왔다.

리는 자신의 웃음이 얼굴에서부터 15센티미터쯤 떨어진 허공에 떠다니고 있다고 느꼈다. 그들은 15분 동안 그곳에 머물다가 석양이 질 무렵 밖으로 나왔다.

"점성학을 믿습니까?"

리의 물음에 페리가 시큰둥하게 대답했다.

"나는 모든 것을 다 믿어."

페리는 리를 자신의 아파트로 데려갔다. 컴컴한 방 안은 부서진 가구와 종교적인 물건들로 채워져 있었다. 나뭇결무 늬 시트지를 바른 책꽂이는 수백권의 의학서적, 법률서적, 백과사전, 해부기록 서류뭉치, 암과 법의학, 화기에 관련된 서적 들의 무게를 이기지 못해 휘어져 있었다.

방바닥에는 바벨이 놓여 있었다. 벽에는 피닉스대학교 심리학 박사학위증이 든 액자가 걸려 있었다.

리는 욕실에 들어갔다. 거울 뒤의 정리함에는 알약과 캡 슐이 든 황갈색 약병이 가득 채워져 있었다. 욕실 바닥과 욕조 안에는 빈 캡슐 껍데기들이 나뒹굴었다. 세면기와 그 옆의 벽에는 끈적거리는 가느다란 실이 잔뜩 붙어 있었다. 그것은 페리가 모헤어 가발을 붙일 때 사용하는 풀의 일종이 었다.

오즈월드가 화장실에서 미처 나오기도 전에 페리는 이미 거실에서 자신의 상황을 이야기하기 시작했다.

"전신탈모증이라는 병이지. 원인도 불분명하고, 치료책 도 알려져 있지 않아. 하지만 나는 병을 숨기는 대신 숭상하 고 소중하게 다루고 있어. 하느님이 나한테 어릿광대짓을 하게 하셨으니, 나는 그대로 따를 뿐이야. 머리카락이 빠지 기 시작했을 때, 나는 그것이 급박한 계시라고 생각했지. 루 이지애나에 폭탄이 떨어질 거라고 말이야. 폭탄이 내 진정성을 확인시켜주어서 나를 성인으로 만들어줄 거라고 믿었어. 방사성 낙진 지하대피소는 미래를 위한 가족공간으로 불렸어. 나는 가장 초라한 구멍에서 살 각오가 되어 있었어. 결국 미사일 위기가 닥치고, 그것은 인류 역사상 가장 순수한 실존적 순간이었어. 그즈음 나는 완전히 대머리가 되었지. 다시 말해 나는 준비되어 있었던 거야. 버튼을 눌러, 잭. 내가 케네디를 용서하려면 그가 꾸바를 완전히 박살내는 수밖에 없어. 나는 이미 비상식으로 통조림 열 상자를 사놓았고, 내 생쥐를 풀어주었어."

페리가 창밖으로 시선을 돌렸다. 그의 바로 옆 벽에는 지나가는 사람을 눈으로 좇고 있는 예수의 그림이 걸려 있었다. 페리가 속삭이는 듯한 목소리로 말했다.

"비행고도와 관련된 이론이 있지. 높은 고도에 노출된 사람은 머리카락이 아주 갑작스럽게 모조리 빠져버린다고. 그러니까 엄청나게 높은 고도에서 지나치게 많은 시간을 보낸 비행기 조종사들이 그 희생양이 되는 거야. U-2기 조종사 같은 사람들 말이야."

"U-2기를 직접 조종해보셨나요?"

"그건 말해줄 수 없네. 그 비행기를 조종한 사람들의 명단은 정부의 일급기밀이거든. 그런데 기밀 이야기가 나왔으니 하는 말이지만, 한 가지 자네한테 묻고 싶은 게 있네. 자네는 까스뜨로의 열렬한 지지자이자 피델을 위한 투쟁가가 분명한데, 왜 반까스뜨로 운동을 위한 비밀작업에 가담하려는 건가?"

창밖을 내다보던 페리가 다시 고개를 돌려 리를 똑바로 쳐다보았다. 리는 대답 대신 특유의 야릇한 미소를 지어 보였다.

그렇게 해서 작업이 시작되었다. 리는 숱한 밤을 방충망을 친 베란다에 앉아 만리허 라이플총을 소제하고 노리쇠를 정비하는 데 보냈고, 자정이 넘은 시각에는 작전을 구상했다.

리는 『더 밀리턴트』지를 통해 멕시코씨티에 가면 여행금지령을 피해 꾸바 비자를 받을 수 있다는 사실을 알아냈다. 그는 군사고문으로 혁명에 참여할 수 있었다. 오래되고 깊은 야망의 소유자. 그들은 진보적인 사상을 갖춘 전직 해병대요원을 한편으로 끌어들일 수 있다는 데 기뻐할 것이다.

리는 서신을 수집해 다른 문서들과 함께 빈방에 보관했다. 그중에는 까스뜨로의 연설문과 사회주의 이론에 관한 소책자도 끼어 있었다.

그는 듀메인 가의 부두에서 전단을 나누어주면서 십여 명의 선원에게 대 꾸바 공정촉진위원회 이야기를 해주었다. 나중에 항만 경찰관이 나타나 그를 쫓아냈다.

페리는 리가 양측에서 모두 활동하도록 내버려두었다. 배니스터는 그에게 자료를 보관하라며 544번지 건물 내의 작은 사무실 하나를 내주었다. 그는 배니스터와 거의 말을 나누지 않았다. 배니스터는 선뜻 말을 걸기 쉽지 않은 인상을 풍겼다. 리는 자신의 자료 일부에 캠프 가 주소지가 새겨진 도장을 찍었다. 그들은 그가 마음대로 오가도록 허락했다.

그해 여름 날씨는 미친 듯했다. 거의 매일 오후만 되면 폭풍우가 온 도시를 뒤흔들어놓았다. 밤에는 번개가 번쩍거렸다. 바닷물이 드나드는 늪지에서 모기떼가 구름처럼 몰려왔다. 몇주가 지나면서, 리는 자기 주변의 변화를 감지했다. 544번지 건물 사람들이 그를 다르게 보기 시작했다. 그들은 툴레인대학교 학생을 가장해 좌파와 인종차별 폐지론자들에 관한 정보를 수집하는 젊은 꾸바인들이었다. 리의 호기심이나 당혹감은 점점 옅어져갔다. 그는 자신이 특별한 빛속을 걷고 있다고 느꼈다. 그들은 이제 그를 주의깊게 관찰했다.

배니스터의 비서는 리의 이름이 레온인 줄 알고 있었다. 그래서 페리도 레온 뜨로쯔끼의 이름을 따서 그를 레온이라고 부르기 시작했다.

영부인이 임신을 했다. 마리나와 마찬가지로. 리는 어딘가에서 대통령이 제임스 본드가 나오는 소설을 좋아한다는 기사를 읽었다. 그는 곧장 나폴레옹 대로에 위치한 지부 도서관으로 갔다. 자그마한 1층짜리 벽돌건물이었다. 리는 그곳에서 제임스 본드의 소설 몇권을 빌렸다. 그는 대통령이 마오 쩌뚱과 체 게바라의 저서에 정통하다는 사실도 알아냈다. 그래서 또 곧장 도서관에 가서 마오 쩌뚱 전기를 빌렸다. 리는 대통령의 전기를 통해 케네디가 『화이트 나일』을 읽었다는 것을 알고 도서관에 가서 같은 책을 빌리려고 했지만, 이미 대출된 상태였다. 그래서 대신 『블루 나일』을 빌렸다.

존 F. 케네디는 필체가 엉망인데다 때때로 철자법도 틀렸다.

리는 농구복 반바지 차림으로 베란다에 앉아 페리가 추천해준 공상과학소설을 읽었다. 그러고는 공포(空包)의 만리허로 사격연습을 했다. 그는 댈러스에서 타자 수업을 받을 때 사용하던 교재를 아직까지 보관하고 있었다. 그래서 가끔씩 밤에 그 교재의 타자기 자판 그림을 펼쳐놓고 알파벳 순서로 자판 누르는 연습을 했다. a는 왼손 새끼손가락, b는 왼손 집게손가락…… 그는 수업시간에 배운 대로 교재를 보지 않은 채 몇번이고 반복해서 손가락 연습을 했다.

"아빠, 쓰레기가 쌓였어요." 마리나가 말했다.

리는 걸핏하면 자신이 일하는 커피회사 옆의 뉴올리언즈 자동차 정비공장에 갔다. 허리에는 전기수리공이 사용하는 벨트를 두르고 있었다. 벨트 안에는 윤활유 주입기와 드라이버, 펜치, 절연 테이프 등이 들어 있었다. 그는 10분간의 휴식을 30분으로 늘리고, 공장 사무실에 앉아 총포에 관련된 잡지를 읽거나 그곳 사장과 잡담을 나누었다. 창틀에는 맥주잔이 놓여 있었고, 벽에는 지도가 걸려 있었다. 리는 10분 동안 내내 지도를 들여다볼 때도 있었다.

뉴올리언즈 자동차 정비공장은 미국 정부와 연계를 맺고 있었다. 그 지역 정부기관에서 이용하는 차량의 유지 보수를 전담하고 있었던 것이다.

거리가 텅 비는 일요일에는 정비공장도 문을 닫았다. 이곳에서 리는 베이트먼 요원과 만났다. 베이트먼은 공장 사무실 열쇠를 갖고 있었다. 그들은 사무실 안으로 들어가 대통령경호실과 FBI 전용 자동차 중 한대에 걸터앉았다. 리는 베이트먼에게 캠프 가 544번지와 관련해 알게 된 소소한 사실들을 말해주었다. 그는 미녹스 카메라를 사용하고 싶었지만 베이트먼이 절대 허락하지 않았다. 그는 리에게 현금이 담긴 흰색 봉투를 건네주었다. 봉투 안의 돈은 어린아이가 저금한 것처럼 적당히 꼬깃꼬깃했다.

리는 정보제공자로서 자신에게 부여된 비밀번호를 알려달라고 고집을 부렸다. 베이트먼은 S-172라고 말해주었다. 그러자 리는 여권을 신청하고 싶은데 자신이 망명자였던 기록 때문에 문제가 생길 수 있는지 알고 싶다고 했다. 베이트먼은 한번 알아보겠다고 대답했다.

모기떼가 극성을 부리는 가운데, 리는 정치이론에 대한 보고서를 타이핑하고 있었다. 어떤 동료 학생들도 따라올 수 없는 자신만의 경험을 바탕으로 한 것이었다. 반쯤 먹은 사과가 그의 팔꿈치 옆에 놓여 있었다.

리가 특정한 표정을 지을 때, 즉 두 눈에는 즐거운 빛이 가득하고 입술은 꼭 다물고 있을 때, 리는 자신이 아버지를 생각하고 있음을 깨닫는다. 그는 자신의 표정에서 아버지를 떠올린다. 아버지도 그런 표정을 지었을 거라고 믿는다. 아버지처럼 느껴진다. 이상야릇한 기분에 사로잡히면서 아버지의 얼굴이 그에게 다가와 꼼짝없이 그를 사로잡는다. 그러면 어느새 늙은 아버지가 바로 옆에 와 있다. 기괴하고도 강력하며 완벽한, 세상을 초월한 만남이 이루어진다.

"레온, 자네에 대해 내가 알아낸 것이 있네. 아주 놀라운 사실이더군. 나 말고는 아는 사람이 거의 없을 거야. 극소수의 사람들만 아는 사실이지. 자네가 바로 두 달 반 전 댈러스에서 테드 워커 장군을 저격한 사람이지?"

그 순간 리는 머릿속이 멍해졌다.

"어떻게 알게 되었는지는 알려줄 수 없네." 페리가 계속해서 말했다. "하지만 자네한테 많은 관심을 가진 사람들이 있어. 처음에 나는 그저 직감으로 행동했던 거야. 나는 레온 자네와 나, 우리 두 사람이 심리적 유대감을 갖고 있다고 생각했어. 내가 자네의 지원서를 배니스터한테 가져다주었지. 그리고 모든 논란을 잠재웠어. 그렇지만 나는 그 친구한테 이렇게 말할 생각이었네. '여기 우리 작전을 감시하고 싶어 하는 청년이 있네. 그는 우리를 이용하고 싶어하지만, 우리가 오히려 그를 이용하게 되겠지. 조작이나 정치적 전향을 통해서가 아니야. 그는 마음속으로 자신이 헌신적인 좌파라고 믿고 있어. 하지만 천칭좌이기도 하지. 그래서 반대편을 볼 능력을 갖고 있어. 그는 모순을 숨기는 사람이야.' 나는 배니스터한테 이렇게 말하려고 했어. '여기 카를 맑스의 저서를 읽는 해병대 출신 신참이 있어.' 그리고 이렇게 덧붙이려고 생각했지. '이 청년은 천칭에 올라앉아 있어서 언제든 한쪽으로 기울어질 준비가 되어 있다고.'"

리는 자신의 맥주잔을 비웠다.

"그렇지만 그런 말을 할 필요도 없었어. 그저 자네 이름만 말해주면 되었지. 배니스터는 자네를 꽉 잡고 놓치지 않고 싶어하더군. 그는 자신의 오랜 친구를 대신해 자네에 대한 조사를 이미 해놓았던 거야. 그 친구 이름은 매키였어. 자네는 실종상태였어. 자네가 댈러스를 떠난 뒤 어디로 갔는지 아무도 알지 못했어. 내가 가이 배니스터에게 자네가 바로 이 근처 건물에서 커피머신 손보는 일을 하고 있고, 우리 일원이 되고 싶어한다고 말했더니, 가이 배니스터는 비열한 웃음을 지어 보이더군. 그러고는 곧장 수화기를 들었어. '내가 뭘 찾았는지 보게나?'"

페리가 맥주 두 잔을 더 주문한 다음 계속해서 말했다.

"자네는 집중조사 대상이야. 배니스터도 지금은 자네를 위해 계획된 역할의 정확한 성격을 모르고 있어. 하지만 그가 그것을 알아내는 건 시간문제야."

아바나 바에는 서넛 혹은 여섯 명의 꾸바인이 둘러앉아 있었다. 그들은 위장용 티셔츠와 바지를 입고 흰색 점토가 말라붙어 얼룩진 부츠를 신고 있었다.

"워커 장군 저격범으로 붙잡힐까봐 두려운가? 자네는 단 한 번도 내 앞에서 댈러스 이야기를 한 적이 없어."

"그 이야기는 누구한테도 한 적이 없어요."

"자네는 그들이 알게 될 거라고 생각하지. 자네가 해야 할 일은 그저 댈러스라는 말을 해서 모두가 알게 하는 거야. 감옥은 끔찍한 곳이지. 체포당하면 가장 먼저 거쳐야 하는 일이 엉덩이 속 수색이잖아."

"해병대 시절에 모두 겪은 일이에요."

"그들은 자네 이름도 알기 전에 자네 엉덩이부터 까고 볼 거야. 콩고의 피그미족이 행하는 의식처럼 말이야."

리는 겨우 맥주 한잔을 마셨을 뿐인데 벌써부터 취기가 돌았다.

"자네는 종교의 가르침을 실천하고 있나? 교회에 나가느 냐는 말일세."

"저는 무신론자예요."

"생각이 얕군그래. 자네는 어쩜 그렇게 멍청할 수 있나?"

페리가 코웃음을 치며 말했다. 그러자 리가 단호하게 받아쳤다.

"종교는 우리 인간을 억압할 뿐입니다. 국가의 한쪽 팔이지요."

"헛소리 말게. 그건 근시안적인 생각이야. 자네는 정치보다 더 심오한 것이 존재한다는 걸 알아야 해. 우리의 정치적 껍데기는 가장 얄팍한 외피일 뿐이야. 나는 클리블랜드에서 보낸 어린시절에 가톨릭 신자였네." 그 순간, 마지막 말을 얼결에 내뱉기라도 한 사람처럼 페리의 두 눈이 갑자기 우스꽝스럽게 커졌다. "고해는 내 청소년기에 아주 중요한 행사였네. 나는 죽 늘어서 있는 고해소를 들락날락했지. 이쪽에 갔다가 저쪽에 갔다가 했네. 죄를 용서받기보다는 오히려 그런 행동이 더 죄를 짓는 것처럼 느껴지더군. 고해소 안으로 들어갈 때마다 은밀한 쾌감을 느꼈다네. 나는 지은 죄를 고백했을 뿐만 아니라, 짓지도 않은 죄를 만들어냈지. 그리고 회개하고 제단 앞으로 가서 속죄의 기도를 하고는 자리로 돌아왔네. 토요일 오후에는 네 곳의 고해소가 빌 틈이 없었지. 나는 네 군데를 모두 순회했어. 어둠속에서 무릎을 꿇고 커튼 뒤의 사람한테 내 죄를 속삭이는 거야. 나는 성직자가 되고 싶었네. 신학교에 두 번이나 갔지. 심지어 내가 직접 교회도 세웠었네. 바보만이 장막 너머의 세계를 볼 필요를 느끼지 못하지."

리는 화장실에 갔다가 그 공간에 회색 선이 십자형으로 그어져 있기라도 한 것처럼 그 자리에 붙박인 듯 서 있었다. 그는 화장실 한가운데 2분 동안 서 있었다. 그가 다시 테이블로 돌아오자, 페리가 곧바로 이야기를 시작했다.

"케네디는 꾸바가 얼마나 큰지 몰랐을까? 천오백명의 군사력으로는 그 섬을 공습할 수 없는 걸 아무도 그에게 말해주지 않았을까?"

"꾸바는 작은 나라예요."

"아니, 꾸바는 큰 나라야. 케네디는 끝까지 따를 뜻도 없으면서 왜 공습에 동의했을까? 왜 우리한테 군사적 승리를 약속해놓고는 뒤로 물러났을까? 기가 꺾였기 때문이야. 그는 모든 소란을 잠재우고, 부드럽게 조절했어. 그는 '교묘한' 공습을 원했던 거야. 까스뜨로가 자신이 공격받고 있다는 것을 깨달았다는 게 놀라운 일이지."

"꾸바는 작은 나라예요."

"짜증나는 일이 무엇인지 말해주지. 내가 가이 배니스터한테 매일 듣는 이야기인데 말이야, 배니스터는 이것에 대해 확신하고 있어. 그는 케네디와 까스뜨로가 교류하고 있다고 생각해. 그들이 비밀리에 서신을 교환하고, 간첩을 서로 왕래시키고 있다는 거야. 우호적인 교섭이지. 그런데 그들이 우리에게 밝히지 않는 뭔가가 있어. 우리가 모르는 뭔가가. 그 이상의 뭔가가 있지. 언제나 그 이상의 뭔가가 존재한다고. 역사란 바로 그런 거야. 그들이 우리에게 밝히지 않는 모든 사항의 총체가 바로 역사라고."

리는 거리에서 어떤 라틴계 사람과 몸싸움을 벌였다. 얼굴에 얽은 흉터가 난 상대는 은십자가 목걸이를 두르고 있었다. 싸움이 어떻게 시작되었는지는 리도 알 수 없었다. 심지어 상대의 이두박근을 움켜잡고 얼굴에 대고 욕을 퍼붓는 순간에도, 도대체 왜 이런 일이 벌어졌는지 기억나지 않았다. 몇사람이 두 남자를 에워싸고 구경하기 시작했다. 대부분 별다른 재밋거리를 찾지 못해 심심해하던 이들이었다. 그후 리는 집으로 돌아와 앓아누웠다.

리는 자동차정비공장 사무실에서 총포 관련 잡지를 읽었다. 조금 있으면 커피회사 간부가 문앞에 나타나 돌아가라고 말할 것이다. 엔진과 과급기, 호퍼, 분쇄기, 컨베이어벨트가 있는 곳으로.

리의 여권이 신청한 지 하루 만에 도착했다.

그는 집 안의 창고를 둘러보았다. 물건들의 위치가 달라졌다는 생각이 들었다. 마리나가 그랬을 리는 없었다. 그녀에게는 일찍이 창고에 들어가지 말라고 일러두었기 때문이다. 리는 문서들을 꼼꼼히 살펴보고, 총을 넣어둔 벽장 안을 확인했다. 뭔가 달라져 있었다. 구체적인 이유나 방법은 모르지만 꿈속에서 무언가를 깊이 알게 되는 것처럼, 눈에 보이지는 않지만 미묘하게 달라진 점이 있었다.

확실하지는 않지만, 얼굴이 넓적한 것이 세미놀족(북아메리카 인디언의 한 부족—옮긴이)으로 보이는 한 여자가 프렌치마켓의 군중 틈에서 걸어나온다. 불타는 성자처럼 이상하게 깊이가 없는 그녀의 눈은 섬뜩한 느낌마저 준다.

리는 여전히 대 꾸바 공정촉진위원회 뉴올리언즈 지부의 유일한 회원이었다. 특별한 의미는 없었다. 여름은 미래의 비전과 역사를 향해 점점 무르익어갔다. 그는 자신이 가련한 개인으로 있었던 것을 끝내고 고립상태에서 벗어나 뭔가에 휩쓸려 질질 끌려가고 있다고 생각했다.

마리나가 길을 따라 유모차를 밀고 걸어갔다. 그녀는 보도에 하늘색 타일로 표시된 거리 이름을 읽어보려고 애썼다.

남편은 나와 아기만 러시아로 보낼 생각일까? 아니면 온가족이 함께 좀더 순수한 사회주의 국가로 국민들 사이에 진정한 기쁨이 넘쳐나는 꾸바로 갈 생각일까?

지난밤 마리나는 새벽 2시에 잠이 깨 물을 마시려고 나왔다가 베란다에서 속옷 바람으로 라이플총을 무릎에 올려놓고 있는 남편을 발견했다.

리는 밤중에 종종 코피를 쏟았다. 30분 동안 계속 몸을 부들부들 떤 적도 있었다.

마리나는 그에게 케네디와 관련된 잡지기사를 번역해달

라고 부탁했다. 그는 마다하지 않았지만, 가끔씩 기사에 실리지 않은 내용을 덧붙이기도 했다.

바닷가 근처에서 찍은 사진 속의, 바람결에 머리카락을 나부끼는 대통령의 모습은 그녀의 옛 애인 아나톨리와 비슷해 보였다. 늘 머리가 헝클어져 있는 아나톨리와 키스할 때면 그녀는 아찔한 현기증을 느꼈다.

리는 며칠씩 씻지 않고 지냈다. 늘 똑같은 옷만 입고, 아내가 구멍난 양말이나 팔꿈치가 해진 스웨터를 꿰매주겠다고 해도 절대 못하게 했다. 이는 완전한 복수였다. '내가 여기 있다'고 그는 말하는 듯했다. 체제가 망가뜨린 것이 무엇인지 똑똑히 보아라.

마리나는 영부인이 아들을 낳으리라고 절대적으로 확신했다. 아들이 틀림없다고 그녀는 리에게 말했다. 그리고 얼마 후 그들은 아들을 낳았다.

마리나는 부끄럽지만 자신이 변덕쟁이라고 털어놓았다.

그녀는 영부인과 똑같이 임신했지만, 아직까지 의사의 진찰을 받지 못했다. 리는 그녀를 자선병원에 데리고 갔다. 거대한 회색 병원건물은 일단 들어가면 다시는 나오지 못할 것 같은 인상을 풍겼다. 대리석이 깔린 로비에는 가운을 입은 의사들의 커다란 사진이 죽 걸려 있었다. 하늘을 배경으로 선 의사들은 쓸개나 콩팥보다 더 중요한 뭔가를 생각하고 있는 것처럼 보였다. 문제는 안내데스크에서 시작되었다. 한 여자가 리에게 설명하기를, 그 병원은 주정부에서 운영하는 곳으로, 일정 기간 동안 루이지애나 주에 거주한 자들만 무료로 진료받을 수 있다고 했다. 문제는 마리나가 그곳에서 거주한 지 얼마 되지 않았다는 것이었다.

사방에 온통 대리석뿐인 로비. 마리나는 그곳이 피난처처럼 느껴졌다. 리는 복도를 따라 의사 뒤를 졸졸 쫓아가면서 거의 구걸하다시피 매달렸다. 뒤이어 또다른 의사를 골라 반대방향으로 쫓아가면서 애타게 간청하기도 하고 따지기도 했다. 그의 창백한 얼굴은 잔뜩 일그러져 있었다.

그러나 부부의 바람은 끝내 이루어지지 않았다.

리는 로비를 돌아다니며 처음 보는 사람들에게 자신의 사연을 늘어놓았다. 그러나 그들은 관심없다는 반응이었다. 그들도 고통과 괴로움에 시달리고 있었기 때문이다. 누구도 리에게 무슨 말을 해주어야 할지 알지 못했다. 결국 리는 분노를 삭이며 묵묵히 그곳을 걸어나올 수밖에 없었다.

리는 아내가 그를 달래거나 위로하려고 하지 않는 사실에 더 화가 났다. 마리나는 마음속으로 병원의 처사가 당연하다고 생각하고 있었기 때문이다.

그녀는 유모차를 밀며 문앞에 커다란 입간판을 세워둔 몇몇 가게를 지나쳤다. 그녀는 마음속으로 간판에 적힌 글귀를 중얼거렸다. 빨래방. 한 시간 완성 세탁. 그녀는 북쪽과 동쪽으로 갈수록 오가는 사람들이 드물다는 것을 깨달았다.

마리나는 얼마나 많은 여자들이 대통령에 관한 환상과 꿈을 품고 있는지 궁금했다. 자신이 수없이 많은 열망의 대상이라는 것을 알면 어떤 느낌이 들까? 대통령은 마치 밤마다 하늘 위를 둥둥 떠다니며 꿈과 환상의 세계를 드나들고 다른 부부들의 애정행위를 엿보는 것 같다. 대통령은 밤마다 텔레비전 화면을 통해 남의 집 침실로 들어온다. 대통령은 라디오에서 마리나의 침대까지 파고들어온다. 때로는 그녀가 그를 기다리기도 했다. 사실은 늦은밤 침대 옆 테이블에 놓인 라디오를 통해 그날 연설이나 기자회견에서 녹음된 그의 목소리가 흘러나오기를 기다리는 것이었다.

마리나와 리의 팔뚝에는 한쌍인 듯한 흉터가 있었다.

밤낮으로 그녀의 머릿속을 떠나지 않는 기본적인 의문은 이런 것이었다. 리가 나를 강제로 러시아에 돌려보낼 것인가?

"음울한 기운이 우리집 안을 지배하고 있어요. 나는 행복하지 않다고요." 그녀가 리에게 말했다.

리는 어린 준에게 꾸바에 대해 이야기해주었다. 준, 너는 꾸바를 사랑하지? 피델 아저씨가 불쌍하지? 집 안 벽에는 그가 쏘비에뜨 잡지에서 오려낸 까스뜨로 사진이 붙어 있었다. 피델 아저씨를 어떻게 생각하니, 준? 너도 꾸바를 사랑하고 지지하지?

때때로 마리나는 리와 사랑을 나누는 동안 바닷가에서 찍은 사진 속의 대통령을 생각했다.

리는 걸핏하면 그녀에게 워싱턴에 있는 소련 대사관에 편지를 보내라고 잔소리를 했다. 비자와 여행경비를 부탁하는 눈물어린 편지를 쓰라는 것이었다. 그녀는 남편이 미래에 대해 확신하지 못하고 있다는 것을 알았다.

마리나는 자신을 귀여워해주는 사람에게 늘 등을 돌리는

눈먼 고양이였다. 그 사람이 자신을 잔인하게 다룬다고 해도 결과는 마찬가지였다.

마리나는 준을 유모차에서 내려 옆에서 걸어가게 했다. 준은 누군가의 손을 잡고 걷는 것을 싫어했다. 아이는 힘들거나 기쁘거나 상관없이 무조건 혼자 걸었다.

새벽 2시에 무릎에 라이플총을 올려놓고 베란다에 앉아 있기.

그들은 조용한 거리를 계속 걸었다. 주위의 집들은 고풍스럽고 고요했다. 무쇠 발코니와 흰색 기둥이 있는 집들도 있었다. 주변에는 사람의 그림자조차 눈에 띄지 않았다. 무겁고 적막한 오후였다. 마리나가 어느 길모퉁이에 서서 일곱 블록쯤 떨어진 교차로를 오가는 자동차들을 바라보았다. 그러나 그녀가 서 있는 곳 근처에는 움직이는 것이 아무것도 없었다. 그녀는 그곳이 매일 일정한 시간에 정상적인 활동이 금지되는 구역이 아닐까 생각했다. 한 시간 완성 세탁. 그들은 앞마당에 목련과 곧게 자라난 종려나무가 있고 대문에 조각이 새겨진 집들을 지나쳤다. 그녀는 준의 손을 잡으려고 애썼다. 더위가 숨통을 죄어왔다. 이중발코니가 달린 어느 집을 지나갈 때, 그녀는 거실 창문 너머로 프레스코화를 보았다. 그녀는 준을 다시 유모차에 태웠다. 말을 듣지 않는 아이를 우격다짐으로 밀어넣었다. 그런 다음 집으로 가는 길이라고 여겨진 쪽으로 걸음을 옮겼다. 우아하고 고풍스럽고 고요한 집들 쪽으로는 눈길을 주지 않은 채 빠르게 발길을 재촉했다.

그녀는 영어로 조심스럽게 생각했다. 사람들은 다들 어디 있는 거지?

베이트먼이 그에게 꾸바 학생이사회라는 단체에 대해 알려주었다. 그 단체는 아바나 바에서 몇집 떨어진 곳에 있는 옷가게에서 비밀리에 운영되었다. 비밀요원 S-172는 어느 날 그 가게 안으로 들어가 까를로스라는 남자와 이야기를 나누었다. 서른살쯤 돼 보이는 까를로스는 윤이 나는 머리카락에 시커먼 안경을 쓰고 있었다.

리는 자신이 누구이며 어떤 위치에 있는지 알리기 위해 낡은 해병대 교범을 가지고 갔다. 만난 지 1분도 안되어 그들은 다리를 폭파하는 문제에 대해 이야기하기 시작했다. 폭약 설치와 수제폭발물 및 총포 제작에 관해서도 이야기했다.

그런데 까를로스는 반까스뜨로 투쟁에 가담할 생각이 확실히 있는 것 같지 않았다. 조직에 가입하라는 리의 제안도 받아들이지 않고, 현금을 기부하려고도 하지 않았다. 그는 침입자를 경계하고 있었다. 그리고 직설적으로 그렇다고 말했다. 그야말로 민감한 시기였다.

어쨌거나 두 사람은 유익한 대화를 나누었다. 헤어지기 전, 리는 호의의 표시로 해병대 교범을 건네면서 곧 다시 오겠다고 말했다. 그들은 문앞에서 악수를 나누었다.

그다음은 어떻게 되었을까? 나흘 후 리는 '피델 만세'라고 적힌 플래카드를 목에 걸고 커널 가에서 친까스뜨로 전단을 나누어주고 있었다. 그때 까를로스가 두 명의 친구와 함께 나타났다. 리는 까를로스가 문서를 읽고 뒤늦게 깨달았다는 것을 눈치챘다.

까를로스는 안경을 벗으면서 위협적으로 다가왔다. 리는 두 팔을 엇갈려 가슴에 댄 채 멋진 미소를 지어 보였다. 그는 까를로스와는 싸우고 싶지 않았다. 오히려 그에게 호감을 갖고 있었다. 까를로스에게는 붙임성 좋은 라틴계 특유의 기질이 있었다.

"좋아요, 까를로스. 칠 테면 쳐봐요."

리는 팔짱을 낀 채 우뚝 서서는 싱글벙글 웃었다. 몇사람이 모여들어 월그린 약국의 입구 쪽으로 리를 후퇴시켰다. 까를로스와 함께 온 사내 중 한명이 리가 들고 있던 전단을 한움큼 빼앗아 허공에 던져버렸다. 그러한 행동은 주변에서 난투극이 벌어지는 원인을 제공했다. 그러자 경찰차 한대가 출동했고, 뒤이어 한대가 더 나타났다. 그리하여 곧 그들 모두 노스 램파트의 제1지구 경찰서로 끌려갔다.

리가 FBI의 베이트먼 요원을 만나게 해달라고 요구했다.

30분 후 베이트먼이 두 손을 들어 손바닥을 보이며 면회실로 들어섰다. 그러한 행동은 그의 특징을 드러내는 확실한 증거였다.

"경찰관들이 우리 공정촉진위원회 지부 회원이 몇명이나 되는지 알고 싶어합니다." 리가 말했다.

"그래서 뭐라고 말했나?"

"서른다섯 명이라고요."

"잘했어. 그런데 나는 왜 부른 건가?"

"내가 법적 구속력이 있는 기관과 관계되어 있다는 것을 보여주지 않으면 그들이 어떻게 나올지 모르잖습니까?"

"그래봤자 상황만 복잡하게 만들 뿐이야. 말하자면 문제를 만들어낸다는 거지."

"어쨌든 나를 여기서 나가게 해줘요."

"그럴 수 없어."

"이건 계약에 없는 내용이에요. 나를 체포한다는 내용은 없었다고요."

"자네가 자초한 짓이야. 그리고 만약 내가 자네를 여기서 나가게 해준다면, 모든 게 들통난다고. 경찰관한테 내 이름을 알린 것만 해도 충분히 어리석었어. 혹시 그들이 왜 나를 만나려고 하느냐고 묻던가?"

"아니요, 대신 카를 맑스에 대해 묻더군요. 그래서 내가 그랬죠. 진짜 카를 맑스는 공산주의자가 아니라 사회주의자였다고."

"무척 실망했네, 리."

"나는 이대로 순순히 묻힐 수 없었어요. 나한테는 아내와 어린 딸이 있다고요."

"자네가 잃을 건 오직 하룻밤뿐이야."

"나는 내가 누구인지 아는 사람이 있다는 것을 보여줘야만 했어요. 이건 권위의 문제라고요."

"그래봤자 상황만 복잡하게 만들 뿐이야. 그들 앞에서는 가능한 한 말을 아껴야 하네. 그들이 자네를 그저 정치적 이상을 꿈꾸는 동네 청년으로 믿게 만들란 말이야."

"그들한테 내가 루터 교회 신자라고 말했어요."

"잘했군." 베이트먼이 몹시 비열한 표정으로 말했다.

경찰관들은 리의 정면, 측면, 전신 사진을 찍었다. 지문도 채취했다. 또한 리에게 바지를 내리고 허리를 구부리라고 명령했다. 그후 리는 구치소에 앉아 머리가 벗어졌지만 품위있는 사진 속의 자기 모습을 상상했다. 그는 술주정뱅이와 히스테리 환자의 이야기를 들었다. 경찰관이 알루미늄 호일 모자를 쓴 흑인을 데려왔다. 다소 종교적인 느낌의 그 모자는 레이놀즈 랩으로 만든 것으로 양옆에 싸구려 장식이 대롱대롱 달려 있었다.

뜨로쯔끼는 오데사의 한 죄수에게서 자신의 이름을 따왔고, 그 이름을 수많은 저서에 담았다.

영부인의 아들이 밤중에 자다가 숨졌다는 소식을 마리나에게 알려준 사람은 다름아닌 리였다. 아기는 조산아로 태어나 호흡기계통의 문제가 있었다. 마리나는 그 소식을 듣고 창가에 서서 울었다. 그녀가 내내 감추어두고 두려워하던 뭔가가 마침내 그녀를 강타한 것이었다. 그녀가 우는 이유는 케네디 가족 때문이기도 했고, 자기 자신과 리 때문이기도 했다. 어떻게 영부인 아들의 죽음을 애통해하면서, 자기 배 속의 아기를 생각하지 않을 수 있을까? 마리나의 아기는 미래였고, 이미 운명지어져 있었다.

리는 법정에 출두했다. 가장 먼저 그의 눈에 띈 것은 법정이 흰색 공간과 색깔 있는 공간으로 나뉘어 있다는 사실이었다. 그는 색깔 있는 공간 한가운데 똑바로 앉아 자신의 사건 차례가 되기를 기다렸다. 그리고 유죄를 인정하고 벌금 10달러를 치렀다. 그런 다음 까를로스와 악수를 나누고는 법정을 나섰다.

모두가 알다시피, 그런 일은 전혀 중요하지 않았다. 그에게 정말 중요한 일은 경험을 쌓고, 그것을 문서화하여, 꾸바 정부 관료들에게 보여주기 위해 잘 보관하는 것이었다. 이런 것을 뭐라고 부르던가? 사건 기록?

법정 밖에서는 WDSU 방송국에서 나온 사진기자들이 기다리고 있었다. 그들은 그날 저녁뉴스를 위해 리 H. 오즈월드의 사진을 찍었다.

나흘 뒤, 리는 또다시 거리로 나가 국제무역시장 건물 앞에서 전단을 배포했다.

그다음 날, 리는 라디오 프로그램에 나가 꾸바와 세계에 관한 자신의 생각을 밝혔다.

「라틴 리스닝 포스트」의 진행자 빌 스터키는 수염을 기르고 손톱에 때가 낀 포크가수 스타일의 초대손님을 기대하고 있었다. 그러나 오즈월드는 깔끔하고 단정했다. 흰색 셔츠와 타이 차림의 그는 겨드랑이에 바인더노트를 끼고 있었다.

빌 스터키와 오즈월드가 스튜디오에 앉았다. 두 사람의 인터뷰를 녹음할 엔지니어도 옆에 있었다. 스터키가 곧장 인터뷰를 시작했다. 그는 오즈월드를 대 꾸바 공정촉진위원회 뉴올리언즈 지부의 간사로 소개했다.

"예, 간사인 저는 기록관리와 회원들의 신변보호를 책임지고 있습니다. 회원들이 원하지 않는 한, 그들의 신변이 지나치게 공개되거나 주목받는 일이 생기지 않도록 하는 거죠."

리가 계속해서 말했다. "어릴 때부터 뉴올리언즈에서 교육을 받고 민주주의와 객관성이라는 관념을 주입받은 저는 꾸바와 꾸바 국민들이 자기결정권을 갖는 것이 당연하다고 확신합니다. 아시다시피 우리 선조들은 헌법을 제정하면서 민주주의가 토론의 자유, 언론의 자유, 사실을 알 자유가 보장되는 사회를 만들어낸다고 생각했습니다. 전통적인 3대 권리인 생존권, 자유권, 행복추구권이 보장되는 사회 말이죠. 그것이 민주주의에 대한 제 정의입니다. 소수의 권리를 보장하고 억압하지 않는 사회요."

빌 스터키는 유나이티드 프룻 사와 CIA, 집단농장화, 니까라과의 봉건적인 독재정권, 국가적 해방운동 등에 대한 리의 생각을 귀기울여 들었다. 리의 이야기는 총 37분 동안 이어졌지만, 스터키는 5분이라는 방송시간에 맞추기 위해 4분 30초로 줄여야만 했다. 안타까운 일이었다. 오즈월드의 이야기는 지적이고 명료했으며, 어려운 대목을 능란하게 뛰어넘는 솜씨도 대단했기 때문이다.

인터뷰가 끝났을 때, 스터키는 오즈월드 간사에게 맥주를 사겠다고 제안했다. 그런 다음 그는 인터뷰를 녹음한 테이프 복사본을 FBI에 보냈다.

그해 여름은 그렇게 흘러갔다. 어느날 그는 팬케이크 뒤집개를 들고 바퀴벌레를 쫓아다니고 있었다. 늘 싸게 파는 부드러운 플라스틱 뒤집개로 벌레를 납작하게 때려잡았다. 그는 일자리를 잃었다. 일을 제대로 하지 못한다는 이유로 해고당했는데, 부당한 처사는 아닌 것 같았다. 폭풍우가 도시 전체를 뒤흔들고 있었다. 미시씨피 주 잭슨에서는 전미유색인종지위향상협회(NCAACP)의 미시씨피 지부 임원 메드거 에버스가 암살당했다. 그후에도 그들은 버밍엄에 있는 16번가 침례교회를 폭파했다. 그 결과, 네 명의 흑인 소녀가 사망하고 스물세 명이 부상을 당했다. 어느날 리는 부엌에서 바퀴벌레를 잡고 있었다. 1주일 내내 같은 옷차림에다 면도도 하지 않아 몰골이 엉망이었다. 다음날 그는 촌스러운 러시아제 양복에 폭이 좁은 타이를 매고, 바인더노트를 겨드랑이 아래 끼고는 WDSU 라디오 채널의 또다른 정치 프로그램인 「백지 위임 대담」에 나갔다. 이때도 그들은 미리 모든 조사를 마치고, 러시아와 리의 변절에 관련된 질문들을 준비해서 그를 불시에 공격했다. 만리허 라이플총의 노리쇠를 손보고 총신을 소제했다. 그들이 누구든 리에 대한 계획을 가지고 있었다. 뜨거운 밤마다 번개가 번쩍거렸다. 그들이 여러 해 동안 그를 관찰하고, 그를 축으로 일을 계획하며, 적당한 시기가 오는 것을 알 거라고 믿기란 어렵지 않았다.

평범한 사람인지 미친 사람인지는 모르지만, 어쨌든 한 남자가 아바나 바의 화장실 밖에서 혼자 권투연습을 하고 있었다.

페리는 때때로 이야기가 슬픈지 우스운지 분간하지 못하는 듯했다. 그는 리에게 타이머가 부착된 작은 조명탄을 만들려고 시도했던 이야기를 들려주었다. 그는 그것을 수천 개 이상 만들어서 생쥐의 몸에 부착하고 싶었다. 작은 조명탄을 몸에 매단 생쥐들을 낙하산에 태워 꾸바의 사탕수수밭에 떨어뜨리고 싶었다. 그는 오만 마리의 생쥐가 사탕수수밭에 흩어지면서 타이머가 조명탄을 점화시키는 장면을 머릿속에 그려보았다. 그는 생쥐 세계의 한니발이 되고 싶다고 말했다. 그리고 실제로 그 계획이 실패해서 낙담한 것처럼 보였다.

"혁명이 일어났을 때, 까스뜨로는 자기 가족 소유의 사탕수수농장을 불태우는 것을 최우선으로 삼았죠." 리가 말했다.

"내 말 잘 듣게. 워커 장군 사건은 엄밀히 말해 지나간 과거야. 자네는 그를 잊어야만 해. 워커 장군이 죽어도 피델에게는 아무런 의미가 없어. 그는 전혀 쓸모없는, 하루 묵힌 똥 같은 존재일 뿐이야. 아무도 그에게 관심을 기울이지 않아. 자네가 쏜 빗나간 총알이 그에게는 오히려 제대로 쏜 것보다 더 치명적이었어. 덕분에 그의 존재는 희미해져버렸지. 그는 골칫덩어리야. 저격을 당해 구사일생으로 살아남았다는 불명예가 그를 따라다닐 거야."

"제가 다시 시도하고 싶어하는 걸 어떻게 아시죠?"

"레온, 모든 걸 일일이 말해야 아나? 죽음의 기운이 공중에 떠돌면 말 안해도 알아차리는 것 아닌가? 그들이 자네 주위로 몰려들기 시작하잖아. 배니스터가 말하기를 그들은 진지한 사람들이라더군. 자네 아파트에도 왔다던데."

"저도 압니다. 그리고 그런 느낌이 들었어요."

"자네도 감지했군. 그렇지? 그런 건 말이 필요없는 거야. 천칭이 조금이라도 기울면 그들이 이내 알아차린다고."

"그들이 찾고 있는 게 뭐죠?"

"자네가 실제로 존재한다는 흔적이지. 리 오즈월드가 그들이 내내 만들어온 종이인형에 딱 들어맞는다는 증거 말이야. 자네는 역사의 변덕이 낳은 산물이지. 자네 자신이 우연의 일치이기도 하고. 그들이 고안해낸 계획에 자네는 완벽하게 들어맞아. 그들이 자네를 잃어버렸기 때문에 여기 자네가 있는 거야. 모든 것에는 일정한 패턴이 있지. 우리 안의 뭔가가 독립적인 사건에 영향을 미치지. 즉 우리 스스로가 사건이 일어나게 만드는 거야. 의식적인 정신은 한쪽 면만 보여주지만, 우리는 그보다 더 심오해. 우리의 영향력은 시간에까지 미치지. 우리 중 몇몇은 자기가 죽음을 맞게 되는 시기와 장소, 특성까지도 거의 비슷하게 예측할 수 있어. 우리는 좀더 깊은 차원에서 그것을 알지. 이건 로맨스, 연애유희야. 내가 찾고 있는 게 바로 그런 것일세, 레온. 나는 그것을 비밀리에 뒤쫓고 있어."

혼자 권투연습을 하던 남자가 이제는 또다른 행동을 보였다. 느릿느릿 움직이는 것이 수학문제라도 푸는 것 같았다. 그는 고개를 숙인 채 한곳에 서서 우주공간에 떠 있는 사람처럼 양팔을 상체에 엇갈려 붙이고는 항력을 확인하려는 듯 보였다.

"케네디도 죽음에 대한 관념과 함께 그 나름대로 약간의 로맨스를 갖고 있지. 용기에 마음을 빼앗긴 사람은 어두운 꿈을 꾸게 돼. 케네디는 확실히 죽음의 공포에 사로잡혀 있지만 병적일 정도는 아니야. 나처럼 몸을 사리지도 않지. 시인 기질이라고나 할까. 그게 자네가 흠모하는 케네디야."

"특별히 흠모하진 않아요." 리가 말했다.

"그는 죽음이 무엇이라는 걸 알고 있어. 그동안 몇번이나 죽음에 직면했으니까. 형제 중 한 사람은 전사했고, 한 사람은 비행기 추락사고로 죽었지. 얼마 전에 태어난 아기도 죽었고. 그는 가톨릭신자이기도 해. 가톨릭신자는 일찌감치 죽음을 체득하지. 향냄새, 오르간 음악, 이마의 재, 혓바닥의 제병(祭餠). 최상의 것에는 두려움이 따라붙게 마련이야. 공포의 해골 남자. 어릴 때 우리는 뒷골목이나 어두운 거리를 일부러 피해다녔지. 해골 남자는 바로 그런 곳에서 냄새나는 속옷을 입은 채 술냄새를 풀풀 풍기며 기다리고 있어. 호시탐탐 아이를 노리는 거지."

한 술집 아가씨가 주크박스 옆에서 몸을 흔들며 서 있었다. 금방이라도 모래바람을 뿜어낼 듯한 분위기의 서부 텍사스 출신 여자였다. 머리카락은 허옇게 탈색되었고 피부에 속눈썹까지 황금빛이었다. 페리가 그녀를 향해 손짓했다. 그러고는 주머니에서 검은색 나비넥타이를 꺼내 그녀에게 건네주었다. 그녀가 나비넥타이를 리의 셔츠칼라에 둘렀다. 그들은 나비넥타이를 두른 리의 모습이 무척 귀엽다고 생각했다. 여자의 이름은 린다 프렌체트였다. 그녀가 두 손을 얼굴높이까지 들어올리더니 엄지손가락을 구부려 리를 사진 찍는 시늉을 했다.

"그 친구는 술이나 담배를 그리 좋아하지 않아. 상스러운 말도 절대 입에 담는 법이 없지. 우리는 그를 잘 대해주고 싶어." 페리가 말했다.

"가격에 비해 잘해드리죠." 린다가 말했다.

"당신은 정면을 맡아. 나는 후면을 맡을 테니. 범퍼 카처럼 말이야." 페리가 말했다.

그들은 그것 또한 귀엽다고 생각했다.

세 사람은 함께 페리의 램블러를 타고 매거진으로 향했다. 드라이브의 주제는 '리를 집에 데려다주기'였다. 린다 프렌체트는 뒷좌석에 앉아 있었다. 떼낄라가 담긴 와인잔을 들고 있던 그녀는 자동차가 급정거할 때마다 손바닥으로 술잔 입구를 막았다. 그녀는 뒷좌석에서 만화주인공이 그려진 도시락통을 발견했다. 안에는 손으로 만 궐련 몇개비가 들어 있었다. 페리가 그중 하나를 꺼내 불을 붙이는 동안 조수석에 앉은 리가 핸들을 잡았다. 해시시야. 데이비드 페리 교관이 중얼거렸다. 그 말에 일행은 독한 해시시 냄새가 밖으로 빠져나가지 못하도록 모든 차창을 닫았다. 강하고 진한 향이었다. 페리가 일행에게 궐련을 한모금씩 돌아가면서 빨게 해주었다. 통통하고 짤막한 궐련은 양끝으로 갈수록 점점 가늘어지는 형태를 띠고 있었다. 그들은 리를 집에 데려다주고 있었다.

이윽고 자동차는 2층짜리 발코니가 딸린 근사한 주택 앞에 멈추어섰다. 리가 사는 곳에서 두 집 건너에 있는 집이었다. 리는 그 집의 쓰레기통을 몇번인가 이용한 적이 있었다. 린다가 또 하나의 궐련에 불을 붙였다. 그리고 세 사람이 돌아가며 한모금씩 피웠다. 새벽 3시인데다 연기가 새어나가지 않도록 차창을 모두 닫았기 때문에 바깥세상은 거의 보이지 않았다. 린다와 페리가 리에게 대마초 피우는 법을 자세히 설명했다. 그러다가 두 사람이 격렬한 논쟁을 벌이기도 했다. 리는 그저 묵묵히 피우는 데만 열중했다. 이윽고 페리가 해시시의 역사에 대해 일장연설을 늘어놓으면서 느릿느릿 또다른 궐련에 불을 붙였다. 시간이 점점 흘러갔다. 차 안의 열기가 달아올라 견디기 힘들어졌고, 매캐한 연기 때문에 리는 목이 말랐다. 린다가 떼낄라에 혀를 적셔 그의 귀를 부드럽게 핥아주었다. 그들은 심장이 뛰는 데도 시간이 걸리는 장소에 있었다.

"이런 때는 내가 그것을 진짜 하고 있는지 아니면 상상하고 있는지 분간이 안된다니까요."

린다의 말에 페리가 물었다. "그게 뭔데?"

"다시 말해서, 이 일이 지금 내가 내 집 침대에서 생각하고 있는 건지, 아니면 지금 실제로 일어나고 있는지 헷갈린다고요."

"이 일이라니?"

페리의 목소리가 점점 작아졌다. 그는 창문을 내리고 연기를 밖으로 내보냈다. 리는 똑바로 앞만 바라보고 있었다. 반짝거리는 재가 그의 셔츠 앞섶에 떨어졌다. 그는 뒷자리에 앉은 린다가 그의 자리 쪽으로 손을 뻗고 있다는 것을 깨달았다. 그녀는 어둠속에서 그의 벨트버클과 지퍼를 더듬어 찾았다.

"지금 내가 집에 있는 거라면 얼마나 좋을까요? 이제부터 집까지 돌아가야 한다고 생각하면 정말이지 끔찍해요."

리는 페리가 그의 바지 지퍼를 열도록 내버려두었다. 그러자 린다가 그의 성기를 손으로 움켜쥐고는 입을 크게 벌린 채 우스꽝스러운 신음소리를 내며 뒷좌석에서부터 고개를 들이밀었다.

리는 여전히 똑바로 앞만 바라보고 있었다. 린다가 코로 숨쉬는 소리가 들렸다. 그녀는 자세를 바꾸려다가 튀어나온 재떨이에 머리를 부딪혔다. 리는 처음 이성에 눈떴을 무렵 사귀고 싶었던 소녀의 이름을 기억해내려고 애썼다. 격자무늬 스커트를 즐겨 입는 소녀였다.

성서에 나오는 사막에 입체문자가 죽 늘어선 스펙터클 영화의 광고처럼 페리의 목소리가 한마디 한마디 깊이 음각되어 무거워진 시간 속을 천천히 움직여 리의 귀에 닿기 시작했다.

"그들은 아주 오래전부터 자네를 죽 지켜보아왔네, 레온. 그들을 생각해봐. 그들이 누군가? 그들이 원하는 게 뭐지? 나는 그들 편이기도 하지만, 동시에 자네 편이기도 해. 그들이 우리한테 감추는 게 있어. 그들은 항상 그래. 언제나 그이상의 뭔가가 있단 말이네. 우리가 모르는 뭔가가 있다고. 진실은 우리가 알거나 느끼는 것이 아니야. 진실은 항상 저 너머에서 기다리고 있지. 지금처럼 우리는 의식을 공유하는 관계지. 해시시가 우리를 남색가로 만들고 있어. 우리는 같은 조국과 정신을 갖고 있어. 린다가 말한 것이 사실이야. 자네는 지금 자네 집 침실에서 상상하고 있는 거야."

페리는 그렇게 말하고 나서 엎어져 있는 여자 너머로 허리를 굽혀 리의 나비넥타이를 바로잡아주었다.

마리나는 댈러스에 사는 친구 루스 페인에게서 함께 지내자는 제안을 받았다. 새로 아기가 태어나면 루스 페인이 큰 도움이 될 터였다. 그녀는 댈러스에 거주하는 망명 러시아인을 몇명 알고 있었고, 러시아어 실력을 키우고 싶어했다. 이는 마리나에게 호의에 보답할 수 있는 기회가 되었다.

뉴올리언즈는 끝난 것처럼 보였다. 어떤 면에서는 처음부터 시작한 적도 없는 것 같았다. 리는 그녀를 러시아로 돌려보내 책임감에서 자유로워지고 싶어했다. 그녀는 리가 적어도 지금 당장은 댈러스에 정착할 거라고 생각했다.

루스 페인이 동부나 중서부에서 돌아오는 길에 뉴올리언즈를 지나갈 예정이었다. 따라서 마리나를 댈러스로 데려갈수도 있었다. 마리나는 이 문제를 리와 상의했다. 리는 꾸바 비자를 구하기 위해 멕시코씨티로 가고, 마리나는 준을 데리고 퀘이커교도이자 친한 친구인 루스 페인과 함께 댈러스로 가기로 했다.

그후에 어떤 상황이 벌어질지는 그들도 알지 못했다.

그들은 흐릿한 빛 속에서 총을 쏘았다. 리는 총 쏘는 것이 마뜩잖은 듯 심드렁한 표정으로 방아쇠를 당겨 한발 한발 발사했다. 표적을 향해 정확히 날아가는 총알. 나머지 사람들은 리에게 거의 말을 걸지 않은 채 신중하게 거리를 유지했다. 리는 아무렇지도 않았다. 그 여름은 주위의 모든 것이 조금씩 구체화되어가는 계절이었다.

데이비드 페리는 귀마개를 착용하고 뚜껑을 따지 않은 토마토 페이스트 깡통을 향해 총을 쏘았다. 아침공기 속에 분출되는 대량판매품의 핏덩이. 그는 사격장에 준비되어 있는 청력보호장비를 사용하지 않았다. 싸구려 잡화점에서 구입한 평범한 귀마개만 착용하고도 충분히 총을 쏠 수 있었다. 꾸바인도 총을 쏠 수 있었다. 길쭉하고 제멋대로 생긴 얼굴에 팔다리가 길고 등이 구부정한 웨인은 겨우 2라운드만 쏜 뒤 자리를 떠났다.

페리는 청년상업회의소에서 강연을 하기 위해 뉴올리언즈로 돌아가야만 했다. 떠나면서 그는 다음날 다시 와서 리를 집에 데려다주겠다고 했다.

리더인 티제이는 리에 대해 절반쯤 만족하는 것 같았다. 강인한 인상에 살짝 배가 나오고, 주먹에 날아가는 새의 문신을 그려넣은 그를 바라보면서 리는 말보로맨을 떠올렸다.

티제이는 리가 꾸바에 가고 싶어한다는 것을 알고 있었

다. 페리가 말해준 것일까? 리가 페리에게 그런 말을 한 적이 있던가? 베이트먼 요원도 알고 있을까? 왜 여권이 필요한지 리가 베이트먼 요원에게 설명했나? 이러한 의문들이 리의 머릿속을 재빠르게 스치고 지나갔다. 별다른 의미는 없었다. 여름은 미래의 비전을 향해 점점 무르익어갔다.

티제이가 그에게 새 라이플총이 아닌 만리허 라이플총으로 훈련을 하라고 말했다. 그것은 그가 내내 바라던 바였다. 캠프에 참여하겠다고 부탁한 사람은 바로 리였다. 그는 자신의 무기로 직접 표적을 맞히는 연습을 할 필요가 있었다.

하지만 그는 탄약이 부족했다. 라이플총에 맞는 탄약을 구하기가 힘들었다. 뉴올리언즈에 있는 총포상은 죄다 뒤지고 다녀봤지만 소용없었다. 총기에 관한 한 모르는 것이 없는 티제이는 그 사실을 눈치채고 오히려 흡족한 표정을 지었다. 그는 자신에게 탄약이 충분히 있다고 말했다. 과거에 거래했던 웨스턴 카트리지 사에서 직접 구한 것이라고 했다. 이제 알겠나? 신경쓸 것이 한두 가지가 아니라고. 그래야 제대로 일처리를 할 수 있어.

리가 기다란 막사 바닥에 깔린 침낭 속으로 몸을 웅크리고 들어갔다.

그는 꾸바인들에게 보여줄 것이 많았다. 공정촉진위원회와 『더 워커』에서 온 서신도 있고, 전단과 회원증도 있었다.

그는 한 가지를 확실히 알고 있었다. 자신이 정치학과 경제학을 배울 거라는 사실이었다.

그들을 미주리로 데려가, 매트.

그들이 명예제대로 바꾸어주기를 거부한 탓에 그의 제대 기록을 둘러싼 난투가 여전히 계속되었다.

마리나는 리가 항공우주산업 분야의 일자리를 찾기 위해 또다른 군에 가 있다고 생각한다.

대통령은 제임스 본드 소설을 즐겨 읽는다.

그는 자신이 좌파신문을 정기구독하고 있다는 증거를 갖고 있었다. 경찰 체포로까지 이어진 사건에 대한 법정소환장도 있었다.

혁명은 자유로운 사고의 수련장이어야만 한다.

빗물에 촉촉이 젖은 거리들.

야간 경제이론 강좌에서 배운 바에 따르면 항공우주산업은 장래성있는 산업이었다.

그는 노트에 새로운 계획을 구상하고 있었다. 노트에는 맑스주의자, 조직책, 거리 시위, 라디오 스피커, 강연자 같은 제목이 적혀 있었다. 이러한 제목 아래 그는 영장과 함께 자신의 활동 내역을 간결하게 기술했다. 그는 자신의 이름이 정확히 보도된 법정 출두 기사를 가지고 있었다. 그는 댈러스에서 근무했던 그래픽 아트 사무실에서 세금환급을 받아 저축해두었다. 바로 이런 상황을 대비한 것이었다. 이 또한 총명한 행동으로 인정받을 터였다.

나는 거리 소요에 익숙하다.

나는 나를 방치해둔 동안 대단히 훌륭한 자립의 가능성을 마련해두었다.

그것은 항공우주산업이다.

뉴올리언즈 외곽의 번쩍거리는 자동차 불빛들이 보이기 시작할 즈음, 페리가 비로소 주요 화제를 입에 올렸다.

"잭 대통령은 과로하고 있어. 자네도 알고 있었나? 까스뜨로를 쓰러뜨리기 위해서지. 일급비밀 작전이야. 내가 그걸 어떻게 아느냐고? 카민 라타를 도와 법률적인 조사를 하고 있거든. 카민은 이번 일을 잘 알고 있어. CIA가 피델을 쓰러뜨리기 위해 범죄전문가들과 손잡고 일해왔다고."

밝은 불빛이 그들 주위를 에워쌌다. 차창으로 여러 얼굴이 보였다.

"내 말 잘 들어. 그들이 케네디 몰래 이번 일을 꾸민다는 것은 불가능해. 케네디도 지저분한 일에 관련되어 있는 거야. 이때 그가 누구한테 자문을 구하겠나? CIA는 대통령의 변소 같은 거야."

아이들이 번쩍이는 빛 속에 눈을 가늘게 뜨고 옆으로 지나갔다.

"카민은 시카고와 플로리다에서 온 사람들에게 이야기해왔어. 레온, 이건 자네가 생각해볼 만한 놀라운 자료야. 이 문제를 진지하게 생각해봐. 정부가 한편으로는 꾸바와 화해를 추진하면서, 반대편에서는 암살단을 파견하고 있어."

다음날인 9월 9일, 리는 『타임즈 피카윤』지에서 까스뜨로가 암살계획을 꾸몄다는 이유로 미국 정부를 비난하고 있다는 기사를 읽었다.

"미국 정부 지도자들은 만약 꾸바의 지도자들을 제거하

려는 테러계획을 도왔다가는 자신들의 목숨도 위태로울 거라는 사실을 알아야 해." 리가 중얼거렸다.

리는 신문기사를 몇번이고 반복해서 읽었다. 마치 페리와 배니스터를 포함한 그들 모두가 뉴스를 통제하고 있는 것처럼 느껴졌다. 그만큼 그들은 모르는 것이 없었다. 물론 페리가 이번 문제를 언급한 바로 다음날 신문에 기사가 난 것은 우연의 일치일 뿐이었다. 그러나 어쩌면 그것이 완벽한 통제보다 더 이상한 것일 수도 있었다.

우연의 일치. 리는 미시씨피 주의 레이모에게서 까스뜨로가 게릴라 시절 중간이름인 알레한드로에서 따온 알렉스라는 이름을 썼다는 이야기를 들어서 알고 있었다. 리도 과거에 알렉이라는 이름으로 알려져 있었다.

우연의 일치. 배니스터는 리가 어느 도시, 어느 주, 어느 군에 있는지도 모르면서 그를 찾아내려고 애쓰는 중이었다. 그런데 어느날 리가 544번지 건물 안으로 직접 걸어들어와 기밀업무를 달라고 요구한 것이다.

우연의 일치. 리는 언제나 두세 권의 책을 읽고 있었다. 케네디도 마찬가지였다. 그리고 태평양에서 군복무를 했다. 케네디도 그랬다. 필체가 엉망이고 철자법도 자주 틀렸다. 케네디도 그랬다. 아내가 임신한 시기도 똑같고, 로버트라는 형제가 있는 것도 똑같았다.

집으로 돌아온 지 이틀째 되는 날 밤, 리는 또다시 코피를 흘리기 시작했다. 베갯잇이 피범벅이 되었다. 마리나의 말에 따르면, 그가 자다가 고개를 흔들었다고 했다.

그들은 그에 대한 모든 것을 알고 있었다. 심지어 라이플 총의 카트리지를 그가 어디에서 구했는지도 알았다. 게다가 FBI는 그의 우편물까지 검열하고 있었다. 또 마리나가 거의 임신 8개월에 접어들었고, 그들의 사는 방식을 불평하고 있으며, 진보적 투쟁가로서의 남편의 원칙을 비꼬고 있다는 것도 알았다. 리는 베이트먼과의 약속을 두 번 어겼다. 돈에 대해서는 신경쓰지 않았다. 덕분에 그들은 돈을 아낄 수 있었다. 그들은 리를 장악하거나 통제하지 않았다. 리는 살이 빠졌다. 옷을 입을 때 차이를 느낄 정도였고, 거울에 비친 얼굴을 봐도 알 수 있었다. 그는 방충망을 친 베란다에서 조심스럽게 자세를 잡고 길을 건너는 남자를 향해 라이플총을 겨누었다. 정확히 머리와 목이 연결되는 부분을 노리면서 입으로 총소리를 중얼거렸다. 그는 스페인어를 다시 공부하기로 결심했다.

리는 멕시코 영사관에서 여행자 카드를 받아왔다. 각종 서류와 스크랩해둔 기사도 다시 한번 정리했다. 모두 꾸바를 위한 것이었다. 그것을 보면 꾸바인들이 그가 누구인지 알 수 있을 터였다.

리가 비자를 받아 미래의 날짜가 찍힌 도장을 찍는다. 댈러스로 가서 파시스트인 워커 장군을 암살한다. 그런 다음 멕시코씨티로 돌아온다. 그곳에는 아바나로 갈 수 있는 비자가 준비되어 있다. 아바나에서는 그를 영웅으로 치하하며 환영할 것이다.

리는 전에도 한두 번쯤 스페인어를 공부한 적이 있었다. 그러므로 이번에는 더 쉬울 터였다.

페리는 그의 라이플총을 맨리커(Man-Licker. 만리허를 달리 발음한 것. '인간 살상기'라는 뜻임—옮긴이)라고 불렀다.

그는 플레이펜(안전이나 놀이를 위한 유아용 울타리—옮긴이)과 유모차를 루스 페인의 스테이션왜건 지붕에 단단히 묶었다. 군데군데 녹이 슬고 쏘프트 타이어가 장착된 55년형 녹색 세비였다. 뒤이어 트렁크와 상자 들도 차 안에 쑤셔넣었다. 그들의 전재산이었다. 이제부터 그것은 루스 페인의 것이 될 터였다. 리는 라이플총도 몰래 집어넣었다. 해체한 라이플총을 헌 담요에 싼 다음 주방용 실로 세로매듭을 지어 단단하게 묶었다.

그는 루스 페인에게 자신은 일거리를 찾으러 휴스턴이나 필라델피아로 갈 거라고 말했다.

마리나의 두 눈은 남편에 대한 걱정과 사랑으로 촉촉하게 젖어 있었다. 리가 손끝으로 그녀의 길고 하얀 목을 쓰다듬었다. 그는 눈물을 흘리지 않으려고 죽을힘을 다했다. 자신의 얼굴이 슬픔에 북받쳐 어린애처럼 잔뜩 찌푸려져 있을 거라는 생각이 들었다.

그날 밤 리는 쓸모없는 잡동사니를 쓸어담은 봉지를 주렁주렁 들고 폭우가 쏟아지는 거리로 뛰어나갔다. 헌 신문지는 이웃집 쓰레기통에 집어넣고, 청량음료 병들은 깨뜨려버렸다. 누가 보는 사람이 없을까? 밤잠 없는 노파가 이러한 한밤의 질주를 지켜보고 있는 것은 아닐까? 리는 느릿느릿 집으로 돌아갔다가 잠시 후 다시 밖으로 나왔다. 이번에는 더 많은 양의 쓰레기를 가슴에 안고 빠른 걸음으로 진입로를 빠져나갔다. 거리에서는 누구에게도 말을 걸지 않았다.

다음날 저녁 리는 베란다에 서서 창고 건너에 있는 버스 정류장에 버스가 도착하기를 기다렸다. 마침내 버스가 도착하자, 그는 캔버스 가방 두 개를 들고 재빨리 길을 건너가 버스를 탔다. 보름치 집세를 지불하지 않은 채였다.

트레일웨이 터미널에 도착한 뒤 리는 멕시코까지 가는 여정의 첫 단계인 휴스턴행 버스표를 사기 위해 곧장 매표소로 향했다. 매표소 옆에는 데이비드 페리가 서 있었다. 구겨진 격자무늬 스포츠재킷 한쪽 주머니 밖으로 신문이 비죽 튀어나와 있었다. 그 모습이 마치 이틀 후에 죽을 경마광처럼 보였다.

"어디 가려고? 멕시코? 꾸바에 가기 위한 비자를 구하러 가는 건가?"

"그래요." 리가 대답했다.

"페리 교관한테 한마디도 하지 않고? 레온, 이런 태도는 영 마음에 들지 않는군."

"그들이 내게 원하는 일이 무엇인지 당신도 말해주지 않잖습니까? 그러니 나 스스로 최선을 다해 계획을 세울 수밖에요."

"그들은 이미 자네가 멕시코로 가려 한다는 걸 알고 있어. 자네는 놀랄 만큼 치밀하게 감시당하고 있다고. 나 개인적으로도 이번 일에 대해서는 화가 나는군. 지금 상황에서 꾸바에 가겠다고? 레온, 우리는 아직 우리 일을 마무리짓지 못했잖아."

"여기로 다시 돌아올 계획이었단 말입니다."

"물론 돌아오기는 하겠지. 왜인지 아나? 그들은 미국인한테 그리 쉽게 비자를 내주지 않거든. 그런데다 자네 스스로도 돌아오기를 원하지. 자네는 우리 일을 끝내고 싶어하니까."

"그들이 저한테 원하는 게 뭡니까?"

"이제는 우리 둘 다 그 질문의 답을 알고 있잖나."

"당신은 아는지 몰라도 나는 모릅니다."

"자네도 예전부터 알고 있었어. 아마 나보다 더 먼저 알았을걸? 자네는 자네의 맨리커를 쏘아보기 위해 늪에 왔었지. 자네는 우리가 어느 편에 있는지 알아. 우리가 자네 입맛에 맞는 표적을 선택할 수 없으리라는 걸 알고 있어. 그런데도 자네는 오기를 원했지. 자네가 멋대로 선택하지 않았는가? 솔직히 말해 그 점에서 자네가 나보다 앞선다고 생각하네."

허리까지 오는 고무장화를 신은 흑인이 어둠속에서 빛이 나는 요요를 팔기 위해 터미널 안을 돌아다니고 있었다.

페리가 리에게 함께 식사를 하자고 했다. 그러면서 그가 원하기만 한다면 레이모가 내일 휴스턴으로 태워다줄 거라고 말했다. 버스비도 아끼고, 패밀리카의 편안함도 즐기라는 것이었다.

그들은 페리의 아파트에서 스크램블드에그를 먹었다. 식탁 아래에는 폭약이 보관되어 있었다. 페리는 식사중에도 재킷을 벗지 않았다. 그가 포크를 흔들면서 말했다.

"자네가 544번지 건물에 보관해둔 공정촉진위원회 자료를 보았네. 그런데 자네가 미처 보지 못한 것을 내가 찾아냈지. 천칭자리 사람들은 자신과 관련된 사항을 절대 알아보지 못하지. 대 꾸바 공정촉진위원회의 공식 상징은 천칭을 높이 치커든 사람의 손이야. 고정된 저울대 양쪽에 두 개의 저울판이 달려 있는 천칭 말이네. 자네가 어디를 가든, 그것은 자네 주변에 있어. 레온이 어느 쪽으로 기울어질까?"

"저는 그들이 저한테 뭘 원하는지 모르겠습니다."

"자네는 확실히 알고 있어."

"장소가 어딘지 말씀해주세요."

"마이애미."

"그렇다면 저는 정말 모르겠어요."

"자네는 몇주 전부터 알고 있었어."

"마이애미에서 무슨 일이 생긴다는 겁니까?"

페리는 음식을 씹어서 삼키느라 잠시 우물거린 후 입을 열었다.

"두 개의 평행선을 생각해보게. 하나는 리 H. 오즈월드의 생명을 뜻하고, 다른 하나는 대통령을 살해하려는 음모를 뜻해. 그 두 평행선 사이의 공간을 메우는 게 뭘까? 둘 사이의 연결을 불가피하게 만드는 게 뭔지 알아? 둘 사이에는 제3의 선이 있네. 그 선은 꿈과 상상, 직관, 염원, 가장 심오한 자아의 세계에서 나오지. 그 선은 다른 두 선처럼 원인과 결과에 의해 생겨나는 게 아니야. 인과관계와 시간을 초월하지. 그 선은 우리가 인식하거나 이해할 수 있는 역사를 갖고 있지 않아. 하지만 연결을 강요하지. 그 선은 한 인간을 운명의 길에 세운다네."

9월 25일

자정이 넘은 시각, 리는 쏘파에서 잠이 깼다. 그는 눈을 뜨자마자 정신이 또렷해졌다. 책꽂이 위에 놓인 텔레비전에 서는 소리없이 화면만 나오고 있었다. 욕실에서 페리가 양치질하는 소리가 들려왔다. 리의 머리카락과 옷, 쏘파 천 등 모든 것에 해시시 냄새가 배어 있었다.

리는 벌거벗은 채 방으로 걸어들어오는 페리를 바라보았 다. 그의 눈썹과 가발은 사라지고 없었다. 흐릿한 백열등 아 래에서부터 텔레비전 불빛 가운데로 다가오는 페리의 모습 은 슬프고 우울한데다 활기마저 없어 보였다. 그는 마치 누 드 세계의 인간, 토오꾜오의 칸막이방에서 보았던, 그 부분 의 털을 민 누드, 돈을 받고 사진을 찍게 하는 누드 승려, 실 제 누드의 끝없는 변주, 관광객을 위한 풍자 같았다. 그의 모 습은 흐릿하게 반쯤 지워진 것처럼 보였다. 그는 리가 눈을 뜨고 있다는 것을 알았을까?

페리는 뭔가 잊어버리기라도 한 듯 잠시 책과 키큰 램프 사이에 서 있었다. 벌거벗은 상태에서 잊어버릴 것이 뭐가 있을까? 리는 등이 보이도록 돌아누웠다. 잠에 푹 취한 사람처럼 자연스럽게. 그런 다음 눈을 감고 깊이 잠든 사람처럼 가볍게 코고는 소리를 냈다.

페리가 쏘파 끝에 걸터앉아 한손을 셔츠 입은 리의 배로 가져갔다. 하이델에게 손을 얹고 그를 향해 몸을 기울였다. 방금 양치질한 페리의 숨결이 진하게 느껴졌다.

"사람들은 서로에게 다정해야만 하지."

그는 리의 배에 얹은 손을 움직이기 시작했다. 손버릇이 나쁘다고 리는 생각했다. 그것은 중학교 때 여자애들이 남자애들 이야기를 할 때 자주 쓰는 표현이었다. 그애는 손버릇이 아주 나빠.

"사람들은 다정해야 해." 페리가 속삭였다.

그가 쏘파 위에 세로로 길게 눕는 듯했다. 리의 바로 뒤에 누워 손으로는 리의 가운데 부분을 둥글게 쓰다듬었다. 바지 위로 아주 천천히. 리는 그가 자신의 벨트를 풀게 내버려두지 않았다. 두 사람은 실제로 한동안 드잡이를 했다. 쏘파 위에서 자세는 바꾸지 않은 채 벨트버클을 놓고 싸움을 벌였다. 리는 계속 눈을 감고 있었다. 그들은 서로의 손등을 때리면서 싸웠다. 그러나 페리는 힘이 셌다. 그가 한손으로 리의 손목을 세게 움켜쥐었다. 상대방의 손목을 두 손으로 잡고 반대방향으로 빨래 짜듯 비트는 것을 '인디언 번(burn)'이라고 불렀다. 아마 이것은 초등학교 때 많이 사용하는 말일 터였다.

"사람들은 다정해야 해. 다정해야 한다고. 다정해야 해."

페리는 이제 몸을 리에게 밀착시키려는 듯했다. 손놀림은 어느정도 진정되었다. 리는 힘을 줘 두 다리를 바싹 붙였다. 눈은 여전히 감은 채였다. 얼굴에 쏘파 천의 거칠거칠한 감촉이 느껴졌다. 페리가 그의 머리와 목덜미에 대고 가쁜 숨을 몰아쉬었다.

'Lee'에서 L을 숨겨라.

그러면 아무도 그의 정체를 알 수 없을 것이다.

그때였다. 리는 바지 위로 그것이 뚝뚝 떨어지는 것을 느꼈다. 리는 그것을 고깝게 받아들이지 않으려고 노력했다. 두 사람은 서로에게서 떨어졌다. 페리는 리에게 수건을 가져다주고 나서 가운을 입었다. 이 모든 일이 거의 캄캄한 어둠속에서 이루어졌다.

"댈러스에 가면 자네가 알아두어야 할 장소가 몇군데 있어."

"저는 멕시코씨티로 갈 겁니다."

"자네가 돌아왔을 때 말이야. 진스 뮤직 바라는 술집이 있는데, 자네가 언젠가 반드시 들러야 할 곳이야. 아니면 쎈트리 룸. 듣기로는 최근에 새로 연 가게라던데."

"거기는 왜 가야 하죠?"

"사람들을 만나러."

"어떤 사람들이죠?"

"자네가 만나고 싶어하는 사람들. 사실 난 댈러스에 있는 술집들을 잘 몰라. 이름만 들어봤을 뿐이지. 하지만 홀리데이에는 얼씬도 하지 말게. 고약한 곳이야. 레온 자네한테는 어울리지 않는 곳이라고."

"당신이 무슨 말을 하는지 하나도 못 알아듣겠어요."

"아니, 자네는 알고 있어. 진스 뮤직 바는 자네가 갖고 있는 리스트에 첫번째로 올라 있는 술집이야. 확실히 자네는 행동을 취하고 싶어하지. 그게 어떤 건지 말해보게."

해시시 연기가 방 안 가득 피어올랐다.

"해시시. 아주 재미있는 단어야. 아랍어인데, 암살이라는 단어의 어원이기도 하지." 데이비드 페리가 말했다.

잭 루비는 아침마다 갓 짜낸 신선한 주스를 마시기를 좋아했다. 그는 한번에 자몽을 여덟 개씩 구입했다. 통에 든 자몽을 움켜쥐면서 그는 마치 나를 구원할 유일한 것은 너뿐이라는 듯 매정한 눈길로 쏘아보았다. 그의 냉장고 안 곳곳에는 쐐기 모양으로 자른 자몽이 들어 있었다. 그는 잘 익은 자몽의 표면을 찰싹 때리기를 좋아했다. 먹을 만하겠군. 그는 자몽을 손에 쥐고 무게를 가늠해보기를 좋아했다. 주스는 애당초 그의 머릿속에서 수영장에서의 수영이나 웨이트트레이닝과 연결되어 있었다. 시간이 있을 때마다 그는 체력단련에 열중했다.

그가 주방에서 나오는 순간은 곧 늙은 독신남성의 혼란이 시작되는 순간이다. 집 안은 분실물보관소를 연상시켰다. 그러나 잭은 개의치 않았다. 그는 호텔방처럼 정돈된 분위기를 싫어하고 또 두려워했다. 그 모든 것이 10년 전 사업에 실패해 실의에 빠져 있던 시절, 채무에 대한 부담이 그의 등으로 기어올라와 머리를 짓누르던 시절을 떠올리게 했기 때문이다. 그 시절 그는 괴로운 나머지 엘리베이터도 없는 싸구려 호텔에 방을 잡았다. 그리고 커튼을 내린 컴컴한 방에 혼자 틀어박혀 굶어죽지 않을 만큼만 끼니를 때워가며 8주 동안 지냈다. 그는 아무짝에도 쓸모없는 인간이었다. 살고 싶은 생각이 조금도 없었다. 그 시절이야말로 잭 루비가 삶에서 유일하게 좌절감을 맛본 때였다. 그의 영혼은 깊고 깊은 고통의 늪에 빠져 회복하기가 힘들었다.

현재 잭이 룸메이트와 함께 사는 것은 바로 그런 이유 때문일지도 모른다. 혼자 있는 것에 대한 공포를 피하기 위해서. 아니면 별다른 능력 없는 거리의 부랑자들을 받아들이는 것은 그저 그의 습관일까? 죠지 쎄너터는 쉰살의 그림엽서 판매상이었다. 우편을 통해 이혼했고, 학력은 8학년까지 다닌 것이 전부였다. 그는 수년간 이런저런 직업을 전전했다. 즉석요리 조리사, 잡화상, 여성의류 판매상. 그는 클럽에서 일손을 도우면서 가끔 잭에게 식사를 챙겨주었다. 물론 요리 솜씨가 좋지도 않았고, 그렇다고 상대의 건강상태를 생각해서 몸에 좋은 음식을 만들지도 않았다.

잭은 주스잔을 손에 들고 부엌에서 나오다가 죠지 쪽을 슬쩍 보았다. 죠지는 해진 가운 차림으로 쏘파에 너부러져서 손으로 입을 가린 채 기침을 하고 있었다.

"나는 지금 중요한 전화를 기다리고 있어. 그러니까 수화기 건드리지 마. 다음주까지."

"내가 전화 걸 데가 어디 있다고 그래?" 죠지가 말했다.

"그야 나도 모르지. 기상청?"

"난 날씨 따위에 관심없어. 전화기 근처에는 얼씬도 않을 거라고."

잭은 들은 척도 하지 않았다. 그는 룸메이트와 한집에 살면서 마치 상대가 존재하지 않는 것처럼 자기 말만 내뱉고 마는 특이한 재주를 갖고 있었다. 그의 머릿속 생각은 늘 너무나 빠르게 돌아가기 때문에 죠지처럼 엉성한 사람이 따라잡기는 불가능했다. 잭은 죠지가 집에 들어온 이래로 그의 방이 어떻게 생겼는지도 몰랐다. 벽을 오렌지색으로 칠했던가? 그렇다고 그가 죠지와 함께 지내는 것을 싫어하는 것은 아니었다. 일단 인간의 존재에 익숙해지면, 혼자 있을 때 뭔가 빠진 듯한 느낌을 받게 된다. 아기 때 죽은 두 명을 포함해 총 일곱 명의 형제자매와 함께 성장한 내가 그랬듯이.

혼자 사는 것은 곤란하다. 룸메이트도 그 점에 동의했다.

잭은 자몽 주스와 함께 프레루딘 한알을 삼켰다. 그러고는 거실을 서성거리면서 생각을 정리하려고 애썼다. 6주가 지났지만 아직 응답이 없다. 그들이 그를 허공에서 춤추게 하고 있다. 그는 부엌으로 들어가 주스를 더 만들었다. 두피 관리도 받아야 하는데…… 그는 모든 개인적 관리를 미뤄두고 있었다.

"누구 전화를 기다리는데?" 죠지가 물었다.

"뉴올리언즈에서 알고 지내던 사람."

"돈문제로군."

"오늘 댈러스에 올 거라고 했어. 그러니 기다리는 수밖에."

"또다른 사내는?"

"칼린스키? 그는 본래부터 청렴한 인간이야. 그래서 특별히 기대도 안했고, 결과 역시 그랬지."

"나도 알아. 어떻게 할까? 내가 뉴올리언즈에 연락해볼까?"

"내가 칼린스키를 깔아뭉갰어. 난 그 작자보다 한수 위였다고."

"또다른 사내는 가망이 좀 있나?"

"두고 봐야지."

"그러니까 자네가 그 사람한테 융자금이 필요하다고 직접적으로 말했다 이거지?"

"그는 이미 내 상황을 알고 있었어. 지난 6월 우리가 길에서 우연히 만났을 때부터 알고 있었다니까. 그때 나는 우리 클럽으로 데려오려고 뉴올리언즈에 랜디 라이더를 보러 갔었지."

"나는 뉴올리언즈에 한번도 가본 적이 없는데." 죠지가 말했다.

"돈벌이는 잘되지만 결코 깨끗하지는 않은 도시지."

잭 루비는 재킷을 입고 모자를 쓴 다음 지갑과 권총을 챙겨들었다. 그리고는 자기 의자에 누워 있던 셰바를 데리고 자동차로 향했다. 잭은 개를 앞좌석에 태우고 나서, 트렁크를 열고 지갑을 던져넣었다. 그리고 커머스 가로 차를 몰고 가다가 모퉁이 가판대에서 신문 두 부를 샀다. 다시 차로 돌아왔을 때, 그는 뒷좌석에서 더러운 빨랫감을 발견했다. 둘둘 말아서 파자마 다리 부분으로 묶어놓은 빨랫감은 그때까지 자동차 안에 엿새인가 이레, 아니 여드레쯤 처박혀 있었다. 잭은 주변을 둘러보며 물을 찾았다. 임무수행에 따른 불안감 때문이었다. 그러고는 카루셀 클럽으로 가려고 반대방향으로 반 블록쯤 차를 몰고 되돌아갔다. 그는 클럽 입구 차양에 붙어 있는 댄서들의 이름이 제대로 적혀 있는지 확인했다. 토피카에서 온 관광객 몇명이 벽에 붙은 홍보사진을 구경하고 있었다. 잭은 그들에게 다가가 자기소개를 하고 악수를 나눈 뒤 명함을 건넸다. 그런 다음 자동차에서 개를 내리게 하여 함께 좁다란 통로를 따라 걸어들어갔다.

텅 빈 클럽으로 걸어들어갈 때마다 그는 시카고에서 보낸 어린시절이 자신에게 얼마나 큰 영감을 불어넣었는지 새삼 절감했다. 그는 학교를 그만둔 뒤 스파키라는 별명으로 불리며 격투기장 밖에서 암표도 팔고 댄스홀에서 카네이션도 팔았다. 그랬던 그가 이제는 신문광고까지 싣는 어엿한 클럽 사장, 유명인사가 되어 있는 것이다. 잭은 사무실로 들어가 지방국세청에 전화를 걸었다. 그리고 자신의 세무 관련 기록을 아직 제대로 집계하지 못했기 때문에 예정된 약속을 연기해야겠다고 말했다. 변호사가 일러준 대로 토씨 하나 틀리지 않게 한 말이었다. 그들은 다시 약속 날짜를 정했고, 잭은 체납금 문제를 정리하기 위해 1,300달러를 가져가겠다고 다짐했다. 그것 또한 변호사가 알려준 것이었다.

그런 다음 잭은 바로 가서 물과 함께 프레루딘 한알을 더 삼켰다. 그날 하루를 무사히 잘 넘기고 긍정적인 생각을 할 수 있도록 도움을 받기 위해서였다. 그때 사무실 전화벨이 울렸다. 그는 재빨리 달려가 수화기를 집어들었다. 집에 있는 죠지였다. 죠지는 집으로 전화가 왔고, 그 남자가 지금 시내에 와 있다고 전했다. 토니 아스토리나. 정오에 카루쎌 클럽에서.

골방의 개들이 내보내달라고 컹컹 짖고 있었다. 잭은 재빨리 아래층으로 가 차를 몰고 한 블록 반 떨어진 리츠 식품점으로 갔다. 그리고 쌘드위치 여섯 개와 음료수를 구입한 다음 곧장 클럽으로 돌아왔다.

그의 남동생인 쌤이 전화를 걸어왔다. 쌤은 플라스틱 스피너라는 새로운 상품 아이디어가 있다고 했다. 축제 분위기를 돋우기 위해 자동차정비소나 주차장 앞에 높다랗게 매놓은 줄 위에서 빙글빙글 돌아가게 하는 장치였다.

댈러스의 신문사 『타임즈 헤럴드』지에서도 전화가 왔다.

더블 딜라이트라는 스트리퍼도 전화를 걸어왔다.

KLIF 방송국에서도 전화가 왔다.

러쎌 시벨리 형사도 전화를 했다.

잭의 형 얼도 전화를 걸어왔다. 그는 잭에게 트위스트보드에 대해 상의했다. 잭은 건축용 섬유판 두 장 사이에 볼베어링 원반을 끼워넣어 댄서들을 위한 연습장치를 제작하고 싶어했다. 섬유판에 올라서서 트위스트나 시미(몸을 떨며 추는 재즈 댄스의 일종—옮긴이)를 추면 재미와 육감적인 몸매 둘 다를 위해 도움이 될 터였다.

마침내 토니 아스토리나가 모습을 드러냈다. 그는 친근함의 표시로 권투선수처럼 몸을 상하좌우로 움직이며 걸어들어왔다. 그것이 그가 할 수 있는 동작의 전부 같았다. 토니는 커피가 있는 곳이면 어디서나 그런 동작을 취했다. 잭도 커피를 준비해두고 있었다. 두 사람은 본론으로 들어가기 전에 가벼운 담소를 나누었다. 토니는 마흔살쯤 되었지만 항상 나이보다 젊게 옷을 입었다. 불쑥 튀어나온 살덩이 속에서 그의 두 눈이 점점 가늘게 변해가고 있었다. 토니가 45분 뒤에 가봐야 할 곳이 있다고 말했다. 그의 말투에서 중요한 약속이라는 느낌이 들었다. 잭은 그런 식의 말을 듣고 싶지 않았다. 토니가 자신과의 대화를 단순히 시간을 때우기 위한 의미없는 것으로 여기지 않고 진지하게 생각한다고 믿고 싶었다.

골방에서 들리는 개들의 울음소리는 어느덧 약해져 있었다. 어느 중국인 마을의 개들처럼 힘없이 쉰 소리를 낼 뿐이었다.

"고리대금업은 우리 소관이 아니에요, 잭. 당신한테 소개할 만한 사람들은 있지만, 솔직히 가능한지는 잘 모르겠어요. 이 클럽을 담보로 한다…… 글쎄, 잘은 모르겠지만 불안한 제의가 아닐까 싶은데요." 토니가 말했다.

"내 이름은 네 개의 도시에서, 아니 다섯 개의 도시에 익히 알려져 있어."

"잭 루비는 지독한 유대인으로 명성이 나 있어요. 까놓고 말하자면 그렇다는 거예요. 근원을 밝히자면 조합관계잖아요."

"고철폐품업계 조합인가?"

"그는 많은 업적을 쌓은 만큼 신용할 만한 사람이라고 할 수 있어요."

"나는 말썽을 너무 많이 일으켰어. 이런 욱하는 성질머리가 나도 마음에 안 들어. 선수를 칠 생각을 고수하다보니 그런 거야. 상대방이 말다툼을 벌이고 있다는 걸 깨닫기도 전에 강한 어조로 마구 지껄여대는 거지. 그러다 10초 후에는 어린아이처럼 얌전해지고."

"이번 일에서 중요한 게 뭔지 알아요? 중요한 것은 욱하는 성질이 아니라 상환할 돈을 어디서 마련하느냐는 겁니다."

"그야 사업을 해서 마련하지. 바로 이 클럽에서 말이야. 게다가 내가 다른 도시에서 계획중인 작은 사업 몇개가 더 있어. 내가 알기로 당신은 카민과 가까운 사이라고 하던데?"

"카민요? 나는 이런 문제로 카민을 찾아갈 수 없어요. 굳이 이런 말까지 할 필요는 없겠지만, 카민은 당신이 도저히 믿지 못할 어마어마한 일을 계획하고 있단 말입니다. 그가 하루종일 사업에 직접 매달린다고 생각해요? 그는 사업을 전담하는 조직체를 따로 보유하고 있어요. 카민은 그저 회의만 하죠. 줄곧 사람들과 만나기만 한단 말입니다. 잭, 그는 한 나라를 운영하고 있는 것이나 다름없어요."

"그렇지만 당신이 그 사람한테 말은 전할 수 있지 않나? 생각을 불어넣을 수 있지 않으냐는 이야기야."

"그는 이미 여러 사람을 통해 수많은 이야기를 듣고 있어요. 그중에는 나도 들어본 적이 없는 정말 뜻밖의 이야기도 있어요. 예를 들면 케네디와 그 여자에 관한 이야기 같은 것 말이에요. 2년이나 계속됐다더군요. 모와 카민은 서로 모든 이야기를 털어놓는 사이거든요."

"그 여자라니?"

"당신도 모를 알잖아요?"

"지안카나 말이야?"

"쌤."

"지안카나."

"케네디가 2년 동안 쌤의 정부였던 그 여자와 관계를 가져왔다더군요. 어떻게 시작된 건지는 나도 몰라요. 아무튼 두 사람은 뉴욕에서도, 엘에이에서도 그짓을 했대요. 정치 자금 모금을 위해 시카고에 갔을 때도 20분 동안 만나서 쿵짝쿵짝."

잭은 머릿속에 그 장면을 그려보려고 애썼다.

"그러다가 카민이 보고받은 거죠. 그 여자가 그를 어디어디에서 만났는지, 또 그가 어떤 말을 했는지. 자그마치 2년 동안이에요, 잭. 그들은 백악관에서도 그짓을 했다더군요."

잭은 미합중국의 대통령이 모모 지안카나의 애인과 성관계를 맺는 장면을 도저히 상상할 수 없었다. 분명 무슨 오해가 있을 터였다. 그는 시카고의 판자촌이라고 할 수 있는, 요컨대 어린시절 잭이 자란 동네에서 네다섯 블록 떨어진 다고 타운 출신이었다. 잭은 한때 모의 똘마니 두 명과 개인적인 친분이 있었다. 그래서 지안카나의 이름을 수십년 동안 들어왔다. 그가 무니라는 이름으로 불리던 시절부터. 시카고의 마피아 '42갱'의 운전사. 경찰에 체포된 횟수만 해도 5,60회. 졸리엣(일리노이 주 북동부에 있는 도시—옮긴이) 형무소 복역, 레번워스(캔자스 주 북동부에 있는 도시—옮긴이) 형무소 복역. 『타임』지에 오늘의 주요인물로 실린 적도 있었다. 활동무대는 시카고, 라스베이거스 등. 그런데 그가 자기 여자를 대통령과 공유했다고? 잭은 망해가는 사업을 위한 융자문제로 화제를 돌리기 어려울 것임을 알았다.

토니는 여전히 의자에 앉아 있었지만 마음은 이미 다른 곳에 가 있었다. 그가 그 자리를 떠나고 싶어 안절부절못한다는 것을 잭은 그의 손을 보고 알 수 있었다. 그는 담배를 끊은 애연가처럼 손을 부들부들 떨고 있었다.

"잭, 내가 여기 들른 건 옛생각이 나서예요."

"우리는 이따금 카프리 꼭대기에서 함께 수영을 했지."

"내 말은, 여기 커피를 얻어마시러 온 게 아니라는 거예요."

"고맙네, 토니."

"내가 여기 온 건 우리가 함께 과거로 돌아갈 수 있기 때문이에요."

"우리는 서로 옆방에서 여자와 잤지."

"사랑이 넘치는 아바나."

"토니, 나는 클럽에 페인트칠을 새로 할 계획이야. 전체적으로 새 단장을 하려는 거지. 나는 부드러운 색조의 붉은색을 쓰고 싶어. 옛날에 많이 보던 붉은색 말이야. 조만간 컨벤션 비즈니스가 크게 발달할 거야. 카민이 단 2분만이라도 시간을 내서 이 문제를 생각해보면 좋을 텐데. 차로 이동하는 동안에 충분히 할 수 있잖아."

"나도 당신한테 희망의 빛을 남겨줄 수 있다면 좋겠어요."

"고맙군."

"하지만 나는 그의 운전기사일 뿐이에요. 사실 내가 카민을 위해 하는 가장 중요한 일이 뭔지 가르쳐줄까요? 매일 아침 그에게 조끼를 입히고, 멋지게 고정해주는 것이 내가 맡은 가장 중요한 임무란 말입니다."

"조끼라니?"

"방탄복 말이에요. 그는 한 나라를 운영하는 양반이니까요."

두 사람은 계단 꼭대기에서 악수를 나누었다. 뒤이어 토니가 잭을 껴안았다. 그 순간 잭은 강렬한 감정을 느꼈다.

"부탁 하나 해도 될까? 내가 당신에게 트위스트보드를 보내주고 싶은데. 당신이 그 트위스트보드를 타주었으면 좋겠어. 성능을 시험해봐. 토니, 우리는 함께 수영하던 사이잖아."

잠시 후 잭은 집에 있는 죠지 쎄너터에게 전화를 했다.

여동생 에바에게도 전화를 했다.

랍비 힐렐 씰버먼에게도 전화를 했다.

리넷 배티스톤, 일명 랜디 라이더에게도 전화를 걸어 밤 근무를 빼줄 수 없다고 말했다. 더블 딜라이트는 그랜드 프레리에서 배가 아팠다.

잭이 골방 문을 열자, 개들이 그에게 와락 달려들었다. 우리가 살면서 수없이 느끼는 마음의 고통을 믿음직한 개 한

마리가 보상해주기도 한다. 잭은 정신없이 날뛰는 개들 틈에서 세바를 끌어내 차를 세워둔 곳으로 데리고 갔다. 그리고 운전을 해서 한 블록 떨어진 강가로 갔다. 셰라톤 호텔에 차를 세운 그는 커피숍으로 들어가 계산대 앞에 서 있는 아가씨에게 농담 한마디를 건넸다. 그 말을 듣는 순간 그녀가 자지러지리라는 것을 그는 짐작하고 있었다. 이어서 잭은 식이요법 환자에게 맞는 영양보조제를 사기 위해 차를 몰고 몇군데 가게를 돌아다녔다. 어디선가 경찰 싸이렌 소리가 들리자, 아드레날린 탓인지 순간적으로 자신이 쫓기는 게 아닌가 하는 생각이 들었다. 그러다가 갑자기 만사에 관심이 없어지면서 울적해졌다.

그렇게 우울해질 때마다 잭은 자신의 정체성을 잊어버렸다. 내가 누구지? 왜 다른 사람이 나에 대해 신경쓸까?

그는 한동안 이리저리 돌아다니다가 제과점 앞에서 차를 세우고 치즈케이크를 샀다. 케이크를 들고 법원경찰청으로 가서 엘리베이터를 타고 3층으로 올라갔다. 그는 몇몇 사무실에 고개를 들이민 끝에 결국 기자실로 케이크를 가져갔다. 직원과 형사 네다섯 명이 들어왔다. 잭은 종이컵에 담긴 식은 커피 한모금과 함께 프레루딘 한알을 삼켰다. 누군가가 잭의 집게손가락이 뭉툭하다는 것을 눈치챘다. 오래전 사고로 다친 손가락이었다. 잭은 두 가지 농담을 던졌고, 좋은 반응을 얻었다. 잠시 후 강력반으로 내려가서 러셀 시벨리 형사를 찾았다. 러셀은 책상 앞에 앉아 『필드 앤드 스트림』을 읽고 있었다. 햇볕에 그을린 얼굴에 호리호리한 형사를 대할 때마다 잭은 촌스러운 텍사스 경찰관의 전형을 보는 듯했다.

"러쎌, 우리가 서로 알고 지낸 지 얼마나 됐지?"

"젠장, 나도 몰라."

"내가 자네한테 자살에 대한 이야기를 한 적이 있던가?"

"없는 것 같은데."

"러쎌, 만약 내가 자살 또는 그 비슷한 말을 입에 올리거든, 그건 주목받기 위해 그냥 해보는 빈말이 아니라는 걸 명심하게. 어느날 수화기를 들었을 때, 상대방이 '나 지금 자살한다'라고 하면 그게 나, 잭 루비인 줄 알라고. 다시 한번 말하지만 나는 지금 헛소리를 하는 게 아니야."

당연히 이것은 뜬금없이 튀어나온 말이었다. 그래서인지 러쎌 시벨리는 한동안 잭의 눈을 조심스럽게 들여다보았다. 그러다가 무슨 말을 해야 좋을지 몰라 그저 고개만 끄덕거렸다.

잭이 펠트 중절모를 다시 쓰고 밖으로 나갔다. 그러고는 차를 몰고 카루쎌 클럽으로 향했다. 그는 전화를 걸어야 할 곳들을 생각했다. 빈병들이 자동차 바닥에 나뒹굴며 소리를 냈다. 잭은 손가락을 다친 계기가 된 싸움을 생각했다. 12년 전, 그는 당시에 운영하던 클럽 씰버 스퍼의 기타 연주자와 그야말로 짐승같이 싸운 적이 있었다. 서로 엉켜 드잡이하던 중에 상대가 단 한 차례, 아주 야무지게 머리까지 흔들어가며 깨무는 바람에, 잭의 집게손가락 끝이 떨어져나갔다. 대롱대롱 매달린 살점은 접합이 불가능했다. 다친 손가락은 잭의 공적인 이미지에 나쁜 영향을 주었다. 사업상 관계와 인맥을 넓히기 위해 평판이야 어떻든 프리메이슨(세계동포주의, 인도주의, 개인주의, 합리주의, 자유주의 이념을 바탕으로 상호 친선, 사회사업, 박애사업 등을 벌이는 세계적인 민간단체. 1917년에 런던에서 설립—옮긴이)에 가입하고 싶었지만, 자신의 신체 일부를 잃은 사람은 회원으로 받아들이지 않는다는 통보를 받았다. 그것은 정관에 따라 그들이 지켜온 오래된 내규였다.

잭은 자신의 변호사에게 전화를 걸었다.

클럽 광고문제로 『모닝 뉴스』지에도 전화를 걸었다.

재닛 앨보드라는 스트리퍼에게도 전화를 걸었다.

"재닛, 내가 호모처럼 보이나? 내 목소리는 어때? 사람들이 나더러 혀짤배기 같다고 하던데. 내 목소리가 사내도 계집도 아닌 사람이 내는 묘한 소리 같나? 내가 잠재적인 호모 같아? 내가 양쪽을 왔다갔다하는 것 같아? 나를 놀리려고 하지는 마, 재닛. 나는 솔직한 대답을 원해."

잭은 바텐더를 불러 유리컵이 깨끗이 씻기지 않는다고 잔소리했다. 그때 새로운 웨이트리스가 그의 눈에 띄었다. 그녀는 목 부분이 깊이 패고 레이스가 풍성한 블라우스를 입고 있었다. 잭은 그녀를 한쪽 구석으로 데리고 가서 농담을 건넸다. 그녀는 까르르 소리를 내며 웃어댔다. 잭은 짧은 농담 하나를 더 던지고는 재빨리 그 자리를 떠났다. 뒤돌아보니 웨이트리스는 구석에 서서 배꼽을 잡고 웃고 있었다.

그는 가슴골에 주근깨가 나 있는 여자를 좋아했다.

잭은 다시 자동차를 몰고 이른 저녁을 먹기 위해 집으로 향했다. 텍사스 같은 곳에서 유대인으로 산다는 것은 어떤 것일까. 아마 보통 사람이라면 큰 소리도 내지 말고, 튀는 행동도 하지 말아야 한다고 느낄 것이다. 하지만 그는 이 도시를 사랑했다. 그래서 자기 나름의 방식대로 살 수 있었다. 자신이 어떤 사람인지 숨길 필요도 없었고, 클럽 사회자에게서 유대인에 관한 농담을 듣지 않아도 되었다. 유대인에 관련된 농담을 한마디라도 내뱉었다가는 자기 목숨이 위태로워진다는 것을 사회자 스스로 잘 알고 있었기 때문이다. 불평하는 사람은 없었다. 다만 그들이 어떤 비밀을 감추고 있다는 것을 가끔씩 느낄 뿐이었다. 잭은 시카고 시내 마피아들의 영역다툼이 끊이지 않는 지역의 옆동네에서 자랐다. 그곳에 비하면 댈러스는 아무것도 아니었다. 그는 유대인을 옹호하느라 걸핏하면 옷에 피를 묻힌 채 귀가하기 일쑤였다. 또 매일 다고 타운에 있는 전차정류장까지 여동생들을 데리러 나갔다. 혹시라도 누가 동생들을 유대인 소녀라고 놀리거나, 가까이 쫓아오다가 갑자기 뽀뽀를 하거나 몸에 손을 댈까봐 걱정스러웠기 때문이다. 불평하는 사람은 없었다. 그저 자신이 한쪽으로 밀려난 인상을 받았을 뿐이다. 그러나 그는 경찰에 친구가 많았다. 그는 아기가 있는 젊은 경찰관에게 기꺼이 돈을 빌려주었고, 사복경찰관들을 클럽에 자주 초대했다. 유대인이 경찰서에 제 발로 당당히 걸어들어가서 '이보게, 잘들 있었나? 나야, 잭' 하고 말할 수 있는 도시를 그는 여러 곳 알았다. 그러므로 그는 그 도시에 삶을 빚지고 있는 셈이었다.

죠지 쎄너터가 저녁식사로 스빠게띠를 먹자고 말했다.

"나는 구운 대구를 먹을 줄 알았는데?"

"대구가 어디 있는데?"

"내가 대구를 사왔잖아? 그게 언제더라?"

"나는 모르겠는데."

잭은 아침에 마시다 남은 주스와 함께 프레루딘 한알을 삼켰다.

"나한테 불행하냐고 물어봐줘."

"그게 무슨 소리야?"

"그자의 말을 참고로 해서 생각하면 알 거 아냐."

"융자가 안된다는 거군."

"그들은 내 클럽을 폐쇄할 준비를 하고 있어."

"잭, 자네 그걸 너무 많이 먹는 것 같아."

"이건 의학상 비만치료제야."

"그렇게 많이 먹을 만큼 뚱뚱하지 않잖아?"

"나는 흥분제가 필요해."

잭은 그날 아침 구입한 신문을 들고 화장실로 들어갔다. 그의 모든 독서활동은 화장실에서 이루어졌다. 그때가 하루 중 가장 행복한 시간이었다. 그는 유흥 관련 기사와 클럽 광고, 지역뉴스, 연예칼럼을 차례로 읽었다. 시내 곳곳에 쇼를 하는 클럽이 여러 개 있었다. 잭은 경쟁이 될 만한 업소를 확인했다. 똥을 눌 때는 마음이 차분해졌다. 비로소 편안함과 고요함이 찾아왔다.

화장실에서 나온 잭은 부엌에 서서 죠지와 이야기를 나

누었다.

그는 클럽 어디에서 잠을 자야 할지 다시 생각하고 싶지 않았다. 얼마 전 그는 살 곳이 없었던 때가 있었다. 당장 쓸 현금을 마련하지 못해 아파트를 비워주고 나와야 했기 때문이다. 결국 그는 클럽에서 숙식했다. 개들이 있는 바로 옆 골방에서 접이식 침대를 놓고 잤다. 그의 24시간을 한지붕 아래서 보냈던 것이다. 술냄새와 담배냄새, 개가 풍기는 냄새 등이 한데 뒤섞여 코를 찔렀다. 컴컴한 코튼볼 호텔방에서 보낸 8주 이래로 그의 인생에서 두번째로 괴로웠던 시기였다. 잭은 또다시 그 단계로 추락하고 싶지 않았다. 살 곳이 없는 단계, 평균에 훨씬 못 미치는 단계.

죠지는 스빠게띠가 익었는지 확인하려면 끓는 물에서 면 한가닥을 건져 벽에 던져보면 된다고 말했다. 면이 벽에 찰싹 달라붙으면, 다 익은 것이다.

잭은 급히 식사를 마친 다음 거대한 흰색 올즈를 몰고 클럽으로 출발했다.

가이 배니스터는 해가 진 후 사무실에 앉아 생각에 잠겨 있었다. 한 부랑자가 길에서 오줌을 싸면서 건물 벽을 뚫고 있었다. 탁상용 스탠드가 켜져 있었다. 가이는 '공산 중국'에 관한 정보파일을 집어들었다. 천천히 살펴볼 생각으로 일부러 하루 중 가장 조용한 시간을 위해 남겨둔 가장 골치 아픈 파일이었다.

수만이나 되는 중공군이 낙하산을 타고 바하 캘리포니아

로 내려오고 있다. 자그마한 붉은 별이 박힌 모자를 쓴 병사들. 그들은 강제로 동원되어 한곳에 집결했고 그 수는 점점 늘어났다.

사실 파일에 새로운 내용은 없었다. 달라진 게 없는 해묵은 소문과 혐의점 들뿐이었다. 두껍게 솜을 넣은 옷을 입은 적군은 남쪽의 새하얀 모래지대로 떼지어 몰려와 명령을 기다리고 있다. 거기에는 부족한 곳을 보충하거나 최신정보 같은 것이 필요없다. 중국인들이 집결하는 데에는 무언가 전형적인 것이 있다.

가이 배니스터는 그것이 사실이라고 믿고 싶었다. 아니, 사실이라고 믿었다. 그러나 사실이 아니라는 것도 알았다. 페리는 사실이냐 아니냐는 중요하지 않다고 말했다. 중요한 것은 믿음 뒤의 불안감에서 비롯되는 황홀경이라는 것이었다. 그것이 모든 것을 확인해주고, 모든 것을 정당화한다. 폭력과 거짓말, 아내를 속일 때마다 그는 내부적으로 조금씩 무너졌고, 두려움과 공포를 향해 녹아내렸다. 페리가 한 말도 바로 그런 것이었다. 그것이 그의 꿈을 설명해주었다. 중국인은 그의 꿈의 원천이다. 잠의 모든 두려움과 기이함, 말로 할 수 없는 모든 것이 차이나화이트로 칠해져 있다.

흰 명주에 몸을 감싸고 내려앉는 사람들. 배니스터는 기계화되지 않은 집단, 흰 모래 덕분에 눈에 띄지 않고 낙하산을 회수해가는 조용한 남자들을 기분좋게 떠올렸다. 그것은 미사일이나 인공위성 같은 자신만만한 과학기술이 아니었다. 중국인 관련 파일에는 솜을 넣은 옷을 입고 국경 근처에 모여 있는 거대한 인간의 무리가 있었다.

문이 열리고 페리가 들어오는 바람에 가이 배니스터의 몽상은 깨졌다. 페리는 벽에 기대 종이상자에 담긴 감자튀김을 먹었다.

"보고할 것이 있어서 왔네. 자네가 듣고 싶어하는 소식은 아니겠지만."

"오즈월드는 어디 있나?"

"지금쯤 휴스턴에 있을 거야. 프랭크와 레이모한테 그를 데려다주라고 했지. 거기서 그는 멕시코씨티행 버스를 탈 거야."

"매키 말로는 자기가 꾸바인들이 오즈월드를 받아들이지 않게끔 조치를 취해놓겠다고 하던데? CIA에서 꾸바 대사관 내부에 누군가를 포섭했을 테니까. 우리는 레온이 텍사스로 돌아갈 거라고 믿고 있어. 그의 집 밖에 주차된 스테이션왜건이 텍사스 번호판을 달았다는 걸 알고 있다고. 그의 아내와 아이가 그 차를 타고 떠났지."

"분명 그의 라이플총도 그 차에 실려 있을 거야."

"그가 우리 편으로 기울고 있나?"

배니스터가 물었다. 그러자 페리가 진지한 표정으로 대답했다.

"그게 바로 자네가 듣고 싶지 않을 이야기야."

"그렇지 않군?"

"그래. 하지만 아직 시간이 있어."

"우리가 원하는 게 누구인지 그가 알고 있나?"

"알고 있어."

"별 관심이 없나보군."

"시간이 더 필요하다니까. 그도 마음속으로 힘겹게 고민하는 중이란 말이네."

"그 친구는 자네 담당이야, 데이비드."

"오늘 아침 그와 대화를 나누어봤지. 그도 어느정도 자기 생각을 말하더군. 아직 완전히 바뀌지는 않았어."

"자네는 줄곧 그의 마음속으로 들어갈 거라고 말하는 군."

"나는 이미 그의 마음속에 들어가 있어. 확실히 들어가 있어. 세차장에 들어가 있는 차처럼 말이야."

"그 친구는 워커를 쐈어."

"바로 그게 중요한 거야. 워커는 단순히 정치문제로 그랬어. 하지만 레온이 케네디까지 쏠 수는 없을 거야. 그는 케네디가 지나간 과오를 이미 바로잡았다고 생각해. 케네디의 마법에 살짝 홀린 상태란 말이야."

페리의 말에 배니스터는 뭔가 때려부수고 싶은 충동을 느꼈다. 페리가 계속 말했다.

"레온은 어느 시점에서 기꺼이 제어력을 내던질 타입이야. 아직 그런 상황이 벌어지지 않았을 뿐이야. 매키는 어디 있지?"

"마이애미. 그가 집 두 채를 마련해두었어. 하나는 알파 사람들을 위한 것이고, 또 하나는 자기 팀을 위한 거야."

"레온이 합류한다면?"

"그렇게 되면 자네가 하루 전날 밤에 그를 비행기에 태워 마이애미로 데려가야지."

"그다음에는?"

"생각해봐야지."

"일단 일이 끝나면, 그를 거기서 빼내고 싶어. 나는 레온이 버려지거나 목숨을 잃기를 바라지 않아. 그가 라이플총을 버리고 나머지 사람들처럼 나오면 돼."

"물론 얼마든지 그럴 수 있지."

배니스터가 냉소적으로 말했다. 페리는 빈 종이상자를 휴지통 쪽으로 던졌다.

"자네는 '알파 66'을 신뢰하나?" 페리가 물었다.

"무슨 소리야? 그들은 피그즈 만 작전 이래로 내내 열이 오르고 있어. 똥구멍에 체온계를 끼운 채로 2년 반이 지났다고. 그들은 완벽한 준비가 되어 있어. 그들의 준비 상태는 아무도 의심할 수 없다고."

"매키를 신뢰해?"

"물론이지. 그는 저격수들의 벽을 원해. 아마 여덟 명이 거리 양쪽에 배치될 거야. 많으면 열 명이 될 수도 있어. 사격연습장인 셈이지."

"나는 매키가 촘촘하게 손으로 짠 것 같은 작전을 좋아한다고 생각했어."

"맞는 말이야. 하지만 그가 선택한 건 바로 이거야. 알파는 우리 쪽이 원하든 원하지 않든 합류할 거야. 힘을 합하는 게 최선의 방법이니까. 매키가 알파를 최대한 잘 활용할 거야. 카퍼레이드 노선이 공식발표되기만 하면, 그가 해당 지역을 찾아다니며 위치를 정해놓을 거야. 주인공은 차를 타고 시내로 들어오겠지. 룰루랄라 콧노래를 부르면서. 우리는 한방에 그를 보내버리는 거야."

페리와 배니스터는 계단을 내려가 건물 입구에서 잠시 멈추어섰다.

배니스터가 먼저 입을 열었다.

"우리가 해야 할 일이 한 가지 더 있어. 오늘부터 작전이 완료될 때까지 오즈월드의 행적을 인쇄물로 남기고 싶어. 사건의 과정을 말이야. 오즈월드를 훗날 많은 사람들이 기억하는 인물로 만들고 싶어. 수상한 문제에 연루된 인물로 말이야."

"만약 오즈월드가 협조를 안하면 어쩔 건데?"

"우리가 우리만의 오즈월드를 창조해내야지. 두번째, 세번째, 네번째 오즈월드를. 그가 멕시코씨티 이후에 무엇을 하든, 이번 계획은 실행해야 해. 매키는 텍사스 전역에서 오즈월드 같은 인물들을 원해. 알파가 인력을 공급해주기를 원하는 거지. 이를 위한 자금문제는 카민 라타한테 이야기해두었어."

"카민과 접촉하는 건 내 담당인데."

"이번에는 아니야."

"내가 연락책이야."

"잠자코 내 말이나 들어."

"카민과 나는 각별한 사이야."

"댈러스 알파 지부가 어느 폐가에 본부를 차렸어. 카민이 오늘 자신의 보디가드를 댈러스로 보냈지. 주머니에 현금을 두둑이 넣어가지고."

멕시코씨티에서

그림엽서 #6. 멕시코씨티. 고대와 현대가 공존함. 아무렇게나 뻗어 있지만 나름대로 심오함. 레온은 델꼬메르치오 호텔방에서 뻬소화를 세고 있다. 그는 그날의 목적지가 명확하게 표시된 거리 지도를 갖고 있다. 각종 서류와 신문기사 스크랩도 갖고 있다. 캥거루가 그려진 34쎈트짜리 스페인어-영어 사전도 있다. (뉴, 콘싸이스, 누에보, 콘씨소) 레온은 대통령과 마찬가지로 외국여행을 즐긴다.

그는 호텔에서 꾸바 대사관까지 3킬로미터를 걸어간다. 대사관의 여자에게 자신이 러시아로 갈 예정이며 중간에 꾸바에 잠시 들르고 싶다고 말한다. 꾸바인들이 미국인을 경계하기 때문에 경유 비자를 받는 편이 더 쉬울 것 같았다. 게다가 러시아로 가는 사람은 의심을 덜 받는 편이다.

여자는 그의 예전 쏘비에뜨 노동허가증과 쏘비에뜨 시민과의 결혼증명서를 살펴본다. 또한 대 꾸바 공정촉진위원회 간부임을 증명하는 서류와 체포 사실이 실린 신문기사, 기타 여러 가지 서류들을 훑어본다.

그녀는 씨(si)라고도, 노(no)라고도 대답하지 않는다.

다만 그에게 비자신청에 필요한 사진을 가져오라고 돌려보낸다. 그는 두 블록 떨어진 소련 대사관에 들른다. 두 곳이 서로 가깝다는 사실이 위안이 된다. 대사관은 현관에 기둥이 늘어서 있고 멋진 천창이 달린 거대한 회색 빌라이다. 입구에는 무장한 보초병이 서 있고, 끝부분이 뾰족한 높다란 철제 울타리로 건물 전체가 둘러싸여 있다. 레온은 대사관 안으로 들어갈 때 몰래카메라에 촬영될지도 모른다는 생각이 불현듯 든다.

대사관 관리가 그의 서류들을 검토한다. 그러고는 레온에게 꾸바 경유 비자를 받아서 다시 오면 비자를 내줄 수도 있다고 말한다.

좋아. 레온은 증명사진을 찍어서 꾸바 대사관으로 돌아간다. 여자는 꾸바 경유 비자를 받기 전에 우선 쏘비에뜨 입국 비자를 받아와야 한다고 말한다.

좋아. 다시 빌라로 향한다. 소련 대사관 관리는 비자를 받을 수 있다고 해도 4개월의 발급 준비기간이 필요하다고 말한다. 레온은 핀란드에 있을 때는 이틀 만에 비자를 받았다고 말한다. 그러자 관리가 심드렁하게 대꾸한다. "하지만 여기는 멕시코씨티요." 레온은 상대가 이렇게 덧붙이기를 기대한다. "음모의 온상인 멕시코씨티란 말이오."

레온은 수프와 밥, 고기를 먹는다. 42쎈트짜리 식사다. 그는 사전에서 메뉴를 스페인어로 뭐라고 하는지 확인한 다음 음식을 한입 먹고 또다시 사전을 들여다본다.

다음날 그는 꾸바 대사관에 가서 영사 면담을 요청한다. 그 자리에 버티고 서서 영사에게 버럭 소리친다. 둘 사이에 서로를 비난하는 큰 소리가 오간다. 레온은 자신의 권리를 알고 있다. 그는 혁명동지니까.

그다음 레온은 소련 대사관으로 가서 워싱턴 주재 소련 대사관에 확인해보라고 말한다. 파일에 분명히 나와 있다. 그의 아내는 러시아인이고, 두 사람은 까스뜨로가 레닌 평화상을 수상한 날 결혼했다.

레온은 대사관 관리가 KGB요원일 거라고 생각한다. 그래서 그는 끼릴렌꼬를 언급한다. 이것은 좋은 생각인가, 아닌가? 적어도 그 이름은 하나의 연결고리 역할을 한다. 레온은 러시아의 몰래카메라뿐만 아니라 길 건너 건물이나 주차된 자동차, 혹은 하늘의 인공위성에 설치된 CIA의 몰래카메라가 자신을 촬영하고 있을지도 모른다고 생각한다.

18, 그의 호텔방 번호이다. 곧 10월이고, 그의 생일은 10월 18일이다. 데이비드 페리는 3월 18일에 태어났다. 그들은 무릎을 맞대고 앉아 이 사실에 대해 논의한 적이 있다. 페리가 태어난 해는 1918년이다.

일요일 오후에 그리고 저녁에 또 레온은 영화를 보러 간다.

다음날 그는 꾸바 대사관을 방문하고 소련 대사관에 전화를 건 다음 직접 찾아간다. CIA가 소련 대사관의 전화를 도청하고 있을 거라는 생각이 든다.

꾸바와 러시아. 러시아는 완전히 불가능하지는 않다. 마리나가 비자를 받으면 그에게도 실질적으로 러시아로 돌아갈 수 있는 자격이 주어진다. 방문 혹은 체류도 할 수 있다. 그들은 다시 가족이 될 수 있다.

레온은 소련 대사관 관리에게 워싱턴에 보낸 전보에 응답이 왔는지 묻는다. 소련 여행을 하는 데 드는 비용을 대주면 그에 대한 대가로 정보를 제공하겠다고도 말한다. 그리고 다시 끼릴렌꼬 이야기를 내비친다.

오후에 그는 호텔 로비에서 가져온 『에스따 쎄마나』지를 훑어본다. 그주 저녁에 벌어지는 각종 행사나 공연의 종류와 위치가 영어와 스페인어로 소개되어 있다. 멕시코씨티에서는 모든 것이 두 언어로 표기되어 있어서, 그의 눈이 한 언어에서 다른 언어로 옮겨가기 바쁘다.

다음날 양쪽 대사관에서 특별히 새로운 소식은 없다는 통보를 받는다. 레온은 다시 한번 자신의 서류와 각종 서신들을 보여준다. 그는 그 서류들이 이의제기나 희망사항 요청을 위한 근거가 될 거라고 생각한다. 서류를 갖춘 사람은 믿을 만한 법이니까.

그러나 이번 경우는 두 가지 언어, 아니 세 가지 언어가 공존하는 관료적 함정이므로, 그 어떤 것도 효과가 없다. 그는 철저히 무시당한 채 쫓겨난다. 새로운 꾸바의 대표들이 그를 이런 식으로 대한다는 것을 도무지 믿을 수가 없다. 실망이 이만저만이 아니다. 레온은 빈 공간의 한가운데서 살고 있는 듯한 느낌을 받는다. 그는 자신을 포함하는 조직체를 느끼고 싶다. 자신의 소속이 어딘지 구체적으로 밝혀주는 명확한 정의를 알고 싶다. 그러나 체제는 그를 지나, 모든 것을 지나, 심지어 혁명까지도 지나 흘러간다. 그 체제 안에서 그는 제로(zero)다.

그는 호텔 옆 작은 식당에서 세번째인가 네번째 식사를 한다. 문득 도청과 몰래카메라로 찍은 사진에 바탕을 둔 정보가 미국 내 각 기관에 흘러다닌다는 생각이 그의 머리에 떠오른다. 그는 누군가가 자신을 지켜보고 있다는 것을 깨닫는다. 주방 근처의 테이블에 앉은 남자다. 레온은 그가 멕시코인이 아니라고 확신한다. 앞서 그 남자가 식당으로 들어올 때 얼핏 본 듯도 하다. 그러나 그쪽 방향으로 고개를 돌려 남자의 정체를 확인하고 싶지는 않다. 그는 그 남자에게서 알고 싶지 않은 뭔가를 감지한다. 선반에 놓인 라디오에서 음악이 흘러나온다. 아마 판당고(18세기 초 스페인 안달루씨아 지방에서 발생한 3박자의 춤곡—옮긴이) 같다. 그는 의자 위치를 바꾸어 남자가 앉아 있는 쪽을 완전히 등지고 앉는다. 특이한 사실, 이상하고 독특한 사실은 레온이 그 남자를 티제이 매키라고 믿는다는 것이다. 레온은 조심스럽게 물을 마신다. 등 쪽에서 피가 요동치는 것을 느낀다. 그는 앞서 얼핏 본 것으로 남자가 라틴 사람이 아니라는 것을 안다. 남자는 어깨가 넓고 머리를 짧게 깎았다. 레온은 무엇이든 해야 할 것 같아서 주머니에서 사전을 꺼내 몹시 바쁜 척 페이지를 휘리릭 넘긴다. 물론 상대를 그저 얼핏 본 게 다였다. 레온은 거의 형식적으로 스스로를 의식하며 천천히 물을 마신다. 자신이 감시당하고 있다는 것을 아는 대부분의 사람들처럼, 줄곧 정확하고 진지한 태도를 유지한다.

광장을 걷다가 그는 누군가가 "레온!" 하고 부르는 소리를 듣는다. 그런데 그 발음이 영어라기보다는 오히려 스페인어에 가깝다. 그는 자신을 부르는 것이 아닐 거라고 믿는다.

다음날 아침 8시 30분, 그는 버스에 올라 12번 좌석에 앉는다. H. O. 리라는 이름으로 미리 예약해둔 좌석이다. 열일곱 시간 뒤, 버스가 인터내셔널 브리지에 다다를 즈음에야 비로소 레온은 뜨로쯔끼 하우스를 방문하지 않았음을 깨닫는다. 뜨로쯔끼가 망명 후 말년을 보낸 멕시코씨티의 요새화된 집이다. 밀려드는 후회로 레온은 숨을 쉴 수 없을 지경이다. 육체적으로 힘이 빠지는 것 같다. 그러나 이내 그러한 감정을 떨쳐버린다. 그래서 뭐 어쩔 거냐고 중얼거리면서.

버스가 세관에 도착하기 전, 레온은 종이봉투에 싸온 바나나 두 개를 꺼내 우적우적 먹어치운다. 그는 과일이 국경을 통과할 수 없다는 것을 알고 있다. 지금에 와서 정부기관과 또다른 싸움을 벌이고 싶지는 않다.

10월 4일

메어리 프랜씨스가 진공청소기로 거실을 청소하고 있었다. 그녀는 호르몬의 영향인 듯 붕 떠 있는 느낌이었다. 그것은 그저 존재하기 위한, 무거운 한쪽 발을 앞으로 내딛기 위한 노력이었다. 금요일 방과후 메어리는 쑤전의 주변을 진공청소기로 청소해야 했다. 쑤전은 거실바닥에 무릎을 꿇고 앉아 토끼가 나오는 텔레비전 만화를 보고 있었다. 메어리는 거실과 식당 사이의 튀어나온 부분에 청소기를 갖다댔다. 식탁 주변과 참나무 식기장 아래도 꼼꼼하게 청소했다. 오늘은 유난히 그녀의 몸을 잡아당기는, 그녀의 일을 방해하는 힘이 많은 것 같았다.

윈이 칼을 들고 문간을 지나갔다.

메어리는 진공청소기를 거실에 도로 가져다놓았다. 구입한 지 5년 된 후버 청소기는 인공위성 같은 모양이었다. 그녀는 앞에서 왔다갔다하며 청소기를 돌리는데 쑤전이 아무 불평도 하지 않는 것이 재미있다고 생각했다. 쑤전은 그녀가 시야를 방해하든 말든 텔레비전만 보고 있었다. 후버 청소기의 소음에도 아랑곳없이 만화에 귀기울이고 있었다.

저녁식사 후 윈은 소음의 원인을 찾기 위해 지하실로 향했다. 그는 고개를 살짝 숙이고 오른손을 쫙 편 채 조심조심 나무계단을 내려갔다. 집에선 원래 소음이 나는 거라고 메어리 프랜씨스가 말했다. 어디선가 송진냄새가 났다. 순간, 윈은 사람이 송진냄새에 끌리면 그 앞에서 완전히 무릎을 꿇고, 그 휘발성 강하고 끈끈하며 소나무향을 짙게 풍기는 송진의 기운에 평생을 바치게 된다는 이야기를 이해할 수 있었다. 그는 아내한테서 집은 늘 변동과 안정을 반복한다는 말을 들었다.

좋은 말 고맙군. 하지만 그것뿐만이 아닌 경우도 있다고.

윈은 다시 거실로 올라와 라디오를 듣고 있는 메어리 옆에 앉았다. 메어리는 부흥목사들, 능글능글 말솜씨가 좋은 인간들을 좋아했다.

"당신 기분이 안 좋은가봐?" 윈이 물었다.

"괜찮아요."

"나는 당신이 늘 건강했으면 좋겠어."

"걱정하지 마요."

"당신이 아프면 정말이지 하늘이 무너지는 듯할 거야. 그런 일은 절대 생기면 안돼, 알겠지? 난 정말 못 견딜 거라고."

메어리의 무릎에는 씨어즈 백화점 카탈로그가 놓여 있다. 외딴 지역으로 이사왔을 때, 그녀는 그 카탈로그를 이용해 쇼핑을 했다. '열대지역 격리소.' 윈은 매키가 어떻게 되었는지 몹시 궁금했다.

"그렇게 심각해할 거 없어요." 메어리가 말했다.

"걱정해주는 게 싫은가?"

"당신이 그렇게 나오는 게 싫어요."

"주부들은 자기 자신에게 신경쓸 여유가 없지. 조금이라도 관심을 기울이면 기분이 좋아지지 않나?"

"그게 아니라, 당신이 그러는 게 싫다니까요. 당신 표정이 너무 심각하잖아요. 표정만 봐도 등골이 오싹하다고요."

윈이 큰 소리로 웃었다. 그때 쑤전이 부엌을 지나가면서 노래 부르는 소리가 들렸다. 동네 아이들에게 인기있는 노래였다. 매키는 자신을 추적하려는 파멘터의 시도를 모두 따돌렸다. 그것은 무슨 의미일까? 파멘터의 말로는 그가 손을 뺀 것 같다고 했다. 그만두겠다는 건가? 전직하고 싶어서? 그러면 끝이다. 우리는 할 만큼 했다.

"완두콩, 완두콩, 음악가 완두콩.
많이 먹으면 먹을수록 음악소리가 크게 나네."

파멘터는 부에노스아이레스에서 일찌감치 새 일거리를 알아보고 있었다. 이게 CIA의 미래라고 그가 윈에게 말했다. 세계통화의 움직임을 예의주시한다. 돈을 움직이고 은닉한다. 준비금을 적립한다. 복잡한 자금망으로 광대한 공작을 지원한다.

랜써가 텍사스에 올 예정이다.

"당신도 저 노래의 형편없는 음조를 눈치챘어요?" 메어리가 물었다.

"그저 애들이 부르는 노래일 뿐이야. 무슨 음조가 있겠어?"

"아니에요, 쑤전이 저 형편없는 음조를 계속 반복하잖아요. 우리가 들은 노래를 우리가 알지 못하게 하려고 저런다고요."

"그럼 안 들으면 되잖아."

"당신이 페인트를 벗길 때 쓰던 스테이크용 나이프는 어디 있죠? 우리집 나이프가 계속 없어지고 있어요."

징조. 대통령의 여행에 관한 소식은 1주일 전 『레코드크로니클』지에 소개되었다. 플로리다 일주를 마친 뒤 11월에 텍사스 주를 단기간 순방한다는 것이었다. 방문할 도시는 휴스턴과 쌘안토니오, 포트워스, 그리고 댈러스였다. 다른 기사에 파묻힐 만큼 간단했다. 대통령의 근황에 의무적인 관심을 갖고 있는 사람이 아니고는 눈여겨보지 않을, 서너 줄짜리 짤막한 기사였다. 원은 대통령이 일반적으로 알려진 방향으로 올 거라는 생각에 섬뜩한 기분이 들었다. 음모가 음모의 장본인이 있는 곳으로 다가온다. 대통령이 무사히 마이애미를 통과한다고 가정해본다. 파멘터의 예상이 틀릴지도 모른다. 뭔가, 어떤 움직임이, 일을 추진하는 논리가 아직도 영향을 미치고 있는지도 모른다.

"페인트 스크레이퍼를 찾을 수가 있어야지."

"그래도 나이프는 건드리지 마요."

"페인트 스크레이퍼는 좀 이상한 면이 있어. 분명히 거기 있는 걸 알아. 바로 눈앞에 보이지. 그런데 배경에서 그것을 집어낼 수가 없단 말이야. 현실을 직시하면, 배경은 막막하고 혼란스러워."

원은 죄의식과 두려움에서 벗어날 방법을 찾고 싶었다. 그는 이번 작전을 통해 두번째 인생을 살게 된다 해도 그것이 초래할 타격을 극복할 만큼 강하지 못했다. 그는 절반쯤은 미리 발각되기를 바라고 있었다. 미리 발각되어 거짓말 탐지기로 취조당하면서 진실을 밝히기를 강요받는다 해도, 어떤 면에서는 그것이 해방구가 될 터였다. 원은 진실을 믿었다. 그래서 거짓말탐지기 검사를 두려워하는 동시에 좋아했다. 보안국에는 여행가방에 딱 맞게 설계된 거짓말탐지기가 있었다. 범인은 자기 집에서도 안절부절못할 수 있다. 보안요원들이 양복 두 벌용 쌤소나이트 여행가방을 가지고 집으로 찾아온다. 가방을 열고 몇가지 실험용 질문을 심각한 장치들과 혼합한다. 그러면 나머지는 범인의 몸이 알아서 무방비의 자료들을 포기하고 내놓는다. 기계는 한 인간과 그의 비밀에 개입한다. 거짓말탐지기는 친근한 면을 갖고 있다. 피부전도반응을 측정하고, 땀의 흐름을 감지하기 때문이다. 거짓말탐지기는 인간이 스스로를 포기하게 만든다. 거짓말은 호흡을 가쁘게 하고 피를 요동치게 한다. 거짓말탐지기는 낡고 기묘한 구식장치이긴 하지만, 그것이 얼마나 효과적으로 작동하는지 범인 스스로 실감하게 된다. 일단 테스트에 실패하면 그다음 테스트가 시작하자마자 무너진다. 거짓말탐지기. 이는 근사한 기술적 용어, 전문가적 용어로 들리지만, 실은 그리스 시대부터 내려오는 전통적인 해석장치이다.

"쑤전은 어디 있지? 우리 귀여운 딸 어디 있어?" 윈이 큰 소리로 물었다.

"자기 방에 있어요." 메어리 프랜씨스가 대답했다.

그러자 윈이 다시 큰 소리로 말했다. "내려오라고 해야겠어. 분위기를 밝게 바꾸어줄 필요가 있잖아."

"일단 자기 방에 들어가면, 자기 세계에 갇혀버려요. 그날 용무를 완전히 끝낸 거라고요."

"나는 어릴 적에 가족들과 방을 같이 써야 했는데."

"고맙게도 난 내 방이 있었어요."

"역사상 위대한 인물들은 대부분 자기 방이 없었다는 걸 당신도 알아야 해."

"나는 내 방을 무척 좋아했어요."

"당신 말은 그동안 좋았던 일이 아무것도 없었다는 뜻인가?" 윈이 또다시 큰 소리로 외쳤다. "내려와서 엄마 아빠와 얘기하지 않으면 엄마 아빠는 너무너무 슬플 거다!"

윈은 소음을 조사하기 위해 베란다로 나갔다. 거기서 담배를 피웠다. 어디선가 라디오 소리가 희미하게 들렸다. 귀에 익은 소리, 예전에 듣던 라디오 소리가 지나간 모든 것을 떠올려주는 경우가 있다. 이것은 추억을 키우는 집이었다. 곡선 모양의 베란다. 나팔꽃덩굴로 휘감긴 떡갈나무 기둥.

윈은 기계를 이기기 위해 고안된 기술을 알고 있었다. 하지만 그것들을 실질적으로 활용하지 못하리라는 것도 알았다. 그는 거짓말탐지기의 효능을 믿었다. 거짓말탐지기에 협조함으로써 모든 사람들에게 그 기계가 훌륭하게 작동한다는 것을 보여주고 싶었다. 기계장치는 우리를 순응하게 만든다. 우리는 그것을 만족시키기를 원한다. 기계는 일을 저지른 뒤, 군중 틈으로 스며들어간 뒤 그가 바랄 수 있는 유일한 탈출수단이었다. 왜냐하면 머지않아 사람들의 얼굴에는 그에 대한 동정심이 나타날 것이기 때문이다. 사람들은 그가 오직 조국을 위해 옳은 길을 원했을 뿐임을 알게 될 것이다. 그는 조국을 사랑했다. 그는 꾸바를 사랑했고, 꾸바의 언어와 문학을 이해했다. 예스냐 노냐의 문제를 떠나서, 이번 작전이 죽음을 향하는 경향을 띨 수밖에 없는 이유를 설명할 것이었다. 티제이는 그곳 어딘가에서 밝은 빛 속에 눈을 가늘게 뜬 채 껌을 씹고 있다. 사람들은 고개를 끄덕이며 이해할 것이다. 그들의 눈에 용서의 빛이 떠오를 것이다. 인간은 결국 자비의 동물이기 때문에. 당신이 CIA와 관련해 무엇을 할 것인지 말하라. 그러면 CIA는 용서한다.

텍사스에서는 신은 건재하다.

윈은 집 안으로 들어가 라디오를 껐다. 하루 일과를 반도 못 마쳤지만, 이제는 다시 잠자리에 들 시간이었다. 그는 현관문을 확인하고 베란다의 전깃불을 껐다. 그리고 백만번째로 복도를 따라 걸어가 뒷문을 확인하고 오븐이 꺼져 있는지 확인했다. 부엌 전깃불을 제외하고는 오븐이 1층에서 가장 마지막으로 확인할 사항이었다. 그는 마침내 부엌 전깃

불까지 끄고 2층으로 올라갔다.

그는 계단 꼭대기 근처에서 미끄러졌다. 흔히 있는 일로 특별히 다친 것도 아니고, 깊은 의미가 있는 것도 아니었다. 그러나 메어리 프랜씨스가 갑자기 침실에서 달려나와 남편의 팔꿈치를 잡고 부축해 침실로 데리고 들어갔다.

윈이 침대 모서리에 앉아 신발을 벗는 동안, 메어리는 그의 얼굴에 어떤 징조라도 있는지 살피려는 듯 유심히 지켜보았다.

"그냥 살짝 미끄러진 것뿐이야." 윈이 말했다.

"소리는 요란했어요."

"늘 그렇듯 바보같이 발을 헛디뎠을 뿐인데 뭐."

"내일 쎄미나가 있잖아요. 기술과학관에서 오전 10시에."

"나는 당신이 건강했으면 좋겠어. 당신은 절대적으로 건강해야 해. 당신한테 조금이라도 문제가 생기면 정말 큰일이야. 당신이 아프면 나는 어떤 일도 시작하지 못할 거야. 중요한 일은 모두 당신에게 의지하고 있으니까."

CIA는 용서해준다. 정보국 내 네 개의 본부 고위층 간부 중에 비밀작업의 위험성을 이해하지 못한 이는 아무도 없었다. 그들은 스스로 기꺼이 그 작업에 협조했다는 것을 뿌듯해할 것이다. 그런데다 그가 세운 작전이 불완전하기는 해도 그 복잡성은 높이 평가할 것이다. 거기에는 특별한 재주와 기억력이 갖추어져 있다. 책임감과 도덕적인 힘도 내포되어 있다. 그것은 그들 자신의 불순한 소망의 세계에 대한 묘사였다. 그는 이번 작전을 생각해낸 가슴 조이던 시기만큼 더 강하게 자신이 CIA요원임을 실감한 적이 없었다.

원은 파자마 차림으로 침대 끝에 서 있었다. 그는 깜박 잊고 오븐을 껐다는 것을 기록하지 않았다. 그렇다면 다시 오븐을 확인하기 위해 아래층으로 가야 했다. 메어리 프랜씨스는 어둠속에 누워 새근새근 낮게 숨쉬고 있었다. 이미 깊고 평온한 잠에 빠진 것이다. 원은 오븐이 꺼졌는지 확인하고 그 사실을 기록해야 한다. 그래야만 그들이 오늘밤에도 안전하다는 것을 보장할 수 있었다.

매키는 냉장고 옆에 서서 병째 물을 마셨다. 그는 땀복과 야구모자 차림이었다. 살을 빼기 위해 야간조깅을 막 마치고 온 참이었다.

그가 모자를 벗어 안에 대고 입김을 훅 불었다. 그런 다음 식탁 앞에 앉아 오렌지 껍질을 벗겼다. 그의 집은 리틀 아바나 중심부에서 1킬로미터쯤 떨어진, 아직 공사중인 거리의 끝에 있었다.

그때 레이모가 나타나 물었다. "언제 돌아온 거야?"

"오늘 오후에."

"소문은 들었나? 시카고의 누군가가 똑같은 것을 계획하고 있대."

"배니스터가 전화를 걸어왔어. FBI의 텔레타이프 통신문을 확인했대. 암살기도라고 적혀 있었다더군."

"4인조 팀이라니까, 적어도 그중 하나는 꾸바인이겠지. 케네디는 11월 2일쯤 시카고에 있을 거야."

"우리는 우리 차례를 기다려야 해."

"만약 정보가 그곳까지 새어들어가면, 우리도 똑같은 일을 당할 수 있어."

"나는 그렇게 되기를 기대하고 있어. 실은 그런 일이 생기도록 단계를 밟고 있지. 그것이 우리가 성공할 수 있는 유일한 길이야. 잽싸게 그리고 빈틈없이 해야 해. 자네는 조용히 입다물고 있어. 프랭크나 웨인한테도 아무 말 마." 매키가 말했다.

"마이애미는 잊으란 건가?"

"그래."

"그럼 우리가 레온을 여기 데려올 필요도 없잖아?"

"그래."

"그 친구는 지금 어디 있지?"

"라레도로 가는 뜨란스뽀르떼 델 노르떼 버스를 탔어. 확신하건대, 거기서 다시 댈러스로 가는 그레이하운드를 탔을 거야. 중요한 것은 꾸바인들이 그를 데려가지 않았다는 거야. 레온한테 비자를 내주지 않았다고. 이제 슬슬 모양이 잡히기 시작하고 있어. 작고 순간적인. 그것이 우리가 원하는 거야. 일상적인 텍사스의 살인사건."

"JFK."

"다음달에 댈러스에 갈 거야. 그는 열성적인 여행가거든. 그가 어디를 가든, 누군가가 그의 목숨을 노리고 있어. 욕망과 분노가 불러일으키는 깊은 초조감에서 말이야. 그 이유는 잘 모르겠어. 어쩌면 그가 너무 예쁘장하게 생겨서 더 살 수 없을지도 몰라."

매키가 오렌지 두 쪽을 떼어 레이모에게 건네주었다.

"누군가가 계속 레온을 감시하고 있어."

"나는 레온이 우리에게서 숨어버릴 거라고 생각해." 매키가 말했다. "그는 우리가 원하는 것이 뭔지 알지만, 반드시 거기에 동의하지는 않아. 당분간 우리한테는 오즈월드의 대역이 있지. 알파에서 사람들을 풀어놓았어. 결국 우리는 원래 계획에 초점을 맞추어야 해."

"우리가 그를 휴스턴으로 데려갔을 때, 그는 나한테 채열 마디도 하지 않았어. 프랭크하고만 이야기를 하더군."

"그가 프랭크한테 뭐라고 했는데?"

"그는 프랭크를 똑같이 따라하고 있어. 스페인어를 배우고 싶다더라고."

캄캄한 어둠속, 쑤전이 침대에 앉아 있다. 쑤전은 엄마 아빠가 잠들었다는 것을 알고 있다. 벽을 통해 들려오던 라디오 소리가 들리지 않는다 싶으면, 쑤전은 100까지만 세면 된다. 엄마 아빠도, 라디오도 잠에 빠져들었다. 리틀 피겨스를 이동시키려면, 지금이 적기다. 쑤전에게는 리틀 피겨스를 숨길 좀더 안전한 장소가 필요했다. 붙박이장 안은 잡동사니로 꽉 차 있어서, 언제든 엄마 아빠가 청소를 하기 위해 문을 열어볼 수 있었다. 리틀 피겨스는 붙박이장 문 안쪽에 걸린 구두 주머니에 숨겨져 있었다. 엄마 아빠가 리틀 피겨스를 발견하는 날엔, 쑤전도 끝장이었다. 이 세상에 남은 보호막이 사라질 터였다.

다행히 리틀 피겨스를 안전하게 숨길 적당한 장소를 찾아냈다.

쑤전은 침대에서 일어나 창문 가리개를 반쯤 들어올려 가로등 불빛이 새어들어오게 했다. 그런 다음 바닥에 떨어져 있던 가운을 조심스럽게 걸쳤다. 쑤전은 구두 주머니에서 리틀 피겨스를 꺼내, 할머니가 쓰던 낡은 장롱 바닥 뒤쪽에 튀어나와 있는 선반에 얹었다. 장롱과 벽 사이에 끼어 있는 선반의 폭이 겨우 2센티미터 정도로, 그 좁은 공간에 손이 들어가는 사람은 쑤전밖에 없었다. 리틀 피겨스도 선반 위에서 균형을 잘 잡고 앉아 있었으므로, 그 장소야말로 완벽한 은신처였다. 리틀 피겨스는 쑤전이 가장 친한 친구 미씨한테서 생일선물로 받은 두 개의 점토인형이었다. 푸에블로족(미국 남서부에 거주하는 인디언 종족―옮긴이) 남자와 여자 인형으로, 머리와 옷이 모두 검은색으로 칠해져 있고, 눈과 입도 작은 까만 점으로 찍혀 있었다.

쑤전은 다시 침대로 돌아가 이불을 뒤집어썼다.

쑤전에게 리틀 피겨스는 단순한 장난감이 아니었다. 쑤전은 결코 그들과 놀지 않았다. 그저 그 인형들이 필요한 일이 생길 때까지 그들을 잘 보관할 뿐이었다. 스스로 쑤전의 엄마 아빠라고 주장하는 이들이 실제로는 부모가 아닐 경우를 대비해 인형들을 가까운 곳에 안전하게 보관해야만 했다.

댈러스에서

에드 로버츠 부인의 부엌. 네 명의 여자가 식탁 앞에 둘러 앉아 커피를 마시며 수다를 떨고 있다. 조리대 위의 바구니에는 차곡차곡 갠 빨래가 담겨 있다. 루스 페인이 다시 이야기를 잠시 멈추어달라는 표정을 지었다. 그러자 나머지 여자들은 입을 다물고 그녀가 말하기를 기다렸다. 루스가 조심스럽게 서툰 러시아어로 마리나 오즈월드에게 뭐라고 말했다. 마리나는 손가락 하나를 컵 손잡이에 감은 채 소리없이 웃으면서 루스의 이야기에 귀기울였다. 주제는 아이, 남편, 의사 등 소소한 일상에 관한 것이었지만, 루스에게는 러시아어로 말할 수 있는 절호의 기회였으므로 무척 재미있었다. 옆자리의 빌 랜들 부인은 루스가 통역하는 동안 규칙적으로 고개를 끄덕였다. 도로시 로버츠는 마리나가 제대로 이해하고 있는지 궁금해서 그녀의 얼굴을 빤히 쳐다보았다. 그들은 마리나가 소외감을 느끼지 않기를 바랐다.

아이들은 옆방에서 시끄럽게 떠들며 놀고 있었다. 루스 페인이 두 이웃 여자에게 마리나의 남편은 운이 없어서 일자리를 구하지 못하고 있다고 말했다. 그리고 현재는 일거리와 가족들이 살 집을 구할 때까지 오크 클리프에 단칸 셋방을 구해 살고 있다고 했다. 물론 마리나는 출산일이 임박했으므로, 친구 집에 머물 수밖에 없는 터였다.

그 말을 들은 도로시 로버츠가 매너 빵집 이야기를 꺼냈다. 매너 빵집에서는 각 가정에 빵을 배달하는 써비스를 하고 있었다. 또한 텍사스 집썸 사에서도 사람을 구한다는 이야기를 들었다고 도로시는 말했다.

루스 페인은 마리나의 남편이 운전을 못하기 때문에 그런 곳은 생각할 여지가 없다고 잘라 말했다.

분위기가 어색해지자, 빌 랜들 부인인 리니 메이가 이러다가 커피케이크 한조각을 다 먹겠다고 가볍게 투덜거렸다. 케이크는 정말 먹음직스러워 보였다.

도로시 로버츠도 한마디 거들었다. "10월치고는 날씨가 더운 건가? 아니면 나만 더운 건가?"

길 건너에서 소형화물차의 문 닫는 소리가 들렸다.

리니 메이 랜들이 오빠 이야기를 꺼냈다. 며칠 전 그가 자신이 일하는 교과서 창고에 일손이 한명 더 필요하다고 말하는 것을 들었다고 했다. 도서창고는 댈러스 시내 외곽에 있었다.

루스가 그 말을 마리나에게 통역해주었다.

그때 어린 계집아이 한명이 부엌에 들어왔다. 아이는 손가락에 침을 묻혀 식탁에 떨어진 케이크 부스러기를 찍어 먹었다.

도로시가 차고의 문을 열었다.

"저기가 엘름 가예요. 스테몬스 고속도로 근처죠." 리니 메이가 말했다.

5분 후 루스와 마리나, 준, 그리고 루스의 어린 자녀들인 썰비어와 크리스, 이렇게 다섯 명이 잔디밭을 지나 이웃한 루스의 집으로 향했다. 루스의 집은 차고가 딸린 평범한 단층집이었다. 현관문 앞에서 루스는 뒤를 돌아다보았다. 마리나가 천천히 걸어오고 있었다. 거대하고 넓은 또 하나의 영혼이 어둠속을 가로질러 세상 속으로, 아니 댈러스 변두리를 향해 걸어오고 있었다. 오즈월드 가족은 페인 가족을 따라잡고 있었다. 루스가 그 점을 꺼림칙하게 생각하는 것은 아니었다. 심지어 리가 1주일에 한번 가족을 만나기 위해 찾아오는 것도 기분나쁘지 않았다. 그녀는 남편과 별거중이었으므로, 오히려 리가 와서 남자가 해야 할 힘든 집안일을 거들어주는 것을 반겼다.

집에 들어온 마리나가 루스에게 전화를 걸어달라고 부탁했다. 루스는 전화번호부에서 텍사스 교과서 창고의 전화번호를 찾아내 전화를 걸었다. 전화를 받은 것은 로이 트룰리라는 남자였다. 루스는 출산을 앞둔 아내와 어린 딸을 둔 젊은 제대군인이 할 만한 일이 없느냐고 물었다. 한동안 실직 상태인 가장으로 비상근이든 상근이든 상관없이 어떤 일이든 할 준비가 되어 있으니, 일자리를 얻을 가능성이 없겠느냐고.

루스가 통화를 하는 동안 마리나는 옆에 서서 루스가 통역해주기를 기다렸다.

텍사스 교과서 창고는 7층짜리 벽돌건물로, 옥상에 허츠
(세계적인 렌터카 회사—옮긴이) 광고판이 세워져 있었다. 리는
주문 담당이었다. 그는 1층의 투하장치에서 주문서를 받아
다가 클립보드에 끼우고, 책을 찾기 위해 6층으로 올라간다.
주문 담당자들은 대부분 흑인이었다. 그들은 오후에 엘리베
이터 경주를 벌였다. 쿵 소리와 함께 문이 닫히고, 엘리베이
터 내의 수직통로를 통해 웃음소리와 서로의 이름을 부르는
목소리가 울려퍼졌다. 리는 포장작업대에 있는 아가씨들에
게 책을 가져다주었다. 그러면 그곳에서 상품을 확인한 뒤
에 발송했다.

사방이 책이었다. 책이 가득 담긴 상자가 열 개씩 쌓여 있
었다. 상자에는 도서라는 스탬프가 찍혀 있다. 텐 롤링 리더
스라는 회사 이름도 찍혀 있다. 그런 상자들이 커다란 창문
보다 더 높이 쌓여 있었다. 각각의 상자는 온 힘을 다해야 겨
우 움직일 수 있을 만큼 커다란 크기였다. 새 상자를 개봉하
면, 종이냄새가 확 풍기면서 저절로 학창시절의 추억에 잠
기게 했다.

리는 클립보드를 갖고 다니는 것이 좋았다. 클립보드를
볼 때마다 자신이 조금은 품위있게 돈을 벌고 있다는 느낌
이 들었다. 빌어먹을 기계들의 굉음을 들을 필요도 없고, 먼
지나 기름때를 손에 묻히는 일도 아니었다. 먼지가 나는 것
은 오후에 동료들이 엘리베이터를 향해 뛰어갈 때뿐이었다.

경주가 시작되면 서너 명의 사내가 낡은 나뭇바닥을 쿵쿵 울리며 달려갔고, 책들 사이에서 풀풀 피어오르는 먼지가 햇빛에 밝게 빛났다.

루스 페인의 집. 리는 식탁 앞에 앉아 여자들이 모두 어디로 갔는지 궁금해하고 있었다. 그때 마리나와 루스가 케이크를 손에 들고 '해피 버스데이'를 부르며 걸어들어왔다. 리를 위한 깜짝 파티. 리는 크게 놀랐다. 리가 큰 소리로 웃으며 소리쳤다. 이제 스물네살이군!

그날 밤 리는 루스 페인의 집에서 잤다. 다음날인 토요일 저녁에는 거실 바닥에 앉아 두 편을 동시에 상영하는 텔레비전 영화를 보았다. 마리나는 그의 다리를 베개 삼아 웅크리고 누워 있었다.

첫번째 영화는 「써든리」(Suddenly)였다. 퇴역군인인 프랭크 씨나트라가 어느 작은 마을에 나타나 기차역을 굽어보는 위치에 있는 집을 사들인다. 그가 마을에 온 이유는 대통령을 암살하기 위해서이다. 리는 마음이 차분해졌다. 그러다가 자신의 반응을 누군가 지켜보고 있다는 섬뜩한 느낌이 들었다. 대통령은 늦은 오후에 기차로 도착할 예정이다. 산속의 계곡으로 낚시를 하러 온 것이다. 리는 자동차와 머리 모양 등을 통해 그 영화가 1950년대에 제작되었음을 짐작했다. 영화에서는 아무도 이름을 언급하지는 않았지만, 당시의 대통령은 아이젠하워였다. 리는 화면에 전개되는 사건과 자신이 연결되어 있다고 생각했다. 그것은 마치 신호와 방송 주파수대의 통신망 속으로, 송신 때문에 복잡한 대기 속으로 들어가는 비밀지령 같았다. 마리나는 어느새 잠들어 있었다. 그들은 야음을 틈타 리의 피부 속으로 메씨지를 전달하고 있었다. 프랭크 씨나트라가 창틀 위에 고성능 라이플총을 설치하고 기차가 도착하기를 기다린다. 리는 그가 실패하리라는 것을 알고 있다. 그것은 결국 영화일 뿐이니까. 그가 실패하고 죽음을 맞이하도록 장치를 해놓아야만 했다.

그가 다음으로 본 영화는 「우리는 남이었다」(We were Strangers)였다. 존 가필드가 1930년대 꾸바의 혁명정신을 지닌 미국인으로 나온다. 그는 독재자를 암살해 정권을 붕괴하려는 계획을 세운다. 리는 영화 속 배경이 '천명을 살해한 대통령'으로 알려진 마차도의 철권통치 시대라는 것을 알고 있다. 창밖의 거리는 어두웠다. 텔레비전 화면의 깜박거리는 불빛을 제외하고는 집 안이 컴컴했다. 리의 꿈을 잉태한 상처투성이의 옛날 영화. 분노의 극치, 억압의 극치, 환상적인 밤 풍경. 존 가필드와 그의 부하들이 묘지 밑으로 땅굴을 판다. 리는 자신의 삶을 그린 영화 속에 들어가 있는 느낌을 받았다. 오직 리를 위해 만들어진 영화 같았다. 그는 마음속으로 오락가락 움직이는 영상을 만들 필요가 없었다. 그것은 화면 한구석에서 머리카락 한올이 흔들거리는 가운데 불안정한 빛 속에서 제멋대로 만들어졌다. 존 가필드는 영웅적인 죽음을 맞는다. 당연히 그래야 한다. 죽음은 혁명의 양식이기 때문이다.

영화가 끝난 후에도 리는 그 자리에 앉아 있었다. 텔레비전에서는 시끌벅적한 심야광고가 이어졌다. 말이 빠른 인간들이 믹서를 소개하고, 기적의 샴푸를 광고한다. 마리나는 그의 옆에서 나지막이 숨을 쉬며 잠들어 있다.

리가 공기중에서 이상한 기운을 느낀 이유가 영화 때문만은 아니었다. 시기상 그런 기운을 느낄 때였기 때문이다. 10월은 그가 태어난 달이었다. 그가 해병대에 입대한 달이기도 했다. 일본에서 스스로 팔에 총을 쏜 것도 10월이었다. 10월과 11월은 결정과 중요한 사건의 시기였다. 리가 러시아에 도착한 것도 10월이었고, 자살을 시도한 것도 10월이었다. 그가 1년 전 마지막으로 어머니를 본 것도 10월이었다. 10월은 미사일 위기가 닥친 달이기도 했다. 마리나는 그를 떠났다가 지난 11월에 다시 돌아왔다. 11월은 그가 워커 장군을 암살하기로 듀파드와 공모한 달이었다. 형 로버트를 마지막으로 만난 것도 11월이었다.

로버트라는 이름의 형제들.

리는 마리나를 침대에 누인 다음, 곁에 앉아 그녀가 다시 잠들 수 있도록 천천히 그러나 진지하게 몇마디 말을 속삭였다. 그는 그녀가 내뿜는 침묵의 위력, 여자의 열정과 믿음의 위력, 그녀가 낳은 아이의 위력을 느꼈다. 그리고 당장 세탁기와 자동차를 구입할 돈을 모으기 시작하기로 마음먹었다. 발코니가 딸린 아파트를 구하고, 변화를 위해 세련되고 깨끗한 현대식 가구를 구입하기로 했다. 이것이 외로움을 떨쳐버릴 수 있는 일반적인 방법이었다.

리는 집주인에게서 냉장고 한구석에 잼과 우유를 넣어두어도 좋다는 허락을 받았다. 그는 1주일에 30분쯤 다른 세입자들과 어울렸는데, 이때도 텔레비전을 보는 게 전부였다. 그들과 이야기를 나누기는커녕 눈을 마주치지도 않았다. 리에게 그들은 낡은 의자에 앉은 회색 형체일 뿐 아무런 의미도 없었다. 그 집에서 그는 O. H. 리라는 이름으로 알려져 있었다.

셋집은 리가 잘 아는 오크 클리프 지역에 있었다. 바로 길 건너에는 듀파드와의 약속장소였던 걸프 정류장이 있었다. 또한 반 블록만 걸어가면 이제는 '리노 세탁소'로 이름이 바뀐 속성세탁소가 나왔다. 리는 세탁소 안으로 들어가보았다. 그러나 바비는 이제 그곳에서 일하지 않았다. 낮시간의 세탁소는 여섯 명의 여자와 그들이 데려온 꼬질꼬질한 아이들의 집합소였다. 아이들은 그곳에서 먹고 놀았다. 자판기에서는 덜컹 소리와 함께 콜라병이 계속 쏟아져나왔다.

리의 방은 두 평 반 남짓 되는 크기였다. 침대, 옷장, 화장대가 방 안에 있는 가구의 전부였다. 리는 그곳에 틀어박혀서 『더 밀리턴트』나 『더 워커』를 읽으며 시간을 보냈다. 어느날 밤 그는 22번 버스를 타고 시내로 갔다. 술집을 기웃거리며 거리를 걸었다. 그렇게 싸우스 아카드까지 걸어간 끝에 마침내 '진스 뮤직 바' 앞에서 멈춰섰다. 두 명의 사내가 그를 밀치고 술집 안으로 들어갔다. 리도 그들 뒤를 따라들어가서 입구 근처에 서 있었다. 술집 안은 많은 손님들로 북적거렸다. 사방 벽을 따라서 나무를 대충 깎아서 만든 딱딱한 벤치가 놓여 있었다. 리는 AR-15만 있다면 그곳을 간단히 일소해버릴 수도 있겠다는 생각을 했다. AR-15는 대통령 경호에 사용하는, 전자동 발사 기능을 갖춘 라이플총이다. 눈에 띄지 않게 가능한 한 여기에 오래 서서 호모들이 어떻게 하는지 가만히 지켜보자는 것이 리의 생각이었다.

"그건 내가 알 바 아니야." 누군가 말했다.

리는 말을 걸 만한 상대를 골라보려고 했다. 이해력이 있는 사람이라면 더 바랄 게 없었다. 그는 주위를 홀끔거리다가 한곳을 응시했다. 문제는 카운터로 가서 주문을 하느냐 밖으로 걸어나가느냐 둘 중 하나를 선택하는 것이었다. 그는 잠시 고민한 끝에 이번에는 그저 분위기만 살피고 나가는 쪽으로 결론을 내렸다. 좀더 확실한 감이 생겼을 때, 조심스럽고 어색한 느낌이 들지 않을 때 다시 오면 될 터였다. 하이델이라는 이름의 의미는 말하지 말라는 것이다. 리는 밖으로 나가 시원한 공기를 마셨다. 그제야 비로소 자신이 땀을 흘리고 있다는 것을 깨달았다. 셋집으로 돌아와서 리는 지난주 『더 밀리턴트』지를 꼼꼼히 한 글자도 빼놓지 않고 읽었다. 행간의 의미를 파악해가면서. 당신은 그들이 투쟁을 위해 당신이 뭔가 해주기를 원할 때가 언제인지 알 수 있다. 그들은 신문기사 속에 메씨지를 숨겨서 전달한다.

레이철이 태어난 지 사흘째 되는 날이었다. 리는 메모리얼 강당에서 열리는 집회에 나갔다. 주요 연사는 에드윈 A.

워커였다. 리는 강당 뒤에 서서 안으로 들어오는 사람들을 지켜보았다. 그의 비밀이 그를 건드려서는 안되는 사람으로 느끼게 했다. 그는 표적을 아슬아슬하게 비껴간 총을 쏜 장본인이었다. 그것이 리가 가진 비밀이자 힘이었다. 그런 그가 지금 지퍼 달린 재킷 아래 38구경 권총을 숨긴 채 그들 사이에, 존 버치 협회 회원들 사이에 서 있는 것이다.

강당에는 천여명의 청중이 모여 있었다. 워커가 높다란 스테트슨 모자를 쓰고 연단에 서서 UN에 대한 불평을 늘어놓았다. 짝짝짝. 박수소리. UN은 전세계 공산주의자들의 음모를 실행하는 단체였다. 박수. 리는 통로 중간쯤에 있는 자리에 끼어들어가 앉았다. 그는 그 자리에 모여 있는 사람들에게 약간의 적의를 느꼈다. 그들은 누군가를 땅바닥에 거꾸러뜨리고 15분 동안 짓밟아야 직성이 풀리는 자들이었다. 굳이 그렇게 해야 기분이 좋아지는 걸까? 워커는 계속해서 '조직'에 대해 이야기했다. 그의 어설픈 연설 솜씨는 단 한 사람도 빠져들게 하거나 사로잡지 못했다. 그의 한쪽 옆에는 텍사스 주 깃발이, 다른 한쪽 옆에는 남군의 깃발이 펄럭이고 있었다. 리는 다른 사람들의 시야를 방해하지 않도록 허리를 굽힌 채 통로를 따라 조금 더 앞으로 갔다. 마침 무대 근처에 자리 하나가 비어 있었다. 워커는 몹시 지쳐 있었다. 그의 얼굴은 피로와 노화를 보여주기 위해 분장한 배우 같았다. 리는 워커의 셔츠 가슴 부분, 심장 바로 아랫부분에 선홍색 얼룩이 번지는 장면을 머릿속에 떠올렸다.

강당 밖에서 수많은 사람들이 워커 장군을 둘러싼 채 그를 만지거나 그에게 자기 얼굴을 보여주려고 애썼다. 워커는 대기중인 차를 향해 천천히 움직였다. 리도 인파를 헤치고 그에게 다가갔다. 사람들은 워커가 볼 수 있는 방향으로 얼굴을 들이밀었다. 그리고 그를 향해 함성을 지르며 손을 내뻗었다. 리는 장군의 눈을 똑바로 바라보며 마치 당신은 내가 누군지 모를 거라고 말하는 듯 의미심장한 미소를 지었다. 건드려서는 안되는 사람. 그는 웃옷 안으로 손을 넣어 38구경의 총대를 움켜쥐었지만 그뿐이었다. 그것은 단지 바짝 다가가 자신의 존재를 상대방에게 느끼도록 하는 것이 얼마나 간단하고, 묘하게도 얼마나 쉬운지 알아보기 위함이었다. 리는 군중이 안돼, 안돼, 안돼 하고 비명을 지르면서 뿔뿔이 흩어지는 장면을 상상했다. 모자가 벗겨진 채 땅바닥에 쓰러진 워커와 『모닝 뉴스』의 1면 사진도 그려보았다.

리는 버스를 타고 셋집으로 돌아왔다. 그리고 권총을 쥐고 침대에 앉았다. 워커를 암살하는 것은 이제 막다른 골목에 이른 일이었다. 그에게는 꾸바로 갈 방법이 없었다. 설사 리가 그를 죽이고 탈출하려고 해도, 꾸바인들은 그를 받아주지 않을 것이다. 역사는 에드윈 워커에게 닫혀 있었다. 리는 총을 화장대 서랍에 넣었다. 그러고는 부엌으로 가서 컴컴한 어둠속에 선 채로 우유를 마셨다.

그가 피델에게 무엇을 주어야만 그들이 그를 꾸바에서 행복하게 살도록 허락해줄까?

리는 루스 페인의 스테이션왜건 운전석에 앉아 있었다.

자갈이 깔린 넓은 주차장을 가로질러 먼지가 날아왔다. 그날은 일요일이었고, 주차장은 비어 있었다.

루스 페인은 키가 크고 늘씬하며, 턱이 긴 삼십대 여자였다. 머리카락은 인형처럼 구불구불했고, 도서관 사서 같은 안경을 쓰고 있었다. 그녀가 자기 자리에서 등을 돌려 뒤를 똑바로 보았다.

"천천히, 천천히, 천천히요! 아주 천천히 해요!" 루스가 말했다.

리는 30미터쯤 후진했다가 브레이크를 세게 밟았다. 그 바람에 두 사람의 몸이 크게 흔들렸다. 둘은 차 안에 앉아서 바람이 몰아치는 주차장을 바라보았다.

"내가 어디 사는지 그 사람한테 말했습니까?" 리가 물었다.

"저는 당신이 어디 사는지 모르는걸요. 그런 질문을 받고 나서야 내가 당신이 사는 곳을 모른다는 걸 깨달았어요. 심지어 마리나도 모르더라고요. 기어를 전진 쪽으로 놓고 방향을 좀 바꿔요."

"그가 어떻게 당신을 찾아냈는지 말하던가요? 어떻게 그가 당신과 마리나가 함께 사는지 알죠?"

"그는 꽤 이성적인 사람 같았어요. 그러니 당신 직장에서 어떤 문제를 일으키지는 않을 거예요. 그러지 않겠다고 그가 직접 말했고, 나도 그 말을 믿어요."

"내가 어디서 일하는지 그가 압니까?"

"내가 말해줬어요. 달리 어떻게 해야 할지 모르겠더라고요. 리 당신도 알다시피, 그들은 정부에서 나온 사람들이잖아요."

리는 자동차 앞 유리 너머로 정면을 응시했다.

"기어를 전진 쪽에 놔요. 그리고 저 쓰레기통 쪽으로 운전해요. 그런 다음 그것을 중심으로 왼쪽으로 돌아요."

그는 그제야 비로소 기억났다. 멕시코씨티에 가기 전 뉴올리언즈의 우체국에 장래의 주소지를 남겼던 것이다. 루스페인의 주소지를. 그런데 왜 그들이 그를 찾고 있는 것일까? 그가 소련 대사관과 꾸바 대사관을 방문했다는 사실을 알았기 때문이다. 그들은 그의 사진을 찍었다. 그들은 그의 목소리를 녹음했다. 그것을 뭐라고 하더라? 전자 도청?

"액쎌러레이터를 살짝 밟아요." 루스가 말했다.

쓰레기통 둘레에는 포스터가 붙어 있었다. '바띠깐은 계시를 상품으로 파는 창부다.' 리는 멋지게 돌아서 직진했다.

"그는 누군가 당신을 찾아오거나 전화를 걸어온 사람이 없는지 알고 싶어했어요. 우리집에서 당신이 외부와 접촉한 것은 시간을 알려주는 번호로 전화를 건 게 거의 다였다고 하더군요. 그는 그것을 무척 재미있어했어요."

FBI가 그를 찾아낼 수 있다면, 가이 배니스터도 그럴 수 있었다. FBI가 아는 것은, 배니스터도 알아낼 수 있었다. 일요신문 한 부가 바람에 흩어져 낱장씩 굴러다녔다. 리가 자동차를 세우고 앞유리창을 응시했다.

루스가 상냥한 목소리로 말했다. "한번만 더 후진해보죠."

리는 『모닝 뉴스』에서 케네디의 댈러스 방문과 관련된 몇 가지 사항을 발견했다. 11월 21일 혹은 22일 정오 오찬 회동. 기사를 자세히 읽어본 것은 아니었다. 단어들의 표면을 눈으로 훑고 지나갔을 뿐이다. 맑고 서늘한 날씨였다. 그는 쇼핑 카트 한대가 천천히 통로 밖으로 굴러가는 것을 보았다.

FBI요원이 두번째로 찾아왔을 때, 마리나는 슬그머니 집 밖으로 빠져나갔다. 그리고 그의 자동차 주변을 몇바퀴나 돌면서 그 특징을 찾으려고 애썼다. 그녀는 볼록 튀어나온 금속판의 글자를 읽을 수 없었지만, 리가 시킨 대로 번호판 숫자를 외워 집으로 돌아가는 동안 종이쪽지에 적었다. 그 중 숫자 하나는 잘못된 것이었다.

리는 루스 페인의 타자기로 워싱턴에 있는 소련 대사관에 보낼 편지를 썼다. 편지를 완성하기 위해 타자를 몇번이나 반복해서 쳐야 했고, 겉봉을 쓰는 데도 많은 어려움을 겪었다. 수신인과 발신인의 주소지를 거꾸로 쓰기도 하고, 숫자나 단어 하나를 몽땅 빠뜨리기도 했기 때문이다. 그러나 종이에 나타난 또렷하고 깔끔한 문장들을 보니 확실히 수고를 감수할 만한 가치가 있었다. 리는 손으로 직접 쓰는 것으로는 결코 얻을 수 없는 품위 같은 것을 느꼈다. 편지 내용은 주로 악명높은 FBI에 대한 불만이었다. 리는 편지를 통해 은근히 자신이 KGB에 알려져 있다는 사실을 소련 대사관에 알리려고 노력했다. 또한 쏘비에뜨 입국 비자를 요청하면서 딸이 태어났다는 사실을 알렸다. 그는 멕시코씨티에서의 일을 꾸바인들의 책임으로 돌렸다.

다음으로 리는 FBI요원에게 전할 편지를 써서 점심시간을 이용해 FBI 댈러스 지부로 찾아갔다. 그리고 입구에 있는 안내원에게 편지를 전한 뒤 곧장 밖으로 나왔다 그는 요원의 이름이 하디라는 것을 알고 있었으므로, 봉투에도 달랑 그 이름만 적었다. 서명이나 날짜는 써넣지 않았다. 편지의 주요 골자는 FBI가 아내를 괴롭히는 것에 신물이 나니 당장 그만두지 않으면 나름대로 행동을 취하겠다는 것이었다. 또한 자신이 FBI 뉴올리언즈 지부와 연계되어 있으며, 공식 암호명도 부여받았으니 원한다면 확인해보라고 덧붙였다. 그는 주말마다 루스와 주차 연습을 했다.

코피가 다시 쏟아지기 시작했다.

그는 갓난아기 레이철과 함께 놀았다. 레이철에게도 아빠와 똑같이 보조개가 있었다. 몇달 전 보조개가 천칭좌의 표시라고 그에게 말해준 사람은 데이비드 페리였다.

대통령의 마이애미 방문 예정일을 9일 앞둔 날, 니컬러스 브랜치는 녹음테이프 하나를 입수했다. 대화 내용이 담겨 있는 그 테이프는 경찰에 정보를 제공하는 윌리엄 써머셋이라는 자가 녹음한 것이었다. 써머셋과 이야기를 나누는 사람은 '자유회의'와 '애틀랜타 백인시민회의'의 회원인 조지 프 A. 밀티어였다.

써머셋: 케네디가 18일쯤 연설을 하러 이곳에 올 것 같소.

밀티어: 그가 꾸바인들에 관한 이야기를 잔뜩 늘어놓을 거라는 데 가진 돈 전부를 걸어도 좋소. 이곳 마이애미에는 꾸바인이 상당히 많으니까.

써머셋: 맞는 말이오. 그런데 그에게는 천여명의 경호원이 따라붙는다는데, 그 점은 걱정하지 마시오.

밀티어: 경호원이 많을수록 그를 해치우기가 더 쉬워질 거요.

써머셋: 그를 해치우는 가장 좋은 방법이 대체 뭐라고 생각하시오?

밀티어: 사무실용 빌딩에서 고성능 라이플총으로 쏘는 거요. 그도 자신이 요주의인물이라는 걸 아니까 말이오.

써머셋: 그들이 정말 그를 죽일 것 같소?

밀티어: 물론이오. 일이 착착 진행되고 있소. 초읽기에 들어간 건 아니지만. 그때그때 상황에 따라서 일을 처리하는 수밖에 없소. 그러지 않으면 단속에 걸릴 위험이 있으니까. 초읽기는 단단히 준비해서 서서히 실행하는 작전에나 좋지요. 긴급함이 요구되는 작전에는 상황에 따라 움직이는 게 효과적이오.

써머셋: 저 말이오, 케네디가 총에 맞을 경우 우리는 어디 있어야 하는지 알아야 할 것 같은데…… 그렇게 되면 본격적으로 수사를 벌일 테니까 하는 소리요.

밀티어: 당국은 이 잡듯 샅샅이 뒤질 거요. 틀림없어요.

그런 일이 일어나면 아마 몇시간 내로 누군가를 범인으로 지목할 거요. 사람들의 비난을 모면하기 위해서 말이오.

대통령경호실에서는 녹음테이프를 들은 뒤, 마이애미에서 예정된 카퍼레이드를 취소하라고 대통령 측근을 설득했다. 공항에서 기자단 연설이 예정된 시내 호텔까지 헬리콥터로 이동하게 하자는 것이었다.

브랜치는 이번 사건과 관련해 두 가지 가설을 세웠다.

첫번째 가설은 티제이 매키가 밀터어나 그의 주변 누군가에게 이번 작전에 대한 정보를 흘렸다는 것이다. 사실 매키는 마이애미 경찰의 정보팀에 연줄이 있었다. 그러므로 그는 밀터어가 감시당하고 있음을 미리 알았을 가능성이 있다. 예순두살의 죠지아 주 주민인 그는 인종차별 폐지 운동을 반대하는 과격한 저항세력의 일원으로 알려져 있었다.

두번째 가설은, 가이 배니스터가 밀터어에게 마이애미 작전을 알려서 고의로 작전을 무산시켰다는 것이다.

(대통령 경호실에서는 댈러스에서 대통령의 안전을 책임질 요원들에게 더이상 자세한 테이프 내용을 공개하지 않았다. 암살사건 발생 후, FBI는 표면적으로 밀터어를 심문했다.)

거의 두 달 동안 댈러스와 텍사스의 몇몇 도시에서 활동해온 오즈월드의 대역에 대해서도 브랜치는 나름의 가설을 세웠다. 브랜치는 매키가 '알파 66'으로 하여금 주로 그쪽 일에 매달리게 하고 엄밀한 조정과 행동방침에 푹 빠지게 하는 계획을 고안해냈다고 생각한다. 그 계획은 허울뿐인 마이애미 작전이 마침내 소문이 나 실패했을 때 즉시 대응하지 못하게 하기 위한 것이었다. 조지프 밀티어가 초읽기 방식과 그때그때 상황에 따라 움직이는 것이 어떻게 다른지 설명했다. 매키는 알파가 초읽기에 들어가지 않았으면 하고 바랐다. 그는 상황에 따라 움직일 생각이었다.

대역 작전은 어설프기 짝이 없었다. 오즈월드를 닮은 누군가가 자동차전시장으로 들어가 자신이 리 오즈월드라고 밝히고, 조만간 자기에게 돈이 생길 거라고 떠벌리면서 코멧을 고속으로 시험운전해본다. 그러고는 러시아로 돌아갈 거라는 말을 남긴다. 자칭 오즈월드라는 사람이 총포상에 가서 라이플총에 설치할 망원 조준경을 구입한다. 오즈월드를 닮은 누군가는 13일 동안 여섯 번이나 사격연습장에 가서 다른 사람들의 표적에 대고 총을 쏜다.

이러한 일련의 사건들은 진짜 오즈월드가 어딘가 다른 곳에 있다고 알려진 시점에 발생했다.

최근 들어 니컬러스 브랜치에게는 '리 H. 오즈월드'가 기술적인 도표, 역사의 비밀스러운 조작을 위한 어떤 연습의 일부로 자주 느껴졌다. CIA가 몰래카메라로 찍은 사진들 가운데 멕시코씨티의 소련 대사관을 지나가는 한 남자의 사진에 '리 H. 오즈월드'라고 적힌 이름표가 붙어 있다. 당시 오즈월드는 멕시코에 있었다. 사진 속의 남자는 오즈월드가 아니라 다른 사람이다. 떡 벌어진 가슴에 넓적한 얼굴, 머리를 짧게 깎은 삼십대 후반 내지 사십대 초반의 남자, 그는 오즈월드의 또다른 대역이다. 브랜치가 순전히 숫자상의 의미로 11월 22일이라는 암살 날짜를 추정해낸 것은 놀라운 일이 아니었다.

그런데 신원 확인 착오보다 훨씬 더 수상한 일이 있었다. 사진 속의 남자가 브랜치가 티제이 매키를 보고 기록해둔 인상착의와 일치한다는 것이었다.

(기록담당관은 그런 이름표가 붙은 매키의 사진을 보내줄 수 없었다.)

브랜치는 부드러운 가죽의자에 앉아 주변에 산처럼 쌓여 있는 서류뭉치를 바라보았다. 서류가 방 밖으로 미끄러져 나가기 시작해 출입구를 지나 집 밖으로 나간다. 바닥은 각종 책과 서류로 뒤덮여 있다. 옷장에도 그가 읽어야 할 자료가 가득 차 있다. 그는 새로운 책들을 책꽂이에 억지로 끼워 넣어야 한다. 다른 책들 사이를 비집고 구겨넣듯 간신히 집어넣는다. 방 안의 자료 가운데 그가 관련없다거나 시기가 지났다고 폐기해버릴 수 있는 것은 단 하나도 없다. 그것들은 모두 어떤 측면에서든 중요성을 띠고 있다. 브랜치의 방은 고독한 사실들의 집합소이다. 집합소의 규모는 계속해서 점점 커지고 있다.

기록담당관이 CIA의 오즈월드 관련 파일 144권 가운데 30권을 더 보내온다. 11월 22일 사건과 조금이라도 관련된 사람들에 대한 수사보고서와 재판기록이 상자 가득 담겨 있다. 그는 사망자에 대한 검시관의 보고서도 보내온다.

시카고에서 잭 루비의 생가 근처에서 자라온 범죄조직의

두목 쌀바또레(쌤) 지안카나가 1975년 6월 자신의 집 지하실에서 시신으로 발견된다. 뒤통수에 한 발의 총상, 입 주변에 꿰맨 자국 같은 여섯 발의 총상을 입은 채로. 지안카나는 닷새 후에 반까스뜨로 음모에 대한 조사를 담당한 상원위원회에서 증언을 하기로 되어 있었다. 흉기가 발견된 곳도 그 출처도 마이애미로 밝혀졌다. 그 사건과 관련되어 체포된 사람은 없었다.

이 음모를 꾸민 장본인 월터 에버렛 주니어는 1965년 5월 텍사스 주 알파인 외곽의 한 모텔방에서 사망한 채 발견된다. 알파인에서 그는 썰로스 주립대학 총장의 비서로 근무했다. 사인은 심장마비였다. 숙박기록부에 기재된 그의 이름은 토머스 스타인백이었다.

전직 낙하산병이자 비상근 용병이었던 웨인 웨슬리 엘코는 1966년 1월 미네쏘타 주 히빙 외곽의 모텔방에서 역시 시신으로 발견된다. 사인은 심각한 모르핀 중독. 경찰은 그의 픽업트럭에서 근처 철광산에서 훔친 구리 전선과 연장을 찾아낸다. 그와 함께 유아용 카시트에 잠들어 있는 두살짜리 남아도 발견된다.

U-2기 조종사인 프랜씨스 개리 파워즈는 로스앤젤레스의 KNBC 방송국에 일자리를 얻는다. 헬리콥터를 몰면서 교통 상황과 산불사태를 취재하는 일이었다. 그러던 1977년 8월의 어느날, 벨 제트 레인저가 명백한 연료 부족으로 기울어지면서 아이들이 쏘프트볼을 하고 있던 잔디밭에 추락한다.

추락 지점은 22년 전 U-2기를 최초로 제작한 록히드 항공사의 보안장치가 완벽한 스컹크웍스 연구소에서 불과 5킬로미터쯤 떨어진 곳이다.

브랜치는 그와 같은 시시한 우연적 사건들을 경계하게 되었다. 그는 누군가가 자신을 미신의 세계로 이끌려 한다고 생각했다. 그가 원하는 것은 있는 그대로의 사태였다. 사람들은 일정한 패턴이나 연결고리 같은 것을 찾는 사후의 의식이 없으면 죽는 일도 불가능하다고 여기는 것일까?

기록담당관은 케네디의 죽음과 링컨의 죽음의 유사성에 관한 400페이지 분량의 연구서를 보내왔다.

웨인은 레이모의 늙수그레한 양치기 개와 함께 자동차 뒷좌석에 앉았다. 가벼운 여행을 위해서였다. 그들은 필수품만 챙겨서 부랴부랴 마이애미를 빠져나온 탓에 병이 들어 마지막 숨을 가쁘게 몰아쉬고 있는 덩치 큰 짐승에게 필요한 것이 무엇인지 알기가 힘들었다.

그들은 밤새 쉬지 않고 달렸다.

레이모가 운전대를 잡았고, 프랭크는 그 옆에 앉았다. 두 사람은 대부분 스페인어로 대화를 나누었다. 뒷좌석에 탄 웨인은 두 사람이 나누는 대화의 뜻을 굳이 알려고 하지 않았다. 그는 머릿속으로 여전히 앞으로 해야 할 일을 숙지하느라 바빴다. 그들은 한도를 넘을 작정이었다. 그들이 계획하고 있는 것은 마치 공상과학소설처럼 평범한 경지를 뛰어넘는 이야기였다.

얼마쯤 가서는 프랭크가 핸들을 잡았다. 그리고 웨인이

앞으로 다리를 올리고 조수석에 앉았다. 그들이 탄 차는 적어도 벨에어(시보레가 1955년 출시한 스테이션왜건―옮긴이)가 아니었다. 그것은 차체가 마마자국처럼 점점이 도장된 58년형 벤츠로, 엔진은 스피드숍(개조한 고속자동차용 부품판매점―옮긴이)에서 사들인 것이고, 호흡하기 쉽게 운전석이 뒷바퀴 뒤쪽에 있는, 레이씽카만큼이나 순발력이 있는 차였다. 웨인이 라디오의 볼륨을 최고로 올렸다. 바람 한줄기가 스치고 지나갔다. 그들은 매키가 운반중인 라이플총 한정을 제외한 나머지 모든 신무기를 알파의 수중에 남겨두고 떠나왔다. 로큰롤 음악이 웨인의 얼굴에 대고 고함을 질러댔다. 시간은 한밤중, 탤러해씨 근처였다.

웨인의 늙은 아버지는 이런 말을 곧잘 했다. "하느님은 인류를 창조할 때 잘난 사람도 만들고 못난 사람도 만드셨지. 그런데 콜트가 그 균형을 맞추기 위해 45구경 권총을 만든 거야."

그러나 이것은 사회적 균형을 맞추기 위한 임무가 아니었다. 그들은 상궤를 벗어난 강행군을 하고 있었다. 웨인은 잡념을 떨쳐버리기 위해 계속 고개를 흔들었다. 그러자 운전하던 프랭크가 의아한 듯 그를 쳐다보았다. 웨인은 이러한 계획이 미국에 존재할 수 있다는 사실에, 그리고 자신이 그러한 계획 한가운데 있다는 데 놀랐다. 바람이 또다시 차안을 훑고 지나갔다.

그들은 보슬비가 내리는 들판에 서서 오줌을 누었다.

등뒤의 하늘에 붉은빛이 감돌기 시작할 무렵 웨인이 운

전대를 잡았다. 그는 라디오를 끄고 차문을 닫았다. 뒷좌석에서 잠이 든 프랭크가 잇새로 신음소리를 냈다.

"나는 여전히 이번 일을 이해하려고 애쓰는 중이야." 웨인이 레이모를 쳐다보며 말했다. "자네 공상과학소설 읽고 있나?"

"웨인, 미쳤어?"

"야간낙하 전에 나는 종종 이런 감정을 느꼈지. 이게 정말 실제상황인가?"

"우리가 지금 이야기하는 건 실제상황이야."

"그건 나도 알아."

"우선 그들은 시카고 건을 당장 취소할 거야. 그런 다음 카퍼레이드 없이 마이애미 방문을 진행하겠지. 그들은 이게 실제상황이라는 걸 알고 있다고."

웨인이 레이모를 빤히 쳐다보았다. 때때로 도로로 시선을 옮기기도 했다. 성능이 뛰어난 덕분에 자동차는 흔들림이나 소음이 없었다.

"우리가 야간경주를 하고 있는 게 실제상황인 것처럼 말이지?" 웨인이 장난스레 흥분한 척하는 말투로 중얼거렸다.

"그들이 꽤 많은 돈을 지불할 거야. 그러니 그냥 일당을 받고 일한다고 생각해."

"일생일대의 엄청난 임무를 위해 그들이 직접 고른 사람이 바로 우리라고 말이야?"

그들은 군사장비 수송 행렬을 지나쳤다. 얼마 후 레이모가 뒷좌석을 향해 말했다. "방금 생각난 게 있어."

"뭔데?"

"녀석을 보내야 한다는 생각이 들어."

"누구 말이야? 자네 개?"

"녀석은 이미 제 몸을 건사할 기능을 잃었어. 스스로 일어나려고 아무리 애를 써도 발이 저절로 미끄러져서 제대로 설 수가 없다고."

"신경체계가 망가져서 그런 거야."

"녀석을 상자에 집어넣기는 싫어. 관청에서는 상자에 가스를 주입시켜서 죽인다고."

"가스 따위는 없어도 돼."

"가스를 사용한다고 들었어. 생각만 해도 소름이 끼쳐."

"자네도 알다시피 그렇게 할 수밖에 없는 경우가 있잖아."

"나는 이 개를 히론 전투 이전부터 키워왔어."

"하지만 정이 든 건 아니잖아."

"내가 녀석을 직접 처리하고 싶지는 않아."

"마땅한 곳이 나타나면 즉시 차를 세울게."

웨인이 그렇게 말하고는 레이모의 얼굴을 찬찬히 살펴보았다. 아무런 표정의 변화가 없었다. 8킬로미터쯤 더 가서 그는 지방공항으로 통하는 출구로 빠져나갔다.

웨인은 사냥용 칼을 스웨터 두 벌로 둘둘 말아 국방색 자루에 넣었다.

그는 꼭대기에 가시철사가 둘러쳐진 철조망을 따라 길고 곧게 뻗어 있는 도로변 풀밭에 차를 세웠다. 그리고 차에서 내려 레이모가 커다란 개를 풀밭에 풀어놓을 때까지 기다렸다. 주위에 격납고와 경비행기들의 씰루엣이 눈에 들어왔다. 이윽고 레이모가 다시 차에 올라 45미터쯤 운전해가서 멈춰섰다. 개는 길가에 서 있었다. 웨인이 뒤에서 천천히 다가가 다리를 벌리고 녀석의 등에 걸터앉았다. 하늘의 별들은 여전히 반짝거렸다. 웨인이 개의 목줄을 움켜쥐고 거칠게 들어올렸다. 녀석의 앞발이 허공에서 버둥거렸고, 웨인이 개의 턱 아랫부분을 칼로 그었다. 녀석의 목을 베는 순간 그는 신음소리를 냈다. 마침내 목줄을 움켜쥔 왼손을 놓자 개가 웨인의 두 발 사이에 힘없이 털썩 너부러졌다. 녀석의 목에서 붉은 피가 줄줄 흘렀다. 웨인은 그 모습을 보고 다시 신음소리를 냈다. 그러고는 피 묻은 칼을 높이 치켜든 채 자동차를 향해 걸어갔다. 그는 레이모에게 그 칼을 일종의 상징으로 보여주고 싶었던 것이다. 그러한 행동의 의미는 말로 옮길 수 있는 것이 아니었다.

웨인은 이제 잠을 청할 수 있었다. 그들 세 명은 모두 늦은 아침에 잠시 눈을 붙였다. 몇시간 후 어둠속에서 그들은 처음으로 댈러스의 라디오 방송에 주파수를 맞출 수 있었다. 주파수대를 벗어나 잡음이 섞여서인지, 기나긴 밤에 듣는 디제이의 목소리는 다소 섬뜩했다.

"사랑하는 청취자 여러분, 한 가지 말씀드릴 게 있습니다. 오늘밤 댈러스는 불안하군요. 이제는 정말로 그 시간에 가까워져가고 있습니다. 사람들이 어떻게 무시무시한 말을 하는지 눈여겨보십시오. 밤이 돌진해오는 것을 느껴보십시오. 밤이 당신 주위를 에워싸고 있는 것이 느껴지지 않습니까? 공기중의 위험한 기운. 당신은 그것을 거리에서 볼 수 있습니다. 광고판에서, 범퍼에 붙은 주차위반 딱지에서, 광고전단에서. 그것은 우리의 지도자들에 대해 끔찍한 말을 하고 있습니다. 저는 오늘 아침 길을 걷다가 가게 진열창에 지그재그 모양의 그림이 그려져 있는 것을 보았습니다. 그 순간 문득 그것이 나치의 갈고리 십자 기장과 비슷하다는 생각이 스치더군요. 제가 지어낸 이야기라고 생각하십니까? 절대 아닙니다. 여러분의 시계를 거꾸로 돌리기 위해 오존층을 지나 생각해볼까요? 시내에 오는 사람이 실제 그인지 우리가 어떻게 압니까? 그가 자신을 옹호하지 않는 지역에 갈 때면 자신과 닮은 열두 명과 동행한다는 소문도 모르십니까? 적을 교란하기 위해서 말입니다. 그러므로 어쩌면 우리가 만나는 분은 7호 대통령, 혹은 10호 대통령일지도 모릅니다. 어쩌면 그들 모두가 동시에 서로 다른 지역에 있는지도 모르고요. 저 개인적으로는 그렇게 할 수밖에 없다는 것을 이해합니다. 제가 그저 다른 사람들의 환상을 잘 받아들이는 편일지도 모르지만 말입니다. 어떤 것들은 사실입니다. 또 어떤 것들은 사실보다 더 사실적입니다. 아, 분위기가 과장되었군요. 여러분은 지금 바로 이 순간 같은 긴장감을 느껴보셨나요? 여러분은 전국의 구도상 댈러스가 어떤 도시인지 아십니까? 댈러스는 여느 다른 도시들과 비슷합니다. 혹은 다른 도시들이 이상적으로 생각하는 모습과 비슷합니다. 옷 입는 것, 말하는 것, 생각하는 것이 모두 비슷하죠. 우리 댈러스는 이 나라의 **본보기**입니다. 절대 제가 지어낸 말이 아닙니다. 그러나 가려운 부분이 서서히 확산되고 있습니다. 여러분은 그것이 표면으로 스며나오고 있는 것을 못 느끼십니까? 사람들은 그가 캐럴라인(캐럴라인 케네디를 가리킴―옮긴이)의 세발자전거를 타고 시내로 올 거라고 합니다. 우리를 아마겟돈(선과 악의 세력이 싸울 최후의 전쟁터―옮긴이)으로 이끌 만큼 강인하지는 못한 행동이죠. 밤과 관련된 오래된 모든 공포. 우리는 지금 바로 그것을 보고 있습니다. 우리는 그것이 바로 여기에 있다는 것을 알고, 느낍니다. 반드시 일어나야만 합니다. 기이하고 어둡고 꿈같은 그 무엇이. '괴상한 수염' 가라사대, 밤은 댈러스를 향해 돌진하고 있도다."

레이모와 웨인, 프랭크는 지금까지 댈러스에 와본 적이 한번도 없었다. 그래서 라디오에서 흘러나오는 디스크자키의 섬뜩한 말이 무엇을 의미하는지 도무지 이해할 수 없었다.

수요일. 셋집에서 나온 리는 거의 매일 아침 식사를 해결하는 식당으로 향했다. 식당까지 걸어가는 동안, 노스 베클리 거리를 따라 주차되어 있는 자동차들의 번호판을 확인하며 하디 요원의 차가 없는지 찾아보았다.

리는 원하던 대로 현대적인 느낌의 가구들과 마리나를 위한 세탁기를 구입했다.

그는 흰자만 살짝 익힌 달걀을 먹었다. 식사중에는 신문을 잘 접어 왼쪽 팔꿈치 아래 끼우고 있었다. 주위에서 시끄러운 소음과 이야기 소리가 들렸다. 리는 고개를 신문에 푹 파묻은 채 예일대 정치학과 교수가 스파이 혐의로 소련 당국에 체포당했다는 지난주 기사를 네다섯 차례 반복해서 읽었다. 체포된 장소는 메트로폴 호텔 밖이었다. 그곳은 리가 묵었던 호텔 가운데 하나였다. 교수는 체포되었다가 석방되었다. 기사는 실제로 그에 대한 것이었다. 그가 요즘 듣고 보고 읽는 모든 것이 실제로 그와 관련되어 있었다. 그들이 그의 피부 속으로 메씨지를 전해오고 있는 것이다.

리가 또다시 길가의 자동차 번호판을 확인하며 버스정류장으로 걸어갔다. 구릿빛 머큐리 한대가 천천히 리를 따라왔다. 창문은 뿌옇게 도색되어 내부가 보이지 않았다. 리는 자신의 이름을 'O. H. 리'라고 밝히고 그외에는 아무것도 말하지 않기로 마음먹었다. 자신의 권리가 무엇인지도 알고 있었으므로, 이제 괴롭힘을 참지 않을 생각이었다.

차창의 유리가 내려지자 데이비드 페리가 한쪽 팔꿈치를 문에 걸치고는 리를 돌아보았다.

"회사에 지각하면 안됩니다." 리가 말했다.

두 사람은 교과서 창고까지 차를 함께 타고 갔다. 혹시라도 도중에 길을 잘못 들까봐 걱정된 리가 몇번이나 대화 도중에 끼어들어 길을 가르쳐주었다.

"신문은 계속 읽고 있지? 그들이 이틀에 한 번꼴로 기사를 싣고 있어. 처음에는 그가 댈러스에 온다는 기사, 그다음에는 그가 트레이드 마트에서 점심을 먹을 거라는 기사, 그다음에는 시내까지 카퍼레이드를 벌일 예정이라는 기사. 그리고 어제 신문이 나왔지. 댈러스에서 발행되는 두 신문을 모두 봤는데, 두 신문 모두가 카퍼레이드 경로를 아주 자세히 소개해놓았더군. 하우드에서 메인, 메인에서 휴스턴, 휴스턴에서 엘름, 엘름에서 스테몬 고속도로까지. 그것을 보고 나는 생각했어. 레온도 이 기사를 보고 있겠구나 하고. 자네가 지금 어떤 기분일까 궁금했지. 어떤가, 레온? 기분이 어땠어? 분명 믿을 수 없는 순간이었을 거야. 하늘에서 환상을 본 것처럼. 틀림없이 온몸의 피가 얼어붙는 것 같았겠지."

"내가 알고 있는 건 다섯 개 도시를 이틀에 돈다는 것 정도입니다. 그가 이곳 댈러스에서 머무는 건 두 시간이죠."

"그들은 자네가 어디 사는지, 어디서 일하는지 알고 있어."

"사실 나는 어제 신문을 보지 못했어요."

"아니, 자네는 **분명** 보았어. 자네가 일하는 건물 창문 아래로 대통령이 지나간다는 기사가 실려 있었다고. 그 빌어먹을 건물은 엘름 가를 마주 보고 있지, 안 그런가? 자네는 하루 중 대부분을 6층에서 보내지, 안 그래? 그의 자동차가 휴스턴 가를 따라 바로 자네 앞을 지나갈 거야. 그런 다음 엘름 가로 빠지겠지. 천천히, 품위있게 지나갈 거야. 리 오즈월드가 일하는 장소 앞을, 그가 창가에 홀로 앉아 점심을 먹는 바로 그 시간에 말이야. 사실 세상에 우연 **따위**는 없지. 하지만 그것을 달리 뭐라고 불러야 할지 모르겠으니, 그냥 우연이라고 부르자. 자네가 그렇게 되도록 만들었기 때문에 그런 일이 일어나는 거야."

페리는 거의 고함치듯 큰 소리로 말했기 때문에 얼굴이

벌겋게 달아올랐다. 리가 좌회전을 하라고 했다. 페리는 운전대를 잡은 손에 더욱 힘을 주었다.

"자네도 이게 어떤 의미인지 알 거야. 우리가 해야 할 일이 무엇인지 제대로 보여주고 있지. 우리는 자네가 그 건물에서 일하도록 조정하지도, 카퍼레이드 경로를 결정하지도 않았어. 우리한테 그 정도 능력은 없거든. 즉 이번 일이 일어날 수밖에 없게 만드는 뭔가 다른 힘이 존재하는 거야. 경험 외부의 패턴. 자네를 역사의 혼란 속에서 끌어내는 뭔가가. 내 생각에 자네는 계속 거꾸로 가고 있어. 자네는 역사 속으로 들어가고 싶어하지. 그건 잘못된 거야, 레온. 자네가 정말 원하는 것은 역사 밖으로 나오는 거야. 빠져나오라고. 뛰어내려. 또다른 차원에서 자네가 설 곳과 이름을 찾으란 말이야."

리는 페리를 휴스턴 가로 안내했다. 그들은 남쪽을 마주보고 구 법원건물 앞에 차를 세웠다. 교과서 창고는 그들의 등뒤로 한 블록 반쯤 떨어진 곳에 있었다. 페리가 입가에 묻은 침을 닦았다. 그는 숨이 가쁜 것 같았다. 리는 조용히 차창 밖을 바라보고 있었다.

"이번 일이 일어나기만을 기다려왔네, 레온."

"8시까지는 출근해야 합니다."

"저 건물은 지금껏 케네디와 오즈월드가 그곳에 모이기를 기다려왔던 거야."

"그냥 호기심에서 묻는 건데, 그들이 제가 사는 곳을 어떻게 알았을까요? FBI도 모르던데요. 그들은 제가 어디서 일하는지도 알고 있어요."

"그래, 그래서 우리도 알게 됐지. 우리는 어젯밤 퇴근하는 자네를 미행했어. 우리가 그들보다 더 자네에게 관심을 갖고 있거든. 잘 듣게. 나는 자네의 셋집 밖에 세워둔 차 안에서 거의 밤을 꼬박 새웠어. 나는 자네를 만나러 오기가 겁났지. 그 일이 실제로 벌어진다고 생각하니 무서워서 죽을 것 같아. 공포가 내 신경체계 안을 훑고 지나가더라고. 우리가 무슨 짓을 하고 있는지 직시하게. 혼란? 우리가 일으킬 빌어먹을 고통? 우리는 모두에게 암덩어리를 가져다줄 거야. 나는 밤새 차 안에 있었어. 자네를 마주하기가 겁났다고. 그런 생각이 들더군. 불쌍한 레온에게 우리가 대체 무슨 짓을 하는 거지? 가엾은 레온이 그 신문기사를 봤을 텐데. 하우드에서 메인, 메인에서 휴스턴, 휴스턴에서 엘름…… 불쌍한 레온은 그것이 무시무시한 자장가처럼 느껴질 거야. 그는 그 창문 앞에 무릎을 꿇고 그 일을 실행하겠지. 그리고 나도 그 무리 중 한 사람이야. 나는 선동가네. 모든 책임을 진 멍청이가 바로 나라고."

리는 주머니에서 껌 하나를 꺼내 반으로 잘랐다. 그리고 그중 한쪽을 페리에게 내밀었다. 페리가 손을 툭 치는 바람에 껌이 떨어졌다.

"라이플총은 어디 있나?"

"마리나가 살고 있는 변두리의 차고에요."

"일이 끝나면 그들이 자네를 갤버스턴으로 태워다줄 거야. 거기서 나하고 만나는 거야. 그렇게 해서 우리는 현장에서 도시 하나를 벗어나는 거지. 갤버스턴에 비행기가 준비되어 있을 거야. 우리는 그것을 타고 유카탄으로 갈 거네. 메리다라는 곳으로. 그들이 자네를 데리고 반도를 가로질러 아바나행 배에 태워줄 거야. 그들은 자네가 아바나에 있기를 원해. 자네가 원하는 것이기도 하고, 그들이 원하는 것이기도 하다고. 배는 완벽하게 준비됐어. 그들이 자네에게 가명과 서류를 줄 거야." 페리가 슬픈 표정으로 리를 바라보며 중얼거렸다. "어쩌면 그 이상의 뭔가가 있을지도 몰라. 우리가 알지 못하는 뭔가가. 그들이 우리 둘 다 유카탄에서 죽여버린다든가 하는."

리는 콧구멍에서 바람을 내뿜으며 피식 웃었다. 그러고는 뒤돌아 교과서 창고 옥상에 세워진 허츠 광고판에 부착된 시계를 쳐다보았다. 그는 곧장 차에서 내려 길을 따라 걸었다.

점심시간이 막 지난 뒤, 리는 1층에 있는 로이 트룰리의 사무실 앞을 지나고 있었다. 그를 고용한 트룰리 씨는 교과서 영업사원과 이야기를 나누는 중이었다. 리는 영업사원이 트룰리 씨에게 라이플총 한 자루를 건네주는 장면을 목격했다. 문간에서는 두세 명이 뭐라고 말하고 있었다. 리는 사무실 쪽으로 좀더 다가갔다. 영업사원이 얼마 전에 구입했다는 두 자루의 라이플총이 있었다. 그중 22구경은 자기 아들의 크리스마스 선물로 줄 거라고 했다. 트룰리 씨가 살펴보고 있는 것은 사슴사냥용 라이플총이었다. 문간에 서 있는 사람들이 다시 뭐라고 말했다. 리는 영업사원이 22구경을 박스에 넣고 엘리베이터 쪽으로 걸어가 6층 버튼을 누르는 모습을 지켜보았다. 그 건물에서 라이플총을 본 것이 놀랍지는 않았다. 그가 어떻게 놀랄 수 있겠는가? 모든 것이 그와 관련되어 있었다.

목요일. 티제이 매키는 군 기록보관소 앞에 서 있었다. 그는 길을 건너 메인 가와 엘름 가 사이에 있는 삼각형 잔디밭으로 갔다. 거기서 삼중 지하차도 위에 있는 철로를 바라보았다. 그런 다음에는 터벅터벅 엘름 가를 건너 콜로네이드 앞의 경사진 잔디언덕에 섰다. 그는 말뚝으로 둘러쳐진 주차장을 향해 걸어갔다. 그리고 다시 엘름 가를 마주 보고 섰다. 그러고는 다시 스테몬스 고속도로 표지판이 있는 쪽으로 걸어갔다. 사방에 자동차들이 쌩쌩 오갔다. 그는 하늘을 올려다보며 입가를 닦았다.

그후 매키는 시내 외곽에 세워둔 짙은 색 포드 안에 앉아 샌드위치 포장을 벗겼다. 그곳은 오래된 식품가공공장 지대였다. 한쪽에는 철로가 있고, 주변 구조물들을 철거하는 과정에서 벽돌과 회반죽이 드러난 건물들이 들어서 있었다. 막다른 골목, 먼지투성이 땅, 오래된 하역지대 등 쓸 만한 공간은 모두 주차장으로 이용되고 있었다. 한낮의 고요가 사방에 깔려 있는 가운데 외따로 뚝 떨어져 있는 듯한 분위기였다. 자동차들과 사람들로 북적이는 거리에서 겨우 한 블록 반 떨어져 있을 뿐인데, 그토록 분위기가 다르다는 것이 매키는 이상했다.

매키는 머뭇거리며 다가오는 오즈월드를 지켜보았다.

매키는 오즈월드가 고독한 저격수가 되기를 원한다고 굳게 믿었다. 이는 외톨이들, 어떤 절대적인 순간을 위해 끊임없이 계획하는 사람들의 공통적인 성향이었다. 오즈월드로 하여금 그것을 믿게 만드는 것은 어렵지 않았다. 그러나 매키는 리무진이 그를 지나 삼중 지하차도를 향해 갈 때까지 방아쇠를 당기지 않도록 주지시킬 필요가 있었다. 그가 원하는 것은 십자포화였다. 만약 오즈월드가 실수하면, 두번째 저격수가 주요위치에 서게 된다. 리무진의 거의 정면에 서는 것이다. 매키는 오즈월드가 표적을 명중할 거라고 생각하지 않았다. 그는 40미터도 안되는 전방에서도 워커 장군을 제대로 맞히지 못한 애송이였기 때문이다. 상대는 심지어 환하게 불이 켜진 방에 움직이지 않고 서 있었다. 만리허 라이플총은 구식에다 투박하고 믿을 수 없는 무기였다. 만약 리무진이 휴스턴 가를 지나고 있을 때 방아쇠를 당겼는데 빗나가고, 두번째 저격수도 제대로 성공하지 못하면, 우리 모두는 아무런 소득도 없이 도망쳐야 한다. 저격수로서 오즈월드는 잉여인원, 엄밀히 말해 예비요원이었다. 그의 역할은 인위적인 역사적 관심거리를 제공하는 것이었다. 추적 가능한 무기와 꾸바와 관련된 그의 잡다한 경력을.

매키는 오즈월드가 자신의 차를 발견했다는 것을 눈치채고 턱을 살짝 기울였다. 오즈월드가 걸어와 차에 탔다. 그의 손에는 쌘드위치와 우유 한 팩이 들려 있었다.

"갓난아기는 어떤가?"

"좋습니다. 아주 건강해요."

"그는 메인 가를 돌아서 자네가 있는 휴스턴 가로 들어설 거야. 그때 일을 벌여서는 안돼. 아직은 때가 아니라고. 물론 총을 쏘기는 쉽겠지. 아마 가장 쉬운 지점일 거야. 하지만 거기서는 일행이 자네 얼굴을 똑바로 볼 수가 있어. 선도 차량 한 대와 경찰관이 탄 오토바이 열다섯 대, 경호원 여덟 명이 탄 호위차량 한 대가 이어질 텐데, 경호원 중 넷은 차의 발판을 딛고 서 있을 거야. 그들이 모두 대통령의 리무진 주위를 둘러싸고 있고, 바로 자네가 있는 방향을 마주 보고 있어. 그런 상황에서 일단 총알이 발사되면, 그들은 그 총알이 어디서 날아왔는지 정확히 알겠지. 게다가 그 건물에는 경찰관들이 쫙 깔려 있어. 강력하게 권고하겠네. 절대 감정적으로 하는 말이 아니야. 제발 기다리게. 일행이 엘름 가로 꺾어져 지하차도와 고속도로 방향으로 갈 때까지 기다려야 해. 그때도 쏘기 어렵지는 않아. 넓은 부분을 노리면 돼. 그의 몸통 한가운데든 어디든 조준망원경을 통해 볼 수 있어. 그때까지 반드시 기다려. 그가 엘름 가로 방향을 바꾸어 자네에게서 멀어져갈 때까지 기다리란 말이야. 그가 떡갈나무 앞을 지날 때까지 기다려. 내가 추산하기로 첫 발의 사정거리는 60미터 이내가 될 거야. 일의 성패는 운전사가 얼마나 빨리 반응하느냐에 달려 있겠지. 총성은 지하차도 쪽으로 울려퍼질 거야. 그러면 그들도 발사지점이 어딘지 헷갈릴 거야. 그때 자네 위치는 일행의 뒤쪽이야. 그러니 자네를 찾아내기가 더 힘들겠지. 자네는 몇초쯤 시간을 더 벌게 돼.

아래층으로 내려오는 데 10초쯤 걸릴 거고, 그것만으로도 상황은 크게 달라지지. 그러니 제발 기다리게. 무슨 일이 있어도 기다려야 해. 리무진이 떡갈나무 가까이 가기 전까지는 아예 창문에 모습을 드러내지도 마. 리무진이 떡갈나무를 완전히 지날 때까지 기다려."

그 계획에서는 한 가지, 윈 에버렛의 역량과 치밀함으로는 얻을 수 없는 것을 노리고 있었다. 말하자면 운이었다. 매키는 오즈월드가 샌드위치에서 양상추를 빼내 따로 먹는 모습을 지켜보았다.

"일단 거리로 내려오면, 재빨리 그곳을 빠져나가게. 자네 셋집에서 그리 멀지 않은 제퍼슨 대로 알지? 그 길 서쪽으로 가게. 가다보면 북쪽에 231번지가 나올 거야. 외관이 스페인풍인 극장이지. 극장 문은 열려 있을 거야. 12시 45분이 개관시간이니까. 극장으로 들어가 자리를 잡고 영화를 보도록 하게. 날이 어두워지면 우리가 자네를 갤버스턴으로 데려갈 거고, 동이 틀 때쯤이면 이 나라를 벗어나 있을 거야."

매키가 샌드위치 포장지를 구겨서 창밖으로 던졌다. 그런 다음 주머니에서 총알 네 발을 꺼냈다. 그는 그것을 손에 쥐고 짤랑짤랑 몇번 흔들고는 오즈월드의 샌드위치 봉투에 쏟아넣었다.

"네 발 이상 필요하지는 않을 거야."

"그럴 여유도 없을 겁니다."

"자신의 솜씨를 믿게."

"총알을 장전하는 연습은 천번도 더 했어요."

"아기 이름이 뭔가?"

"아내가 오드리라고 지었어요. 영화 「전쟁과 평화」에 나오는 오드리 헵번 이름을 따서요. 똘스또이 작품이죠. 중간 이름은 레이철이에요. 그래서 평소에는 레이철이라고 부릅니다."

"이번 작전이 자네 마음에도 들 거야."

매키는 오즈월드가 골목을 빠져나가 그리핀 가로 들어선 다음 직장이 있는 남서쪽으로 걸어가는 모습을 지켜보았다.

주요목표는 케네디, 그를 죽이는 것이다.

그다음 목표는 오즈월드.

오즈월드의 좌파 성향이 드러나기만 하면, 당국에서는 까스뜨로 부대원들이 그를 채용하여 이용한 다음 죽여버렸다고 결론지을 것이다. 아니, 그렇게 결론짓고 싶어할 것이다.

가이 배니스터는 FBI에게 일명 하이델을 조심하라고 경고할 것이었다.

데이비드 페리는 갤버스턴에서 외로운 밤을 보내게 될 터였다.

마리나와 리는 루스 페인의 집 뒷마당에서 아이들을 차례로 그네에 태워주었다. 씰비어, 크리스, 준, 그리고 이웃집의 어린 계집아이와 사내아이 등 모두 다섯 명이나 되었다. 이미 날이 컴컴한데도, 아이들은 집 안으로 들어가려 하지 않았다. 그네도 두 개, 그네를 밀어주는 어른도 둘이었다.

"목요일에 뭐 하러 여기에 오는지 당신은 아직 말하지 않왔어요."

"애들이 보고 싶어서 그래." 리가 말했다.

"전화도 안하면서 무슨 그런 말을 해요?"

"당신이 댈러스 시내에 와서 살면 좋을 텐데."

"그건 싫어요."

"그렇게 되면 나는 전화를 걸지 않아도 돼. 모든 게 변할 거라고. 나는 더이상 저 방에서 살 수 없어."

"애들을 위해서도 여기가 더 좋아요."

"저 방의 크기가 얼마나 되는 줄 알기나 해?"

"루스도 우리하고 함께 지내는 걸 좋아한단 말이에요."

"아빠는 네가 아빠를 사랑하지 않는다고 생각한단다."

그들은 두 아이를 그네에서 내리고, 다른 두 아이를 태웠다. 마리나는 남편이 가명을 사용한다는 것을 말해주지 않은 것 때문에 여전히 화가 나 있었다. 가명을 쓴다는 것은 루스가 셋집에 전화를 걸어 리 오즈월드를 찾았을 때 알게 된 사실이었다. 마리나는 이 어리석은 상황이 어서 끝나기를 바랐다. 모든 게 코미디 같았다. 한 가지 일이 마무리되는가 싶으면 또다시 일이 터졌다.

아이들이 소리쳤다. "더 높이 밀어올려주세요!"

"당신한테 세탁기를 사주려고 해." 리가 말했다.

"우리한텐 세탁기보다 차가 더 필요해요."

"나도 나름대로 최선을 다해 돈을 모으고 있어. 무엇보다 우리는 아파트를 얻어야 하잖아."

"난 싫어요."

"댈러스 시내로 와서 살자니까."

"싫다니까요."

"아이들도 아빠랑 같이 살고 싶어할 거야."

"하지만 나는 하루종일 뭘 하고 지내죠? 여기서는 루스와 이야기라도 나눌 수 있어요. 루스는 나한테 큰 도움이 된다고요."

"민스끄의 집에 있던 것 같은 발코니도 있어."

저녁 식탁에서 루스가 세 사람이 서로 손을 잡자고 제안했다. 그것은 퀘이커교도들이 기도할 때 하는 동작으로, 손을 맞잡고 각자 마음속으로 기도하면 된다고 그녀는 설명했다. 그러나 마리나는 침묵하는 리를 보면서 그가 기도하는 게 아니라는 것을 알았다.

마리나가 부엌을 치우고 있을 때, 루스가 들어왔다. 루스는 조금 당황한 표정으로 누군가가 차고의 불을 켜두었다고 말했다. 두 사람은 아마 리가 자기 짐꾸러미에서 스웨터를 찾고 있을 거라고 결론지었다. 마리나 가족의 짐은 대부분 상자째 루스의 차고에 보관되어 있었다.

침실에서 마리나는 옷을 다 벗었다. 반면 리는 신발과 양말만 벗은 채 옷은 그대로 입고 의자에 앉아 있었다. 이곳 미국인 가정에서는 그것이 잠자리에 들 준비였다.

"모든 게 변해야 해."

"싫어요."

"하지만 우리는 당장 함께 살아야 해."

"서둘러야 할 이유가 없잖아요?"

"당신이 댈러스 시내로 와서 살면 돼."

"여기서는 아이들이 밖에 나가서 놀 수 있어요. 루스도 여기 있고요."

"모아둔 돈이 조금 있어."

"나는 우리 아기가 불안한 환경에서 자라게 하고 싶지 않아요."

"기분전환을 위해 가구도 새로 살 거야."

벌거벗은 채 침대 끝에 서 있던 마리나가 잠옷을 가지러 의자 쪽으로 다가왔다. 리는 그녀의 동작 하나하나를 유심히 바라보았다. 그녀는 그가 무슨 말을 할 거라고 생각했다. 마리나는 잠옷을 머리 위에서부터 꿰입고 침대에 덮어둔 커버를 말아 한쪽으로 치웠다. 모든 면에서 일상적이고 단순한 순간이었다. 창밖의 잔디 위로 빗방울이 떨어지고 있었다.

다음날 이른 아침 리는 사라지고 없었다. 마리나가 화장대에서 돈다발을 발견하고, 액수를 세어보고는 깜짝 놀랐다. 자그마치 170달러였다. 그녀는 그것이 리가 가진 돈 전부일 거라고 확신했다.

리는 모두 세 번에 걸쳐 아내에게 댈러스 시내에서 함께 살자고 요구했다. 그러나 마리나는 세 번 다 거절했다. 그녀는 화장대 옆에 서서 생각에 잠겼다. 무언가가 세 번에 걸쳐 벌어지는 것은 그녀에게 익숙한 패턴이었다. 3이라는 숫자에는 어떤 어두운 힘이 존재했다. 그녀는 지난 세월 동안 그것이 불운을 의미한다는 것을 직접 보아왔다.

11월 22일

공항에서는 사람들이 수하물 운반용 수레 위에 서 있기도 하고, 조명기둥에 찰싹 달라붙어 있기도 했다. 비옷을 입은 사람들은 파도 모양의 철제 울타리에 매달려 깃발을 흔들며 28번 게이트 표지판 쪽을 바라보았다. 맑게 갠 하늘, 웅장한 707기가 활주로에 멈추었다. 사람들이 자동차에서 뛰어내려서는 군중 가장자리에 서서 껑충껑충 뛰었다. 아이들은 키큰 어른들의 어깨에 올라탔다. 군중 사이에서 열정적인 지지 분위기가 피어올랐다. 환영단체 회원들은 이동트랩 아래 자리잡고 서서 옷매무새와 머리 모양을 손보느라 분주했다. 마침내 비행기 뒷문이 열리고, 장미꽃 봉오리처럼 볼이 발그레한 영부인이 나타났다. 수트와 모자까지 한벌로 멋지게 차려입은 그녀 뒤로 대통령이 따라나왔다. 눈에 익은 그의 모습. 외경에 찬 웅성거림이 군중을 뚫고 나와 공중에 울려퍼졌다. "여기요!" "잭!" "여기 좀 봐요!" 사람들은 일제히 소리를 질러댔다. 다들 고통과 비슷한 충격에 사로잡힌 듯한 표정이었다. 대통령이 양복 옷깃을 손끝으로 만지며 옷매무새를 가다듬으려는 듯 가볍게 어깨를 들썩였다. 그러고는 트랩을 걸어내려왔다. 소리는 이제 작은 포효로 변했다. 놀라움의 포효. 울타리를 흔드는 사람들이 있는가 하면, 핸드백과 카메라를 흔들며 공항터미널 건물에서 달려 나오는 사람들도 있었다. 사방에서 카메라를 높이 들고 셔터를 누르느라 법석을 떨었다.

대통령과 영부인, 댈러스에 오신 것을 환영합니다.

케네디가 손을 흔들며 인사를 하고는 경호원들에게서 벗어나 울타리 쪽으로 다가갔다. 그러고는 사람들이 모여 있는 쪽으로 손을 내밀었다. 그러자 사람들이 서로 눈치를 살피며 일제히 앞으로 쏠렸다. 케네디는 울타리를 따라 이동하면서 시민들과 악수를 나누었다. 햇볕에 그을린 구릿빛 피부의 잘생긴 대통령이 사람들을 향해 특유의 미소를 지어 보였다. 그의 외모는 사진에서 보던 것과 똑같았다. 새하얀 이를 반짝이며 바다를 응시하는 조타수 같은 인상이었다. 그의 얼굴에서 부신피질호르몬의 부작용은 거의 드러나 보이지 않았다. 대통령은 지병인 애디슨병 때문에 부신피질호르몬을 복용했고, 악화되어가는 디스크 때문에 척추지지대를 받치고 있었다. 수많은 사람들이 울타리를 넘어와 대통령을 에워싸고 손을 내밀어 악수를 청했다. 케네디는 환한 미소를 잃지 않았다. 그는 자신이 두려워하지 않는다는 것을 모든 사람에게 알리고 싶었던 것이다.

짙은 청색의 링컨이 공작새 깃털 같은 무지갯빛 광채를 내뿜었다. 전면의 바퀴 덮개에는 성조기와 대통령기가 부착되어 있었다. 두 명의 경호원이 앞에 타고, 코넬리 주지사 내외가 접이식 보조좌석에, 대통령 내외는 뒷좌석에 각각 자리를 잡았다. 이윽고 리무진이 아무 표시 없는 선도차량과 다섯 대의 오토바이 뒤를 따라 움직이기 시작했다. 오토바이에는 흰 헬멧을 쓴 댈러스 경찰관들이 타고 있었는데, 모두 특유의 무표정한 얼굴이었다. 리무진 뒤로는 다양한 차량과 사람들의 행렬이 1킬로미터쯤 이어졌다. 대여한 컨버터블, 스테이션왜건, 관광용 쎄단, 대통령경호실 소속 차량, 보도차량, 버스, 오토바이, 예비용 세비, 린든, 레이디버드, 국회의원, 보좌관, 그들의 처, 니콘 카메라, 롤리플렉스, 뉴스영화 카메라, 무선전화, 자동소총, 엽총, 군용권총, 핵공격을 실행하는 코드.

링컨은 번쩍번쩍 빛이 났다. 철제 울타리와 보닛에 반사된 햇빛이 자동차의 장식품들을 빛나게 했다. 주지사는 황갈색 스테트슨 모자를 벗어서 흔들었고, 영부인은 장미꽃 다발을 품에 안고 있었다. 반짝거리는 리무진 표면에 연도(沿道)의 풍경이 거울처럼 담겼다. 특별히 주목할 만한 풍경은 많지 않았다. 교통이 통제된 공항 주변. 옥상에 자갈을 깔아놓은 평평한 건물들. 지글거리는 스테이크가 그려진 광고판. 이 비참한 공간에서 다부진 표정을 짓고 있는 사람들. 손을 흔드는 사람들. 『모닝 뉴스』를 들고 길가에 홀로 서 있던 남자가 신문을 펼쳐 모든 사람의 심정을 대변하는 글귀를 보여주었다. 케네디 대통령, 댈러스에 오신 것을 환영합니다. 그 아래 '전미진실규명위원회'라는 단체에서 낸 광고가 실려 있었다. 하지만 그 광고는 불평불만, 비난, 호전적인 애국주의 등으로 뒤범벅되어 주류신문에서조차 크게 눈길을 끌지 못했다. 다만 테두리에 두른 굵고 검은 선만 눈에 띌 뿐이었다. 불길한 징조. 케네디는 전에도 그 광고를 보았고, 지금 댈러스 시내의 고층빌딩들을 눈앞에 둔 시점에 그 광고를 또다시 보았다. 그가 재클린 쪽으로 고개를 돌려 나지막한 목소리로 말했다.

"우리는 지금 미치광이들의 도시로 들어가고 있어."

케네디의 입장에서는 방탄용 덮개가 없는 오픈카를 타고, 발판에 선 경호원들도 없이 카퍼레이드를 하는 모습을 시민들에게 보여주는 것이 중요했다. 국론을 양분하는 깊은 대립, 양 진영이 격앙됨에 따라 대통령이 나서서 양쪽을 제압할 시기에 잭은 민중 속에 있었다. 불길한 징조가 있었을까? 케네디는 몇주 동안 잔인한 셰익스피어풍의 파괴성을 담은 잡다한 신문기사들을 스크랩해왔다. 그들은 나를 정신없이 빙빙 돌리고 내 사지를 자른다. 그렇더라도 리무진이 아주 천천히 움직이면서 시민들에게 그의 얼굴을 똑똑히 볼 기회를 주는 것이 중요했다. 광고업자들의 말대로 최대한 자신을 노출시켜야 했다. 겁쟁이 대통령을 누가 좋아하겠는가?

저 멀리 호의적인 군중이 보였다. 교외의 허수아비 같은 부랑자들은 좀더 큰 집단, 마구 몰려드는 사람들에게 자리를 내주었다. 일행이 교차로에 나타났다. 사람들이 정차된 자동차 범퍼에 올라가 소리를 질렀다. "재키이이이!" 플래카드, 깃발, 점점 불어나서 15열로 겹친 사람들의 물결, 화려한 리무진을 보기 위해 목을 길게 빼고 아우성치는 보도 위의 군중. 경찰관들이 할리 데이비슨을 타고 돌아다니며 군중의 대열을 정리했다. 건물 벽을 등지고 선 사람들은 리무진을 제대로 볼 수 없었다. 다만 꿈결같이 평온하고 눈부신 기운을 내뿜으며 지나가는 행렬의 형체만 얼핏 보았을 뿐이다. 하우드 근처에 이르자 군중의 기세는 더욱 폭발적이었다. 마치 폭풍이 몰아치는 것 같았다. 오토바이는 쉬지 않고 요란한 소리를 냈다. 그 소리에 흥분된 분위기가 더욱 고조되었다. 대통령이 미소띤 얼굴로 손을 흔들며 속삭였다. "고맙습니다."

군중이 절대로 바리케이드를 넘어오지 못하도록 하라. 여기에서는 사람들이 차도로 뛰쳐나온다.

거리의 군중은 왜 그곳이 '여기'인지 이해하기 시작했다. 그 메씨지는 북적대는 한 무리에서 다음 무리로 계속 전달되었다. 사람들이 여기에 온 것은 공통적 충동이라는 전염성 강하고 불가사의한 그 무엇이 작용했기 때문이다. 수십만이나 되는 사람들이 존재의 허다한 역사와 구조에서, 전날 밤의 모종의 경험이라든가 꿈의 집합에서 빠져나와 링컨이 지나갈 때 함께 소리 높여 외치기 위해 모여든 것이다. 그들은 스스로 하나의 행사, 하나의 의식이 되기 위해서 그리고 신조에 얽매인 나머지 시대에 뒤떨어진 데서 오는 불안과 갑작스레 발달한 완고하고 신중한 믿음에 충격을 주기 위해서 여기에 와 있는 것이다. 경계심과 의심에서 벗어나 뒤틀린 모래기둥의 포효를 야기하는 댈러스. 그들은 한 인간의 연약한 육체를 에워싸고 미소를 요구하고, 그 마음이 관대하다는 것을 나타내는 표시 같은 것을 얻기 위해 여기에 와 있다.

메인 가에 근접하면 매우 느린 속도로 나아가도록 하라.

한낮의 번쩍이는 빛 속으로. 홀마크, 월그린, 톰 맥캔 같은 자그마한 마을. 멜로드라마의 불꽃이 고층의 은행건물 사이에 남아 있는 메인 가에 인접한 열두 블록. 오토바이가 일정한 엔진소리를 내며 다가온다. 긴장감이 의식의 가장자리까지 옥죈다. 링컨이 보이자 사람들이 몸서리를 친다. 함성이 굉음을 집어삼킨다. 건물의 창마다 사람들이 몸을 내밀고 있다. 아이들이 무모하게 밖으로 뛰쳐나온다. 드디어 왔다. 대통령 부부다. 정말이네. 비단 잭과 재키만 흥분의 열기에 휩싸여 있는 게 아니다. 모든 군중이 열기와 빛에 몸을 던진다. 하나의 인식 또는 자각이 대기에 충만하다. 여기에 새로운 도시가 있다. 음속으로 전해져와서 늙어 조용해진 마음을 계속 두드리는 발상이 있다. 함성이 울려퍼지는 도시가 있다. 시끄럽고 더운 가운데 가슴이 두근거린다. 군중은 서로 밀치락달치락하면서 로프와 바리케이드를 넘어온다. 오토바이가 쐐기를 박듯 인파를 헤치고, 뒤따라오는 차에 탄 경호원들은 발판에서 뛰어내려 링컨을 양옆에서 호위하며 빠른 걸음으로 걷는다. 그 같은 소란의 한가운데 꼼짝 않고 가만히 앉아 있다니, 무섭지 않았을까? 잭은 그 같은 열광 뒤에 폭력이 도사리고 있으리라고 생각이나 했을까? 사람들은 아주 가까이 덮칠 듯이 다가왔다. 잭은 사람들을 보고 나지막이 속삭였다. "고맙습니다."

카퍼레이드 행렬이 휴스턴 가를 돌아 고속도로 바로 앞의 마지막 짧은 내리막길을 향했을 때, 짙은 안경을 쓴 남자들이 다시 발판에 올라섰다.

네 명의 사내가 새장 같은 엘리베이터를 향해 달려갔다. 점심시간마다 벌어지는 일종의 경주였다. 그들은 엘리베이터 문 안으로 서로 먼저 들어가려고 법석을 떨며 와자지껄 큰 소리로 웃어댔다. 리는 그들이 아래층으로 가면서 서로 부르는 소리를 들었다. 먼지. 오래된 벽돌벽에 칠해진 빛바랜 흰색 페인트. 사방에 쌓여 있는 상자더미. 낡은 스프링클러 파이프와 흠집투성이 기둥들. 뽀얀 먼지가 1미터쯤 되는 높이에서 떠다니고, 포장이 안된 책들이 바닥에 흩어져 있었다. 그의 클립보드는 서쪽 벽 근처의 종이상자들 사이에 처박혀 있었다. 6층에는 적막감이 감돌았다.

그는 남동쪽 창문 앞에 상자로 둘러쳐놓은 울타리 안쪽에 서 있었다. 비교적 크기가 큰 상자는 벽처럼 높이가 거의 1.5미터에 가까웠다. 그것을 볼 때마다 어릴 적에 몸을 숨기던 은신처가 생각나서, 아늑하고 안전한 느낌이 들었다. 울타리 안쪽에는 상자 네 개가 더 있었다. 그중 한 개는 바닥에 길게 뉘어 있고, 두 개는 겹쳐 있고, 마지막 작은 상자 한 개는 벽돌 창틀에 놓여 있었다. 총을 올려놓을 지지대인 셈이었다. 라이플총을 숨기는 데 사용한 포장지가 그의 발치에 떨어져 있었다. 먼지. 천장에는 망가진 거미집이 매달려 있었다. 그는 바닥에 떨어진 10쎈트 은화를 발견하고, 주워서 주머니에 넣었다.

그는 창밖으로 휴스턴 가를 내려다보았다. 천천히 거리로 진입하는 카퍼레이드 행렬이 햇살 아래 선명히 눈에 들어왔다. 딜리 광장 잔디밭에 사람들이 흩어져 있었다. 대략 백오십명쯤 되는 듯했다. 그중 많은 사람이 카메라를 들고 있었다. 그가 총을 앞으로 들었다. 그리고 높다란 창문 앞, 거리가 잘 내려다보이는 위치에 자리를 잡고 섰다. 모든 것이 고통스러울 만큼 또렷하게 보였다.

밤색 머리카락의 대통령과 눈부신 분홍빛 투피스 차림에 작고 동그란 모자를 쓴 영부인이 보였다. 그녀의 아름다운 모습을 보자 리는 기분이 좋았다. 그 자신을 위해서도, 카메라를 위해서도 기쁜 일이었다. 영원히 기록에 남을 사진이 될 것이므로.

리는 중간의 접이식 좌석에 앉아 있는 존 코넬리 주지사를 발견했다. 그의 무릎에 놓여 있는 스테트슨 모자도 눈에 들어왔다. 리는 주지사의 전형적인 텍사스풍의 억센 얼굴이 좋았다. 주지사가 만약 리를 알게 되면, 그도 리를 좋아하게 될 터였다. '도서'라는 도장이 찍힌 상자들. '텐 롤링 리더스.' 누군가가 그날의 날씨에 감사했다.

흰색 선도차량이 엘름 가로 꺾어졌고 오토바이들이 그 뒤를 따랐다. 뒤이어 링컨이 리의 아래에서 유연하고 깊게 좌회전을 했다. 거의 축을 가운데 두고 회전하는 것 같았다. 모든 것이 느리고 분명했다. 리가 한쪽 무릎을 꿇고 서서 왼쪽 팔꿈치를 상자더미에 올려 지탱한 채, 총신을 창틀의 상자 모서리에 올렸다. 그는 대통령의 뒤통수를 겨냥했다. 링컨이 시속 16킬로미터로 떡갈나무 그늘 안으로 들어갔다. 좌측, 우측 모두 준비 완료. 그는 조준망원경을 통해 리무진의 금속장식이 반짝거리는 것을 보았다.

리는 나뭇잎이 우거진 떡갈나무 그늘 사이로 총을 쏘았다.

차가 다시 그늘에서 벗어났을 때, 대통령이 반응하기 시작했다.

리는 장전 손잡이를 올리고 노리쇠를 뒤로 당겼다.

대통령이 양팔을 들어 팔꿈치를 높고 넓게 벌렸다.

갑자기 처마에 앉아 있던 비둘기들이 여기저기에서 푸드덕 날아올라 서쪽으로 향했다.

총성이 광장에 단순하고 분명하게 울려퍼졌다.

대통령이 팔을 내리고 목 근처를 두 손으로 감싸쥐었다.

리는 노리쇠를 앞으로 보내고 장전 손잡이를 살그머니 내렸다.

링컨의 속도가 더욱 느려졌다. 거의 멈춰선 것이나 다름없었다. 지하차도에서 70미터쯤 떨어진 거리 한복판에 대통령이 탄 리무진이 완전 무방비 상태로 서 있었다.

표적이 사선(射線) 상에 걸리면 언제든 쏜다.

레이모가 엘름 가 중간지점에서 약간 위에 있는 야트막한 풀숲 언덕 너머의 주차장에 세워진 벤츠에서 내렸다. 주차장 둘레에는 나무말뚝 울타리가 박혀 있고, 나무와 관목이 말뚝을 따라 심겨 있었다. 자동차 뒤쪽 범퍼가 울타리에 슬쩍 닿아 있었다. 주변에는 십여대의 자동차가 주차되어 있었고, 북쪽과 서쪽 공간에는 그보다 훨씬 더 많은 차들이 세워져 있었다.

레이모는 잠시 그 자리에 서서 어깨를 돌렸다. 그러고는 총탄을 빼올려 왼손으로 재빨리 세 번 흔들었다. 울타리의 높이는 1.5미터쯤으로, 그가 왼팔로 붙잡고 가뿐하게 뛰어 넘기에는 너무 높았다. 레이모는 자동차 뒤로 가서 범퍼에 올라섰다. 그리고 울타리와 그 너머로 뻗어 있는 잔디밭을 가로질러 멀리 내다보았다. 선도차량이 엘름 가로 이어지는 모퉁이를 향해 다가오고 있었다.

벤츠의 운전석에 앉아 있던 프랭크 바스께스도 차에서 내렸다. 그가 들고 있는 위더비 마크 V에는 조준망원경이 장착되어 있고 충격으로 파열하는 연두탄이 장전되어 있었다. 프랭크는 레이모가 손을 내밀 때까지 자동차 뒤쪽 범퍼 옆에 서 있다가, 그에게 무기를 건네주었다.

프랭크는 다시 운전석으로 돌아왔다. 그가 좌석에 앉자 차체가 들썩거렸다. 레이모가 뒤돌아 날카롭게 쏘아보았다.

메인 가에 있는 군중의 함성이 아직도 희미하게 공기중에 떠 있었다. 머리 위 어딘가에서 나뭇잎이 살랑거리는 소리가 들리는 듯했다. 프랭크는 핸들 앞에 가만히 앉아 귀를 기울였다. 그의 시선은 철도 건너편의 북서쪽을 향해 있었다. 흰색 급수탑과 길고 음산한 분위기의 고압선이 늘어져 있는 철탑. 밝은 하늘. 프랭크는 텍사스의 종말을 볼 수 있을 것만 같은 느낌이 들었다.

레이모는 울타리의 두 부분이 직각에 가까운 각도를 이루는 지점의 서쪽에 서 있었다. 짙은 나무그늘 아래에서 그는 햇빛이 눈부신 전방을 바라보았다. 엘름 가 양쪽 가장자리에 있는 잔디밭에 몇사람이 무리지어 있었다. 가족끼리 카메라를 들고 나온 것이 꼭 소풍 온 사람들 같았다. 리무진이 모퉁이를 돌아 엘름 가로 들어섰다. 엘름 가 북쪽에 서 있는 사람들, 즉 레이모에게 등을 보이고 서 있는 사람들이 햇빛을 가리기 위해 손차양을 만들었다. 다른 사람들은 손을 흔들며 박수를 쳤다. 케네디도 손을 흔들었다. 눈부신 햇빛이 리무진 보닛 위에 따갑게 내리쬐었다. 한 여자아이가 풀밭을 가로질러 달려갔다. 네 명의 남자가 후속 차량 옆에 매달려 있었다. 청색 링컨과의 거리는 불과 몇미터밖에 되지 않았다.

댈러스 1호차. 반복하라. 일부 알아듣지 못한 부분이 있다.

레온은 너무 성급하게 방아쇠를 당겼다. 리무진이 나무그늘 아래로 지나갈 때 총을 쏜 것은 실수였다. 총성은 화약이 불충분한 총탄처럼 약하고 결함이 있는 것처럼 들렸다.

케네디도 처음에는 놀라지 않다가 뒤늦게 반응을 보였다. 그는 마치 기계로 노젓기를 연습하는 사람처럼 천천히 팔을 들어올렸다.

리무진 기사가 속도를 반으로 줄였다. 기사는 그 자리에 그대로 앉아 있었다. 다른 요원들의 움직임에도 변화가 없었다. 그들은 누군가가 그 상황을 설명해주기를 기다리고 있었다.

비둘기들이 갑자기 푸드덕 날아올랐다.

레이모는 총신을 울타리에 올리고, 두 발을 범퍼 위에 단단히 붙였다. 그런 다음 총을 받치고 있는 왼쪽 팔뚝을 두 개의 말뚝 사이에 끼웠다. 그는 머리를 개머리판 쪽으로 기울였다. 그리고 조준망원경을 통해 표적을 겨냥하며 때를 기다렸다.

잔디밭에 있던 한 여자가 고속도로 표지판 뒤에서 나타난 리무진을 보았다. 차에 타고 있는 대통령은 목을 움켜잡고 있었다. 뒤이어 역화를 일으킨 자동차 소리 같은 날카로운 소음이 들렸다. 여자는 문득 그것이 자신이 들은 두번째 소음임을 깨달았다. 그녀는 한 남자가 어린 소년을 잔디밭에 쓰러뜨리고 그 위를 덮치는 장면을 본 것 같은 생각이 들었다. 두번째 소음을 듣기 전까지는 자신이 첫번째 소음을 들었다는 사실조차 깨닫지 못했다. 한 여자아이가 리무진을 향해 손을 흔들며 달려갔다. 탕 하는 날카로운 소음이 퍼지면서 광장 전체를 완전히 압도했다. 믿기지 않는 일이 벌어진 것이었다.

리는 자신의 존재 자체가 분명히 느껴지지 않았다. 산처럼 쌓여 있는 상자더미와 바닥에 흩어진 책들, 낡은 벽돌벽, 알전구 등이 있는 거대한 공간 한구석에 몸을 반쯤 숨기고 서 있었다. 그가 두번째 총알을 발사했다.

주지사가 오른쪽으로 몸을 돌려 다른 방향을 보더니 갑자기 몸을 잔뜩 웅크렸다. 경악반응. 리는 총포 전문잡지를 통해 그런 행동을 경악반응이라고 부른다는 것을 알고 있었다.

그는 장전 손잡이를 올리고 노리쇠를 뒤로 당겼다가 앞으로 밀었다.

제발 잠시 기다려라.

역시 첫번째 발사는 다소 성급했다. 그래서 대통령의 머리 아래 목 언저리를 맞혔다. 그 정도 수준에서 그를 그냥 보내는 것은 어리석은 짓이었다. 좋아. 리가 두번째로 쏜 총알은 대통령이 아닌 코넬리 주지사를 맞혔다. 그러나 리무진은 거의 움직이지 않고 그 자리에 서 있었다. 리는 영부인이 잔뜩 웅크린 대통령 쪽으로 몸을 기울이는 모습을 보았다. 조준망원경 가장자리에 보이는 한 남자가 박수를 치고 있었다.

리는 장전 손잡이를 살그머니 내리고 조준했다. 두번째 탄피가 바닥에 굴러떨어지는 소리가 났다.

대통령과 영부인 사이의 좌석에는 장미꽃 다발이 놓여 있었다. 리무진 내부는 멋진 하늘색으로 꾸며져 있었다. 한 남자가 대통령 내외에게 말을 걸 수도 있을 만큼 리무진과 가까이 있었다. 그는 보도에 서서 박수를 치고 있었다. 한 여자가 리무진을 향해 소리쳤다. "여기요! 사진 좀 찍게 해주세요!" 머리를 왼쪽으로 기울인 대통령은 몹시 당황한 표정이었다. 박수를 치던 남자는 혼란스러운 가운데 웅크리고 있는 사람들을 보고 총에 맞았다는 것을 직감했다.

중계해, 빌. 중계하라고.

오토바이를 타고 왼쪽 뒤에서 리무진을 호위하던 바비 W. 하지스는 귀에 들린 소리가 총성이었음을 직감했다. 사진을 찍는 한 여자가 있었고, 6미터쯤 떨어진 곳에 또다른 여자가 카메라를 들고 있었다. 뒤의 여자가 찍은 사진에는 앞의 여자 뒷모습도 담길 터였다. 하지스는 두 발의 총알이 어디서 날아왔는지 알 수 없었다. 그러나 리무진에 탄 누군가가 그 총알에 맞았다는 것만은 분명히 알 수 있었다. 한 남자가 자기 아이를 잔디밭에 쓰러뜨려 자기 몸으로 감싸안았다. 베테랑의 솜씨다. 하지스는 코넬리 주지사를 보고 그 와중에서도 생각할 여유가 있었다. 코넬리 주지사가 접이식 좌석을 밀어넣자 그의 아내가 그를 좌석 밑으로 끌어당겼다. 하지스는 예쁜 외투를 입은 여자아이가 대통령이 탄 차량을 향해 잔디를 가로질러 달려가는 모습을 보자마자 오른쪽으로 몸을 돌렸다. 그때도 오토바이는 엘름 가 서쪽으로 계속 달리고 있었다. 평생 잊히지 않을 참혹한 일이 벌어진 것은 바로 그때였다. 뼈와 피, 살점 들이 진눈깨비처럼 그의 얼굴을 뒤덮었던 것이다. 하지스는 자신이 총에 맞았다고 생각했다. 그것들이 산탄처럼 얼굴에 흩뿌려진 순간, 핑 하는 소리와 함께 뭔가가 자신의 헬멧에 후두둑 부딪히는 소리가 들렸다. 주위 사람들이 일제히 풀밭에 엎드렸다. 하지스는 몸속의 액체가 입밖으로 새어나가지 않도록 입술을 굳게 다물었다.

존 코넬리는 접이식 좌석에 쓰러져 있었다. 아내 넬리가 그를 끌어다 품에 안았다. 그녀는 남편의 머리에 얼굴을 묻었다. 그녀는 자신이 곧 남편인 양 행동하고 있었다. 그들은 둘 다 살거나 둘 다 죽어야 했다. 결코 따로 독립된 개체일 수 없었다. 그때 세번째 총알이 날아왔다. 피부, 뼛조각, 허연 살점, 물컹한 조직, 피, 뇌수 등 온갖 것이 사방으로 흩어졌다.

그때 재키의 목소리가 들렸다. "남편이 피살됐어요!"

그것은 넬리의 목소리일 수도 있었다. 누군가가 그녀 대신 말해준 것이었다. 넬리는 남편이 죽었다고 생각했다. 그때 존이 아주 조금 몸을 움직였고, 그와 동시에 넬리는 재키가 자기 좌석에서 벗어나 리무진 끝으로 떨어졌다고 생각했다. 그러나 어떻게 된 일인지 그녀는 다시 돌아와 있었다. 존이 아내의 품에서 움직였다. 그들의 심장은 하나가 되어 고동쳤다.

총에 맞았다. 랜써도 맞았다. 빨리 파크랜드 병원으로 가라.

그 말에 리무진이 재빨리 속도를 높였고, 사방의 풍경이 정신없이 지나갔다. 넬리는 이 상황이 얼마나 끔찍한지 생각했다. 총에 맞은 사람들을 태운 리무진이 질주하는 모습을 시민들이 목격하다니, 참으로 끔찍한 일이었다.

또다시 재키의 목소리가 들렸다. "그의 뇌가 내 손에 있어요!"

사방의 풍경이 정신없이 지나갔다.

흰색 스웨터 차림의 한 남자가 박수를 치다가 대통령의 머리에서 피와 뇌수 등이 뒤범벅되어 터져나오는 장면을 목격했다. 뒤이어 오토바이들이 눈앞을 지나갔다. 총들이 나타나고, 두번째 차량에 탄 남자가 자동소총을 손에 쥐었다. 두번째 차량이 지나갔다. 오토바이 한대가 속도를 늦추어 잔디언덕 위의 콘크리트 구조물인 콜로네이드 가까이까지 올라갔다. 그곳에서는 어떤 사람이 받침대 위에 서서 흰색 스웨터를 입은 남자가 있는 방향을 무비카메라로 찍고 있었다. 흰색 스웨터의 남자는 두 손으로 허리띠 부근을 잡고 도망쳐야 할지 아니면 당장 그 자리에 엎드려야 할지 고민하고 있었다. 대통령의 머리는 희부연 빛으로 둘러싸여 있었다. 다음 순간, 그 빛에서 두 개의 연분홍색 조직이 높이 솟구쳐올랐다. 무비카메라는 계속 돌아가고 있었다.

리가 세번째 총알을 발사하려고 숨을 골랐다. 그는 다시 방아쇠를 당겼다.

햇빛이 안타까울 정도로 밝았다.

조준망원경의 한가운데 새하얀 무언가가 터져나오는 것이 잡혔다. 대통령의 머리에서 뭔가가 솟구쳐나와 산산이 흩어졌다. 대통령은 먼지와 연기 같은 것에 휩싸여 뒤로 쓰러졌다. 잠시 후 대통령의 모습이 갑자기 선명하게 보이더니 좌석에 앉은 채 움직이지 않았다. 아아, 그가 죽었다. 대통령이 죽었다.

리는 조준망원경에서 눈을 떼고 오른쪽을 바라보았다. 콜로네이드에서 이어진 흰색 콘크리트벽이 보였고, 그 뒤로 나무울타리가 보였다. 벽 위에는 카메라를 든 한 남자가 있었다. 울타리는 그늘 아래 깊숙이 자리잡고 있었다. 지하차도 위 철로에는 화차 몇량이 서 있었다.

리는 창가에서 물러섰다. 그는 세번째 총알이 빗나갔음을 알았다. 갑자기 화가 났다. 세 발을 모두 놓쳤다. 표적을 빗나간 사격. 리는 장전 손잡이를 위로 올렸다.

중계해. 중계해. 계속 중계해.

리는 이미 누군가에게 소리치고 있었다. 그는 머릿속에 그림을 떠올렸다. 자신이 누군가에게 전체적인 이야기를 들려주는 장면. 전형적인 텍사스풍의 거칠지만 친근한 얼굴의 상대는 리의 이야기를 잘 들어준다. 리는 모순을 지적하고, 자신이 어떻게 이번 작전에 속아 연루되었는지 설명한다. 나 같은 사람을 뭐라고 하지? 봉? 리는 술 달린 깃발을 든 경관과 벽에 걸린 사진 속의 고관들을 떠올린다.

그는 노리쇠를 뒤로 당겼다가 앞으로 밀고 장전 손잡이를 살며시 내렸다. 그러고는 창고 바닥을 대각선으로 가로질러 걸어가 북서쪽 끝에 섰다. 그곳에는 계단이 있고, 책이 담긴 상자 열 개가 높이 쌓여 있었다. 종이냄새가 솔솔 풍겼다.

자동차 펜더 위의 싸이렌이 울리면서 총이 나오기 시작했다.

리무진을 향해 달려가던 소녀가 갑자기 멈추어섰다. 소

녀는 무표정하게 서 있었다.

카메라를 들고 있던 여자가 뒤로 몸을 돌렸다. 그리고 자신의 사진을 찍고 있는 또다른 여자를 발견했다. 어두운 색 코트 차림의 여자가 들고 있는 폴라로이드카메라는 정확히 그녀를 향해 있었다. 그제야 여자는 자신이 카메라 파인더를 통해 누군가가 총에 맞는 것을 보았다는 사실을 깨달았다. 그녀의 얼굴과 팔에는 온통 피가 튀어 있었다. 이상하게도 그녀는 코트를 입은 여자가 자신이고, 자기는 총을 맞은 사람이라는 생각이 들었다. 정신이 아득하고 몽롱해지면서, 눈앞에 희부연 스프레이를 뿌린 듯한 느낌이 들었다. 그녀는 조심스럽게 잔디밭에 앉았다. 아니 자신의 몸을 그 자리에 앉혔다. 폴라로이드카메라를 든 여자는 꼼짝도 하지 않았다. 첫번째 여자가 잔디밭에 앉아 카메라를 내려놓고는 팔에 묻은 흐릿한 물질을 내려다보았다. 비둘기들이 나무 꼭대기에서 원을 그리며 돌았다. 만약 총을 맞았다면, 일단 앉아 있어야 한다고 그녀는 생각했다.

힐 요원이 왼쪽 발판에서 뛰어내려 빠르게 움직였다. 또 한차례 총격이 있었다. 그는 링컨의 범퍼 발판을 밟고 왼손을 뻗어 금속손잡이를 잡고 차에 뛰어올랐다. 확실히 총성은 두 번 이어졌다. 총을 두 번 쏜 것일 수도 있고, 총알이 단단한 무언가에 부딪혀 소리가 난 것일 수도 있었다. 힐 요원은 대통령에게 다가가 그의 방패막이가 되어주고 싶었다. 그때 영부인이 그를 향하고 있는 것이 보였다. 그녀는 후면 데크 위를 기어오르고 있었다. 양손은 펴고 오른쪽 무릎은 뒷좌석 머리 부분에 걸쳐 있었다. 힐 요원은 그녀가 뭔가를 찾고 있다고 생각했다. 그 순간 뭔가가 지나가는 것을 본 듯했다. 섬광 같은 것이 리무진 끝으로 날아갔다. 힐은 영부인을 좌석 쪽으로 밀쳤다. 자동차가 앞으로 요동치는 바람에 하마터면 그는 차에서 떨어질 뻔했다. 리무진은 지하차도를 지나고 있었다. 잠시 어두워졌다가 다시 밝아진 순간, 그는 피범벅이 된 코넬리 주지사를 발견했다. 아이들을 포함한 연도의 시민들은 여전히 손을 흔들고 있었다. 힐은 손잡이를 꽉 움켜쥐었다. 리무진은 미친 듯이 빨리 달리고 있었다. 네 명의 승객 모두 피범벅이 되어 몸을 웅크리고 한데 모여 있었다. 그는 후면 데크 위에 드러누웠다. 그리고 그 순간 어떤 생각이 스치고 지나갔다. 영부인은 남편의 두개골 조각을 찾으려고 했던 것이다.

힐 요원은 자동차에 단단히 매달려 있었다. 대통령의 두개골 안이 훤히 들여다보였다. 이제 리무진은 시속 130킬로미터로 달리고 있었다.

특보

———

피투성이가 되다
케네디 중상

———

어쩌면 어쩌면

중상으로 추정됨

레이모의 시야가 잠시 흐려졌다. 그는 리무진의 오른쪽 옆면이 콘크리트 교대(橋臺)에서 완전히 벗어나기를 기다려야 했다. 코넬리가 총에 맞았다는 것은 이미 알고 있었다. 레이모는 레온이 한명씩 겨냥해 쏜 거라고 생각했다. 그 순간, 시민들이 몸을 웅크리고 사방으로 흩어지는 것 같았다. 그들은 조준망원경 안에 들어가 있지도 않은데. 이윽고 리무진이 천천히 콘크리트 교대 뒤에서 벗어나 모습을 드러냈다. 레이모는 케네디의 머리를 노렸다. 대통령은 고통으로 눈을 꼭 감은 채 왼쪽으로 몸을 기울이고 있었다. 전방 40미터. 36미터. 레이모가 방아쇠를 당겼다. 대통령의 머리털이 쭈뼛 서는가 싶더니 물결치며 흩날렸다. 레이모는 범퍼에서 내려와 뒷좌석에 탔다. 프랭크가 차를 출발시켰다. 그는 교과서 창고 뒤쪽에 주차된 차량들 사이로 차를 몰았다. 그러고는 허친슨 노던이라는 표지를 붙인 세 량의 화물열차를 향해 곧장 달려갔다. 레이모가 운전석 쪽으로 몸을 기울이며 말했다. 조심하게, 친구. 그러나 프랭크는 아무 대꾸도 하지 않았다.

대통령이 여기에 모습을 드러낼 수 있을지 확인해. 모든 사람이 이렇게 기다리고 있어. 그들에게 식사를 제공해야 할지 그리고 여기서 어떤 발표를 해야 할지 알 필요가 있어.

프랭크는 대로로 이어지는 골목길을 발견했다. 그는 퍼시픽 대로 동쪽으로 한 블록을 갔다. 그러고는 거기서 왼쪽으로 꺾어져 레코드 가로 접어들었다. 창고와 주차장이 나타났다. 프랭크는 몸속에 자신이 아닌 누군가가 들어앉아 대신 운전대를 잡고 있는 듯한 느낌이 들었다. 지나간 순간은 생각하지 않으려 애를 썼다. 그리고 곧장 고속도로로 진입했다. 프랭크는 교통표지판을 지나갈 때 무슨 일이 일어날지 생각만 해도 두렵고 괴로웠다. 그는 자신의 몸으로 돌아왔을 때 어떤 기분이 들지 알지 못했다.

총들이 모습을 드러냈다.

경찰관들이 할리 데이비슨을 버리고 잔디언덕으로 뛰어올라갔다. 손에는 권총을 쥐고 있었다. 카퍼레이드 행렬 가운데 대통령경호실 요원들은 자동소총의 공이치기를 당기고, 허리춤에 찼던 권총을 꺼냈다.

비둘기들이 방향을 바꾸어 이번에는 동쪽으로 날아갔다.

매키가 콜로네이드에 서서 엘름 가와 메인 가, 커머스 가를 차례로 둘러보았다. 잔디밭에도, 그가 서 있는 나무 아래에도 사람의 그림자는 찾아볼 수 없었다. 사건 현장에서 채 90미터도 떨어지지 않은 광장의 절반은 완전히 다른 장소처럼 텅 빈 채 뜨거운 햇살만 내리쬐고 있었다. 매키는 팔짱을 낀 채 기둥에 기대섰다. 그의 오른손에는 썬글라스가 대롱대롱 매달려 있었다.

싸이렌이 울렸다. 교과서 창고 밖에서는 경찰들이 소총과 엽총을 들고 사격자세를 취했다. 손가락질하는 남자들. 위를 올려다보는 사람들.

NXR, 비워줘

속보

———— 저격수

중상

모두 비워 비워줘

물러나 있어

한 여자아이가 두 손으로 귀를 막고 서 있었다. 카퍼레이드는 엉망이 되었다. 퍼레이드 차량은 멈춰섰고, 다른 차들이 쏜살같이 달려갔다. 일반 차량들이 엘름 가로 진입했다. 수많은 사람들이 말뚝 울타리와 콜로네이드 사이의 계단을 뛰어올라갔다. 빌어먹을 인간들. 잔디밭에 엎드린 사람도 있었다. 어떤 남자는 자동차 보닛을 주먹으로 내리치고 있었다. 또다른 남자는 차에서 내려 땅바닥에 엎드렸다. 여기저기서 고함과 비명이 터져나왔다. 무릎을 꿇은 사람들이 있는가 하면, 카메라를 들고 믿지 못하겠다는 표정으로 숨을 몰아쉬며 앉아 있는 사람들도 있었다.

매키는 소방차 한대가 메인 가를 따라 달려오는 것을 보았다. 그것은 그가 지난 20년 동안 목격한 일 가운데 가장 멍청한 장면이었다.

트레이드 마트에서

이 회선을 사용하지 말고 그대로 두기 바람

―――――

그대로 그대로

―――――

금일 댈러스 중심가에서
저격수에 의해 케네디
대통령 중상
어쩌면 치명상

매키가 서 있는 곳에서는 제방 계단으로 올라가는 사람들이 폭도인지, 순수하게 충격을 받고 다른 사람들과 휩쓸려 도망치는 사람들인지 확인할 수 없었다. 그는 목이 마르고 우울했다. 잔디밭 쪽에서 이상하게 거친 비명소리가 계속해서 들려왔다. 지하차도에서 메아리가 되어 더 크게 울려퍼지는 그 목소리는 굵고 묵직했다. 마치 벙어리와 귀머거리의 말처럼 필사적이었다.

리는 계단 표시가 있는 표지판 근처의 상자들 사이에 라이플총을 숨겼다. 그들이 쉽게 찾아낼 수 있는 장소였다. 그래도 예정된 순서를 따르려면 그곳에 총을 숨겨야 했다. 리가 자신의 신원이 밝혀지지 않기를 원한다고 그들이 믿게 할 필요가 있었다. 미리 감추어둔 클립보드도 마찬가지였다. 클립보드에는 처리하지 못한 주문서까지 끼워져 있었다. 리는 그들에게 일종의 단서를 제공하고 싶었다. 한 겹씩 껍질을 벗기듯 수사망을 좁혀가도록.

그는 자신이 클립보드를 사용하는 직업을 가졌다는 사실
이 기뻤다.

리는 빠르게 계단을 내려가 2층에 있는 콜라자판기로 향
했다. 코카콜라를 손에 쥐고 있으면 마음이 편안해졌다. 그
에게 콜라는 걱정하지 말라고 말해주는 일종의 지원자 같은
것이었다. 리는 창고건물 밖으로 빠져나가기 위해서 든든한
지원자가 필요할지도 모른다는 생각이 들었다.

그때 뒤에서 "여기야!" 하는 소리가 들린 것 같았다.

한 경찰관이 총을 들고 구내식당으로 뛰어들어온 것이
다. 그는 우천시에 사용하는 비닐커버를 모자에 덮어쓰고
있었다. 리가 뒤돌아서서 천천히 그에게 다가갔다. 그는 대
중교통수단에서 흔히 볼 수 있는, 특색없고 졸린 듯한 표정
을 지어 보였다. 그러면서도 경찰관의 권총이 자신의 가슴
을 겨냥하고 있는지 확인하는 것을 잊지 않았다.

바로 그때 로이 트룰리가 나타났다.

"이 사람, 여기서 일합니까?"

경찰관이 리를 가리키며 물었다. 트룰리는 그렇다고 대
답했고, 두 사람은 함께 계단 쪽으로 걸어갔다. 리는 콜라를
들고 한 층을 더 내려가서 정문으로 나갔다. 그의 셔츠 팔꿈
치 부분에는 구멍이 나 있었다.

그랜트 요원은 트레이드 마트 입구에 드리워진 차양 아
래 서 있었다. 스테몬스 고속도로가 바로 눈앞에 보였다. 그
는 지방기업인 대표 두 명에게 대통령 내외에게 자기소개를

할 때 유의사항을 설명하는 중이었다. 그때 선도차량과 오토바이, 링컨이 시속 130킬로미터 속도로 달려오는 것이 눈에 들어왔다. 그런데 리무진의 후면 데크에 누군가 큰대자로 엎어져 있었다. 뒤이어 다른 차량들도 미친 듯이 빠른 속도로 따라왔다. 기자단 버스도 요란한 엔진소리와 함께 뒤쫓아왔다. 그랜트 요원은 기업인 대표 한명에게 몇시냐고 물었다. 그러자 두 대표가 동시에 자신의 손목시계를 확인했다.

그는 ————

　메어리는 한 남자를 품에 안고 울고 있었다. 그는 메어리의 카메라를 가져가려는 듯 손으로 붙잡으면서 『타임즈 헤럴드』의 페더스톤 기자라고 신분을 밝혔다. 그러자 메어리의 친구 진이 말했다. "저는 그들 사이에 있는 것이 강아지인 줄 알았어요. 리즈 테일러나 가보 자매(1950~60년대 미국에서 활동한 헝가리 출신의 세 자매 영화배우—옮긴이)가 개와 함께 여행하는 건 봤어도, 대통령 내외가 개를 데리고 다니는 것은 못 봤거든요." 메어리는 친구의 이야기 따위는 안중에도 없었다. 그저 울면서 자기 카메라를 빼앗기지 않으려고 안간힘을 쓸 뿐이었다. 신문사에서 나온 남자도 그녀의 팔을 놔주지 않았다. 그는 메어리를 휴스턴 가 쪽으로 끌고 갔다. 진은 친구를 붙잡을 수 없었다. 잔디밭에 앉아 리무진에 타고 있던 개에 대해 생각을 정리하느라 정신이 없었던 것이다. 그녀는 메어리에게 이렇게 말하고 싶었고, 실제로 말했다. "그 털북숭이 같은 게 뭐였는지 이제야 알았어. 그들 사이에 놓여 있던 건 장미꽃 다발이야."

죽어가는 사람들을 품에 안고 고속도로를 질주해 어딘가로 향했다. 모든 것이 섬광처럼 빠르게 지나갔다. 길가의 광고판에 이런 문구가 씌어 있었다. 롤러스케이트를 타는 시간.

리는 오도가도 못하는 버스에서 내려 택시를 잡기 위해 그레이하운드 터미널까지 걸어갔다. 그럴 만한 확실한 이유가 있었으므로, 시내 교통은 완전히 정체되었다. 따라서 버스를 타는 것은 좋은 생각이 아니었다. 사방에서 싸이렌이 요란하게 울려대는 가운데, 리는 라마 가 남쪽으로 걷다가 빈 택시 한대를 발견했다. 주요 정체구간에서 조금 떨어진 지점이었다.

리는 운전석 옆에 올라탔다. 그때 멋지게 치장한 할머니가 택시를 잡으려는 듯 차창 쪽으로 고개를 내밀었다. 리는 차에서 내려 할머니에게 양보하려고 했지만, 택시기사가 벌써 차를 출발했다. 리는 셋집에서 몇블록 떨어진 목적지의 주소를 알려주었다. 낡은 구름다리를 지나 5, 6분만 가면 되는 거리였다. 운전기사는 요란한 싸이렌과 함께 경광등을 돌리면서 지나가는 경찰차에 대고 무어라 혼잣말을 중얼거렸다. 그는 무슨 일인지 영문을 모르는 듯했다.

택시에서 내린 리는 베클리 북쪽으로 걸어갔다. 어디선

가 귀에 거슬리는 소음이 들리는 가운데 처음으로 불안감이 엄습해왔다.

내가 어떤 사람처럼 보일까?

사람들이 나를 보면 어디서 온 사람이라고 생각할까?

배 속이 비어서인지 입 안에 쓴맛이 느껴졌다. 잇몸에서 뭔가가 새어나오는 것 같기도 했다.

오크 클리프는 여기저기 붙어 있는 셋집 간판, 헐벗은 나무들, 빨랫줄, 횡해 보이는 외관의 집들이 늘어선 지역으로, 낡고 누덕누덕한 슬픔이 배어 있었다.

리는 교과서 창고에서 콜라를 가져오지 않은 것을 후회했다.

셋집 관리인은 텔레비전을 보고 있었다. 사건 소식이 벌써 전파를 타고 흘러나오고 있었다. 관리인이 텔레비전 화면에서 눈을 떼지 못한 채 뭐라고 중얼거렸지만, 리는 못 들은 척 그냥 지나쳤다. 그리고 화장실로 들어가 오래 오줌을 누었다. 오줌이 끊이지 않고 계속 나왔다.

귀에 거슬리는 소리가 또다시 들려왔다.

리는 자기 방으로 가서 옷장 서랍을 열고 38구경 권총을 꺼냈다. 그것은 상식이었다. 지금 상황에서 총 없이 밖에 나갈 수는 없었다. 그날은 그에게 보호가 필요한 날들 중 하나였다.

그들은 하이델의 라이플총을 찾을 터였다. 루스 페인의 차고에 하이델이라는 인물에 대한 서류들이 보관되어 있고, 그의 지갑에도 온통 하이델의 흔적뿐이었다. 그러므로 하이델 명의의 총을 가지고 나가는 것이 당연한 상식이었다. 그들이 벗겨내야 할 껍질이 열두 개는 있었다. 모든 것이 하이델이라는 이름으로 되어 있으므로.

리는 허리를 구부리고 서랍 속에 흩어진 총알들을 집었다. 듀파드가 거리에서 구입한 것들이었다. 이 총알들이 제대로 터지기는 할까?

리는 창고에 두고 온 푸른색 재킷 대신 회색 재킷을 입었다. 그가 오늘밤을, 아니 남은 생을 어디서 보내든, 어쨌거나 재킷은 필요할 터였다. 게다가 재킷은 총을 숨기는 데도 필요했다.

그의 방. 철제침대.

사람들이 재킷 아래 골반 부분이 불룩 튀어나온 나를 보면 어떻게 생각할까?

미확인 백인남자. 호리호리한 체격.

리는 밖으로 나가 걷기 시작했다. 무엇을 해야 할지 갈피가 잡히지 않았다. 분명한 것은 모두 사라졌다. 대기중에는 불안한 정적만이 감돌았다.

사람들의 눈에 내가 어떻게 보일까?

내가 대로로 나가면 금방 사람들의 눈에 띌까?

리는 영화관으로 가는 수밖에 없다고 생각하고는 베클리 가를 따라 걸었다. 그들이 영화관으로 그를 데리러 오기로 되어 있었기 때문이다. 리는 그들이 신뢰할 만한 사람들이 아니라는 것을 알았지만, 달리 갈 곳도 없었다. 그의 수중에는 14달러와 버스표가 있었다. 그들은 그를 마음대로 조종했다. 내가 아닌 남들이 내 선택을 대신했다는 생각이 그의 머릿속에서 슬슬 고개를 쳐들었다. 그는 이미 끝난 일이라고 믿고 싶었다.

리는 저 멀리에서 그를 향해 다가오는 경찰차를 보았다. 그래서 재빨리 왼쪽으로 꺾어져서 데이비스 가로 들어섰다. 너무 눈에 띄게 황급히 움직였다는 후회가 들었다. 거리는 거의 텅 비어 있었다. 리는 실제로 경찰관이 눈을 가늘게 뜨고 데이비스 가를 따라 걸어가는 자신을 한동안 바라보았다는 것을 알았다. 하지만 이제 경찰차는 그의 시야에서 사라지고 없었다.

역시 리가 쏜 총알은 그를 딱 한 번 맞혔다. 치명적인 것은 아니었다. 리가 아는 한, 등 윗부분이나 목 언저리를 맞힌 것 같았다. 두번째 쏜 총알은 표적에서 빗나가 주지사를 맞혔다. 세번째 총알은 완전히 빗나갔다. 그들이 알지 못하는 여러 가지 상황이 있다. 그들은 창가에 있었던 것이 그라고 확신할까? 그들의 생각과 다른 것이 있으리라. 날조도 있을 것이고.

호리호리한 백인남자. 신장 177쎈티미터.

경찰차가 다시 나타나 패튼 대로를 지나갔다. 리는 다음 블록을 따라 절반쯤 걸어갔다. 그리고 거기에서 패튼 대로로 되돌아갔다가 남쪽으로 다시 내려갔다. 경찰차를 따돌리기 위해서였다. 리는 경찰차를 봤던 곳으로 가면 그것이 어딘가 다른 곳에 가 있을 거라고 계산했다.

내가 도망치는 용의자처럼 보일까?

교과서 창고에서 사라진 사람이 누구인지 벌써 알아낸 것일까?

이름을 물으면 뭐라고 대답하지?

리는 패튼 대로를 따라 9번가 방향으로 걸어갔다. 하루 중 그 시간 무렵에는 오가는 사람이 거의 없었다. 베클리 가로 급히 돌아가야겠다는 생각이 들었다. 그는 베클리 가를 지나 제퍼슨 대로로 향했다. 낡은 모발건조기계 열두 대가 보도에 죽 늘어서 있고, 잔디밭에는 매트리스가 놓여 있었다.

리는 현대 미국인의 삶에 대한 단편소설을 쓰고 싶었다.

10번가와 패튼 대로의 교차로에서 그는 경찰차가 자신에게서 멀어지는 모습을 보게 될 거라고 예상했다. 그러나 경찰차는 동쪽, 즉 그의 오른쪽에서 그를 향해 달려오고 있었다. 그는 길을 건너 동쪽으로 걷기 시작했다. 어느새 경찰차는 바로 그의 등뒤까지 다가와 16~20킬로미터의 속도로 천천히 그를 따라왔다. 우습게도 그것은 카퍼레이드를 벌이는 정도의 속도였다.

리는 곁눈질로 경찰차 문에 적힌 숫자를 볼 수 있었다. 10번이었다. 10번 경찰차가 10번가를 달리고 있었다.

리는 자신이 먼저 멈춰서야 할지, 경찰차를 멈춰서게 해야 할지 알 수 없었다. 경찰관도 똑같은 생각을 한 것 같았다. 리는 보도 쪽에 있는 어느 창문 앞으로 비켜섰다.

경찰관과 리가 동시에 입을 열었다. "무슨 일입니까, 경관님?" "이 근처에 살고 있소?" 경찰관은 인디언의 피가 10퍼센트쯤 섞인 듯한 강인한 인상을 풍겼다.

리는 머리로 창문을 가리켰다. 그러고는 지독한 담배냄새를 풍기며 말했다. "저한테 볼일이라도 있으십니까?"

"어쩐지 당신 행동이 도망치려는 사람처럼 보여서 그렇소."

"저는 대낮에 대로를 걷는 중인데요."

"내가 보기에, 당신은 도망치는 사람처럼 보이지 않으려고 갖은 애를 쓰고 있소."

경찰 무전기에서 꽥꽥대는 목소리가 흘러나왔다.

"저는 그저 길을 가는 평범한 시민이라고요."

"그럼 지금 어디로 가는지 나한테 말해줄 수도 있겠군."

"제가 꼭 그래야만 할 이유가 있습니까? 저는 이 동네에 살고 있습니다. 법적으로도 제가 그 이상 말씀드려야 할 이유는 없는 것 같은데요."

리는 경찰관의 애를 먹이기로 결심한 듯한 태세였다. 설사 경찰관이 이미 교과서 창고 창문을 올려다본 목격자의 증언을 입수했다고 하더라도, 그것이 얼마나 구체적일 수 있겠는가?

"다 당신을 위해서 하는 말이오."

"그저 길을 걷고 있을 뿐이라니까요."

그때 또 한 사람이 나타났다. 한 여자가 10번가와 패튼 대로 교차로를 향해 걸어오고 있었다.

"신분증 갖고 있소?"

"난 이 동네 주민이라니까요."

"마지막으로 경고하는 거요."

리는 경찰관의 태도가 마음에 들지 않았다. 살면서 경찰관의 태도가 마음에 든 적은 한번도 없었다. 경찰관은 편안히 차에 타고 있고, 항상 시민이 서류를 챙겨 허리를 굽히고 차창으로 고개를 들이밀어야 했으므로 그럴 수밖에 없었다.

"이유가 뭔지 물어보는 것도 안됩니까?"

"어서 신분증을 보여주는 게 좋을 거요."

"그 말은 이미 들었습니다."

"그럼 빨리 보여주시오."

"나는 길을 걷는 시민입니다."

"마지막 경고요."

그들은 또다시 동시에 말했다. 포드에 탄 경찰관은 다소 성질을 부렸다. 무전기에 헝클어진 머리카락의 목소리가 흘러들어갔다.

우리는 지금 10번가에 서 있고, 경찰차 번호는 10번이야. 모든 요소가 한곳으로 모이고 있어.

"이봐, 내가 이 차에서 내리게 되는 날에는……"

"나를 괴롭히시겠다?"

"당신 손을 좀 보고 싶군."

"이래서 서로 오해가 생기는 겁니다."

"잔말 말고 당장 보닛 위에 두 손을 얹어."

"귀먹지 않았습니다."

"그럼 당장 그렇게 하란 말이야. 이 비리비리한 새끼야."

경찰관은 오즈월드에게서 시선을 떼지 않은 채 차문 손잡이로 손을 뻗었다. 상황은 이제 또다른 국면에 접어들었다.

"무슨 일 때문이냐고 묻지도 못합니까?"

"손이나 내놔, 빨리. 내가 볼 수 있게 손을 내밀어보라니까."

"나한테는 길에서 괴롭힘을 당하지 않을 권리가 있어요."

경찰관이 마침내 차문을 열었다. 경찰관은 "천천히 손을 내놔"라고 중얼거렸고, 리는 "자기가 사는 도시에서 산책하는 게 잘못입니까?"라고 말했다.

이번에도 두 사람은 동시에 말했다.

경찰관은 경찰차를 사이에 두고 리와 반대편에 있었다. 거리에 오가는 차량이 몇대 있었다. 리가 벨트에서 38구경 권총을 뽑아들었다. 그리고 눈을 깜박이며 뭐라고 욕을 하면서 보닛 너머를 향해 네 발을 쏘았다. 불쌍한 멍청이 경찰관. 그는 입을 벌린 채 바퀴덮개에서 스르르 미끄러졌다. 다음 순간, 리는 30미터쯤 전방에 서 있는 여자를 발견했고, 두 사람의 눈이 정확히 마주쳤다. 그녀는 들고 있던 꾸러미를 떨어뜨리고 두 손으로 얼굴을 가렸다. 리는 느릿느릿 패튼 대로로 걸어가 남쪽으로 방향을 틀었다. 그동안 빈 카트리지를 탄창에서 빼버린 뒤 새것으로 장전했다.

헬렌이 얼굴을 가린 두 손을 내려놓았다. 그러고는 텅 빈 거리에서 홀로 비명을 질러댔다. 경찰관의 모자가 시신에서 조금 떨어진 곳에 나뒹굴고 있었다. 모로 쓰러진 경찰관의 몸에서 엄청난 양의 피가 쏟아져나오고 있었다. 헬렌이 핸드백을 집어들고 신발을 제대로 신은 뒤 도와달라고 소리치며 시신을 향해 다가갔다. 허리를 굽힌 상태였으므로 그녀는 마치 죽은 사람을 향해 소리치는 것 같았다.

곧이어 사람들이 거리로 몰려왔고, 한 남자가 픽업트럭에서 뛰어내렸다. 헬렌은 여전히 비명을 지르며 시신을 향해 다가가고 있었다. 남자가 경찰차에 올라타 외쳤다. "여보세요! 여보세요! 여보세요!" 헬렌은 시신에서 흘러나온 피가 길바닥에 타원형을 그리는 광경을 보았다. 그녀는 시신 주위를 돌아서 신발을 벗어 경찰차 보닛에 올려놓았다. 그러고는 허리를 굽혀 시신의 상처를 살펴보았다. 가슴과 머리에서 믿기 힘들 만큼 엄청난 양의 피가 뿜어져나오고 있었다.

멕시코 남자는 경찰차 내부의 계기반에 대고 계속 외쳤다. "여보세요! 여보세요! 여보세요!"

얼마 후 앰뷸런스 한대와 수많은 경찰차들이 경광등을 켜고 싸이렌을 울리며 나타났다. 차량은 보도와 잔디밭에 주차되었고, 사람들이 사건 현장 사진을 촬영했다. 헬렌은 현장에서 반 블록쯤 떨어진 어느 목조가옥 앞에 서 있었다. 거기서 그녀는 형사에게 자신이 본 것을 열심히 설명했다. 헬렌은 시내에 있는 '이트 웰' 레스토랑의 웨이트리스이며, 출근을 하려고 버스를 타러 가는 길이었다고 말했다. 그리고 순식간에 서너 발의 총알이 발사되었다고 했다.

다시 사건 현장. 피해 경찰관이 타고 있던 경찰차 보닛 위에는 자그마한 흰색 캔버스화 한 켤레가 놓여 있었다. 살인 사건 전담 경찰관들이 그 주위에 둘러서서 의아한 표정을 지었다. 그리고 경찰차 보닛에 놓인 캔버스화가 무엇을 의미하는지 의견을 나누었다.

웨인 엘코는 텍사스 극장 안의 맨 뒷줄 가운데 자리에 앉아서 영화를 보고 있었다. 「크라이 오브 배틀」이라는 흑백 영화였는데, 밴 헤플린 외에는 모두 웨인이 처음 보는 배우들이었다. 영화가 시작된 지 한 시간쯤 지났을 때, 밴 헤플린이 필리핀 도적 아통을 사살한다. 진주만 공습 이후 얼마 지나지 않았을 때의 일이다. 웨인은 일본군이 필리핀 게릴라 부대와 그들의 미국인 친구들을 야간에 급습할 거라고 확신했다. 그는 총신을 최대한 줄여 20센티미터 길이의 소음장치를 단 사격연습용 권총을 윗옷 아래에 숨기고 있었다. 극장 안에는 웨인 외에 일곱 명의 관객이 여기저기 흩어져 앉아 있었다. 총을 쏜다고 해도 그 소리는 누군가의 기침소리처럼 들릴 터였다.

　　영화에는 쫙 달라붙는 청바지를 입은 여자 게릴라가 나왔다. 웨인은 할리우드 영화가 단순히 재미를 위해 이런 여자들을 만들어내는 것이 불만이었다. 노출이 심한 백인여자와 어둠속에 숨어서 그녀를 보며 어쩔 줄 몰라하는 남자들. 바로 그때 레온이 극장 입구 쪽 통로에 나타났다. 그는 눈이 어둠에 익숙해질 때까지 그 자리에 서서 기다렸다. 그의 머리카락은 마구 엉켜 있었고, 셔츠는 바지 밖으로 나와 있으며, 공포와 흥분에 사로잡힌 표정이었다. 레온은 뒤에서 세번째 줄에 앉았다. 웨인의 좌석에서 두 줄 앞, 왼쪽으로 네 칸 떨어진 자리였다.

　　침착하자, 웨인. 서두를 것 없어.

웨인은 두려움과 열망을 보여주는 스크린 속의 얼굴들을 바라보았다. 그는 영화 속의 음향이 커지기를 기다렸다. 어서 일본군이 기관단총과 수류탄으로 무장하고 게릴라 캠프를 급습하기를 바랐다. 웨인은 자리에서 일어나 레온의 등 뒤로 가서 조그맣게 '아디오스'라고 속삭인 다음 방아쇠를 힘껏 당기기로 계획했다. 그런 생각을 하면서 발걸음은 벌써 마음속에서 로비를 향하고 있었다.

그러나 그는 영화 속의 음향이 커질 때까지 기다릴 터였다.

긴장이 고조되도록 내버려둘 터였다.

영화에서도 그렇게 하기 때문이었다.

그러나 기다림은 오래가지 않았다. 레온이 극장에 들어온 지 4, 5분쯤 지났을 때, 무대 근처 비상구가 열리면서 씰루엣 형체들이 나타났다. 뒤이어 극장 뒤쪽에 사람들이 나타나고, 로비에서도 웅성대는 목소리가 들렸다. 누가 객석의 조명을 켰다. 그러자 통로를 샅샅이 뒤지는 경찰관들의 모습이 눈에 들어왔다. 경찰관 두 명은 무대에 올라가서 총끝을 위로 한 채 객석을 바라보고 있었다.

영화는 소리가 점점 약해지더니 스크린에서 사라졌다.

경찰관들은 객석 앞쪽에 앉은 두 남자를 수색했다. 그러고는 뒤로 올라왔다. 또다른 비상구를 통해 더 많은 경찰관들이 몰려들어왔다. 거리에서는 계속해서 싸이렌 소리가 들려왔다. 경찰관 하나가 무대에서 뛰어내렸다. 나머지 한명은 사격자세를 취했다. 냉정해야 해, 웨인. 둥글넓적한 얼굴의 경찰관이 오즈월드를 향해 다가갔다. 레온이 자리에서 일어나 뭐라고 말했다. 경찰관이 레온이 서 있는 줄로 들어서는 순간, 레온이 그의 얼굴을 향해 힘껏 주먹을 날렸다. 경찰관이 쓰고 있던 모자가 홱 돌아갔다. 경찰관도 지지 않고 레온에게 주먹을 휘둘렀고, 레온은 비틀거리면서 이를 드러내고 씩 웃었다. 그러더니 손에 쥔 권총을 상대에게 보여주었다.

그때였다. 나머지 경찰관들이 일제히 레온을 향해 달려왔다. 그 과정에서 몇몇 경찰관들은 좌석에 무릎을 부딪혔는지 큰 소리로 투덜거렸다. 첫번째 경찰관과 레온이 좌석에 쓰러져 서로 먼저 총을 잡으려고 몸싸움을 벌였다. 경관들은 욕을 해댔다. 그때였다. 어디선가 딸깍 하는 소리가 들렸다. 웨인은 누군가의 권총 공이치기에서 나는 소리라고 생각했다. 경찰관들이 레온의 뒤에서 목과 머리카락을 움켜쥐었다. 레온은 그중 한 경찰관의 셔츠에 붙은 이름표를 잡아뜯으며 강하게 저항했다. 그것은 반복적으로 일어나는 귀찮고 격렬한, 그러나 일반적인 드잡이였다.

경찰관들이 레온의 손에서 총을 빼앗고 수갑을 채우려고 했다. 객석은 수많은 경찰관들로 터져나갈 듯했다. 그들은 레온을 때려서 약간의 상처를 입혔다.

마침내 수갑을 채우는 데 성공한 경찰관은 레온을 끌고 통로를 지나갔다. 몇몇 경찰관은 바닥에 떨어진 모자와 손전등을 주우면서 또다시 좌석 모서리에 무릎을 짓찧었다. 그들은 레온이 꼼짝 못하도록 에워싼 채 재빨리 로비로 끌고 나갔다.

웨인은 레온이 문밖으로 나가면서 중얼거리는 소리를 들었다.

"경찰관들은 이렇게 늘 무지막지하다니까."

한동안 관객들은 어쩔 줄 모른 채 우왕좌왕했다. 그러더니 이내 자기 자리로 돌아가 앉았다. 누군가가 위를 처다보고 외쳤다. "불 꺼줘요!" 그러자 또다른 사내도 고개를 삐딱하게 기울이고 소리쳤다. "빨리 불 끄라니까!" 관객들은 모두 자리에 앉아 점점 멀어져가는 싸이렌 소리를 들었다. 박수를 치는 사람도 있었다. 그때 웨인이 큰 소리로 말했다. "어서 불 끄고 시작합시다!" 15초 후 객석의 조명이 꺼지고 스크린에 다시 영상이 떠올랐다.

관객들은 그제야 만족스러운 듯 잠잠해졌다. 웨인은 평화를 되찾은 극장 안의 만족스러운 분위기를 마음껏 즐겼다. 그가 그날 끝까지 본 영화는 그것뿐만이 아니었다. 첫번째 영화가 끝나자 곧이어 「전쟁은 지옥이다」라는 영화가 상영되었다.

용의자는 일반인의 사용이 금지된 구치소 전용 엘리베이터 안에 서 있었다. 주위에는 형사 네 명이 다닥다닥 붙어서 있었다. 짙은 색 양복과 타이, 높다란 서부 스타일 모자를 쓴 그들은 팔다리가 길쭉길쭉했다. 그러나 무슨 생각을 하는지 도무지 해석이 불가능한 표정을 짓고 있었다.

복도에는 기자단이 몰려와 북새통을 이루었다. 그들은 용의자가 그곳 법원경찰청 건물 3층에 있는 심문실로 내려오기를 기다리는 중이었다. 텔레비전 카메라는 이동대차 위에 놓여 있고, 복잡하게 얽힌 전깃줄들이 창틀 너머로 늘어져서 차장 사무실까지 연결되어 있었다. 법원경찰청 출입증을 확인하는 사람은 아무도 없었다. 기자들은 경찰청 내 전화기들을 점거하고 경찰관료들을 따라 화장실까지 쫓아갔다. 생판 모르는 사람들이 복도를 돌아다녔다. 건물 내 다른 곳에서 나온 피고, 다른 사건에 대한 증인, 관광객, 혼잣말로 투덜대는 사람, 찢어진 셔츠를 입은 술주정뱅이 등 주변은 완전히 난장판이었다. 갖가지 소문도 나돌았다. 참고인 자격으로 온 디스크자키들은 잔뜩 경계하는 표정으로 눈을 껌벅이다가 끝내 꽁무니를 뺐다. 한 기자는 경찰서장의 등에 수첩을 대고 메모했다.

그들이 마침내 한목소리로 외치기 시작했다.

"범인을 보게 해주세요! 범인을 데려와요! 범인을 보게 해주십시오! 범인을 데려와요!"

몇시간이 흘렀다. 기자들은 무표정한 얼굴로 복도 벽에 기대서 있었다. 엘리베이터 앞에 쭈그리고 앉아 기다리는 사람들도 있었다. 그들은 바깥세상의 불완전함, 갈라진 틈, 공백, 공석, 텅 빈 로비, 단절, 어두운 도시, 정지된 생활을 감지하고 있었다. 사람들은 새로운 소식에 목말라했다. 새로운 소식만이 그들의 감각을 복구시켜서 다시 완전하게 만들 수 있었다. 좁은 공간에 삼백명의 기자가 모여서 서로 한마디라도 더 얻어내기 위해 난리였다. 그 상황에서는 말 한마디가 마법 같은 희망이었다. 누구의 말이라도 좋았다. 말 한마디면 바둑판의 눈처럼 세계를 구획할 수 있고, 사람들이 함께 보기도 하고 만질 수도 있는 즉각적인 표층을 만들 수도 있다. 전화벨이 울리고, 근처에서 말다툼이 벌어지고, 사람들의 눈이 뿌옇게 흐려지고, 죽을 것 같은 고뇌에 휩싸였다. 코넬리는 살아 있나? 존슨은 무사한가? 공군은 경계근무에 들어갔나? 그들은 텍사스산 회색 화강암으로 지은 낡은 시 소속 건물 안에 고립된 듯한 느낌이 들기 시작했다. 그들은 라디오와 휴대용 텔레비전을 통해 자신들이 보도한 내용이 방송되는 것을 듣고 있었다. 그러나 그들이 정말 아는 것은 무엇인가? 새로운 소식은 파크랜드 병원이나 에어포스원, 혹은 5층에 있는 용의자의 마음속에 있었다.

누군가 그가 오고 있다고 소리쳤다. 그 순간 성난 벌떼처럼 기자들이 우르르 한곳으로 몰려들었다. 그러고 나서 좋은 위치를 선점하기 위한 의례적인 몸싸움이 벌어졌다. 마침내 엘리베이터 문이 열리고 수갑을 찬 왜소한 체구의 남자가 모습을 드러냈다. 한쪽 눈은 퉁퉁 부어 있고, 머리는 짧았다. 기자들은 그의 모습을 보는 순간 모두 이성을 잃었다. 사진기자들은 허리를 굽히고 뒷걸음치며 카메라 셔터를 눌러댔고, 여기저기서 그를 향해 핸드마이크를 들이밀며 아우성쳤다. 열띤 고함이 복도를 가득 메웠다. 뉴스영화 제작 카메라가 그를 호위하는 사람들의 머리 위로 떠다녔다. 그들은 팔꿈치로 기자들을 밀어내며 용의자를 취조실 쪽으로 데리고 갔다. 한쪽 눈은 퉁퉁 붓고, 반대쪽 눈에는 찢어진 상처가 있는 용의자는 헐렁한 셔츠를 걸치고 있었다. 마치 방금 전까지 마리화나를 피우다 밖으로 나온 사람 같았다. 그러나 그의 얼굴에서는 자기보호적인 반항심과 결코 굽히지 않겠다는 결의가 느껴졌다. 카메라플래시가 터지고, 텔레비전의 투광 조명이 근처에 있는 사람들의 머리 위로 뜨겁게 내리쬐었다. 기자들은 용의자를 바라보며 신음소리를 냈다. 용의자를 둘러싼 사람들이 너무나 많아 숨쉬기가 힘들 정도였다. 그들은 용의자를 바라보며 소리쳤다.

"왜 대통령을 죽였습니까?"

"대통령을 살해한 이유가 뭐죠?"

그는 샤워할 권리를 거부당했다고 말했다. 위생적인 상태를 유지할 기본권리를 거부당했다고. 호송원들이 그를 취조실 문앞까지 데려갔다.

용의자는 조사받고, 심문을 당하고, 얼굴을 확인받기 위해 줄을 섰다. 엘리베이터에서 내릴 때마다 복도에 있던 사람들이 우르르 몰려들면서 내뿜는 열기, 흥분한 사람들의 땀에 젖은 열기가 느껴졌다. 암살자. 암살자.

그는 앞으로 감옥생활에 어떻게 대응해야 할지 생각했다. 대응방법에는 두 가지가 있었다. 모든 것은 당국이 얼마나 알고 있느냐에 달려 있었다.

그는 구치소 내 강력보안구역 한가운데 있는 중간 크기의 독방에 있었다. 그 방 양옆에 있는 방은 일부러 모두 비워둔 상태였다. 복도 끝에는 자물통이 채워진 철문이 있고, 그 앞에서 보초 두 명이 24시간 지키고 서 있었다.

그들은 그를 독방으로 다시 데려갈 때마다 옷을 모두 벗겼다. 그래서 그는 팬티 바람으로 감방 안에 있어야 했다. 그가 옷으로 자살할까봐 염려했기 때문이다.

방 안에는 이층침대와 군데군데 깨진 세면대, 그리고 바닥에 경사진 구멍이 하나 있었다. 수세식변기는 없었다. 그 구멍에 대고 볼일을 해결해야만 했다.

그들은 그의 항문까지 조사했다. 경찰관이 방 안으로 들어와 그의 고환 주변 털을 면도하자, FBI 소속의 두 사내가 샘플을 채취해 비닐봉투에 조심스럽게 넣었다.

혁명은 자유로운 사상을 단련하는 학교여야만 한다.

취조실에는 댈러스 경찰관과 대통령경호원, FBI, 텍사스 무장순찰대, 군보안관, 우편검열관, 연방보안관 등이 와 있었다. 녹음기나 속기사는 없었다.

아니요, 나는 라이플총을 소유하고 있지 않았습니다.

아니요, 나는 누구도 쏘지 않았습니다.

그는 경찰관이 루스 페인의 차고에서 찾아낸 사진 속 남자가 아니었다. 사진 속 남자는 라이플총과 권총, 좌익신문 두 부를 들고 있었다. 사진은 명백히 조작되었다. 그들이 그의 머리를 가져다가 다른 사람의 몸에 이어붙인 것이었다. 그는 그래픽아트 회사에서 일했기 때문에 관련기술에 대해 개인적으로 잘 알고 있다고 말했다. 사진 속에서 유일하게 자기 것은 얼굴뿐이며, 그 얼굴은 그들이 어딘가 다른 곳에서 가져온 거라고 주장했다.

나는 A. J. 하이델이라는 사람도 모릅니다.

아니요, 나는 멕시코씨티에 가본 적이 없습니다.

아니요, 거짓말탐지기 조사는 받지 않겠습니다.

그들은 그에게 신을 믿느냐고 물었다. 그는 자신이 맑스주의자지만 맑스 레닌주의자는 아니라고 말했다.

그들은 분명히 그 둘의 차이점을 모르고 있었다.

그들이 욕설을 퍼부을 때마다, 그는 라디오와 텔레비전에서 자신의 이름을 거명하는 소리를 들었다. 리 하비 오즈월드. 그는 기분이 아주 이상했다. 정식 이름을 제대로 부르니 그것이 진짜 자신같이 느껴지지 않았다. 그가 하비라는 중간이름을 사용하는 것은 서류상 반드시 그것을 적어넣어야 할 필요가 있을 때뿐이었다. 그를 리 하비 오즈월드라고 부르는 사람은 단 한 명도 없었다. 그런데 이제 어디서나 그 이름으로 불리고 있었다. 벽 너머에서 누군가가 그 이름을 부르고 있었다. 기자들이 자신의 이름을 부르고 있었다. 리 하비 오즈월드. 리 하비 오즈월드. 그 소리는 기묘하고 멍청하고 인위적인 느낌이 났다. 그들이 부르는 사람이 그가 아닌 다른 사람 같았다.

스테트슨 모자를 쓴 사내들이 인파를 헤치고 그를 구치소 전용 엘리베이터로 데려갔다. 그가 주먹을 쥔 채 수갑 찬 손을 번쩍 들어올렸다. 여기저기서 플래시가 터지고 거친 고함이 쏟아져나왔다. 기자들은 질문 공세를 퍼부었고, 그의 답변에 반박했다. 엘리베이터가 구치소 구역으로 올라갔다.

구치소 안. 다시 혼란스러워진다. 강가의 커다란 집. 스위치를 내리자 불이 깜박거린다. 안녕, 엄마.

빗물로 촉촉이 젖은 거리.

경제학 야간수업.

그는 구치소 독방 안에서 다음에 벌어질 사건을 기다렸다. 그는 늦었다는 것을 알고 있었다. 루스 페인의 집앞 거리와 잔디밭, 플라타너스를 떠올렸다. 지금쯤 마리나는 겁에 질려 침대에 누워 있겠지? 남편을 좀더 존경하지 못한 것을, 그의 생각을 진지하게 여기지 않은 것을 후회하고 있을까? 그는 마리나에게 전화를 걸고 싶었다. 졸음에 겨운 그녀가 이불 속의 온기가 남아 있는 팔을 빼서 수화기를 드는 모습을 상상했다. 눈은 여전히 감은 채 다정한 목소리로 여보세요 하고 중얼거리는 모습을.

내가 '그'일 때 그것이 당신의 실수라고 생각하지 마. 나는 언제나 '그'야.

이제 그들이 다시 그를 괴롭히러 오고 있었다. 그는 일단 그들의 구미에 맞는 이야기를 하는 데 동의하면, 곧 석방될 수 있을 거라고 믿었다. 러시아인들이 프랜씨스 개리 파워즈를 풀어준 것처럼. 또한 CIA가 스파이 혐의로 체포한 예일대학교 교수를 놓아준 것처럼. 누명. 교도관을 속어로 나사(screw)라고 한다.

그들은 그를 지하의 회의실로 데리고 갔다. 그날 하루 동안 벌써 네 번이나 용의자를 아래층으로 끌고 간 것이었다. 앞서 세 번은 범인 판정을 위해 다른 용의자들과 함께 줄을 세우기 위해서였다. 이제 시계는 자정을 가리키고 있었다. 경찰관들은 그가 기자회견을 하기를 원했다.

생지옥 같은 대혼란. 사람들이 회의장으로 우르르 몰려들었다. 동부 연안과 유럽에서 방금 도착한 기자들도 땀범벅이 된 얼굴로 넥타이를 풀어헤치고 자리싸움에 끼어들었다. 용의자가 라인업(용의자의 얼굴을 살피기 위한 정렬─옮긴이)에 사용하는 스크린 앞의 무대로 올라갔다. 두 손은 등뒤에서 수갑이 채워져 있었다. 사진기자들이 게걸음으로 무대 쪽으로 다가갔다. 기자들이 그를 향해 고함을 쳐댔다. 카리스마적인 연설과 비슷한 신음 같은 애매한 소리. 경찰서장은 회의실 안으로 들어갈 수 없었다. 사람들 사이를 비집고 어떻게든 들어가보려고 했지만, 도저히 불가능했다. 그는 용의자의 안전이 걱정스러웠다.

댈러스 경찰관에게 타지역에서 온 기자단이라고 소개한 사람들 가운데 유난히 덩치 큰 남자가 있었다. 그는 사람들 사이에서 빠져나와 자신이 운영하는 클럽 이름이 인쇄된 새 명함을 경찰관에게 슬쩍 건넸다. 그는 다름아닌 잭 루비였다. 새 명함은 그가 무척 자랑스럽게 여기는 것으로, 샴페인 잔과 엉덩이를 드러낸 검은색 스타킹을 신은 여인이 선화로 그려져 있었다. 어느정도 수준이 있는 손님이라면 충분히 혹할 만한 것이었다. 회의실에 들어온 잭에게 시비를 거는 사람은 아무도 없었다. 잭 루비는 법원경찰청 내에서 다소 오만한 표정을 짓고 다닐 만한 능력이 있었다. 그는 조 롱이라는 이름의 라디오 기자를 찾고 있었다. 미치광이 소행 같은 이번 사건을 아직도 믿지 못하는 댈러스 시민들을 위해 철야 보도를 할 KLIF 방송 스태프들에게 가져다줄 콘비프 샌드위치 열두 개를 준비해왔기 때문이다. 잭은 조 롱 대신 일명 '괴상한 수염'이라고 알려진 러스 나이트를 발견했다. 그는 러스를 위해 인터뷰 기회를 마련해주었다. 러스가 진행하는 라디오 프로그램을 위해 지방검사와의 인터뷰를 녹음할 수 있도록 해준 것이다. 그날 밤 잭은 뉴스 스태프이자 정보 제공자였다. 정신적으로는 그런 일을 할 만한 완벽한 자질이 있었다. 그는 NBC에 넘길 만한 중요한 발언이 있을 경우를 대비해 미리 연필과 수첩까지 준비해둔 터였다.

바로 그거야, 이 친구들아. 그 쥐새끼 같은 녀석의 사진을 찍으라고.

잭은 나중에 『타임즈 헤럴드』사를 찾아가 식자실의 업무 상황을 알아볼까도 생각했다. 그의 차 안에는 쌤플용 트위스트보드가 있었다. 그래서 잭은 단순히 재미삼아 기자들 앞에서 트위스트보드 시범을 보이면 어떨까 하는 생각도 했다. 잭이 보드의 성능을 자랑하기 위해 그 위에서 룸바를 추면 늘 인기를 모았다.

그날의 공포로 잭은 충격에 휩싸였다. 그는 회의실 뒤쪽 벽에서 어느 뉴스 기자와 이야기를 나누면서 흐느꼈다.

그 족제비 같은 녀석에게 왜 그랬느냐고 물어보게, 친구.

기자들의 요란한 질문 공세는 그칠 줄 몰랐다. 용의자는 질문에 답하거나 무슨 말을 하려고 했지만, 아무도 그의 목소리를 들을 수 없었다. 경찰서 내부는 폭동이 벌어진 것 같았고, 사람이 너무 많아서 위험하기까지 했다. 형사들은 제대로 된 기자회견이 시작되기도 전에 중단시키기 위해 회의실로 들어갔다.

용의자는 또다시 구치소로 돌아왔다. 그는 팬티를 제외한 나머지 옷을 모두 벗고, 이층침대에 앉아 생각에 잠겼다. 생지옥 같던 회의실에서의 소동이 아직도 그의 몸속에 생생하게 느껴졌다. 구치소 독방은 기본적인 상태, 가공하지 않은 천연 그대로의 세계였다.

그의 대응방법에는 두 가지가 있었다. 둘 중 어느 것을 선택하느냐는 그들이 어디까지 증명해내느냐에 달려 있었다. 첫번째 대응방법은 그가 그 시간에 6층에 있지 않았다고 주장하는 것이었다. 그는 구내식당에서 점심을 먹고 있었다. 그러므로 그는 완전히 날조된 계획의 희생양이었다. 그들은 수년간 음모를 계획해왔다. 그를 감시하고, 이용하고, 순수한 그의 삶을 가지고 일련의 증거들을 조작해냈다. 두번째 방법은, 스스로 죄를 일부만 인정하는 것이었다. 그리고 진짜 음모를 꾸민 자들에게 책임을 돌리는 것이다. 그가 창가에서 총을 몇번 쏜 것은 사실이나, 누구도 죽이지는 않았다. 그는 누구를 죽일 생각은 없었다. 실제로 사람을 죽이는 것은 결코 그의 의도가 아니었다. 그는 다만 정치적인 이슈를 만들어내려고 했을 뿐이다. 실제 암살의 책임은 다른 사람들에게 있다. 그가 고독한 저격수인 것처럼 보이도록 그들이 죄를 덮어씌운 것이다. 그들은 그의 머리를 다른 사람의 몸에 이어붙이기까지 했다. 또한 그의 이름을 도용해 위조

서류를 꾸몄다. 그를 완벽한 역사적 바보로 만들기 위해서.

그는 필요하다면 관련된 모든 이의 실명을 밝히기로 마음먹었다.

댈러스에서

딜리 광장은 완벽한 좌우대칭을 이루고 있다. 메인 가를 가운데 끼고 콜로네이드, 말뚝 울타리, 세모꼴 잔디밭, 웅덩이 등이 양쪽에 똑같이 배치되어 있다. 삼중 지하차도 한가운데서 뻗어나온 메인 가는 댈러스 시내를 관통한다. 메인 가를 기준으로 왼쪽 도로는 엘름 가로, 완만한 곡선을 그리며 텍사스 교과서 창고 앞을 지나간다. 리 오즈월드가 소총을 들고 6층 창가에 서 있던 바로 그 건물 앞을. 메인 가의 오른쪽 옆 도로는 커머스 가다. 커머스 가를 따라 시내 중심부가 있는 동쪽으로 여섯 블록을 가면 잭 루비가 운영하는 카루셀 클럽이 나왔다. 잭은 새벽 4시에 클럽 사무실에 앉아 대통령을 암살한 능글맞은 악당을 욕하고 있었다.

잭 루비는 혼자였고, 또다시 구토를 했다. 지난 3주 동안 음식만 먹었다 하면 토했다. 그는 5분간 울다가, 5분간 토하기를 반복했다. 오즈월드라는 이름을 한번만 더 들으면 못 견딜 것 같았다. 지칠 대로 지친 그가 무슨 생각을 하든 그 끝에는 항상 오즈월드라는 이름이 버티고 있었다.

몇몇 클럽은 금요일 밤에도 영업을 했다. 그러나 잭이 운영하는 카루셀 클럽과 베이거스 클럽은 그날 문을 닫았다. 대통령 서거를 추모하는 의미에서 주말 영업을 포기하기로 한 것이다.

잭은 트위스트보드용으로 특별제작한 폴리에틸렌 봉지에 대고 토했다. 그런 다음 룸메이트인 죠지 쎄너터에게 전화를 걸었다.

"뭐 해?"

"뭐 하느냐고? 자고 있지."

죠지가 퉁명스럽게 대답했다.

"멍청이 같으니라고. 우리 대통령이 죽었는데 잠이 와?"

"잭, 그건 벌써 어제 일이야."

"사진을 찍으러 나가야겠어. 우리 폴라로이드카메라가 어디 있지?"

"클럽에."

"탄핵이라는 글자가 적힌 표지판 알지? 이 근처 어딘가에 하나 있었어. 아무튼 내가 자네를 데리러 갈게."

"잭, 잘 들어. 내가 일어나는 시간과 자네가 잠자리에 드는 시간은 언제나 서로 엇갈리지. 절대 맞지 않아."

"잔말 말고 빨리 옷이나 갈아입어."

잭은 카메라를 챙긴 다음 곧장 차를 몰고 아파트로 향했다. 고속도로변에 위치한 잭의 아파트는 용도가 변경된 모텔처럼 보였다. 건물 전체적으로 변경할 필요가 있었다. 죠지가 헐렁한 옷과 슬리퍼 차림으로 철제계단에 앉아 있었다. 두 사람은 다시 시내로 향했다.

잭이 차 안에서 이번 임무의 성격을 설명했다.

우선 『모닝 뉴스』의 광고. 광고에는 케네디의 댈러스 방문을 환영합니다라고 적혀 있었다. 거짓말과 비방의 연속. 잭이 그 광고의 요지를 완전히 이해한 것은 아니었다. 그는 광고문구의 짓궂은 어감에 주목했다. 물론 광고에 두른 검은색 테두리도 문제였다. 광고에 서명한 자의 이름이 버나드 와이즈만이라는 것도 거슬렸다. 어느 유대인이나 유대인을 가장한 사람이 유대민족의 명예를 더럽히고 있었다. 그때였다. 마침 길가에 서 있는 광고판의 세 단어가 잭의 눈에 들어왔다. 얼 워런(미국의 제14대 대법원 수석판사. 학교에서 흑인아동을 차별하는 것은 위헌이라고 판결해 인종문제에 새로운 계기를 마련했다—옮긴이)을 탄핵하라! 『모닝 뉴스』 광고에는 우체국 사서함 번호가 적혀 있었다. 길가의 광고판도 마찬가지였다. 잭은 그 두 가지 광고에 대해 곰곰이 생각한 끝에 사서함 번호가 똑같다는 결론을 내렸다.

"두 광고를 하나로 모아봐야겠어."

"그 광고를 낸 사람이 동일인물이라고 생각하는군?"

"같은 사람이나 같은 단체가 두 광고의 배후에 있어. 그리고 광고 내용이 대통령을 비난하는 것인 이상, 내가 범죄 전문 기자의 자세로 직접 이번 문제를 파헤쳐보겠어."

그들은 얼 워런 관련 광고판을 찾아서 사서함 번호를 확인하기 위해 시내 외곽을 샅샅이 누비고 다녔다. 잭은 이번 사건에 음모가 숨겨져 있다고 확신했다. 존 버치 협회나 공산당이 가장 유력한 용의 대상이었다. 그는 세부적인 사항을 메모하기 위해 수첩과 연필을 준비했다.

오가는 차가 한대도 없는 거리는 깨끗하지만 적막했다. 신호등 불빛도 오직 그들 두 사람만을 위해 바뀌었다.

쎈트럴 고속도로에서 잭이 또다시 토했다. 그는 오른손으로 운전대를 붙잡은 채 차문을 열고 고개만 내밀어 길바닥에 토했다. 그의 눈에서 불과 몇쎈티미터 떨어진 곳에 흰색 중앙선이 보였다. 죠지가 겁에 질려 차를 세우든가 운전대를 자기한테 넘기라고 소리를 질러댔다. 잭이 다시 몸을 곧추세우고는 걱정 말라며 친구를 안심시켰다. 시카고의 가장 거친 동네에서 자란 그에게는 그 정도 행동은 어릴 적부터 해오던 익숙한 일이었다. 이런 건 생존방법의 하나일 뿐이야. 잭이 그렇게 말하고는 또다시 구토를 하기 위해 고개를 차창 밖으로 내밀었다. 자기 감정에 대한 공격을 받았기 때문에 삶의 절반을 차창 밖에 토해버렸다.

마침내 그들은 홀 가에서 광고판을 찾아냈다. 죠지가 차에서 내려 플래시를 터뜨리며 사진을 세 장 찍었다. 잭 루비는 주요단서이자 물리적 증거를 확보했다는 확신이 들었다. 이제는 문제의 광고가 실린 신문을 찾아 두 개의 사서함 번호를 비교해보아야 했다. 잭은 자신이 신문을 어디에 두었는지 기억하지 못했다. 그들은 흥분을 가라앉히기 위해 싸우스랜드 호텔 커피숍으로 향했다. 커피숍은 이제 막 문을 닫으려고 하는 중이거나, 이제 막 문을 연 것 같았다. 늙고 허리가 굽은 흑인이 대걸레질을 하고 있었다. 잭과 죠지는 카운터 앞에 앉았다. 카운터 위에는 『모닝 뉴스』 한 부가 기다렸다는 듯이 놓여 있었다. 그들은 잠시 서로 마주 보았다. 그러고 나서 잭이 신문을 뒤적거린 끝에 마침내 문제의 광고를 찾아냈고, 죠지는 폴라로이드카메라를 꺼냈다.

사서함 번호는 일치하지 않았다.

잭이 커피를 주문하려고 주위를 둘러보았다. 사서함 번호에 대해서는 아무 말도 하지 않았다. 그는 초점 없는 흐린 눈으로 허공을 응시했다. 일말의 가치도 없는 인간, 허름한 티셔츠 차림의 최하급 인간이 뜬금없이 우리의 대통령을 쏘아죽이기로 결심할 수 있었다니.

그들은 자동차를 몰고 카루셀 클럽을 지나갔다. 클럽 입구에는 잭이 세워둔 표지판이 있었다. 표지판에는 '휴업'이라는 두 글자가 씌어 있었다.

마침내 집으로 돌아온 잭은 몇시간 눈을 붙였다가 일어났다. 그러고는 자몽 주스와 함께 프레루딘 한알을 먹고, 뉴욕의 유명한 랍비가 출연하는 텔레비전 프로그램을 보았다.

랍비는 멋진 바리톤 음성으로 한 미국인을 칭송했다. 여러 전투에 참전하고 세계 각국을 돌아다니다가 미국으로 돌아와 느닷없이 총에 맞아 목숨을 잃은……

랍비의 아름다운 표현은 잭의 머릿속에 성난 슬픔의 불길을 다시 지폈다. 잭은 텔레비전을 끄고 전화 수화기를 들었다.

그는 네 사람에게 전화를 걸어 주말 동안 클럽 문을 닫았다고 말했다.

그는 시카고에 사는 여동생 에일린에게 전화를 걸어 흐느꼈다.

다음으로 KLIF 방송국에 전화를 걸어 '괴상한 수염'을 찾았다.

"솔직히 말해 나는 당신이 방송에서 하는 말이 무슨 뜻인지 모르겠어. 그런데도 매번 열심히 듣고 있지. 당신의 목소리에는 어떤 확신 같은 것이 담겨 있어." 잭이 '괴상한 수염'에게 말했다.

"사회자의 개성이 확실하게 드러나는 방송이지요. 이제부터가 중요합니다."

"댈러스에서 수염을 기른 인간을 또 볼 수 있을까?"

"제가 유일한 수염입니다."

"러스, 자네는 좋은 친구야. 그래서 말인데, 묻고 싶은 게 한 가지 있어."

"말씀하세요, 잭."

"얼 워런이라는 사람이 누군가?"

"얼 워런이라…… 지금 블루스냐 로큰롤이냐 하는 이야기를 하는 거죠? 서해안 쪽에서 한동안 인기를 끌던 가수 중에 얼린 워런이라는 사람이 있어요."

"아니, 얼린 워런이 아니라 얼 워런. 탄핵 표지판에 등장하는 이름 말이야. 빨간색, 흰색, 파란색으로 칠한 광고판 못 봤나?"

"'얼 워런을 탄핵하라!'라고 쓰인 것 말입니까?"

"맞아, 그거."

"그는 대법원 수석판사예요, 잭. 미합중국 대법원요."

"그렇군. 요즘 사건들 때문에 내가 정신이 없었나봐."

"누가 당신을 비난할 수 있겠습니까?"

"우리 도시에서 일어난 역대 최악의 사건이야."

"조그만 체구의 한 남자가 나타나 모든 것을 뒤흔들어놓았죠. 비난하려면 그자를 비난해야죠."

"그자 이름은 말하지 말게. 내 정신을 더 혼란스럽게 만들 뿐이야. 개가 내 간을 갖고 흙탕에서 노는 모습을 보고 있는 것 같아."

토요일 오후. 리 오즈월드는 유리로 된 작은 밀폐공간에 앉아 있었다. 전화기 한대가 그의 오른편 선반에 놓여 있었다. 밀폐공간 반대편에 있는 문이 열리고 그녀가 그를 향해 다가왔다. 휜 다리에 건조한 눈, 이중턱, 이제는 완전히 백발로 변한 길고 반짝이는 머리털. 그녀가 칸막이를 사이에 두고 리의 맞은편에 앉았다. 그리고 빨아들일 듯한 눈길로 그를 뚫어지게 바라보았다. 두 사람이 동시에 수화기를 들었다.

"다친 데는 없니, 아가?" 그녀가 물었다.

그녀는 차를 타고 가던 중에 라디오에서 나오는 사건 소식을 들었고, 그길로 차를 돌려 집으로 가서 스타텔레그램에 전화를 걸어 취재용 차량으로 자신을 댈러스에 데려다달라고 부탁했다고 설명했다. 댈러스에 도착해서는 FBI요원 두 명과 면담을 했는데, 두 명 모두 이름이 브라운이었다고 했다. 그녀는 그들에게 국가안보를 위해 비밀을 지켜달라고 요구한 다음, 자신의 아들 리 하비 오즈월드가 국무부에서 마련해준 자금으로 러시아에서 미국으로 돌아왔다고 밝혔다. 예기치 못한 새로운 소식에 FBI의 두 브라운 요원은 놀라서 눈이 튀어나올 지경이었다.

"우리 이야기는 녹음되고 있어요, 어머니."

"나도 안다. 그러니 말할 때 조심해야지. 나는 그들에게 아들을 지난 1년 동안 한번도 못 만났다고 말했어. 그랬더니 그들이 '그렇지만 당신은 어머니잖습니까, 오즈월드 부인' 하고 말하더구나. 그래서 그동안 내가 남의 집 입주 간호사로 일했다고 했지. 그들은 '그렇지만 당신은 어머니잖습니까, 오즈월드 부인' 하는 말만 반복하더구나. 나는 둘째 손자가 태어난 것도 몰랐다고 했어. 1년 동안 죽은 듯 조용히 견디며 살았더니 이제는 라디오만 틀었다 하면 가족에 대한 소식이 쏟아지는구나."

두 명의 브라운 요원은 모든 방향에서 수상한 점을 찾으려 하고 있었다. 잡지 기자들은 오즈월드의 가족을 아돌퍼스 호텔의 한 방에 모아놓았다. 모든 작업은 비밀리에 이루어졌다. 그들은 지시에 따라 이곳에서 저곳으로 조심스럽게 이동했다. 피의자의 어머니, 형, 러시아 출신 아내, 어린 두 아이들 등 가족 모두가. 가족이 이동할 때는 대략 열여덟 명에서 스무 명의 남자가 늘 붙어다녔는데, 그들은 오즈월드 가족뿐만 아니라 자기들끼리도 의심의 눈초리를 거두지 않았다. 그들의 소속은 FBI, 대통령경호실, 『라이프』 잡지사

등이었다. 그중 한 사람은 계속 사진을 찍어댔다. 그는 마거리트가 스타킹을 벗는 모습까지 카메라에 담았다. 그리하여 하루 일과를 마친 어머니가 팬티스타킹을 벗는 장면이 역사의 일부로 남았다.

"모든 일이 내 뜻과는 상관없이 이루어졌어. 하지만 그들에게 네 이야기를 할 때는 하나하나 신경을 쓰고 있어. 만약너에 대해 틀린 이야기가 나올 것 같으면 러시아에 갔던 것까지 들추어내 우리에게 불리하게끔 나오리라는 것도 알고있단다." 마거리트가 리에게 말했다.

마거리트는 두 손녀가 호텔 환경에 적응하지 못해 설사를 하고, 기저귀는 호텔방 안에 임시로 빨랫줄을 매어서 넌다고 말했다. 대통령은 마거리트 자신이 다시 할머니가 되었다는 사실을 알기 전에 죽어야 했다.

마리나가 리를 만나기 위해 면회실에 들어갔을 때, 그녀는 닐리 가 뒤뜰에서 찍은 사진을 경찰이 찾아냈다는 것을알지 못했다. 그 사진들은 루스 페인의 집 차고에 있는 리의짐꾸러미에서 발견되었다. 마리나도 그 사진 두 장을 갖고있었다. 경찰이 무심코 넘긴 준의 그림책 속에서 찾아낸 것이었다. 운명적인 라이플총을 들고 있는 사진. 처음 사진에는 총을 오른쪽 손에 들었다가 다음 사진에서는 왼쪽 손으로 옮겨들고 있었다.

마리나는 그 두 장의 사진을 꼭꼭 접어 신발 안에 숨기고있었다.

"걱정할 것 없어. 당신한테는 당신을 도와줄 친구들이 있으니까." 리가 수화기에 대고 말했다.

그의 모습은 똑바로 보기조차 고통스러웠다. 얼굴에 생긴 멍과 긁힌 자국 때문이 아니었다. 그는 바로 마리나의 꿈속에 나타난 남자의 모습이었다. 평범한 밤이 아닌 어떤 다른 어둠속에서 나타난 일그러진 형상.

마리나는 결혼 당시의 리의 온화한 얼굴을 떠올렸다. 갑자기 나타나 그녀에게 춤을 신청했던 미국인 청년. 추위로 두 뺨이 발갛게 달아오른, 조금은 포동포동한 얼굴에 단정하게 가르마를 탄 머리, 주름 하나 없이 완벽하게 다림질한 옷까지…… 그는 마리나보다 훨씬 더 청결했고, 잠자리에서는 더 청결했으며, 청결이 습관처럼 몸에 밴 사람이었다.

그후 텍사스와 루이지애나에서 노동자로 일하는 동안, 그는 가끔 온몸에 기름때를 묻히고 집에 들어왔다. 점점 체중이 줄고, 머리카락도 빠졌다. 지친 개처럼 피곤에 절어서, 잠자리에서 코피를 쏟고도 옷을 갈아입으려 하지 않았다.

그리고 지금의 그는 매부리코에 퀭한 두 눈, 헐렁한 옷, 한쪽 눈두덩이 퉁퉁 부어 있는 모습이었다. 피부도 유령처럼 회색을 띠었다. 마리나는 리의 불룩 튀어나온 목울대와 뾰족한 코를 바라보았다. 두 뺨이 광대뼈 아래로 푹 꺼져 매부리코가 유난히 돋보였다.

몰골이 그처럼 엉망인 것으로 보아 유죄가 틀림없다고 그녀는 생각했다.

리가 그녀에게 울지 말라고 했다. 그의 목소리는 부드럽고 슬펐다. 그는 모든 대화 내용이 녹음되고 있다고 했다.

그래서 마리나는 신발 속에 감추어둔 사진 이야기를 할수 없었다. 또한 지난밤 경찰관이 가고 나서 찾아낸 또다른것에 대한 이야기도 꺼낼 수 없었다. 그것은 침실 화장대에놓인 작은 컵에 담긴 리의 결혼반지였다. 금요일 새벽, 리는반지를 돈과 함께 남겨두고 마리나를 떠났다.

돈, 사진, 결혼반지.

그는 마리나에게 댈러스 시내로 와서 함께 살자고 세 차례 요구했다. 그녀는 세 번 모두 거절했다.

리가 그녀에게 준의 신발을 사주라고 말했다. 걱정 마, 그가 말했다. 나 대신 아이들에게 뽀뽀를 해줘.

교도관들이 그를 의자에서 일으켜세웠다. 그는 아내에게서 시선을 떼지 못한 채 뒷걸음쳐서 면회실 밖으로 나갔다.

고향에 있는 발리야 이모는 지금쯤 저장용 자우어크라우트(독일식 양배추 김치―옮긴이)를 만들거나 구리제품의 광을내는 등 일상적인 일로 바쁠 터였다. 일리야 이모부와 안드리아노프 가족을 방문할지도 몰랐다. 갑작스러운 변화나 사건이 없는 삶 속에서 첫 폭설이 내리기를 기다리고 있을 것이었다.

마리나는 죽은 경찰관에 대해 알지 못했다. 코넬리 주지사에 대해서도 몰랐다. 아무도 그녀에게 말해주지 않았기때문이다. 그녀는 그날 늦게야 비로소 리가 그 두 사람 중 한명에게 부상을 입혔고, 나머지 한명은 잔혹하게 죽였다는사실을 알게 되었다.

경찰관들이 그를 감방으로 다시 데려갔다. 그는 옷을 모두 벗어 교도관에게 건넸다. 그런 다음 콩과 삶은 감자, 뭔지 모를 고깃조각으로 점심을 먹었다. 그 공간은 결코 리를 당황하게 하거나 다음에 벌어질 일을 궁금해하게 만들지 못했다. 회의실에서 고함치며 법석을 떨던 기자들도 그를 놀래지 못했다. 경찰관들은 뻔한 질문을 했고, 리가 미처 예상치 못한 질문이 있다손 치더라도 듣고 보면 그저 일상적인 평범한 내용들이었다. 구치소 감방은 그가 평생 알아온 방과 똑같았다. 팬티 바람으로 목재 이층침대에 앉아 있는 일은 그에게 익숙했다. 수도꼭지에서 물이 뚝뚝 떨어지는 세면대도 마찬가지였다. 새로운 것은 아무것도 없었다. 리는 구치소 생활에 적응할 준비가 되어 있었고, 어떤 상황이 벌어지든 그것에 맞출 용의가 있었다. 그는 아무것도 두렵지 않았다. 그곳에는 그를 위한 힘이 존재했다. 그 공간과 상황의 모든 것이 그를 더욱 강인하게 만들기 위해 존재했다.

심지어 잃었던 입맛도 돌아왔다. 그가 평생 그렇게 정신없이 음식을 먹은 적은 처음이었다. 그는 머그잔에 담긴 커피를 천천히 마시면서 생각을 정리하고, 좁은 복도에서 교도관들이 두런두런 나누는 이야깃소리에 귀를 기울이기도 했다.

그가 선택할 수 있는 세번째 방법이 있었다. 그들에게 자신이 외로운 저격수라고 말하는 것이다. 모든 일을 공범 없이 그가 단독으로 저질렀다고 말하는 것이다. 그것이야말로 투쟁적 삶의 절정이었다. 그는 정부의 반까스뜨로 정책에 저항하기 위해, 맑스주의 이론을 미국이라는 제국의 심장부에 박아넣기 위해 이번 일을 감행했다. 그를 도와주는 사람은 없었다. 모든 일을 그가 혼자 계획했고, 그 자신의 무기를 사용했다. 총 세 발을 쏘았고, 모두 명중했다. 그는 라이플총을 다루는 데 익숙한 전문 사격수였다.

토요일 밤. 데이비드 페리는 텍사스 주 갤버스턴 시를 몇 바퀴째 계속 돌고 있었다. 원숭이털 모자를 머리에 비스듬히 쓴 채. 그의 마음은 히스테리 비슷한 극한의 단계에 이른 상태였다.

대통령이 저격당했을 때, 페리는 뉴올리언즈의 연방법원에 있었다. 카민 라타의 탈세 관련 사안이 노인에게 유리한 쪽으로 판결 내려졌다.

레온이 경찰에게 붙잡혔을 때, 페리는 자기 아파트에서 갤버스턴으로 떠날 짐을 싸고 있었다. 그는 여행가방에 황금빛 매듭이 둘린 모자도 챙겨넣었다. 오래전 이스턴항공 기장으로 근무하던 시절에 쓰던 제모였다. 그때 라디오에서 레온의 체포 소식이 흘러나왔다.

그 소식은 페리에게 갑작스러운 공포감을 불러일으켰다. 그는 즉시 공포감 앞에 무릎을 꿇고 말았다. 페리는 공포감이 종족의 생존을 보장하기 위한 동물의 신체적 반응이라고 믿었다. 공포감은 논리보다 훨씬 오랜 역사를 갖고 있었다. 페리는 짐 싸는 일을 멈추지 않았다. 다만 동작이 조금 더 빨라졌을 뿐이었다. 그는 서둘러 자동차로 달려갔다.

페리는 차를 몰고 몇시간 동안 뉴올리언즈 시내를 배회하며 뉴스에 귀를 기울였다. 그리고 연료를 가득 채워넣은 다음 시커먼 비구름을 뚫고 서부로 향했다. 일곱 시간 후 그는 휴스턴에 도착했다.

그는 차를 몰고 휴스턴 시내를 빙글빙글 돌았다. 그러다가 알라 모텔에 들어간 것은 새벽 4시 30분이었다. 그는 쓸데없이 애국적인 말장난을 할 기분이 아니었다. 그래서 그냥 스페인어로 프런트 직원에게 방을 달라고 한 뒤, 곧장 방으로 가서 뉴올리언즈에 있는 친구들, 연인들, 목사에게 전화를 걸었다. 페리는 전화 통화로 평정심을 되찾을 수 있을 것 같았다. 그래서 상대가 알아듣든 말든 무조건 스페인어로 주저리주저리 떠들어댔다.

그는 레온이 경찰에게 자기 이름을 댈까봐 두려웠다.

그는 레온이 죽을까봐 두려웠다.

그는 레온의 생사와 상관없이 그의 지갑에 자신의 도서관 대출증이 들어 있을까봐 두려웠다. 언젠가 레온에게 자신의 대출증을 사용하라고 했던 일이 떠올랐다.

아침이 되자 페리는 신문과 커피를 사서 차 안에 앉아 라디오를 틀었다. 뉴스를 전달하는 기자의 혀끝에 자신의 목숨이 달려 있는 것 같았다. 페리는 차를 몰고 스케이트장으로 가서 다시 전화를 몇통 더 걸었다. 배니스터는 그의 전화를 받으려 하지 않았고, 라타는 회의중이었다. 페리는 자신이 가르쳤던 십대 비행훈련생 몇명에게 전화를 걸었다. 스케이트장에 울려퍼지는 오르간 연주 소리가 완전한 죽음을 떠올리게 했다. 페리는 밖으로 나가 다시 자동차에 올랐다.

이 계절에는 그를 깊이 절망하게 하는 뭔가가 있었다. 시커먼 구름으로 뒤덮인 하늘과 매서운 바람, 떨어지는 나뭇잎들, 너무 이른 시각에 찾아든 황혼, 미처 준비가 되기도 전에 몰려오는 어두운 밤. 그것은 차라리 공포였다. 영혼이 헐벗은 듯한 느낌이었다. 페리는 흰 집비둘기들이 날갯짓하는 소리를 듣는다. 차디찬 공기가 뼛속 깊이 느껴진다. 이미 겨울이 찾아온 것이다. 이러한 두려움을 누그러뜨리기 위해 사용하는 노래나 시, 또는 토속적 주술이 반드시 존재할 것이다. 스켈리 본 피트(Skelly Bone Pete). 그것이 주변 하늘에 있다. 우리가 그것을 풀어놓은 것이다. 우리가 터전을 열어주었고, 그래서 지금 여기 와 있다. 페리는 인터스테이트 45번 남쪽 도로로 접어들었다. 그는 그들이 레온을 죽이기를 바라지 않았다. 죽음에 대한 감각이 몸속 깊숙이 느껴졌다. 갤버스턴에 점점 가까워질수록 공포감이 뼛속까지 파고드는 것 같았다.

데이비드 페리는 또다시 갤버스턴 시내를 몇바퀴 돌았다. 비행기는 아마도 아직 공항에 있을 터였다. 그가 직접 파이퍼 아즈텍을 조종하여 죽음을 당하지 않고 멕시코로 탈출할 수도 있었다. 이는 절대 터무니없는 생각이 아니었다. 그렇게 하는 것이 이번 사건에 딱 어울리는 의식처럼 느껴졌다.

이번 사건은 완벽한 죽음을 이끌어냈다. 따라서 의식을

치러야만 그가 목숨을 부지할 수 있었다.

페리는 드리프트우드 모텔에 방을 잡았다. 그리고 또다시 전화기에 대고 스페인어를 줄줄이 쏟아냈다.

내가 지금 갤버스턴에서 뭘 하고 있는 거지? 내가 여기에 온 건 비행기를 조종하기 위해서잖아? 비행에 대한 생각이 페리를 사로잡았다. 그는 하늘을 주름잡는 일류비행사였다. 반짝이는 바다 위를 날다가 멕시코의 어느 깨끗한 갈색 평지에서 죽음을 맞이할 수 있다면 기꺼이 받아들일 용의도 있었다. 강렬한 태양빛이 내리쬐고, 아지랑이 때문에 산이 흔들려 보이는, 인적 없는 곳에서 맞이하는 죽음이라면. 그것이 그가 고집하는 죽음의 방식이었다. 멕시코야말로 품위 있는 죽음을 위한 방식에 어울리는 최적의 장소였다.

페리는 배니스터에게 전화를 걸었다. 배니스터는 작전에 예상치 못한 문제가 생겼다고 말했다. 데이비드 페리는 그날 밤 일단 푹 자고 나서 아침에 뉴올리언즈로 돌아가기로 결심했다.

딜리 광장의 잔디밭에는 수많은 화환과 꽃다발이 놓여 있었다. 애도와 고별의 상징이었다. 한밤중에 차를 몰고 시내를 돌아다니던 잭 루비는 딜리 광장의 분위기에 젖어 다시 흥분에 휩싸였다. 그는 광장 주변을 여섯 바퀴나 돌았다. 그런 다음 일고여덟 군데의 클럽을 돌아보았다. 어느 클럽이 문을 열었나 확인하기 위해서였다. 동업자가 남의 슬픔을 이용해 이득을 챙기는 모습을 볼 때, 그는 애국심의 발로에서 이를 악물고 화를 눌렀다. 온 나라가 아픔에 젖어 있는 주말에 자기들만 돈을 벌겠다고 가게 문을 여는 것은 이해할 수 없었다. 그날 하루 동안 잭은 댈러스 시내를 돌면서 틈틈이 텔레비전을 보았다. 이번 죽음은 모든 곳에서 다루어지고 있었다. 비통해하는 가족들의 모습. 암살 현장 재연. 이번 사건은 예수의 죽음보다 역사적으로 더 비중있게 기록될 가능성이 있다고 잭은 생각했다. 그만큼 충격과 반응이 엄청난 사건이었다. 마치 예수가 십자가에 못 박히는 장면을 재연하는 것 같았다. 하느님은 유대민족을 돕는다. 빈 음료수병이 그의 발밑에 굴러다녔다.

잭 루비는 집으로 돌아와 냉장고에서 먹을 것을 있는 대로 다 꺼냈다. 절망감을 억누르기 위해 몸속에 뭐든 우겨넣어야 할 것 같은 충동을 느꼈기 때문이다. 그는 음식을 손질하고, 요리하고, 냄새 맡고 싶었다. 동물의 피가 프라이팬 위에서 터져나오는 것을 보고 싶었다. 근육과 피를 다시 채워넣고, 연골을 도로 채워넣고 싶었다. 그는 고기를 잘근잘근 씹고, 탄산수의 알싸한 맛을 잇새에서 느끼고 싶었다. 그러면 의지력이 조금쯤 채워질 것 같았다.

잭은 10분에 걸쳐 샌드위치를 만들었지만, 차마 그것을 먹을 용기는 없었다. 그래서 샌드위치를 그대로 둔 채 거실로 가서 신문을 펼쳐들었다. 주말 동안 클럽 문을 닫는다는 광고가 제대로 실렸는지 확인하기 위해서였다. 죠지는 잭의 낡은 가운을 걸친 채 쏘파에 앉아 있었다. 그의 손에 들린 맥주캔에는 송알송알 이슬이 맺혀 있었다.

잭은 디트로이트에 사는 동생 얼에게 전화를 걸었다.

댈러스에 있는 여동생 에바에게도 전화를 걸어 안부를 물었다. 에바에게 전화를 건 것은 벌써 서너번째였다. 에바는 전화를 받자마자 울기 시작했다. 큰 충격을 받은 듯했다. 잭이 죠지에게 수화기를 건네주었다. 여동생의 흐느끼는 음성을 룸메이트에게 들려주고 싶었던 것이다. 에바의 울음은 말 그대로 가슴 찢어지는 통곡이었다. 진심에서 우러나오는. 잭과 에바가 함께 울자, 죠지는 수화기를 왼쪽 어깨와 머리에 끼운 채 무척 감동받은 표정을 지었다.

잠시 후 잭은 잠자리에 들었다. 한동안 어둠속에서 천장을 응시했다. 손턴 고속도로에 트럭이 지나갈 때마다, 종이를 찢는 듯한 소리가 들렸다. 그때 전화벨이 울렸다. 잭이 거실로 나가 수화기를 들었다. 약 20초 동안 말없이 듣기만 하던 그가 옷을 갈아입고 곧장 카루셀 클럽으로 향했다.

잭은 좁은 계단을 올라가 불을 켰다. 골방에서 개들이 짖기 시작했다. 그는 사무실에 앉아 손가락으로 머리카락을 쓸어넘겼다. 빨리 두피관리를 받아야 할 텐데.

그때 발소리가 들렸다. 곧이어 잭 칼린스키가 사무실 문을 열고 나타났다. 조금 피곤한 얼굴이었다. 오픈칼라 셔츠 밖으로 드러나 보이는 목이 뻣뻣하게 굳어 있었다. 제대로 차려입지 않은 그 시간의 잭 칼린스키는 평소보다 늙어 보였다. 그는 쏘파에 묻은 개털을 털어내고 나서 자리에 앉았다.

"이 도시에서 정말 끔찍한 일이 벌어졌소. 시시각각 해외에서 애도의 말과 함께 어떻게 이런 일이 일어날 수 있는지 놀랍다는 이야기가 전달되고 있소. 유럽에서는 벌써 음모설이 제기되고 있다더군. 그러니 지금 우리가 뭘 기대할 수 있겠소, 잭? 그들이 등뒤에 수백개의 칼과 독약, 흉계를 숨기고 있으니. 앞으로 상황이 몹시 불리해질 것 같소. 이 도시와 우리 모두에게 해로운 압력으로 작용할 거란 말이오."

"내 아버지가 폴란드인 동네인가 하는 데서 나올 때가 생각나는군."

"맞소. 폴란드인 동네."

"거기서 나와 시카고의 목수조합으로 갔지."

"아들이 장차 자기 사업을 할 수 있도록 제대로 뒷바라지하기 위해서였지. 잭, 우리가 지키고 싶어하는 게 바로 이런 거요. 사람들이 이번 참사에 대해 가장 먼저 하는 말이 뭔지 아시오? 요양원에 계시는 올해 여든여덟의 내 어머니가 뭐라고 말씀하셨는지 아시오? 어머니께서 나한테 전화를 하셨더군. 그리고 첫마디가 이거였소. '오즈월드라는 녀석이 유대인이 아닌 게 얼마나 다행이냐.'"

"하늘에 감사할 일이지."

"그렇지! 지난 이틀 동안 수많은 사람이 똑같은 말을 중얼거렸소. '오즈월드라는 자가 유대인이 아닌 게 천만다행이다.'"

"'그가 어떤 혈통을 타고났든간에 최소한 유대인은 아닌 게 확실하다.'"

"그렇지! 사람들이 그런 말을 한다니까."

"내 아버지가 생각나는군." 잭 루비가 말했다.

"물론이오. 내가 말하려는 게 바로 그거요."

"아버지는 늘 술독에 빠져 사셨소. 몇 년 동안 직업도 없이. 어머니께서는 돌아가시는 날까지 이디시어(고지독일어에 히브리어, 슬라브어 따위가 섞여서 된 언어. 유럽 내륙지방과 그곳에서 미국으로 이주한 유대인들이 사용한다—옮긴이)를 사용하셨지. 영어로는 당신 이름도 못 쓰셨소."

"그것이 바로 오늘날 우리가 처한 현실이오. 나는 보호해야 하는 것들이 있다는 것을 말하려는 거요."

"사람은 자기 본연의 가치관을 옹호해야 한다고 나는 굳게 믿고 있소."

"우리가 누구인지 감추지 맙시다."

"감추지 말고, 도망치지도 말고."

"이와 똑같은 이야기를 오늘 카민한테도 했소. 나는 그동안 카민과 직접 대화를 나눌 수 있었소. 그분은 오즈월드가 걱정스럽다고 하더군. 이번 사건으로 나라 전체의 이미지가 나빠졌소. 음모의 차원에서 이런저런 이야기가 나돌고 있고. 사람들이 원하는 게 뭔지 알고 싶소? 사람들은 오즈월드라는 자가 사라져버리기를 바라고 있소. 그래야만 이런저런 소문을 잠재울 수 있소. 사람들은 그의 존재 자체가 없어지기를 원하오, 잭. 그는 한마디로 눈엣가시 같은 존재요."

"어떤 일이든 벌어질 수 있는 감정의 파도 같은 것이군."

"그렇소. 거리에서 느낄 수 있을 거요. 파도가 모든 이를 휩쓸고 있소. 좋든 싫든 우리는 이리저리 휩쓸리고 있소. 굵은 검은색 선으로 테두리를 두른 신문광고를 보시오. 그 광고에 서명한 사람들 중에 한 유대인의 이름이 있더군. 사람들은 그런 것에 주목하는 거요. 분명 그 광고를 따로 챙겨둔 사람도 있을 거요. 그들 자신을 유대인으로 생각하는 극단적인 감정이 팽배하고 있소."

"나 개인적으로는 똥통에 빠진 듯한 기분이오."

그 말에 잭 칼린스키가 고개를 끄덕였다.

"이제부터 직설적으로 말하겠소. 누군가 오즈월드를 제거한다면, 사람들은 그를 미국에서 가장 용감한 인물로 칭송할 거요. 그러므로 오즈월드가 죽는 건 시간문제요. 당장이라도 소란이 일 거라는 소문이 사람들의 입에 오르내리고 있소. 사람들은 놈이 서 있는 곳을 비워놓고 싶어하오. 누구든 그 일을 행동에 옮기기만 하면, 사람들이 그 업적을 기리는 기념비를 세워줄 거요. 최단시간에 영웅이 될 수 있는 좋은 기회란 말이오."

"카민과 그런 이야기를 나눈 거요?"

"카민이 당신 이름도 거명했소. 토니 푸시부터. 뉴올리언즈의 그들이 당신을 알고 있소, 잭."

"꾸바 작전 당시 내가 무언가를 한 적이 있소."

"이 오즈월드라는 자는 한마디로 골칫거리요. 그는 약간 불확실한 것들을 알고 있소. 몇사람의 이름을 가지고 마음속으로 장난을 치고 있단 말이오. 그래서 카민은 아예 싹을 잘라버리기를 원하고 있소."

"오늘 오후에 본부에 잠깐 들렀소. 그를 군 교도소로 이송할 거라는 이야기가 들리더군."

"바로 그 문제를 말하려던 참이오. 그것은 중죄 사안에서 따라야 하는 절차일 뿐이오. 이 도시에서 문제를 다루는 법적 방법에는 몹시 별난 점이 있소. 폭력범죄를 저지르고도 석방될 기회는 얼마든지 있지. 이것이야말로 지역 풍토에 따른 특성이라고 할 수 있소. 그 점은 당신도 나만큼 잘 알고 있지 않소. 살인을 저지르고 붙잡혀 들어가는 것보다 혐의를 벗고 풀려나오기가 훨씬 쉽소, 잭."

"이곳 사람들의 행동양식을 보면 그렇지."

"그렇지! 모든 일이 옛날 서부 스타일로 돌아간다니까. 그것이 사람들의 사고방식에 뿌리 깊이 박혀 있단 말이오. 어느 슈바르처(이디시어로 '흑인'을 뜻함—옮긴이)가 또다른 슈바르처를 총싸움에서 쏴죽인다고 해도, 그 정도 사건은 재판에 회부되지도 않을 거요."

"그런 사건 따위에는 아무도 신경쓰지 않겠지."

"내 말이 바로 그거요. 다시 한번 말하지만, 오즈월드 같은 녀석을 쏘아죽이는 것도 마찬가지일 거요. 그자를 제거한다고 해서 중형을 선고받을 것 같소?"

"사람들은 그가 사라지기를 바라니까."

"모두가 기뻐서 어쩔 줄 모를 거요. 잭, 현재 상황에서 댈러스 시에 가치가 있는 것이 뭐라고 생각하오? 이곳 사람들에게 당신은 시카고 사람이오. 북부에서 온 수완가일 뿐이지. 설상가상으로 당신은 유대인이오. 당신은 이교도 집단의 중심에 있는 유일한 유대인이란 말이오. 여기서 우리가 누구를 조롱하겠소? 당신은 스트립쇼를 하는 클럽의 사장이오. 여자들 엉덩이와 젖꼭지를 다 보여주는. 댈러스에서 당신의 위치는 바로 그런 것이오."

"우리가 누구를 조롱한다는 거요?"

"여기서 우리가 누구를 조롱하겠소?"

"내 어머니 생각이 나는군."

"그게 바로 내가 하고 싶은 말이오."

"어머니는 지독하게 미쳤었소. 그 공포는 말로 설명할 수 없을 정도였지. 가끔 어머니의 눈을 들여다보면, 인간적인 부분은 조금도 찾아낼 수 없었소. 어머니는 늘 소리치고 화를 냈소. 평생 그렇게 사신 거요. 아버지가 어머니에게 폭력을 휘둘렀거든. 아버지는 우리도 때렸소. 어머니도 우리를 때렸소. 어머니는 우리가 서로 섹스를 한다고 생각했소. 형제자매들이 끊임없이 섹스를 한다고. 나는 학교에 다닌 적이 없소. 그저 싸웠을 뿐이오. 알 카포네를 위해 봉투를 배달하기도 했소."

"지금부터 중요한 이야기를 할 테니 잘 들으시오. 현재 상황으로는 우리 모두에게 해로운 압력이 생겨날 거요."

잠시 무거운 침묵이 흘렀다.

"'오즈월드가 유대인이 아닌 게 천만다행이다.'"

"'그가 어떤 혈통을 타고났든간에 최소한 유대인이 아닌 것은 확실하다.'"

"잭, 나는 내가 지난 이틀 동안 들었던 것과 똑같은 이야기를 당신도 거리에서 들었을 거라고 믿소. 그 빌어먹을 공산주의자 녀석을 죽이는 자는 댈러스 시가 뒤집어쓴 국제적

오명을 벗겨줄 거라고. 길거리의 사람들은 바로 그런 말을 하고 있소."

"이 문제에 대해 카민은 뭐라고 합디까?"

"좋은 질문이오. 카민은 이곳에 당신의 동지가 버티고 있다고 말했소. 당신을 보호하고 지지할 동지 말이오. 카민이 먼저 융자문제를 언급하더군. 당신이 기뻐할 소식 아니오?"

"그럼 내가 할 일은?"

"당신이 할 일은 책임지고 이 도시를 구해내는 거요."

"그러니까 그 말은 곧……"

"잭, 당신은 한평생 부초처럼 떠돌며 살았소. 이번이야말로 당신이 확실히 정착할 수 있는 기회요. 설마 텍사스 플라노에서 감자 껍질 벗기는 기구나 팔면서 생을 마감하고 싶은 건 아니겠지? 뭔가 확실한 터전을 마련해야 하오. 이름을 날리란 말이오."

"무슨 말인지 이제 알겠군."

"놈을 없애버리라는 거요."

"죽이라는 거군."

"아예 벌집을 만들어버려요."

잭 칼린스키가 슬픈 목소리로 중얼거리고는 씨가의 포장을 벗겼다. 그러나 불을 붙이지는 않았다. 그는 늙고 지쳐 보였다. 구부정한 자세로 쏘파 앞에 걸터앉은 모습이 잔뜩 긴장한 채 뭔가에 몰두해 있는 대기실의 환자를 연상시켰다.

"카민이 빚을 모두 탕감해주겠다고 제안했소. 영원히 상환하지 않는 조건으로 돈을 빌려주겠다는 거요. 4만 달러를.

언제든 원하면 그 즉시 건네줄 거라고 했소. 문제는 얼마나 빨리 일처리를 할 수 있느냐는 거요. 우리는 빠른 시간 내에 이루어지기를 기대하고 있소. 그자가 여기 있을 시간도 많지 않으니까."

"내 클럽은 어떻게 되는 거요?"

"당신이 없는 동안 클럽은 우리가 관리할 거요. 확신하건대 당신은 틀림없이 부활할 거요. 카루셀 클럽에 가본 적이 있다고 서로 자랑해댈 사람들을 생각해보시오. 오즈월드를 제거한 잭 루비가 운영하는 클럽은 이 도시의 명물이 될 거란 말이오."

"어떤 상황을 노려야 하는 거요?"

"수많은 외지인 틈에 끼면 되오. 총은 갖고 있소, 잭?"

"당신 생각엔 어떨 것 같소?"

"카민은 댈러스의 추종자들의 긴밀한 협조를 받고 있소. 그들이 경찰 내에 지원세력을 확보해놓았소. 경찰관은 지하를 통해 오즈월드를 건물 밖으로 데리고 나갈 거요. 오전 10시 이후쯤이 될 거요. 지하에 건물 밖 거리로 통하는 진입로 두 개가 있소."

"메인 가와 커머스 가."

"그렇소, 잭. 진입로 주변은 경찰관들이 철통같이 지키고 있을 거요. 경찰청 건물 입구는 모두 폐쇄될 것이고. 건물 내부를 둘로 분리하는 아코디언도어에도 자물통이 채워질 거요. 모든 엘리베이터의 전원이 차단될 거요. 물론 오즈월드를 호송하는 데 필요한 구치소 전용 엘리베이터는 예외겠지."

"그럼 내가 직접 진입로에 접근해야겠군."

"잠깐, 아직 내 이야기 끝나지 않았소."

"경찰청 사람들이 내 얼굴을 안단 말이오."

"내일은 진입로에 접근할 수 없소. 오직 기자증을 소지한 사람만 출입을 허용할 테니까. 아주 제한된 인원으로 대부분 사진기자들일 거요. 이번 피의자 호송은 아주 민감한 사안이기 때문에 보안이 철저할 거요. 중간에 문제가 생기지 않게 하려고 철저히 대비할 거란 말이오."

"그럼 나더러 어떻게 건물 안으로 들어가란 거요?"

"지금 말하고 있잖소, 잭. 건물 우측에 난 좁은 골목이 있소. 거기서는 절대 눈에 띌 리가 없지. 그 골목을 따라 절반쯤 들어가면 경찰청 부속으로 새로 지은 별관의 출입구가 나올 거요. 그 문은 언제나 잠겨 있지만, 내일만은 열어두도록 우리가 조치를 취할 거요. 보초도 없소. 당신은 바로 그 문으로 들어가면 되오. 일단 안으로 들어가면 엘리베이터와 소방계단이 보일 거요. 그럼 그 계단을 통해 지하로 내려가면 되오."

"놈은 어떤 상태로 나오게 되오?"

"형사 한명과 수갑을 함께 찬 채로 나올 거요. 반대쪽에 형사 한명이 더 있을 테고. 그런데 갖고 있는 총은 어떤 거요?"

"총신이 짧은 38구경이오. 바지 주머니에 쏙 들어가는 크기지."

"미국에서 가장 발기상태가 좋은 사내가 되겠군."

칼린스키가 맥없이 웃었다. 목구멍에서 끓어오르는 듯한 웃음이었다. 잭은 멍한 표정으로 책상 앞에 앉아 있었다. 두 사람의 대화는 거기서 끝났다.

잭 루비는 한 시간 동안 혼자 앉아서 주말 장사를 접은 상태로 종업원 임금과 각종 청구서를 어떻게 해결할지 고민했다. 그런 하찮은 계산을 맞추고 있자니 머리가 깨질 것만 같았다.

잭은 수첩을 꺼내 전화번호 하나를 찾았다. 그러고는 친한 형사인 러셀 시벨리의 집으로 전화를 걸었다. 새벽 3시가 넘은 시각이었다. 외로운 전화벨 소리가 한참 울려댔다.

"여보세요. 누구요?"

"잘 있었나, 러셀?"

"당신 누구야?"

잭은 잠시 침묵했다가 다시 입을 열었다.

"내일 경찰청 지하에서 오즈월드라는 새끼를 군 교도소로 이송하는 도중에 그들이 그 자식을 죽일 거야."

잭은 또다시 침묵했다. 그러고는 조용히 수화기를 내려놓았다.

리 하비 오즈월드는 감방에서 눈을 떴다. 문득 자신이 평생의 과업을 찾아냈다는 생각이 들기 시작했다. 범행 후에는 재건의 기회가 온다. 이제 그는 진실과 죄악이라는 커다란 의문을 분석할 동기를 갖게 될 것이다. 진지하게 생각할 시간, 마음속에서 그 의문을 풀어볼 시간을. 범죄는 확실히 심도있는 해석을 위한 자료를 제공한다. 그는 그 고조된 순간의 빛을 구부릴 수 있을 것이다. 잔디밭에 고정된 그림자, 고요히 반짝이는 리무진. 자기 지식을 고양할 시간, 자기 행동의 의미를 탐색할 시간. 리는 자신의 행위를 백 가지로 다양화할 것이다. 속도를 높이기도, 속도를 낮추기도 하고, 중요 부분을 이동시키고, 그늘을 찾고, 자신의 평생이 변하는 모습을 볼 것이다.

이것이야말로 진정한 시작이다.

그들이 종이와 책을 줄 것이다. 그러면 그는 이번 사건에 대한 책으로 감방을 가득 채울 것이다. 형사법과 탄도학, 음향학, 사진학을 공부할 시간도 갖게 될 것이다. 이번 사건과 관련된 것은 무엇이든 검토하고 연구할 것이다. 또한 사람들이 그를 만나러 올 것이다. 처음에는 변호사들이, 그다음에는 심리학자, 역사가, 전기작가 등이. 리 하비 오즈월드, 그의 삶은 이제 독특하고 분명한 연구대상이 되었다.

그와 케네디는 파트너였다. 창가에 서 있던 저격수의 형상은 희생자와 그의 역사에서 빠져나갈 수 없었다. 이것이 오즈월드가 감방생활을 견딜 수 있게 하는 원동력이었다. 그것이 그에게 사는 데 필요한 힘을 주었다.

감옥에서 지내는 시간이 길어질수록, 그는 더 강해질 것이다. 이제는 모든 사람이 그가 누구인지 알고 있었다. 그 사실이 그에게는 힘이 되었다. 분명 더 좋은 시간이 시작될 터였다. 이번 사건을 깊이 연구할 수 있는 시간, 자신을 분석하고 재건할 수 있는 시간이. 그는 이제 수형생활을 평생의 저주라고 생각하지 않았다. 감방에 대한 진실을 찾아냈기 때문이다. 지금 있는 구치소 감방의 절반 크기밖에 되지 않는 곳에서도 그는 얼마든지 살 수 있었다.

일요일 아침. 잭 루비는 평소처럼 하루를 시작했다. 그날 일을 생각하는 데는 얼마간의 시간이 걸렸다. 그는 자몽 주스를 마신 다음 거실에서 초조하게 왔다갔다했다. 죠지는 쏘파에 앉아 신문을 읽고 있었다. 잭이 넋나간 표정을 짓고 있자 죠지가 한마디 건넸다.

"잭, 나는 남의 표정을 보고 무슨 일인지 짐작하는 데 서툴러. 하지만 어쩐지 오늘 자네 상태가 좋아 보이지 않는군."

잭이 텔레비전을 켰다. 그리고 세수를 하고 윌킨슨 면도날로 수염을 깎았다. 그런 다음 애프터셰이브를 얼굴이 아프도록 세게 두드려 발랐다. 잭은 반바지 차림으로 스크램블드에그와 커피를 만들어 먹으면서 『타임즈 헤럴드』 1면을 들여다보았다. 신문에는 캐럴라인 케네디에게 보내는 공개서한이 실려 있었는데, 그 내용이 감동적인 나머지 목이 메어 음식을 삼킬 수가 없었다. 대통령과 그의 사랑스러운 가족이 맞이한 비극이 잭의 마음속에서 되살아났다.

그때 전화벨이 울렸다. 클럽에서 베이비 르그랑으로 통하는 브렌다 진 쎈씨보가 포트워스에 있는 집에서 전화를 걸어온 것이었다.

"잭, 집세를 내는 날이에요. 게다가 집에는 나와 애들이 먹을 것이 하나도 없다고요."

"그런 문제로 웬 전화질이야?"

"시간이 없으니 본론만 말할게요. 어젯밤이 원래 수입을 올릴 수 있는 날이었어요."

"이런 젠장, 당신도 왜 클럽 문을 닫았는지 알잖아?"

"문을 닫은 게 잘못됐다는 뜻이 아니에요. 주말 밤에 수입을 올리지 못하고 내가 일주일 동안 어떻게 버텨야 하는지 알려달란 말이에요."

"이미 월급도 일부 가불해갔잖아?"

"나한테 화내지 마요, 잭. 나는 그저 내 자식들을 하루종일 쫄쫄 굶기지 않을 만큼만 배려해달라는 거예요. 그저 입에 풀칠이나 하고, 집주인에게 조금이라도 돈을 쥐여줘서 더이상 잔소리를 하지 않게 만들 수 있을 정도면 돼요."

"그래서 얼마를 달라는 거야, 이 여우 같은 여편네야?"

"25달러요. 내가 댈러스까지 갈 수 없으니, 당신이 전신환으로 보내주면 내가 시내에 가서 찾을게요."

잭은 법원경찰청에서 겨우 반 블록 떨어진 곳에 웨스턴 유니언(미국의 금융통신 써비스업체. 초창기에는 전신환 송금과 전보 업무를 주로 했다—옮긴이) 지점이 있다는 것을 떠올렸다. 서두르면 브렌다에게 25달러를 보내고 곧장 경찰청으로 가서 오즈월드 녀석을 쏠 수 있을 터였다.

잭은 조금 남은 커피와 함께 프레루딘을 삼킨 다음, 옷을 갈아입었다. 어두운 색 양복에 잿빛 중절모를 쓰고, 씰크 넥타이를 매듭의 폭이 넓게 맸다. 준비가 끝나자 잭은 죠지에게 클럽에 간다고 말하고 세바와 함께 밖으로 나왔다. 그리고 개를 자동차 조수석에 태우고는 시동을 걸었다.

잭은 천천히 차를 몰았다. 제시간에 도착하지 않으면, 그것은 곧 이번 일을 할 생각이 없다는 포고였다. 그는 원래 가려고 한 길에서 조금 벗어나 딜리 광장 앞을 지나며 화환들을 다시 한번 보았다. 세바에게 배가 고프냐며 먹이를 줄까하고 묻기도 했다. 이윽고 웨스턴 유니언 앞에 도착한 그는 차를 길 건너 주차장에 세웠다. 그러고는 트렁크를 열고 개먹이와 깡통따개를 꺼내 세바의 밥을 만들어 조수석에 올려놓았다. 그다음으로 지갑에서 2천 달러를 꺼내 주머니에 쑤셔넣었다. 나이트클럽 사장이 어딘가에 들어갈 때는 그렇게 하는 것이 상례였기 때문이다. 그는 권총을 오른쪽 바지 주머니에 넣었다. 그가 쓴 모자 안쪽에는 그의 이름이 금박으로 찍혀 있었다.

잭은 길 건너 웨스턴 유니언으로 들어가 송금 양식을 작성했다. 직원이 영수증에 찍어준 스탬프에는 11시 17분이라고 적혀 있었다. 생각보다 훨씬 더 늦었다. 잭은 태어나서 처음으로 조금 서둘렀다. 덕분에 채 4분도 지나지 않아 그는 경찰청 건물 아래 컴컴한 주차장에 도착할 수 있었다.

만약 내가 이번에 쉽게 통과한다면, 그것은 곧 그들이 내가 그 일을 하기를 바란다는 뜻이야.

잭은 외따로 떨어진 주차장을 가로질러 경사진 진입로 사이 공간에서 대기하고 있는 두 대의 자동차를 향해 걸어갔다. 아무런 특징 없는 포드였다. 누군가 외치는 소리가 들렸다.

"저기 온다! 저기 와!"

처음에 잭은 그것이 오즈월드를 의미하는 줄 알았다. 그는 살짝 경사진 길을 걸어올라가 기자들 무리의 끝에 섰다. 시끌벅적 여기저기에서 목소리가 높아지고, 자동차 문 닫는 소리, 엔진소리, 촬영장비 부딪치는 소리 등이 주변을 가득 채웠다. 곳곳에 사복경찰관과 흰색 모자를 쓴 고위관리들이 눈에 띄었다. 구치소부터 진입로까지 이어지는 벽에는 형사들이 줄지어 늘어서 있었다. 러셀도 그중에 끼어 있었지만, 잭은 그와 눈을 마주칠 시간이 없었다. 대부분의 기자들과 세 대의 텔레비전 카메라는 잭의 오른쪽 진입로에 모여 있었다. 장갑한 은행트럭 한대가 반대편 진입로 꼭대기에 대기하고 있었다.

"나온다!"

"저기 온다!"

"오고 있어!"

시간도 촉박하고, 장소도 좁았다. 스포트라이트도 비추고 있었다. 모든 것이 흑백으로, 하이라이트와 짙은 그림자로 나뉘었다. 잭은 경찰 무리가 죄수를 호위해 구치소 밖으로 나오는 모습을 보았다. 어두운 색 스웨터 차림의 죄수는 어디서나 흔히 볼 수 있는 평범한 청년처럼 보였다.

기자들이 일제히 술렁이기 시작했다. 여기저기서 플래시가 터지고, 고함소리는 벽에 부딪혀 더욱 크게 울려퍼졌다.

잭에게는 모든 것이 너무나 낯설게 느껴졌다. 배기가스와 공기중의 옥탄 때문에 더러워진 램프가 있는 습기 찬 지하에서 그는 번쩍이는 인공조명을 받으며 서 있었다.

그가 오고 있다.

잭은 앞으로 벌어질 상황을 모두 예상하고 사람들 틈에서 빠져나왔다. 그러고는 주머니에서 권총을 꺼내 골반에 대고 손바닥으로 슬쩍 가렸다. 마침내 접근할 수 있는 길이 확보되었다. 그와 오즈월드 사이에는 아무도 없었다. 잭은 총을 겉으로 드러나게 쥐고는 마지막으로 한걸음 성큼 내디디며 방아쇠를 당겼다. 목표물에서 불과 몇센티미터 떨어진 곳에서 쏜 것이었다. 오즈월드가 두 팔로 몸을 감싼 채 눈을 질끈 감았다. 그리고 깊고 무겁고 절박한 신음소리를 냈다. 고통으로 가득 찬 세상에서 추락을 시작한 것이다.

수많은 몸뚱이들이 일제히 암살범을 덮쳤다. 모두 스테트슨 모자를 쓴 사내들로, 가쁜 숨을 몰아쉬며 범인의 무기를 빼앗으려고 버둥거렸다. 누군가가 무릎으로 잭의 아랫배를 가격했다. 잭은 그들의 태도를 도무지 이해할 수 없었다. 그가 누구인지 안다면, 이렇게까지 할 필요는 없었다. 그는 러셀 시벨리가 다른 사람들보다 더 흥분해서 "잭! 이 개자식아!" 하고 소리치는 것을 듣고는 더욱 기분이 나빠졌다.

총성.
총성이 들렸습니다.
오즈월드가 총에 맞았습니다.

오즈월드가 총에 맞았습니다.

총성이 들렸습니다.

모든 문이 폐쇄되었습니다.

오, 세상에, 이럴 수가!

그가 자동차로 끌려갈 때 총성이 울려퍼졌습니다.

총성이.

현장은 대혼란에 빠졌습니다.

사람들이 뒤엉킨 채 격투중입니다.

그가 밖으로 끌려나오다 다시 안으로 들어갔습니다.

오즈월드가 총에 맞았습니다.

경찰은 건물 전체를 봉쇄하고,

사람들은 모두 뒤로 물러선 채 고함을 치고 있습니다.

모자를 쓴 땅딸막한 사내가

오즈월드의 두 배쯤 되는 몸집의 사내가

난폭하게 행동합니다.

빨갛게 번쩍거리는 불빛

회색 모자를 쓴 사내.

어떻게 그가 들어왔을까요.

경찰이 경호를 하며 비상선을 긋고

시민들. 경찰관들.

아, 오즈월드 청년입니다.

급히 이송되고 있습니다.

그는 바닥에 누워 있습니다.

하복부에 총탄에 의한 상처가 있습니다.

그는 창백합니다.

오즈월드는 아주 창백합니다.

구급차에 누워 있는

그의 머리는 뒤로 젖혀져 있습니다.

인사불성 상태입니다.

흔들흔들.

들것 모서리 아래로 그의 손이 힘없이 흔들립니다.

이제 구급차가 현장을 떠납니다.

빨갛게 번쩍거리는 불빛 조명

오즈월드 청년이 급히 이송되고 있습니다.

그는 창백, 창백합니다.

아쯔기의 구급차를 기억하는가? 아지랑이가 피어오르는 뜨거운 아스팔트 위를 비틀거리며 달리던, 녹색으로 위장한 구급차. 조종사가 내리던 구급차.

리는 기분이 썩 좋지 않았다. 그들은 우선 그에게 주사를 놓은 다음 인공호흡을 시도했다. 그는 해병대 훈련을 통해 그것이 복부에 부상을 입은 환자에게 할 수 있는 최후의 처치법이라는 것을 배웠다.

리는 자신에게 주사를 놓는 광경을 직접 보았다. 카메라가 동시에 그 장면을 찍고 있었던 것이다. 미친 듯이 울리는 싸이렌 소리와 함께 구급차는 거리를 빠른 속도로 내달렸다. 물론 리에게는 움직임에 대한 감각이 느껴지지 않았다. 누군가 그의 귀에 바싹 대고 말했다. 만약 하고 싶은 말이 있다면 바로 지금 해야 할 거라고. 고통 속에서, 다친 부위를 제외하고는 감각이 점점 마비되고 있는 상황에서, 리는 자신이 나선형으로 파고드는 총알의 위력에 반응하는 것을 느꼈다.

조종사가 어떻게 생겼는지, 헬멧과 고무옷을 입은 우주인이 어떻게 생겼는지 기억하나?

모든 것이, 모든 감각이 그에게서 서서히 멀어져갔다. 아직 구급차 안이라는 것은 알았지만, 싸이렌 소리나 자신에게 말을 하라던 남자의 목소리는 이제 귀에 들리지 않았다. 목소리로 미루어 그는 친근한 타입의 텍사스 사내였다. 리에게 남은 것은 오직 그를 조롱하는 듯한 고통과 텔레비전 화면 속의 일그러진 얼굴뿐이었다. 하이델의 죽음과 지옥. 그는 컴컴한 방에서 누군가의 텔레비전을 보고 있었다.

여명이나 굴뚝의 연기처럼, 우리 몸속에 들어 있는 것들이 빠져나가는 느낌. 그의 몸속에서 금속체가 대체 무슨 짓을 하고 있는 것일까?

리는 고통스러웠다. 고통스럽다는 것이 어떤 의미인지 알게 되었다. 사람들이 할 일은 그저 텔레비전을 보는 것뿐이었다. 그는 한쪽 팔을 가슴에 올린 채, 입을 O모양으로 벌리고 있었다. 고통이 언어능력을 없애버리고, 뒤이어 사고능력도 지워버렸다. 총알의 통로를 제외하고 그에게 남은 것은 아무것도 없었다. 총알이 비장을 통과해 위, 대동맥, 신장, 간, 횡경막을 차례로 파고들었다. 총알에 대한 흐릿한 의식뿐 남은 것은 아무것도 없었다. 곧이어 총알 자체, 구리와 납, 안티몬의 복합체인 총알 자체. 그들은 몸속에 금속 물체가 들어온다는 것이 어떤 느낌인지 알게 해주었다. 이것이 고통의 원인이 되었다.

하지만 제트기가 이륙하는 모습을 지켜보던 남자들을 기억하는가? 믿기 힘들 만큼 순식간에 안개 속으로 사라져버린 제트기를.

파크랜드 병원에 도착한 시각은 11시 42분이었다. 주증상은 총상이었다.

심장의 상태는 무기력했고 박동이 전혀 없었다. 동공은 굳어 있고 확장된 상태였다. 망막의 혈액도 흐르지 않았다. 호흡도 없었다. 맥박도 유지되지 않았다. 사망시각 13시 07분. 시신을 닫을 때 스펀지 두 개가 없어졌다. 우주공간.

그것은 러시아 하늘 높이 뜬 한낮의 악몽이었다. 너도 나도. 그는 마스크를 쓰고 떨어진 이방인이다.

외부에 있는 사람들은 음모를 완벽하게 꾸며진 계획일 거라고 생각한다. 꾸밈없는 마음을 지닌 이름없는 조용한 사람들. 음모는 평범한 삶과는 반대되는 것이다. 그것은 우리와는 영원히 차단된, 냉정하고 확실하며 흠없는 내부의 게임이다. 우리는 결점 많고 순수한 인간으로, 일상적인 갈등의 의미를 대충이라도 파악하려고 노력한다. 반면 음모자들은 논리적이고 우리가 범접할 수 없을 만큼 담대하다. 모든 음모는 어떤 범죄행위에서 일관성을 찾아내는 사람들의 긴장된 이야기이다.

그러나 어쩌면 그렇지 않을지도 모른다. 니컬러스 브랜치는 자신이 더 많이 알고 있다고 생각한다. 그는 11월 22일 이전의 시간들과 당일 22초 동안의 사건을 충분히 알았다고 생각해 다음과 같은 결론에 이른다. 대통령에 대한 음모는 대부분 우연히 단기간에 성공한, 무질서한 작전이었다고. 노련한 전문가와 어설픈 바보들, 반대감정과 확고한 의지, 그리고 날씨가 합작해 이루어낸 작전. 브랜치는 CIA의 내부 조사 결과(에버렛과 파멘터가 다양한 단계에서 협력했다는) 자료뿐만 아니라, '알파 66' 내부의 정보원에게서 얻어낸 작전의 마지막 단계에 대한 주요 정보도 확보하고 있었다.

자료는 계속 쏟아져나온다. 보좌관이 FBI 감독 일지를 보내온다. 11월 22일 사건이 있던 주말에 찍은 서른다섯 시간짜리 무삭제 필름도 보내온다. 컴퓨터로 화질을 강화한 일명 자프루더 필름도 보내온다. 그것은 총격이 있을 당시 엘름가 너머의 콘크리트 교대 위에 서 있던 의류제조업자 자프루더가 8밀리 가정용 비디오카메라로 촬영한 영상이다. 전문가들은 자프루더 필름의 흐릿한 부분을 모두 정밀분석했다. 이 필름은 암살의 기본적 시간측정장치이자, 불확실함과 혼돈의 주요 상징이 되었다. 영상에는 흐릿한 얼룩과 그림자로 둘러싸인 죽음의 충격적인 순간이 담겨 있었다.

(브랜치는 필름 분석과 기타 증거 자료를 통해 첫번째 총알이 대부분의 이론들이 주장하는 것보다 훨씬 빨리 발사되었다고 믿고 있다. 자프루더 필름 186번 프레임이 그 증거이다. 234번 프레임을 보면 코넬리 주지사는 2.6초 후에 총에

맞는다. 대통령에게 치명타를 날린 총알은 그로부터 4.3초 후에 날아왔다. 브랜치가 이 분야에서 확실한 결론에 이르기는 했지만, 앞으로도 컴퓨터로 분석한 자프루더 필름을 연구할 것이다. 여기서 멈추기에는 이미 너무 깊이 개입되어 있기 때문이다.)

보좌관이 특별한 FBI 보고서를 보내온다. 보고서에는 케네디 암살과 오즈월드 살해 사건에 이은 목격자들의 꿈에 대한 자세한 설명이 담겨 있다.

보좌관은 바비 듀파드에 관한 자료도 보내온다. 브랜치가 듀파드에 대해서 알고 있는 정보는 모두 보좌관을 통한 것이다. 그런데 보좌관이 어떻게 그를 알고 있을까? 듀파드가 워커 장군 암살시도 때 자신이 맡았던 역할을 누군가에게 말한 것일까? 오즈월드가 뉴올리언즈의 누군가에게 자기 이름이 흘러들어가도록 내버려두었을까?

기록에는 군데군데 의심스러운 누락 부분이 있었다. 물론 브랜치는 CIA의 폐쇄성을 이해한다. 그들이 알게 된 사실을 대중은 물론 동료 요원들에게도 공개하지 않으리라는 것도 알고 있다. 그런 이유로 브랜치가 역사를 집필하기로 계약한 사실도 비밀에 부쳐졌다. 다시 말해 그가 집필한 내용은 CIA의 비공개 소장 자료에 포함될 터였다. 그렇지만 왜 그들이 그에게조차 자료를 넘겨주지 않으려는 것일까? 최근 들어 보좌관은 정보를 요청해도 자꾸만 시간을 끌고, 다른 요구들은 아예 완전히 무시하는 것 같다. 그들이 감추고 있는 것이 무엇일까? 감춰진 사실이 얼마나 더 존재하는 것일까? 브랜치는 비밀리에 수집된 정보를 제공하는 데 본래부터 어떤 한계가 있는 것은 아닌지 의문스러웠다. 그들은 그것을 모두 내놓을 수 없는 것이다. 비밀 엄수를 맹세한 자기편에게조차. 은퇴 전에 브랜치는 첩보를 분석하고, 어수선한 대량의 자료에서 일정한 패턴을 찾아내는 일을 했다. 그는 비밀은 유치한 것이라고 생각했다. 그래서 기밀업무에 종사하는 사람들, 스파이 훈련관이나 비밀공작요원 등이 이루어낸 업적에 감동하는 일이 대체로 드물었다. 브랜치는 그들이 방대한 신학, 형식적으로 암호화된 지식덩어리를 만들어냈을 뿐이라고 생각했다. 그 지식덩어리는 기본적으로 장난감에 불과하다. 어린시절 큰 기쁨과 갈등의 원인이 되는 것이 바로 비밀 지키기니까. 이제 그는 CIA가 조직의 정체성과 관련된 뭔가를 보호하고 있는가 하는 의문이 들었다. CIA 자체의 진실, 조직의 비밀스러운 신학을.

보좌관이 암살사건과 관련해 지난 25년 동안 발표된 각종 소설과 희곡을 보내오기 시작한다. 영화필름과 다큐멘터리, 공개토론회와 라디오토론 내용을 기록한 원고도 보내온다. 브랜치는 그 자료들을 연구하는 수밖에 없다. 그가 검토해야 할 삶들이 존재한다. 모든 자료를 섭렵하는 일은 필수적이다.

사건 당시, 잔디언덕에 서 있던 남자 라몬 베니떼즈는 1971년 4월에 찍힌 사진에 등장한다. 마이애미 싸우스웨스트 8번가에 위치한 꾸바 추모 광장에 세워진 불멸의 불꽃 제막식 자리이다. 불꽃이 담긴 항아리가 4미터쯤 되는 높이의 기둥 위에 놓여 있다. 전사한 인물들의 이름이 새겨진 다섯 개의 명판도 있다. 로스 마리떼레스 드 라 브리가다 드 아살또 (공습부대의 전사자들―옮긴이) 보좌관이 제시한 불확실한 보고에 따르면, 베니떼즈는 가명을 사용하여 뉴저지 주 유니언씨티에서 몇년 동안 택시기사로 일했다고 한다. 그밖의 자료는 없었다.

그날 사진에 찍힌 군중 가운데는 알파 66의 창설자인 안토니오 베치아나도 끼어 있다. 8년 6개월 뒤, 그는 마이애미에서 총에 맞아 부상을 입는다. 이것은 암살사건과 관련해 백악관에서 선발한 조사위원회의 보고서가 발표된 이후에 벌어진 일이다. 보고서에는 오즈월드가 11월 22일 이전에 댈러스에서 미국 비밀정보국 요원과 만났다는 베치아나의 주장이 실려 있었다. 그러나 베치아나의 총상과 관련하여 체포된 사람은 없었다.

잭 루비가 돈을 송금한 스트리퍼 브렌다 진 쎈씨보는 1965년 6월 오클라호마씨티의 구치소에서 자신의 투우사 바지로 목을 매 숨진 채 발견된다. 매춘을 권유한 혐의로 경찰에 체포된 뒤였다. 사인은 자살로 규명된다.

이틀 후 바비 리날도 듀파드가 웨스트 댈러스의 레이 총포상에서 부지배인으로 근무하던 중 가게에 침입한 강도의 총에 맞고 사망한다. 브랜치는 즉시 밤을 꼬박 새워가며 가게 이름을 이런저런 자료들과 연계해 검토한다. 그 결과, 그 총포상이 1960년 잭 루비가 오즈월드를 살해하는 데 사용한 권총의 구입처임을 밝혀낸다.

잭 레온 루비는 1967년 1월 오즈월드 살인사건에 대한 재심을 기다리던 중 암으로 사망한다. 복역중 그는 감방 벽에 머리를 박거나 물웅덩이에 서서 전기 쏘켓에 손가락을 집어넣는 방법으로 자살을 기도하기도 한다.

조사위원회 청문회에서 그는 대법원 판사 얼 워런에게 자신이 지금껏 어떤 목적을 위해 이용되었으며, 진실을 밝히고 난 다음 이승을 떠나고 싶다고 말한다. 그러나 그러기 위해서는 우선 자신을 워싱턴으로 데려다달라고 한다. 존슨 대통령 앞에서 모든 진실을 밝히겠다고.

잭 루비는 군 교도소 내 격리 구역의 감방에서 최후를 맞는다. 세면대와 바닥에 깔린 매트리스 한장이 전부인 사각형의 작은 공간에서. 교도관이 그에게 성경을 읽어준다. 잭은 교도관의 옷 속에 도청장치가 숨겨져 있다고 믿는다. 그들은 사건과 관련된 그의 모든 진술을 안전하게 따로 모아서, 그의 범행이 미리 계획된 것이 아니라 개인적 양심에 따른 충동적인 행동이었을 뿐이라는 내용을 모두 삭제해버린다.

그는 기분이 몹시 우울하고 자신이 무가치하게 느껴질 때, 오즈월드를 살해한 뒤 처음 얼마 동안 받았던 전보들을 다시 꺼내서 읽는다. 잭 만세. 미스터 루비, 당신은 영웅이오. 우리는 당신의 배짱과 용기를 존경합니다. 당신이 죽인 것은 독사였소. 당신에게는 감방이 아니라 메달이 주어져야 합니다. 헝가리에서 태어난 당신의 발에 입맞춤을 보내요. 전보를 읽은 다음에는 유죄 평결과 사형, 취약한 전문성으로 인한 원심 파기 등을 떠올린다. 그는 댈러스가 자신이 죽어서 오즈월드처럼 세상에서 사라져버리기를 바란다는 것을 알고 있다. 사람들이 그 주말에 벌어진 모든 총격사건을 열의에 불타는 한 개인이 벌인 살인이며, 잭이 저지른 일도 그저 잔혹한 범죄행위일 뿐이라고 생각한다는 것을. 잭은 자신이 잘못된 배역을 맡은 것 같아서 괴로웠다. 그래서 감방을 가로질러 달려가 벽에 머리를 찧었다.

잭이 흰색 죄수복 차림으로 종이에 뭔가 갈겨쓰고 있을 때, 변호사들이 면회실로 들어온다. 면회실 벽에는 도청장치가 설치되어 있다. 그는 거짓말탐지기 테스트를 받겠다고 고집한다. 사실의 순수함과 진실성이야말로 미국인들에게 소중한 가치이므로. 잭이 수첩에 급히 갈겨쓴다. "우리가 뭔가에 점점 깊이 개입할수록, 우리는 그 뭔가에 조종당하고 세뇌당해 결국 자신이 말하고 싶은 진실 앞에서 약해지는 것 같다."

당국에서는 1964년 7월 거짓말탐지기 테스트를 시행한다. 그러나 결과는 확실치 않다.

잭이 환청을 듣기 시작한다. 사람들이 교도소 밖에서 그의 남동생을 불구덩이에 밀어넣자 동생이 비명을 지른다.

잭은 자신이 저지른 짓 때문에 형제자매들까지 목숨을 잃게 될 거라고 생각한다.

잭은 사람들이 그가 하는 말을 왜곡하고 있다고 생각한다. 그가 한마디를 내뱉으면 사람들은 그 말을 듣는 척하다가 실제로는 자신이 원하는 의미로 바꾸어서 해석해버린다.

잭은 미국의 유대인들이 모두 살상기계 안으로 끌려들어

가 대규모학살을 당할 거라고 믿는다.

잭은 배역을 잘못 맡았거나 누군가 다른 사람, 즉 오즈월드와 같은 배역을 맡았다. 두 사람은 이제 같은 범죄의 일부이다. 그들은 함께 그 범행에 가담했으며 영원히 함께이다.

변호사들이 떠나고 의사들이 조심스럽게 들어온다. 암세포가 온몸으로 퍼져간다. 그는 자신을 진찰하는 의사의 손에서 암세포의 냄새를 맡는다. 잭 루비가 다시 전보를 읽는다.

그의 절망을 완전히 이해하는 사람이 있을까? 혼돈에 빠진 길고 더딘 고통의 삶. 한밤중에 비명을 질러대는 루스벨트 로드의 이 빠진 패니 루빈스타인에게 돌아간다. 그가 기억하는 어린시절은 무단결석을 밥먹듯 하고, 정부의 보호 아래 양부모의 집에서 살던 기억뿐이다. 처음으로 얻어맞고 자신이 아무것도 아니라는 것을 깨달았을 때의 충격, 그것은 앞으로도 그가 평생 아무것도 아닌 존재로 살게 되리라는 일종의 메씨지가 아니었을까?

당신은 나를 잃어버렸소, 워런 판사.

잭은 오즈월드와 한몸이 되기 시작한다. 두 사람의 차이점을 찾아낼 수 없다. 그가 확실히 아는 것이라고는 뭔가 빠진 요소가, 그들이 완전히 삭제해버린 말이 있다는 사실뿐이다. 잭 루비는 이제 대통령 암살범을 살해한 사람이 아니다. 대통령을 죽인 자이다.

그렇기 때문에 유대인들은 살상기계 안으로 끌려들어갈 것이다. 모두 잭 루비 때문이다. 그것이 집단감정의 위력이자 힘이다.

이제 오즈월드는 그의 안에 존재한다. 그가 어떻게 자신의 정체성 문제를 가지고 싸울 수 있겠는가? 이 세상의 진실은 소모적인 것이다. 그는 머리를 숙이고 콘크리트 벽으로 돌진한다.

니컬러스 브랜치가 심리학 보고서를 검토한다. 밤을 새워 읽고 또 읽는다. 잠도 의자에 앉은 채 잔다. 가끔씩 도저히 더는 못할 것 같은 기분이 들 때도 있다. 망자들 생각에 낙담한 나머지 거의 몸이 마비되기도 한다. 망자들이 방 안에 있다. 망자들의 사진이 그의 머릿속에서 애처로운 힘을 발휘한다. 노인이 된 것 같다. 그러나 브랜치는 포기하지 않고 열심히 메모를 해가며 계속 연구한다. 그는 스스로 이번 일에서 벗어날 수 없음을 안다. 이 사안은 유령처럼 그를 끝까지 괴롭힐 것이다. 물론 그들은 처음부터 그렇다는 것을 알고 있었다. 그래서 그에게 연구실을 마련해준 것이다. 역사와 꿈으로 가득 찬 그 방에서 늙어가도록.

일요일 밤. 베릴 파멘터가 죠지타운의 작은 집에 앉아 텔레비전을 보고 있었다. 총격 장면이 재방영되고 있었다.

같은 장면이 몇번이고 반복된다. 모자를 쓴 넓은 어깨의 사내들이 오즈월드를 둘러싸고 있는 장면이 화면 가득 펼쳐진다. 모자를 쓰지 않은 오즈월드는 빛 때문에 온통 하얗게 보인다. 단 왼쪽 눈만은 어둡게 빛나고 있다. 그때 화면에 구부정하고 덩치 좋은 잭 루비가 잡힌다. 권총을 잡은 그의 손이 정지된 채 환하게 빛난다. 뒤이어 갑자기 장면이 바뀐다. 오즈월드의 얼굴에 나타난 충격과 공포 때문에 주변의 다른 이들과 선명하게 구별된다. 그는 혼자다. 꿈꾸는 듯한 표정의 그는 그 자리에서 무슨 일이 일어났는지 궁금해하지 않는 유일한 존재이다. 총격 이후 한동안 냉혹한 정적의 순간이 이어진다. 그러고는 모든 것이 흩어진다.

베릴 파멘터는 그 사람들이 자기 집 안에 있는 것이 싫었다.

카메라가 모든 장면을 포착하지는 못한다. 놓친 프레임이 있어서 정보가 상실된다. 총격처럼 짧고 단순한 장면. 장면이 너무나 많은데다 새로 나타난 에너지가 뒤섞여 모든 것을 카메라에 담기는 역부족이다. 각각의 새로운 장면들이 세부적인 면들을 드러내준다. 이번에 그녀는 잭 루비의 재킷 가슴 주머니에 어두운 색 테의 안경이 꽂혀 있는 것을 보았다. 오즈월드의 죽음에는 변함이 없다.

왜 이 장면을 몇번이나 반복해서 방영하는 것일까? 그 장면을 천번쯤 보여주면, 오즈월드가 영원히 사라져버리게 될까? 베릴은 잭 루비가 어떤 생각을 하고 있었는지 정확히 알고 있다. 그는 그 왜소한 청년을 없애버리고 싶었던 것이다. 그를 이 세상에서 내보내고 싶었던 것이다. 그의 얼굴도 보기 싫고, 목소리도 듣기 싫고, 그를 생각조차 하고 싶지 않았던 것이다. 남아 있는 우리도 그래요, 잭. 우리도 그를 이 세상에서 내보내고 싶어요. 그런데 이제 그가 사라졌지만, 나아진 것은 아무것도 없다.

베릴은 케네디 대통령을 존경했다. 심지어 그의 성공이

자신과 개인적으로 관련이 있다는 느낌까지 들었다. 상원의원 시절 케네디는 한동안 노스 가, 정확히 말하면 노스 가 모퉁이에 있는 벽돌집에 살았는데, 바로 그 점에서 베릴은 케네디와 일종의 공통된 관계가 있다고 생각했다. 그녀는 오즈월드의 죽음에서 만족을 느끼고 싶었다. 어느정도 슬픔과 충격을 보상받았다고 생각하고 싶었다. 그러나 텔레비전에서 보여주는 화면은 공포를 더욱 심화하고 연장할 뿐이었다. 말하자면 공포에 공포를 더해준 셈이다.

베릴은 그 사람들이 눈에 보이는 것을 원치 않았다. 그러면서도 도덕적 의무감에서 봐야만 한다는 생각을 버릴 수가 없었다. 그들은 그것을 계속 보여주고, 그녀는 계속 본다. 기자들의 목소리를 들으면 눈물이 쏟아질까봐 그녀는 일부러 소리를 줄인다.

베릴은 주말 내내 울었다. 울면서도 텔레비전에서 눈을 떼지 않았다. 그녀는 자신의 위치가 발각되었다는 기분을 떨쳐버릴 수 없었다. 모자를 쓰고 총을 든 그 사내들이 그녀의 집 안에 들어와 있었다. 다른 세상에서 온 화면들. 그들이 그녀를 붙잡고 강제로 화면을 보게 했다. 그러나 그것은 그녀가 스크랩해서 친구들에게 보낸 신문기사들과는 전혀 다른 내용이었다. 그녀는 폭력이 계속 터져나오는 것을 느꼈다. 검은색 모자를 쓴 사내들, 검은색 띠가 둘린 회색 모자를 쓴 사내들, 황갈색 스테트슨 모자를 쓴 사내들, 반짝이는 챙과 배지가 박힌 흰색 모자를 쓴 사내들. 모자를 쓰지 않은 왜소한 체구의 남자가 '으악!' 혹은 '아니야!'라고 소리쳤다.

몇시간 후 공포가 기계적으로 변했다. 그들은 계속해서 기계를 통해 흘러나오는 화면을 그녀에게 억지로 보여주었다. 그것은 화면 속 남자들을 프레임 안에 가둠으로써 그들의 생명을 빼앗는 과정이었다. 그녀에게 그들이 초시간적으로, 다시 말해 죽은 사람으로 보이기 시작했다.

래리는 지하창고에서 와인 목록을 만들고 있었다.

베릴이 다시 울기 시작했다. 그녀는 방에서 기어나가고 싶었다. 하지만 뭔가가 그녀를 그곳에 붙잡아두었다. 아마도 오즈월드일 것이다. 오즈월드의 표정에는 뭔가가 있었다. 총에 맞기 전 카메라를 언뜻 바라보는 그의 눈빛. 그 눈빛이 시청자들을, 남아 있는 우리 모두를 밤잠을 설치며 텔레비전 앞에 붙어 있게 했다. 그 눈빛은 우리가 누구인지, 우리의 감정이 어떤지 알고 있다고 말하는 듯했다. 그 눈빛을 통해 우리는 그가 저지른 범죄의 의미를 지각하고 해석해왔다. 오즈월드의 눈빛에는 은밀한 정보가 담겨 있었다. 극도로 짧은 순간이었지만 그 파급 효과는 광범위했다. 그 눈빛은 우리에게 그가 현재 외부에서 나머지 우리와 함께 지켜보고 있다고 말하고 있었다. 바로 그런 이유 때문에 베릴은 방에서 나갈 수 없었다. 숨는 것은 겁쟁이가 하는 짓이라는 느낌 때문에.

그는 총격 장면이 진행중인 다큐멘터리에 대해 언급하고 있다. 그러다가 그 자신이 총에 맞았다. 탕. 탕. 탕. 화면은 또다른 종류의 지식이 된다. 그러나 그는 우리를 자기 죽음의 일부로 만들었다.

그들은 새벽까지 그 장면을 반복해서 내보냈다. 그때까지 베릴은 방에 남아 계속 텔레비전을 보았다. 전화벨이 스무 번 울렸지만, 그녀는 꼼짝도 하지 않았다. 오즈월드의 얼굴에 고통이 번지기 시작했다. 그녀는 그 특별한 주말 내내 한 통의 전화도 받지 않았다.

11월 25일

오르막으로 구불구불 이어진 길은 묘지까지 이어져 있었다. 뽕나무와 느릅나무 숲을 지나, 커다란 표지판이 서 있는 풀이 무성한 저습지 너머까지. 흙먼지로 뒤덮인 경찰차 두 대가 천천히 그 길을 따라 움직였다. 어울리지 않게 사뭇 장중한 속도로. 오르막길 꼭대기에 이르러 경찰차는 사암으로 지은 아담한 예배당 앞에 멈춰섰다. 뒤이어 조직화된 슬픔을 쏟아낼 조문객들이 차에서 내렸다. 그러나 이내 무언가가 잘못되었다는 것이 드러났다. 오즈월드 가족도 차에서 내렸다. 아치 길 입구에는 대통령경호실 요원과 묘지 관리자 들이 모여 있었다. 그들은 하급관리들이 하찮은 임무에 임할 때 갖는 잔혹한 자부심을 온몸으로 발산하고 있었다. 동쪽에서부터 바람이 쌩쌩 불어오기 시작했다. 바람은 댈러스와 포트워스 사이의 드넓은 공업용 평원을 휩쓸고 지나갔다. 검은 상복을 입고 검은테 안경을 쓴 마거리트 오즈월드는 갓난아이를 안고 예배당 밖에 있었다. 한동안 태어난 사실조차 몰랐던 새 손녀였다. 그녀의 얼굴에는 어쩔 수 없는 고통이 배어 있었다. 누군가가 장례식을 취소했기 때문이다. 누군가가 시신을 예배당에서 치우라고 명령한 것이다. 예배당이 비었기 때문에 시신도 그곳에 없었다.

그들은 여러 루터파 교회 목사들에게 전화를 걸었어요. 그러나 리 하비 오즈월드를 위해 기도해주겠다는 사람은 아무도 없었죠. 판사님, 결국 너무나 소심한 그들은 서둘러 우리 아이를 땅에 묻자고 하더군요. 로버트가 미친 듯이 울면서 리의 시신을 예배당에 옮겨 짧게라도 의식을 치르게 해달라고 애원했죠. 신성한 장소에 잠시라도 머물게 해달라고요. 그때 내가 끼어들어서 말했어요. "만약 리가 길 잃은 양이고, 그래서 그 아이를 교회 안에 들일 수 없다면, 교회가 존재하는 목적에 위배되는 거예요. 선량한 사람들은 굳이 교회에 갈 필요가 없죠. 그 아이가 살인자라고 칩시다. 교회가 필요한 사람은 바로 그 살인자들이에요. 예수님의 가르침이 바로 이런 것 아니겠어요?" 그들은 리 하비 오즈월드를 서둘러 매장하기에만 급급해서, 관을 묏자리로 운구할 사람들에게 알리는 것도 잊었어요. 결국 기자들이 팀을 짜서 시신을 옮겼죠. 저는 할 이야기가 많습니다. 판사님께서 분명 모르고 계실 이야기가 많아요. 저는 이번 사건의 주인공인 리 하비 오즈월드의 어머니이니까요.

마침내 저 멀리에서부터 구름이 몰려왔어요. 나무로 짠 관은 파헤쳐진 무덤에 걸쳐진 들것 위에 놓여 있었죠. 아래쪽에는 깊은 콘크리트 굴이 버티고 있었고요. 함부로 파헤치지 못하도록 유난히 깊이 마련된 그곳에서 망자는 평화로운 영면을 누릴 테지요. 유족들은 색바랜 천막 아래 찌그러진 접이식 철제의자에 앉아 있었어요. 로버트 오즈월드는 미망인과 어머니 사이에 서 있었고요. 두 여자는 각자 아이를 한명씩 품에 안고 있었죠. 기자들은 천막 가까이 접근할 수 없었어요. 망자의 친구나 지지자는 그 자리에 올 수 없었어요. 굳이 오겠다고 나선 사람들도 없지만요. 대통령경호실 요원과 제복 차림의 경찰관 들이 천막 주변을 에워싸고 있었어요. 그중 여러 명이 두 손을 앞으로 모은 채 무릎을 번갈아가며 굽혔다 폈다 하더군요. 또한 묘지 울타리를 따라 무장한 경호원들이 배치되어 있었어요. 기자들은 포트워스가 죽은 오즈월드에게 베푸는 배려가 댈러스가 살아 있는 오즈월드에게 보여주었던 것보다 훨씬 대단하다는 농담을 자기들끼리 주고받았죠. 로버트는 또다시 목놓아 울지 않기 위해 안간힘을 썼어요. 그는 상당히 진지한 아이예요. 눈썹이 짙고 늘 머리를 단정하게 손질하고 다니는 근면 성실한 영업 관련 업무 담당자로, 포트워스와 텍사캐나의 여느 스물아홉살 청년에 비해 훨씬 더 노숙해 보이고 책임감도 더 강하죠. 마치 리가 어려서부터 무단결석을 일삼고, 태만하고, 불명예제대를 하고, 직업을 잃는 등 굴곡 많은 삶을 사는 것을 보고 자신은 올곧게 살아야겠다고 결심한 것처럼 말이에요.

판사님, 저는 이번 사건의 진실에 대해 간단히 그렇다 아니다로 설명할 수 없습니다. 긴 이야기를 해야만 해요. 여기 다른 아이들에게 놀림받은 한 소년이 있습니다. 셔츠는 찢어지고, 코피가 흘렀죠. 제 말을 잘 들어주세요. 저는 리 하비 오즈월드의 일생에 관한 책을 쓸 생각입니다. 이번 사건과 관련된 정보도 갖고 있어요. 저는 전세계에 알려져 있습니다. 저는 제 자식들을 얼마 안되는 돈으로 키워내느라 고생해왔습니다. 그리고 오늘 저는 모든 곳에 있습니다. 뉴스 영화에도, 외국 언론에도 제 얼굴이 비치고 있죠. 그러나 격식을 차린 장례를 치를 만한 돈은 어디에서도 구할 수 없었어요. 판사님, 이야기 속에 또 이야기가 있답니다. 리는 우표를 수집하고, 부엌 식탁에서 혼자 체스 연습을 했어요. 그런 그 아이를 그들이 러시아로 침투시켰어요. 저는 카메라를 갖고 다니며 리의 삶에 대한 사진 기록을 만들 겁니다. 리가 살았던 집과 방들을 모두 사진에 담을 거예요. 제가 자식들을 키우기 위해 입주 간호사를 포함해 수많은 직업을 전전한 이야기를 해드릴게요. 저는 병든다는 게 어떤 것인지 잘 알아요. 낮은 임금이 어떤 것인지도 압니다. 저는 일당 9달러를 벌기 위해 남의 집에 들어가서 24시간 동안 근무를 했어요. 사흘 내내 간호사 제복을 입은 채 서로 다른 각 지부의 비밀경찰관들과 함께 호텔에서 몰래 빠져나오기도 했죠. 그때마다 『라이프』 기자들이 따라붙었어요. 통역, 사진기자, 러시아인 며느리, 그리고 아픈 아이들 두 명까지죠. 마리나는 견디기 위해 매일 담배 한대를 피웠어요. 저는 제복 차림이었고, 그들이 마리나에게 옷가지를 가져다주었어요. 호텔방 안 여기저기에는 기저귀가 널려 있었고요. 그때 텔레비전에서 알려주더군요. 리가 총에 맞았다고요. 그들은 처음에 우리가 여자라서 그 사실을 숨겼어요. 그랬다가 다음 호텔로 가는 차 안에서 라디오 뉴스가 흘러나오자, 비밀경찰관이 말하더군요. "반복하지 마. 반복하지 마." 그래서 제가 물었죠. "저게 내 아들 이야기인가요?" 그는 대답하지 않았어요. 그래서 다시 물었죠. "내 아들이 총에 맞았죠? 그렇죠?" 그러자 경찰관은 다시 마이크에 대고 반복하지 말라고 말했어요. 그래서 제가 제발 대답해달라고, 진실을 알고 싶다고 애원했어요. 그런데도 경찰관은 반복하지 말라는 말만 계속하더군요. 그러고 나서 나중에 호텔방에서 텔레비전 보도를 통해 그 소식을 들었어요. 하지만 마리나와 저는 문제의 장면을 보지 못했어요. 그들이 우리를 텔레비전 뒤에 앉혀두고, 자기들끼리 화면 앞에 모여앉아서 보았거든요. 우리는 텔레비전 뒷면만 보았죠. 반대편에는 열다섯 명에서 열여덟 명쯤 되는 남자가 모여서 화면을 지켜보고 있었고요. 우리에게는 커피만 주고 자기들끼리 보았어요.

저는 죽을 만큼 괴로운 시간을 보내고 있어요.

저는 이번 사건을 조사해 제가 찾아낸 결과물을 발표할 생각이에요. 하지만 그것을 간단명료하게 콕 집어서 말할 수는 없어요. 리가 두 살 때, 어느 날 집에 와보니 리의 다리에 벌건 매 자국이 나 있더군요. 로치 부인이 폴린 가에서 그 아이에게 매질을 한 거예요. 그길로 저는 아이를 양육원에 보냈고, 아이는 형제들과 함께 크고 기다란 공동침실에서 잠을 잤어요. 백여 명의 어린 소년이 다 함께 줄줄이 늘어선 간이침대에서 잠을 잤죠. 리는 열 살 때까지 학교를 여섯 군데

나 옮겨다녔어요. 그들은 우리가 이집 저집 자주 이사다닌 환경적 요인을 찾아내려고 해요. 판사님, 저는 수없이 이사를 다니긴 했지만 지저분하거나 불결한 곳에서는 절대 살지 않았어요. 인간적인 애착을 느낄 수 없는 곳에서는 살지 않았다고요. 우리는 한가족이 되기 위해 이사를 했던 거예요. 이것이 제 연구주제입니다.

판사님, 저는 제 자식에 대해 그들이 작성한 허위사실을 읽어야 하는 피고의 어머니로서 이렇게 웃고 있습니다. 리는 행복한 아기였어요. 개도 키웠죠. 리는 해병대에 입대하기 전 딱 한 달 동안 알링턴 하이츠 고등학교에 다녔어요. 우리가 콜린우드 대로에 살던 시절이었는데, 그 학교 졸업앨범에 그애 사진이 석 장 실려 있어요. 그럼 왜 수많은 아이들을 제치고 그렇게 짧은 기간 동안 학교에 다닌 우리 아이가 석 장의 사진 속 주인공이 되었을까요? 이 점에 대해 사람들은 말하죠. "오즈월드 부인, 무슨 말씀을 하시려는 건지 모르겠군요." 판사님께서도 제가 말하려는 요점이 뭔지 모르시겠나요? 요점은, 그런 일이 얼마나 자주 벌어지는가 하는 거예요. 그게 제가 말하려는 요지라고요. 그들이 얼마나 일찍부터 우리 아이를 이용했느냐는 거죠. 리는 종종 망원경을 들고 지붕에 올라가서 별들을 관찰했어요. 그리고 그와 같은 임무를 위해 그들이 리를 러시아로 보냈고요. 리 하비 오즈월드는 눈에 보이는 것 이상의 자질을 갖고 있는 아이예요. 이미 그들이 제게서 훔쳐간 문서도 있어요. 어느 지부에서 나온 비밀경찰이 저희 집에 있던 신문기사 스크랩을 가져갔어요. 전세계에 알려져 있는 제게서 그들이 문서를 훔쳐가고 있다고요.

한 목사가 나타나 묘지 앞에서 몇마디 말을 하려고 했다. 그는 교회연합회의 간부로, 지난 8년 동안 한번도 예배를 진행해본 적이 없었다. 그는 비록 성경을 차에 두고 오긴 했지만 어떻게든 오즈월드 가족을 돕고 싶었다. 장의사가 관 뚜껑을 열자, 마리나 오즈월드가 다가와 남편에게 입을 맞추고, 그의 손가락에 반지 두 개를 올려놓았다. 마리나는 검은색 원피스에 흐린 색 코트를 입고 있었다. 그녀가 흐느끼자 어린아이들도 따라 울었다. 경호원들은 무릎을 굽혔다 펴기를 반복하며 멍하니 하늘을 올려다보았다. 마리나는 문득 떠오르는 생각이 있었다. 리와 민스끄에 살던 시절, 흐루시쵸프가 그 도시를 방문했을 때 암살기도가 있을 거라는 소문이 파다하게 퍼졌었다. 만약 그 사람이 리였다면, 리가 흐루시쵸프 암살 용의자로 붙잡혔다면, 지금보다는 더 세심한 배려를 받았을 것이다. 최소한 러시아인으로서 단언할 수 있는 것은 그들이 용의자를 적극 보호한다는 사실이다. 무덤 앞에서 이렇게 인색하게 구는 것을 본 마리나는 그들에 대한 기대를 완전히 포기했다. 단 꿈만은 아직 버리지 않았다. 그녀의 꿈은 여러 해 동안 이루어지지 않을 것이다. 상냥했던 알렉을 빼앗겼기 때문에. 준 리와 함께 노는 것을 좋아하고, 몇시간이고 준 리를 바라보며 앉아 있을 만큼 상냥했던. 목사가 말했다. "오, 열린 하늘과 무한한 우주의 하느님." 마리나는 무섭게 몰려드는 구름 아래 어린 두 딸과 함께 홀로 남겨졌다. 슬픔과 상실감으로 허리가 꺾인 채 열두 명의 무장경찰관과 함께 모텔에서 지내는, 이 세상에서 버려진 존재가 된 것이다. 그녀는 어떻게 이런 일이 일어날 수 있는지 이해해보려고 애썼다.

이제 러시아인 혹은 프랑스인으로서의 마리나에 대해서 말씀드리죠. 리가 죽은 후로 마리나의 영어실력이 갑자기 얼마나 많이 늘었는지 놀라울 정도예요. 손가락 사이에 담배를 끼고 다니기 시작한 것도 놀라운 일이죠. 리가 살아 있을 때는 그애의 그런 모습을 단 한 번도 본 적이 없거든요. 그것이 사실인지 확인하기 위해 마리나의 사진을 찾아볼 생각이에요. 판사님, 저에겐 육감이 있답니다. 사람들은 저의 영감에 대해 한마디씩 했어요. 만약 리 하비 오즈월드가 대통령을 쏘았다면, 왜 어미인 내가 당시에 그 사실을 몰랐느냐고요. 모든 어머니들은 전화벨이 울릴 때 그것이 아들의 전화라는 것을 직감할 수 있어요. 그것이 어머니들의 일반적인 특성이죠. 왜 저는 총격이 발생했을 때 그애가 총을 들고 창가에 서 있다는 걸 감지하지 못했을까요? 총을 들고 있다는 사실이 반드시 총을 쐈다는 것을 의미하지는 않지만 말이에요. 저는 카메라를 가지고 운명의 날 리의 일거수일투족에 대해 하나하나 시간을 확인해볼 겁니다. 저는 이번 일을 몇번이고 반복할 준비가 되어 있어요. 이야기 속에는 언론이 알아차리지 못하는 또다른 이야기가 들어 있으니까요. 마리나는 영어를 할 줄 알아요. 프랑스어도 할 줄 알고요. 이 외국여성은 훈련을 받았어요. 그들이 마리나에게 옷가지도 가져다주었다니까요. 그들이 제게 보여준 신문에는 어떤 여자가 마리나에게 집을 제공하고 싶어한다는 기사가 나 있더군요. 그들은 마리나가 남편의 죄를 인정하기를 원해요. 그렇게 하면 집을 구해주겠다고요. 로버트는 언제나 비밀경찰 편이지요. 앞으로 우리가 어떻게 살아갈지는 아직 정하지 않았어요. 우리는 서로 가슴아픈 가족이니까요. 판사님, 저는 많은 것들을 잊어가고 있답니다. 리에게는 자전거가 있었어요. 개도 한 마리 있었죠. 그애는 어느 경찰관과 수갑을 함께 찬 채 총에 맞았어요. 돈을 받은 누군가가 그애에게 적시에 총을 쏜 거예요. 텔레비전에서 지침을 주었고, 그애는 굴복하고 말았죠. 제가 반드시 짚고 넘어가야 할 도덕적 문제도 있어요. 제 편지를 누군가가 뜯어보았다더군요. 게다가 제 책상에 있던 편지 세 통이 사라졌어요. 리는 러시아에서 제게 보낸 편지에 이렇게 적었어요. "읽을 게 없어서 심심해요." 그 편지에 제게 책을 보내줘서 고맙다고도 적었어요. 제발 부탁이라며, 고국의 소식을 알려달라고 했어요. 그게 바로 사라진 편지예요. 우리 정부는 그애를 수년간 감시해왔어요. 리가 자신이 이용당하고 있다는 것을 알았을까요? 이것도 제가 연구할 문제죠. 제 말 좀 들어주세요, 판사님. 말씀드릴 게 있어요. 저는 프랑스인 마을에 살면서 이 문제를 파헤쳐야만 해요. 그애는 로버트의 해병대 교범을 암기하고 있었어요. 그애는 역사와 지리를 좋아했죠. 징병관이 제게 그러더군요. "오즈월드 부인, 일본에는 여기보다 비행 청소년이 훨씬 드뭅니다." 그는 그렇게 선전했어요. 그는 리가 법적 제한연령이 되기 전인 열여섯살에 그애를 몰래 집어넣으려고 했어요. 그때부터 그애를 준비시킨 거예요. 그때부터 이미 내 아들을 이용한 거죠. 고작 한 달 다닌 학교 졸업앨범에 사진이 석 장이나 실린 것도 그렇고요. 사람들은 말하죠. "오즈월드 부인, 그래서 요점이 뭡니까?" 요점은 그애를 이용한 것이 언제부터였느냐는 거예요. 언제부터 내 아들을 감시했나요? 그애는 평생 그들에게 소속되었나요? 요점은 관에 누워 있는 내 아들은 어떻게 되느냐는 거예요. 양복에 넥타이를 맨 리는 신문과 텔레비전에 나온 허수아비 같은 아들과는 전혀 달라 보였어요. 건장한 체구에 넓적한 얼굴이 마치 러시아인 같더군요. 그들이 땅에 묻은 사람이 그들이 죽인 바로 그 사람인가요? 그들이 정말 그애를 죽였나요? 러시아에서 돌아온 사람이 처음 러시아로 갔던 사람과 같은 사람인가요? 저에겐 이런 질문을 할 권리가 있어요. 리의 키가 몇이죠? 몸의 흉터는 어떤 게 있나요? 저는 이런 질문들을 책이나 기타 출판물에 실을 거예요.

저는 1960년 7월 19일에 흐루시쵸프에게 편지를 썼어요. 제 아들이 러시아에서 실종되었을 때죠. 하지만 답장은 받지 못했어요. 1961년 1월 21일에는 워싱턴에 갔죠. 케네디 대통령에게 제 아들을 찾아 고국으로 데려와달라고 청원하기 위해서요. 그랬더니 뭐라는 줄 아세요? 아주 기막힌 답변을 하더군요. 글쎄 저더러 자식들한테 무신경하대요. 저는 제 자식들이 스스로 알아서 살아가도록 했어요. 뉴욕까지 낡은 고물 도지를 제가 직접 운전해서 간 적도 있어요. 수도 없이 이사를 다녔으니까요. 그런데 진실은 어머니가 무신경하다는 것이더군요. 예수님의 생애를 공부해보시면 알겠지만, 예수님의 어머니 마리아는 아들이 십자가에 못 박혀 부활한 순간부터 기록에서 사라졌어요. 대체 어린 자식을 키운 공은 어디로 가는 거죠? 자식이 죽으면, 그들이 어머니 주변에 관이라도 짜줄 건가요? 저는 악보를 보지 않고 피아노를 칠 수 있어요. 어릴 때도 아주 평판이 좋았죠. 그러니 요점 없는 말은 절대 하지 않아요. 한 사람의 삶을 설명하려면 수많은 이야기를 해야 하죠. 에크달만 해도 그래요. 저를 배신해서 볼썽사납게 이혼하게 만들고, 한푼이라도 더 벌려고 악다구니를 써야 하는 삶 속으로 밀어넣은 장본인이죠. 에크달은 제 삶 가운데 하나의 이야깃거리예요. 마리나도 그렇겠지만, 자세한 것은 저도 잘 몰라요. 저는 제 느낌을 절대적으로 믿어요. 그애가 한 말, 사는 방식…… 그애는 담배를 피우고, 갓난아이에게 젖도 먹이지 않아요. 마리나에게는 매니저가 있어요. 서로 자기한테 오라는 제안을 많이 받았죠. 하지만 어머니인 저는요? 『라이프』지에 간호사 제복 차림으로 팬티스타킹을 벗는 제 사진이 실렸어요. 제 아들만큼이나 저도 상처를 많이 받았다고요. 우리는 같은 처지란 말이에요.

이제 거의 황혼녘에 가까웠다. 낮게 드리워진 구름떼가 장자리에 시커먼 비구름이 생겨났다. 언제든 천둥번개와 함께 폭우가 쏟아질 것 같았다. 목사가 찬송가를 마치자, 장례 진행자가 관을 내릴 준비를 했다. 경찰들은 슬금슬금 허리에 찬 권총용 벨트를 제대로 고쳐맸다. 가족은 꼿꼿이 선 채식을 지켜보고만 있었다. 마리나와 로버트의 표정은 거의 비슷했다. 실의에 빠져 힘없이 애원하는 듯한 표정. 상황이 달라졌으면, 이런 일이 일어나지 않았으면, 그에게 또다른 기회를 줄 수 있다면, 또다른 삶을. 마거리트는 레이철을 품에 안은 채 참으로 황폐한 표정을 짓고 있었다. 마치 자신이 가진 모든 것을 잃은 듯한 표정. 자신이 한평생 바친 수고가 무참하게 망가지고 짓이겨진 채 관 속의 양복 입은 시신이 되어 돌아왔으니. 마거리트가 아기를 목사에게 건네주고는 두 손으로 얼굴을 가렸다. 얼굴에 손을 대지는 않고 그냥 가리기만 했다. 자신이 비통함을 폭발시켜 장례식을 망치게 될까봐 염려스러웠기 때문이다.

그들이 마거리트의 막내아들을 텍사스의 붉은 흙 속에 뉘었다. 그리고 묘비에 새겨진 이름은 보안상의 이유로 본명이 아닌 다른 이름을 썼다. 리 하비 오즈월드 최후의 가명, 그것은 윌리엄 보보였다.

이윽고 마리나가 앞으로 걸어나와 흙 한줌을 퍼올렸다. 그리고 성호를 그린 다음 묘지 위로 팔을 뻗어 흙을 뿌렸다. 마거리트와 로버트는 평생 그런 장면을 본 적이 없었다. 마리나의 동작 하나하나는 감탄이 터져나올 만큼 아름다웠다. 특이하면서 감동적이고 어쩐지 정확하다는 느낌마저 들었다. 마거리트와 로버트는 로버트가 어릴 때부터 마음이 맞은 적이 단 한 번도 없었다. 그러나 지금은 함께 흙더미 위로 몸을 숙이고 약간의 흙을 퍼서 축복한 다음 무덤 위로 주먹을 뻗어 흙을 뿌렸다. 모래시계에서 모래가 빠져나가듯, 두 모자의 손가락 사이로 스르르 빠져나간 흙은 소나무 관 위에 가볍게 내려앉았다.

지금 저는 이 가슴아픈 땅에 서서 망자들의 비석을 바라보고 있어요. 완만한 기복이 있는 땅, 언덕 위의 예배당, 비바람에 기울어진 삼나무…… 저는 장례식이 품위있고 엄숙한 의식을 통해 유족을 위로하는 자리여야 한다는 것을 알아요. 하지만 저는 위로받지 못했죠. 옛날에는 남자들이 싸우다가 죽으면, 남겨진 여자들은 그들의 무덤가에서 멍하니 서 있기만 했죠. 하지만 저는 멍하니 서 있을 수만은 없습니다, 판사님.

저는 운명의 날 그애의 일거수일투족을 하나하나 따져볼 거예요. 목격자들을 전부 만나볼 거예요. 그냥 해보는 소리가 아닙니다. 피의자의 어머니로 사실을 확인해야만 해요. 판사님, 제가 도서관에서 러시아어 강의를 들었다는 거 모르시죠? 1주일에 하루, 쉬는 날에는 항상 도서관에 가서 공부를 했어요. 마음속에 언젠가 리가 저에게 연락해올 거라는 희망을 품고요. 또 그렇게 하면, 마리나와 정상적으로 대화를 나눌 수도 있을 것이고요. 판사님, 제 말 좀 들어주세요. 저는 찔끔찔끔 들어오는 기부금만으로는 먹고살 수가 없어요. 마리나는 책을 쓰겠다는 계약도 했고, 대필작가도 있어요. 그애는 제가 사준 반바지를 입지 않겠다고 하더군요. 어느 일요일, 제 아들은 포트워스에서 갑자기 사라졌죠. 그다음에는 자기 아내와 아기를 데리고 일자리를 구해서 댈러스로 떠나버렸어요. 전 직장의 사장이나 엄마인 제게는 한마디 말도 없이 말이에요. 자세한 상황은 모르겠지만 어쨌든 사진과 관련된 일이라고 했어요. 이상하지 않으세요, 판사님? 리 하비 오즈월드의 삶을 누가 조정한 것일까요? 그런 일은 계속 반복되었어요. 리는 우표를 수집했죠. Y에서 수영도 했고요. 저는 유잉 가에서 머리가 흠뻑 젖은 그애를 종종 보았어요. '얘야, 어서 집에 가렴. 안 그랬다간 독감에 걸릴 거야.' 저는 완벽하지는 않지만 나름대로 열심히 살았어요, 판사님. 가정부로 여러 집을 전전하면서 수많은 가족을 봤죠. 멀쩡한 신사가 제가 보는 앞에서 아내를 때리는 것도 봤어요. 우리 애와 그애의 러시아인 아내는 미국에서 전화기와 텔레비전도 없이 살았어요. 그것이 또다른 미스터리예요. 제 말 좀 들어보세요. 제가 확실하게 하나하나 모두 열거하지는 못해요. 하지만 어느날, 그애가 화분이 딸린 새장을 들고 집에 들어왔어요. 화분에는 담쟁이가 심겨 있었죠. 새장에는 잉꼬가 들어 있었고요. 잉꼬를 위한 완벽한 먹이가 준비된 셈이었죠. 그애는 이 엄마에게 선물을 자주 사주었어요. 읽을 것이 없어서 심심하다고 했으면서도 말이에요.

저는 오직 제 마음의 가르침에 따라 움직인답니다. 제 나름대로의 방식으로 이번 일을 파헤쳐야만 해요. 뉴올리언스의 올드프렌치 병원에서 그애를 집으로 데려오던 날부터 제 과업은 시작되었어요. 한 사람의 인생을 이야기하고 있으니, 충분한 시간이 필요해요.

그녀의 머리카락이 공허한 빛 아래 밝고 특이하게 빛났

다. 첫번째 흙이 떨어졌다. 무덤 앞에서의 이 마지막 순간만큼은 그녀도 여전히 한가족이었다. 그러나 자동차를 향해 가는 순간, 비밀경호원들이 자신을 다른 식구들에게서 떼어놓으리라는 것을 그녀는 알고 있었다. 혼자 집에 갈 때의 공허함을 생각해보라. 어린 손녀들을 다시는 볼 수 없다고 생각해보라. 그녀는 자신을 영구적으로 격리시키자는 움직임이 있다고 확신했다. 장례 진행자가 그녀의 팔을 잡고 귓속말로 뭐라고 중얼거렸다. 그녀는 그를 밀쳐냈다. 가족들은 경호원들이 받쳐주는 우산을 쓰고 자동차를 향해 천천히 걸어가고 있었다. 마거리트는 여전히 무덤가를 떠나지 않고 인부들이 흙을 덮는 모습을 지켜보고 있었다. 빗방울이 굵어지기 전에 구멍을 모두 메워야 했으므로, 세 명의 인부는 노련한 몸놀림으로 부지런히 흙을 퍼날랐다. 지역경찰관 두 명이 그녀에게 다가왔다. 그 뒤로 비밀경호원이 조각상처럼 굳은 얼굴로 따라왔다. 그러나 그녀는 여전히 꿈쩍도 하지 않았다. 그녀의 실수는 아기를 목사에게 건네준 것이었다. 아기를 안고 있는 한, 그녀는 여전히 한가족일 수 있었다. 그들은 이미 그녀의 막내아들을 빼앗아갔고, 이제 며느리와 두 손녀까지 빼앗아가려고 하고 있었다. 마거리트는 다리에 힘이 빠지는 것을 느꼈다. 바람이 천막 기둥을 뚝 부러뜨렸다. 그녀는 마음과 온몸이 텅 빈 것 같았다. 그들에게 이끌려 무덤가를 떠나는 순간, 그녀는 15미터 앞에 서 있는 두 청년이 리 하비 오즈월드의 이름을 들먹이는 소리를 들었다. 기념으로 흙 한줌씩 집어가자는 이야기였다. 리 하비 오즈월드. 그들은 그 이름이 영원히 간직할 비밀이라도 되는 것처럼 말했다. 그녀는 흙먼지로 뒤덮인 첫번째 자동차가 떠나는 것을 보았다. 차창으로는 차 안에 탄 사람들의 씰루엣만 보였다. 그녀는 경찰관들과 함께 두번째 차로 다가갔다. 차 앞에서 장례 진행자가 검은 우산을 받친 채 차문을 열고 기다리고 있었다. 리 하비 오즈월드. 앞으로 어떤 일이 벌어지든, 그들이 그녀에 대해 얼마나 가혹한 계획을 세워두었든, 그들이 결코 빼앗아갈 수 없는 것이 하나 있었다. 그것은 바로 리 하비 오즈월드라는 이름이 가진 진실되고 영원한 힘이었다. 그 힘은 이제 그녀의 소유물, 아니 역사의 소유물이었다.

이 작품은 상상의 소산이다. 역사적 기록에 근거를 두고
쓰긴 했지만, 나는 JFK 암살과 관련된 의문에 대해서 사실
적인 해답을 제시하려고 하지 않았다.

주요 미해결 사건을 다룬 소설들은 대부분 알려진 기록
상의 빈 공간을 채워넣고자 하는 열망을 갖고 있을 것이다.
나 또한 그렇게 하기 위해서 현실을 고치고 이야기를 재미
있게 꾸몄으며 실제 인물을 상상의 시공간으로 밀어넣고 사
건과 대화, 캐릭터를 창조해냈다.

돈 드릴로

역사적 사실과 허구적 상상이 결합된 역작

 1963년 11월 22일, 케네디 대통령이 암살된 이래 반세기 가까운 세월이 흘렀다. 이 반세기 동안 미국에서는 이런저런 굵직한 사건이 연이어 일어났다. 케네디 암살 이후 10여 년 동안만 해도 로버트 케네디와 마틴 루서 킹 목사 암살(1968), 워터게이트 스캔들(1972~74), 1975년까지 계속된 베트남전쟁 등 미국 사회를 뒤흔든 커다란 사건이 줄을 이었다. 이 모든 사건은 그 자체로 이미 과거사이고, 저마다 역사의 한 페이지를 장식했다는 점에서 어느정도는 청산되었다고 볼 수 있다.

 하지만 케네디 암살사건은 예외이다. 이 사건은 반세기 가까운 세월이 흘렀음에도 여전히 청산되지 않은 과거로서 수많은 미국인들의 기억속에 남아 있다. 아니, 이것은 단순히 기억의 차원이 아니라 미국인들 마음속 깊이 각인된 상처로 남아 있다고 해야 마땅할 듯싶다. 사건 자체도 충격적이지만, 그 전말이 여전히 알 수 없는 채로 미궁에 빠져 있기 때문이다.

『리브라』의 저자 돈 드릴로는 책의 출간에 즈음한 인터뷰에서 이렇게 말한 바 있다. "케네디 암살 이후 미국인들은 자신들의 생활에 시종일관 내재되어 있던 진실이 사라져버린, 모호한 혼돈의 세계에 굴러떨어진 느낌이었다. 역사가 은밀하게 변조되었다는 의식이 미국인들 마음속에 싹트고 있다."(『뉴스위크』 1988년 8월 29일)

드릴로의 말처럼 케네디 암살사건은 미국인들의 마음에 크나큰 의혹과 불신을 심어주었다. 알려져 있다시피 암살이 행해진 이듬해인 1964년에 설치된 워런 위원회는 이 사건을 오즈월드의 단독범행으로 결론내렸다. 그러나 이는 구린 곳을 서둘러 덮는 식의 정치적 미봉책이라는 인상을 줄 만큼 석연찮은 것이었다. 위원회는 방대한 양의 조사보고서를 세상에 내놓았지만 그 내용을 믿는 미국인은 많지 않았다. 더욱이 사건에 관련된 중요한 서류 등은 존슨 대통령의 명령에 의해 2039년까지 비공개에 부쳐졌다. 그 때문에 의혹은 더욱 증폭되었고 CIA, KGB, 쿠바, 마피아 등과 관련된 갖가지 음모론이 난무했다. 사건이 일어나고 10년도 더 지난 뒤 하원이 재조사를 시행했지만 케네디 암살에 얽힌 미스터리를 속시원하게 풀지는 못했다. 그 결과 오늘날까지 20세기 최대의 미제 사건으로 남아 있다.

돈 드릴로의 『리브라』는 바로 이 케네디 암살사건을 다룬 소설이다. 좀더 정확히 말하자면, 리 하비 오즈월드를 케네디 암살범으로 상정하고 그의 심리적 궤적을 좇으면서 저격에까지 이르는 과정을 묘사한 소설이랄 수 있다.

드릴로는 이 소설을 쓰기 위해 3년 동안 사건 관련자료를 모으고 사실 관계를 취재·조사하는 등 나름대로 철저한 준비를 했다고 한다. 그의 노력은 소설 곳곳에 인용된 워런 위원회 보고서, 신문기사, 재판기록 등으로도 충분히 엿볼 수 있다. 그는 그같은 사실적 자료에 상상을 가미하여 사건을 재현하려고 했다. 그런 의미에서 이 소설은 역사적 사실과 허구적 상상을 뒤섞은 꼴라주인 셈이다. 등장인물도 실존한 인물과 작가가 창조한 인물이 뒤섞여 나온다.

그런데 작가는 사건을 재현하려고 했을지언정 새로운 가설이나 해석을 내놓지는 않고 있다. 책의 말미에 있는 「작가의 말」에서도 '암살과 관련된 의문에 대해서 사실적인 해답을 제시하려고 하지 않았다'라고 말하고 있듯이, 이 작품은 애초에 케네디 암살에 대한 진상 규명을 목적으로 삼지 않은 듯하다. 이것은 주요 등장인물의 한 사람인 니컬러스 브랜치가 내린 결론을 통해서도 능히 짐작할 수 있다. 브랜치는 케네디의 암살과 관련된 막대한 양의 자료를 바탕으로 그 진상을 파헤치려고 애쓴다. 하지만 그는 아무리 노력해도 사건에 대한 진실을 파헤치기는커녕 이해도 추측도 할 수 없다는 결론을 내린다.

결국 브랜치가 내린 결론은 어느정도 저자의 생각과 일치한다고 볼 수 있는데, 이 작품이 지닌 미덕은 바로 이것이 아닐까 싶다. 즉 하나의 문제를 제기해놓고도 그 해답은 보여주지 않는 것, 다양한 각도로 해석될 수 있는 정황증거만 늘어놓을 뿐 결론 자체는 유보해두는 것이다.

『리브라』는 언뜻 보면 추리소설 같다. 추리기법으로 묘사되어 있기 때문이다. 하지만 자세히 보면 추리소설과는 사뭇 다르다. 추리소설처럼 사건의 해결을 향해 곧장 나아가는 듯하다가도 어느 순간 말머리를 홱 돌린다. 이야기 전개도 종횡무진이다. 오즈월드가 브롱크스에서 보낸 어린시절부터 시작한 이야기가 예고도 없이 중단되면서 갑자기 책과 문서로 가득 찬 니컬러스 브랜치의 서재가 등장한다. 그리고 전직 CIA 요원인 윈 에버렛에 이어 오즈월드의 일상적인 삶이 소개되다가 다시 윈 에버렛과 그의 동료들 이야기로 돌아가는 등, 시종일관 독자를 어지럽힌다.

작품 속의 시간과 공간도 자유자재로 바뀌고, 시점도 현기증이 날 정도로 변화한다. 똑같은 사건을 그것과 관련된 여러 사람들의 눈을 통해 다르게 보여주고, 앞에 나온 내용을 반복하면서 묘하게 변주하는 표현방식도 혼란스럽다. 줄거리와는 무관한, 그래서 뜬금없다고밖에 할 수 없는 단어와 문장의 삽입도 낯설다 못해 곤혹스럽다. 이런 이유로『종이시계』의 작가 앤 타일러는 『리브라』를 돈 드릴로의 작품 중에서 가장 복잡하다고 평했는지도 모른다. 확실히 이 작품은 복잡하다. 그래서 읽다보면 혼돈과 무질서의 소용돌이 혹은 미로 같은 어지러운 공간을 헤매는 듯한 느낌이 든다.

그렇다면 작가는 왜 이런 방식으로 소설을 썼을까? 아무래도 그 이유는 케네디 암살사건의 특성에서 찾아야 할 것 같다. 서술방식이 사건이 지닌 모호하고 복잡한 성격 자체를 상징하도록 의도적으로 그렇게 썼지 않았나 싶은 것이다.

이 소설은 전체적으로 복잡하고 산만하다는 점에서 삽화적 구성(episodic plot)의 전형이랄 수 있다. 여기에는 삽화적 구성의 특징―여러 개의 중첩된 플롯 라인, 줄거리와 관계없는 내용들의 무작위적인 삽입, 존재 의미가 불확실한 무수히 많은 인물들의 등장 등―이 아주 분명하게 나타나 있다. 또한 이 소설에는 각각 동떨어진 근원에서 출발한 사건들이 여러 갈래의 지류처럼 꾸불꾸불 사행(斜行)하기도 하고 서로 어지럽게 뒤엉키기도 한다.

그러나 그 무수한 지류들이 종국에 흘러드는 곳은 1963년 11월 22일이라는 시간과, 댈러스라는 공간에 놓인 유혈의 바다이다. 좀더 구체적으로 말하자면 서로 아무런 관련이 없는 사건들이 아무렇게나 죽죽 그어댄 사선처럼 복잡하게 얽히다가 하나의 접점을 이루는 순간이 케네디를 향해 총격이 가해진 '6.9초간'인 것이다. 우리는 이 역사적인 순간과 마주쳐서야 비로소 수많은 사건들의 핵심을 알 수 있고, 등장인물들의 이상한 행동도 논리적으로 이해할 수 있다.

앞에서 이 작품은 암살사건에 대한 진상 규명을 목적으로 삼지 않은 듯하다고 했는데, 그렇다면 무엇을 목적으로 삼은 것일까? 아무래도 그것은 사건이 일어날 수밖에 없는 필연성에 근거한 사건의 본질 규명이 아닐까 짐작해본다. 소설에도 언급되어 있지만 케네디 암살은 그 자체가 불가피한 사건이었다. 당시 망명 꾸바인, 꾸바에 이권을 가진 마피아, 케네디의 공민권정책 같은 자유주의적인 정책에 강한 반감을 품은 인종주의자나 우익집단 들 사이에서는 케네디를 향한 '살의'가 충만했다. 따라서 오즈월드가 아니어도 누군가 케네디를 향해 방아쇠를 당겼을 것이다. 오즈월드는 단지 케네디를 증오하는 무리들에 이용된 '도구'에 지나지 않는다. 하지만 한편으로 그는 이용될 소지를 충분히 갖추고 있다.

불우한 환경에서 외롭게 성장한 오즈월드는 다소 병적으로 뒤틀려 있는 인물이다. 그는 아내를 사랑하면서도 별다른 이유 없이 폭력을 휘두른다. 자식은 무척 예뻐하면서도 어머니는 학대한다. 작품 속에 묘사된 오즈월드는 난독증 환자이기도 하다. 비단 편지를 쓰거나 책을 읽는 데 어려움을 겪기 때문만은 아니다. 그는 스스로 고립된 채 세상과 소통할 줄 모른다. 시대의 흐름도 읽지 못한다. 그런 면에서 그는 아주 고질적인 난독증 환자라고 할 수 있다.

오즈월드는 특별한 이유도 없이 분노를 표출한다. 그에게는 옳고 그름에 대한 균형감각이 없다. 소설의 제목 '리브라'(libra)는 오즈월드의 별자리인 천칭자리를 의미하는데, 균형을 잃고 한쪽으로 기울어져 있는 그에게 잘 어울리는 것 같다.

언뜻 보기에 오즈월드 같은 사람이라면 얼마든지 살인을 저지를 수도 있다는 생각이 든다. 그런데 드릴로는 오즈월드라는 인물을 객관적으로 묘사하고 있다. 작품 속 오즈월드는 동정을 살 만한 인물도, 비난을 받을 만한 인물도 아니다. 그저 정치적 도구로 이용되어 목숨을 잃은 가련한 존재일 뿐이다.

CIA의 음모가 실제로 존재했을까? 이 작품을 읽다보면 충분히 그럴 수 있다는 생각이 든다. 하지만 돈 드릴로 판의 케네디 암살사건이 얼마나 진실에 접근했는지, 사건의 본질을 어느 정도나 규명했는지 이 자리에서 단정할 수는 없다. 어쩌면 그 진실과 본질은 시간의 저울에 올려놓아야만 알 수 있는 것인지도 모른다.

케네디 암살이라는 세기적 사건을 다룬 이 작품은 대단한 매력이 있다. 픽션이면서도 사실적이고, 다큐멘터리 같으면서도 서사시적인 특성을 지니고 있다. 특히 등장인물들의 행동과 성격이 집요할 만큼 세밀하게 묘사되어 있어서 마치 곁에 있는 듯 각각의 숨결이 느껴질 정도이다. 한마디로 말해 이 작품은 역작 중의 역작이랄 수 있다. 암살이라는 물리적인 사건을 다루면서 그 이면에 있는 사람들의 다양한 삶을 인간적인 체취가 느껴지도록 생생하게 묘사하기란 결코 쉽지 않기 때문이다.

뉴욕에서 태어난 드릴로는 소년시절에 브롱크스의 오즈월드가 살던 동네와 아주 가까운 곳에서 1년 동안 살았다고 한다. 당시 오즈월드는 열세살, 저자는 열여섯살로, 비록 만나지는 못했지만 그 사실을 알게 된 계기가 하나의 동기로 작용하여 이 작품을 쓰게 되었다는 것이다.

저자 돈 드릴로는 우리에게는 다소 낯설지만 토마스 핀천과 함께 포스트모던 소설의 대표주자로 알려져 있는 작가이다. 그는 1971년에『아메리카나』라는 첫 장편을 발표한 이래『화이트 노이즈』『리브라』『마오 2』『지하세계』『코스모폴리스』『추락하는 남자』등 화제작을 연달아 내놓았다. 그리고 그때마다 평론가와 독자 들의 뜨거운 주목을 받았다.

포스트모던 계열의 소설이 대부분 그렇듯『리브라』도 결코 만만한 작품이 아니다. 술술 읽히는 소설이 아닌 것이다. 단지 유희를 위해 편안한 자세로 이 소설을 읽으려 한다면 몇장 못 넘기고 책을 덮게 될지도 모른다. 멀쩡한 문장을 비틀고 의미없는 단어를 나열해놓은데다 온갖 상징과 은유가 복잡하게 뒤얽혀 있기 때문이다.

번역하기도 여간 힘든 게 아니다. 사전상의 뜻풀이만으로는 의미 전달이 되지 않는, 언어에서 언어로의 단순한 전이(轉移)만으로는 통하지 않는 요소들이 너무나 많기 때문이다.

이 책이 번역되어 출간되기까지 창비 편집부의 도움이 무척 컸다. 하나하나 원문을 대조하며 문장을 다듬어주신 데 대해 이 자리를 빌려 감사드린다. 여전히 번역문이 미흡하다면 그건 순전히 역자의 역량 부족 탓이다.

2009년 7월
정회성